앙투안 드 생텍쥐페리(1900~1944)

P-38 라이트닝　1944년 7월 31일 생텍쥐페리는 그르노블–안시 정찰 임무를 띠고 론 강 골짜기를 정찰한 뒤 기지로 돌아오다가 그가 좋아하던 프로방스 지방에 들어서자 귀환 항로를 벗어나, 바스티야 북쪽 100킬로미터 지점 코르시카 상공에서 적기에 피격되어 바다로 추락했다.

팔찌　1998년 마르세유 동남쪽 바다에서 어부들이 쳐놓은 그물에 팔찌가 걸려 올라왔다. 팔찌에는 그가 사랑하는 아내 '콘수엘로'라는 글씨가 새겨져 있었다. 아무 자취도 없던 생텍쥐페리의 비행기 'P-38 라이트닝'이 바다에 추락했다는 것이 분명해졌다. 프랑스 항공우주박물관

생텍쥐페리와 어린왕자 기념물 툴루즈 로얄가든

〈날고 있는 어린왕자〉 생텍쥐페리. 1942. 피어폰트 모건 도서관

세계문학전집094

Antoine–Marie–Roger de Saint–Exupéry

TERRE DES HOMMES/VOL DE NUIT
LE PETIT PRINCE/COURRIER–SUD

인간의 대지/야간 비행/어린 왕자/남방 우편기

생텍쥐페리/안응렬 옮김

동서문화사

인간의 대지/야간 비행/어린 왕자/남방 우편기
차례

Terre des hommes

인간의 대지

주요 인물

나(생텍쥐페리)　정기 항공의 젊은 조종사. 이 소설의 주인공. 직업 비행사로서 15
　년간의 경험을 생생하게 말해 준다.

기요메　생텍쥐페리의 가까운 친구. 안데스산맥 횡단 시 눈보라 속에서 5일간
　행방불명. 끈질긴 투지로써 고난을 극복하고 살아 돌아온다.

앙드레 프레보　생텍쥐페리와 인도차이나행 비행 도중, 이집트의 리비아 국경
　지역에서 기관 고장으로 추락. 추위와 갈증뿐인 사하라 사막을 헤맨다.

메르모즈　남대서양을 횡단하다 행방불명된다.

대지(大地)는 우리에게 만 권의 책보다 더 많은 것을 가르쳐 준다. 왜냐하면 대지가 인간에게 저항하기 때문이다. 사람은 장애물에 맞닥뜨렸을 때 비로소 자기의 진가를 발견하게 된다. 그러나 그 장애물을 정복하기 위해서는 도구가 필요하다. 대패라든가 쟁기 같은 것이 있어야 한다. 농부는 밭을 가는 동안 자연의 비밀을 조금씩 캐내게 되는데, 이렇게 캐낸 것이야말로 비로소 그 본연의 진실함이 보편성을 띠게 되는 것이다. 이와 마찬가지로 정기항공을 위한 도구인 비행기도 사람을 오래 묵은, 온갖 미해결 문제의 해결 작업 속으로 끌어들인다.

평야에 드문드문 흩어져 있는 불빛들만이 별처럼 깜박이는 어느 캄캄한 밤, 아르헨티나를 향하여 처음으로 야간 비행하던 때가 지금도 눈앞에 생생하다.

그 불빛 하나하나는 암흑의 대양(大洋) 속에도 한 양심의 기적이 있음을 보여주고 있었다. 이 집에서는 책을 읽거나 깊은 생각에 잠겨 있거나 혹은 마음속 이야기를 하고, 저 집에서는 공간을 탐색할 생각을 하고, 안드로메다 성운에 관한 계산에 골몰하고 있는지도 모를 일이었다. 또 저 집에서는 사랑을 속삭이고 있었는지도 모른다. 그 불빛들은 산과 들 사이에서 저마다 양식을 달리하며 드문드문 빛나고 있었다. 시인의 불빛, 교사의 불빛, 목수의 불빛 같은 가장 겸허한 불빛까지도 양식을 달리고 했다. 그 살아 있는 별들 중에 닫힌 창문이 얼마나 많았으며, 꺼진 별과 잠든 사람이 얼마나 많았을 것인가……

자신을 완성시키도록 노력해야 할 것이며, 산과 들 사이에 드문드문 빛나고 있는 저 불빛들과 마음을 나눌 수 있도록 시도해야만 할 것이다.

첫 비행

1

1926년의 일이다. 그때 마침 나는 라테코에르 사에 갓 입사한 정기항공의 풋내기 조종사였다. 이 회사는, 에르 포스탈, 에르 프랑스 양사에 앞서 당시 툴루즈—다카르 사이의 연락을 맡고 있었는데, 거기서 나는 수습 중이었다. 나도 동료들과 마찬가지로 우편기를 조종하는 영광을 누리기 전 사용기에 익숙해지기 위한 시험 비행, 툴루즈와 페르피냥 간을 이동해 다니는 것이며, 으스스하게 추운 격납고 속에서의 시원찮은 기상(氣象) 공부 등 풋내기들이 치러야 하는 훈련 과정을 거치고 있었다. 우리들은 아직 본 적도 없는 에스파냐의 산을 무서워하고, 선배들을 우러르며 그날그날을 보내고 있었다.

이 선배들을 우리는 사내 식당에서 만나곤 했는데, 그들은 무뚝뚝하고, 쌀쌀맞았으며, 또 아주 거만한 자세로 자기들의 의견을 들려주는 것이었다. 알리칸테나 카사블랑카에서 돌아온 선배 비행사가 비에 흠뻑 젖은 가죽옷을 걸친채 늦게 우리들 있는 데로 오면, 동료 중 누군가가 기어들어가는 목소리로 비행이 어땠느냐고 물어보곤 했다. 그의 짤막한 대답만 들어도, 폭풍우가 있은 날은 올가미와 함정이 수두룩하고, 절벽이 느닷없이 내닫고, 삼나무를 뿌리째 뽑아 버릴 듯한 소용돌이가 수없이 많은 그런 동화의 세계가 우리 눈앞에 펼쳐지는 것이었다. 흑룡(黑龍) 같은 바람이 계곡의 어귀를 가로막았으며, 번개가 무더기로 산봉우리를 내려치는 그런 광경이었다. 선배들은 능숙하게 우리들이 경외심을 키워가게 만들었다. 그들 중 이따금 비행에 나섰다가 돌아오지 못하는 이가 있을 때, 그는 영원히 우리의 존경을 차지했다.

뒷날, 피레네 산중에서 추락하여 죽은 뷔리가 돌아오던 날의 일이 생각난다. 이 나이 많은 조종사는 막 우리들 사이에 들어와 앉아서, 사투를 벌인 무게를 여전히 어깨에 짊어진 채, 아무 말 없이 힘겹게 식사를 하고 있었다. 그것은 마치 항공로 이 끝에서 저 끝까지 하늘이 썩어 문드러지고, 옛날 범선의 대포들이 줄이 끊어진 채 갑판 위를 마구 굴러다니는 것처럼, 조종사에게는 산들이 모두 시커먼 구름 속에서 굴러다니는 것 같이 생각되는 그런 몹쓸 날 저녁이었다. 나는 뷔리를 쳐다보며 마른침을 꼴깍 삼키고는, 마침내 용기를 내어 비행이 힘들었느냐고 물어보았다. 이맛살을 잔뜩 찌푸리고 머리를 접시 위에 틀어박고 있던 뷔리는 내 말을 듣지 못했다. 무개(無蓋) 비행기에서는 날씨가 나쁠 때면 더 잘 보기 위하여 유리창 밖으로 목을 늘여 빼고 내다보기 때문에 호된 바람 소리가 오랫동안 귓속에서 윙윙거린다. 이윽고 뷔리는 얼굴을 들더니, 내 말을 들었는지 뭔가를 생각해 내려는 듯싶었다. 그러더니 갑자기 명랑하게 웃어젖혔다. 뷔리는 본디 잘 웃지 않는 사람이었던 만큼 그의 피로를 빛나게 하는 이 웃음, 이 짧은 웃음소리를 듣고 나는 그만 넋을 잃고 말았다. 그는 자신의 승리에 대하여 아무 말도 하지 않고, 머리를 숙이고는 묵묵히 다시 먹기 시작했다. 어둠침침한 식당 안, 어깨를 축 늘어뜨린 채 하급관리들 틈에 앉아 하루의 피로를 풀고 있는 이 동료가 나에게는 이상하리만치 고귀한 존재로 보였다. 그의 거친 외양 속에 용을 이긴 천사의 모습이 엿보였다.

마침내 나도 차례가 되어 주임 사무실로 불려 가는 저녁이 오고야 말았다. 주임은 그저 한마디만 했다.

"내일 출발하시오."

나는 거기 그대로 서서 잘 다녀오라는 전별(餞別)의 말을 기다리고 있었다. 주임은 얼마 동안 아무 말이 없다가 이렇게 덧붙였다.

"복무규정은 잘 알고 있겠지요?"

그 시절의 엔진은 요즘처럼 안전하지 못했다. 가끔 엔진들은, 아무 예고 없이 별안간, 접시나 주발이 깨지는 듯한 요란한 소음 속으로 우리를 밀어붙일 때가 있었다. 그러면 대피소도 별로 없는 에스파냐의 바위산을 향하여 손을 들고 만다.

"이런 곳에서 엔진이 망가지면 비행기도 이내 깨져 버린다는 것을 각오해야 한다."

우리는 지도를 보면서 늘 이런 말을 했다. 그러나 비행기는 갈아댈 수가 있다. 무엇보다도 중요한 것은 맹목적으로 바위를 들이받지 말아야 하는 것이다. 그래서 산간 지대에서는 구름바다 위를 비행하는 것이 금지되어 있었고, 이를 위반할 경우 가장 무거운 징계 처분을 받게 되어 있었다. 조종사가 고장 난 비행기를 몰고 흰 구름층 속으로 빠져들어 갔다가는 보이지 않는 산꼭대기와 박치기할 것이 분명하기 때문이다.

그래서 그날 저녁 주임은 느릿느릿한 목소리로 다시 한번 복무규정을 강조하고 있었다.

"에스파냐에서 구름바다 위를 나침반만 가지고 비행한다는 것은 매우 유쾌하고도 멋진 일이오. 하지만……."

그리고 더 느릿느릿한 투로 말했다.

"하지만, 구름바다 밑은…… 저승이란 것을 잊지 말아야 하오."

이 말을 듣는 순간 그다지도 평평하고 그렇게도 단순한 그 고요한 세계가, 구름 가운데에서 솟아오를 때 발견하는 그 조용한 세계가 나에게는 미지의 가치를 갖기 시작했다. 나는 저기 내 발밑에 펼쳐져 있는 끝없는 흰 함정을 머릿속에 그려 보았다. 그 밑에는, 우리가 생각할 수 있었던 것처럼 사람들이 북적거리고 요란스럽고, 도시들의 활발한 교통이 있는 것이 아니라, 보다 더 절대적인 평화가 깃들고 있었다. 그 흰 풀(糊)이 내게는 현실적인 것과 비현실적인 것, 기지(旣知)와 미지(未知)의 경계를 이루는 것이었다. 그리하여 나는 벌써, 어떤 풍경이든, 그것을 보는 사람의 교양과 문화와 직능을 거치지 않고서는 아무런 의미가 없다는 것을 짐작했다. 산골 사람들도 구름바다를 알고는 있다. 단지 그들 눈에는 그것이 가공할 세계를 차단하는 커튼으로는 보이지 않을 뿐이다.

사무실에서 나왔을 때, 나는 어린아이처럼 자부심을 느꼈다. 나도 이제 이 밤이 지나 새벽이 오면, 비행기 승객들과 아프리카로 가는 우편물을 책임지게 되는 것이다. 그러나 이와 동시에 한편으로는 겸손한 마음도 들었다. 내 스스로 충분한 준비가 되어 있지 않다고 생각했다. 에스파냐에는 대피소가 별로 많지 않았다. 위험한 고장이 일어났을 때 나를 받아들일 보조 착륙장을 어디에서 찾아내야 할지 모를까 봐 걱정되었다. 나는 빳빳한 지도를 이리저리 훑어보았으나 내게 필요한 사항은 발견하지 못했다. 그래서 무서움과 자부심이 뒤범벅이 된 벅찬 가슴을 안고, 출동 전날 밤을 동료 기요메와 함께 지내기로 했다. 기요메는 나보다 앞서 이 길을 다녔었다. 기요메는 에스파냐의 난관을 넘어가는 요령을 알고 있었다. 나는 기요메에게서 그것에 대한 초보 지식을 배워둘 필요가 있었다.

그의 방에 들어가니, 그는 웃으며 말했다.

"소식 들었네. 축하하네!"

그는 찬장에서 포트 와인과 잔을 꺼내 들고 내게로 오며 여전히 웃음 띤 얼굴로 말을 이었다.

"먼저 축배를 들지. 두고 보게. 잘 될 걸세."

뒷날 우편기로 안데스산맥과 남대서양 횡단 비행에 기록을 세우게 되는 이 동료는, 마치 램프가 불빛을 퍼뜨리는 것처럼 주변에 자신감을 퍼뜨렸다. 몇 해 전 그날 저녁, 셔츠바람으로 등불 밑에서 팔짱을 끼고 너그러운 웃음을 지으며 그는 내게 다만 이런 말만 해주었다.

"번개나 비, 안개며 눈, 이런 것들이 종종 자네를 괴롭힐 걸세. 그럴 때는 자네보다 먼저 그런 것을 겪은 사람들을 생각하게. 그리고 '다른 사람들이 성공한 것은 나 또한 반드시 성공할 수 있는 것'이라고만 생각하는 거야."

그러나 나는 지도를 펼쳐 놓고, 그래도 나하고 같이 항공로를 다시 좀 점검해 달라고 부탁했다. 그리고 전등 밑에 머리를 숙이고 선배의 어깨에 기대어 나는 다시 학창 시절의 평화 속으로 빠져들었다.

그러나 거기서 배운 지리는 참으로 괴상했다. 기요메는 에스파냐에 대해 가르쳐 주는 것이 아니라, 에스파냐를 내 친구로 만들어 주었다. 그는 수로지(水路誌) 이야기도 들려주지 않고, 인구 이야기나 가축 임대 이야기도 해주지 않았다. 그는 과디스에 대하여는 말하지 않고 과디스 근처 어떤 밭둑에 있는 오렌지나무 세 그루에 대해서만 일러주었다.

"그것들을 조심하게. 자네 지도에 그것들을 표시해 두게……."

그 뒤 내 지도에는 이 나무 세 그루가 시에라네바다산맥보다도 더 크게 자리 잡게 되었다. 그는 로르카에 대하여는 말하지 않고 로르카 근처에 있는 어느 농가 이야기를 해주었다. 살아 있는 농가에 대해. 그리고 그 농가의 주인과 그의 아내 이야기도 들려주었다. 그러니까 우리에게서 1천5백 킬로미터나 떨어진 공간에 잠겨 있는 이 농부 내외가 어마어마한 중요성을 띠게 되었다. 그 산비탈에 차분히 자리 잡은 이들은 등대지기같이 그들의 하늘 밑에서 사람들을 구조할 준비를 갖추고 있었다.

이렇게 우리는 이 세상의 모든 지리학자들에게 알려지지 않은 곳을 망각과 생각조차 미치지 않는 거리에서 끄집어내었던 것이다. 왜냐하면 큰 도시들을 먹여 주는 에브르강이나 지리학자들의 흥미를 끌뿐 모트릴 서쪽 풀숲에 숨어서른 포기 남짓 되는 꽃을 먹여 살리는 그 아버지인 실개천은 그들의 관심을 끌어내지 않았기 때문이다.

"이 개천을 조심하게. 그놈이 착륙장을 못 쓰게 만드니까…… 그것도 지도에 그려 넣게."

아아! 나는 모트릴의 작은 뱀을 잊는 날이 없을 것이다. 그것은 아무런 문제도 되지 않을 것 같았다. 그것은 겨우 조용한 속삭임으로 개구리 몇 마리를 홀리는 것이 고작이었다. 그러나 그 녀석은 한쪽 눈을 뜨고 자는 것이었다. 그 실개천은 보조 착륙장의 낙원 속에서 풀숲 밑에 엎드려 여기서 2천 킬로미터 떨어진 곳에 매복한 채 나를 엿보고 있었다. 기회가 오기만 하면 나를 불기둥으로 만들어 버릴 것이다…….

나는 또 저 산비탈에서 공격 태세를 갖추고 널리 흩어져 있는, 투양(鬪羊) 서른 마리를 단단히 무장하고 기다렸다.

"자넨 그 풀밭에 아무것도 없는 줄 알지? 그런데 막상 다가가 보면 우루루! 하고 그 양 서른 마리가 바퀴 밑으로 달려든단 말이야……."

그러면 나는 그렇게도 위선적인 위협을 명랑한 웃음으로 대하는 것이었다.

그리하여, 내 지도 안에 있는 에스파냐는 전등불 밑에서 차츰차츰 동화의 나라가 되어갔다. 나는 대피소와 함정들에 열십자 표시를 했다. 그 농부와 그양 서른 마리, 그 실개천을 표시해 놓았다. 나는 지리학자들이 무시한 그 양치는 처녀를 바로 그녀가 있어야 할 자리에 표시해 두었다.

기요메와 인사를 나누고 밖으로 나오자, 몹시 추운 겨울밤이었지만 좀 거닐어야겠다는 생각이 들었다. 그리고 외투 깃을 추켜세우고 낯선 통행인들 틈에 끼어 내 젊은 정열을 안고 거닐었다. 마음속에 비밀을 간직한 채 낯선 사람들과 나란히 거니는 것이 자랑스러웠다. 이 야만인들은 나를 알지 못하지만 해 뜰 무렵 자기들의 근심과 열정을 내게 맡기리라. 그들의 모든 희망을 맡기는 곳도 내 손일 것이다. 이렇게 나는 외투 속에 파묻혀 그들 틈에 끼어 보호자로서의 발걸음을 옮기고 있었으나, 그들은 내 배려를 조금도 알지 못했다.

그들은 또한 밤이 내게 보낸 메시지도 알지 못했다. 어쩌면 지금 차비를 차리고 있을지도 모르고, 그래서 내 첫 비행을 어렵게 만들지도 모르는 저 폭풍설(暴風雪)은 내게만 상관있을 뿐, 그들과는 아무런 관련이 없었기 때문이다. 별들이 하나 둘 모습을 감추고 있었다. 하지만 산책하는 사람들이야 어떻게 그것을 알겠는가? 별들의 말은 나만을 위한 것이다. 나는 싸움이 벌어지기 전 적의 진지에 대한 정보를 받은 것이다······.

나는 내게 무척 중대한 책임을 지워 주는 이 암호를 크리스마스 선물들이 번쩍이고 있는 환한 쇼윈도 곁에서 받았다. 이 밤, 거기에는 이 세상 모든 재물이 진열되어 있는 듯싶었고, 나는 희생에 대해 취할 듯한 긍지를 맛보았다. 나는 위협을 당하는 전사(戰土)였으니, 저녁 잔치를 위하여 마련된 번쩍이는 저 수정 그릇이며 저 전등갓이며 저 책들이 내게 무슨 소용이 있겠는가? 나는 벌써 안개에 둘러싸인 밤에 잠겨 있었다. 이미 정기항공 조종사로서 비행하는 밤의 쓰디쓴 과일을 한 입 베어 물고 있었다.

누군가 나를 깨워 준 것은 새벽 3시였다. 덧문을 화다닥 열고 시가(市街) 위에 비가 내리는 것을 바라보며 옷을 갖춰 입었다.

30분 뒤, 나는 비에 젖어 번들거리는 보도 위에서 조그마한 트렁크를 깔고 앉아, 이번에는 나를 태워다 줄 버스가 오기를 기다리고 있었다. 나보다 앞서 많은 동료들이 그들의 첫 출동의 날, 조금 가슴 졸이며 나처럼 지루한 마음으로 기다렸을 것이다. 이윽고 파쇠 소리를 요란스럽게 울리며 구식 차가 거리 한 모퉁이에 나타났고, 이번에는 내가 잠이 덜 깬 세관원과 몇몇 사무원 틈에 끼어 딱딱한 의자에 비집고 앉을 권리를 가지게 되었다. 이 버스는 곰팡내가 나고 인간 생활이 매몰되어 들어가는, 켜켜이 먼지 쌓인 관청과 오래 묵은 사무실 냄새를 풍기고 있었다. 버스는 500미터 거리마다 정거하여 서기를 한 명 더, 세관원을 한 명 더, 그리고 감독관을 한 명 더 태웠다. 차 안에서 잠이 들었던 사람들은 분명치 않게 웅얼웅얼 새로 탄 승객들의 인사를 받고, 나중 탄 사람도 그럭저럭 자리를 비집고 앉아서는 이내 잠이 들었다. 이를테면 우리는 툴루즈의 고르지 못한 포장도로 위를 굴러가는 일종의 서글픈 짐들이었다. 관리들 틈에 끼어 있는 비행기 조종사도 그들과 별반 다른 점이 없었다…… 그러나 가로등은 휙휙 지나가고 비행장은 가까워 오고, 그리고 덜컹거리는 구식 버스는 사람이 변형되어 나오는 하나의 번데기에 지나지 않았다.

동료들 누구나가 한 번씩은 이와 비슷한 아침에, 아직도 감독관의 신경질을 참아야 하는 욕받이 부하인 자기 자신 안에 에스파냐와 아프리카 우편기의 책임자가 탄생하는 것을 느꼈을 것이다. 3시간 뒤에는 번갯불을 헤치고 오스피탈레의 용과 대결할 조종사가…… 4시간 뒤에는 그 용을 이기고 나서 모든 권리를 가지고 바다로 우회할지, 알코이의 연산(連山)을 직접 공격할지를 완전한 자유로 결정하며, 뇌우와 산악과 대양과 대결할 그 조종사가 태어나는 것을 말이다.

동료들 누구나 이와 비슷한 아침에 한 번쯤 이렇게 컴컴한 툴루즈의 겨울 하늘 아래서 그렇고 그런 무리 틈에 섞여, 자기 안에서 주동자가 커가는 것을 느꼈을 것이다. 5시간 뒤에는 북극의 비와 눈을 남겨 두고, 겨울을 외면하고, 엔진 회전을 줄여 한여름 속으로, 알리칸테의 찬란한 태양 속으로 내려가기 시작할 주동자가 자기 안에서 커가는 것을 깨달았을 것이다.

그 구식 버스는 없어졌다. 그러나 그 불편, 그 엄혹한 모습은 내 추억 속에 생생하게 남아 있다. 그 버스는 우리들의 직업이 가지는 딱딱한 기쁨을 맛보기 위하여 필요한 준비를 잘 상징했다. 그곳의 모든 것은 뼈저릴 만큼 검소했다. 그로부터 3년이 지난 뒤, 안개 낀 어느 날 밤에 영원한 은퇴를 한, 100여 명이나 되는 조종사 동료들 중 하나였던 레크리벵의 죽음을, 그 버스 안에서 채 몇 마디의 말이 오가기도 전에 알아차렸던 것을 기억한다.

그날도 새벽 3시였다. 여느 때와 같은 침묵이 흐르고 있던 중에, 어둠 속에서 잘 보이지 않는 소장이 감독관에게 소리 높여 말하는 것이 들렸다.

"레크리벵이 오늘밤 카사블랑카에 착륙하지 않았대."

"아! 그래요?"

감독관이 대답했다. 그리고 자기가 더듬던 꿈길에서 억지로 깨어난 그는 잠을 깨려고 노력하며 덧붙여 말했다.

"통과하는 데 성공을 못했습니까? 되돌아왔습니까?"

버스 저 안쪽에서 그저 "아니"라는 대답만이 들려왔다. 우리들은 그다음 말을 기다렸다. 그러나 아무 말도 뒤따르지 않았다. 그리고 1초 1초 시간이 지남에 따라 "아니"라는 말에는 아무 다른 말이 따르지 않으리라는 것이, 이 "아니"는 호소할 길이 없다는 것이, 레크리벵은 카사블랑카에 착륙하지 않았을 뿐 아니라 어느 곳에도 영원히 착륙하지 못하리라는 것이 더욱 명백해졌다.

이와 같이 그날 아침, 내 첫 우편 비행을 하는 날 새벽에, 나도 직업에 따른 거룩한 의식을 지켰다. 유리문을 통하여 가로등 불빛을 되비치고 있는 아스팔트를 내려다보며 차분해지는 자신을 느꼈다. 아스팔트에 괸 물 위로는 바람이 휙 지나가며 커다란 종려잎 같은 무늬를 그려 놓는 것이 보였다. 나는 생각했다.

'첫 우편 비행치고는…… 참말이지…… 운이 없는걸.'

나는 감독관을 쳐다보며 물었다.

"날씨가 나쁠까요?"

감독관은 유리창 쪽으로 피곤한 눈길을 돌리더니 중얼거렸다.

"이 정도 비쯤이야 아무것도 아니지."

어떤 것이 불순한 일기의 조짐인지 알고 싶어졌다. 기요메는 전날 저녁에 오직 한 번 싱긋 웃음으로써 선배들이 우리에게 덮어씌우는 불길한 조짐들을 지워버렸지만, 그것들은 내 기억 속에서 되살아나고 있었다.

"항공로의 조약돌 하나하나까지 알지 못하는 사람이 폭풍설을 만나면 큰일이지…… 암! 큰일이고말고……."

그들은 곧잘 이렇게 말했다. 그래서 우리가 간직하고 있는 천진난만함을 불쌍히 여기는 듯이 좀 거북살스러운 동정의 눈으로 우리들을 내려다보며 머리를 끄덕이는 것이었다.

그러고 보면 우리들 중 얼마나 많은 사람에게 이 버스가 마지막 대피소 노릇을 했던가? 60명? 80명? 비 오는 날 아침, 바로 저 무뚝뚝한 운전사에게 끌려서. 이런 생각을 하며 주위를 둘러보았다. 밝은 점들이 어둠 속에서 빛나고 있었다. 담뱃불이 저마다의 명상에 구두점을 찍고 있었다. 늙은 고용인들의 오죽잖은 명상들에. 우리 동료들 중 얼마나 많은 사람에게 이 동행들은 마지막 호상(護喪) 노릇을 했을까?

나는 또 조그마한 목소리로 속삭이는 이야기를 귓결에 듣기도 했다. 그것은 병이며, 돈이며, 변변찮은 집안 걱정에 대한 이야기였으며, 이 사람들이 감금되어 있는 우중충한 감옥의 담을 보여주는 것이었다. 그러자 별안간 운명의 모습이 내 앞에 나타났다.

늙은 월급쟁이들이여. 끝내 아무도 그대를 탈출시켜 주지는 못했으나 그것은 그대의 죄가 아니다. 다만 그대는 흰개미들이 하는 모양으로 광명을 향하여 빠져나갈 구멍을 무턱대고 시멘트로 막고 또 막은 나머지, 그대의 평화를 이룩한 것이다. 그대는 자유 시민적 안전 속에, 천편일률적인 일 속에, 시골 생활의 그 숨 막히는 예절 속에 공같이 뭉쳐 그 속에 가두어버린 것이다. 그리고 바람과 조수와 별들을 막기 위한 이 초라한 성벽을 쌓아 올렸다. 그대는 인생의 큰 문제를 아랑곳할 생각은 조금도 없다. 그대는 인간으로서의 번뇌를 잊는 데에만도 무척 고생했다. 그대는 유성(流星)의 주민이 아니며, 대답 없을 질문은 아예 품지도 않는다. 그대는 툴루즈의 한 소시민이다. 아직 그럴 여유가 있을 적에는 아무도 그대의 어깨를 붙잡지 않았다. 지금은 그대를 이루고 있는 진흙이 말라 굳어 버려서, 이제부터는 아무도, 애초에 그대 안에 살고 있었을지도 모르는 잠든 음악가, 시인, 혹은 천문가를 그대 안에 다시 깨워 일으키지는 못하리라.

나는 이제 폭풍우를 원망하지 않는다. 직업의 마술이 내게 한 세계의 문을 열어 주니, 2시간 뒤에는 그 세계 안에서 시커먼 용들이며 푸른 번개가 얼기설기 걸려 있는 산꼭대기와 겨룰 것이고, 밤이 오면 해방되어 별들 가운데에 내 길을 찾아갈 것이다.

우리의 직업적 입문(入門)은 이렇게 진행되어, 마침내 비행을 시작했던 것이다. 이 비행들은 대개 평온했다. 우리는 마치 직업적 잠수부들 모양 우리 영역의 깊숙한 곳으로 조용히 잠겨 들어갔다. 우리의 이 영역은 오늘날 속속들이 탐사되어 있다. 조종사와 기관사와 무전사는 더 이상 모험을 하지 않고, 연구소 안에 틀어박혀 있다. 그들은 벌써 풍경이 바뀌는 것에 복종하던 시기를 지나 여러 가지 지침에 복종하고 있다. 밖에는 산들이 어둠 속에 잠겨 있다. 그러나 그것들은 이미 산이 아니다. 그것들은 그 접근을 계산하지 않으면 안 되는 보이지 않는 강국(强國)들이다. 무전사는 얌전하게 전등불 밑에 숫자를 기입하고, 기관사는 지도에 점을 찍고, 조종사는 산들의 방향이 바뀌었을 때, 왼편으로 끼고 돌려고 하던 산꼭대기가 무언(無言)의 비밀한 군사상 준비로 정면에 펼쳐졌을 때 항로를 수정한다.

지상에서 밤을 새우는 무전사들은 바로 그 시각에 자기들 노트 위에 동료의 통보를 얌전히 써넣는다.

'0시 40분, 방향 230도. 기내 이상 없음.'

오늘날의 승무원들은 이런 모습으로 비행한다. 그들은 움직이고 있다는 것을 도무지 느끼지 못한다. 그들은 바다에 밤이 엄습한 것처럼 모든 목표물에서 아주 멀리 떨어져 있다. 엔진들은 불을 환히 켜놓은 이 방을 속속들이 뒤흔들어 그 본질을 변화시킨다. 시간은 흘러간다. 이 지침반(指針盤) 안에서, 이 진공관 안에서, 이 지침 안에서는 눈에 보이지 않는 광범위한 연금술이 진행되고 있는 것이다. 1초 1초 지나가는 대로, 이 비밀스러운 손짓, 이 숨찬 말 한마디, 이 주의(注意)가 기적을 만들어가는 것이다. 이리하여 시간이 되면, 조종사는 틀림없이 이마를 유리창에 갖다댄다. 무(無)에서 금(金)이 나타난 것이다. 이 금은 기항지 비행장의 불빛 속에서 빛나는 것이다. 그렇다고는 해도 우리 동료라면 누구나 경험했을 것이다. 뜻하지 않게, 특이한 착각의 빛이 비추어 그곳이 어디든, 설령 인도에 가 있다 하더라도 너무 멀리 와 있다는 생각이 들지 않는 하늘 여행. 그리고 다시는 무사히 돌아갈 수 없을 것이라 생각하고는 포기했던 하늘 여행을.

메르모즈도 그랬었다. 수상기(水上機)로 처음 남대서양을 횡단했을 때, 그는 해질 무렵에 포트느와르 부근을 지나갔다. 그는, 눈앞에서 마치 담이 쌓이는 것을 보듯 태풍의 꼬리들이 시시각각 좁혀 들어오고, 이런 준비 공작이 진행되는 중에 밤의 장막이 내려덮어 그것들을 감추어 버리는 것을 보았다. 그리고 1시간 뒤 구름 밑으로 꿰매듯 날고 있을 때, 그는 갑자기 신비한 세계에 발을 들여놓게 되었다.

거기에는 회오리 기둥이 겹겹이 들어서 있었는데, 보기에는 어떤 신전의 검은 기둥같이 꼼짝 않는 것 같았다. 그것들은 맨 꼭대기에 가서는 부풀어서 폭풍우의 시커멓고 야트막한 천장을 떠받치고 있었다. 그러나 군데군데 찢어진 천장의 틈으로 광선 줄기가 내리질리고, 밝은 보름달이 기둥 사이를 뚫고 바다의 차디찬 포석을 비추고 있었다. 메르모즈는, 이 광선 줄기에서 저 광선 줄기로, 아마 바다가 요란한 굉음을 내며 끓어 올라가고 있는, 그 어마어마한 기둥들을 끼고 돌며, 그 무인(無人)의 폐허를 거쳐 4시간이나 비행하여 새어 나오는 달빛을 따라 새로운 출구를 향해 날았다. 그 광경에 얼마나 압도되었던지 포트느와르를 지나칠 때까지 공포를 느끼지 않았다는 것을 메르모즈는 나중에서야 기억했다.

나 또한 실제 세상의 변경(邊境)을 돌파했던 시간들 중 하나를 기억하고 있다. 그날은 밤새껏 사하라 사막의 기항지 비행장들에서 보내오는, 무전 방향을 측정하는 위치가 줄곧 잘못되어서 무전사 네리와 나를 심각한 착오 속에 빠져 들어가게 했다. 짙은 안개의 틈 저 밑에 물이 번쩍이는 것을 보고 갑자기 해안 쪽으로 방향을 바꾸었을 때, 우리가 얼마나 오랫동안 깊은 바다를 비행하고 있었는지 우리는 알지 못했다.

우리는 해안까지 닿을 수 있는지도 확실히 알 수 없었다. 휘발유가 떨어질지 몰랐기 때문이다. 또 해안에까지 닿는다 해도 기항지 비행장을 찾아야만 했다. 그때는 달이 질 무렵이었다. 이미 각도 정보도 끊어져, 우리는 차차 장님이 되어갔다. 달은 마치 깜박이는 숯불 모양으로 눈벌판 같은 안개 속으로 사라져 버려 머리 위 하늘도 구름에 가려지고 말았다. 우리는 그때부터 그 구름과 안개 사이를 뚫고, 모든 빛과 물체가 빠져나간 세상 속을 여행했다.

우리에게 응답하던 기항지 비행장들도 정보 보내기를 단념했다.

'위치 통보 없음…… 위치 통보 없음…….'

그들에게 우리 목소리가 사방에서 들렸기 때문에 결국은 아무 데서도 들려오지 않는 것이나 마찬가지였던 것이다.

그런데 우리가 실망하기 시작할 즈음, 갑자기 전방 좌측에 빛나는 점 하나가 지평선에 나타났다. 순간, 기쁨이 용솟음쳤다. 네리는 내게로 얼굴을 돌리고 노래를 불렀다. 그것은 기항지 비행장일 수밖에 없었고, 그 비행장의 등불일 수밖에 없었다! 왜냐하면 사하라는 밤이면 완전히 빛을 잃고 하나의 거대한 죽음의 땅이 되어버리기 때문이다. 그러나 그 불빛은 약간 반짝거리는가 싶더니 이내 꺼지고 말았다. 우리는 몇 분 동안, 지평선의 연무층과 구름 사이에서 지기 직전의 어느 별 쪽으로 기수(機首)를 향하고 있었던 것이다.

그 뒤로도 우리는 다른 온갖 불빛들이 나타나는 것을 보았다. 그럴 때마다 은근한 희망을 품고 그들 하나하나를 향하여 차례로 기수를 돌렸다. 그리고 불빛이 오래 가면 우리는 생사(生死)에 관한 실험을 해보았다.

"불 보임, 당신네 등대를 세 번 껐다 켰다 하시오."

네리는 시스네로스 기항지 비행장을 향하여 명했다. 시스네로스 비행장이었다면 등대를 껐다 켰다 했을 것이다. 그러나 우리가 주시하던 냉혹한 불빛은, 변함없는 별이라 깜박이지를 않았다. 휘발유가 점점 떨어져 가는데도 불구하고 우리는 매번 금빛 낚시 바늘을 물었으니, 그때마다 그것은 진짜 등대 불이었고, 매번 그것은 비행장이요 삶이었다. 그런 뒤 우리는 또 별을 바꿔야만 했다.

그때부터 우리는, 손이 미치지 않는 수많은 별 가운데에서 오직 하나인 진정한 별, 우리의 별, 홀로 눈에 익은 우리들의 풍경과 친근한 집들, 그리고 우리들의 애정을 간직하고 있는 그 별을 찾아, 우주의 공간을 헤매고 있었다는 것을 깨닫게 되었다.

그것을 간직하고 있던 단 하나의 별…… 그것이 내 눈앞에 나타난 그대로, 혹 그대에게는 유치하게 생각될지도 모르는 모습을 말해 보련다. 그러나 위험의 한가운데에서도 사람은 인간으로서의 걱정을 지니게 마련이어서, 나는 목도 마르고 배도 고팠다. 시스네로스를 찾기만 했다면 우리는 휘발유를 가득 채워 넣고 비행을 계속하여, 상쾌한 이른 아침 카사블랑카에 착륙했을 것이다. 이제 할 일도 다 했으니, 네리와 나는 시내로 들어갈 것이다. 새벽녘에 벌써 문을 여는 조그만 선술집들이 있다…… 위험을 벗어난 네리와 나는 지난밤 일을 웃음으로 날려 버리며 따끈따끈한 크루아상과 커피가 놓인 식탁에 앉을 것이다. 네리와 나는 인생의 아침에 이런 선물을 받을 터였다. 늙은 시골 아낙은 그림 형상이나 순박한 메달, 묵주를 통해서야 자기의 신과 만나는 것이다. 이와 마찬가지로 누구든 우리를 이해시키기 위해서는 단순하게 말해야 한다. 이와 같이 삶의 기쁨은 나에게는 이 향기롭고 따끈한 한 모금의 커피와 밀크, 그리고 밀가루의 혼합으로 요약되는 것이었으니, 그것을 거쳐서 사람들은 조용한 목장과 이국(異國)의 대농원(大農園)과 교제하는 것이며, 온 대지와 교제하는 것이다. 그렇게도 많은 별 중에 우리의 손이 자기에게 미칠 수 있도록 하기 위하여, 새벽 식사의 이 향기로운 접시를 만들어 주는 별은 오직 이 지구 하나밖에 없다.

그러나 넘을 수 없는 거리가 우리 비행기와 사람 사는 땅 사이에 어쩔 수 없이 겹쳐지고 있었다. 세상의 모든 재화가, 성좌들 사이에서 길을 잃은 먼지 하나 위에 머물러 있었다. 그리고 그 먼지 한 알을 찾아내려고 애쓰는 천문가 네리는 계속해서 별들에게 간구하고 있었다.

그의 주먹이 갑자기 내 어깨를 때렸다. 이 주먹질에 이어 나에게 건네진 종이 쪽지에는 이렇게 씌어 있었다.

'만사 오케이, 훌륭한 메시지를 받았습니다……'

그래서 나는 설레는 가슴으로, 우리를 구하여 줄 대여섯 마디의 글을 마저 기록해 주기를 기다렸다. 마침내 나는 하늘의 선물을 받았다.

전날 저녁에 떠난 카사블랑카에서 온 것이었다. 통신이 도중에 지체되었다가 2천 킬로미터 떨어진 바다 위에, 구름과 안개 속에 길을 잃어버린 우리를 별안간 찾아온 것이다. 그 메시지는 카사블랑카 비행장에 있는 관제관에게서 온 것이었다. 내용은 다음과 같았다.

'생텍쥐페리 씨, 나는 파리에다 당신의 징계를 청원할 수밖에 없게 되었습니다. 당신은 카사블랑카를 출발할 때 격납고에 너무 가까이 선회했습니다.'

내가 격납고에 너무 가깝게 선회한 것은 사실이다. 그리고 이 사람이 그의 직책상 화를 내면서 나를 질책하는 것도 당연한 일이다. 비행장 사무실에서라면 나는 이 책망을 겸손하게 받아들였을 것이다. 그러나 그것이 찾아와서는 안

될 곳으로 우리를 찾아온 것이다. 그 책망은 너무도 드문 별들 사이에서, 연무층 위에서, 위협적인 바다 한가운데에서 폭발한 것이다. 우리는 지금 우편물과 우리 자신들, 우리 비행기의 운명을 아울러 양손에 쥐고, 살기 위하여 갖은 고투를 다 하며 조종하고 있는 참인데, 이 사람은 그 하찮은 분노를 우리를 향하여 쏟아내고 있는 것이다. 그러나 네리와 나는 흥분하기는커녕 오히려 갑자기 탁 트인 환희를 맛보았다. 하늘 위에서 우리는 자유의 몸이다. 그는 우리에게 이 사실을 깨닫게 했다. 아니, 그 병장(兵長)은 우리 소매에 달린 별을 보고 우리가 대위로 승진한 것을 알지 못했더란 말인가? 북두칠성과 사수좌 사이를 오가면서 우리 규모에 맞는 사건, 우리의 머리를 번거롭게 할 만한 사건이란 오직 달의 배반뿐인 이때, 그는 우리의 꿈을 어질러 놓은 것이다.

절박한 의무, 이 사람이 존재를 나타내는 그 별의 유일한 본분은 우리가 천체 사이에서 하는 계산을 위하여 정확한 숫자를 알려주는 것이었다. 그런데 그 숫자가 틀렸던 것이다. 그 나머지 일에 대하여는 당분간 이 유성은 침묵을 지키는 것이 상책이리라. 네리는 이런 말을 내게 써보였다.

'쓸데없는 짓 하지 말고 저들이 우리를 어디다 데려다 주면 좋겠는데…….'

네리에게 '저들'은 지구의 모든 사람, 그들의 민의원, 원로원, 해군, 육군, 황제들을 포함하는 것이었다. 이리하여 우리와 대결해 본답시고 하는 이 정신 나간 사람의 메시지를 다시 읽으며, 우리는 수성(水性)을 향하여 침로(針路)를 바꿨다.

우리는 아주 뜻밖의 우연으로 살아나게 되었다. 나는 결국 시스네로스를 언제고 만나리라는 희망을 포기하고, 해안선을 향하여 계속 수직으로 방향을 바꿔, 연료가 다 떨어질 때까지 기수를 같은 방향으로 고정시켜 놓기로 결정했다. 이렇게 해서 바닷속에 잠겨 버리지 않을 얼마간의 운(運)을 마련한 셈이다. 불행히도 눈어림으로 된 내 헤드라이트가 나를 어디로 끌고 가려는지 알 수가 없었다. 또 불행히도, 일이 가장 잘되었다고 쳐도 한밤중에 짙은 안개 속에서 강하(降下)할 수는 없을 것이니, 큰 사고를 일으키지 않고 착륙할 수 있는 기회는 극히 적었다. 그러나 나는 이것저것 가릴 여유가 없었다.

상황은 아주 명료했으므로 내가 우울하게 어깨를 으쓱거리는 사이, 1시간만

빨랐더라도 우리를 구원해 주었을 메시지를 네리가 건네주었다.

'시스네로스가 우리의 위치를 측정하기로 결정했습니다. 시스네로스는 확신할 수는 없지만 216도를 지시했다……'

이제는 시스네로스가 어둠 속에 파묻혀 있지 않고 저기 우리 왼편에 만져질 수 있을 만큼 가까이 자태를 드러냈다. 그러나 거리가 얼마나 떨어져 있는가? 네리와 나는 짤막한 대화를 나누었다. 너무 늦었다. 이 점은 같은 의견이었다. 시스네로스 편으로 달리다가는 해안에 다다르지 못할 위험성이 더 커진다. 네리가 말했다.

"휘발유가 한 시간 분(分)뿐이니 기수를 93도로 고정시킵시다."

그러는 중에 비행장이 하나둘씩 깨어났다. 우리 대화에 아가디르, 카사블랑카, 다카르의 목소리들이 섞여 들었다. 각 도시의 무전국이 여러 비행장에 급보를 보냈던 것이다. 비행장의 주임들은 동료들을 급히 깨워 일으켰다. 이리하여 차츰차츰 이 동료들이, 어떤 환자의 침대 둘레로 모여들듯 우리 주위로 모여들었다. 쓸데없는 관심이었다. 그러나 모두들 열성적이었다. 효과 없는 권고에 불과했지만 몹시도 다정했다.

그런데 갑자기 툴루즈가 나타났다. 4천 킬로미터 저쪽에 떨어져 있는 항공로의 시발점인 툴루즈가 나타난 것이다. 툴루즈는 대뜸 우리들 사이에 자리를 잡고 느닷없이 물었다.

'조종하는 비행기가 F……(나는 그 등록 번호를 잊어버렸다) 기(機)가 아닙니까?'

'그렇습니다.'

'그러면 휘발유가 아직 두 시간 치는 있습니다. 그 비행기의 탱크는 표준형이 아닙니다. 기수를 시스네로스로 돌리시오.'

이와 같이 직업상의 강압이 세상을 변화시키고 풍요롭게 만든다. 조종사로 하여금 묵은 풍경 속에서 새로운 의미를 발견하게 하기 위하여, 이러한 밤이 꼭 필요한 것은 아니다. 승객에게는 지루하고 단조로운 풍경이 승무원들에게는 달리 보이는 것이다. 지평선을 가로막고 있는 구름 덩어리가 그들에게는 이미 장식으로 보이지 않고, 그들의 근육을 긴장시키고 그들에게 문제를 제시할 것이다. 그들은 벌써 그것을 고려하고 계산하고, 그들과 그 구름 덩어리 사이에는 참된 말이 오간다. 저기 산봉우리가 하나 보인다. 아직은 멀리 있다. 그 산봉우리는 어떤 모습을 하고 있을까? 달이 비치면 그것은 편리한 지표가 될 것이다. 그러나 조종사가 맹목적으로 비행할 때나 게다가 편류(偏流)를 바로잡기가 힘들 때, 그리고 위치에 대한 의혹이 생길 때에는 산봉우리가 폭발물로 변한다. 그리고 밤 전체를 위협하고 뒤덮고 마는 것이 마치 해류를 따라 멋대로 흘러다니는, 물에 잠긴 오직 하나의 기뢰(機雷)가 바다 전체를 위험 지구로 만드는 것과 같다.

이와 같이 대양들도 변한다. 보통 승객에게는 폭풍우가 보이지 않는다. 이렇게 높은 곳에서 내려다보면 조금도 두드러져 보이지 않고 무더기로 튀어 오르는 물방울들이 꼼짝 않는 것같이 보인다. 다만 엽맥(葉脈)과 반점이 박혀 있는 희고 큰 삼나무 잎들이 얼어붙은 듯 펼쳐져 있는 것이다. 그러나 승무원들은 여기에는 착수(着水)가 도저히 불가능하다고 판단한다. 그들에게는 저 삼나무 잎들이 독 있는 큰 꽃처럼 보이는 것이다.

또 비록 비행이 순조롭다 할지라도 항공로의 어딘가를 날고 있는 조종사는 단순히 겉으로 드러나는 어떤 풍경만을 보지는 않는다. 땅과 하늘의 빛깔들, 바다 위를 지나가는 바람의 발자국들, 황혼의 황금빛 구름들, 그는 이런 것들을 감상하는 것이 아니라 묵상하는 것이다. 자기 전장을 돌아다니며 천 가지 징조를 보고, 봄이 오는 것, 땅이 얼 염려가 있는 것, 비가 오리라는 것을 미리 내다보는 농사꾼처럼, 직업적인 조종사도 눈의 징조와 연무의 조짐과 무사한 밤의 조짐을 해독(解讀)하는 것이다. 처음에는 자연의 크나큰 문제에서 그를 격리시키는 것 같던 기계가 오히려 더 엄격히 그에게 그런 문제를 제시하는 것이다. 폭풍우 휘몰아치는 하늘이 만들어 놓는 광대한 재판정 가운데에 홀로 남겨진 이 조종사는, 그의 우편기를 사이에 놓고 산, 바다, 폭풍우라는 세 가지 신위(神位)와 겨루는 것이다.

1

메르모즈와 그 밖에 몇몇 동료들이, 카사블랑카에 귀속되지 않은 사하라를 거쳐 다카르에 이르는 구간에 프랑스 항공로를 창설했다. 그때의 엔진들은 저항력이 없던지라, 한 번은 메르모즈의 비행기가 고장을 일으켜 그가 모르인[1]들에게 붙잡힌 적이 있다. 이들은 그에게 해를 가하지 않고 보름 동안 포로로 잡아 두었다가 돈을 받고 풀어주었다. 그리하여 메르모즈는 다시 우편기를 타고 그 지방 위로 비행을 계속했다.

늘 전위대(前衛隊) 노릇을 하는 메르모즈는 남미 정기 항공로가 개설되었을 때, 부에노스아이레스와 산티아고 구간을 조사할 책임과 사하라 위에 다리를 놓은 뒤를 이어 안데스산맥 위에도 다리를 놓을 책임을 맡았다. 그에게는 최고 상승한도 5천2백 미터의 비행기가 주어졌다. 그러나 안데스산맥의 최상봉들은 높이가 7천 미터에 이른다. 이런 조건에서 빠져나갈 통로를 찾기 위해 메르모즈는 이륙했다. 사막의 모래를 정복한 뒤, 이번에는 산과 맞선 것이다. 바람이 불면 눈이 솔 모양으로 펼쳐 놓는 그 산봉우리들을 통과하면서, 폭풍설을 앞두고 만물이 창백해지는 것을 두 바위 절벽 사이에서 당하면, 조종사는 일종의 백병전을 치를 수밖에 없게 되는 그 지독한 위험을 무릅썼다. 메르모즈는 적에 대하여 아무것도 모르는 채, 그러한 접전을 치르고도 살아서 나올 수 있는지 알지 못한 채 이 싸움을 시작한 것이다. 메르모즈는 다른 사람들을 위하여 '시도해 보는' 것이었다.

마침내 그 '시도'를 강행하던 어느 날, 그는 안데스산맥의 포로가 되고 말았다.

표고(標高) 4천 미터의 사방 절벽으로 둘러싸인 고대(高臺)에 떨어진 메르모즈와 기관사는 이틀 동안이나 탈출하려고 애썼다. 그러나 탈출구는 없었다. 그들은 완전히 갇혔던 것이다. 그래서 그들은 마지막 운명을 걸고 공간을 향하여 비행기를 내몰아, 울퉁불퉁한 땅 위를 몹시 덜컹거리며 절벽에까지 미끄러져 가서 떨어졌고 비행기 밖으로 튕겨져 나갔다. 그러나 비행기가 떨어지면서 필요한 속도를 냈기 때문에 자연스럽게 고장난 부분이 고쳐져 다시 조종사의 말을 듣게 되었다. 메르모즈는 한 산봉우리를 향하여 기수를 치켜 그곳에 착륙했다. 그러나 산봉우리에 부딪쳐 밤사이에 얼어터진 배기통이란 배기통에서는 모두 물이 쏟아져 나오고, 비행한 지 7분 만에 벌써 엔진은 멈추고 말았다. 하지만 그들은 발밑에 언약된 땅처럼 펼쳐진 칠레 평야를 발견했다.

---

1) 무어인. 모라타니아 이슬람공화국의 약 70%를 점함.

잠시의 휴식도 없이 그는 다시 재시도에 들어갔다.

안데스 산속을 충분히 탐험하여 횡단기술을 완성해 놓은 다음, 메르모즈는 이 구간을 동료 기요메에게 맡기고 자기는 야간 탐험에 나섰다.

우리 기항지 비행장의 조명 설비가 아직 되어 있지 않았던 시절이었던지라 캄캄한 밤이면 착륙장에는 메르모즈 앞에 휘발유 불 3개가 초라하게 밝혀질 뿐이었다.

그는 그것을 잘 극복하고 야간 항공로를 개척했다.

밤을 길들이고 나서 메르모즈는 대양을 시험했다. 이리하여 1931년 이래 나흘 만에 툴루즈에서 부에노스아이레스까지 우편물을 배달할 수 있게 되었다. 돌아오는 길에 남대서양 한가운데에서 유송관이 고장나 풍랑이 심한 바다 위를 표류했다. 메르모즈와 우편물과 승무원들은 어떤 배에 구조되었다.

이렇게 하여 메르모즈는 사막과 산과 밤과 바다를 개척했다. 그가 사막과 산과 밤과 바다에 빠져 들어간 것은 한두 번이 아니었다. 그러나 돌아오기만 하면 언제나 다시 길을 떠나곤 했다.

마침내, 12년 동안 일을 한 뒤에, 다시 한번 남대서양을 횡단하던 중, 그는 '뒤쪽 우측의 엔진을 끊는다'는 것을 짧은 메시지로 알렸다. 그러고는 침묵이 흘렀다.

이 소식은 별로 불안스러운 것 같지 않았다. 그렇지만 10분 동안 침묵이 이어지자 파리에서 부에노스아이레스에 이르는 항공로의 모든 무전국이 가슴을 졸이며 지키고 있었다. 10분 늦는다는 것은 일상생활에서는 큰 의미가 없지만 우편 비행에서는 매우 중대한 의미를 가지기 때문이다. 이 죽은 시간 속에 아직 알려지지 않은 어떤 사건이 싸여 있는 것이다. 무의미하건 사소하건 불행하건 그 사건은 이미 저질러진 것이다. 운명은 그의 패배를 선언했고, 이 판결에 대하여는 이미 상소(上訴)할 길이 없는 것이다. 강철 같은 손이 비행기를 무사하게 착수(着水)시키거나 분쇄(粉碎)로 이끌어간 것이다. 그러나 판결이, 그것을 기다리는 사람들에게 통보되지는 않았다.

우리 가운데 누가 점점 희박해져 가는 이런 희망을 경험하지 않았으며, 죽을병처럼 각각으로 악화하는 이 침묵을 겪지 않았는가? 우리는 희망을 가지고 있었다. 시간이 자꾸 흘러가고, 그리고 차차 늦어졌다. 우리는 우리 동료들이 다시는 돌아오지 못하리라는 것을, 자신이 그렇게도 자주 날아다닌 그 남대서양 속에 잠들고 있다는 것을 인정해야만 했다. 밀단을 묶고 나서 자기 밭에 누워 자는 추수꾼처럼 메르모즈는 확실히 자기가 한 일 뒤에 들어가 숨은 것이다.

한 동료가 이렇게 죽으면, 그의 죽음은 아직 직무수행 중인 어떤 행동같이 여겨져 처음에는 다른 죽음보다 상심이 크지 않다. 물론 그는 자기의 마지막 기항지를 바꾸어 멀리 떠났다. 그가 없다는 것이 우리에게 빵이 아쉬운 것만큼 아직 뼈에 사무치도록 아쉽지는 않다.

우리는 해후를 오랫동안 기다리는 버릇이 있다. 왜냐하면 항공로의 동료들은 파리에서 칠레의 산티아고에 이르는 넓은 세상에 흩어져 있어서, 영영 서로 말을 주고받고 할 기회가 없는 보초들과 거의 비슷하게 떨어져 있기 때문이다. 흩어져 있는, 직업적인 이 큰 집안의 가족들이 여기저기서 만나려면 비행하다 우연히 마주쳐야 하는 것이다. 카사블랑카, 다카르, 혹은 부에노스아이레스에서 저녁 식탁에 둘러앉아서, 여러 해 동안의 침묵이 흐른 다음에, 끊겼던 대화를 다시 시작하고 옛 추억들을 교환하는 것이다. 그러고는 다시들 출발한다. 대지는 이와 같이 황량하기도 하고 동시에 풍요롭기도 하다. 도달하기 어렵지만 어떤 날이고 우리의 직업으로 인하여 꼭 다시 가고야 마는 그 은밀하게 숨은 정원들이 있기 때문에 풍요로운 것이다. 우리의 생활로 인하여 이 동료들에게서 우리가 격리되어 있기는 하나, 비록 소식이 없고 잊혔을지라도, 그들은 우리가 알지 못하는 어딘가에서 충실하게 살고 있는 것이다. 그러다가 길에서 그들과 만나면 그들은 아름다운 환희의 불꽃을 내뿜으며 우리의 어깨를 잡고 흔드는 것이다! 암, 우리들은 기다리는 습관이 있고말고……

그러나 저 친구의 명랑한 웃음소리를 두 번 다시 듣지 못하리라는 것을 차차 깨닫게 되고, 저 정원이 우리에게는 영원히 출입금지 되었다는 것을 깨닫는다. 그때야 우리의 참된 슬픔이 시작되는데, 그것은 조금도 가슴을 찢는 것이 아니고 다만 약간 마음이 쓰라린 그런 것이다.

잃어버린 동료를 대신할 만한 것은 아무것도 없다. 오랜 벗들은 만들어지는 것이 아니다. 공통된 그 많은 추억, 함께 당한 그 많은 괴로운 시간, 그 많은 불화, 화해, 마음의 격동, 이러한 보물만큼 값어치 있는 것은 아무것도 없다. 이런 우정들을 다시 만들어 내지는 못하는 것이다. 참나무를 심었다고 오래지 않아 그 그늘 밑에 쉬기를 바란다는 것은 헛된 일이다.

인생도 그렇다. 우선 우리는 재화를 모으고 몇 해를 두고 나무를 심었다. 그러나 시간이 이 사업을 해체해 버리고 나무를 자를 때가 온다. 동료들은 하나, 둘, 우리에게서 그늘을 빼앗아 간다. 그리고 우리들의 슬픔에는 늙어간다는 은근한 회한이 섞이는 것이다.

이러한 윤리를 메르모즈와 그 밖의 동료들이 우리에게 가르쳐 주었다. 어떤 작업의 위대함은 무엇보다 인간을 모아 놓는 데 있는지도 모른다. 진정한 사치는 한 가지밖에 없으니 그것은 인간관계의 사치이다.

다만 물질적 이익만을 위하여 일한다면 스스로 감옥을 짓는 것이나 다름없다. 우리는 살 만한 가치가 조금도 없는 재(灰)와 같은 돈을 가지고 외로이 유폐되어 있는 것이다.

내 추억 가운데에서 나에게 오랜 여운을 남겨 준 것을 찾아보고, 값어치 있는 시간을 따져 보면, 어떠한 재산도 나에게 마련하여 주지 못했을 시간들을 영락없이 찾아낸다. 메르모즈 같은 친구의 우정, 함께 시련을 겪음으로 해서 우리와 영원히 맺어진 동료의 우정은 돈으로는 살 수 없다.

비행하는 밤과 무수한 별들, 몇 시간 동안의 담담한 심정, 그 절대력, 이런 것은 돈으로 살 수 없는 것이다.

어려웠던 하룻길 뒤에, 세상의 새로운 모습, 새벽녘에 우리에게 다시 주어진 생명에 의하여 생생한 색채를 띠게 된 저 나무들, 꽃들, 여인들, 미소들, 우리에게 노고의 보답으로 주어진 사소한 것들의 이 합주(合奏), 이런 것은 결코 돈으로 사지 못하는 것들이다.

귀속되지 않은 지방에서 지낸 그 밤, 아직도 기억이 새로운 그 밤도 돈으로는 살 수 없는 것이다.

우리는 해질 무렵에 리오데오로 해변에 떨어진 세 우편기의 승무원들이었다.

먼저 동료 중에서 리겔이 접속간(接續桿)의 파열로 인하여 착륙했고, 다음으로 부르가가 그 승무원들을 수용하려고 착륙했으나 경미한 손상으로 땅에서 떠날 수가 없었다. 마침내 내가 착륙했는데, 내가 갔을 때에는 이미 땅거미가 내리고 있었다. 우리는 부르가의 비행기를 구하기로 작정하고, 날이 밝으면 수리를 시작하기로 했다.

1년 전, 바로 이곳에서 고장을 일으켰던 우리 동료, 구르와 에라블은 귀속되지 않은 곳 주민들에게 살해당했다. 지금도 소총수(小銃手) 300명으로 된 유격대가 보쟈르도 지방 어딘가에서 야영하고 있다는 것을 우리는 알고 있었다. 우리들의 세 비행기가 내려앉은 것은 멀리서도 보였을 것이니 그들의 경계를 불러일으켰을지도 모를 일이었다. 그래서 우리는 마지막이 될지도 모르는 밤샘을 시작한 것이다.

우리는 밤을 지낼 준비를 했다. 수하물을 넣어 두는 기창(機艙)에서 짐짝 대여섯 개를 내려 물건을 끄집어낸 뒤 둥그렇게 벌여 놓고, 궤짝마다 그 밑에는 마치 초소 속에서처럼 바람받이에 초라한 촛불을 하나씩 켜놓았다. 이렇게 사막 한가운데 헐벗은 지각(地殼) 위 세상이 갓 생겨났을 때와 같은 고립 속에서 우리는 한 촌락을 건설했다.

우리 촌락의 그 큰 광장, 우리의 궤짝들이 흔들리는 불빛을 쏟아 주는 그 사막의 한 공간 위에서, 우리는 모여 앉아 기다렸다. 우리를 구해 줄 새벽을, 아니면 모르인들의 공격을. 그런데 그 밤은 왠지 모르게 성탄절 밤의 느낌을 자아내고 있었다. 우리는 서로 추억을 이야기하고 농담을 주고받으며 노래를 불렀다.

우리는 잘 준비된 축제에서 느낄 수 있는 그런 기분 좋은 감격을 맛보고 있었다. 그러면서도 우리는 그지없이 가난했다. 바람과 모래와 별들. 그것은 트라피스트회의 수도사에게나 어울릴 엄격함이었다. 그러면서도 자기네들의 추억 말고는 이 세상에 이미 아무것도 가진 것이 없는 예닐곱 명의 사람들이, 그 침침한 식탁보 위에서 보이지 않는 재물들을 분배하고 있었다.

우리들은 이때 비로소 서로 만난 것이다. 사람들은 오랜 세월 서로 어깨를 나란히 하고 한길을 걸으면서도 그저 자신의 침묵 속에 숨어버리거나, 설령 대화는 나눈다 해도 아무런 감정이 섞이지 않은 말만 주고받곤 한다. 하지만 위험과 맞닥뜨리면 삽시간에 손을 맞잡는다. 이리하여 서로 한 공동체 안의 일원임을 발견하게 된다. 사람들은 다른 사람의 마음을 발견함으로써 자신의 마음이 풍요로워짐을 느낀다. 그러고는 부드러운 미소를 지으며 서로 얼굴을 마주본다. 이때 사람들의 모습은 서로 비슷하다. 바다의 드넓음에 놀라는 해방된 죄인 같은 그 모습이.

2

기요메, 그대의 이야기를 몇 마디 덧붙여야겠다. 그러나 미련스럽게 그대의 용기나 혹은 그대의 직업적 가치를 역설해서 그대를 거북하게 만들지는 않으련다. 그대의 가장 훌륭한 모험을 이야기함으로써 다른 무엇을 그려 보고자 하는 것이다.

그대에겐 어떻게 불러야 할지 알 수 없는 장점이 하나 있다. 이 말 한마디로 충분치는 않으나 그것은 어쩌면 '신중함'이다. 왜냐하면 내가 말하는 장점은 가장 명랑한 쾌활을 곁들일 수 있기 때문이다. 그것은 나무토막 앞에 동등한 기분으로 마주하고, 그것을 만져보고, 재며, 또 능숙하게 다루면서 거기에다 자기의 온갖 기능을 집중시키는 목수의 장점 바로 그것이다.

기요메, 나는 전에 그대의 모험을 찬양하는 어떤 기사를 읽은 적이 있는데, 그 불충분한 묘사를 고쳐야겠다는 생각을 꽤 오래전부터 하고 있었다. 그 이야기에서 가장 급박한 죽음이나 위험 가운데에서의 그대의 용기라는 것이 마치 중학생들이 조롱을 일삼듯, '부랑자 가브로슈'가 기지라도 부리는 양 되어 있는 것을 볼 수 있다. 기요메, 기사를 쓴 그 사람은 그대를 결코 알지 못했다. 그대는 그대의 적수들과 대결하기 전에 그들을 조롱할 필요를 느끼지 않았다. 몹쓸 폭풍우를 대하면 그대는 판단을 내린다.

"몹쓸 폭풍우가 오는구나."

그대는 그것을 받아들이고 그것을 대중해 본다.

기요메, 나는 여기에 내 추억의 증언을 그대에게 보낸다.

겨울에 안데스산맥을 횡단하던 그대가 실종된 뒤 50시간이 지났을 때였다. 나는 파타고니아 오지(奧地)에서 돌아와 멘도사에 있는 조종사 들레를 찾아갔다. 우리 둘은 비행기로 닷새 동안 그 첩첩산중을 뒤졌으나 아무것도 찾아내지 못했다. 우리 두 비행기로는 아무래도 역부족이었다. 우리에게는, 1백 대의 비행편대가 1백 년 동안을 날아다녀도, 7,000미터에 이르는 높은 봉우리를 포함한 그 거창한 산악지대를 완전히 탐사하지 못할 것처럼 보였다. 우리는 희망을 잃었다. 5프랑을 벌기 위해서는 죄악도 서슴지 않는 강도들이나 밀수자들조차도, 아무리 많은 보수를 약속해도 그 지맥(支脈) 위에 구조대 보내기를 거절했다.

"거기서는 우리의 목숨이 위험합니다."

그들은 이렇게 말했다.

"안데스산은 겨울에는 사람을 돌려주지 않습니다."

들레와 내가 산티아고에 착륙하자 칠레 장교들도 우리에게 탐색을 중지하라고 권고했다.

"지금은 겨울입니다. 당신들의 동료가 추락할 때 죽지 않았다 하더라도 밤은 살아서 넘기지 못합니다. 저 위에서는 밤이 사람 위를 지나가면 사람은 얼음으로 바뀐답니다."

그래서 내가 다시 안데스의 벽과 기둥 사이로 미끄러져 다닐 때, 나는 이제, 그대를 찾는 것이 아니고 눈으로 된 대성당 안에서 그대의 시체를 두고 밤샘을 하는 것 같은 생각이 들었다.

드디어, 이레째 되던 날, 한 차례 횡단하고 다음 비행을 기다리는 동안, 멘도사의 어떤 식당에서 점심을 먹고 있노라니까, 어떤 사람이 문을 밀고 들어와 소리 질렀다. 한두 마디뿐이었다.

"기요메가 살아 있어!"

그러자 거기에 있던 전혀 생면부지의 사람들도 환호하며 서로 껴안았다.

10분 뒤에 나는 르페브르와 아브리 두 기관사를 태우고 이륙했다. 40분 뒤에는, 왜 그랬는지 모르나 산라파엘 쪽으로 그대를 싣고 가는 자동차를 알아보고 길옆에 착륙했다. 그것은 무어라 표현할 수 없는 참으로 아름다운 해후였다. 우리는 모두 울었다. 그리고 살아 있는, 부활한, 스스로 기적을 만들어 낸 그대를 으스러져라 품에 껴안았다. 그때, 그대의 인간성을 엿볼 수 있는 말을 처음으로 남겼다. 그것은 칭찬 받아 마땅할 인간으로서 긍지가 담긴 말이었다.

"내가 한 일은, 결단코 어떤 짐승도 일찍이 한 일이 없을 것이라고 단언하네."

이것이 알아들을 수 있는 그대의 최초의 말이었다.

나중에 그대는 조난했을 당시의 이야기를 우리들에게 들려주었다.

48시간 동안에 칠레 쪽 안데스 산비탈에 두께 5미터나 되는 눈이 쏟아져 모든 공간을 막았기 때문에, 팬 에어 회사의 미국 비행사들은 오던 길을 되돌아 갔다. 그러나 그대는 하늘의 빈틈을 찾아보려고 이륙했다. 그대는 그 빈틈의 함정을 남쪽에서 발견하고는 고도 6500미터를 유지한 채, 6000미터 이상은 올라오지 않는 구름 위를 날고 있었다. 그저 여기저기 돌출된 고봉만이 구름 위에 드러나 있었다. 그대는 아르헨티나 쪽으로 기수를 돌렸다.

하강 기류는 가끔 조종사들 기분을 음울하게 만든다. 엔진은 이상 없이 돌건만, 기체는 밑으로 빠져들어 간다. 고도를 잃지 않으려고 승강타를 끌어당긴다. 그러면 비행기는 속도를 잃고 힘이 없어져 그대로 빠져 들어간다. 이제는 너무 급상승하지나 않았나 싶어, 손을 떼고 비약대(飛躍臺) 모양으로 바람을 맞바로 받는 유리한 산봉우리에 기대 보려고 오른편, 혹은 왼편으로 표류하게 내버려둔다. 그러나 강하는 그냥 계속된다. 하늘 전체가 내려앉는 것 같다. 그러면 일종의 우주적 사고에 끼어든 것 같은 느낌을 가지게 된다. 이미 대피소는 어디에도 없다. 오던 데를 되돌아서서 공기가 무슨 기둥처럼 튼튼하고 빽빽하게 받쳐 주던 지대를 찾아 뒤로 돌아가려고 해 보나 소용이 없다. 이미 기둥은 사라졌다. 모든 것이 분해되고 사람은 만물이 파손되는 가운데에서 뭉게뭉게 피어나, 그대에게까지 올라와 그대를 삼켜 버리는 구름을 향하여 미끄러져 내려가는 것이다.

그대는 우리에게 이런 말을 했다.

"그때 이미 나는 옴짝달싹도 못할 판국이었어. 그러나 나는 단념하지 않았지. 움직이지 않는 것 같은 구름 위에서도 하강 기류를 만나는 수가 있거든. 구름이 움직이지 않는 것같이 보이는 것은 다만 같은 고도에서 구름이 무제한으로 다시 생기기 때문이야. 고산지대에서는 모두가 참으로 이상야릇하단 말이야……."

그리고 그 구름들이라니!……

"구름한테 둘러싸이자 나는 조종간을 놓아 버리고 밖으로 떨어지지 않으려고 시트를 움켜잡았네. 안전벨트가 어깨에 상처를 내고 끊어져 나갈 것 같은 심한 진동이었네. 거기에다 성에가 끼어 기계의 수평을 모두 앗아갔기 때문에 나는 6500미터 상공에서 3500미터로 모자가 굴러가듯 떨어졌네.

3500미터에서 나는 수평으로 된 어떤 검은 덩어리를 힐끗 보았네. 그래서 비행기를 다시 수평으로 회복시킬 수가 있었지. 그것은 호수였는데, 그것이 라구나 디아망테라는 것을 확인했네. 나는 그 호수가 산 중턱의 함지(陷地) 밑에 있다는 것을 알고 있었어. 그 높이가 6900미터나 된다는 마이푸 화산에 말이지. 간신히 구름은 벗어났지만 빽빽한 눈보라의 소용돌이 때문에 앞이 보이지 않아, 함지의 산 허리에 부딪치지 않고는 그 호수를 빠져나갈 수가 없었네. 그래서 나는 그 호수 둘레로, 30미터의 고도를 유지하며 휘발유가 다 떨어질 때까지 빙빙 돌았네. 두 시간 동안 돈 다음에 나는 내려앉다가 뒤집혀 버렸지. 비행기에서 빠져나오자 폭풍에 쓰러졌네. 일어섰지. 그러자 다시 쓰러지고 말았네. 할 수 없이 기체 밑으로 기어들어가 눈 속에 대피소를 파는 수밖에 없게 되었지. 나는 거기서 우편낭을 들쳐쓰고 48시간 동안을 기다렸네.

그런 다음 폭풍설이 멎자 나는 걷기 시작했네. 닷새 낮하고 나흘 밤을 걸었지."

그러나 기요메, 그대에게 남은 것이 무엇이던가? 우리는 그대를 찾아내기는 했다. 그러나 새까맣게 타고 빳빳해지고 노파처럼 오그라든 그대를! 그날 저녁으로 나는 비행기로 그대를 멘도사로 데리고 왔다. 그곳 병원에서는 하얀 홑이불이 그대 위에 향유처럼 흘러내렸다. 그러나 그것들이 그대를 낫게 하지는 못했다. 그대는 잠재울 수 없어 이리 뒤척 저리 뒤척하는, 지칠 대로 지쳐 버린 육체가 거추장스러웠다. 그대의 육체는 바위도 눈도 잊어버리지 못했다. 그것들은 그대의 육체에 흠집을 남겨 놓았다. 나는 얻어맞아 검푸르게 멍든 과일같이 부어오른 시커먼 그대의 얼굴을 들여다보고 있었다. 그대는 그 훌륭한 그대의 연장을 쓸 수가 없게 되어 몹시 추하고 불쌍해 보였다. 그대의 손들은 곱아진 채였고, 그대가 숨을 돌리기 위하여 침대가에 앉으면 그대의 언 발들은 죽은 두 시계추 모양으로 늘어져 있었다. 그대는 아직도 그대의 길을 끝내지 못하여 숨을 헐떡이고 있었고, 또 편안하게 하려고 베개 위에 돌아누울 때에는 그대가 붙들어 놓을 수 없는 환상의 행렬이, 무대 위에서 발을 동동 구르며 기다리던 행렬이 그대의 두개골 안에서 움직이기 시작하는 것이었다. 그리고 그 행렬은 행진하고 있었고, 그리하여 그대는 그들의 잿더미 속에서 자꾸 소생하는 원수들하고 수없이 싸움을 되풀이했다.

나는 그대에게 탕약을 자꾸 따라 주었다.

"여보게, 마시게."

"내가 제일 놀란 것은……말이야……."

이기기는 했으나 큰 타격을 받은 흔적이 역력한 권투선수 같은 그대는, 이 괴이한 모험을 다시 재현했다. 그러고는 조금씩 그 이야기를 들려주었다. 그대가 밤새껏 이야기하는 동안, 나는 그대가 피켈도, 로프도, 식량도 없이 4천5백 미터나 되는 고개를 올라가는 것을 보았고, 발과 무릎과 손에 피를 흘리며 영하 40도의 추위를 무릅쓰고 깎아지른 듯한 산비탈을 기어오르는 것을 보았다. 차차 피와 힘과 정신이 빠져나가는 그대는 개미처럼 고집스럽게 장애물을 넘기 위하여 가던 길을 되돌아오기도 하고, 넘어졌다가는 다시 일어나고, 혹은 심연으로밖에는 통하지 않는 언덕을 다시 올라가기도 하고, 또 눈 침대에 누우면 다시는 일어나지 못하므로 할 수 없이 조금도 휴식을 취하지 않고 앞으로 나아갔다.

실상 그대가 미끄러졌을 때 돌로 변하지 않으려면 빨리 일어나야 했다. 그대는 추위로 인하여 시시각각으로 돌같이 굳어져 갔고, 넘어진 다음 잠깐 동안의 휴식을 맛본 탓으로 다시 일어나기 위해서는 굳어버린 근육을 움직여야만 했다.

그대는 온갖 유혹에 저항했다. 그대는 내게 이런 말을 들려주었다.

"눈 속에서는 생존 본능이 모두 없어지고 마네. 사나흘 동안을 걷고 나면, 자고 싶은 생각밖에는 없단 말이야. 나도 그게 원(願)이었어. 그러나 나는 나 자신에게 말했지. '내 아내가 내가 살아 있을 거라고 생각한다면, 내가 걷고 있을 거라고 생각할 것이다. 내 동료들도 내가 걷고 있을 거라고 생각할 것이다. 그들은 모두 나를 믿는다. 그러니 만약에 내가 걷지 않는다면 나는 못난 놈이다.'"

그래서 그대는 걸었다. 그리고 주머니칼 끝으로 날마다 구두의 운두를 조금씩 더 잘라, 얼어서 부풀어 오른 발이 견딜 수 있게 했다.

그대는 내게 이런 고백도 했다.

"둘째 날부터는 말이야, 나에게 가장 큰일은 생각을 하지 않는 것이었네. 나는 너무도 괴롭고 내 처지는 너무나 절망적이었네. 걸을 용기를 내려면 그 처지를 생각하지 않아야만 했지. 불행히도 나는 뇌를 제대로 통제하지 못했어. 그놈이 터빈처럼 움직인단 말이야. 그러나 나는 뇌에다가 영상(映像)을 골라 줄 수는 있었지. 나는 영화나 책에 열중하려고 했네. 그러면 그 영화나 책은 달음박질쳐서 내 안에서 획획 지나가지. 그러고는 그때의 내 처지를 다시 생각하게 된단 말이야. 틀림없었어. 그러면 나는 내 머릿속에 다른 추억을 불러내곤 했다네……."

그러나 한 번은 미끄러져 눈 속에 배를 깔고 엎드러진 채 그대는 다시 일어날 생각을 하지 않았다. 그대는 온 정열을 들인 일격에 허탈해져서 다시 회복할 길 없는 마지막 10초까지 이르도록 1초, 1초가 아득한 나락으로 떨어지는 것을 듣고 있는 권투선수와 같았다.

"나는 할 수 있는 모든 일을 다했지만 도무지 희망이 없다. 무엇 때문에 이 고난을 고집하는 건가?"

그대가 세상에서 평화를 얻으려면 눈을 감아야 했다. 세상에서 바위와 눈을 지워버리는 것이다. 그 기적적인 눈꺼풀을 감기가 무섭게 아픔도, 추락도, 찢어진 근육도, 타는 듯한 동상도 없어지고, 소같이 건장할 때 끌고 가야 할 생명의 짐, 마차보다도 더 무거운 그 생명의 짐도 없어지는 것이다. 벌써 그대는 독약이 된 추위를, 모르핀처럼 이제는 그대를 온통 편안하게 만들어 주는 그 추위를 맛보고 있었다. 그대의 생명은 심장 둘레로 피난하고 있었다. 무엇인지 아늑하고 귀중한 것이 그대 자신의 중심에 웅크리고 있었다. 그대의 의식은 육체의 먼 부분을 차차 포기했고, 지금까지 괴로움을 실컷 겪은 그 육신은 벌써 대리석과 같은 무관심을 물려받았었다.

그대의 소심증까지도 가라앉았다. 우리의 호소는 그대에게까지 이르지 못했다. 아니 더 정확히 말하자면 그대에게는 그것이 꿈속 호소로 느껴졌다. 그대는 행복한 꿈속 걸음으로 응답했고, 그대에게 쉽사리 넓은 들판의 쾌락을 보여주는 큼직하고 쉬운 발걸음으로 응답했다. 그대는 그대를 몹시도 다정하게 감싸주는 세상 속으로 얼마나 쉽사리 미끄러져 들어갔던가! 그대의 귀환, 그대는 인색하게도 우리에게 그것을 거부하기로 결정했던 것이다.

가책이 그대의 의식 저 밑바닥에서 생겨났다. 꿈속에 갑자기 확실한 내용이 섞여 들어왔다.

"나는 내 아내를 생각했네. 내 보험 증서가 있으니 별로 비참한 생활은 하지 않겠지. 그러나, 보험은……."

실종의 경우, 법정 사망(法定死亡)은 4년이 미루어진다. 이 점이 그대의 머릿속에 번갯불같이 나타나며 다른 영상들을 지워버렸다. 그런데 그대는 어느 눈 덮인 가파른 언덕에 배를 깔고 엎어져 있었다. 그대의 시체는 여름이 되면 그 흙탕에 섞여 안데스의 수많은 심연 중 하나를 향하여 굴러 내려갈 것이다. 그대는 그것을 알고 있었다. 그러나 그대에게서 50미터 떨어진 앞에 바위 하나가 우뚝 솟아 있다는 것도 그대는 알고 있었다.

"나는 생각했네. 내가 다시 일어나면 저 바위까지 갈 수 있을지도 모른다. 그리고 내 몸을 바위에 기대어 두면 여름날, 누군가에게 발견될 것이다."

한 번 일어서자 그대는 이틀 밤과 사흘 낮을 걸었다.

그대는 멀리 갈 생각은 별로 하지 않았다.

"나는 종말이 가까워 온 것을 여러 가지 징조로 짐작했네. 그중 하나는 이런 것이었지. 나는 대강 두 시간마다 걸음을 멈추고 구두를 조금 더 째 놓거나 부어오른 발을 눈으로 문지르거나, 그렇지 않으면 그저 심장이라도 좀 쉬게 하지 않으면 안 되었네. 그러나 마지막 무렵에는 기억력이 없어지더군. 떠난 지가 벌써 오래되었는데, 무슨 생각이 퍼뜩 들더란 말이야. 그때마다 나는 무엇을 잊은 것이 생각났어. 첫 번은 장갑 한 짝이었는데, 그 혹독한 추위에 그것은 중대한 일이었지! 나는 그것을 앞에 내려놓았다가 다시 집어 들지 않고 떠난 것이었네. 다음에는 시계였어. 그다음은 주머니칼이었고, 또 그다음은 나침반이었네. 멈출 때마다 나는 점점 더 가난해졌네……."

"생명을 구해주는 건 한 발을 내딛는 것일세. 그리고 또 한 걸음, 언제나 같은 발걸음을 다시 시작하는 거라고……."

"내가 한 일은 결단코 어떤 짐승도 일찍이 한 일이 없을 것이라고 단언하네."

내가 아는 중에서 가장 고귀한 이 구절, 인간을 제 위치에 놓아주고 그를 영광스럽게 해 주고, 진정한 계급제도를 다시 세워주는 이 구절이 내 기억에 떠올랐다. 그대는 마침내 잠이 들었다. 구겨지고 까맣게 탄 그 육체에서 의식은 다시 살아나려 했고, 다시 그 육체를 지배하려 했다. 그러니까 육체는 훌륭한 연장에 지나지 않고 육체는 하나의 종에 지나지 않는다. 그리고 기요메, 그대는 이 훌륭한 연장에 대한 자부심도 표현할 줄 알았다.

"아무것도 먹지 못하고 걷는 것이 사흘째 되니…… 내 심장이 말이야, 그놈이 그리 튼튼하지 못하리라는 건 자네도 쉽게 짐작할 수 있겠지…… 그런데 공중에 매달려서 주먹을 넣어 구멍을 파면서 올라가던 깎아지른 듯한 언덕에서 내 심장이 고장을 일으키더라고. 멈칫멈칫하다가 다시 뛰고 제대로 뛰지를 못하곤 하더란 말이야. 1초만 더 멈칫했다가는 손을 놓아 버리게 되리라고 느껴졌지. 나는 꼼짝하지 않고, 내 가슴속에 귀를 기울였네. 일찍이, 알겠나? 일찍이 나는 그 몇 분 동안 내 심장에 매달려 있는 것을 느낀 것만큼, 그만큼 바짝 내 엔진에 매달렸던 적이 없었네. 나는 내 심장에게 말했네. 자! 조금만 더 기운을 내라! 좀 더 뛰어 봐!…… 내 심장은 질이 좋은 모양이야. 멈칫하다가는 언제나 다시 뛰기 시작했거든…… 이 심장이 얼마나 자랑스럽게 생각되었는지 자네는 모를 걸세!"

내가 지키고 있는 멘도사의 방에서 그대는 마침내 숨 가쁜 잠이 들었다. 그때 나는 이런 생각을 했다. 기요메에게 그의 용기 이야기를 하면 그는 어깨를 들썩해 보일 것이다. 그러나 그의 겸손을 찬양하는 것도 그를 배반하는 것이 될 것이다. 그는 이러한 평범함 훨씬 저편에 자리하고 있었던 것이다. 그가 어깨를 들썩한다면 그것은 총명해서 그런 것이다. 한 번 사건에 부딪히면 사람들은 무서움이 없어진다는 것을 그는 알고 있다. 오직 미지의 것만이 사람들을 무섭게 하는 것이다. 그러나 그것을 무릅쓰면 그것은 이미 미지의 것이 아니다. 특히, 그 미지의 것을 그 총명한 신중함으로 살펴볼 때 그렇다. 기요메의 용기는 무엇보다도 그의 정의(正義)의 결과인 것이다.

그의 진짜 장점은 거기에 있지 않다. 그의 위대함은 자기의 책임을 느끼는 데에 있다. 자기에 대한 책임, 우편물과 희망을 품고 있는 동료들에 대한 책임,

그는 저들의 근심이나 기쁨을 좌우할 수 있다. 저기 살고 있는 인간들의 세계에 새로 건설되는 것, 자기도 참가해야 하는 그것에 대한 책임, 자기 일의 한도 내에서 인류의 운명에 대해서 조금은 느끼고 있는 책임이다.

넓은 지평선을 그들의 잎들로 덮기를 승낙하는 너그러운 존재들 중에 그는 끼어 있다. 사람이 된다는 것은 바로 책임을 안다는 것이다. 자기 탓이 아닌 것 같은 곤궁 앞에서 부끄러움을 아는 것이다. 자기 의지로 세상을 세우는 데에 이바지한다고 느끼는 것이다.

사람들은 이런 인간들을 투우사나 노름꾼과 혼동한다. 사람들은 이들이 죽음을 대수롭지 않게 생각하는 것을 경이롭게 생각한다. 그러나 나는 죽음을 가볍게 여기는 것을 대수롭지 않게 생각한다. 그것이 자기가 알고 들어간 책임감에서 나오는 것이 아니면 빈곤이나 지나친 젊음의 표지밖에는 되지 않는 것이다. 나는 자살한 한 젊은이를 안다. 나는 그가 무슨 실연을 당했기에 조심스럽게 심장에다 대고 총을 쏘았는지 모른다. 어떤 문학적 유혹에 빠져 손에 흰 장갑을 끼었는지 나는 모른다. 그러나 그 초라한 연극을 보고 숭고하다는 인상보다는 한심하다는 느낌이 들었다. 그렇게도 사랑스러운 그 얼굴 뒤, 이 인간의 두개골 속에는 아무것도 없었던 것이다. 다른 아가씨와 비슷한 어떤 어리석은 아가씨의 영상을 빼놓고는.

이 빈약한 운명과는 대조적인 하나의 진정한 인간다운 죽음이 내 머릿속에 떠올랐다. 어느 정원사의 죽음이다.

그는 내게 이런 말을 했다.

"이거 보시오. 나도 땅을 파는 것이 괴로울 때가 있었습니다. 내 다리가 관절염으로 당기거나 할 때면 나는 그놈의 종살이를 저주했지요. 그런데 지금은 괭이질을 했으면, 땅을 팠으면 하는 생각이 드는군요! 괭이질을 한다는 것이 얼마나 기분 좋은 일인지 모르거든요! 땅을 팔 때는 마음이 더없이 편하거든요! 하기야 내가 아니면 누가 내 나무들을 가꾸어 주겠습니까?"

그는 자기가 아니면 지구 전체가 황무지가 되는 줄 알고 있었다. 그는 모든 땅, 모든 나무들과 사랑으로 연결되어 있었던 것이다. 그야말로 인자(仁者)이고 지자(知者)이며 왕자(王者)였던 것이다! 그 사람이야말로 스스로의 창작을 위해 죽음에 저항하여 싸우던 그때의 기요메처럼 용감한 사나이였다.

＊아프리카 제국은 오랜 세월 서구 여러 나라의 세력다툼의 대상이었다. 프랑
　스는 17세기부터 아프리카에서 노예무역을 시작했다. 1816년 이후에는 세네
　갈을 침략기지로 하여 본격적으로 식민지 확장에 나섰다. 20세기 초엽에는
　지금의 모리타니, 세네갈, 기니, 말리, 오트볼타, 코트디부아르, 니제르, 다호메
　이 등 8개 공화국을 '프랑스령 서아프리카'라고 이름 붙여 연방 형태로 통치,
　다카르를 수도로 했다.

비행기

기요메, 기압계를 검사하고, 회전의(回轉儀) 위에서 몸을 가누고, 엔진의 숨결을 들어보고 15톤이나 되는 금속에 어깨를 으스러지게 하는 중에, 그대의 낮과 밤들이 흘러간들 무슨 상관있겠는가? 그대에게 제시되는 문제들은 결국 인간의 문제이고, 그래서 그대는 대번에 그대로 산골 사람의 고귀한 지위를 붙잡은 것이다. 여느 시인처럼, 그대는 새벽의 알림을 음미할 줄 안다. 어려운 밤들의 심연 속에서 그대는 그토록 자주 저 창백한 불꽃 덩어리, 동쪽 시커먼 땅에서 솟아오르는 저 광명의 출현을 소원했다. 그 기적의 샘이 어느 순간 그대 앞에서 천천히 녹아내려, 죽는 줄 알고 있던 그대를 낫게 했다.

정교한 기구를 다룰 줄 안다는 그 사실이 그대를 딱딱한 기계사(機械師)로 만들지는 않았다. 우리들의 기술 발달을 지나치게 두려워하는 사람들은 목적과 방법을 혼동하는 듯하다. 물질적 재산을 얻을 희망만을 가지고 싸우는 사람은 정작 살 만한 가치가 있는 것은 거두지 못한다. 그러나 기계는 목적이 아니다. 비행기 또한 목적이 아닌 하나의 도구이다. 쟁기와 같이 하나의 연장인 것이다.

오늘날 기계가 인간을 망친다고 생각한다면, 그것은 아마 우리가 느끼는 빠른 변화의 결과를 판단할 수 있을 만큼 조금 뒤로 물러서서 바라보는 눈이 없기 때문일 것이다. 20만 년이나 되는 인간의 역사 앞에 고작 100년에 불과한 기계의 역사가 무엇이란 말인가? 이를테면 우리는 광산과 발전소가 있는 이 풍경 속에 겨우 자리 잡은 참이다. 아직 채 완성하지도 못한 이 새집에서 겨우 살기 시작한 것이다.

우리 주위의 모든 것은 너무도 빨리 바뀌고 만다. 인간들의 관계도, 노동 조건도, 풍습도 모두 우리 주변에서 너무나도 빨리 변해버렸다. 심지어 우리의 심리조차도, 그 가장 은밀한 밑바닥에 이르기까지 뒤죽박죽이 되고 말았다. 분리와 부재(不在), 거리, 복구, 이런 개념이나 단어는 그대로 남아 있다 해도 이미같은 내용을 품고 있지는 않다. 오늘의 세계를 파악하는 데에 우리는 어제의세계를 위하여 제정된 언어를 사용하고 있는 것이다. 그리고 과거의 생활이 더적절하게 우리의 언어와 합치된다는 한 가지 이유만으로 그것이 우리의 본성과 더 잘 맞는 것처럼 생각한다.

진보 하나하나가 겨우 가지게 된 습성에서 우리를 좀 더 멀리 쫓아 버렸다. 이리하여 우리는 고국에서는 떠났으되 아직 새로운 나라를 세우지 못한 이주민에 불과한 것이다.

우리 모두는 아직 새 장난감에 눈을 휘둥그렇게 뜨는 어린 야만인들이다. 우리의 비행기 경주도 다른 뜻이 있는 게 아니다. 저것은 더 높이 올라가고 이것은 더 빨리 비행한다. 우리는 왜 그 비행기를 날게 하는지를 잊어버리고 있다. 우선은 경주가 그 목표보다 더 중하다. 그리고 이것은 언제나 변함이 없다.

제국(帝國)을 창건하는 식민주의자에게는 정복하는 것이 삶의 보람이다. 병사는 농경을 멸시한다. 그러나 정복의 목적이란 식민의 정착이 아니었던가? 진보에 열광한 나머지 우리는 철로를 깔고 공장을 세우고 유정(油井)을 파는 일에 사람들을 종처럼 부렸다. 우리는 이런 건설들을 하는 것이 사람들에게 봉사하기 위한 것임을 거의 잊어버리고 있었다. 정복 기간을 통하여 우리의 윤리는병사의 그것이었다. 그러나 우리는 이제 식민을 해야만 한다. 우리는 아직 얼굴모습을 갖추지 못한 이 새집을 살아 있는 물건으로 만들어 놓아야 한다. 과거의 사람들에게는 건설하는 것이 진리였으나 오늘날의 진리는 그 집에 사는 것이 진리였다.

우리들의 집은 차차 더 인간다워질 것이다. 기계도 완성도가 높아질수록 그역할이 주가 되고 기계 자체는 제구실 뒤에 자취를 감춘다. 인간의 생산적 노력과 계산, 도표와 씨름하며 지새우는 밤도 모두 겉으로 보기에는 그저 하나의단순화 작업에 불과하다. 어떤 원기둥이나 유선형 몸체, 혹은 비행기의 동체에서 곡선을 차츰차츰 이탈시켜 유방(乳房)이나 어깨 곡선의 기본적인 순수성을가지게 하기 위해서는 여러 세대의 경험이 필요하다. 인간의 모든 공업적 노력,

모든 계산, 설계도 위에서 지내는 그 모든 밤샘들이 눈에 보이는 상징처럼 유일한 순수성에 귀착되는 것 같다. 기사들이나 제도가들, 혹은 조사부의 계산자(計算者)들의 일이 우리가 보기에는 이 날개를 반듯하게 만들어서 그것이 눈에 뜨이지 않게 되기까지, 비행기 동체에 날개가 달려 있는 게 아니라 다만 그 불순물에서 분리되고 완전히 만개된 어떤 형체가 되기까지, 신비스럽게 서로 결합된, 그리고 시(詩)와 같은 성질을 가진 일종의 자연적인 전체로서 남게 될 때까지, 이 땜자리를 닦고 쓸고 가볍게 하는 데 있는 것 같다. 완전이란 것은 아무것도 덧붙일 것이 없을 때가 아니라, 아무것도 떼어낼 것이 없을 때에 이루어지는 것 같다. 발전의 한계에 다다르면 기계는 몸을 숨기게 될 것이다.

이와 같이 완전한 발명은 발명하지 않은 것과 종이 한 장 차이다. 오늘날 우리가 사용하고 있는 기기도 눈에 띄는 얼개는 점차 사라지고 있다. 돌멩이가 바닷물에 다듬어져 자연스럽게 조약돌이 된 것처럼, 그 기구를 사용함에 있어서도 기계 그 자체는 차츰 잊게 되는 것 또한 칭찬할 만한 일이다.

이전에 우리는 비행을 하기 위해 매우 복잡한 장치들을 조종해야만 했다. 그러나 지금은 엔진이 돌아가고 있다는 것조차 잊고 있다. 엔진도 심장이 뛰는 것과 같이 돌아간다는 그의 직책을 드디어 수행하게 되었다. 늘 뛰고 있는 우리의 심장에는 전혀 신경을 쓰지 않는 것처럼 연장 너머로, 또 그것을 거쳐서 우리가 다시 찾아내는 것은 묵은 자연, 정원사나 항해자, 혹은 시인의 자연 그것이다.

물에서 비행기를 이륙시키는 조종사는 이륙과 동시에 물과 접촉하게 되고 공기와 접촉하게 된다. 시동을 건 다음 비행기가 어느새 바다를 가를 때에는 철썩거리는 세찬 물결에 부딪쳐 선체(船體)가 울리고, 그는 허리가 흔들리는 것으로 이것을 느낄 수 있다. 그리고 수상 비행기가 1초, 1초 속력을 더해감에 따라 힘이 생기는 것을 깨닫는다. 그는 비행을 할 수 있게 만드는 여건이 15톤 무게의 기구 안에서 준비되는 것을 느낀다. 조종사는 조종간을 손으로 쥔다. 그러면 움켜쥔 손바닥 안에 어떤 힘을 받게 된다. 조종간의 금속성 기관들은 이 선물이 조종사에게 주어지는 데 비례해서 그의 능력의 전달자로 변한다. 그 힘이 무르익으면 열매를 따는 것보다도 더 경쾌한 동작으로 조종사는 비행기를 물에서 분리시켜 공중으로 끌어올리는 것이다.

비행기와 지구

1

비행기는 물론 기계다. 그러나 얼마나 기막힌 분석 기구인가! 이 기계 덕택으로 우리는 지구의 참된 모습을 발견했다. 도로는 몇 세기를 두고 우리들을 속여 왔다. 우리는 마치 자기 신민(臣民)들을 둘러보고 자기의 통치를 좋아하는지를 알고자 한 옛날 이야기에 나오는 그 임금님과 닮았다. 그의 신하들은 왕을 속이기 위하여 그가 지나갈 길에 보기 좋은 장식을 세우고 광대들에게 돈을 주어 거기서 춤을 추게 했다. 왕은 자기 나라에 대해서 그 가느다란 길밖에는 아무것도 보지 못했고, 먼 평야 쪽에서는 굶어 죽어가는 백성들이 그녀를 저주하고 있다는 것을 알지 못했다.

이와 같이 우리는 오랫동안 구불구불한 도로를 따라 걸었다. 그것들은 메마른 땅과 자갈밭, 그리고 사막을 피하고, 사람들의 요구를 받아들여 이 샘물에서 저 샘물로 뻗어나간다. 그것들은 시골 사람들을 곳간에서 밀밭으로 데려가고 외양간 문턱에서 가축들을 맞아들여 새벽녘에 거여목 밭에 놓아준다. 도로들은 이 마을을 저 동네와 맺어 준다. 이 동네와 저 동네끼리 서로 혼인을 하니까. 그리고 그 도로 중에 어떤 것이 광야를 건너가는 모험을 하는 경우에라도 오아시스를 즐기기 위하여 이리저리 굽이쳐 돌아간다.

마치 관대한 거짓말에 속아 넘어가는 것처럼 그 도로의 굴곡 하나하나에 속아, 여행하는 내내 그 많은 기름진 농토와 그 숱한 과수원과 그 많은 목장 곁을 스쳐 지나갔기 때문에, 우리는 우리들의 감옥의 모습을 오랫동안 아름답게 보아왔다. 이 지구를 우리는 촉촉하고 부드러운 것으로 알아왔다.

우리의 시력은 더욱 예민해져서 우리는 무지막지한 발전을 이룩했다. 비행기 덕분에 우리는 직선을 배웠다. 이륙하자마자 우리는 샘터와 외양간 쪽으로 가는 길, 혹은 도시에서 도시로 가는 그 길들을 버렸다. 그때부터는 연연한 종살이에서 해방되고 샘의 필요에서 풀려나 우리는 먼 목적들을 향하여 기수를 돌린다. 그때야 비로소, 우리들의 직선 탄도(彈道) 위에서 이런 것들을 발견한다. 거의 모든 땅은 암석과 모래, 소금으로 이루어져 있으며, 거기에 이따금 폐허 속에서 살아남은 약간의 이끼만큼 하나둘 꽃을 피우고 있다는 사실을.

그리하여 우리는 물리학자나 생물학자가 되어서, 골짜기 사이사이를 꾸미는 저 개척자들을, 어쩌다가 기적적으로 풍요로운 대지를 만나 개화(開花)하는 그 문명들을 연구한다. 그래서 우리는 인간을 우주적 척도로 판단하며, 현미경을 들여다보듯 또 다른 창을 통하여 관찰하게 된다. 우리는 우리의 역사를 다시금 재해석하고 있는 것이다.

2

마젤란 해협을 지나는 조종사는 리오갈레고스의 조금 남쪽에서 예전의 용암 유출로(流出路) 위를 비행하게 된다. 이 파편들이 20미터 두께로 평야를 찍어 누르고 있다. 그리고 조종사는 둘째 분출구, 셋째 분출구를 만나게 되고 그 뒤로는 땅이 두드러진 곳이나 200미터 되는 야산마다 산비탈에 분화구가 있다. 거만한 베수비오가 아니고, 평야에 그냥 놓인 유탄포(榴彈砲)의 포구들이다.

그러나 오늘날에는 정적을 되찾았다. 정적이 몹시도 이상스럽게 느껴지는 그 변해 버린 풍경은, 전에 몇 천 개의 화산이 불을 뿜을 때 그 웅장한 지하의 파이프오르간으로 서로 응답했었기 때문이다. 그런데 이제는 잠잠해지고 검은 빙하로 장식된 땅 위를 비행하게 되었다.

그러나 더 멀리 가면 오래된 화산들이 벌써 황금빛 잔디를 입고 있다. 그 우묵히 파인 곳에서는 오래된 화분에 핀 꽃처럼 어쩌다가 나무 한 그루가 자라나고 있다. 황혼빛 광선 아래 평야는 짧은 풀로 가꾸어져 공원처럼 사치스러워지고, 그 거창한 아가리 둘레에서나 겨우 끓어오른다. 산토끼 한 마리가 깡충거리며 뛰어 달아나고, 새 한 마리가 날아가고, 마침내 별 위에 좋은 흙 반죽이 깔린 새로운 지구를 생명이 차지하게 되었다.

푼타아레나스 조금 못 미쳐서는 마침내 마지막 분화구들이 메워지고 있다. 평평한 잔디밭이 화산의 곡선을 따라 깔려 있다. 이제 그 화산들이 아늑하기만 하다. 균열이 생긴 곳마다 부드러운 아마(亞麻)로 꿰매어졌다. 땅은 판판하고,

경사는 완만하다. 이리하여 사람들은 그 기원(起源)을 잊어버린다. 이 잔디밭이 구릉의 산비탈에서 어두운 상징을 지워버리는 것이다.

그리고 그 앞쪽이 원시의 용암과 남쪽 빙산 사이에 우연히 놓인 약간의 진흙 위에 이루어진 세계 최남단의 도시. 시커먼 분출구에서 워낙 가까운 곳이니만큼 이보다 더 인간의 기적을 잘 깨달을 수 있는 곳은 없을 것이다. 신비로운 만남! 인간이라는 길손이 무슨 까닭으로 꾸며진 이 정원을 찾는지는 알 수 없다. 편안하게 살 수 있는 시간이라고는 지질학상의 한 시대, 수많은 축복받은 날 중 단 하루라는 짧은 시간만이 주어진 이 위험한 정원을.

나는 고요한 저녁 녘에 착륙했다. 푼타아레나스! 나는 우물에 기대서서 아가씨들을 바라본다. 그들의 얌전한 모습을 지척에서 바라보며 나는 인간의 신비를 더욱 절실히 깨닫는다. 생명이 생명과 그렇게도 잘 합쳐지고, 바람이 몰아치는 가운데에서도 꽃들과 꽃들이 섞이고 백조가 다른 모든 백조들을 아는 이 세상에서, 오직 사람들만이 스스로 고독의 성을 쌓아간다.

얼마나 큰 공간이 인간의 마음의 통로를 차단시키고 있는 것인가! 아가씨의 마음이 그녀와 나 사이를 갈라놓으니, 어떻게 해야 그녀를 꿈속에서 만날 것인가? 눈을 내리깔고 혼자서 방싯 미소 지으며, 이미 부질없는 교태와 거짓말을 가득 품고서 느린 걸음으로 집에 돌아가는 아가씨에 대해서 무엇을 알 수 있겠는가? 그녀는 한 애인의 생각과 목소리와 침묵으로 자기를 위한 왕국을 세웠다. 그때부터 그녀에게는 그 애인 말고는 모두가 야만인이 되어버렸다. 다른 어떤 별에서보다도 더 고이 그 아가씨가 자기 비밀과 자기 관습과 자기 기억의 음악적인 메아리 속에 숨어 있다는 것을 나는 느낀다. 화산과 잔디밭과 바다의 소금물에서 어제 태어난 그 아가씨가 벌써 반쯤 신처럼 되지 않았는가?

푼타아레나스! 나는 지금 우물에 기대어 있다. 나이 든 여인들이 물을 길러 온다. 그들이 겪은 인생 연극에서 내가 아는 것이라고는 겨우 이러한 하인들의 동작뿐일 것이다. 아이 하나가 벽에 머리를 기댄 채 소리 없이 울고 있다. 그는 내 추억 속에서 그저 영원히 위로할 수 없는 귀여운 어린아이로밖에는 남지 않을 것이다. 나는 이방인이다. 나는 아무것도 모른다. 나는 그들만의 세상에 들어가지 못한다.

얼마나 초라한 무대 위에서 인간의 증오와 우정과 희열이라는 거대한 연극이 실연되고 있는가! 아직 채 식지 않은 용암 위에 위태롭게 자리 잡고, 이제 곧 엄습할 모래며 눈에 위협당하고 있으면서, 사람들은 영원에 대한 취미를 어디서 찾아내고 있는가? 그들의 문명은 얇은 도금에 지나지 않는다. 화산이나 새로 생긴 바다 혹은 모래바람이 그것들을 지워버린다.

이 도시는 보스[1]의 토지처럼 속속들이 풍부하다고 생각되는 비옥한 땅 위에 앉아 있는 것 같다. 생명은 여기서나 다른 곳에서나 사치이고, 발아래 땅이 그다지 깊지 않다는 것을 사람들은 잊고 있다. 그러나 나는 푼타아레나스에서 10킬로미터 되는 곳에 그것을 증명해 주는 늪이 하나 있는 것을 알고 있다. 자라지 못한 나무들과 얕은 집들에 둘러싸인 채 어떤 농가의 마당에 있는 웅덩이같이 보잘것없는 그 늪은 이상하게도 밀물 썰물의 영향을 받고 있다. 그토록 고요한 모습, 장난하는 아이들과 갈대 틈에서 밤낮으로 느릿느릿한 호흡을 계속하면서, 그 늪은 다른 법칙에 복종하고 있었다. 고요한 수면 아래서, 움직이지 않는 얼음 밑에서, 하나밖에 없는 낡아빠진 나룻배 아래에서 달의 에너지가 작용하고 있는 것이다. 바다의 소용돌이가 그 검은 덩어리를 저 속에서 단련시키고 있다. 그 호수 주위에서, 또 마젤란 해협에 이르기까지 꽃과 풀의 가벼운 요에 덮여 이상야릇한 소화가 계속되는 것이다. 폭 100미터 되는 이 웅덩이는 인간의 대지에 튼튼히 자리 잡아 사람들이 자기 집같이 생각하는 어떤 도시의 문턱에서 바다의 맥박을 치고 있는 것이다.

3

우리는 한 유성 위에 살고 있다. 비행기 덕분에 이 유성은 가끔 그 기원(起源)을 보여준다. 달과 관계가 있는 조수는 숨은 인과 관계를 드러내는 것이다—그러나 나는 거기에 대한 다른 증거도 보았다.

쥐비곶[2]과 시스네로스 사이에 걸친 사하라 해안에서는 드문드문 흩어져있는 원뿔 모양의 모래 언덕 위를 비행하게 되는데, 그 크기는 몇 백 보에서 한

---

1) 파리분지의 남부지방.
2) 모로코 남부 해안에 있는 곳. 서사하라와 접경지역이며 서쪽으로 바다 건너 카나리아 제도와 마주하고 있다.

30킬로미터에 이르기까지 가지각색이다. 고도는 눈에 띄게 한결같이 300미터이다. 그러나 이 균등한 고도 말고도 그 모래언덕들은 빛깔도 같고, 흙의 알갱이도 같고, 절벽에 새겨진 모양도 같다. 모래에서 홀로 솟아 나와 있는 신전 기둥들이 무너진 신탁의 흔적을 아직도 보여주듯이, 외로이 서 있는 이 기둥들도 예전에 그들이 이어져 있던 광활한 모래언덕을 표시하는 것이다.

카사블랑카에서 다카르 항공로가 되고 난 뒤 한동안은 자재(資材)가 빈약했던 까닭에 우리는 고장이나 탐색이나 구조 등의 이유로 가끔 귀속되지 않은 지역에 착륙하지 않으면 안 되었다. 그런데 모래란 놈은 속이기를 잘한다. 단단하게 보여 착륙을 시도하면 푹푹 빠져 들어간다. 이전에 염전이었던 곳은 아스팔트같이 단단해 보이고 발뒤꿈치로 밟아 봐도 딱딱한 소리를 내는데도 가끔 바퀴의 무게를 감당해 내지 못한다. 그러면 흰 소금 껍질이 갈라지면서 시커먼 개흙 바닥의 고약한 냄새를 풍긴다. 그래서 환경이 허락하는 한 우리는 반반한 고원의 표면을 골라 착륙했다. 그곳은 절대로 함정을 숨겨 두지 않았기 때문에.

그 안전지대는 알이 굵고 단단한 모래가 깔린 곳에 아주 조그마한 조개껍질들이 어마어마하게 쌓여 만들어진 것이었다. 모래언덕의 표면에서는 아직 그대로 있는 이 조개껍질들이 산비탈을 타고 내려오면서 점점 부서져 한데 엉기는 것을 볼 수 있었다. 산 밑 가장 오래된 층에서는 그것들이 벌써 순수한 석회석을 이루고 있었다.

그런데 귀속되지 않은 지역 주민들에게 붙들린 동료 레느와 세르가 포로 생활을 하고 있던 시절에 모르인 사자(使者) 한 사람을 내려놓기 위하여 이 대피소 중 하나에 착륙한 나는, 그를 내려주고 다시 이륙하기 전에 내려갈 수 있는 길이 있는지 함께 찾아본 일이 있었다. 그러나 우리가 내렸던 높은 지대는 어느 쪽으로 가든지, 두꺼운 천 같은 주름과 함께 심연을 향하여 수직으로 곤두박질해 내려가는 절벽으로 끝나 있었다. 절대로 탈출이 불가능했다.

그런데도 나는 더 나은 착륙지를 찾기 위해 이륙하기 전 다른 곳을 한참 서성거렸다. 짐승이고 사람이고 일찍이 아무도 더럽힌 적이 없는 지역에 내 발자취를 남긴다는 생각에 어린아이 같은 기쁨을 맛보았다. 아무리 용감한 모르인도 이 요새를 공격할 생각은 못했을 것이다. 어떤 유럽인도 일찍이 이 지역을 탐사한 적은 없었을 것이다. 나는 무한히 순결한 모래 위를 이리저리 거닐었다.

그 조개껍질로 된 먼지를 무슨 귀중한 금처럼 이 손에서 저 손으로 흘려 본 사람은 내가 처음인 것이다. 그곳의 침묵을 깨뜨린 것도 내가 처음이다. 천지개벽 이래 풀 한 포기도 허락지 않은 지구 끝 얼음덩이와 같은 그곳에서, 나는 바람에 불려 온 씨앗처럼 생명의 첫 증거가 되었다.

벌써 별이 하나 반짝이고 있었다. 나는 그 별을 바라보았다. 그 흰 지면(地面)은 수십만 년째 오직 별에게만 바쳐진 맑은 하늘 밑에 깨끗하게 펼쳐진 식탁보 같다고 생각했다. 그리고 그 흰 천 위 내게서 20미터가량 떨어진 곳에 있는 검은 조약돌을 하나 발견했을 때, 위대한 발견을 하려는 찰나에 느끼는 그런 마음의 충격을 받았다.

나는 조개껍질이 300미터나 쌓인 곳 위에 서 있었다. 이 엄청나게 쌓인 것 전체가 하나의 절대적인 증거와도 같이, 돌 하나라도 거기에 있는 것을 부정하고 있는 것 같았다. 지구의 완만한 소화 작용에서 생긴 규석(硅石)들이 땅속 깊은 곳에서 잠자고 있는지도 모른다. 그렇다 할지라도 어떠한 기적으로 그중의 하나가 너무도 새로운 이 지면에까지 올라올 수 있었을까? 그래서 나는 설레는 가슴으로 이 발견물을 주웠다. 단단하고 까맣고, 주먹만 한 크기에 금속처럼 무겁고 눈물 모양으로 생긴 조약돌이었다.

사과나무 밑에 펼쳐진 보자기에는 사과밖에 받을 수 없고 별 밑에 펼쳐 놓은 보에는 성진(星塵)밖에는 떨어지지 않는다. 일찍이 어떤 운석도 이렇게까지 명백하게 그 기원을 보여준 일이 없었다.

나는 고개를 들며, 아주 자연스럽게 이 천체의 사과나무에서 다른 사과들도 떨어졌을 것이라고 생각했다. 수십만 년 전부터 그 어떤 것도 그것들을 건드리지 않았을 것인즉, 그것들이 떨어진 바로 그 자리에서 그것들을 발견할 수 있을 것이다. 그것들은 수만 년 이래 어느 누구도 그 자리를 옮기지 않았을 것이고, 다른 재료들과 조금도 섞이지 않았을 테니까 말이다. 그래서 나는 내 가설을 증명하기 위해 탐사를 시작했다.

내 가설은 증명되었다. 나는 1헥타르에 돌 하나 꼴로 운석을 주워 모았다. 하나같이 옹골진 용암의 형상, 검은 다이아몬드 같은 그 단단한 느낌. 이렇듯 나는, 이 별의 측우기 위에 서서 천만년을 한 순간으로 압축하여, 느긋한 불비(火雨)를 관찰했다.

4

그러나 무엇보다 놀라운 것은, 지구의 둥근 등마루 위에 자기(磁氣)를 품은 보자기와 별들 사이에 서 있는 인간의 의식이 있어서, 이 별들의 비가 거울에 비치듯 거기에 비쳐졌다는 점이다. 광물의 토대 위에서 꿈이란 하나의 기적이다. 그러고 보니 어떤 꿈이 생각난다……

언젠가도 모래가 두껍게 쌓여 있는 지방에 불시착한 적이 있었다. 나는 날이 새기를 기다리고 있었다. 황금빛 모래언덕은 달 밝은 쪽을 향하고 있었고, 그늘에 잠긴 비탈들은 빛과 어둠의 경계선까지 올라오고 있었다. 그 어둠과 밝음의 적막한 작업장 위에는 작업이 끝난 뒤에 오는 평화와 함정의 침묵이 군림하고 있었다. 그 속에서 나는 잠이 들었다.

잠에서 깨었을 때, 밤하늘의 물웅덩이 말고는 아무것도 보지 못했다. 그것은 내가 어느 모래언덕 꼭대기에서 팔짱을 끼고 그 별들의 호수를 향하여 누워 있었기 때문이다. 내 눈앞의 이 거리가 무엇인지 미처 깨닫기도 전에 나는 현기증에 사로잡혔다. 이 깊이와 나 사이에 몸을 의지할 나무뿌리도 없거니와 지붕 하나, 나뭇가지조차 하나 없어, 몸 기댈 곳을 잃고 마치 다이빙하는 사람처럼 추락(墜落) 속에 나의 몸을 내맡기고 있었다.

그러나 나는 떨어지지 않았다. 머리끝에서부터 발꿈치까지 나 자신이 대지에 묶여 있다는 것을 깨달았다. 나는 내 몸무게를 대지에 맡기고 있다는 데에서 위안을 느꼈다. 이 별의 인력(引力)이 나에게는 사랑처럼 말로 표현할 수 없이 고귀한 것으로 생각되었다.

나는 대지가 내 허리를 받쳐 주고, 나를 지탱하여 주고, 나를 들어 올려 주고, 나를 밤의 공간 속으로 실어다 주는 것 같은 기분에 빠져들었다. 마치 모퉁이를 돌 때 수레에 달라붙게 하는 중력으로 내가 지구에 착 달라붙어 있을 때와 같은 느낌, 그 놀랄 만한 산등성이와 견고함과 안전함을 즐겼으며, 내 육체 밑에 내가 탄 배의 그 휘어진 갑판을 느꼈다.

힘들여 다시 맞추어지는 재료들의 신음소리와, 잠자리를 찾아가는 옛날 범선들의 그 삐걱거리는 소리와, 작은 범선들이 내는 그 길고도 날카로운 소리가 땅 저 밑에서 울려오는 것을 들어도 놀라지 않았을 만큼, 나는 실려 있다는 것을 아주 생생하게 의식했다. 깊은 땅 속에서는 침묵이 이어졌지만, 이 중력은 내 어깨와 영원히 조화되고 변함없이 함께 할 것처럼 느껴졌다. 죽은 사형수들의 시체가 납덩어리를 달고 바다 밑에 가라앉아 있는 것 같은 모양으로 하늘과 땅 사이에 끼어 있는 이곳에 분명히 살고 있었다.

사막 한가운데에 홀로 떨어져 모래와 별들 사이에서 맨몸으로 끝없는 침묵을 벗 삼아 생명의 극점에서 분리되어 있는 내 처지를 곰곰이 생각해 보았다. 만약에 아무 비행기도 나를 발견하지 못하고 모르인들이 내일 나를 죽이지 않는다면, 내 생명의 극점을 다시 찾아가기에는 여러 날 여러 주일 여러 달이 걸리리라는 것을 너무나도 잘 알고 있었다. 지금 여기 있는 나는 이 세상에 가진 것이라고는 아무것도 없다. 나는 오직 숨 쉬는 것의 아늑함만을 의식할 뿐 모래와 별들 사이에서 길 잃은 죽을 인생에 지나지 않았던 것이다……

그러면서도 내 마음속에 꿈이 가득 차 있는 것을 발견했다.

꿈은 샘물과 같이 소리 없이 내게로 왔다. 그러나 처음에는 기분 좋게 내 마음을 채워 주는 것이 무엇인지를 깨닫지 못했다. 거기에는 목소리도 영상도 없었지만, 그냥 사람이 있는 것 같은 인기척이, 아주 몸 가까이에 느껴지는 것이었다. 그것을 깨닫자 눈을 감은 채 내 기억의 환희에 몸을 내맡겼다.

어디엔가 검은 전나무와 보리수가 들어찬 정원이 있고, 내가 좋아하는 집이 한 채 있다. 그 집 있는 곳이 여기서 멀든 가깝든, 또한 그 집에 지금의 내 육체를 따뜻하게 품어주거나 지켜 줄 힘이 있든 없든 그런 것은 조금도 중요하지 않았다. 여기서는 다만 꿈의 역할만을 맡아서 그것이 있어 주는 것만으로도, 그의 존재만으로도 내가 지내는 밤을 가득 채워 주기에 충분했다. 그 집 덕분에 이미 모래밭 위에 떨어진 불쌍한 육체가 아닌 또 다른 나 자신을 느끼고 있었다.

나는 그 집의 냄새가 가득히 밴, 그 현관의 서늘한 기운이 그득히 숨어 있는, 그 쟁쟁 울리는 목소리가 몸에 가득히 밴, 그 집 아이였다. 그리고 웅덩이 속에서 노래하던 개구리까지도 여기까지 나를 찾아왔다. 나 자신을 인식하기 위하여, 그 광야의 맛이 어떤 부재(不在)들로 이루어졌는지를 찾기 위하여 온갖 표시들이 필요했다.

아니다. 나는 더 이상 모래와 별들 사이에 머물러 있지 않았다. 나는 이미 그 무대 장치에서는 차디찬 메시지밖에 받는 것이 없었다. 그에게서 받는 것이라고 생각했던 영원에 대한 흥미조차도 이제 그것이 어디에서 오는지 알아차렸다. 나는 다시 집에 있는 으리으리한 큰 장롱을 눈앞에 그렸다. 장롱문이 빠끔히 열리며 눈같이 흰 홑이불이 차곡차곡 개어져 있는 것이 보였다. 또한 눈같이 새하얀 천들이 보였다. 늙은 가정부는 이 장롱에서 저 장롱으로 생쥐처럼 종종걸음 치며, 빨아 둔 옷들을 살펴보고, 펼쳤다가는 다시 개고, 다 마른 속옷 가지 수를 다시 세어 보곤 했다. 또, 집의 영원성을 위협하는 징조가 보일 때마다 "아이구머니, 이를 어쩌나?" 소리치면서, 어떤 램프 밑으로 달려가 눈을 상해 가며 그 제단보의 씨실을 고치기도 하고 거대한 범선의 돛만큼 큰 천을 꿰매곤 했다. 마치 자기보다 위대한 그 무엇, 즉 어떤 신(神)에게라도 봉사하려는 것 같았다.

그렇다! 그대에 대하여도 한 장쯤은 글을 쓸 의무가 있다. 할머니, 내가 처음 몇 번 여행에서 돌아왔을 때마다 할머니는 손에 바늘을 쥐고 흰 천 속에 파묻혀 있었지. 해마다 주름살이 조금 더 늘고 백발이 조금 더 생긴 모습으로 우리의 잠자리를 마련하여 줄 구김 없는 그 홑이불이며, 우리의 저녁 식사를 차려 놓아둘 식탁보며, 그 화려한 수정 그릇과 등불들을 언제나 손수 마련해주셨지.

나는 할머니의 바느질 방을 찾아가 할머니 앞에 앉아서는, 내가 겪은 위험을 이야기하며 할머니를 감격하게 하고, 세상에 눈뜨게 하고 즐겁게 해 주려고 했다. 그러면 할머니는 내가 변하지 않았다고 말하곤 하셨지. 어릴 적에 나는 셔츠도 뚫어 놓고—정말 지독히!—무릎에 상처를 내곤 했다. 나는 오늘 저녁처럼 집으로 돌아와서 붕대로 묶어달라고 했었다. 아니야, 아니라니까 할머니! 이번에는 정원에서 돌아오는 것이 아니고 지구 끝에서 돌아오는 길이라고. 광야의 괴로운 고독의 냄새와, 모래 회오리바람과, 열대 지방의 아름다운 달그림자를 가지고 돌아오는 길이야! 그러자 암, 사내아이들이란 이리저리 뛰어다니고 뼈를 다치고 하면서 저희들이 아주 힘이 세다고 생각하지, 하고 할머니는 말했지. 그렇지만 아니야, 아니라니까 할머니, 나는 그 정원보다 더 먼 데를 다녀오는 길이라고! 할머니는 그 정원의 나무 그늘이 얼마나 하찮은 건지 도무지 모를 거야! 그 나무 그늘은 사막이나 화강석이나 원시림이나 흙의 밀물 가운데 갖다 놓으면, 어느 구석에 처박혔는지도 몰라요! 그리고 사람들이 우리를 만나기만 하면 이내 카빈총을 겨눠 대는 곳이 있다는 걸 할머니가 알기나 해? 얼어 붙은 밤하늘 아래서 지붕도 침대도 이불도 없이 잠을 자는 사막이 있다는 것을 할머니가 아느냐고?……

그러자 할머니는 소리치셨지. "세상에, 야만인이로구나!"

나는 수녀의 믿음에 대한 신념을 움직이지 못하는 것과 마찬가지로 할머니의 그 신앙도 움직이지 못했다. 그래서 나는 할머니를 눈멀고 귀도 들리지 않는 사람으로 만드는 미천한 운명을 가엾게 생각했다……

그러나 나는 그날 사하라의 모래와 별들 사이에서 헐벗은 몸으로 밤을 지새우면서 할머니가 옳다고 생각했다.

나는 내 안에서 무슨 일이 벌어지고 있는지 모른다. 그처럼 많은 별들이 자기(磁氣)를 지니고 있건만 이 나른함이 나를 땅에 붙잡아 매어 놓는다. 또 다른 무게는 나를 나 자신에게로 다시 데려온다. 나는 내 무게가 나를 그 많은 존재들 쪽으로 끌어당김을 느낀다! 내 꿈은 이 언덕, 저 달, 이 모든 존재하는 것들보다도 더 현실적이다. 아아! 집이 안락하다는 것은 우리를 거두어 주거나 우리 몸을 따뜻하게 해 준다는 것도 아니고, 그 벽(壁)들이 내 것이기 때문도 아니다. 그 집이 우리 안에 아늑한 느낌을 마련해 준다는 바로 그 점이다. 마음속 깊이, 샘에서 물이 솟아나듯, 꿈들이 생겨나는 그 희미한 덩어리를 만들어 놓는다는 점이다……

사하라, 내 사하라!

너는 이제 털실을 잣는 할멈의 마술에 완전히 걸려 있는 것이다.

오아시스

　이미 사막에 관한 많은 이야기를 해왔기 때문에, 이번에는 오아시스에 대한 이야기를 해보려고 한다. 지금 내 머릿속에 떠오른 오아시스는 저 멀리 사하라 저 안에는 없다. 그건 그렇다 치고 비행기가 주는 또 하나의 기적은 사람을 신비의 품속에 안겨 준다는 것이다. 사람은 비행기 위에서 도시라는 인간 개미집을 생물학자 같은 기분으로 내려다본다. 평야에 별 모양으로 열려, 동맥처럼 전원의 양분을 날라다 주는 도로망의 중심지. 그곳에 자리 잡고 앉은 눈 아래의 도시들을 사람은 냉정한 마음으로 관찰하고 있다. 그러나 어떤 압력계 위에서 바늘이 한 번 떨자, 저 밑에 있던 푸른 숲이 하나의 우주가 되었다. 사람은 잠든 정원 안 잔디밭의 포로가 되었다.

　멀리 떨어져 있는 것을 재는 것은 물질적인 거리가 아니다. 어떤 정원의 담이 중국의 만리장성보다 더 많은 비밀을 간직할 수도 있고, 사하라 오아시스들이 두꺼운 모래층으로 보호되는 것보다도 한 소녀의 영혼이 침묵으로 더 잘 보호될 수도 있다.

　내가 이 세상 어디엔가 잠깐 기항했던 이야기를 하려고 한다. 그것은 아르헨티나의 콩코르디아 근방이었는데 장소는 꼭 여기가 아니어도 된다. 신비로운 것들은 널리 퍼져 있게 마련이니까.

　나는 어느 밭에 착륙했는데, 거기서 동화를 체험하리라고는 꿈에도 생각지 못했다. 내가 타고 달리는 그 낡은 포드도, 나를 받아 준 그 조용한 가정도 아무 별다른 점이 보이지 않았다.

　"오늘밤은 우리 집에 머무세요……."

　그런데 어느 길을 꺾어 돌자, 달빛 아래 나무숲이 하나 나타났다. 그리고 나무숲 뒤에 그 집이 자리 잡고 있었다. 참으로 이상한 집이었다. 우람하고 탄탄하여 꼭 성(城) 같았다. 안으로 들어서자 수도원처럼 조용하고 아늑하며 차분한 임시 숙소를 제공해 줄 것 같았다.

두 아가씨가 나타났다. 그들은 입국이 금지된 왕국의 관문(關門)에 배치된 두 심사관처럼 엄격한 눈빛으로 나를 위아래로 훑어보았다. 젊은 쪽이 볼을 둥글게 하고는 초록색 나뭇가지로 땅을 톡톡 두드리고 있었다. 이어 소개가 끝나자, 두 사람은 이상하게 도전적인 태도로 말없이 내게 악수를 하고는 사라져 버렸다.

재미도 나고 우습기도 했다. 그 모든 것은 비밀스러운 첫마디를 속삭이는 것처럼 순진하고 조용하고 은밀했다.

"아이들이 예절을 몰라서 원."

그 아버지는 그저 이렇게만 말했다.

우리들은 집안으로 들어갔다.

나는 언젠가 파라과이에서 본, 수도의 포석들 틈바귀에 코끝을 빠끔히 내민 그 풍자적인 풀, 보이지는 않으나 근처 어디에 있는 원시림에서 파견되어, 사람들이 아직도 도시를 차지하고 있는지, 그 돌들을 모두 좀 뒤집어 놓으려 올 때가 되지 않았는지 보러 나오는 그 풀을 좋아했다. 많은 재물을 나타낼 뿐인 그 퇴락(頹落)의 형태를 좋아했다. 그러나 여기에서는 감탄했다.

왜냐하면, 여기에서는 모든 것이 아주 멋지게 퇴락해 있었기 때문이다. 마치 나이 먹어 껍질이 좀 갈라지고 이끼 낀 늙은 나무처럼, 한 10대째 내려오며 연인들이 와서 앉는 나무 벤치같이 퇴락한 것이었다. 널빤지들은 낡고 덧문들은 삭았으며 의자들은 건들거렸다. 그러나 아무것도 고치지는 않았다 해도 청소는 아주 잘 되어 있었다. 모든 것이 깨끗하고 밀초를 먹여 반짝반짝했다.

응접실은 주름살 잡힌 노파의 얼굴처럼 말할 수 없이 낡은 모습을 보여주었다. 벽이 갈라지고 천장이 찢어진 것이 아주 좋았다. 여기는 꺼져 들어가고 저기는 휘청거리기는 했지만 그 모든 것보다도 문지르고 약칠하여 반들반들한 마루는 더 좋았다. 이상한 집, 그것은 조금도 소홀히 한다거나 태만하다는 느낌이 들지 않고, 오히려 그지없는 존경심을 느끼게 해주었다. 아마 해마다 그 매력에, 그 복잡한 모습에, 그 친밀한 분위기의 열성에 무엇인가 더 보태어지는 것이 있었을 것이다. 그리고 응접실에서 식당으로 건너갈 때 당해야 하는 여행의 위험 또한 여기에 가중되었을 것이다.

"조심하시오!"

그것은 구멍이었다. 그런 구멍에서는 내 다리쯤이야 쉽게 부러질 거라고 식구들은 말했다. 그 구멍에 대해서는 아무도 책임이 없었다. 그것은 시간이 만들어 놓은 것이었으니까. 집 주인에게서는 애써 핑계를 대지 않으려는 도도한 신사의 태도가 엿보였다. 식구들 중 누구도 내게 이런 말을 하지 않았다.

"우리는 부자니까 이 구멍을 막을 수는 있을 겁니다. 하지만……."

나는 또 이런 말도 듣지 못했다.

"우리는 이걸 30년 기한으로 시(市)에다 세를 주었습니다. 수리하는 건 시의 책임입니다. 서로 고집을 부리는 거지요……."

애써 이러한 변명을 하려 들지 않는 대범한 태도가 몹시 내 마음에 들었다. 집 주인은 다만 이런 말을 나에게 들려주었다.

"뭐 조금 낡기는 했지요……."

그러나 그것도 아주 가벼운 말투여서, 그들이 이 일로 인해서는 조금도 신경 쓰지 않는다는 것을 짐작할 수 있었다. 미장이, 목수, 흑단 세공사, 석고 세공사들의 무리가 이러한 과거 안에 그들의 불경스러운 연장들을 벌여 놓고, 그대가 일찍이 안 일이 없는 집, 그대가 손님으로 찾아온 듯한 느낌을 줄 집을 일주일도 채 안 되어 다시 만드는 것을 그대는 원하는가? 신비도, 우아한 매력도, 발 밑의 함정도, 숨을 구석도 없는—마치 시청의 응접실 같은 그런 집을 말이다.

이 요술 집에서 아가씨들이 사라진 것은 극히 자연스러운 일이었다. 응접실이 벌써 곳간만큼이나 풍부하니, 지붕 밑 다락방은 어떠하겠는가! 응접실의 아주 조그마한 장을 열어도 누렇게 변한 편지 묶음이며, 증조부의 영수증 꾸러미며, 집에 있는 자물쇠 수보다 더 많고, 또 그 자물쇠에는 하나도 맞지 않는 열쇠 꾸러미가 쏟아져 나올 것 같은 생각이 드니 말이다. 지하실과 거기에 감춰 놓은 궤짝과 그 속에 든 금화를 연상시키고 이성(理性)을 혼란케 하는, 묘하게도 쓸데없는 그런 열쇠를 말이다.

"식당으로 가실까요?"

우리는 식당으로 자리를 옮겨 식탁에 앉았다. 나는 이 방에서 저 방으로 옮겨가며 향(香)처럼 퍼져 있는, 세상의 어떤 향료보다 향기로운 묵은 서재의 냄새를 들고 다니는 것이 기분 좋았다. 내가 아주 어렸을 때처럼 이 방에서 저 방으로 들고 다니는 몹시 무거운 램프, 벽에 이상한 그림자를 그려 주는 그런 램프를 들고 다니는 것이 즐거웠다. 그 램프와 함께 빛과 검은 종려나무가지의 다발도 떠올랐다. 이윽고 램프가 자리를 잡자, 밝은 부분과 나무들이 삐걱거리는 소리를 내는 그 둘레에 밤의 장막이 넓게 깔렸다.

　두 아가씨는 그들이 사라질 때와 마찬가지로 신비롭게 조용히 다시 나타났다. 그들은 조신하게 식탁에 자리 잡았다. 그들은 틀림없이 그들의 개들과 새들에게 먹이를 주고, 밝은 밤을 향하여 창문을 열어 놓고 저녁 바람 가운데에서 풀냄새를 맡았을 것이다. 지금은 냅킨을 펼치며 곁눈질로 조심스럽게 나를 살펴보고, 그들의 애완동물에 나를 끼워줄까 말까 조심스럽게 생각하고 있을 것이다. 왜냐하면 저들에게는 갈기 도마뱀도 있고, 몽구스, 여우, 원숭이, 벌 등도 있었다. 그것들이 모두 한데 어울려 살며, 지극히 화목한 새로운 지상낙원을 이루고 있었다. 아가씨들은 우주의 모든 짐승을 다스리고, 그들의 조그마한 손으로 저들을 즐겁게 해 주고, 저들을 먹이고 마시게 하고, 몽구스에서 벌에 이르기까지 모두 귀를 기울여 듣는 이야기들을 들려주곤 했다.

　나는 그렇게도 예민한 두 아가씨가 그들의 모든 비판 정신과 모든 섬세함을 움직여, 그들과 마주 앉은 남성에 대해서 신속하고 비밀스러운 결정적인 판단을 내리는 것을 보게 되나 보다 했다. 내가 어렸을 때, 누이들은 처음으로 우리 식탁을 빛내 주는 손님들에게 이렇게 점수를 주었었다. 그래서 대화가 끊어지는 경우에는 조용한 가운데에서 별안간 "11점!" 하는 소리가 울려 나오곤 했다. 그 매력은 누이들과 나밖에는 아무도 맛보지 못하는 것이었다[1].

　이런 장난쳤던 경험이 있었으므로 나는 조금 거북했다. 더구나 내 재판관들이 몹시 영리하다는 것을 깨달았기 때문에 더욱 그랬다. 속임수를 쓰는 짐승들과 천진한 짐승들을 구별할 줄 알고, 그들의 여우 발소리를 듣고서 그놈이 기분이 좋은지 나쁜지를 알아내고, 마음속 움직임에 대해서 그렇게도 깊은 지식을 가지고 있는 심사관들이었으니 말이다.

　나는 날카로운 눈들과 그 곧고 조그마한 마음을 좋아했다. 그러므로 그들이 다른 장난을 했다면 얼마나 더 좋아했을지 모르겠다. 그러면서도 나는 비

---

1) 프랑스 학교에서는 보통 20점 만점 기준으로 채점한다.

열하게, "11점" 취급당하는 것이 두려워, 그들에게 소금을 건네주기도 하고 포도주를 따라 주기도 했다. 그러나 눈을 들 때마다 매수(買收)할 수 없는 그들의 심사관다운 부드러운 점잖과 마주쳤다.

모두 쓸데없는 짓이었다. 그들은 허영이라는 것을 알지 못했던 것이다. 허영심이 아닌 스스로에 대한 자부심으로 내가 던진 아첨 그 이상이라고 믿고 있었다. 나는 내 직업을 대단하게 내세울 생각조차 하지 못했다. 왜냐하면, 플라타너스의 윗가지까지 올라간다는 것은, 그것도 그저 새끼들이 깃이 잘 자라는지 살펴보기 위해, 친구들에게 인사나 하기 위하여 올라가는 것과 마찬가지로 대담한 행동이기 때문이다.

그 두 천사들은 내 식사하는 양을 줄곧 살펴보고 있어, 힐끗힐끗 훔쳐보는 그들의 시선이 하도 자주 눈에 띄는 바람에 나는 입을 다물고 말았다. 말이 끊어졌다. 그리고 침묵이 흐르는 동안 무엇인지 마루 위에서 가벼운 휘파람 소리를 내고 식탁 밑에서 조그만 소리를 내더니 잠잠해졌다. 나는 어리둥절했다. 그러자 아마 자기의 시험 결과에 만족했는지, 그러나 그 엄격한 시험의 최종관문을 사용할 셈인 듯, 그 야성적인 건장한 이로 빵을 베어 물며 동생이 내게 간단히 설명을 해주었다. 그것도 아주 천진스럽게, 내가 야만인이라면 그 야만인을 놀래 줄 양으로 이렇게 말하는 것이었다.

"살무사들이에요."

그러고는 그리 어리석은 사람이 아니라면 그 설명으로 족하리라는 듯이 만족해하며 입을 다물었다. 그의 언니는 나의 첫 반응이 어떤지 살펴보려고 번갯불같이 힐끗 살피고는, 둘이 다 더할 수 없이 상냥하고 천진한 얼굴을 접시 위에 수그렸다.

"아……살무사들이군요……."

내 입에서 이런 말이 자연스럽게 새어 나왔다. 그것이 내 다리 사이로 미끄러져 가고 내 종아리를 스쳤는데, 그놈들이 살무사들이라…….

나는 다행하게도 싱긋 웃었다. 그것도 억지로 웃은 것이 아니었음을 그녀들도 느꼈을 것이다. 내가 웃은 것은 기쁘기 때문이었고, 그 집이 더욱 내 마음에 들었기 때문이다. 그리고 살무사들에 대해서 더 자세히 알고 싶은 욕망을 느끼기 때문이기도 했다. 언니가 나를 도우러 나섰다.

"식탁 밑에 있는 구멍 속에 그 살무사들의 집이 있답니다."

"밤 10시쯤 되면 집으로 돌아온답니다."

동생이 덧붙였다.

"낮에는 사냥을 하거든요."

이번에는 내가 그 아가씨들을 뚫어져라 쳐다보았다. 온화한 얼굴 뒤에 숨은 그들의 섬세한 꾀와 조용한 웃음을 훔쳐본 것이다. 그리고 그들이 갖추고 있는 그 훌륭한 태도에 감탄했다.

지금 나는 이 모든 것을 꿈처럼 회상한다. 이것은 몹시 아득한 이야기다. 그 두 천사는 어떻게 되었을까? 아마 결혼을 했겠지. 그렇다면 그녀들이 변했을까? 아가씨에서 여인으로 변한다는 것은 대단히 중대한 일이다. 그들이 새 집에서 무엇을 하고 있을까? 잡초들과 뱀들과 하던 그들의 교제는 어떻게 되었을까? 그들은 어떤 우주적인 것과 섞여 있었다. 그러나 아가씨에서 여인으로 눈뜨는 날이 오는 것이다. 드디어 '19점'을 줄 생각이 들게 된다. '19점'은 마음속 깊이 찍어 누른다.

그때 어떤 못난이가 나타난다. 그렇게도 날카로운 눈물이 처음으로 잘못 보고 그 못난이를 아름다운 빛깔로 비추게 된다. 그 못난이가 만일 시를 읊으면 그를 시인으로 안다. 그가 구멍 뚫린 마루들을 이해하고 몽구스를 좋아하는 줄로 믿는다. 테이블 밑에서 그의 다리 사이를 흔들거리며 돌아다니는 살무사의 그 신임이 그의 기분을 좋게 하는 줄로 생각한다. 그래서 그에게 자기의 마음을 준다. 잘 가꾼 정원밖에는 좋아하지 않는 그에게 야성적인 정원인 자기의 마음을 준다는 말이다. 그러면 그 못난이는 공주를 종으로 데려가는 것이다.

사막에서 만난 사람들

1

사하라 항공로의 조종사로 모래밭의 포로가 되어, 여러 주일, 여러 달, 여러 해를 귀국하지 않고, 이 작은 보루에서 저 보루로 비행하여 다닐 때 우리는 그런 즐거움을 맛보지 못했다. 이 사막은 그와 같은 오아시스를 우리에게 단 한 번도 주지 않았다. 정원과 아가씨라니, 그 무슨 꿈같은 이야기란 말인가! 물론 저 멀리, 우리 일이 끝난 다음 다시 가서 살 수 있을 거기서 수많은 아가씨들이 우리들을 기다리고 있을 것이다. 물론 거기에는 그들의 몽구스와 책들 틈에서 아가씨들이 참을성 있게 달콤한 마음씨를 꾸미고 있을 것이다. 무엇보다도 모든 것을 미화시켜줄 것이 분명하다……

그러나 나는 고독을 안다. 3년 동안 사막에서 산 덕분에 나는 그 맛을 잘 안다. 거기에서는 광물성 풍경 속에서 스러져 가는 젊음이 도무지 슬프지 않다. 오히려 거기에서는 자기로부터 멀리 떨어져 있는 세상이 늙어가는 것처럼 보인다. 나무들은 열매를 맺고, 땅은 밀을 싹트게 하고, 여인들은 벌써 아름다워졌다. 그러나 세월은 흘러가니 빨리 서둘러 돌아가야 할 것인데…… 세월은 흘러가도 먼 곳에 붙들려 있다. 그리고 세상의 부귀영화는 언덕의 모래알처럼 손가락 사이로 새어나간다.

보통 우리는 세월의 흐름을 느끼지 못한다. 때문에 일시적인 안락함 속에 안주하여 살아간다. 그러나 기항지 비행기에 도착해서 끊임없이 불어오는 그 무역풍이 우리를 덮쳐누를 때 비로소 우리는 그것을 느끼게 된다. 그때의 우리는 마치 밤하늘에 요란스럽게 울려오는 차축(車軸)의 소음에 귀가 먹먹해진 특급열차의 손님과 같다. 창밖으로 휙휙 던져지듯 지나가는 한 줌 빛을 보고 시골풍경과 자기 동네의 흘러감을, 여행 중이기에 아무것도 붙잡을 수 없는 아름다운 터전들의 흘러감을 아는 특급열차의 손님과 비슷하다. 우리도 가벼운 열기를 띠고, 비행의 소음으로 아직도 귀가 윙윙거리는 채, 기항지 비행기의 고요 가운데에 있으면서도 아직 비행을 계속하는 것 같은 느낌이 들었다. 바람의 중력을 뚫고 우리들 심장의 고동을 거쳐 미지의 미래로 끌려가는 것을 깨달았던 것이다.

사막에다가 또 귀속되지 않은 지역의 무리들까지 겹쳐온다. 쥐비곶의 밤은 15분마다 큰 시계의 종소리 같은 것으로 중단되었다. 보초들이 차례차례로 규정되어 있는 큰 군호(軍號)로 서로서로 경계하고 있었다. 이 지역에 외로이 떨어져 있는 쥐비곶의 에스파냐식 보루는 모습을 나타내지 않는 위협을 그렇게 경계하고 있었다. 그리고 함장 없는 배의 승객 같은 우리들은, 그 군호가 커져 우리 위에서 바닷새가 원을 그리며 날아다니는 것 같은 소리를 내며 차례차례 퍼져 가는 것을 듣고 있었다.

그러면서도 우리는 사막을 사랑했다.

언뜻 보기에 사막이 텅 비고 침묵하는 것으로 밖에는 보이지 않는 까닭은, 잠시 동안의 연인들에게는 몸을 바치지 않기 때문이다. 우리네 고향의 아무렇지도 않은 마을조차도 자신의 모습을 지키려 한다. 우리가 그들의 본디 모습에 관심을 가지고 세계의 나머지 다른 부분을 단념하지 않고서는, 그리고 그의 전통과 관습과 경쟁 속으로 뛰어들지 않고서는, 끝내 그 마을이 어째서 어떤 사람들의 마음의 고향이 되는지를 알지 못하고 말 것이다.

쉽게 말해서, 수도원의 자기 방에 틀어박혀 우리가 알지 못하는 규율에 따라 살고 있는 사람이 있다고 치면, 그야말로 티베트 오지에 있는 것 같은 고독과, 어떤 비행기도 우리를 데려다주지 못할 것 같은 소외되고 단절된 곳에 떠 있다고 할 수 있을 것이다. 그러한 그의 독방을 무엇 하러 우리는 찾으려는가! 그의 독방은 텅 비었다. 인간의 왕국은 내면에 존재하는 것이다. 이와 같이 사막은 모래로 된 것이 아니고, 투알렉족[1]이나 또는 소총으로 무장한 모르인으로 이루어진 것도 아니다……

오늘 우리는 갈증을 겪어 보았다. 그리고 우리가 알고 있던 그 사막이라는

---

1) 사하라 사막에 사는 이슬람 유목민.

우물이 넓은 세계 속에서 빛을 내뿜고 있는 것을 오늘에야 비로소 발견했다. 눈에 보이지 않는 여인이 온 집안을 즐겁게 해주는 것과 같은 이치다. 우물도 사랑과 같이 멀리 뻗칠 수가 있는 것이다.

사막은 처음에는 황량하기만 하다. 그러다가 어느 날, 도적들의 습격이 두려워져 그들이 입고 있는 긴 망토의 흔적을 모래 위에서 읽으려 한다. 도적들마저 사막을 변형시키는 것이다.

우리는 사막이라는 이 경기 규칙을 받아들였고, 경기는 우리를 제 모습에 맞추어서 만들어 준다. 우리는 사하라 사막을 내면의 눈으로 본다. 사막에 가까이 간다는 것은 오아시스를 찾아가는 것이 아니고, 하나의 샘을 우리의 종교로 삼는 것이다.

2

나는 첫 비행에서부터 사막의 참맛을 알았다. 리겔과 기요메와 나는 누악쇼트 보루 근처에 불시착했었다. 그때 모리타니의 이 작은 초소는 바다 가운데 외로이 떨어져 있는 작은 섬이나 다름없이, 인간이 사는 곳에서 멀리 떨어져 있었다. 거기에서는 나이 든 중사가 세네갈인 병사 15명과 함께 유폐 생활을 하고 있었다. 그는 우리를 마치 하늘의 사자라도 맞듯이 영접했다.

"아, 당신들과 이야기를 할 수 있다니, 이 기쁨을 말로 표현할 수가 없습니다. 와주셔서 정말 고맙습니다!"

그는 너무 기쁜 나머지 울고 있었다.

"당신네들은 여섯 달 만에 처음 온 사람들이오. 여섯 달에 한 번씩 보급을 해주지요. 어떤 때는 중위가 오고 어떤 때는 대위가 오고. 지난번에는 대위였습니다."

우리는 아직도 어리둥절해하고 있었다. 아침 식사가 준비되고 아지랑이가 피어오르던 다카르에서 겨우 2시간 날아왔을 뿐인데 여기서는 사람의 운명이 바뀌어 있었다. 우리는 울고 있는 노 중사를 위해 유령 구실을 하고 있는 것이었다.

"자 드세요. 포도주를 대접할 수 있어서 기쁩니다! 생각 좀 해보세요! 대위가 다녀갔을 적에는 그분에게 대접할 포도주조차 없었습니다."

나는 이것을 어떤 책(《남방 우편기》를 가리킴)에 썼다. 그것은 절대로 조작이 아니다. 그는 우리에게 이렇게 말했다.

"지난번에는 건배조차 할 수 없었단 말입니다…… 나는 하도 창피스러워 전출(轉出)을 청하기까지 했답니다."

건배를 하는 것! 땀을 주르르 흘리며 낙타 등에서 뛰어내리는 다른 사람과 한 잔 철철 넘치게 건배하는 것! 반년 동안을 이 순간을 위하여 살아온 것이다. 벌써 한 달째나 무기에 광을 내고, 탄약고에서 곳간에 이르기까지 초소를 닦곤 했다. 그리고 벌써 이삼 일 전부터는 이 축복받는 날이 가까워 옴을 깨닫고 전망대 위에서 끊임없이 지평선을 살펴보며, 아타르의 이동 기병 소대가 나타날 때 뒤집어쓰고 올 그 먼지를 발견하려고 했던 것이다…….

그러나 포도주가 떨어졌다. 그러니 잔치를 할 수가 없다. 건배를 못하는 것이다. 그래서 창피를 당했다고 생각하는 것이다…….

"한시바삐 대위님이 오셔야 합니다. 나는 그를 몹시 기다리고 있습니다……"

"대위는 어디 있습니까, 중사?"

그러자 중사는 모래밭을 가리키며 말했다.

"글쎄요? 대위님은 어디엔가 있겠지요!"

보루의 전망대 위에서 별들 이야기를 하며 지낸 그 밤도 실화[2]였다. 별 말고는 살펴볼만한 것이 아무것도 없었다. 별들은 비행기에서 볼 때와 같이 거기에 하나도 빠지지 않고 다 있었다. 언제나 그래왔듯이 그 자리에 있었다.

비행 도중 밤이 너무도 아름다울 때에는 무아지경이 되고 만다. 그래서 조종을 그만두고 제멋대로 가게 내버려둔다. 그러면 비행기는 왼편으로 기울어진다. 아직 수평을 유지하고 있다고 생각하는데 오른쪽 날개 밑에 동네가 하나 나타난다. 사막에 동네가 있을 리 없다. 그러면 바다에 떠 있는 어선의 무리겠지. 그러면?

그때야 착오를 깨닫고 웃게 된다. 천천히 비행기를 바로잡는다. 그러면 동네

---

2) 남방 우편기.

도 제자리로 돌아간다. 잘못 떨어뜨린 그 별자리들을 본래의 액자에 도로 걸어 놓는다. 동네? 그렇다. 별들의 동네. 그러나 보루 위에서 보면 얼어붙은 듯한 사막밖에는, 움직이지 않는 모래의 물결밖에는 없다. 성좌는 단정하게 걸려 있다. 중사는 우리들에게 별 이야기를 들려준다.

"자, 보세요! 나는 방향을 잘 압니다. 저 별을 향하여 기수를 두면 곧장 튀니스로!"

"당신은 튀니스에서 왔소?"

"아뇨, 내 사촌 여동생이 거기 있지요."

오랜 침묵이 흐른다. 그러나 중사는 우리에게 아무것도 감히 숨기지 못한다.

"언제고 나는 튀니스로 갑니다."

물론 그 별을 향하여 곧장 걸어가는 것과는 다른 길로 해서일 것이다. 원정(遠征)하는 어떤 날, 우물이 말라서 그가 정신착란에 빠지기 전에는. 그렇게만 되면 별도 사촌 여동생도 튀니스도 모두 뒤범벅이 될 것이다. 그러면 평범한 사람들이 괴로워하는 그 영감 받은 행진이 시작될 것이다.

"한번은 대위님에게 튀니스에 갈 휴가를 청했지요. 그 사촌 여동생 때문이었습니다. 그랬더니 대위님 대답이……."

"그래, 대위님 대답이?"

"그랬더니 그의 대답이 이랬어요. '세상에는 사촌 여동생이 한가득 있네' 그리고 좀 멀다고 해서 대위님은 나를 다카르로 보냈답니다."

"그래, 당신 사촌 여동생은 예쁜가요?"

"튀니스의 동생이요? 물론입니다. 금발이었지요."

"아니, 다카르의 여동생 말이오."

"그 여동생은 흑인이었어요……."

중사, 우리는 그대의 약간 분한 듯한 우울한 대답을 듣고는 그대를 껴안기라도 할 뻔했다.

중사, 그대에게는 사하라가 무엇이던가? 그것은 항시 그대를 향하여 걸어오는 하나의 신이었다. 그것은 또한 5천 킬로미터 사막 저편에 있는 금발의 사촌 누이동생의 상냥함이기도 했지.

우리에게는 사막이 무엇이던가? 그것은 우리 속에 태어나는 그것이었다. 그

것은 우리가 우리에 대하여 배우는 그것이었다. 우리도 그날 밤 한 사촌 누이
동생과 한 대위에게 사랑을 느꼈다…….

3

귀속되지 않은 지역과 접해 있는 폴테티엔은 도시가 아니다. 거기에는 보루
와 격납고와 우리 회사의 승무원들을 위한 임시 가건물이 있을 뿐이다. 그 둘
레는 사막이 절대적으로 지배하고 있어서 군사시설이 빈약함에도 폴테티엔은
거의 난공불락이다. 그것을 공격하려면 굉장한 모래와 불의 지대를 넘어야 하
므로, 유격대들은 기진맥진하거나 혹은 준비한 물이 다 떨어져서야 그곳에 이
를 수 있다.

그런데도 사람이 기억한, 북쪽 어디엔가는 언제나 폴테티엔을 향하여 걸어
오는 도적떼가 있었다. 대위 사령관이 우리에게 와서 차를 마실 때에는 어떤
아름다운 왕녀의 전설을 이야기하듯, 지도 위에 그 유격대의 진로를 우리에게
보인다. 그러나 그 도적떼는 강 모양으로 모래에 잦아들어 단 한 번도 거기까
지 이르지 못했다. 그래서 그들을 유령 도적떼라고 부른다.

정부에서 우리들에게 분배하여 주는 수류탄과 탄환들은 저녁때 우리 침대
밑 상자 속에서 잠자고 있었다. 그리고 우리는 무엇보다도 우리의 비참함으로
보호되어 침묵 아닌 다른 적과는 싸울 필요가 없었다. 그래서 비행장 주임 뤼
카는 밤낮 전축을 틀어 놓는다. 이 전축 음은 사람 사는 곳에서 까마득하게
떨어진 곳에서 우리들에게 거의 잃어버린 말을 들려주고, 이상하게도 갈증과
비슷한 대상 없는 우울증을 일으킨다.

그날 저녁 우리는 초소에서 저녁을 먹고, 대위—사령관은 그의 정원을 구경
시켜 주었다. 과연 그는 프랑스에서 진짜 흙을 세 상자 받았는데, 그것은 4천
킬로미터를 건너온 것이다. 거기에는 파란 잎사귀가 셋 자라고 있었는데, 우리
는 그것을 무슨 보석이나 되는 듯이 손가락으로 어루만졌다. 대위는 "그게 내
정원이지요" 했다. 그리고 모든 것을 말려 버리는 모래바람이 불 때에는 사람들
은 그 정원을 지하실로 가져간다.

우리는 보루에서 1킬로미터 떨어진 곳에 살고 있었기에, 저녁을 먹은 뒤에는 달빛을 이고 우리 처소로 돌아온다. 달빛을 받으면 모래는 분홍빛이 돈다. 우리는 우리가 얼마나 빈곤한지 새록새록 느끼지만 모래는 분홍빛이다. 바로 그때, 보초의 경계 소리가 세상에 온갖 감동을 다시 회복시켜 준다. 도적떼 한 무리가 전진하는 줄 알고 온 사하라가 우리 그림자에 놀라 누구냐고 소리치는 것이다.

보초의 부르짖음 속에는 사막의 모든 목소리가 담겨 울린다. 사막은 이제 빈 집이 아니다. 모르인들의 상인 행렬이 밤을 끌어당긴다.

우리는 안전하다고 믿을 수도 있다. 그러나 그렇다고는 해도 병, 사고, 도적떼 등, 얼마나 많은 위협이 다가오고 있는가! 사람은 비밀 사수들을 위한 땅 위의 과녁이다. 그러나 세네갈인 보초는 예언자와 같이 그것을 우리에게 일깨워 준다.

우리는 "프랑스 사람이다!" 하고 대답하며 검은 천사 앞을 지나간다. 그러면 숨쉬기가 조금 편해진다. 이 위협이 우리에게 얼마만 한 고귀함을 부여했는가……오오! 그 위협이란 아직 무척이나 멀리 떨어져 있고 별로 급박하지도 않고, 그 숱한 모래로 몹시도 희박해진 것이다. 그러나 세상이 아까와는 딴판이다. 사막이 다시 장엄한 모습으로 돌아간다. 어디에선가 전진하고 있으면서 목적지에는 언제까지나 도달하지 못할 유격대는 그의 신성(神性)을 만들어 놓는 것이다.

지금은 밤 11시다. 뤼카가 무전국에서 돌아와 자정에 다카르에서 오는 비행기가 도착할 것이라고 일러준다. 기내에는 이상이 없다고 한다. 오전 0시 10분이면 우편물을 내 비행기에 옮겨 싣고, 나는 북쪽을 향하여 이륙할 것이다. 금이 간 거울을 들여다보며 나는 조심조심 수염을 깎는다. 이따금 타월을 목에 건 채 창문까지 가서 벌거벗은 모래밭을 내다본다. 날씨는 좋다. 그러나 바람이 잔다. 나는 다시 거울 앞으로 돌아와 생각한다. 몇 달째 계속되던 바람이 자게되면 온 하늘을 흔들어 놓는 수가 있다. 그런데 지금 나는 준비를 하고 있다. 신호등을 허리띠에 달고 고도계며 연필 등을 챙긴다.

그리고 오늘밤 기내(機內) 무전원이 될 네리에게 간다. 그도 수염을 깎는다. "별일 없지요?" 나는 물어본다. 지금 같아서는 별일 없다. 이 예비 작전은 비행하는 데 있어 별로 힘들지 않은 일이다. 갑자기 찌지직 소리가 들린다. 하루살이 한 마리가 내 램프에 와서 부딪친 것이다. 그 하루살이를 보니 왠지 모르게 가슴이 죄어든다.

나는 다시 나가 밤하늘을 쳐다본다. 모두가 맑다. 비행장 경계선을 이루고 있는 절벽이 대낮인 양 하늘에 분명히 드러나 보인다. 사막은 질서가 잡힌 집처럼, 깊은 침묵이 흐르고 있다. 그런데 이번에는 초록색 나비 한 마리와 하루살이 두 마리가 날아와 내 램프에 부딪친다. 나는 다시금 애매한 감정을 느낀다. 어쩌면 그것이 기쁨인지 아니면 두려움인지 모르겠으나, 아무튼 나 자신의 마음속에서 오는 것으로, 아직은 희미하고 이제 겨우 예고(豫告)되는 정도의 그런 감정이다.

누군가 아주 멀리서 내게 말한다. 이것은 본능인가? 또 나가 본다. 바람은 아예 없다. 여전히 선선하다. 그러나 나는 경고를 받았다. 나는 무엇이 나를 기다리고 있는지 짐작한다. 아니 짐작한다고 생각한다. 내 생각은 옳은가? 하늘도 모래도 내게 아무 신호도 보내지 않았다. 그러나 잠자리 두 마리가 내게 말해 주었고, 초록 나비도 그랬다.

나는 한 모래언덕에 올라가 동쪽을 향하여 앉는다. 내 생각이 옳다면 '그것' 이 오래지 않아 올 것이다. 오지의 오아시스에서 100킬로미터 넘게 떨어진 이곳에 하루살이가 무엇을 찾아왔더란 말인가? 바닷가에서 밀려온 표류물들은 바다에 태풍이 불고 있음을 증명한다. 이와 같이 이 곤충들은 모래바람이 진행 중임을 말해 준다. 동쪽에서 불어오는 폭풍, 멀리 있는 종려 숲의 초록 나비들을 짓밟아 버린 폭풍이 말이다. 그 거품이 벌써 내 몸에 와 닿았다. 그것이 하나의 증거인 만큼 확연하게, 그것이 크나큰 위협인 만큼 장엄하게, 그것이 폭풍을 품고 있는 만큼 스산하게 동풍은 일기 시작한다. 그의 약한 숨결이 내게 와서 살짝 스친다.

나는 물결이 훑고 갈 마지막 경계석(境界石)이다. 내 20미터 뒤에선 아무 천막도 움직이지 않았을 것이다. 그 뜨거운 기운은 한번, 꼭 죽은 듯싶은 손길로 나를 쓰다듬어 주었을 뿐이다. 그러나 몇 초 뒤에는 숨을 돌린 사하라가 두 번째 입김을 내뿜으리라는 것을 안다. 그리고 3분 뒤에는 우리 격납고의 통풍통(通風筒)이 부르르 떨리리라는 것도 안다. 그리고 10분이 채 못 가서 모래가 하늘을 뒤덮으리라는 것도 잘 안다. 얼마 안 있어 우리는 그 불 속에서, 이 사막의 불꽃이 돌아오는 가운데에서 이륙할 것이다.

그러나 나는 이로 인하여 가슴이 설레는 것이 아니다. 내가 잔인한 기쁨을 느끼는 것은 첫마디 말을 듣기가 무섭게 이 비밀스러운 언어를 알아들었다는 것이고, 희미한 징조에서도 모든 미래에 대한 예고를 받는 원시인처럼 어떤 자취를 느꼈다는 것이고, 그 격노함을 하루살이 날개가 푸덕이는 데서 알아냈다는 것이다.

4

거기서 우리는 귀속되지 않은 지역에 사는 모르인들과 접촉이 있었다. 그들은 출입 금지 구역에서, 우리가 비행할 때 넘어다니는 그 구역에서 불쑥 나타나곤 했다. 그들은 빵이나 설탕이나 홍차를 사러 쥐바나 시스네로스 보루에 오기도 하는데, 그러고는 다시 그들의 비밀 속으로 깊숙이 사라져 버리곤 했다. 우리는 그들이 지나갈 때 그중 몇을 길들여 보려고 했다.

세력 있는 두목인 경우에는, 항공 회사 사무소장의 승낙을 얻어 그들을 비행기에 태워 세상 구경을 시켰다. 그들의 오만을 꺾어 놓자는 속셈이었다. 왜냐하면 그들이 포로들을 죽이는 것은 증오가 아닌 멸시였기 때문이다. 그들은 보루 근방에서 우리와 마주치면 욕설조차 하지 않았다. 우리에게서 얼굴을 돌리고 침을 뱉었다. 그런데 이 오만은 그들이 자기네의 세력을 과신하는 데에서 오는 것이었다. 소총수 300명을 전투 준비시켜 놓고는, 그들 중 대부분의 사람들이 "당신들은 도보로 백일 이상이나 떨어진 프랑스에 있다는 게 운이 좋소⋯⋯." 하고 말했다.

그래서 우리는 그들을 태워 이리저리 데리고 다녔다. 그리고 그중 세 사람이 이렇게 해서 이 미지의 프랑스에 가보게 되었다. 그들은 한 번 나하고 같이 세네갈에 가서 나무들을 처음 보고 감정이 복받쳐 운 적이 있는 그런 류의 사람들이었다.

내가 그들을 그 텐트 속에서 다시 만났을 때 그들은 나체의 여인들이 꽃 가운데에서 춤을 추는 뮤직홀을 찬양하는 중이었다. 나무 한 그루, 샘 하나, 장미 꽃 한 송이 구경 못한 사람들, 그들이 낙원이라 부르는, 냇물이 흐르는 동산들이 있음을 코란에 의해서만 알고 있는 그런 사람들이었다. 그 낙원과 거기 붙잡혀 있는 아름다운 여인들은 비참 속에서 30년 동안을 산 뒤에 모래 위에서 이교도의 총 한 방으로 쓰라린 죽음을 맞는다.

그러나 이 모든 보화를 태워 주는 프랑스 사람들에게는 갈증이나 죽음의 배상을 요구하지 않는 것을 보면 알라 신(神)은 그들을 속이고 있는 게 분명하다. 이 무렵 늙은 두목들이 지금 곰곰이 생각에 잠기는 것도 이 때문이었다. 그렇기 때문에 그들의 텐트 둘레로 황량하게 뻗어 나가, 그들에게 죽을 때까지 그 메마른 즐거움을 제공해 줄 사하라를 바라보며 그들은 가슴을 풀어헤치고 이야기하고야 마는 것이다.

"이거 봐……프랑스 사람들의 신은 말이야…… 모르인들의 신이 모르인에게 하는 것보다, 프랑스 사람들에 대해서 더 관대하단 말이야!"

몇 주일 전 그들에게 사보아를 구경시킨 일이 있다. 안내인은 땋아 놓은 기둥 같은 것이 포효하는 육중한 폭포 앞으로 그들을 데리고 가서 말했다.

"맛을 보시오."

단물이었다. 물! 여기서는 제일 가까이 있는 우물을 찾아가려고 해도 며칠이나 걸어야 하는가! 그리고 그것을 찾아내면 낙타 오줌이 섞인 흙탕물이 나올 때까지 그 우물에 가득 찬 모래를 파내는 데 또 얼마나 시간이 걸려야 하는가! 물! 쥐비곶이나 시스네로스, 폴테티엔에서는 모르인의 어린이들이 돈을 동냥하지 않고 깡통을 들고 와서 물을 동냥한다.

"물 좀 주세요, 물……."

"얌전하게 굴면 주지."

몹시도 귀한 물, 그 조그만 한 방울만 있어도 새싹의 파란 광채를 모래에서 끌어내는 그 물이다. 어디엔가 비가 오면 커다란 이주민의 행렬로 사하라가 더 번화해진다. 부족들은 300킬로미터 저쪽에 돋아날 풀을 찾아간다…… 그런데 그 인색한 물, 폴테티엔에는 10년째 한 방울도 떨어지지 않은 그 물이, 저기에 서는 마치 터진 수조(水槽)에서 세상의 모든 물이 흘러나오듯 요란스러운 소리를 내며 흐르는 것이다.

안내인이 말했다.

"돌아갑시다."

그러나 그들은 움직이지 않았다.

"좀 더 있어요……."

그들은 침묵을 지켰다. 말없이 침통하게 한 장엄한 신비가 전개되는 것을 지켜보고 있었다. 산속에서 이렇게 쏟아져 나오는 것은 생명이요, 바로 사람들의 피였다. 1초 동안 쏟아지는 물만 가지고도, 갈증에 마비되어 소금 연못과 신기루(蜃氣樓)의 무한대 속으로 영원히 찾아든 여러 무리의 상인 행렬들을 소생시켰을 것이다. 신은 여기서 자신을 나타내고 있었다. 그에게 등을 돌릴 수는 없었다. 신은 그의 수문을 활짝 열고 그의 능력을 보여주고 있다. 모르인들은 꼼짝도 하지 않았다.

"무얼 더 보시렵니까? 갑시다……."

"기다려야지요."

"무얼 기다려요?"

"끝을."

그들은 신이 그의 지나친 장난에 싫증이 날 그 시간을 기다리고자 했다. 신은 이내 후회한다. 그는 인색하다.

"그렇지만 이 물은 천 년 동안이나 멈추지 않고 흘러내리고 있는걸요!"

이날 저녁 그들은 폭포 이야기를 다시 하려 하지 않았다. 어떤 기적에 대해서는 이야기를 하지 않는 것이 낫다. 그보다도 그것을 도무지 생각하지 않는 것이 더 낫다. 그렇지 않으면 아무것도 이해하지 못하게 되고 만다. 그렇지 않으면 신을 의심하게 된다…….

"프랑스 사람들의 신은 말이야……."

그러나 나는 내 미개인 친구들을 잘 안다. 그들은 신앙이 흔들리고 당황해서 이제부터는 귀순할 생각을 가지고 있는 것이다. 그들은 프랑스군 경리대(經理隊)를 통하여 보리를 보급 받고 사하라 부대들에 의하여 그들의 안전이 보장되기를 바라고 있다. 그리고 귀순만 하면 그들의 물질적 재물이 더 풍족해질 것이 분명하므로 그렇게 생각하는 것도 무리는 아니었다.

그러나 그들은 셋 모두 트라르자인들의 도독(都督) 엘 마문의 혈통이다(이 이름이 아닐지도 모른다).

나는 이 사람이 우리 부하 노릇을 했을 때 알았다. 봉사를 했기 때문에 공식적인 예식에 참석할 수 있었고, 총독들에 의하여 많은 재산을 얻고 부족들에게서는 존경을 받았던 그는, 눈에 보이는 재물에는 부족한 것이 없었던 모양이다. 그러나 어느 날 밤, 어떠한 조짐으로도 그것을 이미 알아차리지 못했는데, 그와 동행하던 장교들을 살해하고, 낙타들과 소총들을 빼앗아 가지고 아직 귀순하지 않은 부족들에게로 돌아갔다.

그 뒤로는 사막 가운데에 추방된 한 두목의 영웅적이고도 절망적인 이 반란과 도망을, 오래지 않아 아타르의 이동 기병소대의 탄막(彈幕) 앞에서 불화산처럼 사라질 이 잠시 동안의 영광을 사람들은 반역이라고 부른다. 그리고 이 급작스러운 광증을 이상히 여긴다.

그러나 엘 마문의 이야기는 다른 아라비아 사람들의 이야기이기도 했다. 그는 늙어갔다. 사람은 늙으면 명상을 하게 된다. 이렇게 해서 그는 하루 저녁, 자기가 이슬람의 신을 배반했다는 것과 자기에게는 손해밖에 되지 않는 교환을 하려고 그리스도 교인들의 손에 서명함으로써 자기의 손을 더럽혔다는 것을 깨달았다.

사실 그에게 보리와 평화가 무슨 소용이 있었던가? 타락한 무사로 양치기가 된 그는 전에 사하라에서 살았다는 것을 추억하고 있는 것이다. 거기에는 모래 굽이굽이에 수많은 위협이 숨어 있었고, 밤 속에 깊이 잠긴 야영지에서 목표지에다 야경들을 파견했으며, 적들의 동태에 대한 소식을 들으며 화톳불 둘레에서 가슴이 두근거렸다. 그는 사람이 한번 맛보기만 하면 영원히 잊히지 않는 넓은 바다의 맛을 회상하는 것이다.

그랬던 그가 영광을 잃은 채 아무 위엄도 없는 평정(平定)된 지역에서 헤매고 있다. 오늘에야 비로소 그에게 사하라는 사막이었다.

그는 그가 암살한 장교들을 아마 존경하고 있었을지도 모른다. 그러나 알라 신에 대한 사랑은 모든 것을 초월한다.

"엘 마문 잘 가게."

"당신에게 신의 가호가 내리시기를!"

장교들은 담요 속에 기어들어가 뗏목 위에서처럼 별들을 쳐다보며 모래 위에 눕는다.

뭇 별들이, 모든 것이 조용히 돌며 하늘 전체가 시간을 새겨 간다. 달이 모래밭 위로 기울어, 신의 지혜에 의하여 무(無)로 돌아간다. 그리스도 교인들은 오래지 않아 잠이 들리라. 이제 몇 분만 더 있으면 별들만이 반짝이고 있을 것이다. 그러면, 타락한 부족들이 지난날의 영광을 회복하기 위해서는, 그것들만이 모래를 빛나게 해주는 그 추격이 다시 시작되기 위해서는, 그들이 자는 잠 속에 잠겨 들어가며 지르는 이 그리스도 교인들의 조그마한 부르짖음만 있으면 되는 것이다…… 이제 몇 초만 더 있으면 회복할 수 없는 것으로부터 한 세상이 태어날 것이다.

이리하여 잠든 아름다운 중위들은 죽임을 당하는 것이다.

5

어느 날 쥐비에서 케말과 그의 동생 무얀이 나를 초대하여, 나는 그들의 텐트 속에서 차를 마셨다. 무얀은 아무 말 없이 나를 쳐다보며 푸른 베일을 입술에까지 올려 걸치고 미개인의 겸양을 지키고 있었다. 케말 혼자만이 내게 말을 하고 인사를 차렸다.

"내 텐트며 낙타며 아내들이며 종들은 다 당신 것이오."

무얀은 그저 내게서 눈길을 돌리지 않고 자기 형에게로 몸을 기울여 몇 마디 말을 하고는 다시 입을 다물었다.

"뭐라고 하는 겁니까?"

"'보나푸가 르게이바트네 낙타 천 마리를 훔쳤다'고 하오."

나는 아타르 기병소대의 낙타 기병인 이 보나푸 대위를 알지 못한다. 그러나 모르인들의 입을 거쳐 그의 전설은 알고 있다. 그들은 화를 내며 그에 대해 이야기를 한다. 그러나 그가 무슨 신(神)이기라도 되는 것처럼 이야기한다. 그의 존재가 사막에 가치를 주고 있다. 오늘도 또 그는 남쪽으로 행진하는 유격대의 후방에 나타나 그들의 낙타를 수백 마리 훔쳤다. 그들은 안전한 방향으로 돌아가지 않을 수 없게 되었다. 그리고 지금은 이 영웅과 같은 출현으로 아타르를 구해 내고 석회암 고원 위에 야영하며, 뺏어가야 할 담보인 양 당당히 차지하고 있다. 단연 돋보이는 이러한 활약은 부족들이 그의 군도(軍刀)를 향하여 진격하지 않을 수 없게 했다.

무얀은 더욱 험한 눈으로 나를 쳐다보며 또 말을 한다.

"뭐라고 합니까?"

"'우리는 내일 유격대로서 보나푸를 향하여 진격하겠소. 소총수 300명이 말이오'라고 합니다."

나는 무엇인가를 짐작하고 있었다. 사흘 전부터 우물로 몰고 가는 그 낙타들, 그 연설들, 그 열광, 보이지 않는 범선을 하나 장만하는 느낌이었다. 그리고 그 배를 몰고 갈 바닷바람이 벌써 일고 있다. 보나푸 덕분에 남쪽을 향한 걸음 하나하나가 영광에 가득 찬 걸음이 된다. 나는 이러한 출격들이 증오나 사랑을 얼마나 포함하고 있는지 도저히 알 수가 없었다.

이 세상에서 암살해야 할 만큼 훌륭한 적을 가진다는 것은 참으로 근사한 일이다. 그가 나타나는 곳 가까이에 있는 부족들은 정면충돌을 두려워하며 그들의 텐트를 걷고 낙타를 모아 도망하는가 하면, 더 멀리 떨어져 있는 부족들은 사랑 속에서 느끼는 그런 현기증에 빠지는 것이다. 평화스러운 텐트에서, 여인들의 포옹에서, 행복한 잠에서 빠져나와 두 달 동안을 남쪽을 향하여 기운 빠지는 행군을 하고 타는 듯한 갈증을 겪고 모래바람 밑에서 쭈그리고 앉아 기다린 뒤에, 어느 날 새벽녘 아타르의 이동 기병소대와 맞부딪친다. 만약에 신이 허락하신다면 거기서 보나푸 대위를 죽이는 것, 이것보다 더 값진 것은 아무것도 없다는 것을 깨닫는다.

케말은 내게 털어놓는다.

"보나푸는 강하지요."

나는 이제야 이들의 비밀을 조금 알 것 같다. 한 여인을 사모하는 남자들이 그 여자의 평온한 걸음걸이를 꿈꾸며 그들의 꿈속에서 계속하고 있는 그 여자의 냉정한 소요에 상심하고 속이 타듯이, 멀리 떨어진 보나푸의 발소리는 이들을 괴롭힌다. 모르인 옷을 입은 그 그리스도 교인은 비적(匪賊) 200명을 거느리고, 그를 공격하러 나선 유격대들을 교묘히 따돌리고는 아직 귀속되지 않은 지역으로 잠입했다. 그가 거느린 부하들과 프랑스 세력을 이탈하고 아무 탈 없이 자기 속박에서 깨어나 석상(石床) 위에 자기 상관을 신께 제사지낼 수 있을 그곳에, 오직 그의 권위만이 그들을 억제하는 그곳에, 그의 약점마저 저들을 무섭게 만드는 그곳에 침투한 것이다. 그리고 오늘 이들의 숨 막히는 꿈 가운데에서 그는 아무렇지도 않게 오가며 그의 발걸음은 사막의 심장에까지 울리는 것이다.

무얀은 텐트 안쪽에 푸른 화강암 부조(浮彫)같이 꼼짝 않고 그냥 앉아 골똘히 생각에 잠겨 있다. 그의 눈과, 그리고 이제는 장난감이 아닌 그의 단도만이 반짝인다. 그는 유격대 속에 들어간 뒤로 무척이나 변했다. 그는 어느 때보다도 자기의 고귀함을 깨닫고 나를 멸시로 덮어 누른다. 왜냐하면 그는 보나푸를 향해 진격할 참이고, 사랑의 모든 조짐을 지닌 증오에 자극되어 새벽녘에 행진을 시작할 참이었으므로.

다시 한번 그는 형에게로 몸을 기울이고 나직한 목소리로 말하고, 나를 쳐다본다.

"당신을 보루에서 멀리 떨어진 데서 만난다면 쏘겠다고 하오."

"왜?"

"당신은 비행기와 무전기가 있고 보나푸가 있지만, 진리를 가지지 못했다고 하오."

무얀은 조각상의 옷주름 같은 푸른 베일에 싸여 부동자세로 내게 판결을 내린다.

"'당신은 염소들처럼 샐러드를 먹고 돼지들처럼 돼지고기를 먹고, 당신네 나라 여자들은 뻔뻔스럽게 얼굴을 드러낸다, 당신네 나라 여자들을 본 적이 있다'고 말하오. '당신은 도무지 기도하는 일이 없다'고 하오. '진리를 가지고 있지 않으면 당신네 비행기와 무전기가, 그리고 당신네 보나푸가 무슨 소용이 있느냐'고 말하오."

사막에서는 언제나 자유로우므로 구태여 자기의 자유를 지키려 하지 않으며, 눈에 보이는 재화를 보호하려 하지도 않으나, 비밀의 왕국을 수호하는 이 모르인에게 나는 감탄한다. 모래 물결의 적막 속에서 보나푸는 늙은 해적 선장같이 그의 기병 소대를 끌고 다니기 때문에, 그의 덕택으로 쥐비곳의 야영지는 더 이상 한가한 양치기들의 고향이 아니다. 보나푸 폭풍이 그 옆구리를 세차게 덮치는 바람에 사람들은 저녁에 텐트를 바싹 붙여 치는 것이다. 남쪽에서는 침묵이 얼마나 가슴 죄게 하는가! 그것은 보나푸의 침묵이기 때문이다! 그리고 늙은 사냥꾼 무얀은 바람을 타고 걸어오는 그의 발소리를 엿듣는다.

보나푸의 적들은 그가 프랑스로 돌아가는 것을 반기지 않는다. 그의 귀국이 그들의 사막에서 목표 중의 하나를 빼앗아가고 그들의 생활에서 약간의 권위를 채가거나 하는 것처럼 그것을 슬퍼하며 내게 이렇게 말할 것이다.

"당신네 보나푸가 왜 떠나가는 거요?"

"모르지요."

보나푸는 이들의 생명과 자기의 생명을 걸고 지냈다. 그것도 여러 해 동안이나. 그는 이들의 규칙을 자기의 규칙으로 삼았다. 그는 이들의 돌에 머리를 기대고 잤다. 끊임없는 추격이 계속되는 동안 그도 이 사람들과 같이 별과 바람으로 이루어진, 성서에 나오는 밤들을 체험했다. 그런데 그는 이곳을 떠남으로써 긴요한 도박을 하지 않았음을 보여주는 것이다. 노름판에 홀로 남겨진 모르인들은 이제 인간들의 목숨까지 걸지 않게 된 인생의 뜻에 대해서 믿음을 잃어버리는 것이다. 이들은 그래도 그를 믿고자 한다.

"그 보나푸 말이오. 그 사람 다시 오겠지요?"

"글쎄요……."

그가 돌아올 것이라고 모르인들은 생각한다. 유럽의 노름은 이제 그를 흡족하게 해주지 못할 것이다. 병영의 브리지도, 승급도, 여인들도, 그의 마음을 흡족하게는 못할 것이다. 잃어버린 고귀함이 머리에서 떠나지를 않아 그는 사랑을 향하여 발걸음을 하나하나 떼어놓는 것처럼 가슴을 뛰놀게 하는 이곳으로 다시 올 것이다. 그는 여기서는 오직 모험을 했을 뿐이고, 그곳으로 돌아가야 요긴한 것을 얻을 수 있으리라고 생각했을 것이다. 그러나 이 모래밭의 매력과 적막, 그리고 바람과 별들의 고향 따위의 유일하고 참다운 재물을 이곳 사막에서 소유했었음을 환멸 속에서 깨달을 것이다.

그리고 보나푸가 어느 날 돌아오면, 그 소식은 귀속되지 않은 지역에 첫날밤부터 퍼질 것이다. 사하라 어디에, 그가 거느리는 비적 200명 속에서 그가 자고 있다는 것을 모르인들은 알 것이다. 그러면 아무 말 없이 낙타들을 우물로 끌고 갈 것이고, 보리를 준비할 것이고 총개머리를 검사할 것이다. 그 증오나 혹은 그 사랑에 자극되어서 말이다.

6

"마라케시로 가는 비행기에 나를 숨겨 주세요."

쥐비에서는 매일 저녁 모르인들의 노예가 내게 짧은 기도를 드렸어요. 그러고는 살기 위해 할 수 있는 일은 다했다는 듯이 책상다리를 하고 앉아 내 차(茶)를 준비하곤 했다. 그리고 자기를 낫게 해 줄 유일한 의사에게 몸을 맡겼다고 생각하고 자기를 구해 줄 유일한 신에게 은혜를 빌었다고 안심한 채.

그러고 나서는 주전자 위에 몸을 굽히고, 그의 생애의 단순한 영상들과 마라케시의 검은 토지들과 붉은 집들과 그가 잃을 간소한 재산들을 되씹어 보는 것이었다. 그는 내가 아무 말도 하지 않는 것도 생명을 빨리 주지 않는 것도 원망하지 않았다. 그는 내가 자기와 같은 사람이 아니고 출발 전에 작동시켜야 하는 무슨 동력이라고, 자기 운명 위에 어느 날이고 일어날 순풍 같은 그 무엇이라고 생각했다.

하지만 일개 조종사에 불과하고, 쥐비곶에서 몇 달 동안 비행장 주임 노릇을 했을 뿐이며, 재산이라고는 에스파냐식 보루에 기대앉은 바라크와 그 바라크 속에는 들어 있는 대야, 짠물 담은 그릇, 너무 짧은 침대 하나밖에 없는 나는 내 능력에 대해서 별로 자신을 가질 수가 없었다.

"바르크 영감, 당분간 두고 봅시다……."

모든 노예들이 바르크라고 불린다. 그러니까 그도 바르크라는 이름을 가지고 있었다. 4년 동안이나 포로 생활을 했는데도 그는 아직 단념하지 않고 있었다. 그는 자기가 우두머리였던 것을 기억하고 있었다.

"바르크 영감, 자네는 마라케시에서 무얼 했나?"

그의 아내와 아이 셋이 아직 살고 있을 마라케시에서 그는 훌륭한 직업을 가지고 있었다.

"나는 짐승 떼를 몰고 다녔지요. 그리고 내 이름은 모하메드였답니다!"

그곳에서는 재판관들이 곧잘 그를 불러서는 이렇게 지시했다.

"모하메드, 나는 소를 팔아야겠으니 산에 가서 그놈들을 찾아오시오."

또는 이런 명령도 내렸다.

"들판에 양 천 마리가 있는데 그놈들을 좀 더 높이 풀밭으로 데려가시오."

그러면 바르크는 감람나무 지팡이를 들고 그 가축들의 이동을 다스렸다. 많은 양 떼 백성의 유일한 책임자로, 그는 새끼 가진 어미 양들 때문에 그중에서 빠른 놈들을 천천히 걷게 하고 게으른 놈들은 재촉하며, 모든 양들이 믿고 복종하는 가운데에 걸음을 옮겨갔다.

어떤 언약된 땅을 향하여 올라가는지 홀로 알고, 천체를 보고 길을 찾을 줄 알고 양들에게는 나누어 줄 수 없는 지식을 담뿍 지닌 그는 자기의 지혜로 홀로 쉬는 때와 샘터로 가는 때를 정했다. 그리고 밤이면 양들이 잠든 사이 일어나 그 많은 무지와 약함을 측은히 생각하여 무릎까지 양털 속에 파묻혀, 의사요, 예언자요, 왕인 바르크는 자기 백성을 위하여 기도를 드렸다.

어느 날 아라비아인들이 그에게 이런 교섭을 했다.

"남쪽으로 가축들을 구하러 같이 갑시다."

그들은 그를 오랫동안 걷게 했다. 사흘이 지난 뒤 산속 우묵한 길에 그가 접어들자 그의 어깨를 움켜잡고 바르크라는 이름을 지어 가지고 팔아먹었다.

나는 다른 노예들도 알고 있었다. 나는 매일 차를 마시러 텐트를 찾아갔다. 거기서 맨발로 푹신한 양탄자 위에 누워 그날의 비행을 회상했다. 이 푹신한 양탄자는 유목민의 사치품으로 그들은 거기에다 몇 시간 동안의 처소를 마련하는 것이다.

사막에서는 시간의 흐름을 느낄 수 있다. 내리쬐는 뙤약볕 아래서 저녁을 향하여, 나의 다리와 몸을 담가 주고 땀을 모조리 씻어 줄 시원한 바람을 향하여 걸어가는 것이다. 타는 듯한 햇볕 아래서, 짐승들도 사람들도 죽음을 향하여 가는 것만큼이나 확실하게 이 크나큰 물구유를 향하여 나아가는 것이다. 그래서 이런 한가함이 헛되지는 않았다. 그리고 하루하루가 바다로 가는 그 길들처럼 아름다워 보이는 것이다.

나는 그 노예들을 잘 알고 있었다. 주인이 보물 상자에서, 열쇠 없는 자물통, 꽃 없는 화분, 서푼짜리 거울, 낡은 투구 같은 어처구니없는 물건들이 가득 찬, 사막 한가운데에 이렇게 밀려와서는 난파선의 조각 같은 느낌을 주는 그런 물건들이 묵직하게 들어 있는, 그 상자에서 풍로와 주전자와 잔들을 꺼내면, 노예들은 텐트 속으로 들어온다.

그러면 노예는 묵묵히 풍로에 마른 풀잎을 얹고 불똥을 불러일으키고 주전자를 채우고 하여, 어린 계집애의 노력이면 될 일에 나무라도 뽑을 수 있을 것 같은 근육을 놀린다. 그는 온화하다. 차를 만들고 낙타를 손질하고 먹고 하는 이 연극에 젖어 버렸다. 대낮 뙤약볕 밑에서는 밤을 향하여 걸어가고, 별들만이 반짝이는 매섭게 찬 하늘 밑에서는 대낮의 뙤약볕을 그리워한다. 계절들이 여름에는 눈 이야기를 꾸며 주고 겨울에는 해 이야기를 지어 주는 북쪽 나라들은 얼마나 행복한가! 한증막 속에서 별로 변하는 것이 없는 열대 지방은 얼마나 불운한가! 그러나 낮과 밤의 사람들을 이 희망에서 저 희망으로 그렇게도 간단하게 옮겨 주는 이 사하라도 역시 행복한 곳이다.

어느 날 흑인 노예는 문 앞에 쭈그리고 앉아 저녁 바람을 맛본다. 그 둔중한 포로의 몸에서는 이제 추억도 솟아나지 않는다. 납치되던 시간, 그때 그 부르짖음, 그를 지금의 암흑 속에 쓰러뜨린 사람의 그 팔들을 기억하는 것이 고작이다. 그 뒤로 그는 세네갈의 느릿한 강물이나 남쪽 모로코의 하얀 도시들을 소경같이 보지 못하고, 귀머거리처럼 귀에 익은 목소리를 듣지 못한 채, 이상야릇한 잠 속으로 잦아들어가는 것이다. 이 흑인은 불행하지는 않다. 다만 병이 들었다. 어느 날 유목민들에게 붙잡혀 그들 생활환경 안에 떨어진 채 그들의 이동에 끌려 다니고 그들이 사막 안에서 그리는 궤도에 일생을 매였으니, 그에게는 죽은 것이나 다름없는 과거와 가정과 아내와 아이들이 이제와 무슨 소용이 있겠는가?

오랫동안 큰 사랑 속에 살다가 그것을 잃은 사람들은 흔히 그들의 고독한 숭고함에 싫증 나는 수가 있다. 그들은 겸손히 삶에 다가가 평범한 사랑을 행복으로 삼는다. 그들은 체념하고 비굴해져서 사물의 평화 속에 들어가는 것이 마음 편함을 깨달았다. 노예는 주인의 숯불로써 자기의 자랑을 삼는 것이다.

어떤 때는 주인이 종에게 말한다.

"자, 마셔라."

그것은 모든 피로와 모든 불볕더위에서 풀려나고, 곁에 나란히 접어드는 서늘한 기운 때문에 주인이 노예에게 선심을 쓰는 시각이다. 그래서 주인은 노예에게 한 잔을 준다. 그러면 포로는 그 차 한 잔으로 인한 감격에 머리를 굽실대며 주인의 무릎에 입이라도 맞출 지경이 된다. 노예가 쇠사슬에 매여 있는 일은 없다. 그건 아무런 소용없는 일이다! 이 얼마나 충실한가! 그는 지위를 빼앗긴 흑인 왕을 자기 안에서 온순하게 길들였다. 그는 이제 오직 행복한 포로일 뿐이다.

그러나 어느 날 그는 해방될 것이다. 그가 먹는 양식이나 입는 옷에 알맞은 값어치가 없을 만큼 너무 늙으면 그는 분에 넘치는 자유를 얻을 것이다. 사흘 동안 그는 이 텐트에서 저 텐트로 더욱 약해진 몸을 끌고 다니며 거두어 달라고 청하나 헛일일 것이다. 이리하여 사흘째 되는 날, 해가 저물어 갈 무렵 그는 얌전하게 모래밭에 누울 것이다.

나는 쥐비에서 이렇게 노예들이 죽어가는 것을 보았다. 모르인들은 그의 긴 임종의 곁을 스치고 지나다니지만 잔악한 마음은 없었고, 모르인들의 어린이들은 그 꺼먼 표류물 곁에서 놀았다. 새벽마다 그것이 아직도 꾸물거리고 있는 장난 삼아 보러 달려갔으나 늙은 종을 조롱하는 일은 없었다. 그것은 자연 질서를 따르는 것이었다. 그것은 "너는 일을 잘했으니 잘 권리가 있다. 가서 자라"라고 그에게 말하는 것이나 마찬가지였다. 그는 그저 누워서 현기증에 지나지 않는 주림을 겪으나, 유일한 괴로움인 불만은 느끼지 않는다. 그는 차츰 땅과 섞인다. 햇볕에 마르고 대지의 품에 안기고 30년간의 노고를 위로받는다. 그러고는 잠과 땅에 대한 권리를 얻는 것이다.

내가 죽어가는 노예를 처음 보았을 때였다. 그는 신음소리조차 내지 않았다. 하기야 그는 누구 하나 원망할 사람도 없었다. 나는 그에게서 일종의 희미한 포기를 보았다. 기운이 빠져서 눈 속에 누워 자기의 꿈과 눈 속에 싸여 들어가는, 길 잃은 산골 사람의 체념 같은 것을 짐작했다. 나는 그의 고통으로 인하여 괴로워하지는 않았다. 나는 그가 고통을 느낀다고는 생각하지 않았다. 그러나 사람의 죽음과 함께 미지의 세계가 하나 죽는지라 그의 안에서 꺼져가는 영상들이 어떤 것인지 생각해 보았다. 세네갈의 어느 대농원이, 남쪽 모로코의 어떤 하얀 도시들이, 차차 망각 속에 파묻혀 들어가는 것이었을까? 그 검은 덩어리 안에서, 차를 만들어야 하고 짐승들을 우물로 몰고 가야 하는 따위의 하찮은 걱정만이 사라져 가는지…… 노예의 영혼이 잠드는 것인지, 혹은 추억의 소생으로 다시 살아난 사람이 그 본디의 위대함 속에서 죽어가는 것인지 나는 알 수가 없었다.

그 단단한 해골이 내게는 오랜 보물 상자 같아 보였다. 어떤 빛깔 고운 비단들이, 어떤 잔치의 영상이 여기서는 아무 쓸모없어지는 것과, 이 사막에서는 아무 소용이 없는 잔해들이 그 상자 속에서 어떻게 파선을 모면했는지를 나는 알지 못했다. 그 상자는 거기 동여매어진 채, 육중하게 놓여 있었다. 마지막 날들이 거창한 잠을 자는 동안, 세상에 얼마만 한 부분이 사람 안에서 분해되는지, 차차 밤과 뿌리로 되돌아가는 그 양심과 육체 안에서 분해되는지도 나는 알지 못했다.

"나는 짐승 떼를 몰고 다녔고, 내 이름은 모하메드라고 했소……."
자신의 운명에 항거한 사람은 내가 알기에는 흑인 포로 바르크가 처음이었다. 모르인들이 하루아침에 그의 자유를 빼앗고 이 세상에서 갓난아기보다 더 헐벗은 자로 만든 것은 아무것도 아니었다. 이와 같이 한 사람의 추수를 한 시간 사이에 짓밟아 버리는 신의 폭풍우가 불어 닥쳤던 것이다. 모르인들은 그의 재산보다도 인격을 더 심각하게 위협했다. 다른 노예들은 입에 풀칠을 하기 위해 일 년 내내, 죽을 때까지 가난하게 가축몰이를 했겠지만 바르크는 달랐다!
바르크는, 사람들이 곧잘 기다림에 지쳐 평범한 행복 안에 자리 잡은 것처럼 그렇게 노예살이에 안주하지 않았다. 그는 주인의 선심을 노예로서의 기쁨으로 삼기를 원하지 않았다. 집을 떠난 모하메드가 자기가 살던 그 집을 가슴속에 그대로 보존해 둔 것이다. 사람이 살고 있지 않아 적막하기는 하나, 다른 사람은 그 누구도 살게 하고 싶지 않았다. 바르크는 정원을 지나는 길의 풀과 적막의 권태 속에서 충실하게 죽어가는 그 백발의 문지기와 비슷했다.
"나는 모하메드 벤 라후신이오"라고 그는 말하지 않고, "나는 모하메드라고 불리었소" 하고 말하며, 그 잊어버린 인물이 부활하여 그 부활만으로 벌써 노예의 모습을 쫓아 버릴 날을 꿈꾸고 있었다. 때로는 밤의 고요 속에서 그의 모든 추억이 어렸을 적 노래같이 완전하게 되살아났다. 우리들의 모르인 통역은 이런 이야기를 했다.
"한밤중에 그는 마라케시 이야기를 하고 울었습니다."
고독 속에서는 누구나 그럴 수 있다. 그 안에 있는 또 한 사람이 예고 없이 깨어나 몸 안에서 기지개를 켜고, 일찍이 아무 여인도 바르크를 가까이 한 적

없는 이 사막에서 자기 곁의 여인을 찾았고, 아무 샘물도 일찍이 흐른 적 없는 그곳에서 샘을 찾는 것이었다.

그리고 바르크는, 사람들이 천으로 만든 집에 살며 바람을 쫓아다니는 거기에서, 눈을 감으면 매일 밤 같은 별 밑에 자리 잡고 앉은 흰 집에 사는 것 같은 생각이 들었다. 목표가 지척에 있기나 한 듯, 신비스럽고 생생하게 되살아난 옛 애정을 가득 품고 바르크는 내게로 왔다. 그는 준비가 다 되었다고, 그의 모든 애정이 준비가 되었고 그것을 나누어 주기 위해서는 제 고향으로 돌아가기만 하면 된다고 내게 말하고 싶었던 것이다. 그래서 내가 알았다는 신호 한 번만 보내주면 그만일 것이었다.

바르크는 웃으며 그 방법까지 내게 가르쳤다. 아마 내가 아직 깨닫지 못하고 있는 줄 아는 모양이다.

"내일이 우편기가 떠나는 날이지요······아가디르로 가는 비행기에 나를 숨겨 주세요······."

"안됐지만 바르크, 그건 불가능한 일이야!"

왜냐하면 우리가 아직 귀속되지 않은 지역에 살고 있는 이상, 그가 도망하는 것을 도와줄 방법이 없기 때문이다. 이튿날만 되면 모르인들은 그 도둑질과 모욕을 무서운 학살로 보복할 것이다. 나는 로베르크, 마샬, 압그랄 같은 기항지 비행장의 비행기 정비공들의 도움을 받아 그를 사려고 해보기는 했다. 그러나 모르인들은 노예를 구하는 유럽인들을 매일같이 만나는 것이 아니므로 배짱만 부린다.

"2만 프랑이오."

"터무니없는 금액이군. 우리를 놀리는 거야?"

"그 사람 팔이 얼마나 튼튼한가 좀 봐요."

이렇게 몇 달이 지나갔다.

마침내 모르인들이 요구하는 몸값이 내려갔다. 그래서 내가 편지로 연락했던, 프랑스에 있는 친구들의 도움을 얻어 늙은 바르크를 살 수 있을 만큼 돈이 마련되었다.

그것은 굉장한 협상이었다. 그 협상은 여드레나 걸렸다. 모르인 15명과 나는 모래밭 위에 빙 둘러앉아 이 협상을 진행시켰다. 주인의 친구이자 내 친구이기도 한 진 울드 라타리 비적이 은근히 나를 도왔다.

"그놈을 팔게. 안 팔더라도 자네는 결국 그놈을 잃을 거야."

내 의견을 들어 그는 모르인들에게 이렇게 말했다.

"그놈은 병이 들었어. 병이 처음에는 나타나지 않지만 속에 들어 있단 말이야. 언제고 별안간 불거져 나올 날이 오네. 어서 프랑스 사람에게 팔아 버려."

나는 또 다른 도둑 라지에게 나를 도와 매매 계약을 맺게 하면 돈을 주겠다고 약속했다. 그래서 라지는 열심히 주인을 설득했다.

"그 돈으로 낙타도 사고 총과 탄환도 사게나. 그렇게 되면 자네는 유격대가 돼서 프랑스 사람들과 전쟁을 할 수 있을 거야. 아니면 아타르에서 아주 새 노예를 서너 명 데려오던지. 이 늙은 건 처분해버려."

이리하여 바르크는 내게 팔려 왔다. 나는 그를 우리 막사 안에 엿새 동안 열쇠를 채우고 가두었다. 만일 비행기가 지나가기 전에 그가 밖에서 방황한다면 모르인들은 그를 다시 잡아 더 먼 곳에 팔 것이기 때문이다.

어찌 되었든 나는 그를 노예 지위에서 해방시켰다. 그것은 아름다운 예식이었다. 이슬람교의 성직자가 오고 이전 주인과 쥐비의 현지인 관리도 왔다. 보루에서 20미터 떨어진 곳에서라면 그저 나를 골려 준다는 쾌락 때문에 서슴지 않고 그의 목을 잘랐을 이 세 비적들이 그를 열렬히 포옹하고 공식 증서에 서명했다.

"이제 너는 우리 아들이다."

법적으로 따져서 내 아들이기도 했다.

그리하여 바르크는 그의 여러 아버지들에게 키스했다.

그는 출발 시간까지 우리 막사에서 안온한 포로 생활을 했다. 그는 하루에도 몇 번씩 여행하게 될 길을 알려달라고 했다. 아가디르에 가서 비행기에서 내리면 이 기항지 비행장에서 마라케시로 가는 버스표를 줄 것이다. 바르크는 어린아이가 탐험놀이를 하듯 자유인놀이를 하게 될 것이다. 삶을 향한 첫걸음, 관광버스, 군중들, 그가 다시 볼 그 도시들······.

로베르그가 마샬과 압그랄의 심부름으로 나를 찾아왔다. 바르크가 비행기에서 내려 배를 곯으면 안 된다는 것이다. 그들은 바르크에게 주라며 내게 1천 프랑을 맡겼다. 이제 그는 천천히 일거리를 찾으면 되는 것이다.

나는 20프랑을 주고 감사를 요구하는 자선 사업체의 그 늙은 부인들을 떠올렸다. 기관사인 로베르그와 마르샬과 압그랄은 1천 프랑을 주면서 자선을 하지 않았고, 더군다나 감사 따위는 요구하지도 않았다. 그들은 행복을 꿈꾸는 그 부인들처럼 동정심으로 그렇게 하는 것이 아니었다. 그들은 단지 한 인간의 존엄성을 회복시키는 데에 이바지하고자 했을 뿐이다. 귀향의 흥분이 가라앉기가 무섭게 바르크를 제일 먼저 맞이할 가장 충실한 벗은 곤궁일 것이고, 석 달이 지나지 않아 그는 철로 위 어디에서 깔려 있는 목재를 뽑느라고 애를 쓰리라는 것을 그들이나 나나 너무나 잘 알고 있었다. 그는 사막에서보다 우리들 사이에서 더 행복할 것이다. 그러나 자기 동족들 사이에서 자기 자신이 되는 권리는 가지고 있었다.

"자, 바르크 영감, 가서 자유인이 되시오."

출발 준비가 끝나자 비행기는 전율하고 있었다. 바르크는 몸을 내밀어 마지막으로 한 번 더 쥐비곶의 광활한 황야를 내려다보았다. 비행기 앞에는 모르인 200명이 한 노예가 생명으로 들어가는 문어귀에서 어떤 표정을 하는지 보려고 모여 있었다. 고장이 나면 좀 더 멀리 떨어진 곳에서 그를 다시 붙잡아 올 작정인 것이다.

우리는 쉰 살 먹은 우리들의 갓난아이에게 작별 인사를 보내며 그를 세상에 내보내는 것에 약간 가슴이 설레었다.

"바르크, 잘 가오."

"아닙니다."

"아니라니?"

"아니에요. 나는 모하메드 벤 라후신입니다."

우리는 아가디르에서 우리의 청으로 바르크를 돌보아준 아랍 사람 압둘라에게서 그의 마지막 소식을 들었다.

버스는 저녁에 출발하기로 되어 있었다. 그래서 바르크는 낮 동안을 마음대로 보낼 수가 있었다. 그는 우선 그 조그마한 도시를 아무 말 없이 몹시도 오랫동안 배회했다. 그래서 압둘라의 눈에 바르크는 어딘지 불안해 보였고, 매우 감동하고 있는 것처럼 보였다.

"무슨 일이야?"

"아무것도……."

바르크는 갑작스러운 휴가에 너무도 깊이 파묻혀 자신이 다시 태어났음을 아직 실감하지 못했다. 그저 막연한 행복을 맛보기는 했다. 그러나 이 행복을 빼놓고는 어제의 바르크와 오늘의 바르크가 별로 다른 것이 없었다. 그렇지만 이제는 그도 다른 사람들과 평등하게 그 햇볕을 나누어 받고 여기 이 아라비아 카페의 차양 아래 앉을 권리를 가지고 있었다. 그는 거기에 앉았다. 그리고 압둘라와 자기에게 차를 가져오라고 시켰다. 그것은 최초의 귀족 행세였다. 그 권리로 인하여 그의 얼굴 모습이 달라졌을 것이다. 그러나 종업원은 그 행동이 예사로운 것처럼 그에게 차를 따라 주었다. 그 종업원은 차를 따름으로써 한 자유인을 축복했다는 것을 깨닫지 못했다.

"다른 데로 갑시다."

바르크가 말했다.

그들은 아가디르를 내려다보는 카스바 쪽으로 올라갔다.

어린 베르베르족[3] 무희들이 그들에게 다가왔다. 무희들이 애교를 얼마나 부렸던지 바르크는 자신이 다시 삶을 찾은 것 같이 생각되었다. 그들은 자신들도 알지 못하는 사이에 바르크를 삶 속으로 맞아들였다. 여자들은 그의 손을 잡고 얌전하게, 그러나 다른 아무에게라도 권했을 그 모양으로 그에게 차를 권했다. 바르크는 자기가 다시 태어났음을 이야기하려 했다. 여자들은 조용히 웃었다. 그가 좋아하니까 그 여자들도 그를 위하여 좋아했다. 그는 여자들을 놀라게 할 양으로 "나는 모하메드 벤 라후신이다"라고 했다. 그러나 여자들은 이 말에 놀라지 않았다. 이름은 모든 사람에게 있는 것이고 또 아주 먼 곳에서 돌아오는 사람도 많았으니…….

그는 다시 압둘라를 끌고 시내 쪽으로 갔다. 그는 유태인의 판매대 앞에서 서성거리는가 하면 바다를 내려다보고, 자기가 어떤 방향으로든 마음 내키는 대로 걸을 수 있다는 것을, 자기가 자유인이라는 것을 만끽했다…… 그러나 이

---

3) 북아프리카 산악지대나 사막에 고대부터 살고 있는 종족.

자유가 그에게는 괴로운 것으로 여겨졌다. 그 자유는 무엇보다도 그가 얼마나 세상과 동떨어져 있는지를 깨닫게 했다.

마침 그때 어떤 아이가 지나가자 바르크는 그 아이의 뺨을 다정하게 쓰다듬어 주었다. 아이는 웃었다. 그 아이는 아첨하려고 억지로 귀여워해주던 주인의 아들이 아니었다. 지금 바르크가 쓰다듬어 준 것은 약한 어린아이였다. 그리고 그 아이는 싱긋 웃어 그를 일깨워 주었다. 바르크는 자기에게 웃어 보였던 한 약한 어린 아이 때문에 이 세상에서 자기가 좀 더 가치 있는 인간이라는 생각이 들었던 것이다. 그는 무엇인가를 결심한 듯 그제야 성큼성큼 걷기 시작했다.

"뭘 찾는 거야?"

압둘라가 묻자 바르크는 대답했다.

"아무것도 아니야."

그러나 어느 길모퉁이에서 놀고 있는 어린이들 한 떼와 마주치자 걸음을 멈추었다. 여기였다. 그는 잠자코 아이들을 바라보았다. 그러고는 유대인들의 가게 쪽으로 사라졌다가 선물을 한 아름 안고 돌아왔다. 압둘라는 화를 냈다.

"바보, 자네를 위해서 돈을 아껴야지!"

그러나 바르크는 이미 그의 말을 듣지 않았다. 그는 점잖게 어린이 하나하나에게 손짓했다. 장난감과 팔찌와 금실로 꿰맨 슬리퍼를 향하여 조그만 손들이 몰려들었다. 어린이들은 각각 제 보물을 꼭 쥐고서는 염치없이 달아났다.

아가디르의 다른 아이들도 이 소식을 듣고 그에게로 달려왔다. 바르크는 그들에게 금실 슬리퍼를 신겨 주었다. 그리고 아가디르 부근에서 다른 아이들이 이 소문을 듣고 일어나서 환성을 올리며 검은 신에게로 몰려와서는 그의 낡은 노예 복장에 매달려 저희들 몫을 요구했다. 바르크는 마침내 빈털터리가 되고 말았다.

압둘라는 그가 '너무 좋아서 미친' 줄로 알았다. 그러나 나는 바르크가 단지 넘치는 기쁨을 나누어 누리고 싶었던 것만은 아니었으리라고 생각한다.

그는 자유인인 만큼 실질적인 재산을 소유하고 있었던 것이다. 남에게 사랑을 받을 권리도, 남쪽으로나 북쪽으로나 걸어갈 권리도, 일해서 돈을 벌 권리도 모두 다 가지고 있었다. 이 돈이 무슨 소용이란 말인가…… 그러니까 그는 사람이 심한 시장기를 느끼는 것처럼, 사람들 사이에 있는 사람, 사람들과 관련 있는 사람이 되고 싶었던 것이다.

아가디르의 기생들이 늙은 바르크에게 정답게 굴었다. 그러나 그는 왔을 때처럼 힘들이지 않고 그들과 작별할 수 있었다. 그 여자들은 바르크가 없어도 괜찮았기 때문이다. 아랍인 가게의 그 종업원이나 길을 오가는 행인들도 모두 그의 안에 있는 자유인에게 경의를 표하고 그들의 태양을 바르크와 고르게 나누어 가졌으나, 그가 필요하다고 표명한 사람은 아무도 없었다.

그는 자유로웠다. 이제는 땅을 밟고 있다는 것조차 느껴지지 않을 정도로 무한히 자유로웠다. 그러나 걸음을 부여잡는 인간관계의 그 무게, 그 눈물, 그 작별, 그 비난, 그 기쁨이 그에게는 없었다. 즉, 그에게는 그를 다른 사람들과 붙잡아 매어 그를 중후하게 만드는 그 무수한 관련이 없었다. 그러나 지금 바르크 위에는 벌써 어린이들의 천 가지 희망이 묵직하게 내려앉고 있었다……

그리고 바르크의 다스림은 아가디르 위에 지는 해의 영광 속에서, 그렇게도 오랫동안 그에게 오직 하나 기다려지는 기쁨이었고, 유일한 외양간이었던 그 서늘한 기운 속에서 시작되었다. 그리고 떠날 시간이 가까워 오자, 바르크는 전에 자기가 몰던 양 떼처럼 밀물같이 몰려드는 어린이들 속에 파묻혀 세상으로 첫 이랑을 파며 걸었다.

내일 그는 자기 가족의 빈궁 속으로 돌아가, 그 늙어빠진 팔을 가지고는 아마 먹여 살릴 수 없을 정도의 생명의 책임을 맡게 될 것이다. 그러나 그는 벌써 여기서 그의 참된 무게를 가지게 되었다. 마치 사람들같이 살기에는 너무 가벼운, 그러나 속임수를 써서 허리띠에 납을 꿰매 놓기라도 한 천사처럼, 바르크는 금실 슬리퍼가 그렇게도 필요한 수많은 어린이에 의해 대지와 관계를 맺으면서 무거운 걸음을 옮겨 놓고 있었다.

7

사막은 이런 것이다. 도박 규칙에 지나지 않는 코란은 모래사막을 왕국으로 변화시킨다. 텅 비었을 사하라 저 안쪽에서 사람들의 정열을 자극시키는 비밀스러운 연극이 진행된다. 사막의 진정한 생명은 짐승들에게 뜯길 풀을 찾아 부족들이 이주하는 것으로 이루어진 게 아니고 거기에서 지금도 진행되는 연극으로 이루어진다. 정복된 사막과 정복되지 않은 사막 사이에는 얼마나 큰 차이가 있는가! 그것은 모든 사람에게나 마찬가지이다.

변형된 이 사막을 눈앞에 보면서 나는 어릴 때 하던 장난과, 우리가 여러 마귀들이 산다고 생각한 컴컴하면서도 금빛 감도는 그 동산, 일찍이 전부 알아보지도, 속속들이 뒤져 보지도 못한 사방 1킬로미터에서 우리가 만들어 내던 끝없는 상상의 왕국이 생각난다. 우리는 발걸음 하나에도 수많은 의미가 있고 모든 사물이 다른 어떤 문명에서도 가질 수 없는 뜻을 가지는 어떤 독립된 문명을 만들었다.

어른이 되어 다른 법률 아래 살게 되면, 어릴 때 추억이 가득 차 있는 기묘하고 얼음장 같고 몹시 더운 그 동산에 무엇이 남는단 말인가! 거기로 돌아가면, 이제는 일종의 절망감을 가지고 밖에서 그 작은 회색 돌담을 끼고 돌며, 그의 무한을 끌어냈던 한 지방이 그렇게도 좁은 울 안에 갇혀 있는 것을 보고 이상하게 여기게 된다. 또한 그가 돌아가야 할 곳이 동산 안이 아니라 유희 속이란 것 때문에, 이제 다시는 그 무한 속에 절대로 들어가지 못하리라는 것을 깨닫게 되는 것이다. 그때 그 동산에 남아 있는 것이 과연 무엇이겠는가.

그러나 이제는 귀속되지 않았던 지역도 사라졌다. 쥐비곶, 시스네로스, 푸에르토 카산도, 사겟 엘 하말라, 도라, 스마라 등도 이제는 신비가 아니다. 우리가 그곳으로 향하여 달리던 지평선들이, 마치 뜨뜻한 손의 함정에 붙잡히기만 하면 그 빛깔을 잃어버리는 곤충들처럼 차례차례 사라져 버렸다. 그러나 그것을 쫓아다니던 사람은 어떤 환상에 사로잡힌 것이 아니었다. 우리들이 이것들을 발견하려고 뛰어다닐 그때에도 그릇되지는 않았다. 그 아름다운 여자 포로들이 새벽이면 그의 품 안에서 차례차례 날개의 금빛 광채를 잃고, 꺼져 버릴만큼 미묘한 문제를 열심히 추구하던 아라비안나이트의 왕도 잘못 생각하지는 않았다. 우리는 모래밭의 매력을 양식으로 삼았다. 다른 사람들은 거기에 유정(油井)을 파서 석유를 캐어 팔아 부자가 될지도 모른다. 그러나 그들은 너무 늦게 도착할 것이다. 왜냐하면 출입이 금지된 종려 숲이나 사람의 손이 가지 않은 조개껍질 가루는 자기들의 가장 귀중한 몫을 이미 우리에게 넘겨주었기 때문이다. 그것들은 잠시 동안의 열정밖에 보여주지 않는데, 그 시간을 우리들이 체험한 것이다.

*

　사막은? 나는 어느 날 그것을 마음으로 접촉할 기회를 가졌다. 1935년에 인도차이나를 향하여 비행해 가다가 나는 리비아와 이집트의 접경지대에서 끈끈이에 붙잡히듯 사막에 붙잡혀 그로 인하여 죽을 뻔한 일을 체험했다. 그 경위는 이러하다.

사막 한가운데에서

1

지중해로 들어서면서 나는 얕은 구름을 만났다. 나는 20미터까지 내려갔다. 소나기가 유리창을 휘몰아 때리고 바다는 연기를 내뿜었다. 나는 무언가 보이지 않을까 싶어서, 그리고 배의 돛대에 부딪치지 않을까 싶어 정신이 하나도 없었다.

동승한 기관사 앙드레 프레보가 담뱃불을 붙여 준다.

"커피 줄까?"

그는 비행기 뒤쪽으로 사라졌다가 보온병을 가지고 온다. 나는 커피를 마시고 2천1백 회전을 유지시키기 위하여 가끔 가스 손잡이를 튕겨 준다. 그러고는 미터기들을 한번 죽 훑어본다. 내 부하들은 내게 잘 따르고 있다. 바늘 하나하나 모두 제자리에 있다. 나는 바다를 한 번 힐끗 내려다본다. 그놈은 비를 맞아 뜨거운 물이 가득 담긴 냄비처럼 김이 무럭무럭 피어오른다.

내가 만일 수상 비행기를 타고 있었다면 바다가 그 지경으로 거칠어져 있는 것을 유감으로 생각했을 것이다. 그러나 나는 보통 비행기를 타고 있다. 바다가 거칠건 말건 거기 내려앉을 수는 없다. 그리고 왠지 모르나 이것은 이치에 닿지 않는 안도감을 갖게 한다. 바다는 내 것이 아닌 세계에 딸린 것이다. 여기서 고장이 생긴다 해도 그것은 나와는 상관이 없고 나를 위협하지도 못한다. 나는 바다에 대해 무방비 상태인 것이다.

1시간 30분을 비행하고 나니 비가 잦아든다. 구름은 여전히 매우 얕다. 그러나 벌써 햇빛이 큰 미소로 구름을 뚫고 비친다. 나는 이렇게 서서히 좋은 날씨가 준비되어 가는 것을 구경한다. 머리 위에 흰 선(線)이 그리 두껍지 않게 덮여 있음을 짐작한다. 돌풍운(突風雲)을 피해 천천히 구불구불하게 항로를 나아간다. 그 돌풍운의 중심을 꿰뚫고 지나갈 필요는 없다. 그리고 이제 처음으로 구름이 갈라져 틈이 나타난다······.

나는 구름이 갈라진 틈을 보지 않고도 예감했다. 내 앞쪽 바다 위에 풀밭 빛깔이 길게 뻗어 있는 것이, 3천 킬로미터나 사막 위를 비행한 뒤에 세네갈에서 올라올 때 남쪽 모로코에서 내 가슴을 찌르르하게 하던, 그 보리밭 빛깔과 같은 밝은 초록색의 깊은 오아시스 같은 것이 보였기 때문이다. 여기서도 나는 사람 사는 지방에 가까이 간다는 느낌을 받고 마음이 가벼워진다. 나는 프레보를 돌아본다.

"끝났어, 됐어!"

"네, 됐어요······."

튀니스. 연료를 채우는 동안, 나는 서류에 서명을 한다. 그러나 사무실을 나오려는 순간 다이빙할 때와 같은 "퍽!" 소리가 들린다. 되울림 없는 어렴풋한 소리가. 나는 그 순간 그와 비슷한 소리, 즉 차고 안에서 일어난 폭발 소리를 들은 생각이 난다. 이 목쉰 기침 소리로 두 사람이 죽었었다. 나는 활주로를 끼고 뚫린 도로 쪽을 돌아다본다. 먼지가 조금 피어오른다. 고속도로의 두 자동차가 충돌해서 얼음에 처박힌 듯 별안간 꼼짝 못 하고 있었다. 사람들이 자동차 쪽으로 달려가고 또 다른 사람들은 우리에게로 뛰어온다.

"전화해요······의사를······머리가······."

나는 가슴이 졸아드는 느낌을 맛본다. 운명은 고요한 저녁 햇살 속에서 작은 기습작전에 막 성공한 참이다. 아름다움이 짓밟혔거나, 어떤 지혜로움이나 혹은 한 생명이 짓밟혔을 것이다. 도적들도 이렇게 사막을 걸어 다녔고, 아무도 모래 위 그들의 사뿐사뿐한 발소리를 듣지 못했다. 그것은 캠프 안에서 약탈하는 짤막한 웅성거림이었다. 그런 다음 모든 것은 다시 황금빛 침묵 속에 잠겼다. 같은 평온, 같은 침묵······ 내 옆에 있는 누군가가 머리뼈가 깨졌다는 말을 한다. 나는 그 움직이지 않고 피에 젖은 머리에 대하여 아무것도 알고 싶지 않아, 도로를 등지고 내 비행기 쪽으로 간다. 그러나 나는 가슴속에서 위협을 느낀다. 조금 뒤에 그 소리를 다시 듣게 될 것이다. 검은 고원을 시속 270킬로미터로 스칠 때 나는 꼭 같은 쉰 기침 소리를 다시 들을 것이다. 우리를 약속 장소에서 기다리고 있던 운명의, 꼭 같은 '퍽' 소리를 다시 들을 것이다.

벵가지를 향하여 출발.

2

도중. 해가 지기까지 2시간 남아 있다. 트리폴리타니아에 접어들었을 때 나는 이미 선글라스를 벗고 있었다.

드디어 모래에 금빛깔이 돈다. 아아! 이 평야는 얼마나 황량한가! 거기에서는 강들과 녹음과 사람 사는 집들이 어떤 다행한 우연의 결합에서 이루어진 것 같다는 생각을 다시 한번 갖게 한다. 바위와 모래가 얼마나 많이 차지해 왔는가!

그러나 이 모든 것이 나와는 관련이 없다. 나는 비행의 세계에 있으니 말이다. 신전에 갇히듯 고립되는 밤이 오는 것을 느낀다. 실질적인 예식의 비밀 속에 구원받을 길 없는 명상으로 빠져 들어가는 밤이 다가오고 있음을 느낀다. 이 속된 세상은 이미 모두 지워지고 이제 사라질 것이다. 아직은 황금빛을 지니고 있는 이 모든 풍경, 그러나 무엇인지 벌써 거기에서 사라지는 것이 있다. 그런데 나는 이 시간만큼 값나가는 것을 알지 못한다. 정말 아무것도. 말로는 설명할 수 없는 비행의 즐거움을 경험해 본 자만이 이해할 수 있을 것이다.

나는 차츰 해를 단념한다. 고장이 났다면 나를 받아 주었을 금빛 도는 넓은 들판을 버린다…… 내게 방향을 일러주었을 목표물들을 나는 떠난다. 내게 암초를 피하게 해 주었을 하늘에 우뚝 솟은 산들의 옆모습을 포기한다. 그리고 밤 속으로 들어간다. 나는 비행을 계속한다. 이제 내 편이라고는 별들밖에 없다…….

세상의 죽음은 조용히 이루어진다. 그리고 나는 조금씩 조금씩 빛을 잃어간다. 하늘과 땅이 차차 혼동된다. 저 땅이 수증기처럼 올라와 퍼지는 것 같다. 이른 별들이 푸른 물속에서처럼 흔들린다. 그것들이 단단한 금강석으로 변할 때까지는 조금 더 기다려야 하리라. 별똥들의 무언의 유희를 구경하려면 더 기다려야 하리라. 어느 날 밤중에는 별똥이 날아다니는 것을 얼마나 많이 보았던지 별들 사이에 세찬 바람이 부는 듯한 느낌이 들었었다.

프레보는 고정 램프와 보조 램프들을 시험한다. 우리는 빨간 종이로 전구들을 싼다.

"한 겹 더 쌀까……."

그는 한 겹을 더 입히고, 스위치를 켠다. 불빛이 아직도 너무 밝다. 그 불빛은 사진관의 암실처럼 외부 세계의 희미한 영상을 가릴 것이다. 그것은 밤이 되어도, 어떤 때는 아직 물건에 감도는 가벼운 흐릿한 안개를 흩어 버릴 것이다. 그 밤이 이루어지기는 했다. 그러나 그것은 아직 진정한 밤은 아니다. 초승달이 아직 남아 있다. 프레보는 뒤쪽으로 사라졌다가 샌드위치를 가지고 온다. 나는 포도를 한 송이 먹는다. 배가 고프지 않다. 배도 안 고프고 목도 마르지 않다. 나는 조금도 피로를 느끼지 않는다. 이렇게 10년 동안이라도 조종할 수 있을 것 같다.

달이 죽었다.

뱅가지가 캄캄한 밤 속에 모습을 드러낸다. 뱅가지는 너무 깊은 어둠 속에 쉬고 있어 어떤 안개도 두르지 않았다. 거기 다 가서야 그 도시를 보았다. 내가 비행장을 찾고 있는데 그 빨간 항공 표지등에 불이 켜졌다. 불빛들은 검은 직사각형들을 그려 놓는다. 나는 선회한다. 화재의 불길처럼 곧장 하늘로 뻗친 표지등 불빛이 빙 돌아 비행장에 황금빛 길을 그려 놓는다. 나는 장애물을 잘 살피려고 또 선회한다. 이 기항지 비행장의 야간 시설은 훌륭하다. 나는 속력을 줄이고 시꺼먼 물을 향하여 다이빙하듯 급강하를 시작한다.

내가 착륙한 때는 현지 시간으로 23시다. 나는 표지등을 향하여 굴러간다. 세상에서 가장 친절한 장교와 병사들이 어둠 속에서 광선 투사기(光線投射器)의 강한 광선속으로 들어와, 보였다 안 보였다 한다. 내 서류를 받아 가고 휘발유를 채우기 시작한다. 통과는 20분 동안에 처리될 것이다.

"한 번 선회해서 우리 위를 지나가시오. 그렇지 않으면 이륙이 잘 끝났는지 모를 테니까요."

출발.

나는 장애물 없는 통로를 향하여 이 황금빛 길 위를 활주한다. '사막의 열풍' 형(型)인 내 비행기는 달릴 수 있는 활주로를 다 가기 훨씬 전에 그 무거운 기체를 들어 올린다. 조명등이 나를 쫓아와 오히려 선회하기가 거북하다. 이윽고 그 광선이 내게서 물러간다. 그것 때문에 내가 눈이 부신 줄을 짐작한 것이다. 내가 수직으로 반 회전을 하는데 투사광이 다시 내 얼굴에 와서 부딪친다. 그러나 내게 닿기가 무섭게 나를 피하여 다른 곳으로 그 기다란 금빛 피리를 돌린다. 이렇게 마음을 쓰는 데에서 나는 한없는 친절을 느낀다. 그리고 이쯤에서 다시 한번 사막을 향하여 선회한다.

파리와 튀니스, 벵가지의 기상대들은 시속 30 내지 40킬로미터의 뒷바람(追風)을 내게 통보했다. 그래서 시속 300킬로미터로 순항하게 할 작정인 것이다. 나는 알렉산드리아와 카이로를 연결하는 직선 중간을 향하여 기수를 돌린다. 이렇게 하면 해안의 비행 금지 구역을 피할 것이고, 또 내가 알지 못하는 사이 표류하게 되더라도 오른편에서 왼편에 이들 도시 중 하나의 등불을 붙잡을 수도 있을 것이다. 그렇지 않으면, 나일 계곡의 등불을 붙잡을 수 있을 것이다. 바람이 계속되면 3시간 20분 동안 비행할 것이고, 잦아들면 3시간 45분 동안 비행할 것이다. 이리하여 나는 1천4백 킬로미터의 사막을 넘기 위해 비상을 시작한다.

이제는 달도 없다. 검은 역청[1]별에까지 부풀어 올라 있다. 나는 불빛 하나 발견하지 못할 것이고, 아무 목표물의 도움도 받지 못할 것이다. 또한 무전사가 없으니 나일강까지 가는 도중에는 사람에게서 아무 신호도 받지 못할 것이다. 나는 내 나침반과 스페릭스 말고는 아무것도 살펴볼 생각조차 하지 않는다. 이제 계기의 컴컴한 스크린 위에 라듐으로 된 가는 줄의 완만한 호흡 주기(週期)를 살펴보는 것 이외에는 아무것도 관심이 없다.

프레보가 자리를 뜰 때마다 나는 가만히 수평 비행의 편차(偏差)를 수정하고는 2천 미터까지 올라간다. 바람이 유리하다고 알려 준 그곳이다. 이따금 나침반을 살펴보기 위하여 램프를 켠다.

그러나 나는 대부분의 시간을, 별들과 함께 같은 언어로 말을 걸어오는 작디작은 내 성좌들 사이에서 암흑 속 깊숙이 파묻혀 버린다. 나도 천문학자들처럼 천체에 관한 안내서를 읽고 있는 것이다. 견디어 보다가 안 되겠던지 프레보는 잠이 든다. 그래서 나는 내 고독을 좀 더 그윽하게 음미한다. 엔진의 조용한 음향이 있다. 그리고 내 앞에는 나침반 위에 그 조용한 수많은 별들이 있다.

---

1) 자연적으로 만들어진 탄화수소화합물. 아스팔트나 타르 등.

나는 명상한다. 도무지 달빛조차도 보지 못하고 무전 연락마저 없다. 우리는 나일강의 번쩍이는 물줄기에 이마를 마주치기 전까지는 그 어떠한 가냘픈 줄로도 세상과 연결되어 있지 않을 것이다. 우리는 모든 것 밖에 있고 오직 우리 엔진만이 역청 속에 우리를 매달아 이 어둠 속에 머물게 해 준다. 우리는 동화에 나오는 커다랗고 캄캄한 골짜기, 시련의 골짜기를 지나간다. 여기에는 구원이 없다. 여기에는 잘못에 대한 용서가 없다. 우리는 신의 자유의사에 맡겨진 것이다.

광선 한 줄기가 전등 시설 틈바귀로 새어 들어온다. 나는 프레보를 깨워 그것을 막게 한다. 프레보는 재채기를 하며, 어둠 속에서 곰같이 움직인다. 그는 손수건과 검은 종이로 무엇을 만드는지 아주 골몰한다. 나를 방해하던 그 광선 줄기가 사라졌다. 그것이 이 세계 안에 틈을 만들었다. 그것은 결코 라듐의 창백하고 먼 빛과 같은 성질이 아니었다. 그것은 밤의 유흥장의 빛이었지 별빛은 아니었다. 그러나 그것은 무엇보다도 내 눈을 부시게 하고 다른 광선들을 지워 버리는 것이었다.

비행한 지 3시간. 꽤나 밝은 빛이 내 오른편에 솟아오른다. 나는 자세히 본다. 지금까지는 보이지 않던 양 날개 끝에 달린 등에 기다란 광선 줄기가 매달려 있다. 그것은 환해졌다 꺼졌다 하는 깜박거리는 광선이다. 구름 속에 들어가 있었던 것이다. 그 구름에 내 램프가 반사되었다. 내 목표를 지척에 두었을 때 하늘이 맑았으면 더 좋았을 것이다. 비행기 날개가 무리 속에서 환해진다. 광선은 제자리에서 움직이지 않고 퍼져 나가 저만치에 분홍빛 꽃다발을 하나 만들어 놓는다. 깊은 소용돌이가 나를 뒤흔든다. 나는 얼마나 두꺼운지도 알 수 없는 구름층의 바람 속 어딘가를 비행하고 있다. 나는 2500미터까지 올라간다. 그래도 구름 위로 솟아나지를 못한다. 1000미터로 내려온다. 꽃다발은 꼼짝 않고 점점 더 반짝이며 있다.

그래, 좋다. 할 수 없지. 나는 다른 것을 생각한다. 언제 거기에서 나오게 되는지 두고 보자. 그러나 나는 그 얄미운 불빛이 싫다.

나는 어림짐작으로 계산해본다. 여기서 기체가 제법 흔들리는데 이건 정상이다. 그러나 그동안 하늘은 맑았고 고도를 유지했는데도 비행하는 내내 흔들림이 있었다. 바람이 조금도 잠잠해지지 않은 것이다. 그래서 아마 시속 300킬로미터를 초과하고 있었을 것이다. 그래도 나는 아무것도 정확하게 알지 못한다. 구름에서 빠져나간 뒤에 방위(方位)를 잡아 보리라.

드디어 구름에서 빠져나왔다. 그 꽃다발이 별안간 사라졌다. 이것이 내게는 예사롭지 않은 예고였다. 앞을 바라보니, 눈 닿는 곳까지 하늘의 좁은 계곡과 다음 구름층의 벽이 보인다. 꽃다발이 어느새 다시 나타난다.

나는 이 끈끈이에서 이제는 몇 초밖에는 더 벗어나지 못할 것이다. 3시간 30분을 비행한 뒤라 그것은 나를 불안으로 몰아넣기 시작한다. 왜냐하면, 내가 생각하는 대로 전진한다면 나일강에 접근하고 있을 것이기 때문이다. 운이 조금만 좋으면 구름 틈으로 그것을 볼 수 있을지도 모른다. 그러나 구름이 벌어진 곳이 그리 많지 않다. 나는 감히 더 강하하지를 못한다. 만일 어떻게 되어서 내가 생각하는 것보다 속력이 느리다면 나는 아직도 높은 지대 위를 비행하고 있을 것이다.

나는 여전히 아무 불안도 느끼지 않는다. 다만 시간을 허비하게 되지 않을까 걱정될 뿐이다. 그러나 나는 내 평정(平靜)에 한계를 정해 놓는다. 4시간 15분 동안의 비행. 이만한 시간이 지나면 바람이 없는 상태라 하더라도—잔잔한 바람은 개연성이 없는 것이지만, 나일 계곡은 지나쳤을 것이다.

내가 구름 가장자리에 이르면 꽃다발은 더 자주 꺼졌다가 켜졌다. 그러다가 불빛이 갑자기 꺼진다. 나는 이 밤의 악마들과의 암호 통신을 좋아하지 않는다.

초록색 별이 하나 내 앞에 나타나 등대처럼 비친다. 저것이 별인가, 혹은 등대인가? 나는 그 초자연적(超自然的)인 광명, 그 마왕(魔王)의 별, 그 위험한 초대도 좋아하지 않는다.

프레보가 잠에서 깨어 계기등에 불을 켠다. 나는 그와 그의 램프를 모두 밀어낸다. 두 구름 사이에 난 이 단층에 다다른 길이라, 그것을 이용해서 아래를 내려다보고 있는 것이다. 프레보는 다시 잠이 든다.

그것은 그렇고, 아무것도 내다볼 것이 없다.

비행시간 4시간 5분. 프레보가 내 곁에 와서 앉았다.

"카이로에 도착할 시간인데……."

"그러게 말이야."

"저건 별인가 등댄가?"

나는 엔진을 좀 줄였다. 아마 이 때문에 프레보가 잠을 깬 모양이다. 그는 비행하는 소리의 모든 변화에 민감하다. 나는 구름 덩어리 밑으로 빠지려고 천천히 내려가기 시작한다.

지도를 살펴보았다. 아무튼 해발고도 영(零)까지 접근했으니 아무 위험이 없다. 나는 계속해서 내려가며 북쪽으로 바짝 선회한다. 이러면 유리창에 도시들의 불빛을 받게 될 것이다. 나는 그 도시들을 지나쳤을 것이 틀림없으니 그러면 그것들이 왼편에 나타날 것이다. 나는 지금 두꺼운 구름층의 밑을 날고 있다. 그러나 나는 내 왼편으로 더 얕게 내려가는 다른 구름을 스친다. 나는 그 그물에 걸려들지 않으려고 북북동으로 방향을 잡는다.

이 구름은 틀림없이 더 밑으로 내려가 내 시야를 모두 가려 버릴 것이다. 나는 이제는 더 이상 고도를 낮출 생각을 못한다. 고도계를 보니 400미터까지 내려왔다. 그러나 여기서는 압력이 어떤지를 모른다. 프레보가 들여다본다. 나는 그에게 소리친다.

"바다로 달려야겠어, 땅을 들이받지 않게 바다에 내려앉아야겠어……."

하긴 내가 벌써 바다 쪽으로 표류하지 않았다는 증거는 아무것도 없다. 이 구름 밑에 있는 암흑은 정확하게 말해서 꿰뚫을 수가 없는 것이다.

나는 유리창에 몸을 바싹 갖다 붙이고는 밑을 내려다보려고 애쓴다. 불빛이나 신호를 찾아본다. 그 순간 나는 재를 뒤지는 사람, 아궁이 밑에서 생명의 불씨를 찾아내려고 애쓰는 사람이다.

"해안 등대다!"

우리는 동시에 잠시 반짝였다 사라지는 함정을 발견했다! 얼마나 미친 수작인가! 그 도깨비 등대가, 그 밤의 초대가 어디에 있다는 말인가? 왜냐하면, 프레보와 내가 우리 기억에서 300미터쯤의 그 등대를 다시 찾아내려고 몸을 구부리는 바로 그 순간에 별안간……

"악!"

나는 다른 말은 아무것도 하지 않았다고 생각한다. 우리 세계의 전부인 그 비행기 몸체를 밑바닥에서부터 뒤흔든 무서운 충돌음밖에는 아무 소리도 듣지 못했다고 생각한다. 시속 270킬로미터로 우리는 땅을 들이받은 것이다.

그다음 100분의 1초 동안 우리들을 한 덩어리로 뭉쳐 버릴 폭발의 붉고 큰 별밖에 아무것도 기대하지 않았다고 생각한다. 프레보도 나도 전혀 동요하지 않았다. 내 안에는 엄청난 기다림—우리가 순식간에 그 속에서 소멸하여야 할 그 찬란한 별을 기다리는 마음밖에 없었다. 그러나 그 붉은 별은 없었다. 우리 조종실을 짓이겨 버리고 유리창들을 깨뜨려 버리고, 함석을 100미터 밖으로 날려 보내고 그 요란한 음향으로 우리의 창자까지 꽉 채워 버린 지진이었다. 비행기는 멀리서 딱딱한 나무에 던져 꽂은 칼처럼 부르르 떨고 있었다. 우리는 이 격노에 뒤흔들리고 있었다. 1초, 2초…… 비행기는 여전히 떨고 있고, 나는 그 에너지의 축적이 비행기를 수류탄처럼 폭발시키기를 몹시도 조급하게 기다리고 있었다. 그러나 지진은 여전히 계속되며 결정적인 폭발에 이르지는 않았다. 그래서 나는 그 보이지 않는 작용을 도무지 이해할 수가 없었다. 그 동요도, 그 분노도, 그 무한정한 집행유예도 이해하지 못했다…… 5초, 6초…… 그런데 별안간 우리는 회전한다는 느낌을 받았다. 우리 담배가 또 창문 밖으로 내팽개쳐졌고, 우익을 산산조각 낸 충격을 느꼈다. 그러고는 그만이었다. 냉담한 정적밖에는 아무것도 없었다. 나는 프레보에게 소리 질렀다.

"빨리 뛰어내려요!"

그도 동시에 부르짖었다.

"불!"

그러면서 어느새 우리는 문이 떨어져 나간 창틀로 해서 밖으로 빠져나왔다. 우리는 20미터 밖에 서 있었다.

나는 프레보에게 말했다.

"다친 데 없소?"

그는 대답했다.

"없어요!"

그러나 그는 무릎을 비비고 있었다.

나는 그에게 말했다.

"몸을 만져 봐요. 움직여 봐요. 정말 아무 데도 다치지 않았지요?"

그는 이렇게 대답했다.

"아무것도 아니오. 보조 소화기군요……."

나는 그가 머리에서 배꼽까지 갈라져 별안간 푹 고꾸라질 것이라 생각했다.

그러나 그는 눈을 똑바로 뜬 채 뇌었다.

"보조 소화기라니까요!……."

나는 그가 충격으로 넋이 나가, 이제 춤을 덩실덩실 출 거라고 생각했다.

그러나 이제는 불에서 구출된 비행기에서 눈을 돌려, 그는 나를 보며 다시 말했다.

"아무것도 아니에요, 보조 소화기가 무릎에 걸린 거지요."

3

우리가 어떻게 죽지 않았는지 이해할 수가 없다. 나는 손전등을 들고 비행기 흔적을 더듬어 올라갔다. 비행기가 정지한 지점에서 250미터 되는 곳에 이미 뒤틀려 버린 쇳조각과 함석들이 발견되었다. 그것들은 비행기가 굴러가는 동안 모래 위로 튕겨 나온 것이다. 날이 밝은 뒤, 우리는 황막한 고원 꼭대기에 있는 비스듬한 언덕을 거의 닿듯이 들이받았다는 것을 알게 되었다. 충돌점의 모래에 난 구멍이 마치 쟁기로 파낸 것 같았다. 비행기는 재주넘기를 하지 않고 성난 길짐승이 꼬리를 휘두르듯 배밀이를 하며 나아간 것이다. 시속 270킬로미터로 배밀이를 한 것이다. 우리가 살아난 것은 아마 모래밭 위에서 제멋대로 굴러다닌 동그란 검은 돌들이 마찰을 줄여준 덕분일 것이다.

프레보는 뒤늦은 화재를 피하기 위하여 배터리들을 떼어낸다. 나는 엔진에 기대어 곰곰이 생각해 본다. 상공에서 4시간 15분 동안 시속 50킬로미터의 바람에 불렸을 성싶다. 과연 나는 흔들렸었다. 그러나 바람이 예상했던 것보다 바뀌었더라도 그것이 어떤 방향을 잡았는지는 도무지 알 길이 없다. 그러므로 나는 목적지에서 옆으로 400제곱킬로미터 벗어난 곳에 있다고 생각한다.

프레보가 내 곁에 와 앉으며 말한다.

"살아 있다는 게 참 신기하군요……."

나는 그에게 아무 대답도 하지 않는다. 그리고 아무 기쁨도 느끼지 못한다. 어떤 하찮은 생각이 와서 내 머리를 번거롭게 하며 벌써 나를 꽤 괴롭히고 있다.

프레보더러 램프를 켜서 표지를 만들라고 이르고 회중전등을 들고 앞으로 곧장 간다. 그리고 주의해서 땅을 들여다본다. 나는 천천히 널따란 반원을 그리면서 여러 번 방향을 바꾸며 전진한다. 잃어버린 반지를 찾기라도 하듯이 여전히 땅을 본다. 조금 전에는 불씨를 이렇게 찾고 있었다. 나는 내가 끌고 다니는 하얀 원 위에 몸을 굽히며 여전히 암흑 가운데를 전진한다. 역시 그렇다…… 역시 그래…… 비행기 쪽으로 다시 올라가 조종실 옆에 앉아서 골똘히 생각한다. 나는 희망을 걸 수 있는 증거를 찾아봤지만 도저히 발견하지 못했다. 나는 생명이 주는 어떤 표지를 찾는데 생명은 내게 아무 신호도 보내지 않았다.

"프레보, 나는 풀을 단 한 포기도 보지 못했소……."

프레보는 말이 없다. 내 말을 알아들었는지 모르겠다. 우리는 날이 밝아 장막이 걷히면 그 이야기를 다시 할 것이다. 나는 단지 심한 피로를 느낄 뿐이다.

나는 이렇게 생각한다. '사막에서 400킬로미터 떨어진 것쯤!' 별안간 나는 벌떡 일어선다.

"물!"

휘발유 탱크, 오일 탱크는 터졌다. 우리들의 물 탱크 역시 그렇게 되었다. 모래가 전부 마셔 버렸다. 우리는 부서진 보온병 밑창에서 커피 반 리터와, 다른 보온병 밑창에서 포도주 4분의 1리터를 찾아낸다. 우리는 그 액체들을 걸러서 섞는다. 우리는 포도 조금과 오렌지 한 개도 발견한다. 그러나 나는 계산한다. '사막의 햇볕 아래서 다섯 시간만 걸으면 이건 다 없어져 버리고 만다……' 우리는 조종실에 자리를 잡고 날이 새기를 기다리기로 한다. 나는 드러눕는다. 잠을 잘 참이다. 자면서 우리 모험의 승산을 따져 본다. 우리는 우리의 위치를 도무지 모른다. 우리는 마실 것이 1리터도 채 남아 있지 않다.

만약 우리가 거의 제대로 된 항로상에 있다하더라도 여드레는 걸려야 발견될 것이다. 그보다 나은 희망은 거의 가질 수가 없으니 때는 이미 너무 늦은 뒤일 것이다. 만일 우리가 항로를 이탈했다면 여섯 달이나 걸려야 발견될 것이다. 비행기 탐색은 믿을 것이 못된다. 우리를 3천 킬로미터나 되는 지역에서 찾을 테니 말이다.

"아! 분하다……."

프레보가 내게 말한다.

"뭐가?"

"고통 없이 한 번에 죽을 수 있었는데!……."

그러나 그렇게 빨리 단념할 필요는 없다. 프레보와 나는 생각을 돌이킨다. 아무리 믿을 만하지는 않다 하더라도 비행기에 의한 기적적인 구조의 기회를 잃어서는 안 된다. 또 앉은 자리에 눌어붙는 바람에 어쩌면 가까이 있을지도 모르는 오아시스를 놓쳐도 안 된다. 날이 새면 하루 종일 걷자. 그리고 비행기로 돌아오자. 그리고 길을 떠나기 전에 우리의 할 일을 대문자로 커다랗게 모래 위에 써놓자.

나는 우선 몸을 오그리고 누워서 새벽까지 잘 테다. 잠드는 것이 무척 기쁘다. 피로가 내 주위에 많은 존재들을 둘러놓아 준다. 나는 사막에 홀로 있지 않다. 내 어렴풋한 잠에는 사람들의 목소리와 추억과 속삭임, 속 이야기가 가득 차 있다. 아직 목이 마르지 않다. 몸이 편안하다. 나는 모험을 떠나듯 잠에 몸을 내맡긴다. 꿈 앞에서 현실이 자꾸자꾸 후퇴한다……

아아, 날이 밝자 사정이 아주 달라졌다!

4

나는 사하라를 무척 사랑했다. 귀속되지 않은 지역에서 여러 밤을 지내기도 했고, 바람이 바다에서처럼 파도를 새겨 놓은 그 금빛 벌판에서 잠을 깨기도 했다. 거기 비행기 날개 밑에서 잠을 자며 구조를 기다렸다. 그러나 그것은 비교가 되지 않았다.

우리는 굽은 구릉의 비탈을 걷고 있었다. 땅은 반짝이는 검은 조약돌이 단한 겹 깔린 모래로 되어 있다. 마치 금속 비늘 같다. 우리를 둘러싼 모든 둔덕은 갑옷인 양 번쩍인다. 우리는 광물질 세계에 떨어졌다. 우리는 강철 풍경 속에 갇혀 있었던 것이다.

첫 봉우리를 넘자 그 앞에 빛나는 검은 봉우리가 또 나타났다. 우리는 나중에 다시 오기 위하여 길잡이 줄을 그려 놓느라고 발로 땅을 긁으며 걸었다. 우리는 해를 향하여 나아갔다. 기상통보도 그렇고 내 비행시간도 그렇고 모든 것이 나일강을 넘어섰다고 생각이 들게 했으니, 곧장 동쪽으로 방향을 잡기로 결정한 것은 도무지 논리에 맞지 않는 것이다. 그러나 나는 서쪽으로 잠깐 가보았는데, 도무지 뭐라 말할 수 없는 불안을 느꼈다. 그래서 서쪽은 내일로 미루었다. 그리고 바다 쪽으로 가는 길이기는 하지만 북쪽도 당분간 미루기로 했다.

사흘이 지난 뒤 우리 비행기를 아주 포기하고, 반(牛) 실신 상태에서 쓰러질 때까지 곧장 앞으로 걸어가기로 결정했을 때에도 역시 우리는 동쪽을 향해서 떠났던 것이다. 더 정확하게 말하면 동북동쪽이었다. 이것도 아무 이유가 없는 것이었고 동시에 아무 희망도 걸지 않고 한 것이었다. 구조가 된 뒤에, 우리는 다른 어느 방향도 우리를 돌아오게 하지 못했으리라는 것을 알았다. 왜냐하면 북쪽으로 갔으면 너무 지쳐서 바다에까지 이르지 못했을 것이기 때문이다. 그것이 아무리 이치에 닿지 않아 보인다 하더라도 우리의 선택에 영향을 미칠 만한 아무런 표지가 없었다. 우리가 그 방향을 골라잡은 것은, 내가 그렇게도 찾아 헤맸던 내 친구 기요메가 안데스산맥 속에서 구원을 받았을 때 그 방향으로 이동했었다는 이유 하나 때문이라고 생각된다. 그 방향이 내게는 어렴풋하게 삶의 방향이 되었던 것이다.

5시간을 걸으니 풍경이 바뀐다. 모래 물결이 골짜기로 흘러 내려오는 것 같다. 우리는 그 골짜기 속으로 접어든다. 우리는 성큼성큼 걷는다. 할 수 있는 만큼 멀리 갔다가 아무것도 발견 못하면 밤이 되기 전에 돌아와야 한다. 그러다가 나는 별안간 걸음을 멈춘다.

"프레보."

"왜?"

"발자국……."

언제부터 우리는 우리 뒤에 자취를 남기는 것을 잊었던가. 그것을 도로 찾아내지 못하면 죽음이다.

우리는 되돌아섰다. 그러나 약간 오른쪽으로 비껴났다. 꽤나 멀리 갔을 때 우리는 첫 번 방향 쪽으로 수직으로 꺾을 생각이었다. 그렇게 하면 우리가 아직 흔적을 남겨 놓았던 거기에서 다행히 우리 발자국을 확인할 수 있을 것이었기에.

자국을 연결해 놓고 우리는 다시 출발한다. 더위가 점점 심해지고 그와 함께 신기루들이 생긴다. 그러나 그것은 아직 초보적인 신기루에 지나지 않는다. 큰 호수들이 이루어졌다가 우리가 전진하면 사라진다. 우리는 모래 골짜기를 건너가 가장 높은 봉우리에 올라가서 지평선을 살펴보기로 결정한다. 벌써 6시간째 걷고 있다. 우리는 이 시꺼먼 산마루에 이르러서 아무 말 없이 앉는다. 우리 발밑에 있는 골짜기는 돌 없는 사막으로 빠져나가는데, 그 사막의 반짝이는 흰빛은 눈을 태우는 듯하다. 시야에 닿는 곳까지 아무것도 없다. 그러나 지평선에는 광선의 장난으로 이미 더욱 마음에 걸리는 신기루들이 생긴다. 요새와 이슬람사원의 첨탑과 수직으로 된 규칙적인 건물 집단들이다. 나는 또 식물 행세를 하는 커다란 검은 점도 발견한다. 그러나 그것은 낮에 흩어졌다가 저녁에 다시 생겨날 구름 중 마지막 남은 구름에 덮여 있다. 그것은 구름층의 그림자에 지나지 않는다.

더 나아가도 소용이 없다. 이렇게 해본대도 아무 데도 갈 수가 없다. 우리 비행기로 돌아가야 한다. 동료들에게 발견될지도 모르는 그 빨갛고 하얀 항공 표지를 다시 찾아가야 한다. 그 탐색에 조금도 희망을 걸고 있지는 않으나 그것이 유일한 구원의 기회처럼 생각된다. 무엇보다도 우리들이 마실 마지막 몇 방울을 거기에 남겨 두고 왔는데, 벌써 우리는 그것을 꼭 마셔야 할 지경에 이르러있다. 살기 위해서는 돌아가야 한다. 우리는 갈증의 짧은 자율(自律)이라는 이 강철 테두리에 갇혔다.

그러나 어쩌면 삶을 향하여 걸어가는 중일지도 모르는데 발길을 돌이킨다는 것은 얼마나 어려운 일인가! 신기루 저편 지평선에는 정말 도시와 단물이 흐르는 운하와 풀밭이 꽉 들어찼는지도 모른다. 나는 발길을 돌이키는 것이 옳다고 생각은 한다. 그러면서도 이 무서운 방향 전환을 할 때 파멸 속으로 빠져들어가는 듯한 느낌이 든다.

우리는 비행기 옆에 누웠다. 60킬로미터 이상을 돌아다녔다. 마실 것도 떨어졌다. 우리는 동쪽에서 아무것도 알아내지 못했으며 어느 동료도 그 지역 위를 비행하지 않았다. 얼마 동안이나 견딜 수 있을 것인가? 벌써 이렇게 목이 마른데……

우리는 산산조각 난 날개 밑에서 파편을 주워다가 커다란 나뭇더미를 쌓아 올렸다. 우리는 휘발유와 강한 흰 빛을 내는 마그네슘판을 준비했다. 밤이 깊어 캄캄해지기를 기다려 불을 지르기로 한 것이다. 그러나 사람들은 어디에 있는가?

불꽃이 타 올라간다. 우리는 사막에서 우리의 신호불이 타오르는 것을 경건히 지켜본다. 밤중에 조용한 광선 메시지가 빛나는 것을 지켜본다. 나는 이 메시지가 이미 감상적인 호소를 가지고 떠나기도 하지만 많은 사랑도 품고 올라간다고 생각한다. 우리는 물을 청한다. 그리고 교신을 청하기도 한다. 밤하늘에 다른 불이 하나 켜진다. 사람들만이 불을 이용한다. 인간들이여, 우리에게 대답하라!

내 아내의 눈이 보인다. 그 눈밖에는 아무것도 다시 보지 못할 것이다. 그 눈들이 물어 온다. 나는 어쩌면 나를 중히 여길 그 모든 이들의 눈을 본다. 그런데 이 눈들이 내게 물어 온다. 수많은 눈길들이 모여 나의 침묵을 책망한다. 나는 대답한다! 나는 대답한다! 나는 있는 힘을 다해 대답해도 밤하늘에 더 빛나는 불꽃을 올려 보낼 수가 없다!

나는 내가 할 수 있는 일을 다 했다. 우리는 우리가 할 수 있는 일을 다 했다. 60킬로미터를 물도 마시지 못한 채 걸었으니까. 이제 우리는 물을 마시지 못할 것이다. 우리가 아주 오랫동안 기다리지 못한다고 그것이 우리의 탓이겠는가? 우리는 거기 주저앉아서 아주 얌전히 우리 물통을 빨고 있었을 것이다. 그러나 주석통의 밑창을 들이마신 그 순간부터 초침은 돌아가기 시작했다. 마지막 물방울을 빨아들인 그 순간, 나는 언덕을 내려가기 시작했다. 시간이 나를 강물처럼 휩쓸어 가는데, 내가 어떻게 당해 낼 수가 있단 말인가? 프레보가 운다. 그의 어깨를 두드려 준다. 나는 그를 위로하려고 말한다.

"다 틀려먹었으면 다 틀려먹은 거지 뭐⋯⋯."

그는 대답한다.

"내가 나 때문에 우는 줄 압니까?⋯⋯."

그렇다! 나는 벌써 이 명백한 사실을 깨달았다. 견디지 못할 것은 아무것도 없다. 내일, 또 모레, 나는 역시 견디지 못할 일이란 아무것도 없다는 것을 알게 될 것이다. 나는 고통이라는 것을 반쯤밖에 믿지 않는다. 나는 이미 이런 생각을 혼자서 해보았다. 어느 날엔가 조종실에 갇힌 채 물에 빠져 죽을 뻔했다. 그런데 나는 그다지 괴로워하지 않았다. 언젠가는 머리가 깨질 뻔했는데 그것이 도무지 큰 사건같이 여겨지지 않았다. 여기서도 나는 그다지 고통을 맛보지 않을 것이다. 내일 나는 더 이상한 일들을 경험하게 될 것이다. 그래서 나는 큰 불길을 올리면서도 사람들에게 내 발소리를 들리게 한다는 것을 곧 단념하고 말았다!……

"나 때문에 우는 줄 안다면……" 암 그렇고 말고, 이것이야말로 견딜 수 없는 일이다. 기다리는 눈들이 떠오를 때마다 나는 눈이 데는 것 같은 느낌을 받는다. 갑자기 벌떡 일어나 앞으로 곧장 달려가고 싶은 충동을 느낀다. 저쪽에서 사람 살리라고 부른다. 난파하고 있다!

이것은 이상야릇한 주객전도다. 그러나 나는 늘 그렇다고 생각했다. 이에 뚜렷한 확신을 가지기 위해서는 내게 프레보가 필요하다. 프레보 또한 우리가 귀에 못이 박이도록 들어온 죽음 앞에서의 그 고민을 경험하지 않을 것이다. 하지만 그도 견디지 못하고 나도 참지 못하는 그 무엇이 있다.

아아! 나는 편안하게 잠들 것이다. 하룻밤 동안이거나 여러 세기 동안이거나 잠이 들면 그 차이를 알 수 없다. 그리고 얼마나 평안할 것인가! 그러나 저 너머에서 울릴 그 부르짖음, 그 크나큰 절망의 불길……, 나는 이런 영상을 견딜 수가 없다. 나는 그 파선들을 눈앞에 보며 팔짱을 끼고 우두커니 있을 수가 없다! 침묵의 1초 1초가 내가 사랑하는 사람들을 조금씩 죽여 가는 것이다. 그리고 내 안에서는 큰 격노가 부글거린다. 늦기 전에 가서, 빠지는 저 사람들을 구하지 못하게 왜 이 사슬들은 나를 방해하는 건가? 왜 우리의 불은 우리들의 부르짖음을 이 세상 끝까지 가져가지를 못하는가? 조금만 기다려요…… 곧 갑니다!…… 우리가 곧 가요!…… 우리는 구조대다!

마그네슘이 다 타버려서 불은 벌게진다. 이제 여기에는 숯불 무더기밖에 없다. 그 위에 우리는 몸을 굽히고 불을 쬔다. 우리의 위대한 화염 메시지는 끝이 났다. 그것은 이 세상에서 무엇을 움직이게 했는가? 아, 나는 그것이 아무것도 움직이게 하지 못한 것을 잘 안다. 그것은 들리지 않는 기도였다.

좋다. 한숨 자자.

5

새벽녘, 우리는 비행기 날개를 헝겊으로 닦고 페인트와 기름이 섞인 이슬을 컵 밑바닥에 깔릴 만큼 받았다. 구역질이 났으나 우리는 그것을 마셨다. 더는 몰라도 적어도 우리 입술은 축인 셈이다. 이 잔치를 치르고 나자 프레보가 내게 말했다.

"다행히 권총이 있군요."

나는 갑자기 대들고 싶은 생각이 들어 험상궂은 적의를 가지고 그에게로 몸을 돌린다. 나는 이런 순간 감상을 토로하는 것을 가장 싫어한다. 나는 모든 것이 간단하다고 생각할 필요를 느낀다. 태어나는 것도 간단하고 자라는 것도 간단하고 갈증으로 죽는 것도 간단할 것이다.

나는 프레보가 입을 다무는 데 필요하다면 그에게 모욕이라도 줄 작정을 하고 곁눈질로 그를 살펴본다. 그러나 프레보는 내게 조용히 말했다. 그는 위생 문제를 말한 것이다. 그는 "손을 씻어야 할 텐데요" 말하는 정도로 이 문제를 다룬 것이다. 그렇다면 우리는 의견이 같다. 나는 벌써 어제 가죽주머니를 보며 곰곰 생각했다. 내 명상은 합리적이었지 감상적인 것은 아니었다. 사회적인 것만이 감상적이다. 우리가 책임을 지고 있는 그들을 안심시키지 못하는 우리의 무능이 감상적이지, 권총은 그런 것이 아니다.

사람들은 여전히 우리를 찾지 않는다. 그보다도 더 정확하게 말하면 다른 곳에서 찾고 있을 것이다. 아마 아랍에서 찾고 있을 것이다. 실제로 그 이튿날 우리가 비행기를 버리고 난 뒤까지 아무 비행기 소리도 듣지 못했다. 그때 우리는 저 먼데로 지나가는 그 유일한 통과에 무관심했다. 사막의 수많은 검은 점 속에 섞인 검은 점인 우리들이 발견되기를 기대하는 것이 무리였다. 뒷날 이 괴로움에 대해서 내가 갖는 줄로 사람들이 알고 있는 그 생각은 정확하지 않다. 나는 아무 고통도 겪지 않았다. 나는 구조대원들이 다른 세계에서 돌아다닌 것으로 생각했을 뿐이다.

사방 3천 킬로미터 안에 있다는 것 말고는 아무것도 모르는 비행기를 사막에서 발견하기 위해서는 2주일이 걸린다. 아마도 사람들은 우리를 트리폴리에서 페르시아까지 이르는 사이에서 찾고 있을 것이다. 그런 줄 알면서도 다른 행운을 바랄 수 없어 오늘도 이 가냘픈 행운을 기다리고 있었다. 그리고 전략을 바꿔 나 혼자 탐험에 나서기로 결정한다. 프레보는 불을 준비해 두었다가 누가 찾아올 경우 그것을 피울 것이다. 끝내 우리를 찾아오는 사람은 없었지만.

그래서 나는 떠난다. 내가 돌아올 기운이 있을지조차 알 수 없었다. 리비아 사막에 대해서 알고 있는 것들이 머리에 떠오른다. 이곳 습도가 18퍼센트로 떨어질 때에 사하라에는 40퍼센트의 습기가 있다. 그리고 생명은 수증기 모양 증발한다. 베두인 사람들과 여행자들과 식민지 장교들은 19시간을 마시지 않고 견딜 수 있다고 배웠다. 20시간이 지난 뒤에는 눈 속이 환해지면서 임종이 시작된다. 급격히 갈증이 심해진다.

그러나 그 북동풍, 우리를 그르치게 하고 모든 예상을 깨치고 우리를 이 고원에 못 박아 놓은 이 이상한 바람이 지금은 우리 생명을 늘여 주고 있는 게 틀림없다. 그러나 이 바람이 첫 번 불빛이 환하게 보일 때까지 얼마큼의 여유를 우리에게 줄 것인가.

그래서 나는 떠난다. 그러나 나는 대양(大洋)에 카누를 타고 들어서는 것같이 생각된다.

새벽 어스름 덕에 이 풍경이 덜 을씨년스럽게 보인다. 나는 처음에는 손을 주머니에 찌르고 좀도둑같이 어슬렁어슬렁 걷는다. 엊저녁에 우리는 이상한 몇몇 구멍 어귀에 올무를 설치해 놓았다. 내 안에서 밀렵자(密獵者)의 습성이 되살아났다. 나는 우선 올무들을 살펴보러 간다. 아무것도 걸리지 않았다.

그러니까 나는 피를 마시지 못할 것이다. 사실 아무런 기대도 하지 않았다.

나는 낙망은 하지 않았으나 그 대신 이상한 생각이 들었다. 저런 동물들은 사막에서 무엇을 먹고 살까? 그것들은 아마 토끼만 한 크기에 무지하게 큰 귀가 달린 '페넥'이라는 사막의 여우일 것이다. 나는 내 욕망을 억누르지 못하고 그들 중 한 놈의 발자취를 따라간다. 그 발자취는 나를 어느 좁은 모래내로 이끌었는데, 거기에는 발자국이 더욱 분명히 새겨져 있다. 나는 세 발가락으로 이루어진 부챗살 모양의 예쁜 발자국에 감탄한다. 그러고는 이 녀석이 새벽에 살금살금 뛰어다니며 돌 위의 이슬을 핥아먹는 모습을 상상해 본다. 여기는 발자국이 띄엄띄엄 있다. 페넥이 뛰었다. 여기에 동무가 하나 쫓아와 둘이 나란히 깡충깡충 뛰었다. 나는 이상한 기쁨을 느끼며, 아침 소풍을 구경한다. 이 생명의 출현이 나를 기쁘게 한다. 그리고 목이 마르다는 것을 잠시 잊는다⋯⋯.

드디어 나는 그 여우들의 찬장에 이른다. 여기에는 100미터씩 떨어져서, 키가 수프 그릇만 하고 줄기에는 조그마한 금빛 달팽이가 달린 작은 관목이 모래 속에서 빠끔히 솟아 나와 있다. 페넥은 새벽에 먹이를 장만하러 간다. 그런데 나는 여기서 자연의 큰 신비와 맞닥뜨린다.

그 페넥은 나무마다 멎지는 않는다. 달팽이들이 달렸는데도 본체만체하는 나무들이 있다. 눈에 띌 만큼 신중하게 그 주위를 돌기만 하는 나무도 있다. 가까이 가기는 하면서도 마구 해치우지 않는 나무도 있다. 거기서 달팽이 두세 마리를 따고는 다른 식당으로 가는 것이다.

산책을 좀 더 오랫동안 즐기기 위하여 대번에 배를 불리지 않는 장난을 하는 것일까? 그렇지는 않을 것이다. 그의 장난은 불가결한 전술과 너무도 잘 부합된다. 만약에 페넥이 첫 번째 나무의 산물을 배부르게 먹으면 두세 번 식사로 그 나무의 산열매를 아주 없애버리게 될 것이다. 그리되면 한 그루 한 그루 그의 목축 농장을 휩쓸고 말 것이다. 그러나 페넥은 번식을 방해하지 않도록 조심한다. 이 녀석은 한 번 식사에 이 갈색 포기를 백 그루 가량 찾아갈 뿐 아니라, 같은 가지에 나란히 붙어 있는 달팽이 두 마리를 따는 일은 절대로 없다. 모든 것이 마치 위험을 의식하고 있는 듯 진행된다. 만일 페넥이 조심성 없이 배불리 먹는다면 달팽이가 다 없어질 것이다. 달팽이가 아주 없어지면 페넥도 없어질 것이다. 발자국을 따라가니 다시 굴에 이른다. 아마도 페넥은 거기서 요란한 내 발소리를 들으며 겁을 집어먹고 있을 것이다. 나는 페넥에게 이렇게 말한다. "내 조그만 여우야, 나는 다 틀려먹었다. 그러나 이상한 건 그렇다 해서 네 삶에 흥미를 잃은 건 아니다……."

그리고 거기 서서 공상에 잠긴다. 사람은 무엇에고 자기를 적응시키는 모양이다. 30년 뒤면 죽으리라는 생각이 사람의 기쁨을 망치지는 않는다. 30년이든 사흘이든 이것은 원근법상의 문제에 지나지 않는다.

그러나 어떤 영상은 잊어야 한다…….

이제 나는 내 길을 계속 가는데, 피로해지면서 벌써 내 안에서 무엇인지 변화를 일으킨다. 신기루가 없으면 나는 그것을 만들어 낸다.

"여어!"

나는 팔을 쳐들며 소리쳤다. 그러나 손짓을 하던 그 사람은 시커먼 바위에 지나지 않았다. 벌써 사막 안 모든 것이 웅성거린다. 나는 잠자고 있는 저 베두인 사람을 깨우려고 했다. 그러니까 그는 검은 나무막대기로 변했다. 나무막대기라? 이 존재가 이상하게 여겨져 몸을 굽힌다. 부러진 가지를 주우려 했더니 그것은 대리석이었다. 나는 다시 일어나 주위를 휘둘러본다. 다른 검은 대리석들이 보인다. 유사(有史) 이전 시대의 수풀이 그 부러진 줄기를 땅 위에 쭉 깔아놓았다. 그 수풀은 지금으로부터 10만 년 전에 천지개벽을 하는 대폭풍에 불려 대성당처럼 무너진 것이다. 그리고 세기(世紀)들은 강철 덩어리같이 닦이고, 화석이 되고, 유리같이 되고, 잉크 빛깔이 된 이 어마어마한 기둥통들을 내게까지 굴려 보낸 것이다. 나는 아직 나뭇가지의 마디를 구별할 수 있고, 생명의 뒤틀림을 볼 수 있고, 나무의 연륜을 셀 수 있다. 새와 음악이 가득 찼던 이 수풀이 신의 저주를 받아 소금이 되었다. 나는 이 풍경이 내게 더 적의를 가지고 있다고 느낀다. 모래언덕을 뒤덮고 있는 저 무쇠 갑옷보다도 더 검은 이 젠 체하는 표착물들은 나를 거부한다. 살아 있는 내가 썩지 않는 이 대리석 틈에서 무슨 볼일이 있겠는가? 죽어갈 나, 분해될 육체를 가진 내가 여기 영원 속에서 무슨 볼일이 있단 말인가?

어제부터 나는 거의 80킬로미터를 돌아다녔다. 현기증이 나는 것은 필경 목이 마른 때문이리라. 아니면 해 때문이든지. 해는 기름이 얼어붙은 것 같은 이 줄기에 쨍쨍 내리쬔다. 태양은 이 넓은 껍질을 내리쬔다. 여기는 모래도 없고 여우도 없다. 여기는 오직 엄청나게 큰 모루가 있을 뿐이다. 나는 이 모루 위를 걷고 있다. 그리고 내 머릿속에 해가 울리는 것 같다. 아! 저기…….

"여어! 여어!"

"저기는 아무것도 없다. 흥분하지 마라, 그건 정신 착란이다."

나는 내 이성에 호소할 필요를 느끼고는 나 자신에게 이렇게 말한다. 눈에 보이는 것을 거부하기가 몹시 어렵다. 저기 걸어가는 저 대상들을 향하여 뛰어가지 않기가 몹시 어렵다……저기……보이지 않아!…….

"바보, 네가 그걸 생각해 내는 줄 너도 알고 있잖아…….”

"그럼, 이 세상에는 진실한 것이 아무것도 없어…….”

내게서 20킬로미터 떨어진 저 언덕 위의 십자가 말고는 아무것도 참된 것이 없다. 저 십자가, 혹은 저 등대…….

그러나 그것은 바다 쪽이 아니다. 그러면 십자가다. 지난밤, 밤새도록 나는 지도를 연구했다. 내 위치를 알지 못하는 만큼 내 연구는 무익했다. 그러나 나는 사람의 존재를 가리키는 표지는 모두 들여다보았다. 그리고 어디엔가 비슷한 십자가 위에 달린 조그마한 동그라미를 발견했다. 범례(凡例)를 참고 하니 이런 말이 있었다. '수도원' 십자가 옆에는 검은 점이 하나 있었다. 다시 범례를 참고하니 '마르지 않는 우물'이라고 씌어 있었다. 나는 마음에 크나큰 충격을 받아 커다랗게 읽었다. "마르지 않는 우물…… 마르지 않는 우물…… 마르지 않는 우물!" 알리바바와 그의 보물인들 마르지 않는 우물에 비하면 무슨 값어치가 있겠는가? 조금 더 떨어진 곳에 흰 동그라미 두 개를 발견했다. 일러두기에는 '일시적 우물'이라고 씌어 있었다. 그것은 이미 그리 아름답지 않았다. 그리고 그 둘레로는 아무것도 없었다. 아무것도.

저기 그 수도원이 있다! 수사들이 파선된 사람들을 부르기 위하여 둔덕 위에 커다란 십자가를 세웠다! 그래 나는 그 십자가를 향하여 걷기만 하면 그만이다. 그 도미니크 회(會) 수사들에게 뛰어가기만 하면 된다…….

"그러나 리비아에는 콥트파 수도원밖에 없다!"

"그 근면한 도미니크 회 수사들에게로……그들은 붉은 기와가 깔린 서늘한 예쁜 부엌을 가지고 있고, 마당에는 녹이 슨 기묘한 펌프가 있다. 녹슨 펌프 밑에는, 녹슨 램프 밑에는 그대도 그것을 짐작했으리라…… 녹슨 펌프 밑에는 마르지 않는 우물이 있다! 아아! 내가 문에 가서 초인종을 누르고, 큰 종을 잡아당기면, 거기서는 큰 잔치가 벌어질 것이다……!"

"이 바보야, 너는 프로방스의 어떤 집을 묘사하고 있다. 하긴 거기에는 종은 없지만."

"커다란 종을 잡아당기면! 문지기는 두 팔을 하늘로 쳐들며 '당신은 주께서 보내신 분입니다!' 하고 내게 소리치며 모든 수사들을 부를 것이다. 그러면 그 수사들은 곤두박질해 달려 나올 것이다. 그리고 나를 가난한 어린이처럼 축복할 것이다. 그리고 나를 부엌으로 밀고 갈 것이다. 그리고 '잠깐만, 내 아들아 잠깐만…… 마르지 않는 우물까지 한달음에 다녀올 테니…….' 하고 내게 말할 것이다."

그러면 나는 행복에 몸을 떨 것이다…… 아니다. 나는 울지 않으련다. 단지

언덕 위에 십자가가 없어졌다는 그 이유로 해서.

서쪽의 약속은 오직 거짓말뿐이다. 나는 정북(正北)으로 방향을 바꾸었다. 북쪽은 적어도 바다의 노래가 가득 차 있다.

아, 이 등성이를 넘으면 지평선이 펼쳐진다! 보자, 세상에서 가장 아름다운 도시가 저기 있다.

"그건 신기루라니까……."

신기루라는 것을 나는 잘 안다. 아무도 나를 속이지 못한다! 그러나 신기루 속으로 빠져 들어가는 것이 내 마음에 든다면! 희망을 가지는 것이 싫지 않다면! 웅긋쭝긋하고 햇볕으로 장식된 저 도시를 사랑하는 것이 내 마음에 든다면! 이제는 행복으로 피로를 느끼지 않고 빠른 걸음으로 곧바로 걸어가는 것이 내 마음에 든다면?…… 프레보와 그의 권총, 내 우스워서! 나는 내 취기(醉氣)가 더 좋다. 나는 취했다. 나는 목이 말라 죽어가고 있다!

황혼이 내 술을 깨웠다. 나는 이렇게 멀리 있다는 것을 깨닫자 겁이 나서 갑자기 발을 멈춘다. 해가 저물면 신기루가 사라진다. 지평선은 그 호사와 궁궐과 제의(祭衣)를 벗었다. 그것은 황량한 지평선이다.

"너 꽤 멀리 왔구나! 이제 밤이 너를 덮치면 너는 날이 새기를 기다려야 할 게고, 내일은 네 발자국이 지워져서 나는 아무 데도 있지 않으리라. 그러면 차라리 곧장 더 걷거나 하지…… 뭣 하러 다시 돌아선단 말인가? 바다를 향하여 팔을 벌리려는 그때 방향 전환을 하기는 싫다……."

"어디에 바다가 있단 말인가? 그건 그렇고, 너는 절대로 바다까지 가지 못할 것이다. 너 있는 데서 아마 300킬로미터는 떨어져 있을 거다. 그리고 프레보는 비행기 옆에서 망을 보고 있다! 그리고 그는 어쩌면 누군가에게 발견되었는지도 모른다……."

그렇다, 나는 돌아가련다. 하지만 먼저 사람들을 불러야겠다.

"여어!"

이 지구는, 그래도 사람이 살고 있지 않느냐 말이야…….

"여어! 사람들!……."

나는 목이 쉰다. 목소리가 나오지를 않는다. 이렇게 소리 지르는 것이 우스꽝스러워 보인다…… 나는 한 번 더 소리친다.

"사람들!"

그것은 과장되고 건방진 소리를 만들어 버린다.

그리고 나는 뒤로 돌아선다.

2시간을 걸은 뒤, 내가 길을 잃은 줄 알고 겁을 집어먹은 프레보가 하늘로 올리는 불길이 보였다. 아! 나는 그것에 아무런 관심도 없다…….

또 걷기 1시간……500미터만 더, 100미터만 더. 50미터 더.

"아!"

나는 몹시 놀라 우뚝 섰다. 내 마음에는 기쁨이 넘쳐흐르려고 하여, 나는 그 맹렬한 힘을 억제한다. 프레보가 숯불에 환히 비친 채 엔진에 기대앉은 두 아랍 사람과 이야기하고 있다. 그는 아직 나를 보지 못했다. 자기 기쁨에 너무 정신이 없는 것이다. 아! 나도 프레보처럼 기다렸더라면…… 벌써 구조되었을 것을! 나는 기쁘게 부르짖는다.

"여어!"

두 베두인 사람은 깜짝 놀라 나를 쳐다본다. 프레보는 그들 곁을 떠나 혼자서 내게로 마주 온다. 나는 팔을 벌린다. 프레보는 내 팔꿈치를 잡아 부축한다. 그럼 내가 쓰러지려고 했던가? 나는 그에게 말한다.

"이제 됐군."

"뭐가?"

"아랍사람들!"

"무슨 아랍사람들 말이오?"

"거기 당신과 같이 있는 아랍사람들 말이오!……."

프레보는 수상하게 나를 쳐다본다. 나는 그가 중대한 비밀을 마지못해 내게 일러준다는 느낌을 받는다.

"아랍 사람들은 없습니다……."

이번에는 아마 내가 울려나 보다.

6

여기서는 물 없이 19시간을 살 수 있다고 한다. 그런데 우리는 엊저녁부터 무엇을 마셨던가? 새벽에 이슬 몇 방울뿐! 그러나 여전히 북동풍이 불어서 우리의 증발을 약간 더디게 한다. 이 바람은 또 하늘에 높은 구름들을 만드는 데에도 유리하다. 아아! 그 구름들이 우리에게까지 와서 비만 뿌려줄 수 있다면! 그러나 사막에는 절대로 비가 오지 않는다!

"프레보, 낙하산을 삼각형으로 자릅시다. 그 헝겊 쪽들을 돌로 땅에 고정시켜 놓읍시다. 그러면, 바람이 바뀌지만 않으면 새벽에 이 헝겊들을 짜서 휘발유 탱크에 이슬을 받을 수 있을 거요."

우리는 흰 헝겊 여섯 폭을 별 밑에 깔아놓았다. 프레보는 탱크 하나를 떼어냈다. 이제 우리는 날 새기만 기다리면 된다.

프레보가 파편들 틈에서 기적적으로 오렌지를 한 개 발견했다. 우리는 그것을 나누었다. 나는 사뭇 가슴이 설레었다. 그렇지만 물이 20리터는 있어야 할 우리에게 이것은 너무나 하찮은 것이다.

밤에 불 옆에 누워 나는 이 반짝이는 과일을 들여다보며 생각한다. '세상 사람들은 오렌지가 무엇인지를 모른다……' 또 이렇게도 생각한다. '우리는 운이 다했다. 그렇지만 역시 이 확실성이 내 즐거움을 앗아가지는 못한다. 내 손에 꼭 쥐고 있는 이 오렌지 반쪽은 내 일생의 가장 큰 기쁨의 하나를 내게 갖다 준다……' 나는 벌렁 누워서 내 과일을 빨며 별똥별을 헤아린다. 나는 지금 무한히 행복하다. 나는 다시 생각한다. '우리가 질서 속에서 사는 이 세상은 거기에 자기 자신이 파묻혀 보지 않은 사람으로서는 짐작할 수가 없다.' 나는 오늘에야 비로소 사형수에게 주어지는 담배 한 대와 럼 주(酒) 한 잔을 이해하게 된다. 나는 그 사람이 그 비참한 것을 어떻게 받아들이는지 상상하지 못했었다. 그런데도 그는 거기에서 많은 즐거움을 맛본다. 그 사람이 웃으면 사람들은 그가 용감한 줄로 생각한다. 그러나 그는 럼을 마시게 되어 싱긋 웃는 것이다. 그가 원근을 바꾸어 그 마지막 시간을 완전한 인간의 생활로 만들었음을 사람들은 알지 못한다.

우리는 물을 굉장히 많이 받았다. 아마 2리터는 될 것이다. 이제 갈증은 끝났다! 우리는 살아났다. 우리는 물을 마시게 되었다!

나는 탱크에서 주석 물그릇으로 하나 가득히 퍼낸다. 그러나 이 물은 푸르고 누런 고운 빛깔이어서 첫 모금부터 맛이 어떻게나 지독한지 갈증에 고통을 당하면서도 나는 그 한 모금을 다 마시기 전에 숨을 돌린다. 나는 흙탕물이라도 마실 것이다. 그러나 이 역한 금속 맛은 갈증보다 더 지독하다.

프레보를 보니, 그는 무슨 물건을 열심히 찾는 것처럼 땅에 눈을 갖다 대고 맴을 돈다. 별안간 몸을 숙이고 여전히 맴을 돌면서 토한다. 30초 뒤에는 내 차례다. 나는 어떻게나 심한 경련이 일어나든지 모래 속에 손가락을 박고 꿇어앉아 토한다. 우리는 서로 말없이 15분 동안을 이렇게 괴로워하고 있었다. 조금밖에 없는 담즙을 토해내면서.

이제 끝났다. 이제는 아득한 역겨움밖에는 느끼지 않는다. 그러나 우리는 마지막 희망을 잃었다. 나는 우리의 실패가 낙하산의 도료(塗料) 때문인지 탱크에 더덕진 사염화탄소(四鹽化炭素) 때문인지 모른다. 우리에게 다른 그릇이나 다른 헝겊이 있어야 되었을 것이다.

그러면 서두르자! 날이 샌다. 길을 떠나자! 이 저주받은 고원을 피해서 쓰러질 때까지 앞으로 곧장 걸어가자. 나는 안데스산맥 속에서 기요메가 한 일을 본받는 것이다. 나는 엊저녁부터 그의 생각을 많이 한다. 나는 비행기 잔해에 남아 있어야 한다는 명확한 명령을 어긴다. 사람들은 이제 우리를 찾아 이리로 오지 않을 것이다.

다시 한번 우리는 파선한 사람이 아님을 깨닫는다. 파선한 사람들은 우리를 기다리는 사람들이다! 우리의 침묵으로 위협을 느끼는 그 사람들이다. 벌써 지겨운 착각으로 가슴이 갈기갈기 찢어지는 그들이다. 그들에게 달려가지 않을 수가 없다. 기요메도 안데스에서 돌아와, 파선한 사람들을 향하여 달음질했다는 말을 내게 했다! 이것은 당연한 진리다.

"만일 이 세상에 나 혼자라면 나는 드러누울 겁니다."

프레보가 말했다.

이리하여 우리는 동북동쪽으로 곧장 걸어간다. 만약 나일강을 지나쳤다면, 우리는 한 걸음 한 걸음 더 깊숙이 빽빽한 아라비아 사막 속으로 빠져 들어가는 것이 된다.

이날 일은 기억에 남는 것이 별로 없다. 그저 급히 서두르던 것이 생각난다. 무엇을 향해서나 서두르던 일, 내가 쓰러지는 것을 향하여 서두르던 것, 내가 땅을 내려다보며 걸은 것도 기억난다. 나는 신기루가 싫어졌다. 이따금 우리는 나침반으로 우리의 방향을 바로잡았다. 또 숨을 조금 돌리기 위하여 가끔씩 드러누웠다. 나는 또 밤에 쓰려고 간직했던 내 고무 우비를 어디에선가 내버렸다. 그것 말고는 아무것도 모른다. 내 기억의 실마리는 저녁에 선선해지면서부터 다시 이어진다. 나도 모래같이 되어서, 내 안의 모든 것이 지워졌다.

해가 지자 우리는 야영을 하기로 작정한다. 오늘 밤에도 물을 얻지 못한다면 생명을 보장할 수 없었기에 나는 우리가 계속 걸어야 하리라는 것을 잘 안다. 그러나 우리는 낙하산 천조각들을 가지고 왔다. 만약에 그 독(毒)이 도료 탓이 아니라면, 내일 아침 물을 좀 마실 수 있을지도 모른다. 우리는 이슬을 모을 준비를 하기로 한다.

그러나 이날 저녁 북쪽 하늘은 구름 한 점 없다. 바람의 맛이 달라졌다. 방향도 바뀌었다. 벌써 사막의 뜨거운 입김이 우리를 스친다. 맹수가 잠을 깬 것이다! 나는 그놈이 내 손과 얼굴을 핥는 것을 느낀다.

그러나 더 걷는대야 10킬로미터도 못 갈 것이다. 나는 사흘째 물을 마시지 않고 180킬로미터 이상을 걸었기에……

그러나 걸음을 멈춘 순간,

"저건 맹세코 호수요."

프레보가 내게 말한다.

"미쳤군!"

"황혼이 된 이 시간에 설마 신기루가 보일 수 있어요?"

나는 아무 대답도 하지 않았다. 나는 내 눈을 믿는 것을 단념한 지 오래다. 그것이 신기루가 아닐지도 모르지만, 그렇다면 우리 정신 착란이 만들어 내는 것이다. 어떻게 프레보는 아직까지도 믿을 수 있다는 말인가?

프레보는 고집을 부린다.

"여기서 20분이면 갑니다. 내 가볼랍니다."

이 고집에 나는 화가 치민다.

"가보시오. 가서 바람을 쐬어요…… 건강에 아주 좋을 테니. 그렇지만 호수가 있다 해도 그건 짠물이라는 걸 알아야 해요. 짠물이건 아니건 그건 아주 먼데 있는 거요. 그리고 무엇보다도 호수는 없어요!"

프레보는 눈을 그곳에 고정한 채 벌써 떠나간다. 나는 거부할 수 없는 이 유혹을 잘 알고 있다! 그래서 나는 이렇게 생각한다. '기관차 밑으로 곧장 몸을 던지는 몽유병자들도 있다.' 나는 프레보가 돌아오지 못할 것을 안다. 그는 그 공허에서 오는 현기증에 붙들려 이제는 발을 돌이킬 수가 없을 것이다. 이리하여 그는 좀 떨어진 곳에서 쓰러질 것이다. 그리고 그는 그대로 죽고, 나는 나대로 죽을 것이다. 그리고 이 모든 것은 조금도 중요한 일이 아닌 것이다!

나는 나를 엄습한 이 무관심이 그리 좋은 징조라고는 생각하지 않는다. 반쯤 빠져 죽게 되었을 때에도 나는 이 길에 화평을 느꼈었다. 그러나 나는 이것을 이용하여 돌에 배를 깔고 엎드려 유서를 한 장 쓰기로 한다. 내 유서는 매우 아름답다. 대단히 품위 있게, 나는 거기에 지혜로운 의견을 듬뿍 실어 놓는다. 나는 그것을 되읽으며 막연한 허영의 쾌락을 맛본다. 사람들은 그 유서를 보고 말할 것이다. '이것은 참 훌륭한 유서다! 이런 사람이 죽다니 정말 아깝다!'

나는 내 생명이 얼마나 남아 있는지도 알고 싶다. 나는 침을 끌어 모아 보려고 한다. 몇 시간째나 나는 침을 뱉지 않았는가? 나는 침이 말랐다. 만일 입을 다문 채 있으면 끈적끈적한 물건이 입술을 꽉 봉해 놓는다. 그것이 말라서 거죽에 단단히 테를 만들어 놓는다. 나는 또다시 침을 삼키려 해 본다. 성공한다. 그리고 아직 눈부심을 느끼지 않는다. 주변 광경에 눈부심을 느끼게 되면, 이제 내 생명은 2시간 남았다는 것이 된다.

한밤중이 되었다. 지난밤보다 달이 커졌다. 프레보는 돌아오지 않는다. 나는 벌렁 누워서 이 확실한 사실들을 생각한다. 나는 내 자신 속에서 오래된 이상을 다시 발견한다. 나는 그것이 어떤 것인지를 확실히 알아보려 한다. 나는 그때…… 나는 그때…… 나는 그때 배를 탔다! 나는 남아메리카로 가는 길이었고 윗갑판에 이렇게 누워 있었다. 돛대 끝이 별들 사이를 옆으로 위아래로 아주 천천히 오락가락하고 있었다. 여기에는 돛대가 없다. 그러나 배를 타기는 탔다. 그리고 이제는 내가 아무리 노력해도 어쩔 수 없는 어떤 방향으로 가고 있는 것이다. 흑인 노예 매매인들이 나를 묶어서 어떤 배에 던져버린 것이다.

나는 돌아오지 않는 프레보를 생각한다. 나는 그의 탄식소리를 한 번도 듣지 못했다. 그것은 매우 좋다. 울먹이는 소리를 듣는다는 건 나로선 견딜 수 없는 노릇이었으리라. 프레보는 남자다.

저것은! 내게서 500미터 떨어진 곳에서 그가 램프를 흔들고 있지 않는가! 그는 발자국을 잃은 것이다. 나는 그에게 응답할 램프가 없어서 일어나 소리를 지른다. 그러나 그는 듣지 못한다.

다른 램프 하나가 그의 램프에서 200미터 떨어진 곳에 켜진다. 그리고 또 한 램프가. 야아, 이건 마치 몰이꾼 같다. 나를 찾고 있는 거다!

나는 소리친다.

"여어!"

그러나 사람들은 내 목소리를 듣지 못한다.

그 램프 셋은 계속해서 신호를 보낸다.

오늘 저녁 나는 미치지 않았다. 기분도 좋다. 마음 또한 평온하다. 나는 주의해서 바라본다. 500미터 저쪽에 램프 셋이 있다.

"여어!"

그러나 사람들은 여전히 내 목소리를 듣지 못한다.

그러자 나는 잠시 당황한다. 내가 경험한 유일한 당황이다. 아! 나는 아직 뛸 수 있다. "기다리시오……기다려요……."

그 사람들이 발길을 돌릴 참이다!

그들은 다른 데로 가서 찾을 참이고, 나는 쓰러질 참이다! 나를 거두어 줄 팔이 저기 있는데, 나는 삶의 문턱에서 쓰러질 참이다…….

"여어! 여어!"

"여어!"

그들은 내 목소리를 들었다. 나는 숨이 막힌다. 숨이 막히지만 그대로 달린다. 나는 '여어!' 소리가 나는 쪽으로 달리다가 프레보를 보고 쓰러진다.

"아! 그 램프들이 모두 보였을 때 정말이지……!"

"무슨 램프들요?"

맞다. 그는 혼자다.

이번에는 아무런 실망도 느끼지 않았으나 은근한 분노를 느낀다.

"그래, 당신의 그 호수는?"

"내가 다가갈수록 멀어지더군요. 그래서 반시간 동안을 그것을 향하여 걸었지요. 반시간 후에는 그것이 너무 멀리 있었습니다. 그래 돌아온 거예요. 그렇지만 그것이 호수라는 건 확신해요……."

"당신은 미쳤소, 완전히 미쳤어. 왜 그랬소……왜?"

그가 무엇을 했는가? 왜 그랬는가? 나는 억울해서 울고 있었다. 그런데 나는 왜 분개했는지 모른다. 그리고 프레보는 나오지 않는 목소리로 간신히 내게 설명을 해 준다.

"나는 물을 찾아내기가 얼마나 간절했는지 몰라요…… 당신 입술이 하도 하얗기에!"

아아, 그랬구나! 내 분노는 사그라진다…… 나는 자신을 일깨우듯 내 이마를 손으로 문지른다. 그리고 쓸쓸한 마음으로 조용히 이야기를 한다.

"나는 당신을 보듯, 분명히, 절대로 틀림없이 불빛 셋을 보았소. 프레보, 불빛들을 보았다니까요!"

프레보는 처음에 묵묵히 있다가 이윽고 시인한다.

"그렇고 말고요, 일은 글렀습니다."

수증기가 없는 이런 곳에서는 땅이 급속도로 차가워진다. 벌써 몹시 춥다. 나는 일어나 걷는다. 그러나 이내 견디지 못할 만큼 떨린다. 물기가 빠져나간 내 피는 도무지 잘 돌지 못하고 그래 얼음 같은 추위가 찌르는 듯 뼈에까지 사무친다. 이 추위는 밤이기 때문만은 아니다. 내 어금니가 딱딱 마주치고 몸이 덜덜 떨린다. 나는 이제 전등을 사용할 수가 없다. 내 손이 몹시 떨리고 있기 때문이다. 나는 일찍이 추위를 탄 일이 없었다. 그런데도 나는 지금 얼어 죽을 참이다. 갈증의 결과란 이런 것인가!

나는 뜨거운 열기 속에서 들고 다니기가 귀찮아, 어디에선가 고무 우비를 떨어뜨렸다. 그런데 바람이 점점 더 거세어진다. 그리고 나는 사막에는 대피할 곳이 없음을 깨닫는다. 사막은 대리석 모양으로 편편하다. 사막은 낮에는 도무지 그늘을 만들어 주지 않고 밤에는 사람을 마냥 바람받이로 내몬다. 나를 가려 줄 나무 한 그루, 울타리 하나, 돌 한 개 없다. 바람은 사방이 트인 지세(地勢)에서 기병대처럼 나를 공격한다. 나는 바람을 피하려고 맴을 돈다. 나는 누웠다 일어났다 한다. 누웠거나 섰거나, 나는 이 얼음 채찍을 피할 길이 없다. 나는 더 이상 뛸 수가 없다. 이제는 기운이 다했다. 나는 살인자들을 피할 수가 없어, 두 손으로 싸안은 얼굴을 모래에 묻고 털썩 꿇어앉는다.

조금 뒤 정신을 차리고 다시 일어나 앞으로 곧장 걸어간다. 여전히 떨면서! 내가 어디에 있나? 아, 막 걷기 시작한 참이었지. 프레보의 목소리가 들린다! 그가 부르는 소리에 정신이 들었다……

나는 여전히 떨면서, 온몸을 사시나무 떨듯하며 그에게로 돌아간다. 그러면서 생각한다. '이건 추위가 아니고, 다른 무엇이다. 드디어 마지막이다.' 나는 이미 물기가 너무 없어졌다. 나는 그저께 그리고 어제 혼자서 너무 걸었다.

추위로 죽는다는 것은 괴롭다. 나는 내 속에 간직한 신기루들이 더 좋았을 것이다. 그 십자가, 그 나무, 그 램프, 언제부터였는지 모르지만 나는 그런 것에 재미를 느끼기 시작했었다. 나는 노예같이 채찍질당하기는 싫다.

나는 다시 무릎을 꿇었다.

우리는 약을 조금 가져갔었다. 순(純) 에테르가 100그램, 90도 알코올이 100그램, 그리고 요오드가 작은 병으로 하나, 나는 순 에테르를 두어 방울 마셔 본다. 그것은 칼을 집어삼키는 것 같다. 그다음은 90도 알코올을 조금 마셔 본다. 그러나 이것은 내 목구멍을 막아 놓는다.

나는 모래에 구덩이를 하나 파고 거기 들어가 누워서 모래로 전신을 덮는다. 내 얼굴만을 빠끔히 내민다. 프레보는 풀포기를 조금 발견해서 불을 피웠지만 이내 잦아들고 만다. 프레보는 모래 속에 파묻히기를 거절한다. 그는 걷는 것이 낫다고 생각한다. 틀린 생각이다.

내 목구멍은 오므라든 채다. 이것은 나쁜 징조다. 그렇지만 좀 전보다 기분은 나아졌다. 그리고 조용한 느낌, 나는 모든 희망의 피안에서 조용한 느낌에 사로잡힌다. 나는 별들 아래에서 노예 매매선의 갑판 위에 결박되어 원치 않는 여행을 떠난다. 그러나 그리 불행하지 않다……

근육을 조금도 움직이지 않으니 이제는 춥지 않다. 그래서 나는 모래 속에 잠든 내 육체를 잊는다. 더는 움직이지 않으리라. 그리하여 이제 다시는 괴로움을 당하지 않으리라. 하기는 그다지 괴로움을 당하지도 않았다…… 이 모든 괴로움 뒤에는 피로와 정신착란의 조화(調和)가 있다. 그리고 모두가 그림책으로, 좀 잔인한 옛날이야기로 바뀐다…… 조금 전에는 바람이 나를 몹시 몰아쳐 그것을 피하려고 짐승처럼 맴을 돌았다. 그러고 나니 숨쉬기가 힘들었다. 무릎 하나가 내 가슴을 찍어 누르듯이. 그리하여 한 무릎으로 몸부림치며 나는 이 천사의 무게와 싸웠다. 나는 이제껏 사막에서 고독을 느낀 적이 없었다. 나를 에워싸고 있는 것을 믿지 않게 된 지금, 나는 내 안으로 물러나, 눈을 꼭 감고 눈썹 하나 까딱하지 않는다. 이 많은 영상들이 나를 조용한 꿈속으로 데려가는 것을 느낀다. 강물들이 그 깊은 바닷물 속에 가서 가라앉는다.

내가 사랑하던 그대들이여, 잘 있거라. 사람의 육체가 물을 마시지 않고 사흘을 견디지 못하는 것은 내 탓이 아니다. 내가 이렇게 샘의 포로가 되리라고는 생각지 않았었다. 나는 자치권이 이렇게까지 짧을 줄은 생각지도 못했다. 사람은 제 생각대로 곧장 앞으로 나아갈 수 있다고 믿는다. 사람은 자유롭다고 믿고 있다…… 사람은 그를 우물에 잡아매어 놓는 줄을, 탯줄과 같이 그를 땅의 배에 붙잡아 매 놓는 줄을 알아차리지 못한다. 한 발자국만 더 내디디면 그는 죽는 것이다.

그대들의 고통을 빼놓고, 나는 아무것도 후회하는 것이 없다. 그러고 보면, 늘 행운이 따라주었다. 돌아가게 되면 다시 시작할 생각이다. 나는 살 필요를 느낀다. 도시에는 이미 인간의 생활이란 없다.

비행에 대한 이야기를 하고 있는 것이 아니다. 비행기는 목적이 아닌 수단에 불과하다. 비행기를 위하여 생명의 위험을 무릅쓰는 것은 아니다. 농부가 밭을 가는 것이 그의 쟁기를 위해서가 아니듯 그러나 비행기를 타면, 도시와 그 회계원들을 떠나 농촌의 진리를 발견하게 된다.

사람은 사람다운 일을 한 뒤에야 사람다운 근심을 알게 된다. 바람과 별들과 밤과 모래와 바다와 만난다. 자연의 힘과 재간 겨룸을 하고, 동산지기가 봄을 기다리듯 새벽을 기다리게 된다. 언약된 땅같이 기항지 비행장을 기다리고 별들에게서 자기 진리를 찾게 된다.

나는 원망하지 않으련다. 사흘째 나는 걸었고, 목이 말랐고, 모래 위에 발자취를 더듬었고 밤이슬에 내 희망을 걸었다. 땅 위 어디에 사는지를 잊어버렸다. 그리고 내 동류(同類)를 만나려고 애썼다. 이것이 살아 있는 사람의 마음이다. 이것이 저녁에 갈 어떤 뮤직홀을 선택하는 것보다 더 중요하다고 생각하지 않을 수 없다.

나는 이제 교외 열차의 손님들을 이해할 수가 없다. 자기들이 사람들이라고 믿고 있으나 개미들처럼 그들이 깨닫지 못하는 어떤 압력에 의해서 사람으로서 이루어진 관습에 환원되어버리고 만 그들을. 그들은 자유로울 적에 무엇으로 그들의 무의미하고 초라한 일요일들을 채우는가?

나는 언젠가 러시아의 어느 공장에서 모차르트를 연주하는 것을 들은 적이 있다. 나는 그 이야기를 썼다. 나는 욕설 편지 200장을 받았다. 나는 저속한 카페 음악을 더 좋아하는 사람들을 공박하지 않는다. 그들은 다른 노래는 모르는 것이다. 나는 카페 콘서트 경영자를 원망한다. 사람들을 천하게 만드는 것을 좋아하지 않는 것이다.

나는 내 직업 속에서 행복하다. 나는 나를 공항을 경작하는 농부로 자처한다. 나는 교외 열차 안이 이 사막보다 훨씬 더 고통스럽다! 사실 따져 보건대, 여기는 얼마나 사치스러운 곳이냐……!

나는 아무것도 후회하지 않는다. 나도 도박을 걸었다. 그리고 졌다. 이것은 내 직업의 당연한 질서. 하지만 뭐니뭐니해도 상쾌한 바닷바람을 가슴 가득 호흡했다.

그것을 한 번 맛본 사람들은 이 양식을 결코 잊지 못한다. 그렇지 않은가, 동료들? 위험하게 사는 것이 문제가 아니다. 이 말은 건방진 소리다. 투우사들은 별로 내 마음에 들지 않는다. 나는 위험 그 자체를 좋아하는 게 아니다. 나는 내가 무엇을 사랑하는지 안다. 생명을 사랑하는 것이다.

날이 새려는 것 같다. 나는 팔 하나를 모래에서 빼낸다. 한쪽 손이 닿는 곳에 헝겊이 있다. 그것을 더듬는다. 그러나 보송보송한 대로다. 기다리자. 이슬은 새벽에 맺힌다. 그러나 새벽은 헝겊을 적시지 않고, 밝아온다. 그러자 내 생각은 약간 헝클어지고 속에서 이런 소리가 들린다. "여기 마른 심장이 있다……

메마른 심장…… 메말라버려 도무지 눈물 한 방울 나오지 않는 메마른 심장이……."

"프레보, 떠납시다! 우리 목구멍이 아직 막히지 않았으니 걸어야 하오."

7

19시간이면 사람을 말려버리는 서풍이 분다. 내 식도는 아직 막히지 않았다. 그러나 깔깔하고 아프다. 나는 거기서 무엇인지 갈그렁거리는 것을 느낀다. 사람들이 내게 묘사해 들려준, 그리고 내가 기다리는 그 기침이 조만간 시작될 것이다. 혀가 거추장스럽다. 그러나 더 중요한 것은 벌써 반짝이는 점들이 보이기 시작했다는 것이다. 그것들이 불꽃으로 변할 때 나는 쓰러지리라.

우리는 급히 걷는다. 우리는 새벽의 찬 기운을 이용한다. 해가 내리쬐는 한낮이 되면 더 걷지 못하게 되리라는 것을 우리는 잘 알고 있다. 한낮이 되면…….

우리는 땀을 흘릴 권리가 없다. 기다릴 권리조차 없다. 이 찬 기운은 습도 18퍼센트의 찬 기운에 지나지 않는다. 이 바람은 사막에서 오는 것이다. 그리고 이 정다운 거짓 애무를 받고 우리의 피는 증발한다.

우리는 첫날 포도를 조금 먹었다. 사흘째 우리는 오렌지 반쪽과 사과 반 개를 먹었을 뿐이다. 설령 다른 먹을거리가 있었던들 그것을 씹어 삼킬 타액이 있었을까? 그러나 나는 조금도 배가 고프지 않았다. 목이 마를 뿐이다. 이제부터는 갈증보다도 갈증의 결과를 느끼는 것 같다. 이 뻣뻣한 목구멍, 이 석고 같은 혀, 이 갈그렁거림과 입안의 몹쓸 맛, 나로서는 처음 경험하는 느낌이다. 물론 물이 이것들을 고쳐 줄 것이다. 그러나 나는 한 번도 이 약을 이것들과 연결지어 생각해 본 적이 없다. 갈증은 차츰 욕망의 테두리를 벗어나 점점 더 병의 테두리 안으로 들어간다.

샘과 과일의 영상이 더 이상 나를 괴롭히지는 않는다. 애정을 잊어버렸을 때의 느낌처럼 여겨지듯이 오렌지의 광채도 잊어버렸다. 어쩌면 이미 모든 것을 잊어버렸는지도 모른다.

우리는 앉았다. 그러나 다시 떠나야 한다. 우리는 먼 거리를 걷는 것을 단념했다. 500미터를 걷고 나면 우리는 피로해서 주저앉고 만다. 그리고 나는, 드러눕는 것에 크나큰 기쁨을 맛본다. 그러나 다시 떠나야만 한다.

풍경이 변한다. 돌이 드물어진다. 우리는 모래 위를 걷고 있다. 2킬로미터 앞에 모래 언덕들이 있고, 그 언덕들 위에는 야트막한 식물의 흔적이 보인다. 강철 갑옷보다는 모래가 낫다. 이것은 금빛 사막이다. 사하라다. 어렴풋하게나마 나는 그것을 알아보았다.

이제 우리는 200미터만 걸으면 기진하리라.

"그래도 최소한 저 나무 있는 데까지는 걸읍시다."

그것은 이미 한도를 넘어선 거리였다. 여드레 뒤, 비행기를 찾기 위해 자동차를 타고 우리 발자취를 더듬어 올라갈 때 우리는 이 마지막 시도가 80킬로미터에 이르렀다는 것을 확인할 것이다. 그러니까 나는 벌써 거의 200킬로미터를 쏘다닌 셈이다. 어떻게 더 걸을 수가 있었겠는가?

어제 나는 희망 없이 걸었었다. 그리고 오늘, 희망이 없다는 그 말까지 의미를 잃었다. 오늘 우리는 그저 발걸음을 내딛고 있을 뿐이다. 소들이 밭을 갈 때도 틀림없이 이랬을 것이다. 어제는 오렌지 숲의 낙원을 꿈꿨었다. 그러나 오늘 내게는 이미 낙원은 없다. 이제 오렌지의 존재를 믿지 않는다.

나는 내 안에 큰 갈증밖에는 아무것도 발견하지 못한다. 이제 곧 쓰러질 텐데, 실망이라는 것을 느끼지 못한다. 괴롭지도 않다. 나는 그것이 애석하다. 비애는 물처럼 아늑하게 생각될 것이니까 말이다. 사람은 자기를 친구처럼 위로한다. 그러나 이제 더 이상 세상에 친구가 없다.

눈이 짓무른 나를 발견하면, 사람들은 내가 많이 도전했고 몹시 고통을 겪은 줄로 생각할 것이다. 그러나 충동은, 후회는, 다정한 고통은 아직도 보물 같은 존재다. 그런데 나는 이제 재물을 잃었다. 숫처녀들은 그들의 첫사랑의 밤에 비애를 경험하고 운다. 비애는 생명의 약동과 연결된다. 그런데 내게는 더 이상 비애가 없다……

사막, 그것은 나다. 이제 침이 괴지 않는다. 내가 몹시 동경했던 그리운 영상도 사라졌다. 태양은 내 안의 눈물샘을 말려 버렸다.

그런데 나는 무엇을 보았던가? 바다 위에 광풍이 지나가듯 희망의 숨결이 내 위를 지나갔다. 내의식이 미치기 전에 내 본능을 급히 불러일으킨 조짐은 무엇인가? 아무것도 변한 것이 없다. 그런데도 모두가 변했다. 이 편평하게 깔린 모래밭, 이 둔덕과 이 자그마한 푸른 반점은 하나의 풍경을 이루는 것이 아니고 무대를 이루고 있다. 아직은 비었으나 다 준비된 무대다. 나는 프레보를 본다. 그도 나와 같이 놀랐다. 그러나 그는 자기가 느끼는 것이 무엇인지 아직 이해하지 못한다.

정녕 무슨 일이 일어나려 하고 있다…… 맹세코 사막이 웅성거린다. 정녕코 이 부재(不在), 이 침묵은 별안간 일어난 장터의 웅성거림보다도 더 가슴을 설레게 하는 것이다.

살았다! 모래에 발자취들이 있다!…….

아아! 우리는 사람이라는 것의 자취를 잃었었고, 부족과 격리되어 있었고, 이 세상에 단 둘만 남았었다. 그런데 모래에 박힌 사람의 기적적인 발자국을 발견한 것이다.

"프레보, 여기서 두 사람이 작별을 했소……."

"여기서는 낙타가 무릎을 꿇었고……."

"여기서는……."

그러나 우리가 아직 구조된 것은 아니다. 기다리기만 해서 될 일이 아니다. 몇 시간이 지나면 사람들이 우리를 구원하지 못하게 될 것이다. 갈증의 진행은 기침이 시작되기만 하면 걷잡을 수 없이 빨라진다. 그런데 우리 목구멍은…….

그러나 나는 사막 안 어디쯤에서 흔들리고 있을 그 대상(隊商)을 믿는다.

그래서 우리는 또다시 걷기 시작했다. 그러다가 나는 별안간 닭의 울음소리를 들었다. 기요메는 내게 이런 말을 했다.

"마지막에 이르니 안데스 산중에서 닭의 울음소리가 다 들리네그려. 기차 소리도 들리고……."

닭이 우는 소리를 들은 그 순간, 그가 말했던 것이 떠오른다. 그래서 생각한다. 처음에는 내 눈이 나를 속였다. 이것은 갈증의 결과다. 내 귀는 더 잘 견디었다…… 그러나 프레보가 내 팔을 붙들었다.

"들었습니까?"

"뭘?"

"닭 울음소리!"

"그러면……그러면……!"

"그러면, 뻔하잖아 이 바보야. 이게 생명이라는 거야……."

나는 조금 전에 마지막으로 한 번 더 환각을 경험했다. 서로 쫓고 쫓기고 하는 개 세 마리를 보았다. 한 곳을 보고 있던 프레보는 아무것도 보지 못했다. 그러나 우리는 둘이서 저 베두인 사람을 향하여 팔을 벌린다. 우리는 둘이서 우리 가슴의 모든 숨을 그를 향하여 내뿜는다. 우리 둘은 기뻐서 웃는다!…….

그러나 우리의 목소리는 30미터에도 미치지 못한다. 우리의 성대는 이미 말랐다. 우리는 서로 마음속으로 말을 주고받았지만, 그것을 깨닫지도 못했다!

그러나 가려져 있던 둔덕에서 방금 모습을 나타낸 그 베두인 사람과 낙타가 느릿느릿 멀어져 가고 있지 않은가! 어쩌면 혼자인지도 모른다. 잔혹한 마귀가 그를 우리에게 보여주고 다시 끌고 가는 것이다…….

그럼에도 우리는 이제 뛸 수도 없다!

다른 아라비아 사람 하나가 둔덕 위에 옆모습을 드러낸다. 우리는 소리를 지른다. 아주 작게. 그래서 우리는 팔을 흔든다. 굉장한 신호를 하늘에 가득 채워 놓는 것 같은 심정으로. 그러나 그 베두인 사람은 여전히 오른쪽을 바라보고 있다…….

그러다가 천천히 4분의 1가량 몸을 돌리는 것이 아닌가! 그의 얼굴을 정면으로 보게 되는 그 순간, 모든 것은 성취될 것이다. 그가 우리 쪽을 바라보는 그 순간에 그는 벌써 우리의 목마름과 죽음과 신기루를 지워버릴 것이다. 그가 4분의 1쯤 몸을 돌리려 했을 뿐인데, 그것은 벌써 세상을 바꾸어 버렸다. 단지 상체의 움직임만으로, 다만 한 번의 휘둘러봄으로, 그는 생명을 창조하고, 내게는 마치 신처럼 보였던 것이다…….

기적이다…… 그는 신이 물 위를 걸어오듯 우리를 향해 모래 위를 걸어온다!

아랍인은 우리를 그저 바라보기만 했다. 그는 손으로 우리 어깨를 눌렀고, 우리는 그에게 복종했다. 우리는 누웠다. 여기에는 이미 종족도 언어도 차별도 없다…… 천사장과 같은 손을 우리 어깨에 얹은 이 가난한 유목민이 있을 뿐이다.

우리는 이마를 모래에 대고 기다렸다. 그리고 지금은 배를 깔고 머리를 냄비

속에 틀어박고 송아지처럼 물을 마신다. 베두인 사람은 그것을 보고 눈이 휘둥그레진다. 그리고 우리를 자꾸만 저지한다. 그러나 그가 우리를 놓기가 무섭게 우리는 다시 얼굴을 물속에 틀어박는다.

물!

물, 너는 맛도 빛깔도 향기도 없다. 너를 정의할 수는 없다. 사람들은 너를 알지 못한 채 맛본다. 너는 생명에 필요한 것이 아니라, 생명 자체이다. 너는 관능으로는 설명하지 못하는 쾌락을 우리 속 깊이 사무치게 한다. 너와 더불어 우리 안에는 우리가 단념했던 모든 권리가 다시 들어온다. 네 은혜로 우리 안에는 말라붙었던 마음의 모든 샘들이 다시 솟아난다.

너는 세상에 있는 것 중에 가장 큰 재물이요, 대자라는 태내에서 그렇게까지 순결한 너는 가장 섬세한 것이기도 하다. 사람은 마그네슘이 섞인 샘 위에서 죽을 수 있다. 짠물 호수를 지척에 두고 죽을 수도 있다. 약간의 염분을 그대로 지니고 있는 이슬 2리터를 가지고도 죽을 수가 있다. 너는 혼합을 도무지 허용하지 않고 너는 변질을 조금도 용납하지 않는다. 너는 성마른 신성(神性)이다…….

그러나 너는 우리들 안에 무한히 단순한 행복을 부어 준다.

우리를 살려 준 그대 리비아의 베두인 사람아, 그대는 내 기억에서 영원히 사라지고 말리라. 나는 그대의 얼굴을 영영 기억해 낼 수가 없다. 그대는 '인간'이다. 그대는 모든 인간의 얼굴을 동시에 지니고 내 앞에 나타난다. 그대는 절대로 우리를 뚫어지게 쳐다보지 않고도 벌써 우리를 알아보았다. 그대는 지극히 사랑하는 형제다. 그리고 이번에는 내가 모든 사람에게서 그대를 발견한다.

그대는 나에게 고귀와 친절에 둘러싸여 나타났다. 물을 줄 수 있는 권리를 가진 대영주로 보였다. 내 모든 벗과 내 모든 대적이 그대를 통하여 내게로 걸어온다. 그리고 나는 이미 이 세상에서 원수가 한 사람도 없다.

인간

1

나는 또 한 번 모처럼 한 진리와 나란히 걸어가면서도 그것을 이해하지 못한 셈이다. 나는 파멸했다고 생각했고, 실망의 밑바닥을 짚은 줄 알았는데, 단념하기로 마음을 정하자 평화를 맛보았다. 그 시기에는 사람이 자기 자신을 발견하고 제 자신의 친구가 되는 듯하다. 우리가 이해하지 못하던 그 어떤 절박한 요구를 우리 안에서 만족시켜 주는 감정을 이겨낼 만한 것이 더 이상 있을 것 같지 않다. 바람을 따라 달리느라고 기진맥진하던 보나푸는 이 평온을 맛보았을 것이다. 기요메도 그 눈 속에 그랬으리라. 나 또한 머리까지 모래에 파묻히고 갈증으로 천천히 목이 졸리면서, 별 망토 밑에서 그다지도 마음 뜨거웠던 일을 어떻게 잊겠는가?

우리 안에서 이루어지는 이러한 해방을 어떻게 도울 수 있을까? 사람 안의 모든 것이 역리적(逆理的)이라는 것은 잘 알려져 있다. 어떤 사람이 창작을 할 수 있도록 그의 생활을 보장해 주면, 그는 잠이 들어 버리고, 승리를 거둔 정복자는 연약해지고, 관대한 사람이 재산을 많이 얻으면 수전노가 되고 만다. 정치 이념들이 어떤 종류의 사람들을 발전시킬지 알지 못한다면 그것들이 우리에게 무슨 의미가 있겠는가? 어떤 사람이 태어나려는 것인가? 우리는 풀밭에 놓인 가축이 아니다. 가난한 파스칼의 출현은 이름 없는 몇몇 부자의 출현보다 더 값어치가 있다.

과연 무엇이 본질적인지 우리는 미리 알지 못한다. 누구나 전혀 기대하지 않던 곳에서 가장 생생한 기쁨을 맛본 일이 있다. 그 기쁨들은 우리에게 너무도 절실할 향수를 남겨 놓았다. 그 비참으로 말미암아 기쁨을 누리게 되었다면 우리는 비참까지도 그리워하게 되는 것이다. 우리는 동료들을 다시 만났을 때 쓰라린 추억들의 환희를 맛보았다.

우리를 풍부하게 하는 미지의 조건들이 있다는 것 말고 우리가 아는 것이 무엇인가? 사람의 진리는 과연 어디에 깃들어 있는가?

진리는 증명할 수 있는 것이 아니다. 다른 땅이 아닌 이 땅에 오렌지나무들이 튼튼히 뿌리를 내리고, 열매를 풍성히 맺으면 이 땅이 바로 오렌지나무들의 진리이다. 만일 이 종교, 이 수련, 이 가치 기준, 이 활동 형식이 사람 안에 충만감을 만들어 주는 데에 도움이 되고 그의 안에 알려져 있지 않던 귀족을 해방시키는데 도움이 된다면 그 모든 것이 사람에게 진리가 된다. 논리? 논리는 스스로 노력해서 인생을 깨달아야 할 것이다.

나는 이 책을 써오는 내내 어떤 거역하지 못할 수도원을 선택한 것과 같이 사막이나 항공로를 택한 사람들 중에서 몇 사람의 이야기를 썼다. 그러나 내가 그대들에게 인간에 대하여 먼저 감탄하도록 시켰다면 나는 내 목적을 배반한 것이 된다. 먼저 감탄할 만한 것은 우리들의 기초가 된 터전이다.

천직들이 아마 어떤 구실을 할 것이다. 어떤 사람들은 가게 깊숙이 틀어박혀 있다. 또 어떤 사람들은 필연적인 어떤 방향으로 길을 개척해 간다. 그들의 어릴 적 내력에서 그들의 운명을 설명해 줄 충동의 싹을 발견할 것이다. 그러나 역사는 다음에 읽으면 착각을 일으킨다. 이 충동들을 우리는 거의 누구에게서나 발견한다. 누구나가 어떤 난파나 화재가 일어난 밤에 그들 자신보다 더 위대한 면모를 보인 소상인들을 보았다. 그들은 자기들의 충만한 재질을 의심치 않는다. 그 화재는 그들 생애의 밤으로 영원히 기억될 것이다. 단지, 새로운 기회가 없고, 유리한 터전이 없고, 까다롭게 구는 종교가 없어, 그들은 자기들의 위대함을 믿지 않고 다시 잠들어 버린 것이다. 본디 천성은 사람이 스스로를 해방시키는 것을 도와준다. 천성을 해방시키는 것 또한 필요한 일이다.

비행하는 밤, 사막의 밤, 이런 것은 모든 사람들에게 주어지지 않는 드문 기회이다. 그러나 환경이 그들을 움직이기만 하면 그들은 모두 같은 염원을 드러낸다. 거기에 대해서 내게 교훈을 준 스페인에서의 하룻밤 이야기를 한다고, 내가 다루는 문제에서 벗어나지는 않을 것이다. 어떤 특정한 사람들에 대하여 너무 많이 이야기했다. 그래서 모든 사람에 대하여 이야기하고 싶어지는 것이다.

내가 특파원으로 방문하던 마드리드 전선에서였다. 나는 그날 저녁 방공호

속에서 어느 젊은 대위의 식탁에 앉아 저녁식사를 하고 있었다.

2

우리가 한창 이야기꽃을 피우고 있을 때, 전화가 울렸다. 오랜 대화가 시작되었다. 사령부에서 국지적 공격 명령이 떨어진 것이다. 그것은 노동자들이 사는 교외에서 콘크리트 요새로 변한 몇몇 집을 없애야 하는 당치 않고 절망적인 공격에 관한 내용이었다. 대위는 어깨를 으쓱하고 우리한테로 다시 와서,

"우리 중에서 선두에 서는 사람은 반드시 당할 거야……."

말하고 나서는 함께 있던 중사와 내게 코냑 잔을 밀어 놓는다.

"자넨 나하고 제일 먼저 나가세. 마시고 가서 자게." 하고 중사에게 말했다.

중사는 자러갔다. 이 식탁에 둘러앉아 불침번을 설 사람들은 열 명쯤 된다. 아무 불빛도 새어나가지 않는 잘 가려진 이 방은 광선이 너무 세 눈을 껌벅여야 할 지경이다. 나는 한 5분전에 총안(銃眼)으로 잠깐 바깥을 살펴보았다. 열린 곳을 가려 놓은 커튼을 들치고 바닷속 같은 빛을 퍼뜨리는 달빛에 잠겨 있는 흉가들의 폐허를 보았다. 커튼을 닫으니 흐르는 기름줄기 같은 달빛을 닦아내는 것 같았다. 그리고 지금도 내 눈에 해록색(海鹿色) 요새들의 모습이 생생하게 남아 있다.

이 병사들은 아마 돌아오지 못할 것이다. 그러나 그들은 정숙하게 침묵을 지킨다. 이 돌격은 정규 명령이다. 사람을 준비하여 놓은 데에서 퍼내는 것이다. 곳간에서 퍼내는 것이다. 파종을 위해 낟알 한 줌을 뿌리는 것이다.

우리는 제각기 코냑을 마신다. 내 오른편에서는 장기를 두고 있다. 왼편에서는 농담을 하고 있다. 나는 어디에 있는 것인가? 반취한 사람이 하나 들어온다. 그는 더부룩한 수염을 쓰다듬으며 우리들을 정답게 둘러본다. 그의 눈길이 코냑을 더듬다가 돌려졌고 다시 코냑 쪽으로 향해졌다가는 대위 쪽으로 돌아서 애걸한다. 대위는 조용히 웃는다. 그 사람도 희망이 생겨 따라 웃는다. 보던 사람들도 따라서 가볍게 웃는다. 대위가 슬그머니 병을 뒤로 물리자 그 사람의 눈빛은 이내 실망에 젖어든다. 이렇게 해서 어린애 같은 장난, 무언(無言)의 발레 같은 것이 시작되는데, 그것은 꽉 찬 담배 연기와 뜬눈으로 새우는 밤의 피로와 임박한 공격의 영상을 통하여 볼 때, 꿈의 세계에 속하는 것이다.

밖에서는 바닷소리와 비슷한 폭발음이 더 잦아지는데, 우리는 배의 선창(船艙)에 틀어박혀 장난을 치고 있다.

이 사람들은 이제 곧 땀과 알코올과 기다리느라고 지저분하게 끼었던 때를 전쟁하는 밤의 왕수(王水) 속에서 말끔히 닦아낼 것이다. 나는 그들이 오래지 않아 깨끗하게 되리라는 것을 느낀다. 그러나 그들은 아직도 출 수 있는 데까지 주정꾼과 술병의 춤을 추고 있다. 그들은 둘 수 있는 마지막 수까지 그 장기를 두고 있다. 그러나 그들은 선반 위에 버티고 있는 자명종을 맞추어 놓았다. 이 종이 곧 요란스럽게 울릴 것이다. 그러면 이들은 일어나 기지개를 켜고 혁대를 졸라맬 것이다. 대위는 자기 권총을 벗겨 찰 것이다. 주정꾼은 술이 깰 것이다. 그들은 모두 전혀 서두르지 않으며, 달빛을 받아 파란빛을 내는 출입구 중 하나를 향해 완만한 경사를 그리는 그 복도를 지나갈 것이다. 그들은 '돌격이다'라거나 '어, 춥다!' 하는 따위의 간단한 말을 내뱉을 것이다. 그러고는 사라질 것이다.

시간이 되자, 중사가 잠이 깨는 것을 보았다. 그는 어수선한 땅광 속 쇠침대에 누워 자고 있었다. 나는 그가 자는 것도 들여다보았다. 고민 없는 몹시도 행복스러운 그 잠의 맛을 알 것 같았다. 그가 자는 것을 보니 리비아에서의 첫날, 프레보와 내가 물 없이 떨어져 운명이 다해서도 너무 심한 갈증을 맛보기 전에 한 번, 꼭 한 번 두 시간을 잔 일이 떠올랐다. 그때 나는 잠이 들면서 현존하는 세상을 거부한다는 기묘한 권리를 행사하는 느낌을 가졌다. 아직은 나를 평안하게 버려두는 육체의 소유자인 나에게, 얼굴을 팔 속에 파묻고 나니, 그 밤과 행복된 밤과를 구별 지어 놓는 것은 이미 이 세상에 아무것도 없었다.

그때의 나처럼 중사는 공처럼 동그랗게 움츠려 사람의 형상 같지도 않게 쉬고 있었다. 그리고 그를 깨우러 온 사람이 촛불을 켜서 병 아가리에 세워 놓았을 때에, 처음에는 그 두루뭉술한 무더기에서 구두밖에 보이는 것이 없었다. 못을 박고 징을 박은 지나치게 큰 구두, 날품팔이나 부두 노동자의 신발 같은 구두였다.

그 사람은 자신의 작업용구를 가지고 있었는데 그의 온몸에는 연장 아닌 것이 없었다. 탄약 합, 권총, 가죽 멜빵, 혁대 따위. 그는 길마나 목걸이 훈장 따위, 밭가는 말의 행장을 모두 지니고 있었다. 모로코에서는 땅광 속에서 눈을 가린 말들이 연자매를 끄는 것을 볼 수 있다. 여기서도 흔들리는 불그레한 촛불이 비치는 가운데에서 눈이 가려진 말을 깨워 연자매를 끌게 하는 것이다.

"일어나, 중사!"

그는 아직 잠이 깨지 않은 얼굴로 무어라 중얼거리며 천천히 움직였다. 그러나 잠을 깨려 하지 않고 벽으로 돌아누워, 마치 어머니의 평안한 뱃속에서처럼 깊은 잠에 다시 빠져 들었다. 깊은 물속에서처럼 폈다 오므렸다 하는 주먹으로 무언지 모를 검은 해초를 붙들고 늘어지기라도 하듯. 그의 손가락을 풀어 주어야만 했다. 우리는 그의 침대에 앉아서, 우리 중 하나가 그의 목 뒤로 살그머니 팔을 넣어서 싱긋 웃으며 그 무거운 머리를 쳐들었다. 그것은 마치 외양간의 기분 좋은 훈훈한 기운 속에서 목을 서로 비비는 말들의 열정과 같은 것이었다. "여! 전우!" 나는 생전에 이보다 더 정다운 것을 보지 못했다. 중사는 그의 행복한 꿈속으로 다시 들어가려고, 다이너마이트와 피로와 얼어붙은 밤의 우리들의 세계를 거부하려고 갖은 노력을 다했으나 때는 이미 늦었다. 외부로부터 오는 불가피한 그 무엇이 덮쳐오는 것이었다. 이와 같이 일요일에 학교 종소리가 벌 받은 아이를 천천히 깨운다. 이 아이는 학교 책상과 칠판과 벌과(罰課)를 잊고 있었다. 그는 벌판에서 장난하는 꿈을 꾸고 있었으나 허사다. 종은 여전히 울리고 사람들의 불공평 속으로 그를 악착같이 다시 끌고 가는 것이다. 어린아이처럼 그 중사는 피로에 지친 육체, 그가 원치 않는 육체, 잠을 깰 때 느끼는 추위 속에서 얼마 안 있어 뼈마디의 쓰라린 고통을 깨닫고, 그러고는 장비(裝備)의 무게와 그 무거운 달음박질과 죽음을 맛보게 될 육체를 차차 다시 의식했다. 죽음보다도, 오히려 몸을 다시 일으키기 위해서 손을 적시는 끈적끈적한 그 피를, 그 힘든 호흡과 둘레에 깔려 있는 얼음을 알게 될 그 육체, 죽음보다도 오히려 죽는 불편을 맛보게 될 그 육체였다. 나는 그를 쳐다보면서 내 자신이 깨었을 때의 그 황량하던 광경, 다시 시작되는 갈증과 햇볕과 모래의 돌격, 생명과 내 마음대로 하지 못하는 꿈의 새로운 돌격을 여전히 생각하고 있었다.

그러나 중사는 일어나서 우리들을 똑바로 쳐다본다.

"시간이 됐나?"

이 대목에서 인간의 모습이 나타난다. 여기서 인간은 논리의 예측에서 벗어난다. 중사가 빙그레 웃는다. 대체 그것은 무슨 유혹이란 말인가? 어느 날 밤, 메르모즈와 내가 몇몇 친구들과 함께 파리에서 무슨 기념일을 지낸 뒤 새벽에 어느 바의 문 앞에 섰을 때, 너무나도 떠들고 마음껏 마셔 피로에 지친 채 메스꺼움을 느끼던 때가 생각난다. 그러나 하늘이 벌써 훤해지니까, 메르모즈는 별안간 내 팔을, 그것도 손톱이 박힐 정도로 세게 움켜잡으며 말했다. "이봐, 이 시간에 다카르에서는……." 그것은 기관수선공들이 졸린 눈을 비비며 프로펠러의 집을 벗기는 시간이었고, 조종사가 기상 예보를 알아보러 가는 시간이었고, 땅 위에는 동료들밖에 없는 시간이었다. 벌써 하늘이 물들고, 벌써 다른 사람들을 위한 축제를 준비하고 자신들은 결코 참여하지 못할 잔칫상의 상보를 펴는 것이었다. 다른 이들은 또 그들의 위험을 무릅쓰고 있을 것이다…….

"여긴 얼마나 더럽냐……." 하고 메르모즈는 말을 맺었다.

그런데 중사, 그대는 죽을 값어치가 있는 어떤 잔치에 초대를 받았단 말인가?

나는 그대의 마음속 얘기를 벌써 들었다. 그대는 내게 그대의 내력을 이야기했었다. 그대는 바르셀로나 어디에서 보잘것없는 회계원으로 있으면서, 전에는 그대 조국의 분열에 별 관심 두지 않은 채 숫자를 늘어놓고 있었다. 그러나 한 동료가 군대에 나가고 그다음에 또 한 사람, 그리고 또 한 사람, 이리하여 그대는 놀랍게도 어떤 야릇한 변화를 겪었다. 그대가 하는 일이 점차 하찮은 것으로 생각되었다. 그대의 쾌락, 걱정, 초라한 안락 따위, 그 모든 것이 옛일처럼 여겨졌다. 중요한 것은 거기에 있는 것이 아니었다. 마침내 그대의 동료들 중 한 사람이 말라가 부근에서 전사했다는 소식이 왔다. 그대가 보복을 결심할 만큼 절친한 친구는 아니었다. 정치가 그대의 가슴을 설레게 한 일은 없었다. 그런데도 그 소식은 마치 바다의 세찬 바람같이 그대 위를, 그대의 좁은 운명 위를 지나갔다. 그날 아침, 한 동료가 그대를 바라보며 말했다.

"갈까?"

"가자."

이리하여 그대들은 '가게' 된 것이다.

그대가 말로는 표현하지 못했으나, 어떤 명백한 사실이, 그대를 인도한 진리를 내게 설명해 줄 만한 몇 가지 비유가 내 머리에 떠올랐다.

이동기(移動期)에 들오리들이 지나갈 때면 그들이 지나가는 지역에 이상한 현상이 일어난다. 집오리들이 그 크나큰 삼각형 비상(飛翔)에 끌린 듯이 서투른 비약을 해본다. 야성의 부르는 소리가 그들 안에 무엇인지 알 수 없는 야성의 흔적을 불러일으킨 것이다. 그리하여 농가의 오리들이 잠시 철새로 변하는 것이다. 웅덩이와 벌레와 오리집 같은 초라한 영상이 오가는 그 단단한 작은 머릿속에 대륙의 넓은 들판과 넓은 바닷바람의 맛과 해양 지리가 널리 펼쳐지는 것이다. 그들은 자신들의 뇌가 이런 기묘한 것들을 간직할 만큼 어지간히 크다는 것은 알지 못했다. 그러나 지금은, 날개를 치고 낟알을 못 본 체하고 벌레를 본체만체하고, 들오리가 되고 싶어 한다.

그러나 내 머리에는 무엇보다도 내 영양(羚羊)들 생각이 떠올랐다. 나는 쥐비에서 영양들을 길렀었다. 거기서 우리는 모두 다 영양들을 길렀다. 우리는 그놈들을 철책 속에 한데 넣어 두었었다. 왜냐하면 영양들에게는 바람의 흐름이 있어야 하고, 그놈들만큼 연약한 것이 없었기 때문이다. 어려서 잡힌 영양들은 그래도 살며, 사람들 손에 쥐어진 풀을 먹기도 한다. 쓰다듬어 주어도 별일 없고 그 촉촉한 콧잔등을 오므린 손바닥에 틀어박기도 한다. 그래서 사람들은 그들이 길든 줄로 생각한다. 사람들은 영양들을 소리 없이 잦아들게 하고 그들에게 가장 애처로운 죽음을 갖다 주는 미지의 고민을 그들에게서 멀리 쫓아 버렸다고 생각한다…… 그러나 그들이 그 조그마한 뿔로 울타리를 사막 쪽으로 향해 밀고 있는 것을 발견할 날이 온다. 그들은 자력(磁力)에 끌리는 것이다. 그들은 사람들을 피할 줄도 모른다. 그대가 가져다준 우유를 이제 막 먹은 참이다. 그것들은 아직도 쓰다듬어 주면 가만히 있고, 그대의 손바닥에 콧등을 더 정답게 틀어박는다…… 그러나 그들을 놓아주기가 무섭게, 행복하게 조금 뛰노는 듯하다가, 이내 다시 격자 있는 데로 돌아가는 것을 발견하게 된다. 그리고 그대가 손을 대지 않으면, 거기 그대로 서서, 울타리와 싸워 볼 생각조차 없이 그저 고개를 숙이고 그 조그만 뿔로 죽을 때까지 울타리를 밀고 있는 것이다. 발정기가 되어서 그런 것인가? 혹은 숨이 턱에 닿도록 단지 실컷 뛰놀고 싶어서 그런 것인가? 그들은 모른다. 그들이 그대에게 왔을 때는 아직 눈도 뜨지 않았었다. 그들은 사막 안에서의 자유나 수놈의 냄새는 조금도 모른다. 그러나 그대는 그들보다 훨씬 더 영리하다. 그대는 그들이 무엇을 찾는지를 안다. 그들을 완성시키는 것은 넓은 들판이다. 그들은 영양이 되어 그들의 춤을 추고 싶은 것이다. 시속 130킬로미터의 속력으로 일직선으로 달아나다가, 마치 이따금씩 모래에서 불꽃이 솟아오르거나 하는 듯이 별안간 껑충 뛰어오르고 싶은 것이다. 그들에게 힘에 겨운 일을 해치우고 가장 높이 뛰어오르게 만드는 공포를 맛보는 것이 영양들의 진리라면, 재규어가 무슨 아랑곳이겠는가! 폭양(曝陽) 아래서 맹수의 날카로운 일격에 배가 찢기는 것이 영양들의 진리라면, 사자가 무슨 아랑곳이란 말인가! 그대는 그들을 들여다보며 곰곰이 생각한다. 그들이 향수병에 걸렸다고. 향수란 무엇인가를 그리워하는 것이다…… 그리워하는 대상물이 있기는 하다. 그러나 그것을 표현할 만한 말이 없는 것이다.

그런데 우리 인간들의 향수는 과연 무엇이란 말인가?

중사, 그대는 여기에서 그대의 운명을 배반하지 않을 감정을 그대에게 줄 만한 그 무엇을 발견했는가? 아마 그대의 잠든 머리를 쳐들어 준 그 우애적인 팔이거나, 동정을 하지 않고 괴로움을 같이하던 그 정다운 미소였을지도 모른다.

"이거 봐 전우……."

동정한다는 것은 두 사람 사이의 일이다. 아직도 따로 떨어져 있는 두 사람 사이의 일이다. 그러나 우정에는 하나의 높이가 있어 거기에 이르면 감사나 동정도 똑같이 의미가 사라져 버린다. 거기에서 사람은 해방된 포로처럼 숨을 쉬는 것이다.

두 비행기가 한 쌍이 되어 아직 귀순하지 않은 리오데오로를 넘어갈 때 우리는 이런 행동을 체험했다. 나는 일찍이 조난한 사람이 구조원에게 감사하는 것을 들은 적이 없다. 그보다도 우리는 이 비행기에서 저 비행기로 우편 행낭을 옮겨 싣느라고 애쓰면서 욕설을 주고받고 했다. "망할 녀석! 내가 고장을 일으킨 건 네 탓이야. 바람을 잔뜩 안고 가면서 고도 2천 미터를 난다는 네 광증 때문이란 말이야! 네가 좀 더 고도를 낮춰서 나를 따라왔으면, 우린 벌써 포르엔티엔에 도착했을 거 아냐?" 그러면 자기 생명을 맡기고 동행한 상대편은 망할 녀석이 된 것이 부끄러워하며 모자를 벗었다. 만약 우리가 서로에게 인사말을 건넨다 해도 어떤 인사를 나누었겠는가? 그에게도 생명에 대한 권리가 있었다. 우리는 한 나무의 다른 가지에 지나지 않았다. 그리고 나는 나를 살려준 그대가 자랑스러웠다.

중사, 그대에게 죽음을 예비시켜 주는 그 사람이 무엇 때문에 그대를 동정하겠는가? 그대들은 서로를 위해, 서로 똑같은 위험을 무릅썼었다. 그 순간, 어떤 말도 필요 없는 순수를 발견하게 된다. 나는 그대의 출전을 이해했다. 그대가 바르셀로나에서 일이 끝난 뒤에도 외로이 불행한 처지에 있었다 하더라도, 그대의 육체조차 쉴 곳이 없었다 하더라도, 여기서는 그대를 완성시킨다는 감정을 맛보았다. 세계적인 일에 참여함으로써 이단자였던 그대가 사랑으로 받아들여지게 되었으니 말이다.

그대를 충동시켰을지도 모르는 정치쟁이들의 굉장한 말들이 진정이었는지 아닌지, 정당했는지 아닌지를 나는 알려고 하지 않는다. 씨앗들이 싹을 틔울 수 있는 것처럼 그 말들이 그대에게 영향을 주었다면, 그것은, 그것들이 그대의 요구와 합치된 까닭이었으리라. 그대만이 그것을 판단할 수 있다. 밀을 알아볼 수 있는 것은 오직 땅뿐이기에.

3

우리 밖에 있는 공통된 어떤 목적으로 우리 형제들과 연결됨으로써 비로소 우리는 숨을 쉬게 된다. 사랑한다는 것은 둘이 서로 마주 보는 것이 아니라 함께 같은 방향을 바라보는 것임을 우리는 경험으로 안다. 한 묶음의 땔감 안에 한데 묶여 있지 않으면 동료가 아니다. 한 봉우리를 목표로 함께 나아가지 않으면 동료가 아니다. 그렇지 않으면 어찌하여 안락의 세기인 지금, 사막에서 마지막 남은 음식을 나누는 지금, 그렇게 푸근한 기쁨을 맛보겠는가? 그에 대한 사회학자들의 예측이 무슨 가치가 있단 말인가? 우리 중에, 사하라 사막 가운데에서 구조될 때의 그 큰 기쁨을 맛본 사람은 누구나 다 온갖 세상의 즐거움이 하찮은 것으로 생각한다.

이래서 아마 오늘의 세계가 우리 주위에서 몹시 떠들기 시작하는가 보다. 이 충만한 기쁨을 약속하는 종교를 위하여 서로 열광한다. 서로 모순된 말들을 가지고 우리는 모두가 같은 충동을 표시한다. 우리는 우리들의 추리(推理)의 결과인 방법에 대하여 의견을 달리하는 것일 뿐, 목적에 대하여 그런 것은 아니다. 목적은 다 같은 것이다.

그렇기에 우리는 놀라지 않는다. 자기 안에 잠들어 있는 미지를 짐작조차 못하다가 희생과 상호 원조와 정의의 엄혹한 영상 때문에 바르셀로나의 무정부주의자들의 지하실에서 오직 한 번 그것이 눈을 뜨는 것을 깨닫는 그 사람은 무정부주의자의 진리라는 한 진리밖에는 알지 못할 것이다. 또 스페인의 수도원에서 겁을 잔뜩 집어먹고 무릎을 꿇고 있는 젊은 수사들의 보호를 맡은 그 사람은 교회를 위하여 죽을 것이다.

가슴속에 승리를 한 아름 안고 안데스산맥의 칠레 쪽 비탈을 향하여 빠져들어가는 메르모즈에게, 그가 잘못한다고, 상인의 편지 한 장에 목숨을 걸 만한 값어치는 없을 게 아니냐고 그대가 타일러 주었다면, 그는 그대의 말을 우습게 생각했을 것이다. 그가 안데스산맥을 넘을 때 그의 안에 태어난 인간, 그것이 그의 진리였기 때문에.

전쟁을 거부하지 않는 사람에게 전쟁의 공포를 납득시키고 싶거든, 그를 야만으로 취급하지 말고 그를 판단하기 전에 먼저 그를 이해하기에 힘쓰라.

리프[1] 전쟁 때에 불귀순 지구였던 두 산 사이에 쐐기 모양으로 설치된 전초 기지를 지휘하던 남쪽 지구의 그 장교를 생각해 보라. 어느 날 저녁 그는 서쪽 산속에서 내려온 사자(使者)들을 대접하고 있었다. 으레 그랬듯이 그들이 차를 마시고 있는데 소총 사격이 일어났다. 동쪽 산지의 부족들이 진지를 공격해 온 것이다. 싸우기 위하여 그들을 내쫓은 대위에게 적측의 사자들은 대답했다. "오늘은 우리가 그대의 손님이오. 하느님은 그대를 내버려두기를 허락하지 않소……." 이리하여 그들은 대위가 거느리는 군인들과 협력하여 진지를 구해 주었다. 그러고는 독수리 집 같은 그들의 처소로 다시 기어 올라갔다.

그러나 이번에는 대위를 습격하기 전날 준비를 마친 그들은 사자들을 보낸다.

"저번날 밤에 우리는 그대를 도왔다……."

"그랬지……."

"우리는 그대를 위하여 300발의 탄환을 소비했다……."

---

1) 모로코 북부산악지대.

"그랬지."

"그것을 우리에게 돌려주는 것이 옳을 텐데."

마음이 너그러운 대위는 그들의 고귀한 마음씨 덕분에 얻어낸 이익을 모른 체하지는 못한다. 대위는 자신들을 향해 사용될 탄환을 적들에게 돌려준다.

그를 인간으로 만들어 주는 그것이 사람의 진리다. 이 관계의 품격(品格), 경기에 있어서의 그 정직, 생명을 내걸고 서로서로 인격을 존중하여 주는 것을 체험한 그 사람. 그에게 허용된 이 숭고함과, 바로 그 아랍인들의 어깨를 탁 치며 우정을 표시하고 그 사람들의 마음을 기쁘게 해주기도 하나 동시에 모욕도 했을 선동 정치가의 그 평범한 친절과를 비교해 보라. 그대가 만일 그와 반대되는 이론을 가지고 있다면, 그대에 대하여 다소간의 멸시 섞인 동정밖에는 느끼지 못할 것이다. 그 사람이야말로 옳은 생각을 가진 것이다. 그러나 그대가 전쟁을 미워하는 것 또한 옳은 생각일 것이다.

사람, 그에게 필요한 온갖 것을 이해하고 그가 가지고 있는 본질적인 것을 통해 그를 알기 위해서는 그대의 진리들의 명백함을 서로 대립시키지 말아야 한다. 그렇다. 그대의 생각은 옳다. 그대들은 모두가 옳다. 논리는 모든 것을 증명한다. 이 세상의 불행을 꼽추들 탓으로 돌리는 사람까지도 옳다. 우리가 꼽추들에게 전쟁을 선포하면, 우리는 이내 그들에게 격앙할 이유를 찾아낼 것이다. 우리는 꼽추들의 죄악에 보복하기 위해 싸울 것이다. 꼽추들 또한 죄악은 범할 것이기에.

이 본질적인 것을 끄집어내면 잠시 동안 분별을 잊어야 하다. 이것을 인증하기만 하면 요지부동의 코란과 거기에서 흘러나오는 광신이 따라오는 것이다. 사람들을 우익적인 사람과 좌익적인 사람, 꼽추들과 꼽추 아닌 사람들, 파시스트와 민주주의자 따위로 분류할 수 있고, 또 이 구별들은 비난할 수 없는 것들이다. 그러나 진리라는 것은 그대도 알다시피 세상을 간소화하는 것이지 혼돈을 일으키는 것은 아니다. 진리라는 것은 보편적인 것을 이끌어내는 언어이다. 뉴턴은 퀴즈처럼 오랫동안 숨어 있던 법칙을 '발견'한 것이 아니다. 뉴턴은 하나의 창조적 일을 완성한 것이다. 그는 풀밭에 사과가 떨어지는 것과 해가 떠오르는 것을 동시에 표시할 수 있는 인간의 언어를 만들어 낸 것이다. 증명되는 그것이 진리가 아니고 간단하게 만드는 그것이 진리이다.

이데올로기로 논쟁하는 것이 무슨 소용이 있단 말인가? 모든 사상이 증명된 다지만, 그것들은 또 모두가 대립되는 것이고, 이러한 논쟁은 인간의 구원에 대해서 절망하게 만든다. 그런데 우리 주위에서는 어디서고 인간이 같은 요구를 표시하고 있지 않은가?

우리는 구출되기를 원한다. 곡괭이질하는 사람은 자기가 하는 곡괭이질의 의미를 알고 싶어 한다. 그리고 중노동 처벌을 받은 죄인을 욕되게 하는 그 죄인의 곡괭이질은 탐험가를 위대하게 만드는 탐험가의 곡괭이질과 같은 것이 아니다. 곡괭이질이 있는 그곳이 반드시 죄인들의 일터는 아니다. 행위 속에 추함이 있는 것이 아니기 때문이다. 죄인들의 일터는 의미 없는 곡괭이질을 하는 거기에, 그것을 하는 사람을 인간 단체와 연결시켜 주지 않는 그곳에 있는 것이다.

게다가 우리는 죄인들의 그 일터에서 탈출하기를 원한다.

지금 유럽에는 아무런 의미를 갖지 못해 갱생을 바라는 2억의 인간이 있다. 공업은 그들을 농사꾼으로서의 전통에서 떼어내다가 시키면 열차들이 혼잡스럽게 들어찬 조차장(操車場)과 같은 어마어마한 유대인 거주 구역에 가두어 놓았다. 노동 도시의 그 밑바닥에서 그들은 다시 깨어나고 싶은 것이다.

모든 기계의 톱니바퀴들 틈에 끼여 개척자의 기쁨도 종교적 기쁨도 학자의 기쁨도 금지당하고 있는 그런 사람들도 있다. 그들을 향상시키기 위해서는 그저 그들을 먹이고 입히고 그들의 모든 요구를 채워 주기만 하면 된다고 사람들은 생각했다. 이리하여 사람들은 차츰 그들 속에 쿠르틀린의 소시민, 시골의 사이비 정치가, 내적 생활에 취미를 잃은 기술자를 만들어 놓았다. 그들을 잘 교육시킨다지만 이미 그들에게 교양은 불어넣지 않았다. 교양이 공식을 외는 데 있다고 믿는 사람은 그것에 대하여 보잘것없는 의견을 가지고 있는 것이다. 전문학교의 강의를 듣는 성적 나쁜 학생도, 자연과 그 법칙에 대하여 데카르트와 파스칼보다 많이 안다. 과연 이들이 똑같은 정신력을 가질 수 있겠는가?

누구나 막연하게 다시 태어나고자 하는 욕망을 느낀다. 그러나 잘못된 해결책들이 있다. 물론 사람들에게 군복을 입혀서 그들의 사기를 북돋아 줄 수도 있다. 그러면 그들은 군가를 부르며 전우들끼리 빵을 나누어 먹을 것이다. 그들은 그들이 찾던 것, 즉 보편적인 것의 맛을 발견한 셈이 된다. 그러나 그들이 받는 빵의 대가로 그들은 죽을 것이다.

나무로 만든 우상을 땅에서 파낼 수도 있고 묵은 신화를 부활시킬 수도 있으며, 범독일주의나 로마제국의 신비주의자들을 부활시킬 수도 있다. 독일 사람들을, 독일 사람이요 베토벤의 동포라는 감격 속에 취하게 할 수 있다. 부두 하역부까지도 그런 감격에 취하게 만들 수가 있다. 그것은 부두 하역부에서 한 사람의 베토벤을 끌어내는 것보다 쉬운 일이다.

그러나 이러한 우상들은 사람 잡아먹는 우상들이다. 지식의 진보나 병을 고치는 것을 위하여 죽는 사람은 그가 죽음과 동시에 생명에 봉사하는 것이다. 영토를 넓히기 위하여 죽는 것이 아름다운 일일지도 모른다. 그러나 오늘의 전쟁은 그것이 도와준다고 주장하는 바를 파괴한다. 오늘날에는 모든 민족을 살리기 위하여 피를 흘리는 일은 없다. 전쟁이 비행기와 폭탄으로 처리되는 이상, 그것은 하나의 피 흐르는 외과 수술에 지나지 않는다. 저마다 시멘트벽으로 된 대피소에 몸을 의지하고 저마다 어쩔 수 없이 밤마다 항공기 편대를 내보내서 상대의 오장육부를 폭격하고 치명적 중심지를 폭파하여 그의 생산과 교역을 마비시킨다. 승리는 맨 나중에 썩는 자에게 돌아가는 것이다. 그런데 대개는 양쪽이 동시에 썩는다.

황야가 된 세상에서 우리는 목이 마르게 동료들을 찾았다. 전우들과 같이 나눈 빵 맛으로 인하여 우리는 전쟁의 가치를 인정하게 되었다. 그러나 우리는 전쟁이 있어야만, 같은 목적을 향하여 달릴 때에만 옆 사람들의 어깨의 온기를 찾을 수 있는 것은 아니다. 전쟁은 우리를 속인다. 증오는 달음박질의 흥분 말고는 아무것도 보태 주지 못하는 것이다.

무엇 때문에 우리는 서로 미워한단 말인가? 우리는 한 지구 위, 같은 배의 선원으로서 연대 책임이 있는 자들이다. 종합적으로 새로운 것을 만들어내기 위하여 여러 가지 문명이 대립되는 것은 좋지만 그것들이 서로 반목하는 것은 더할 수 없이 추한 일이다.

우리가 구원받기 위해서는 우리들을 서로서로 연결시키는 한 목적을 의식하도록 서로 도와주면 되는 것이니, 이왕이면 우리 모두를 단결시켜 주는 거기에서 구원을 찾는 것이 좋지 않겠는가? 의사는 그가 진찰하는 사람의 호소를 듣는 것이 아니고, 그 사람을 거쳐 인간의 병을 고치려고 한다. 외과의 만국공통어로 말한다. 원자와 성운(星雲)을 동시에 이해할 수 있게 되는, 거의 신비롭다고 할 만한 그 방정식을 물리학자가 연구할 때도 마찬가지다. 그리고 순박한 목동에 이르기까지도 그렇다. 왜냐하면 별 아래서 겸손하게 양 몇 마리를 지키는 그 사람이 만일 그의 역할을 의식한다면, 자기가 하나의 하인 이상임을 발견하게 될 것이다. 그는 보초인 것이다. 그리고 보초는 저마다 나라 전체에 대한 책임을 두 어깨 위에 짊어지고 있다.

그 목동이 의식을 가지기를 원하지 않는다고 그대는 생각하는가? 나는 마드리드 전선에서, 참호에서 500미터 떨어진 언덕 조그마한 돌담 뒤에 자리 잡은 학교에 가본 적이 있다. 한 병사가 거기서 식물학을 가르치고 있었다. 자기 손으로 개양귀비의 연약한 기관들을 해부하며 이 병사는 수염 난 순례자들을 끌었다. 이들은 그들을 둘러싸고 있는 진흙탕에서 벗어나 포탄을 무릅쓰고 떼를 지어 그에게로 올라왔다. 병사를 빙 둘러싸고는 책상다리를 하고 주먹으로 턱을 괴고 그가 하는 말을 들었다. 그들은 눈살을 찌푸리고 이를 악물었다. 그들은 별로 알아듣지 못했다. 그러나 그들은 "당신들은 야만인이오. 당신들은 원시인의 동굴에서 겨우 나온 거요. 인간이 돼야 합니다." 하는 말을 들었다. 그래서 그들은 인간이 되려고 무거운 발길을 재촉했다.

아무리 하찮은 것일지라도 우리의 역할을 의식할 수 있을 때에야 우리는 행복할 것이다. 그때에야 우리는 평화롭게 살고 평화롭게 죽을 것이다. 왜냐하면 삶에 의미를 두는 자는 죽음에도 의미를 부여하기 때문이다.

죽음은, 그것이 올바른 질서 속에 있을 때에는 매우 아늑한 것이다. 프로방스의 늙은 농부가 그의 통치 기간이 차서, 염소와 감람나무 몫을 그의 아들들에게 맡겨, 이 아들들이 또 그 아들들의 아들들에게 물려주게 할 때와 같다. 농가의 혈통에서는 사람이 완전히 죽지는 않는다. 저마다 생명은 꼬투리처럼 차례로 터져서 씨를 내놓는다.

나는 한 번 세 농부가 그들 어머니의 임종을 맞는 것을 바로 곁에서 본 일이 있다. 그것은 물론 비통한 일이었다. 두 번째로 그들의 탯줄이 끊어진 것이다. 두 번째 매듭이 풀린 것이었으니, 이쪽 대(代)와 저쪽 대를 잇는 매듭이었다. 그 세 아들은 이제 고독하게 되어, 모든 것을 새로 배우고, 명절날 함께 모일 가정의 식탁이 없어지고, 그들이 서로 만나던 극점(極點)이 없어진 것을 깨달았다. 그러나 나는 그 끊어짐에서 두 번째 생명이 태어날 수 있다는 것도 발견했다. 그 아들들도 역시 줄의 선두에 서고, 모임의 중심지와 할아버지가 되었다가, 때가 오면 그들 또한 마당에서 놀던 한 배의 자식들에게 지휘권을 넘겨줄 것이다.

나는 그 어머니, 화평하고 굳어 버린 얼굴에 입술을 꽉 다물고 있는 그 늙은 농사꾼 부인, 석가면(石假面)으로 변한 그 얼굴을 들여다보았다. 그리고 거기에서 아들들의 얼굴을 알아보았다. 그 얼굴이 아들들의 얼굴을 만들어냈다. 그 육체는 그들의 육체들, 그 아름다운 인간의 표본을 찍어내는 데에 쓰였다. 그리고 지금은 단절되고, 마치 과실의 깎여진 껍질인 양 쉬고 있다. 아들과 딸들도 그들의 차례가 오면 그들의 살로 선대(先代)가 했듯 자식들을 찍어 놓을 것이다. 농가에서는 사람들이 죽는 게 아니다. 어머니가 돌아가셨다. 어머니 만세! 어머니는 영원히 살아 있다.

그 가는 길에, 백발의 아름다운 그 유물을 하나하나 내던지며, 그녀의 변신을 통하여 어떤 진리인가를 향하여 나아가는 혈통의 그 상징은 비통하기는 하다. 그렇다. 그러나 몹시도 순박하다.

그렇기 때문에, 그날 저녁, 자그마한 시골 동네의 죽음을 알리는 종소리는 절망이 아니라, 조심스럽고 다정한 희열을 지닌 것같이 들렸다. 장례식과 영세를 같은 목소리로 알려 주던 그 종은 다시 한번 한 세대에서 다른 세대로 옮겨가는 것을 알려 주었다. 이리하여 한 가엾은 늙은 여인과 대지와의 약혼식을 찬양하는 것을 듣는 데에서 사람들은 크나큰 평화만을 느끼는 것이다.

나무가 자라듯이 서서히 이렇게 대대로 넘겨주는 것은 생명이기도 하나 인식이기도 했다. 얼마나 신비로운 승화인가! 녹아내리는 용암에서, 별의 반죽에서 싹이 돋은 산 세포에서 우리는 기적으로 났다. 그리고 차차 가요(歌謠)를 쓰고 은하수를 달아보는 데까지 올라온 것이다.

어머니는 생명만 넘겨준 것이 아니다. 아들에게 가르쳐 온 말을, 여러 세기를 두고 그렇게도 느리게 쌓아 올린 봇짐을, 그녀가 맡았던 정신적 유산을, 뉴턴이나 셰익스피어를 굴속에 사는 짐승들과 구분시키는 차이를 이루는 전통과 개념과 신화의 그 조그마한 몫을 그들에게 맡겼던 것이다.

우리가 배고플 때 에스파냐의 병사들에게 사격을 무릅쓰고 식물학 공부를 하러 가게 만든 그 시장기, 메르모즈를 남아메리카로 가게 한 그 시장기, 다른 사람으로 하여금 시를 짓게 밀어준 그 시장기를 느낄 때 우리가 깨닫는 것은 천지개벽이 아직 완성되지 않았다는 것이고, 또 우리는 우리 자신과 우주에 대하여 인식을 해야 한다는 것이다. 우리는 밤중에 징검다리를 놓아야 한다. 이기적이라고 생각하는 무관심을 자기들의 지혜로 삼는 자들은 이것을 모른다. 그러나 모든 것이 이 지혜를 부정한다! 동료들이여, 나의 동료들이여, 나는 그대들을 증인으로 세운다. 우리는 언제 행복을 느꼈는가?

4

자, 이제 나는 이 책의 마지막 페이지에서, 우리가 운수 좋게 지명되어 온전한 한 사람으로 탈피할 준비를 하던 날 새벽, 처음으로 우편기를 조종하던 날 새벽에 우리를 배웅해 준 그 늙은 관리들을 기억에 떠올린다. 그렇지만 그들도 우리와 같은 사람들이었다. 다만 그들은 시장기를 느끼지 못하고 있었다.

잠든 채 방치되어 있는 사람들이 너무도 많다.

몇 해 전에 먼 기차 여행을 하는 동안, 나는 사흘 동안을 갇혀, 바닷물에 밀려다니는 조약돌 같은 소리의 포로가 되었던 움직이는 기차를 구경하려고 천천히 몸을 일으켰다. 나는 새벽 1시경에 열차를 끝에서 끝까지 건너질렀다. 침대차는 비어 있었다. 일등칸도 비어 있었다.

그러나 삼등 찻간에는 프랑스에서 해임되어 폴란드로 돌아가는 폴란드 노동자들이 가득 타고 있었다. 사람들을 넘어가며 복도를 걸어가다가 자세히 살펴보려고 멈춰 섰다. 철야등 밑에 서서 나는 큰 방 같기도 하고 병영이나 유치장 냄새를 풍기기도 하는 칸막이 없는 객차 안에서 열차의 동요로 흔들리는 많은 민중을 보았다. 악몽에 파묻혀 그들의 곤궁을 다시 찾아가는 많은 사람들이었다. 박박 깎은 큰 머리들이 나무 걸상 위에서 이리저리 뒹굴고 있었다. 남자, 여자, 어린애 할 것 없이 모두 그들의 망각 속에서 그들을 위협하는 그 모든 소음과 그 모든 요동에 공격당하는 것처럼 좌우로 몸을 뒤치고 있었다. 그들은 단잠도 잘 대접받지 못했다.

이제 그들은 인간의 자격을 반쯤 잃고, 내가 전에 폴란드 광부들의 창문틀에서 본 일이 있는 제라늄 화분이 셋 놓이고 손바닥만 한 정원이 달린 노르지방의 작은 집에서 끌려 나와 경제적 조류에 밀려 유럽의 이 끝에서 저 끝까지 쫓겨 가는 것같이 느껴졌다. 그들은 엉성하게 비끄러매어 비죽비죽 속이 터져 나오는 짐짝에 부엌세간과 담요와 커튼만 들어 있었다. 그러나 그들이 소중하게 아꼈던 것, 프랑스에서 사오 년 머무르는 동안 길들였던 고양이며 개며 제라늄을 그들은 모두 버리고, 부엌세간만을 가지고 떠나게 되었다.

한 아기가, 몹시 피곤해서 잠이 든 듯한 엄마의 젖을 빨고 있었다. 그 여행의 부조리와 무질서 속에서 생명이 옮겨지고 있었다. 나는 아기의 아버지를 보았다. 돌같이 무겁고 빤들빤들한 머리였다. 작업복 속에 갇혀 꼬부리고 불편한 잠을 자는 울퉁불퉁한 그의 몸뚱이는 마치 진흙 덩어리 같았다. 한밤중, 이와 비슷한 표류물이 곧잘 시장의 나무 벤치 위에 무겁게 놓여 있는 것을 본다. 그래서 나는 생각했다. 문제는 이 곤궁, 이 불결, 이 추함 속에 있는 것이 아니라고. 이 남자와 이 여자는 어느 날 서로 알게 되어 아마 남자는 여인에게 미소를 던졌으리라. 남자는 일을 끝낸 뒤 여인에게 꽃을 갖다주었으리라. 수줍고 어색해서 그는 푸대접을 받을까 봐 겁을 먹었을지도 모른다. 그러나 여인은 타고난 아름다움으로 자기 매력에 자신을 가지고 즐겨 그를 불안하게 했는지도 모른다. 지금은 땅을 파거나 망치질을 하는 기계에 지나지 않게 된 이 남자는 마음속에 감미로운 고민을 느꼈으리라. 신기한 것은 그들이 한 덩어리의 진흙처럼 되고 말았다는 것이다. 그들이 어떤 지독한 거푸집을 거쳐 나오고 판박이 기계에서처럼 그 거푸집에서 판에 박혀 나왔단 말인가? 짐승은 늙어도 그 아름다운 모습을 그대로 지니고 있건만 어째서 인간의 석고상은 망그러졌단 말인가!

나는 값싼 주막에서와 같은 꿈자리 사나운 잠을 자는 그 군중 사이를 더 걸어 다녔다. 씩씩거리며 코 고는 소리와 분명치 않은 잠꼬대와 한쪽이 더 이상 견딜 수가 없어서 다른 쪽으로 뒤척여 보는 사람들의 구두 끌리는 소리가 뒤범벅이 된, 무엇이라 꼬집어 말할 수 없는 소리가 떠돌았다. 그리고 바닷물에 밀려다니는 조약돌 소리 같은 그 끊임없는 반주(伴奏)가 여전히 은은하게 들려오고 있었다.

나는 어떤 부부 맞은편에 앉았다. 그들 사이에 앉은 어린아이가 오목한 실루엣을 만들어 자고 있었다. 그러나 자다가 몸을 돌리는 바람에 어린애의 얼굴이 철야등 밑의 내 눈앞에 드러났다. 아, 이 얼마나 귀여운 얼굴인가! 그 부부에게서 황금 과일이 나온 것이다. 그 둔중한 두 사람 사이에서 아담하고 매력 있는 그 열매가 나온 것이다. 나는 그 빛나는 이마와 귀엽게 뽀족 내민 입술을 가까이 들여다보며 생각했다. 이것은 음악가의 얼굴이다. 어린 모차르트다. 이것이야말로 생명의 아름다운 약속이다. 동화에 나오는 소공자들도 그와 다를 바 없었다. 보호해 주고 사랑해 주고 가르치면, 이 아이인들 무엇이든 되지 못하랴! 돌연변이로 정원에 새 품종의 장미가 나면 모든 정원사들이 감격하지 않는가? 장미를 따로 옮겨 심어서 정성껏 가꾸어 준다. 그러나 사람들을 위한 정원사는 없다. 어린 모차르트도 다른 어린이들이나 마찬가지로 판 찍는 기계에 찍히고 말 것이다. 모차르트는 야비한 음악의 악취 속에서 썩은 음악을 가지고 자기의 최고의 기쁨을 삼을 것이다. 모차르트는 소용없게 되고 말 것이다.

이리하여 나는 내 객차로 돌아왔다.

나는 생각했다. 이 사람들은 자기들의 처지를 그다지 고통스럽게 생각하지 않는다. 그러므로 지금 나를 괴롭히는 건 자비로운 마음 때문이 아니다. 영원히 다시 터지고 터지고 하는 상처를 애처롭게 생각하는 것이 문제가 아니다. 그 상처를 가진 사람들은 그것을 깨닫지 못한다. 여기서 상처를 입고 침해당하고 한 것은 개인이 아니라 인류라고도 할 그 무엇이다.

나는 동정을 믿지 않는다. 나를 괴롭히는 것은 정원사의 견해이다. 나를 괴롭히는 것은 나태가 습관이 되는 것과 불안정함도 결국 습관이 되고마는 이 비참도 아니다. 동방인들은 대대로 비천함 속에 살고 있으면서 그것을 낙인으로 안다. 나를 괴롭히는 것은 국민의 무료 급식으로도 고칠 수 없는 그 무엇이다. 나를 괴롭히는 것은 그 울퉁불퉁한 몸뚱이도 그 누추함도 아니고 다만 그

한 사람 한 사람 안에서 모차르트가 살해당했다는 사실이다.

'정신'의 바람이 진흙 위로 불어야만 비로소 '인간'은 창조된다.

Vol de nuit

야간 비행

야간 비행

1

비행기 아래로는 벌써 황금빛 저녁노을 속에 야산들의 그림자가 짙어져 가고 있다. 평야는 환해졌다. 그러나 그것은 언제까지나 변하지 않는 빛이다. 이 지방에는 겨울이 지나도 평야에 오랫동안 눈이 남아 있는 것처럼 저녁 황금 노을도 오래 남아 있다.

먼 남극지방에서 부에노스아이레스를 향해 파타고니아 선 우편기를 조정해 오던 파비앵은, 어느 항구의 수면 같은 고요함과 움직이지 않는 구름이 그려낼까 말까 한 잔주름 같은 표시로, 황혼이 가까워지고 있음을 알았다. 그는 널찍하고 복된 물굽이로 접어들고 있었다. 이 고요한 풍경 속에서 그는 마치 소풍이라도 가는 목동처럼 여유롭게 생각에 잠겼다. 파타고니아의 목동들은 천천히 이 양 떼에서 저 양 떼로 옮겨 다니는데, 파비앵은 이 도시에서 저 도시로 돌아다니며, 작은 도시들의 목자가 되었었다. 2시간마다 강기슭에 물을 마시러 오든가 들에 풀을 뜯어먹으러 오는 도시들을 만났다. 때로는 바다보다도 오히려 사람을 만나기 어려운 스텝지대를 100킬로미터나 지난 뒤에, 외따로 떨어져 목장의 출렁이는 물결 속에 사람을 잔뜩 태워서 자꾸 뒤로 끌고 가는 듯한 농가를 만나기도 했다. 그러면 그는 비행기의 날개를 흔들어 이 배에 인사를 했다.

'산줄리안이 보임. 우리는 10분 안에 착륙하겠음.'

기내 무전사는 이 통보를 연안 각 무전국에 보냈다.

마젤란 해협에서 부에노스아이레스에 이르는 2500킬로미터에 걸쳐, 비슷비슷한 기항지 비행장들이 널려 있었다. 그 시간, 산줄리안 비행장은 밤의 경계선 위에 놓여 있었다. 마치 아프리카 귀순 부락 중 맨 마지막 부락이 미지의 세계의 국경선 위에 놓여 있는 것과 같았다.

무전사가 종잇조각을 조종사에게 전했다.

'뇌우가 심해서 천둥소리가 리시버에서 왕왕거립니다. 산줄리안에서 쉬시겠습니까?'

파비앵은 빙그레 웃었다. 하늘은 수조(水槽)처럼 고요하고 그들의 전면에 있는 기항지 비행장에서는 어디에서나 '맑음, 바람 없음'이라고 통보해 왔다. 그는 대답했다.

'이대로 계속 갑니다.'

그러나 무전사의 생각에는 과일 속에 벌레가 들어 있듯이, 어디엔가 뇌우가 자리 잡고 있을 것만 같았다. 밤하늘은 아름답지만 그래도 이지러진 데가 있을 것이라고 생각했다. 그는 썩어 들어가는 이 어둠 속으로 뛰어드는 것이 아주 싫었다.

엔진의 회전수를 줄여 가며 산줄리안에 착륙할 때 파비앵은 몸이 개운하지 않았다. 인간 생활을 부드럽게 해주는 모든 것이 점차 크기를 더하며 그를 향해 다가왔다. 그들의 집, 그들의 카페, 그들의 산책로의 가로수 따위가 모두. 그는 많은 정복을 성취하고 난 뒤 자기 제국의 영토를 내려다보며 인간의 보잘것없는 행복을 발견하는 정복자 같았다. 무기를 내려놓은 파비앵은 몸이 무겁고 뼈마디가 죄는 것을 느꼈다. 빈곤 속에서도 재산이 있다고 생각할 수 있다. 그러니 이제부터는 그저 소박한 인간이 되어 변함없는 풍경을 창밖으로 내다보며 지내는 것이 절실한 소망이기도 했다. 그는 이 손바닥만 한 동네에서 살 수도 있었을 것이다. 자기가 좋아하는 것을 골라잡은 뒤에는 자기 생활의 우연을 받아들이고 그것을 사랑할 수도 있는 것이 인간이다. 그것은 사랑과 같이 사람의 눈을 흐리게 한다. 파비앵은 여기에 오래 살며 한몫 끼고 싶었다. 왜냐하면 한 시간을 지내며 지나치는 조그만 도시들과 그 묵은 담 속에 갇혀 있는 정원들이 그에게는 자기와 관계없이 영원히 남아 있을 것으로 생각되었기 때문이다. 동네는 비행기를 향해 올라오고 그를 향해 활짝 열려 있었다. 그러니까 파비앵은 우정이나 상냥한 여자들, 흰 식탁보를 사이에 둔 아늑한 식사 등, 서서히 그리고 영원히 몸에 익숙할 것들이 떠올랐다. 동네는 비행기의 날개와 나란히 흘러가며 둘러싼 담이 보호하지 못하는 갇힌 정원의 신비를 드러내고 있었다. 그러나 착륙하고 난 뒤 파비앵은 돌담 사이로 조용히 움직이고 있는 사람 몇 명밖에는 아무것도 보지 못했다는 것을 알게 되었다. 이 동네는 그 부동성 (浮動性)만을 가지고도 곧잘 자기 정열의 비밀을 지켜 나갔고, 파비앵에게 아늑한 품을 내맡기기를 거절했다. 동네의 아늑한 품을 정복하려면 행동을 단념해야 할 것이다.

10분간의 정비가 끝나자 파비앵은 다시 떠나야 했다.

그는 산줄리안을 돌아다보았다. 그것은 이미 한 줌의 빛, 그리고 한 줌의 별에 지나지 않았다. 그러고는 마지막으로 그의 마음을 이끄는 먼지마저 사라졌다.

"이제는 지침반이 안 보인다. 불을 켜야겠다."

그는 스위치를 켰다. 그러나 조종석의 붉은 램프가 지침 위에 쏟는 빛은 아직도 파란빛 속에서 몹시 희미해져 지침들을 밝게 비춰 주지는 못했다. 그는 전구 앞에 손가락을 갖다 대 보았다. 손가락은 불그레하게 물이 들락 말락 했다.

"너무 이르군."

그렇지만 밤은 검은 연기처럼 피어올라 벌써 골짜기들을 컴컴하게 만들었다. 이제는 골짜기와 평야를 구별할 수 없게 되었다. 벌써 동네들에는 등불이 켜지고, 그들의 성좌들이 서로 응답하고 있었다. 그 또한 현등(舷燈)을 켰다 껐다하며 동네들에 응답했다. 등화신호를 보고 대지는 긴장하고 있었다. 집집마다 그의 별에 불을 켜서 마치 바다를 향해 등댓불을 켜놓듯, 커다란 밤을 향해 불빛을 올려 보냈다. 인간 생명을 덮고 있는 모든 것이 벌써 반짝이고 있었다. 이번에는 밤으로 접어드는 것이, 어떤 물굽이에라도 들어가듯 조용하고 아름답게 진행되는 것을 파비앵은 감상하고 있었다.

그는 조종석 의자에 머리를 파묻었다. 지침의 라듐이 빛을 내기 시작했다. 조종사는 차례차례로 숫자를 점검하고는 마음이 흡족해졌다. 그는 자기가 공중에 든든히 자리 잡고 앉아 있음을 느꼈다. 그는 손가락으로 강철제 양재(梁材)를 건드려 보았다. 그리고 그 금속 안에 생명이 흐르고 있음을 느꼈다. 금속은 진동하지 않았으나 살아 있다. 엔진의 600마력이 그 물질 안에 아주 고요한 생명을 흐르게 해서, 그 얼음같이 찬 강철을 벨벳 같이 보드라운 살로 변하게 했다. 조종사는 비행하는 동안 현기증도 취기도 느끼지 않고, 오직 살아 있는 육체의 신비로운 활동만을 느꼈다.

지금 그는 한 세계를 상으로 받았고, 거기에 편안히 자리 잡기 위해서 팔꿈치를 놀리는 중이다.

그는 배전판을 또닥또닥 두드리고 스위치를 하나하나 만져보았다. 그러고는 몸을 약간 움직여 의자에 자세를 고쳐 잡고 앉으며, 움직이는 밤이 짊어지고 있는 이 다섯 톤의 금속의 움직임을 가장 잘 깨달을 수 있는 위치를 찾아보았다. 그런 다음, 보조 램프를 더듬어 찾아 제자리에 갖다 놓고, 한 번 놓았다가 다시 잡았다가 해서 굴러가지 않는 것을 확인하고는 다시 놓고, 핸들을 하나하나 두드려 틀림없이 붙잡을 수 있도록 장님 세계에 대비해서 손가락을 훈련시켰다. 그리고 손가락이 그것을 잘 익히고 나서야, 비로소 그는 램프에 불을 켜서 조종석을 정밀 기계로 장식하고, 물에 잠겨 들어가듯이 밤 가운데로 뛰어드는 것을, 다만 지침반을 통해 지켜보았다. 그다음 아무것도 흔들리는 것이 없고, 진동하는 것도 떠는 것도 없고, 자이로스코프도 고도계도 엔진의 회전수도 일정한 채로 있는 것을 보자, 가볍게 기지개를 켜고, 뒷덜미를 의자 등가죽에 갖다 대었다. 그러고는 형언할 수 없는 희망을 맛보게 되는, 비행 중의 그 깊은 명상을 시작했다.

그래서 지금, 야경꾼 모습으로 밤 한가운데에서, 그는 밤이 보여주는 인간, 즉 저 부르는 소리, 저 등불, 저 불안 따위를 발견한다. 어둠 가운데 홀로 반짝이는 저 별 하나, 저것은 외딴집이다. 별이 하나 꺼진다. 저것은 사랑을 간직하고 문이 닫히는 집이다.

또는 슬픔을 간직하고 문이 닫히는 것인지도 모른다. 그것은 나머지 세상에 대해서 신호를 보내지 않게 된 집이다. 그들의 램프 앞에서 탁자에 팔을 괴고 있는 저 농부들은 자기들이 희망하는 것이 무엇인지를 모른다. 그들은 자기들의 욕망이 그들을 둘러싸고 있는 크나큰 밤 가운데에서 그렇게까지 멀리 미친다는 것을 알지 못한다. 그러나 파비앵은 천 킬로미터나 떨어진 곳에서 오는 동안, 숨쉬는 비행기를 깊은 공기의 물결이 치켰다 내리쳤다 할 적에, 그리고 전쟁하는 나라 같은 많은 뇌우 속을 지나오며 그들 가운데에 달빛이 새어나오는 데를 건너지를 때, 또는 그 등불들을 차례차례로 정복한다는 기분으로 지나칠 적에 이 욕망을 발견하는 것이다. 저 농사꾼들은 자기들의 등불이 그 초라한 탁자만 비추는 줄로 생각하지만, 저들에게서 80킬로미터나 떨어진 곳에서는 농부들이 무인고도(無人孤島)에서 바다를 향해 그것을 절망적으로 흔들고 있는 것같이, 벌써 그 등불이 부르는 소리를 마음속에 느끼고 있는 것이다.

2

파타고니아 선(線), 칠레 선, 또 파라과이 선의 우편기, 이렇게 세 대가 남쪽과 서쪽과 북쪽에서 부에노스아이레스를 향해 돌아오고 있었다. 부에노스아이레스에서는 자정쯤 유럽행 비행기를 떠나보내기 위해서 이들이 실어오는 우편물을 기다리고 있었다.

세 조종사는 각각 지붕 달린 배와 같은 육중한 덮개 위에 앉아 밤 속에서 방황하며 그들의 비행을 명상하고 있었다. 그리고 그들은 뇌우가 몰아치거나 혹은 평온한 하늘에서 이 엄청나게 큰 도시를 향해 마치 괴상하게 생긴 농부들이 산에서 내려오듯 천천히 내려올 것이다.

항공로 전체에 대해서 책임을 지고 있는 리뷔에르는 부에노스아이레스의 착륙장을 이리저리 거닐고 있었다. 그는 말이 없었다. 왜냐하면 이 비행기 세 대가 도착하기 전까지는 이 시간이 그에게 몹시 두려움을 안겨 주었기 때문이다. 매분마다 전해지는 통보에 따라, 리뷔에르는 무엇인가를 운명의 손에서 빼앗고, 미지의 몫을 줄이고, 그의 탑승원들을 밤 속에서 구해 내어 해변까지 끌어온다는 것을 의식했다.

인부 한 사람이 그에게 가까이 다가와 무전국의 메시지를 전했다.

"칠레 선 우편기에서 부에노스아이레스의 등불이 보인다는 통보를 보냈습니다."

"좋소."

오래지 않아 리뷔에르에게 이 비행기의 굉음이 들려올 것이다. 밀물과 썰물로 가득 찬 바다가 그렇게도 오랫동안 가지고 놀던 해변에 돌려주듯, 밤이 벌써 한 대를 인도하는 중이었다. 조금 더 있으면, 밤은 나머지 두 비행기도 내어 줄 것이다.

그렇게 되면, 오늘 하루는 무사히 끝나는 셈이다. 그렇게만 되면 기진한 탑승 원들은 자러 가고, 새 탑승원들이 교대할 것이다. 그러나 리뷔에르에게는 휴식 이란 있을 수 없다. 이번에는 유럽행 비행기 때문에, 그는 새로운 불안을 짊어 지게 될 것이기 때문이다. 그것은 언제나 변함없을 것이다. 언제까지나, 이 연공 을 쌓은 분투기가 자기도 피로하다는 것을 느끼고 놀랄 것이었다. 비행기의 도 착이 전쟁을 마치고 행복한 평화 시대를 열어 주는 승리의 신호가 될 수는 없 다. 그에게는 단지 이제부터 걸어야 할 천 걸음에 앞서 한 걸음을 떼어놓은 것 밖에는 되지 않을 것이다.

리뷔에르는 자기가 오래전부터 대단히 무거운 물건을 쳐들고 있는 것처럼 느 꼈다. 휴식도 없고 희망도 없는 노력이라는 큰 짐을 말이다. '내가 늙어가고 있 구나…….' 행동자체에서 자기의 양식을 찾아내지 못하게 된다면, 그것은 늙어 간다는 것이다. 그는 여태껏 한 번도 생각해 본 일이 없는 문제를 곰곰이 생각 하게 되는 게 이상하게 여겨졌다. 그런데도 지금까지 그가 늘 물리쳐 온 아늑 한 느낌의 무리가 우울한 소리를 내며 그에게 달려드는 것이었다. 그것은 하나 의 보이지 않는 대양(大洋) 같았다. '그래 그것들이 이렇게까지 내게 가까이 왔 단 말인가?…….' 그는 인간 생활을 즐겁게 해주는 그것을, 늙은 이후로, '시간 이 있을 때'로, 조금씩 조금씩 시간을 미루어 왔다는 것을 깨달았다. 마치 사 람이 어느 날 정말로 여유로운 시간을 가지게 되기라도 할 것처럼. 마치 인생의 종말이 되면 그가 상상하는 그 평화를 차지하게 되기라도 할 것처럼 말이다. 그렇지만 평화라는 것은 있을 수 없다. 어쩌면 승리도 없을지 모른다. 모든 우 편물이 다 도착한다는 법은 없는 것이다.

리뷔에르는 늙은 직공장 르루 앞에서 걸음을 멈추었다. 르루도 역시 40년째 일하는 사람이었다. 그는 노동에 모든 힘을 바쳐 왔다. 그는 밤 10시나 자정이 되어서야 집에 돌아가는데, 새로운 세계가 그 앞에 나타나는 것도 아니고, 일 상생활에서 도피해 나가는 것도 아니었다. 둔중한 머리를 쳐들고, 검푸르게 된 프로펠러 보스를 가리키며,

"요놈이 아주 단단히 버티었지만, 기어코 해치우고야 말았습니다."

말하는 이 사람에게 리뷰에르는 빙그레 웃어 보였다. 그리고 프로펠러 보스를 들여다보았다. 그에게 직업의식이 생각난 것이다. "공장에 말해서, 이 부속들을 좀 더 빼기 쉽게 맞추라고 해야겠네." 그는 파진 곳을 손가락으로 확인해 보고 나서, 다시 르루를 유심히 들여다보았다. 그 깊게 파인 주름살을 보자 우스운 질문이 그의 입술을 간지럽게 했다. 그는 그것이 우스웠다.

"르루, 자네 연애 많이 해봤나?"

"연애요. 소장님? 뭐 그다지······."

"자네도 나 같군. 시간이 없었단 말이지······."

"네 시간이 별로······."

리뷰에르는 그의 목소리가 애조를 띠었는지 확인하려고 유심히 들었다. 그러나 슬픈 빛은 없었다. 이 사람은 자기의 과거 생활에 대해, 훌륭한 널판을 다듬어 놓은 목수가 자, 됐다, 하고 느끼는 것 같은 고요한 만족감을 느끼고 있었다.

'자, 내 일생도 다 되었다'고 리뷰에르는 생각했다.

그는 피로에서 오는 서글픈 생각을 모두 물리쳐 버리고 격납고 쪽으로 발길을 돌렸다. 칠레 선 비행기가 굉음을 내고 있었기 때문이다.

3

멀리서 들려오던 엔진 소리가 점점 더 크게 들렸다. 폭음이 익어갔다. 불들이 켜졌다. 항공 표지의 붉은 전등들이 격납고와 무전탑과 사각형 착륙장 위치를 보여주었다. 잔치를 준비하는 것이다.

"왔다!"

비행기는 벌써 탐조등 빛살 속을 구르고 있었다. 얼마나 번쩍거리는지 새 비행기처럼 보이기까지 했다. 그러나 이윽고 비행기가 격납고 앞에 머물고, 기공들과 인부들이 몰려와 우편물을 내리기 시작하는데도 펠르랭 조종사는 꼼짝도 하지 않았다.

"아니, 내리지 않고 뭘 하고 있는 거야?"

어떤 신비로운 일에 골몰하고 있는 조종사는 대답할 생각조차 하지 않았다. 아마도 자기 속을 지나가는 비행기의 굉음에 아직도 귀를 기울이고 있는 것이리라. 그는 서서히 머리를 끄덕이고, 몸을 앞으로 굽혀 무엇인가를 만지작거리고 있었다. 이윽고 상사들과 동료들에게로 몸을 돌리고, 마치 자기 소유물이라도 둘러보듯 점잖게 그들을 둘러보았다. 그는 그들을 세어 보고 달아보고 하는 것 같았다. 그리고 그 사람들과 명절날 같이 환히 밝혀 놓은 이 격납고를, 그리고 이 딱딱한 콘크리트 바닥과 또 좀 더 멀리 떨어진 분주한 도시와 그 여인들과 그 열기를 자기가 땄다는 생각을 했다. 그는 자기의 널찍한 양손에 이 사람들을 자기 백성들과 같이 쥐고 있는 것이었다. 저들을 만질 수도, 저들의 목소리를 들을 수도, 저들을 욕할 수도 있었으니까. 그는 처음에 저들이 무사태평하게 살며 이것저것 구경하면서 우두커니 있다고 욕을 해줄까 하고 생각했으나, 정작 입에서 나온 것은 마음 무른 소리였다.

"……한잔 내게!"

그러고는 비행기에서 내렸다.

그는 자기 비행에 대해서 말하고 싶었다.

"오늘은 정말이지!……."

이만하면 다들 알아들었으리라고 생각하고, 그는 가죽 비행복을 벗으러 갔다.

음울한 감독과 말수적은 리뷔에르와 그를 태운 자동차가 부에노스아이레스를 향해 달릴 적에, 그는 서글퍼졌다. 일을 그르치지 않고 해치우는 것이라든지, 땅에 내려서 원기 있게 굵직한 욕지거리를 해대는 것이 즐거운 일이기는 했다. 그것은 얼마나 힘찬 기쁨인가 말이다. 그러나 그다음 지난 일을 회상할 때에는 왠지 모를 의구심이 일었다.

태풍 속에서의 싸움, 적어도 그것은 실제로 있었던 일이고 진실이다. 그러나 사물의 얼굴은, 그것들이 혼자만 있다고 생각하는 때의 얼굴은 진실하지 않다. 그는 생각했다.

'그건 꼭 혁명과 같다. 얼굴들이 약간 창백해지는 정도지만 실제는 몹시도 변하는 것이다!'

그는 생각해내려고 애를 썼다.

그가 태평하게 안데스산맥 위를 날고 있을 때였다. 겨울눈이 아주 화평한 모습으로 그 위를 내리덮고 있었다. 마치 오랜 세월 사람이 살지 않는 고성(古城)에 평화를 깃들게 하듯, 겨울눈이 그 어마어마한 덩어리 위에 평화를 깃들게 했다. 길이 200킬로미터나 되는 가운데에, 사람 하나, 생명의 호흡 하나, 노력 하나 없었다. 오직 6천 미터 높이에서 스치며 지나다니는 깎아지른 듯한 산봉우리들과, 수직으로 떨어지는 암석 외투와 기막힌 정적만이 있을 뿐이었다.

투풍가토봉(峰) 근처에서였다. ……그는 곰곰이 생각했다. 그렇다, 그가 어떤 기적을 체험한 것은 그곳이었다.

기적 같은 일이었지만, 처음에 그는 아무것도 보지 못했다. 다만 자기 혼자만 있다고 생각하던 사람이, 문득 혼자가 아니고 누군가 자기를 보고 있는 것 같은 거북한 느낌이 들었었다. 그는 너무 늦게, 또 영문도 모른 채 자기가 분노에 둘러싸여 있다는 것을 느꼈다.

그것은 바위들 틈에서 스며 나온다는 것을, 그것이 눈에서 솟아 나온다는 것을 그는 무엇으로 짐작했을까? 왜냐하면 아무것도 그를 향해 다가오는 것이 없었고, 음흉한 폭풍도 다가오지 않았으니까 말이다. 그런데도 전혀 다른 세계가 생겨나고 있었다. 팰르랭은 까닭 없이 가슴을 죄며, 잿빛이 약간 더 짙을까 말까 한, 그 더럽혀지지 않은 산봉우리들, 그 산등성이들, 그 눈 덮인 산봉우리들이 한 떼의 민중처럼 술렁거리기 시작하는 것을 바라보았다.

싸워야 할 것이 없는데도 그는 핸들을 잡은 손에 힘을 주었다. 그가 이해하지 못하는 무슨 일이 일어나려 하고 있었다. 뛰어오르려는 짐승처럼 그는 근육을 긴장시켰다. 그의 눈에는 고요하지 않은 것이 아무것도 없어 보였다.

그렇다, 고요하기는 했다. 그러나 도발을 숨기고 있는 고요함이었다.

그다음은 모두가 날카로워졌다. 산등성이며 산봉우리들이 모두 날카로워졌다. 그것들이 뱃머리처럼 세찬 바람을 뚫고 들어가는 것같이 느껴졌다. 그런 다음, 그 뱃머리들이 전투 위치에 배치되는 어마어마한 배들처럼 그의 주변을 이리저리 돌아다니는 것 같았다. 그러고는 공기에 섞여 먼지가 일었다. 그 먼지는 돛 모양으로 눈을 스치며 천천히 올라와 퍼졌다. 그래서 그는 어쩔 수 없이 퇴각하게 될 경우를 대비하여 빠져나갈 구멍을 찾으려고 뒤돌아보다가 전율했다. 안데스 연봉(連峰)이 뒤에서 부글부글 끓어오르고 있었기 때문이다.

"이젠 죽었구나."

앞쪽에 있는 한 산봉우리에서 눈이 솟아올랐다. 눈을 뿜는 화산 같았다. 그러고는 약간 오른쪽에 있는 다른 봉우리에서, 그다음은 모든 산봉우리가 차례차례로 어떤 보이지 않는 달음박질 군에 부딪친 것처럼 불이 붙었다. 공기의 첫 동요와 더불어 조종사 둘레에 있는 산들이 흔들리기 시작한 것은 그때였다.

격심한 행동은 자취를 별로 남겨 놓지 않는 법이어서 그는 자기를 엄습했던 저 커다란 동요를 이미 기억 속에서 찾아낼 수가 없었다.

다만 자기가 그 회색 불꽃 속에서 미친 듯이 몸부림치며 싸웠다는 것이 생각날 뿐이었다.

그는 곰곰이 생각해 보았다.

'태풍은 아무것도 아니다. 살아날 수 있다. 그러나 그것과 맞부딪치게 될 때는 기가 막힌다!'

그는 그 수많은 모습 중에서 한 모습을 알아낼 듯싶었으나, 그것마저 이미 잊어버리고 말았다.

4

리뷔에르는 팰르랭을 들여다보고 있었다. 이 사람이 20분 뒤 차에서 내리면, 노곤한 무거운 몸을 이끌고 군중 속에 섞여 들어갈 것이다. 그는 아마도 아아, 피곤하다…… 더러운 놈의 직업이야! 하고 생각할 것이다. 그리고 또 그의 아내에게는 "안데스산맥 위보다는 여기가 낫지" 따위의 말을 할 것이다. 그런데도 사람들이 그렇게 강한 애착을 느끼는 모든 것이 그의 관심을 거의 끌지 못했다. 그는 방금 전 그것들이 얼마나 하찮은 것인지를 경험했으니까. 그는 몇 시간 동안을 그 배경의 뒤쪽에서 살며 자기가 이 도시를 그 등불들 속에서 다시 볼 수 있을지 알 수 없었다. 그뿐 아니라, 귀찮기는 해도 친밀감이 느껴지는, 어렸을 때부터 벗들인 인간의 그 작은 약점까지도 모두 다시 볼 수 있을지 알지 못했었다. 리뷔에르는 생각했다. '어떤 군중 속에든지, 바로 이 사람이라고 꼬집어 낼 수는 없지만, 놀라운 사명을 띠고 있는 사람들이 있다. 그 사람들 자신도 그것을 모르고 있지만. 하기는……'

리뷔에르는 어떤 탄복자들을 싫어했다. 그들은 모험의 신성한 성격을 이해하지 못하여, 그들의 감탄은 그 모험의 의의를 모독하고, 모험을 행한 사람의 가치를 깎아내리기 때문이다. 그러나 팰르랭은 다만 어느 광선 밑에서 엿본 세계가 어떤 값어치가 있는지를 누구보다도 잘 알고 있으며, 속된 찬사를 아주 경멸하는 태도로 물리칠 수 있는 위대함을 지니고 있었다. 그래서 리뷔에르는 "어떻게 잘 해치웠나?" 하고 그를 칭찬했다. 그리고 팰르랭이 직업에 대한 말만 하고, 자기가 해치운 비행에 대해서, 대장장이가 모루 이야기를 하듯 하는 것을 좋아했다.

팰르랭은 우선 도망갈 길이 끊겼었다는 것을 설명했다. 그는 거의 용서라도 청하는 듯했다. "그래서 저는 달리 할 도리가 없었습니다." 그런 다음 그는 눈이 앞을 가로막는 바람에 아무것도 보이지 않았었다. 그러나 세찬 기류가 그를 천 미터 높이까지 올려주어 구원을 받았다는 것이다.

"저는 산맥을 넘으면서 쭉 산봉우리와 가지런한 높이로 비행한 모양입니다."

그는 또 눈(雪)이 틀어막으니까 자이로스코프의 통풍공(通風孔) 위치를 바꿔야 되겠더라는 말도 했다. "성에가 하얗게 끼었단 말입니다." 조금 지나자 다른 기류가 팰르랭을 3천 미터까지 내리질렀었다. 그는 어째서 아직 그 무엇과도 충돌하지 않았는지 알 수가 없다고 했다. 그것은 그가 이미 평야 위를 비행하고 있었기 때문이다. "나는 별안간 맑게 갠 하늘로 접어들면서야 그것을 깨달았어요." 그는 마침내, 그때에는 움막에서 나오는 것 같은 느낌이었다고 설명했다.

"멘도사에도 폭풍설이던가?"

"아니오. 쾌청 무풍 속에 착륙했어요. 하지만 폭풍이 내 뒤를 바싹 따르고 있었습니다."

그는 '그래도 그건 이상한 일'이었기 때문에 그 폭풍을 묘사했다. 꼭대기는 아주 높게 눈구름 속에 잠겨 있는데, 아래쪽은 검은 용암이 흐르듯 평야 위에 서리고 있는 것이었다. 하나씩 둘씩 도시들이 폭풍설에 잠겨 들어갔다. "난 그런 걸 여태껏 본 적이 없습니다……" 그러고는 무슨 생각이 났는지 입을 다물었다.

리뷔에르는 감독을 돌아다보았다.

"그건 태평양에서 불어오는 태풍이었지. 우리는 경보를 너무 늦게 받았단 말이야. 하긴, 이 태풍은 안데스산맥을 넘어오는 일이 없거든."

이번 태풍이 동쪽을 향해서 그 줄기찬 달음질을 계속하리라는 것을 예측할 수 없었던 것이다.

거기 대해서 아무것도 모르는 감독은 고개만 끄덕였다.

감독은 망설이는 것 같더니 팰르랭 쪽으로 몸을 돌리고, 목줄띠를 놀렸다. 그러나 그는 입을 열지 않았다. 잠깐 생각하더니, 자기 앞을 똑바로 내다보는 것으로 그 우울한 위엄을 회복했다.

그는 짐을 들고 다니듯 이 우울을 지니고 다녔다. 무슨 일 때문에 리뷔에르가 오라고 해서 그 전날 아르헨티나에 도착한 그는 커다란 양손과 감독으로서의 위엄을 거북스럽게 몸에 지니고 있었다. 그는 허황된 공상이니 시상(詩想)을 칭찬할 권리가 없었다. 그는 직책상 성실함을 칭찬했다. 그는 함께 술을 한 잔 나눌 권리도 없고, 있을 수 없을 정도로 아주 우연히 같은 기항지 비행장에서 다른 감독하고라도 만나지 않는 한, 농담 한마디 할 권리도 없었다.

'재판관 노릇은 힘든 일이로구나' 그는 생각했다.

사실 그는 판단을 하는 것이 아니고, 단지 머리만 끄덕일 뿐이었다. 아무것도 모르는 까닭에 만나는 모든 것 앞에서 천천히 머리만 끄덕였다. 그것은 사람들의 양심을 불안스럽게 만들었으며 회사의 물자를 유지시키는 데에 이바지했다. 왜냐하면 감독 자리란 사랑의 즐거움을 누리기 위해서가 아니라, 보고서를 쓰기 위해 만들어졌기 때문이다. 그는 리뷔에르에게서 아래와 같은 편지를 받은 뒤로는 그 보고에 무슨 새로운 제도라든가 기술상 해결책을 제출하는 것을 단념했었다. "로비노 감독은 시가 아닌 보고를 우리에게 내주기를 바랍니다. 로비노 감독은 그 능력을 적절하게 발휘해서 직원들의 정신을 고무해야 합니다." 그래서 그는 그때부터 매일 먹는 빵에 덤벼들 듯 사람들의 결점을 파고들었다. 술을 마시는 기공에게, 밤을 새우는 비행장 주임에게, 착륙할 때 비행기를 덜컹 뛰게 하는 조종사에게 덤벼들었다.

리뷔에르는 그에 대해서 이런 말을 했다.

"그는 별로 현명하지 못하다. 그래서 크게 소용에 닿는다."

리뷰에르가 만들어 놓은 규칙은 리뷰에르에게 있어서는 사람들을 알아본다는 것이었다. 그러나 로비노에게는 규칙을 안다는 것밖에는 아무것도 없었다.

"로비노, 지각해서 출발하는 사람들에게는 일체 정근상금(精勤賞金)은 주지 말아야 합니다." 하고 어느 날 리뷰에르가 말한 적이 있었다.

"불가항력의 경우에도요? 안개가 끼었을 때도요?"

"안개가 끼었을 때도."

이리하여 로비노는 불공평한 처사를 하는 것도 꺼리지 않을 만큼 아주 꿋꿋한 상사를 가진 것을 일종의 자랑으로 여겼다. 로비노 자신도 이토록 무례한 권한을 갖게 됨으로써 어떤 위엄을 가질 수 있었다.

그다음에 그는 비행장 주임들에게 늘 이런 말을 했다.

"6시 15분에 출발시켰으니, 당신에겐 상금을 줄 수 없게 되었습니다."

"하지만, 로비노 씨, 5시 반에는 10미터 앞도 내다보이지 않았는걸요!"

"그건 규칙이니까요."

"하지만, 로비노 씨 우리가 안개를 쓸어버릴 수는 없지 않습니까?"

그러면 로비노는 그의 신비 속으로 숨어 들어가는 것이었다. 그는 회사의 지도급 인물이었다. 팽이 같은 이 사람들 중에서 오직 그만이, 직원들을 벌함으로써 어떻게 날씨를 개선해 나갈 수 있는지를 알고 있었다.

"그 사람은 아무것도 생각하지 않는다. 그러니까 그릇 생각하지 않게 된다."

리뷰에르가 말했다.

조종사가 기체를 파손하면 보전상금(保全賞金)을 잃게 되어 있었다.

"그러나 고장이 수풀 위에서 일어났을 경우에는요?" 이렇게 로비노는 물었다.

"수풀 위에서 일어났을 경우에도."

그래서 로비노는 하라는 대로 실행했다.

그 뒤, 그는 대단히 기분 좋은 말투로 이렇게 말했다.

"미안하지만, 아주 대단히 미안하지만 말입니다, 고장을 다른 데에서 일으켰어야 했다는 말씀이오."

"그렇지만 로비노 씨, 그걸 마음대로 합니까?"

"규칙이 그러니까요."

리뷰에르는 생각했다.

'규칙이란 종교 의식과 비슷한데, 이 종교 의식은 조리 없는 것처럼 보이지만, 인간을 도야(陶冶)한다.' 리뷔에르에게는 공평하게 보이거나 불공평하게 보이거나 하는 것은 아랑곳없었다. 어쩌면 그에게는 이 말들이 아무런 의미가 없는 것이었는지도 모른다. 작은 도시의 소시민들은 저녁때에 음악당 둘레를 거닐고 있었다. 리뷔에르는 이런 생각을 했다. '이들에게 공평하든가 불공평하든가 하는 것은 의미 없는 일이다. 그들은 존재하지 않으니까.' 그에게 사람은 반죽을 해서 만들어야 할 밀랍이었다. 이 물질에 영혼을 불어넣고 의지를 심어주어야 했다. 그는 이렇게 엄격하게 그들을 억압할 생각은 없었다. 다만 그들을 그들 자신에게서 벗어나게 할 생각이었다. 그가 이렇게 어떤 지각이든지 벌하는 것은 물론 불공평한 일이기는 했다. 그러나 각 비행장의 의지를 출발 쪽으로 긴장시켰다. 그는 이 의지를 창조하는 것이었다. 부하 직원들이 일기가 불순한 것을 휴식에 초대받기라도 한 것처럼 좋아하지 못하게 함으로써, 그는 저들에게 일기가 회복되는 것을 조바심하며 바라게 했다. 그래서 아주 형편없는 일꾼까지도 기다리는 것을 은근히 부끄럽게 생각했다. 이렇게 해서, 갑옷을 두른 듯한 안개에 조금이라도 빈틈이 생기면 그것을 이용할 수가 있었다. "북쪽이 열렸다. 출발하자!"

리뷔에르의 덕택으로, 1만 5천 킬로미터에 걸쳐 우편기를 위하는 마음이 모든 것을 초월하게 만들었다.

리뷔에르는 가끔 이런 말을 했다.

"저 사람들은 자기들이 하는 일을 사랑하니까 행복하다. 그리고 저들이 그것을 사랑하는 것은 내가 엄격하기 때문이다."

그는 어쩌면 아랫사람들을 괴롭힐지도 모른다. 그러나 그들에게 벅찬 기쁨을 마련해 주기도 했다. '괴로움도 기쁨도 모두 끌고 가는 강인한 생활을 향해서 저들을 밀어 주어야 한다. 그런 생활만이 값어치가 있는 것이니까.' 그는 이렇게 생각했다.

자동차가 시내로 들어서자, 리뷔에르는 회사 사무실로 데려다 달라고 했다. 펠르랭과 둘이서 차에 남아 있던 로비노가 조종사를 쳐다보며 말하려 했다.

5

로비노는 그날 저녁 풀이 죽어 있었다. 그는 승리자 팰르랭 앞에서 자기 생활에는 빛이 없음을 발견한 것이다. 특히 그가 깨달은 것은 로비노라는 자기가, 감독이라는 명칭과 거기에 따르는 권능을 가졌음에도 불구하고, 몸이 지칠 대로 지쳐서 눈을 감고, 손에는 시꺼멓게 기름이 묻은 채, 한 구석에 웅크리고 있는 이 사람보다 더 가치가 없다는 사실이었다. 처음으로 로비노는 감탄하는 마음이 우러났다. 그는 그것을 말로 표현하고 싶었다. 그는 무엇보다도 우정을 차지하고 싶어졌다. 그는 여기까지 온 여행과 또 그날의 실패로 해서 풀이 죽어 있었다. 어쩌면 자기 자신을 우스꽝스럽게 생각했는지도 모른다. 오늘 저녁, 그는 휘발유 재고량을 조사하다가 계산을 잘못했다. 그래서 내 잘못을 스스로 찾아내기를 바라던 바로 그 직원이 하도 딱해서 계산을 끝마쳐 주었었다. 그러나 무엇보다도 B6호형 오일펌프를 맞춘 것을, B4호형 오일펌프로 잘못 알고서 나무랐던 것이다. 약아빠진 기계공들은 '도무지 용서받을 수 없는 무식'이라고 할 그의 무식을 자기 자신이 20분 동안이나 마구 비판하게 가만 내버려두었었다.

그는 또 자기 호텔 방이 무서워졌다.

툴루즈에서 부에노스아이레스까지 이르는 동안, 일을 마치고 나서 어김없이 찾아가는 곳이 바로 자기 호텔 방이었다. 그는 무거운 비밀의 짐을 지닌 양심을 안고 그 방에 틀어박혀, 트렁크에서 종이 한 다발을 꺼내 놓고, 천천히 보고서를 쓴답시고 서너 줄 쓰다가는 모두 찢어 버리곤 했다. 그는 회사를 중대한 위험에서 구해 내고 싶었는데, 회사는 아무런 위험도 없었다. 지금까지 그가 구해 낸 것이란 녹슨 프로펠러 보스 하나밖에는 없다. 그는 몹시 험악한 얼굴로 어떤 비행장 주임 앞에서 손가락으로 그 녹슨 것을 가리켰었다. 그런데 그 주임은 그에게 이렇게 대답했었다. "그건 앞에 있는 비행장에서 말씀하십시오. 이 비행기는 거기서 온 길이니까요." 로비노는 이리하여 자기의 구실이 무엇인지 의심이 날 지경이었다.

그는 팰르랭에게 다가가고 싶은 마음에 한마디 해보았다. "오늘 저녁 나하고 같이 식사 안 하시렵니까? 같이 이야기를 좀 해야 되겠어요. 내 직업이 어떤 때는 견디기 어려운 일이라……."

그러고는 자기를 너무 갑자기 낮추지 않을 작정으로 고쳐서 덧붙였다.

"내 책임이 하도 중해서!"

그의 하급 직원들은 로비노를 자기네 사생활에 끌어들이기를 별로 좋아하지 않았다. 각자가 이런 생각을 했다.

"보고할 건더기를 아직 발견하지 못했으면, 그자는 허기져 있을 테니 나를 잡아먹으려 들 거야."

그러나 이날 밤, 로비노는 자기의 비참한 처지 말고는 아무 생각도 없었다. 몸이 골치 아픈 습진으로 괴로움을 당하는 것이 그의 유일한 진짜 비밀이었는데, 그는 그 이야기를 해서 동정을 받고 싶었다. 그리고 오만 가운데에서 위로를 받을 수 없으므로, 겸손 속에서 그것을 찾아보려 했다. 그는 또 프랑스에 정부(情婦)가 하나 있었는데, 출장 여행에서 돌아온 날 밤에는 감찰(監察) 이야기를 해서 그 여자를 좀 현혹시키고 자기를 사랑하도록 만들려고 했으나, 그 여자는 그를 싫어했다. 그래서 그 여자 이야기도 하고 싶었던 것이다.

"그럼 같이 식사를 할까요?"

팰르랭은 마음 좋게 승낙했다.

6

리뷔에르가 부에노스아이레스 사무실에 들어섰을 때, 사무원들은 꾸벅꾸벅 졸고 있었다. 그는 외투도 모자도 벗지 않았다. 그는 영원한 길손 같아 보였다. 그의 작은 키는 공기를 아주 조금밖에는 움직이지 않고, 반백이 된 그의 머리와 특색 없는 옷은 모든 배경과 참 잘 어울려서, 그는 거의 사람들의 눈에 띄지 않고 출입할 지경이었다. 그런데도 어떤 직원들은 갑자기 열을 내기 시작했다. 사무원들은 놀라고, 계장은 급히 마지막 나머지 서류를 조사하고 타이프라이터는 또드락거리기 시작했다.

전화 교환수는 교환대에 접속전(接續栓)을 꽂고 두꺼운 장부에 전보를 적어 넣었다.

리뷔에르는 자리에 앉아서 전보를 읽었다.

칠레 선 비행기의 시련을 겪은 뒤, 그는 행복한 하루의 역사를 되읽고 있었다. 그것은 일들이 저절로 순탄하게 진행되어 비행기가 지나간 비행장들이 차례차례 보내 주는 전보가 승리에 대한 간단한 보고라고 느껴지는 날이었다. 파타고니아 선의 비행기도 진행이 빨랐다. 바람이 남에서 북으로 불어 그 유리한 큰 물결을 밀어주는 까닭이었다.

"기상 보고를 이리 주게."

각 비행장이 맑게 갠 하늘과 순풍을 자랑하고 있었다. 황금빛 저녁이 아메리카를 덮고 있었다.

리뷔에르는 모두가 그렇게 열심인 것이 기뻤다. 지금 저 우편기는 어디에선가 밤의 모험을 하고 있겠지만 그러나 아주 좋은 컨디션으로 싸우고 있을 것이다.

리뷔에르는 장부를 밀어 놓았다.

"좋아."

그리고 세계의 반쪽을 지키는 야경꾼으로서, 일하는 곳을 한번 둘러보기 위해 밖으로 나갔다.

열린 창문 앞에서 그는 걸음을 멈추고 밤을 이해했다. 밤은 부에노스아이레스를 둘러싸고 있었다. 그러나 또 넓고 넓은 성당 신자석같이 미 대륙을 품고 있기도 했다. 그는 이 위대한 감각을 이상하게 여기지는 않았다. 칠레 산티아고의 하늘은 외국 하늘이다. 그러나 우편기가 칠레의 산티아고를 향해 떠나기만 하면 이 항공로의 끝에서 끝까지 사람들은 높다란 한 지붕 밑에서 사는 것이었다. 지금 무전기 수화기로 그 목소리를 붙잡으려고 대기하고 있는 다른 한 대의 우편기로 말하더라도, 파타고니아의 어부들은 그 현등이 반짝이는 것이 보일 것이었다. 비행 중인 비행기에 대한 걱정, 그것은 엔진의 요란한 소리와 함께 리뷔에르를 내리눌렀으나, 여러 도심과 여러 지방들을 내리누르기도 했다.

이 활짝 갠 밤하늘에 행복감을 느끼며, 그는 질서가 문란했던 밤, 비행기가 위험스럽게도 깊이 빠져 들어가 구조에 어려움을 느끼던 밤이 생각났다. 부에노스아이레스의 무전국에서는 천둥소리의 잡음과 섞여 들려오는 비행기의 호소에 귀를 기울였었다. 이 캄캄절벽인 모암(母岩) 밑에서는 금과 같은 아름다운 전기음은 잘 들리지 않았다. 밤의 장애물들을 향해 무턱대고 쏘는 화살같이 달려들고 있는 우편기의 단조로운 노래 속에는 얼마나 애절한 감정이 들어 있었던가!

밤샘하는 날 밤, 감독이 있을 자리는 사무실이라고 리뷔에르는 생각했다.

"로비노를 찾으러 보내게."

로비노는 지금 한 조종사를 친구로 만들려고 하는 참이었다. 그는 호텔에서 자기 트렁크를 열어 보였었다. 그 트렁크에서는 감독을 보통 남자들과 비슷한 사람으로 만드는 자잘한 물건들이 나왔다. 야한 와이셔츠와 화장 도구, 그리고 말라빠진 여자의 사진 한 장, 이 사진을 감독은 벽에 꽂았다. 그는 이렇게 자기의 소원과 애정과 후회에 대해서 팰르랭에게 겸손한 고백을 하고 있었다.

자기의 보물들을 초라한 순서로 늘어놓음으로써, 그는 조종사 앞에 자기의 비참을 펼쳐 보이는 것이었다. 그것은 정신적 습진이었다. 그는 자기의 감옥을 보여주었다.

그러나 로비노에게도 다른 모든 사람에게나 마찬가지로 조그마한 광명이 하나 있었다. 그는 트렁크 밑에서 소중하게 싼 조그마한 주머니를 끄집어내면서 크나큰 기쁨을 느꼈다. 그는 아무 말 없이 오랫동안 그것을 또드락거렸다. 그리고 마침내 손을 펴고,

"이것은 사하라에서 가져온 겁니다……."

감독은 이런 속내 이야기를 꺼내 놓는 것이 부끄러웠다. 그는 그의 회한과 불운한 결혼생활과 그 모든 잿빛 현실에서, 신비한 세계의 문을 열어 주는 그 거무스름한 조약돌들을 가지고 위로를 받아왔던 것이다.

얼굴을 조금 붉히며, "브라질에도 이와 같은 돌이 있지요" 했다.

팰르랭은 아득한 공상의 세계를 헤매고 있는 감독의 어깨를 두드렸다.

팰르랭은 또 감독을 어색하지 않게 하려고 물었다.

"지질학을 좋아하십니까?"

"그게 내 낙이랍니다."

그의 생애에서 오직 돌들만이 그에게 아늑한 느낌을 주었었다.

로비노는 사람이 부르러 왔을 때 서글픈 생각이 들었으나 이내 위엄을 회복했다.

"리뷔에르 씨가 무슨 중대한 결정을 하기 위해서 나와 의논을 하겠다니, 가봐야겠습니다."

로비노가 사무실에 들어갔을 때, 리뷔에르는 감독 생각은 까맣게 잊어버리고 있었다. 그는 회사의 항공망이 붉은 줄로 기입되어 있는 지도 앞에서 명상에 잠겨 있었다. 감독은 그의 명령을 기다렸다. 한참 지나서 리뷔에르는 머리를 돌리지 않은 채 그에게 물었다.

"로비노, 당신은 이 지도를 어떻게 생각하시오?"

공상에서 깨어났을 때, 그는 가끔 수수께끼를 내놓는 일이 있었다.

"이 지도요, 주임님?"

사실을 말하자면, 감독은 그 지도에 대해서 아무런 생각도 없었다. 다만, 무뚝뚝한 표정으로 지도를 자세히 들여다보며 유럽과 아메리카를 대충 관찰하고 있었다. 하기는, 리뷔에르는 명상에 잠긴 채 감독에게는 그 생각하는 바를 알리지 않았다. '이 항공망의 얼굴은 아름답기는 하지만 가혹하다. 그것은 우리에게서 많은 생명, 많은 젊은이를 빼앗아갔다. 그것은 물건들이 지니고 있는 위엄을 뽐내며 여기에 버티고 있지만, 또 얼마나 많은 문제를 내놓는 것인가?' 그러나 로비노에게는 목적이 모든 것에 앞섰다.

로비노는 그의 곁에 서서 여전히 앞에 있는 지도를 똑바로 들여다보다가 천천히 몸을 젖혔다. 그는 리뷔에르에게서는 아무런 연민도 바라지 않았다.

언젠가 한번, 자기가 우스운 병으로 인해 일생을 망쳤다는 것을 고백해 보았는데, 리뷔에르는 잔망스럽게 이렇게 대답했었다.

"통을 자지 못하게 한다면, 당신의 활동을 도와주기도 하겠구려."

그것은 반농담에 지나지 않았다. 리뷔에르는 늘 이런 말을 했다. "불면증이 어떤 음악가에게 좋은 작품을 창작하게 한다면, 그것은 좋은 불면증이다." 하루는 르루를 가리키며 "저것 좀 봐요, 사랑을 멀리 달아나게 하는 저 추모(醜貌)가 얼마나 아름다운지⋯⋯." 르루가 가진 위대함은 어쩌면 그의 일생을 오직 그 직업에 바치게 만든 그 추한 외모 덕분이었는지도 모른다.

"당신은 팰르랭과 대단히 친한 사입니까?"

"그⋯⋯."

"그걸 나무라는 건 아닙니다."

리뷔에르는 뒤로 돌아서서 머리를 숙이고 걸어 다녔다. 로비노도 그 뒤를 따라다녔다. 리뷔에르의 입술에 쓸쓸한 미소가 떠올랐으나 로비노는 그것이 무엇 때문인지를 알지 못했다.

"다만……다만, 당신은 상사란 말이오."

"예."

로비노는 대답했다.

리뷔에르는 매일 밤하늘에서 한 행위가 연극의 줄거리처럼 이렇게 엮어지는 것이라고 생각했다. 정신의 해이가 참패의 원인이 될 수도 있고, 또 날이 새기까지 많은 투쟁을 해야 할지도 모르는 것이었다.

"당신은 당신의 역할에 충실해야 한다는 말이오."

리뷔에르는 말 한마디 한마디를 충분히 생각해서 했다.

"내일 밤, 그 조종사에게 당신이 위험한 출발을 명령해야 될지도 모릅니다. 그러면 그는 당신에게 복종해야 합니다."

"예……."

"당신은 많은 사람들의 생명을 거의 맡고 있다고 할 수 있는데, 그것도 당신보다 값어치가 있는 사람들의 생명이란 말이오……."

그는 망설이는 듯하더니

"이건 아주 중대한 일입니다." 했다.

리뷔에르는 여전히 잔걸음으로 왔다 갔다 하며 말을 이었다.

"만일 저들이 우정 때문에 당신에게 복종한다면, 당신은 저들을 속이는 거란 말이오. 당신은 개인적으로는 아무런 희생을 요구할 권리도 없습니다."

"그야 물론 없지요……."

"그리고, 저들이 당신의 우정으로 해서 어떤 고역을 면하리라고 생각한다면 당신이 저들을 속이는 게 됩니다. 아무래도 저들은 복종해야 하니 말입니다. 잠시 앉으시오."

리뷔에르는 손으로 조용히 로비노를 자기 책상 쪽으로 밀었다.

"로비노, 나는 당신을 당신의 위치로 돌려놓으렵니다. 당신이 피로하다 하더라도, 저 사람들에게는 당신을 도와줄 의무가 없는 겁니다. 당신은 상사니까. 당신의 약한 마음씨는 우스꽝스러워요. 자, 쓰시오."

"나는……."

"쓰시오, '로비노 감독은 이러저러한 이유로 팰르랭 조종사에게 이러저러한 징벌을 내림……'이라고. 이유는 아무거나 당신이 생각해 내시오."

"주임님!"

"내가 말하는 걸 이해한 셈치고 하시오, 로비노. 당신이 지휘하는 자를 사랑하시오. 그러나 그들에게 그 말은 하지 말고 사랑하시오."

로비노는 다시 열을 내고, 프로펠러 보스를 닦게 할 것이다.

어느 비상착륙장에서 무전 보고가 왔다.

'비행기 보임. 비행기에서 다음과 같은 통보가 있음. 엔진 회전 부조(不調), 착륙하겠음.'

아마 30분을 손해 볼 것이다. 리뷔에르는 특급 열차가 선로 위에 정지해서 1분 1분이 들판의 한 조각을 끌어 주지 않게 되었을 때 느끼는 그 안타까움을 체험했다. 괘종의 큰바늘이 지금은 죽은 공간을 가리키고 있었다. 이 컴퍼스의 벌어짐 속에 얼마나 많은 사건이 포함될 수 있을지 모를 일인데. 리뷔에르는 기다리는 시간의 지루함을 덜기 위해서 밖으로 나왔다. 밤이 배우 없는 무대처럼 텅 빈 것 같았다. "이런 훌륭한 밤을 허송하다니!" 그는 별이 총총 박힌 환히 트인 그 하늘을, 허비된 이런 밤의 금화와 같은 저 달, 저 고고한 항공 표지등을 창문으로 내다보았다.

그러나 비행기가 이륙하자, 그 밤이 리뷔에르에게 한층 더 아름답고 감개무량한 것이 되었다.

밤은 그 태(胎) 속에 생명을 배고 있었다. 리뷔에르는 그 생명을 보살피고 있었다.

"일기가 어떻소?" 하고 탑승원들에게 무전으로 묻게 했다.

10초가 지난 다음 '쾌청'이라는 답전이 왔다.

그다음, 통과한 몇몇 도시의 이름이 들려왔다. 그러면 리뷔에르에게는 그것이 이 싸움에서 공략된 도시들같이 여겨졌다.

7

한 시간 뒤, 파타고니아 선 우편기의 무전사는 어깨에 올라앉은 것처럼 조용히 몸이 쳐들리는 것을 깨달았다. 그는 주위를 둘러보았다. 무거운 구름이 별들을 가려 가고 있었다. 땅을 내려다보았다. 풀숲에 숨은 반딧불과 같은 촌락들의 등불을 찾아보았으나, 그 시커먼 풀숲에는 반짝이는 것이 아무것도 없었다.

그는 만만치 않은 한 밤을 겪을 것을 예상하고 기분이 우울해졌다. 전진했다가 후퇴해서 정복했던 영토를 다시 내주어야 하는 그런 밤이 될 것이라 생각한 것이다. 그는 조종사의 전략을 이해하지 못했다. 그의 생각에는 좀 더 가면 벽에 부딪치듯 밤의 두께와 맞부딪칠 것만 같았다.

지금, 그는 그들 앞쪽에 지평선과 가지런히 대장간의 불빛같이 희미한 빛이 어른거리는 것을 발견했다. 무전사가 파비앵의 어깨를 건드렸다. 그러나 파비앵은 꼼짝도 하지 않았다.

먼 뇌우의 최초의 바람이 비행기를 향해 몰아쳤다. 금속으로 된 기체가 슬그머니 쳐들리며 무전사의 육체를 지그시 누르더니, 다음에는 녹아서 사라지는 것 같아, 그는 몇 초 동안 밤 속에 홀로 떠 있는 것 같은 느낌이 들었다. 그래서 그는 강철로 된 미간(眉間)을 양손으로 꽉 붙들었다.

그에게는 이제 조종석의 붉은 램프 말고는 아무것도 보이지 않으므로, 오직 광부의 안전등 하나에 의지하여, 아무 도움도 없이 밤 한가운데로 내려간다는 생각이 들어 몸이 으스스 떨렸다. 그는 조종사에게 어떻게 할 작정인지 감히 물어보지도 못하고, 두 손으로 강철을 움켜쥔 채 몸을 그쪽으로 구부리고 어두운 그 목덜미를 바라보고 있었다.

희미한 빛 속에서는 오직 꼼짝하지 않는 머리와 양 어깨가 우뚝 솟아 있을 뿐이었다. 이 육체는 약간 왼쪽으로 기울어져, 얼굴을 뇌우와 겨누고 있는 시커먼 덩어리에 지나지 않았다. 그 얼굴은 아마 번개가 칠 때마다 번쩍거리리라. 그러나 무전사에게는 그 얼굴이 조금도 보이지 않았다. 폭풍우를 무릅쓰고 달려들려고 하는 그 얼굴에 나타나는 모든 감정, 그 꽉 다문 입, 그 의지, 그 격노, 그 창백한 얼굴과 저기 보이는 저 짧은 번갯불 사이에 오가는 중요한 것 모두가 그로서는 꿰뚫어 볼 수 없는 것이었다.

하지만, 그도 이 움직이지 않는 그림자 안에서 축적된 정력은 짐작할 수 있었고, 이 그림자를 사랑했다. 이 그림자가 그를 폭풍우를 향해 끌고 가는 것이 틀림없었으나 그것이 그를 덮어주기도 했다. 핸들을 꽉 붙들고 있는 그 손들이 짐승의 목덜미를 내리누르듯 벌써 폭풍우를 내리누르고는 있겠지만, 힘이 잔뜩 들어 있는 그 어깨는 꼼짝 않고 있었다. 이런 모습에서 깊은 근신을 느낄 수 있었다.

말하자면 책임은 조종사가 지는 것이라고 무전사는 생각했다. 그리고 지금은, 화재를 향해 네 굽을 놓고 달리는 이 말 엉덩이에 덧붙이로 타고 앉아, 자기 앞에 있는 그 검은 형체가 나타내는 물질적이고 묵직한 것, 그것이 표현하는 영속적인 것을 음미하고 있었다.

왼편에, 명멸 등대(明滅燈臺)와 같이 희미하게 또 하나의 번갯불이 번뜩였다.

무전사가 파비앵에게 그것을 알리기 위해서 어깨를 건드리려고 손을 드는 중인데, 파비앵이 천천히 머리를 돌려, 몇 초 동안 이 새로운 적과 얼굴을 마주 대했다가, 다시 천천히 그전 위치로 돌아가는 것이 보였다. 그 어깨는 여전히 꼼짝하지 않았고 목덜미는 여전히 의자에 기대 있었다.

8

리뷔에르는 좀 거닐면서, 다시 일어나기 시작한 불안을 잊어 보려고 밖으로 나왔다. 그러니까 행동을 위해서만, 극적인 행동을 위해서만 살아가고 있던 그에게, 이상하게도 연극이 자리를 바꾸어서 개인적인 것이 되는 것같이 느껴졌다. 작은 도시와 소시민들이, 그들의 음악당 둘레에서 볼 때는 평온한 생활을 하는 것 같지만 어떤 때는 병이다, 사랑이다, 초상이다, 하는 따위의 비극이 들어찬 생활도 하고 있다고 그는 생각했다. 그래서 어쩌면…… 자기의 불안이 그에게 많은 것을 가르쳐 주었다. 이래서 보는 눈이 트이는 것이라고 그는 생각했다.

밤 11시쯤 되어서 조금 가벼워진 마음으로 사무실 쪽으로 방향을 돌렸다. 그는 영화관 앞에 몰려 있는 군중을 어깨로 가만히 헤치며 걸었다. 그리고 좁은 길 위에 광고 등의 불빛으로 거의 빛을 잃고 반짝이는 별들을 쳐다보며 생각했다. '오늘밤, 내 비행기가 두 대나 날고 있으니 나는 하늘 전체에 대해서 책임이 있다. 저 별은, 이 군중 속에서 나를 찾고 또 찾아내는 신호다. 그래서 나는 어울리지 않는 조금 고독한 느낌을 가지게 되는 것이다.'

어떤 음악의 일절이 그의 머리에 떠올랐다. 그것은 어제 저녁 친구들과 같이 들은 소나타의 몇 음절이었다. 그의 친구들은 이해를 못했으므로,

"이 예술은 우리도 싫증이 나고 당신도 싫증 나는 것이겠지요. 다만 당신은 그걸 자백하지 않을 뿐이오." 했다.

"그럴지도 모르지……." 그는 대답했다.

오늘밤과 같이 그때도 자기가 고독하다는 것을 느꼈었다. 그러나 이내, 이런 고독이 얼마나 가치 있는 것인지를 깨달았다. 그 음악의 전언(傳言)은 범속한 사람들 중에서 홀로 자기에게만 아늑한 어떤 비밀을 속삭여 주었다. 별의 신호도 마찬가지다. 그것은 그렇게도 많은 어깨를 건너뛰어서, 자기만 알아듣는 말을 속삭인다.

누군가 보도에서 그를 떠밀었다. 그는 또 이렇게 생각했다. '나는 화 내지 않으리라, 나는 군중 가운데를 어슬렁어슬렁 걸어가는 병든 아이의 아버지와도 같다. 병든 아이의 아버지는 자기 안에 집안의 침묵을 지니고 있지.'

그는 사람들을 쳐다보았다. 그는 저들 속에서, 그들의 발명이나 사랑을 간직하고 종종걸음 치는 이들을 알아보려고 해보았다. 그리고 등대지기들의 고독한 생활을 생각해 보았다.

사무실의 정적이 그는 좋았다. 그는 이 방 저 방을 차례로 천천히 건너다녔다. 고요한 가운데 그의 발소리만이 울렸다. 타이프라이터들은 덮개를 쓰고 자고 있었다. 잘 정돈된 서류를 넣어 둔 책상은 잠겨 있다. 10년 동안의 경험과 노력. 그는 많은 돈이 들어 있는 은행 지하실을 둘러보는 것 같은 생각이 들었다. 장부 하나하나가 금화보다도 더 나은 것, 즉 산 힘을 쌓아 올리는 것같이 여겨졌다. 산 힘이긴 하지만, 은행의 금화처럼 자고 있는 힘이었다.

이곳 어디선가 오직 한 사람 있는 야근 사무원을 만나게 될 것이다. 생명과 의지가 끊어지지 않게 하기 위해서 이 비행장에서 저 비행장으로, 툴루즈에서 부에노스아이레스에 이르기까지 잇닿은 사슬이 끊어지지 않게 하기 위해서 어디에선가 한 사람이 일하고 있다.

"그 사람은 자기가 위대하다는 것을 알지 못한다."

어디에선가 우편기들이 싸우고 있다. 야간 비행이 병과 같이 계속되고 있으니, 보살펴 주어야만 한다. 가슴과 가슴을 맞대고 어울려서 손과 무릎으로 어둠과 대결하고 있는 저 사람들, 눈에는 보이지 않지만 자꾸 움직이는 물건, 마치 바아데서 기어 나오듯 맹목적인 팔 힘 하나로 거기에서 빠져나와야 하는 그 물건밖에는 이제 아무것도 알지 못하는 저 사람들을 도와주어야만 한다. 어떤 때는 얼마나 무서운 고백을 듣게 되는가.

"나는 내 손이라도 보려고 그것을 불빛에 비춰 보았소······."

사진사의 그 붉은 현상액(現像液) 속에는 오직 손등의 보송보송한 솜털만이 드러나 보였다. 이 세상에서 아직 남아 있는 것, 구해야 할 것은 오직 그것뿐이었다.

리뷔에르는 영업부 사무실의 문을 밀고 들어섰다. 오직 하나 불 밝혀진 전등이 한구석에 밝은 점을 만들어 놓았다. 타이프라이터 한 대만이 내는 따다닥 소리가 그 침묵을 방해하지 않고, 그것에 어떤 의미를 실어주었다. 가끔 전화벨이 울렸다. 그러면 숙직 직원이 일어나, 고집스럽게 되풀이되는, 그 슬피 부르는 소리를 향해서 발길을 옮겼다. 숙직 직원이 수화기를 집어 들면 보이지 않는 고민이 가라앉았다. 그것은 어둠침침한 구석에서 이루어지는 하나의 조용한 대화였다. 그러고 나서, 직원은 담담한 태도로 책상으로 돌아왔다. 그의 얼굴은 풀 길 없는 비밀을 간직한 채 고독과 졸음에 싸여 있었다. 우편기 두 대가 비행하고 있을 때, 바깥쪽 밤이 부르는 소리는 얼마만 한 위험을 가져오는 것일까? 리뷔에르는, 밤에 램프 밑에 모여 앉은 가족들을 놀라게 하는 전보를, 그리고 거의 영원이라고 생각될 만한 몇 초 동안 아버지의 얼굴 속에 비밀스레 담겨 있는 그 불행을 생각해 보았다. 맨 처음 그것은 부르는 소리라고는 생각지도 못할 만큼 아주 고요하고 힘없는 전파였다. 그리고 그 조용조용한 울림 속에서 자기의 약한 메아리가 들려오는 것이었다. 그럴 때마다, 물속에 들어간 잠수부처럼 적막으로 인해서 느려진 그 사람의 동작이, 잠수했던 사람이 물 위로 솟아오르는 것처럼 그늘에서 램프 쪽으로 오는 그 직원의 동작이 많은 비밀을 간직하고 있는 것같이 생각되었다.

"가만있게, 내가 받지."

리뷔에르는 수화기를 집어 들고, 바깥세상에서 들려오는 웅웅 소리를 들었다.

"리뷔에르입니다."

조그마한 소음이 들리더니, 이어 사람의 목소리가 들려왔다.

"무전국을 대 드리겠습니다."

다시 소음이 들렸다. 교환대에 접속 전을 끼우는 소리였다. 그러더니 또 다른 목소리가 새어 나왔다.

"여긴 무전국입니다. 전보를 알려 드리겠습니다."

리뷔에르는 그것을 받아쓰며 머리를 끄덕였다.

"네……네……."

별일은 없었다. 사무에 관한 정규적인 통신이었다.

리우데자네이루에서는 조회를 하는 것이었고, 몬테비데오에서는 일기 이야기를 하고, 멘도사에서는 재료 이야기를 했다. 그것은 회사의 낯익은 소리들이었다.

"우편기들은 어떻습니까?"

"천둥이 치기 때문에, 비행기의 통신은 들리지 않습니다."

"알았습니다."

여기는 맑게 갠 밤하늘에 별들이 반짝이고 있는데, 무전사들은 그 밤 속에서 멀리 있는 뇌우의 입김을 발견하고 있는 것이라고 리뷔에르는 생각했다.

"그럼, 또 봅시다."

리뷔에르가 일어서려는데 사무원이 그에게로 왔다.

"업무일지에 서명을 해주셨으면……."

"좋소."

리뷔에르는 그 밤의 무거운 짐을 한몫 나누어지고 있는 이 사람에게 깊은 우정을 느꼈다. '진정한 벗 가운데 한 사람이다. 그는 아마 오늘의 밤샘이 얼마나 우리 두 사람을 친밀하게 결합시켰는지 끝내 알지 못할 것이다.' 리뷔에르는 이런 생각을 했다.

9

서류 한 묶음을 손에 들고 자기 책상에 가려는데, 리뷔에르는 오른편 옆구리에 심한 통증을 느꼈다. 몇 주일째 그를 괴롭히는 통증이었다.

'아무래도 재미없는 걸……'

그는 잠시 벽에 기대섰다.

'이게 무슨 꼴이람?'

그러고는 안락의자로 가서 앉았다.

그는 다시 한번, 자기가 늙은 사자처럼 결박당한 것같이 느껴졌고, 그래서 뼈에 사무치는 슬픔이 엄습해 왔다.

'이런 꼴이 되려고 그렇게까지 일을 했단 말인가! 내 나이 쉰 살이니, 50년 동안 나는 쉬지 않고 일을 하고, 스스로 단련하고, 싸우고, 일이 되어 나가는 방향을 바꾸곤 했는데, 이제 와서는 이 통증이 마음을 쓰게 하고 머리를 번거롭게 하고 이 세상에서 가장 중요한 일인 것 같이 생각되다니…… 이게 무슨 꼴이란 말인가!'

그는 잠시 기다리며 땀을 조금 닦았다. 그리고 통증이 가시자 일을 시작했다.

그는 천천히 서류를 조사했다.

'부에노스아이레스에서 301호 엔진을 분해할 적에 발견한 바에 의하면…… 그러므로 책임자에게 중한 징벌을 가할 것임.'

그는 거기에 서명을 했다.

'플로리아노폴리스 비행장은 명령을 지키지 않았으므로……'

그는 서명했다.

'규율에 따라 본 회사는 비행장 주임 리샤르를 전근시킬 것임. 그는……'

그는 서명했다.

그런 다음, 한번 가라앉기는 했으나 은은히 남아 있는, 인생의 무슨 새로운 의의와 같이 새삼스럽게 그의 주위를 끄는 옆구리 통증으로 인해 마음이 심란했다.

'나는 공평한가, 불공평한가? 모르겠다. 다만 내가 벌을 주면, 사고가 줄어든단 말이야. 책임 있는 것은 사람이 아니라, 모든 사람을 벌할 수밖에 없는 흉물스러운 힘이다. 만약에 내가 아주 공평하게 한다면, 야간 비행은 매번 치명적인 모험이 되고 말 것이다.'

그는 이 길을 그렇게도 엄혹한 방법으로 개척했다는 생각을 하니, 마음이 서글퍼졌다. 동정이란 좋은 것이라고 생각했다. 이런 몽상에 잠긴 채 여전히 서류를 뒤적거렸다.

'로블레 씨는 오늘부터 우리 사원이 아님.'

그의 머리에는 이 늙은이의 모습과, 오늘 저녁에 그와 주고받은 이야기가 떠올랐다.

'본보기요 본보기, 어떡합니까?'

'그렇지만 지배인……그렇지만 지배인…… 단 한 번, 단 한 번뿐입니다. 생각해 보십시오! 저는 평생을 일해 왔습니다.'

'본보기를 보여줘야 합니다.'

'하지만 지배인님!…… 이것 보십시오, 지배인님!'

그러고는 그 닳아빠진 지갑과, 젊은 날의 로블레가 비행기 옆에서 찍은 사진이 실린 헌 신문지.

리뷔에르는 늙은이의 손이 그 천진한 명예 위에서 후들후들 떨리는 것을 보았다.

'지배인님, 이건 1910년 일입니다…… 제가 여기서 아르헨티나 최초의 비행기를 꾸몄습니다…… 1910년서부터 비행기 일을 봐왔어요…… 지배인님 그러니까 20년이 됩니다! 그런데 어떻게 그런 말씀을 하실 수 있습니까?…… 젊은 축들이 말입니다, 지배인님 얼마나들 공장에서 웃겠습니까…… 아, 얼마나 웃겠느냐 말씀입니다!'

'그건 난 모릅니다.'

'그리고 제 아이들은요, 지배인님? 제게는 아이들이 있다니까요!'

'그러기에 인부의 일자리를 주겠노라고 하지 않았소?'

'제 체면은요, 지배인님? 제 체면은 어떻게 되느냐고요! 생각해 보십시오. 20년 동안이나 항공에 종사하던 저같이 늙은 사람이……'

'인부가 되시오.'

'싫습니다, 지배인님. 싫습니다…… 제 말씀을 좀 더 들어주십시오……'

'그만두고 가시오.'

리뷔에르는 생각했다. '내가 이렇게 무지막지하게 해고시킨 것은 그 늙은이가 아니다. 그에게는 책임이 없을지도 모르지. 아무튼 나는 그 늙은이를 거쳐서 생긴 그 고장을 내보낸 것이다.

왜냐하면 사건들이란 사람이 명령하는 것이요, 명령에는 복종해야 하는 것이니, 결국 사람이 그것을 만들어 내는 것이다. 또 사람들 또한 가련하니 만큼, 그들 역시 만들어 내는 것이다. 그리고 고장이 정글을 거쳐서 일어날 경우에는 저들을 물리치는 것이다.'

리뷔에르는 이렇게 생각했다.

'제 말씀을 좀 더 들어주십시오!'

그 가엾은 노인은 무슨 말을 하려 한 것인가? 자기의 지나간 날의 기쁨을 빼앗아 가려는 것이란 말을 할 참이었던가? 기체의 강철에 부딪치는 그 연장 소리가 그립다고 말하려던 것인가? 자기의 생활에서 크나큰 한 때를 없애버리는 거라고 말하려던 것인가? 그리고…… 살아가야 하지 않겠느냐는 말을 하려던 것인가?

'몸이 나른한걸' 리뷔에르는 생각했다. 열이, 어루만지듯 그의 몸에 열이 올랐다. 그는 서류들을 토닥거리며 생각했다.

'그 늙은 동료의 얼굴이 나는 좋았지…….' 그러자 그 늙은이의 손이 리뷔에르의 눈앞에 떠올랐다. 그의 두 손이 합장을 하려고 움직일 그 힘없는 동작을 생각해 보았다. 좋소, 좋아요. 그대로 남아 일하시오, 라고만 말하면 그만일 것이다. 리뷔에르는 그 늙은 손에 내려앉을 넘쳐흐르는 기쁨을 상상해 보았다. 그리고 그 얼굴 말고, 그 직공의 늙은 손이 말했을 기쁨이 그에게는 세상에서 가장 아름다운 것으로 생각되었다. '이 서류를 찢어 버리고 말까?' 그러면 그 늙은이는 저녁때 집에 돌아가 가족에게 뻐기지 않고 자랑할 테지.

'그럼, 그대로 일하게 되는 거유?'

'암! 내가 아르헨티나에서 제일 처음으로 비행기를 꾸몄는데!'

그리고 젊은 축들의 웃음거리가 되지 않아도 좋다는 것, 선배가 다시 회복한 위신…… 같은 것이 머리에 떠올랐다.

'찢어버린다?'

전화벨이 울리자, 리뷔에르는 수화기를 들었다.

오랜 시간이 지난 뒤에 바람과 공간이 사람의 목소리에 가져다주는 그 음향과 그 그윽함, 이윽고 목소리가 들렸다.

"여기는 비행장입니다. 누구십니까?"

"리뷔에르요."

"지배인님, 650호가 이륙 대기하고 있습니다."

"응."

"마침내 준비가 다 되었습니다. 그렇지만, 막 출발하려고 할 때 전기 배선을 뜯어고쳐야 했습니다. 연결이 시원치 않았었거든요."

"흠. 배선은 누가 했소?"

"조사해 보겠습니다. 만일 동의하신다면 처벌하려고 합니다. 기내에 전등이 고장나면 큰일이 생길지도 모르니까요."

"물론이지."

리뷔에르는 생각했다. '잘못이란 놈은, 어디서 발견되든지 뿌리를 뽑지 않으면 이렇게 고장이 생기는 법이다. 그 잘못을 만들어 낸 원인을 발견했을 때, 그냥 지나쳐 버린다는 것은 죄악이다. 그러니 로블레는 역시 내보내야겠다.'

아무것도 눈치 채지 못한 직원은 여전히 타이프를 치고 있다.

"그건?"

"보름 치 회계입니다."

"왜 아직 안됐소?"

"제가……"

"나중에 봅시다."

'사건들이 어떻게 해서 이렇게 앞질러만 가는지 이상해. 원시림을 뒤흔들어 놓고, 자라고, 강박하고, 큰 사업 주위에는 사방에서 솟아나는 것 같은 숨은 큰 힘이 어떻게 나타나는지 참 이상하단 말이야.'

리뷔에르는 조그마한 담쟁이덩굴이 쓰러뜨리는 그 신전(神殿)들을 생각했다.

'큰 사업은……'

그는 안심하기 위해서 또 이렇게도 생각했다. '나는 이 사람들을 모두 사랑한다. 내가 싸우는 것은 그 사람들과 더불어 싸우는 것이 아니다. 그 사람들을 거쳐서 나오는 그것과 싸우는 것이다……'

그의 심장이 빠른 속도로 뛰면서 그를 괴롭혔다.

'내가 한 것이 잘한 일인지 나는 모른다. 나는 인생이라든지, 정의라든지 고

뇌가 어떤 가치가 있는지를 정확히 알지 못한다. 나는 한 사람의 기쁨이 얼마만 한 가치가 있는지도 모른다. 떨리는 손이나 자애심이나 자상함이 얼마만 한 값어치가 있는지도 모른다⋯⋯.'

그는 몽상했다.

'인생은 모순 덩어리다. 인생이란 그저 힘닿는 대로 그럭저럭 지내는 것이지⋯⋯ 그러나 영구히 산다는 것, 창조한다는 것, 자기의 없어질 육신을 무엇과 교환한다는 것은⋯⋯.'

리뷔에르는 골똘히 생각했다. 그리고 초인종을 눌렀다.

"유럽행 우편기의 조종사에게 전화해서, 출발하기 전에 내가 좀 보자 하더라고 일러주게."

그는 생각했다.

'이 우편기가 되돌아와서는 안 된다. 내가 사람들을 격려해 주지 않으면, 밤은 언제나 이들을 불안하게 만들 것이다.'

10

전화로 인해 잠이 깬 조종사의 아내는 남편을 들여다보며 생각했다.

'좀 더 주무시게 가만 둬야지.'

그는 남편의 딱 벌어진 드러난 가슴을 넋을 잃고 들여다보며, 훌륭한 배(船)를 연상했다.

그는 어떤 항구 안에서처럼 이 평온한 침대에서 쉬고 있었다. 아무것도 그의 잠을 방해하지 않게 하려고 아내는 손가락으로 이 주름살, 이 그림자, 이 출렁임을 지워버리고, 마치 신의 손가락으로 바다를 가라앉히듯 이 침대를 가라앉혔다.

그녀는 일어나 창문을 열고 바람을 쐬었다. 그 방에서는 부에노스아이레스가 내려다보였다. 춤을 추고 있는 옆집에서 몇몇 곡조가 바람에 실려왔다. 때는 바야흐로 쾌락과 휴식의 시간이었으니까. 이 도시는 병사들을 그 10만의 성(城) 안에 빽빽이 쓸어 넣었었다. 모두가 조용하고 무사했다. 그러나 이 여인에게는 별안간 "전투 준비!" 하고 누군가 소리칠 것 같았고, 그러면 한 사람만이,

자기의 사람만이 벌떡 일어날 것 같은 생각이 들었다. 그는 아직 쉬고 있었다. 그러나 그의 휴식은 돌격을 기다리는 예비대의 휴식과 같은 것이었다. 이 잠든 도시는 그를 보호하지 못했다. 그가 이 도시의 등불이 던지는 뽀얀 불빛 속에서 젊은 신처럼 솟아오를 때는, 그것들이 쓸데없는 것으로 생각될 것이다. 그 여자는 남편의 튼튼한 팔을 바라보았다. 한 시간만 있으면 유럽행 우편기의 운명을 받쳐 들고, 마치 한 도시의 운명과도 같은 어떤 위대한 것에 대한 책임을 맡을 팔이었다. 그녀의 마음은 혼란스러웠다. 이 사람만이 홀로, 수백만 명의 사람들 중에서 야릇한 희생을 위해 준비하고 있는 것이다. 그녀는 그것이 속상했다. 그는 아내의 상냥한 품에서까지 빠져나갔다. 그녀가 남편에게 음식을 해먹이고 그를 보살펴 주고 애무하고 한 것이 자기를 위해서가 아니라, 그를 잡아 가려고 하는 이 밤을 위해서였다. 그의 다정한 손은 길들여진 것에 지나지 않았고, 그 손들이 하는 참된 일은 알 길이 없었다. 그녀는 이 남자의 미소와, 그가 애인과 같이 마음을 쓰는 것을 알고 있었지만 폭풍우 속에서 터져 나오는 그의 고상한 분노는 알지 못했다. 그녀는 음악이다, 사랑이다, 꽃이다 하는 다정한 끈으로 그를 얽어 놓지만 출발할 때마다 이 끈들이 풀어져 떨어지는데도, 그는 그것을 괴로워하는 것 같지도 않았다.

남편이 눈을 떴다.

"몇 시야?"

"자정이에요."

"날씨가 어때?"

"모르겠어요……."

그는 일어났다. 그는 기지개를 켜며 천천히 창문께로 걸어갔다.

"그렇게 춥지는 않겠군. 바람이 어느 쪽으로 불어가오?"

"제가 그걸 어떻게 알아요?……."

그는 머리를 쑥 내밀었다.

"남풍이군, 아주 좋아! 적어도 브라질까지는 바람을 등지고 가면 돼."

그는 달을 발견했다. 그리고 자기가 가멸다는 것을 깨달았다. 그다음, 그의 눈길은 시가 위로 내려갔다.

그는 이 도시를 아늑하다고도, 밝다고도, 따뜻하다고도 생각하지 않았다.

그에게는 벌써 그 등불들이 희미한 모래알같이 흘러나가는 것이 보였다.

"무슨 생각해요?"

그는 포르토 알레그레 쪽에는 안개가 낄지도 모른다는 생각을 하고 있었다.

'내게는 전략이 있어. 어디로 해서 돌아야 할지를 안단 말이야.'

그는 여전히 상반신을 창 밖으로 내민 채였다. 그는 벌거벗고 바다에 뛰어들어가기 전 모습으로 숨을 깊이 들이쉬었다.

"당신은 쓸쓸한 기색조차 없군요…… 며칠 동안이나 나가 있을 텐데도."

일주일 아니면 열흘, 그도 알 수가 없다. 쓸쓸하다니, 천만에. 무엇 때문에 쓸쓸하겠는가. 그 평야들, 그 도시들, 그 산들…… 그는 그것들을 정복하려고 아무 매인데 없이 떠나는 느낌이었다. 그는 또 한 시간 안으로 부에노스아이레스를 점령했다가 내주어 버릴 것이라는 생각도 했다.

그는 싱긋 웃었다.

'이 도시에서…… 나는 눈 깜짝할 사이에 멀리 떨어질 것이다. 밤에 출발하는 건 멋지단 말이야. 남쪽을 향해서 가솔린 핸들을 잡아당기고, 10초 뒤에는 벌써 북쪽을 향해 풍경을 곤두박질시킨다. 시가는 이미 바다에 지나지 않는다.'

아내는 남편이 정복하기 위하여 버려야 하는 것들을 생각해 보았다.

"당신은 당신 가정이 좋지 않아요?"

"내 가정이 좋지……."

그러나 그녀는 남편이 이미 길을 떠나고 있는 것을 알았다. 그 떡 벌어진 어깨는 벌써 하늘을 지그시 떠받치고 있었다.

아내는 그에게 하늘을 가리키며,

"날씨가 좋아요. 당신의 길에는 별이 쫙 깔렸어요."

그는 웃었다.

"응."

그녀는 그 어깨에 손을 얹었다. 그리고 그것이 따듯한 것을 느끼고 가슴이 뭉클했다. 그래 이 육체가 위협을 당하고 있단 말인가?…….

"당신은 아주 튼튼해요. 하지만 조심해요."

"조심하라고? 물론이지……."

그는 또 웃었다.

그는 옷을 입었다. 이 잔치에 가기 위해서 그는 가장 거친 천과, 가장 무거운 가죽을 골랐다. 그는 농사꾼 같은 옷차림을 했다. 그가 둔중해질수록 아내는 그를 홀린 듯 바라본다. 그녀는 손수 혁대를 졸라 주고 장화를 잡아당겨주었다.

"이 장화는 거북한데."

"그럼 이쪽 걸로 해요."

"보조 램프를 달아 맬 끈을 찾아 주오."

아내는 남편을 바라보았다. 그녀는 아직까지도 갑옷에 잘못된 곳이 있으면 손수 고쳤다. 모든 것이 잘 맞았다.

"당신은 참 멋져요!"

남편이 머리를 정성 들여 빗는 것이 눈에 띄었다.

"별들을 위해서 모양을 내는 거예요?"

"나이 들었다는 생각하지 않으려고 그러는 거요."

"샘이 나요."

그는 또 웃고, 아내에게 키스를 하고, 그 두꺼운 옷 위에 그녀를 꼭 껴안았다. 그러고는 어린 계집애라도 들듯 그녀를 번쩍 쳐들어 여전히 웃으며 침대에 갖다 뉘었다.

"자요!"

그러고는 집에서 나와 현관문을 닫고 거리의 알지 못하는 밤의 무리들 사이로 정복을 향한 첫걸음을 내디뎠다.

그녀는 남편에게 있어서는 바닷속에 지나지 않는 그 꽃들과 아늑한 방 안을 누운 채 쓸쓸하게 바라보았다.

11

리뷔에르가 그를 맞았다.

"자네는 지난 비행 때 잘못을 저질렀지. 기상통보가 좋았는데도 도중에 돌아왔으니 말이야. 그냥 지나갈 수 있었는데, 겁이 났나?"

조종사는 뜻밖의 책망에 말없이 가만히 있다. 그는 천천히 양손을 비빈다. 그러다가 고개를 쳐들고 리뷔에르를 똑바로 쳐다보며 대답했다.

"예."

리뷔에르는 겁을 집어먹은 이 용감한 젊은이를 마음속으로 동정한다. 조종사는 발뺌을 하려고 해본다.

"아무것도 보이지 않았습니다. 물론 좀 더 가면……어쩌면……무전도 그렇게 말하고 있었어요. 하지만 조종사 램프가 희미해져서 제 손도 보이지 않았습니다. 저는 날개라도 보려고 현등을 켰습니다만, 아무것도 보이질 않았습니다. 저는 다시 빠져나오기가 힘든 큰 구멍 속 깊이 빠져 들어간 듯한 생각이 들었습니다. 그때 엔진이 떨리기 시작했습니다……."

"아니야."

"아니라니요?"

"아니야. 나중에 시험해 보았는데, 엔진은 아무렇지도 않았네. 하지만, 무서울 때는 반드시 엔진이 떨리는 것같이 생각되는 법이지."

"누구라도 겁이 났을 겁니다. 산들이 위에서 저를 둘러싸고 있었으니까요. 상승하려고 하면 세찬 회오리바람이 앞을 가로막고요…… 아무것도 보이지 않을 때에……회오리바람을 만나는 건……비행기가 올라가기는 고사하고 오히려 100미터나 떨어졌습니다. 자이로스코프도 안 보이고 기압계도 보이지 않았습니다. 그리고 엔진 회전수가 떨어지고 뜨거워지고, 오일 파이프의 압력이 떨어지는 것같이 생각되었습니다…… 이것이 모두 무슨 병같이 어둠 속에서 일어났단 말씀입니다. 등불이 켜진 도시를 다시 보게 되니까 정말 살 것 같았습니다."

"자네는 상상력이 너무 풍부하네. 자, 가 보게."

조종사는 나갔다.

리뷔에르는 안락의자에 깊숙이 들어앉아, 반백이 된 머리에 손을 가져간다.

'저자는 내 밑에 있는 사람들 중에서 제일 용감하다. 그날 밤 그가 무사히 돌아올 수 있었던 것은 참으로 훌륭한 일이었다. 하지만 나는 저 사람을 공포심에서 구해 주어야 한다…….'

그러나 다시 마음이 약해지려고 하자 그는 또 생각했다.

'사랑을 받으려면 동정만 하면 되는 것이다. 그런데 나는 별로 동정을 하지 않든가, 그것을 밖으로 드러내지 않든가 한다. 그렇기는 하지만, 나도 주위에 우정을, 사람들과의 우정을 만들고 싶다. 의사는 그의 직책을 다할 적에 그것들을 얻는다. 그런데 나는 사건에 봉사하는 사람이란 말이야. 나는 소용에 닿도록 사람들을 단련시켜야 한다. 밤에 항공 지도를 펴놓고 사무실에 앉았노라면, 이 숨은 법칙을 명백히 깨닫는다. 내가 보살피지 않고, 잘 마련된 일들이 그저 제 갈 길을 가게 내버려두면 그때는 이상하게도 사고가 생긴다. 마치 내 의지 하나로 비행 중에 있는 기체가 절단이 나는 것을 막고 폭풍우가 비행 중에 있는 우편기를 지연시키는 것을 막기라도 하듯이 말이다. 때로는 내 능력에 겁이 날 지경이다.'

그는 또 이렇게도 생각한다.

'이건 명백한 일일지도 모른다. 잔디밭을 손질하는 정원사의 끝없는 노력도 마찬가지다. 그 손의 무게 하나로 땅이 자꾸만 길러내는 원시림을 땅속으로 다시 쫓아 버리는 것이다.'

그는 조종사를 생각한다.

'나는 그를 공포심에서 구해 준 것이다. 나는 그 사람을 책망하는 것이 아니고, 미지의 세계 앞에서 사람들을 무력하게 만드는 저 압력을 그 사람을 통해서 공격하는 것이다. 만약에 내가 그의 말을 듣는다든지, 동정한다든지 그가 치른 모험을 대수로이 생각한다든지 하면, 그는 자기가 신비의 세계에서 돌아온 것같이 생각할 것인데, 실로 사람이 무서워해야 하는 것은 바로 그런 신비감뿐이다. 사람들이 그 캄캄한 우물 속으로 내려갔다가 올라와서, 아무것도 만나지 못했노라고 말하게 해야 하는 것이다. 저 조종사는 겨우 손이나 날개밖에 비치지 않는 그 조그만 광부의 안전등조차 지니지 않고, 밤의 가장 그윽한 속까지, 그 겹겹이 싸인 어둠 속으로 내려가 미지의 세계를 어깨 바람으로 떠밀어야 하는 것이다.'

이 투쟁에서 리뷔에르와 조종사들은 마음속 깊이 드러나지 않는 우정으로 맺어져 있었다. 그들은 같은 배를 타고 있어, 이기겠다는 똑같은 욕망에 불타는 사람들이었다. 리뷔에르는 밤을 정복하려고 자기가 치른 싸움들도 생각이 났다.

정부 측에서는 이 암흑의 영토를 탐험하지 않은 가시덤불 덮인 땅처럼 경계했다. 비행기를 시속 200킬로미터로 폭풍우와 안개와, 밤이 숨겨 가지고 있는 물질적 장애물들을 향해서 떠나보낸다는 것은 군사 비행에나 허락해 줄 만한 모험으로 생각한 것이다. 군사 비행에서는 맑게 갠 밤에 어떤 비행장을 출발해서 폭격을 하고 있던 비행장으로 돌아오는 것이다. 그러나 정기 항공은 야간에는 실패를 하리라는 것이었다. 거기에 대해서 리뷔에르는 이런 항변을 했었다. "기차와 기선에 비해서 낮 동안에 앞섰던 것을 매일 밤 잃게 되니 이건 우리로서는 사활이 걸린 문제입니다."

리뷔에르는 손익(損益)이니, 보험이니, 여론이니 하는 문제를 시들하게 듣다가 한마디 쏘았다. "여론이야……이끌어 나가면 되는 거지요!" 그는 생각했다. '왜 우물쭈물하느냔 말이야. 그 무엇이, 무엇보다도 중요한 것이 있는데, 살아 있는 것은 살기 위해 모든 것을 뒤집어엎어버리고, 살기 위해 자기에게 적당한 법률을 만드는 것이다. 그건 어쩔 수 없는 일이다.' 리뷔에르는 언제 어떻게 영업 항공이 야간 비행에 손을 댈지 알지 못했다. 그러나 이 피할 길 없는 문제에 대비해 해결책은 준비해야 한다고 생각했다.

그는 초록색 테이블 클로스 앞에서 주먹으로 턱을 괴고 앉아, 이상하게도 기운이 솟아나는 듯한 기분으로 여러 가지 반대 의견을 들었던 생각이 난다. 그 반대 의견들이 그에게는 허무한 것으로, 미리부터 생명력에 의해서 패배의 선고를 받은 것으로 여겨졌다. 그리고 그는 자기 안에 자신의 힘이 무겁게 뭉쳐 있는 것을 느꼈다. 리뷔에르는 생각했었다. '내 논리는 무게가 있다. 나는 이긴다. 이건 사물의 자연적인 추세다.' 모든 위험을 제거할 수 있는 완전한 해결책을 내놓으라고 따지고 들면, 그는 이렇게 대답했다. "경험이 법을 만들어 줄 겁니다. 법의 지식이 경험을 앞서는 일은 없습니다."

다년간 분투한 결과, 리뷔에르는 승리를 거두었다. 어떤 사람들은 '그의 신념' 때문이라고 하고, 어떤 사람들은 '곰이 돌진하는 것 같은 그의 끈기와 열정' 때문이라고 했다. 그러나 그는 그저 자기가 좋은 쪽에 가담했기 때문이라고 할 뿐이었다.

처음에는 얼마나 주의를 해야 했는지 모른다! 비행기들은 해뜨기 겨우 한 시간 전에나 떠나고, 해지기 한 시간 전에는 반드시 착륙했었다. 리뷔에르는 자기 경험으로 자신이 더 생겼을 때에야 비로소 깊은 밤을 향하여 감히 우편기를 떠나보낼 생각을 했던 것이다. 지금 그는 별로 찬성을 받지 못하고 거의 비난을 받다시피 하며, 홀로 투쟁을 계속하고 있다.

리뷔에르는 비행 중에 있는 비행기들의 마지막 보고를 들으려고 초인종을 누른다.

12

그동안, 파타고니아 선의 우편기는 뇌우에 접근하고 있었다. 파비앵은 그것을 우회하기를 단념했다. 번갯불 줄기가 그 지방 안쪽으로 깊숙이 뻗어 들어가며 두꺼운 구름의 요새를 비추는 것을 보고, 그는 폭풍우의 범위가 너무도 넓다고 생각했다. 그는 먼저 뇌우 밑으로 빠져나가 보고 일이 틀어지면 되돌아갈 작정이었다.

그는 비행기의 고도를 보았다. 1천7백 미터. 고도를 낮추려고 핸들을 잡은 양손바닥에 힘을 주었다. 엔진이 부르르 떨며 비행기가 흔들렸다. 파비앵은 대중하여 하강 각도를 고쳤다. 지도 위에서 산 높이를 조사해 보니 500미터였다. 그는 여유를 두기 위해 700미터 고도로 비행하기로 한다.

그는 전 재산을 걸 듯 고도를 희생시켰다.

회오리바람에 말려 내려가며 비행기는 더욱 심하게 흔들렸다. 파비앵은 눈에 보이지 않는 사태에 위협당하는 것 같았다. 그는 자기가 뒤로 돌아가 무수한 별들을 다시 만날 것 같은 공상이 들었으나, 각도를 조금도 돌리지 않았다.

파비앵은 자기의 운을 계산했다. 이것은 아마 국지적인 뇌우일 것이다. 왜냐하면 다음 기항지인 트렐레우에서는 하늘이 4분의 3가량 흐렸다고 통보해 왔으니 말이다. 기껏해야 20분 동안만 이 시커먼 콘크리트 속에서 배겨내면 되는 것이다. 그러면서도 조종사는 불안했다. 바람의 압력에 기대듯 왼편으로 몸을 기울인 채 더할 수 없이 캄캄한 밤중에도 희미하게 흐르는 빛이 무엇인가를 알아보려 했다. 그러나 그것은 이미 빛도 아니었다. 고작해야 캄캄한 어둠 속에서 일어나는 밀도의 변화가 아니면 눈의 피로에서 오는 것이었다.

그는 무전사가 건네주는 종이쪽지를 펼쳤다.

'우리는 지금 어디를 비행하고 있습니까?'

파비앵도 그것이 무척 알고 싶었다.

'모르겠어요. 우리는 나침반을 가지고 뇌우 속을 건너지르고 있는 중이오.'

그는 다시 상체를 기울였다. 그는 배기관에서 내뿜는 불꽃에 막혀 앞이 보이지 않았다. 그 불꽃은 불의 꽃다발 모양으로 엔진에 붙어 다니는 지극히 희미한 것이어서 달빛만으로도 보이지 않을 정도였지만, 이 깜깜절벽 안에서는 안계(眼界)를 모두 집어삼키는 것이었다. 그는 그 불꽃을 바라보았다. 그것은 관솔불처럼 곧추서서 바람에 펄럭이고 있었다.

30초마다 파비앵은 자이로스코프와 컴퍼스를 들여다보려고 조종석 밑으로 머리를 디밀었다. 그는 이미 오랫동안 눈을 부시게 만드는 약한 붉은 램프를 켤 생각조차 못했다. 다행히도 라듐으로 숫자가 표시된 계기들은 모두 별과 같은 창백한 빛을 내고 있었다. 거기 지침과 숫자 한가운데에 앉아서 조종사는 허망한 안전감을 맛보고 있었다. 바다 밑에 가라앉은 선실 안의 안전감 같은 것이었다. 밤과 밤이 운반해 오는 바위와 표류물과 산 같은 것들이 모두 하나같이 무서운 운명을 품고 비행기를 향해 흘러오고 있었다.

'우리는 지금 어디를 비행합니까?'

무전사가 재차 물었다.

파비앵은 다시 목을 길게 빼고 왼편으로 몸을 굽혀 또 무거운 망을 보기 시작했다. 그는 얼마만 한 시간과 얼마만 한 노력이 들어야 그 어둠의 결박에서 해방될 것인지 알 수 없었다. 그는 거의 언제까지고 거기서 놓여지지 못할 것 같은 생각이 들었다. 왜냐하면 자기의 희망을 북돋아 주기 위해서 수없이 펴서는 읽고 되읽고 한 그 더럽고 구겨진 종잇조각에다가 자기의 생명을 걸고 있었으니까 말이다. '트렐레우, 하늘은 4분의 3이 흐리고 바람은 약한 서풍'이라고 쓴 종이쪽지였다. 트렐레우가 4분의 3만 흐렸다면 구름 틈새로 그 등불들이 보일 텐데. 하기는……'

저 멀리 보이는 언약된 엷은 빛을 보고 그는 비행을 계속했다. 그러나 덜컥 의심이 났기 때문에, '빠져나갈 수 있을지 모르겠소. 후방에는 여전히 날씨가 좋은지 알아봐주시오' 하고 끼적거려서 무전사에게 주었다.

그 대답을 듣고 그는 천만 낙심했다.

'콤모도로에서는, '이곳으로 돌아올 수 없음. 폭풍우'라고 통보해 왔습니다.'

그는 예사롭지 않은 폭풍우 공세가 안데스산맥에서 바다 쪽으로 덮쳐 내려가는 것임을 짐작하기 시작했다. 그가 도시들에 닿기 전에 태풍이 먼저 그 도시를 휩쓸어 버릴 것이라는 생각이 들었다.

'산안토니오의 일기를 물어보시오.'

'산안토니오에서는 '서풍이 불기 시작하는데 서쪽에는 폭풍우가 있음. 하늘은 4분의 4가 흐렸음' 하는 회답이 왔습니다. 공전(空電) 때문에 산안토니오 무전국에서는 도무지 잘 안 들린답니다. 저도 잘 안 들립니다. 공전 때문에 오래지 않아 안테나를 걷어 올려야 할 것 같습니다. 되돌아가시렵니까? 어떡하실 생각이십니까?'

'닥쳐요. 바이아블랑카의 일기를 물어보시오.'

'바이아블랑카에서는 '20분 안으로 서쪽에서는 심한 뇌우가 바이아블랑카로 덮쳐올 것이 예상됨'이라는 회답입니다.'

'트렐레우의 일기를 알아보시오.'

'트렐레우에서는 '초속 30미터의 대폭풍이 서쪽에서 불어오고, 폭우가 내림'이라고 대답해 왔습니다.'

'부에노스아이레스에 보고하시오. '사방이 꽉 막혔음. 천 킬로미터에 걸쳐 폭풍우가 발생하여 아무것도 보이지 않음. 어떻게 할 것인가?'라고.'

조종사를 항구에로 이끌어 가지도 않고 항구란 항구는 모두 손이 닿지 않을 것같이 생각되었다. 휘발유가 1시간 40분만 있으면 떨어질 것이니, 새벽까지 견디지도 못할 것인 만큼, 이 밤이 그에게는 끝 간 데 없는 것처럼 느껴졌다. 왜냐하면 조만간 이 깊은 암흑 속으로 눈 딱 감고 빠져들어 가지 않을 수 없을 테니 말이다.

'날 샐 때까지 배겨낼 수만 있다면……'

파비앵은 새벽을, 마치 이 어려운 밤을 지낸 다음 밀려 올라갈 황금빛 모래가 깔린 해변인 듯 생각했다. 위험을 당하고 있는 비행기 밑으로 평편한 해변이 나타나리라. 평온한 대지는 잠자는 농가와 가축 떼와 야산들을 고이 떠받치고 있겠지. 어둠 속에서 굴러다니던 표류물들이 모두 무해하게 되어 있겠지. 그는 만약 할 수만 있다면 새벽을 향해서 헤엄이라도 쳐나가고 싶었다.

그는 자기가 포위당했다고 생각했다. 어쨌든 모든 것이 그 깊은 어둠 속에서 해결될 것이다.

그것은 사실이다. 그는 어느 해, 해가 뜨는 것을 보고 건강 회복기에 들어서는 것 같다는 생각을 한 적이 있었다.

그러나 해가 살고 있는 동쪽을 뚫어져라 바라본들 무슨 소용이 있겠는가? 그와 해 사이에는 헤어 나올 수 없을 만큼 깊은 밤이 가로놓여 있으니 말이다.

13

"아순숀 선 우편기는 무사히 진행 중이오. 2시쯤 도착할 테지. 그런데 난항 중인 파타고니아 선 비행기는 상당히 지연될 것으로 예상되네."

"알았습니다, 리뷔에르 님."

"파타고니아 선 비행기가 도착하기 전에 유럽행 비행기를 이륙시킬지도 모르겠네. 아순숀 비행기가 도착하는 대로 지시를 청하게. 그리고 만반의 준비를 해두게."

리뷔에르는 북쪽 기항 비행장들에게서 온 전보를 읽고 있었다. 그 전보들은 유럽행 우편기를 위해서 달이 비치는 길을 열어 놓았다. '쾌청, 만월, 무풍'이라고.

브라질의 산들이 밝은 하늘에 뚜렷이 솟아올라 바다의 은빛 파도 위에 그 검은 밀림의 숱한 머리칼을 담그고 있었다. 달빛이 싫증도 내지 않고 내리지르 건만 빛깔이 보이지 않는 그 밀림들. 그리고 바다 위에 떠 있는 섬들도 표류물들같이 검었다. 그리고 전 항공로 위에는 빛의 샘이라고 할 만큼 다하지 않는 달빛이 비치고 있었다.

리뷔에르가 출발 명령을 내리면 유럽행 우편기의 탑승원은 온 밤을 고요히 비추어 줄 안정적인 세계로 들어갈 것이다. 그림자와 빛의 덩어리가 균형을 위협하는 그 무엇도 없는 세계, 깨끗한 바람의 보드라운 감촉조차도 스며들지 않는 세계, 몇 시간 만에 온 하늘을 망쳐 놓을 수도 있는 바람조차 없는 세계로 들어갈 것이다.

그러나 리뷔에르는 이 광휘(光輝) 앞에서 마치 채굴이 금지된 금광 앞에 선 탐광자처럼 망설였다. 남쪽에서 일어나는 사건들은 야간 비행의 유일한 지지자인 리뷔에르에게 불리한 것이었다. 그의 반대론자들은 파타고니아에서 일어난 참사로 말미암아 정신적으로 대단히 유리한 입장에 서게 되어서 어쩌면 리뷔에르의 신념이 이제는 무효하게 될지도 모를 일이다. 왜냐하면 리뷔에르의 신념만큼은 확고부동이었으니, 자기 사업에 빈틈이 하나 있어 참극이 일어나는 것을 막지는 못했지만 그 참극은 빈틈을 하나 보여주었을 뿐, 그 밖에 아무것도 증명하지 않았다. '어쩌면 서부 지방에다 기상 관측소를 세울 필요가 있는지도 모르겠다……생각해봐야겠다.'

그는 또 이런 생각도 했다. '나에게는 야간 비행을 주장하는 확고한 이유는 그대로 남아 있으면서 거기에다가 사고를 일으킬 수 있는 원인이 하나 줄었다. 즉 이번에 드러난 그 원인이 말이다.' 실패는 강한 자들을 더 강하게 만든다. 그런데 불행히도 종사원들에 대해서는 도박을 하는 셈인데, 그 도박은 사물의 참뜻을 참작하지 않는다. 따고 잃는다는 것은 단순히 표면적으로 드러나는 것뿐이고 따거나 잃는 것은 실제로는 아주 보잘것없는 것에 불과하다. 그런데 이렇게 피상적인 실패로 인해 사람은 옴짝달싹 못하게 결박되는 것이다. 리뷔에르는 초인종을 눌렀다.

"바이아블랑카에서는 여전히 아무 입전(入電)도 없나?"

"없습니다."

"그 비행장을 전화로 불러 주게."

5분 뒤에 그는 소식을 묻고 있었다.

"왜 아무 통보도 안 보냅니까?"

"우편기의 발신을 들을 수가 없습니다."

"아주 침묵해 버렸습니까?"

"모르겠습니다. 뇌우가 너무 심해서요. 비행기에서 발신을 하더라도 들리지 않을 겁니다."

"트렐레우에서는 들린답니까?"

"우리는 트렐레우도 들리지 않습니다."

"전화해 보시오."

"해보았습니다만, 선이 끊어졌습니다."

"거기는 일기가 어떻습니까?"

"잔뜩 찌푸렸습니다. 서쪽과 남쪽에서는 번개가 칩니다. 몹시 더워지고 있습니다."

"바람은요?"

"아직은 약합니다만, 그것도 약 10분 동안 뿐일 겁니다. 번개가 빨리 가까워집니다."

잠시 동안의 침묵.

"바이아블랑카요? 듣고 있습니까? 좋습니다. 10분 뒤에 다시 불러 주시오."

그러고 나서 리뷔에르는 남쪽 기항지 비행장 여러 군데로부터 온 전보를 뒤적거렸다. 어느 비행장이나 모두 우편기의 침묵을 알렸다. 어떤 비행장에서는 이미 부에노스아이레스에 응답조차 하지 않았다. 그리고 지도 위에는 침묵을 지키는 지방의 얼룩이 켜져 갔다. 이들 지방의 소도시에서는 벌써 태풍의 습격을 받아 문이란 문은 모두 닫히고 불기 없는 거리거리의 집들은 바다에 홀로 떠 있는 배나 다름없이 나머지 세상과 인연이 끊어져서 밤 가운데에 방황하고 있었다. 오직 새벽만이 저들을 구해 낼 것이다.

그렇지만, 리뷔에르는 지도를 들여다보며, 아직도 많은 하늘의 대피소를 발견할 희망을 놓지 않았다. 그도 그럴 것이 서른 군데나 넘는 지방의 경찰에 기상 상태를 묻는 전보를 쳐두었는데, 그 회답이 그에게 도착하기 시작한 것이다. 천 킬로미터에 걸쳐 모든 전화국들은 어떤 국이든지 비행기에서 부르는 소리를 붙잡으면 30초 안으로 부에노스아이레스에 알리라는 지시를 받았었다. 그리고 부에노스아이레스 무전국에서는 그에게 대피소의 위치를 알려서 그것을 파비앵에게 전달하기로 되어 있었다.

직원들은 새벽 1시에 소집되어 각기 사무실로 돌아왔었다. 그들은 거기에서 소곤소곤, 야간 비행을 중지할지도 모른다는 이야기며, 유럽행 우편기까지도 해 있을 때 이륙하게 될지도 모른다는 이야기들을 나누었다. 파비앵에 대한 이야기며, 태풍에 대한 이야기며 특히 리뷔에르에 대한 이야기들을 소곤소곤 주고받았다. 그들은 바로 거기서 이 자연의 거부로 리뷔에르가 납작하게 되어 있다는 것을 눈치 챘다.

그러나 모든 목소리가 사라졌다. 리뷔에르가 외투를 입고 여전히 모자를 깊숙이 내려 쓰고, 영원한 길손 같은 차림으로 자기 방문 앞에 나타났기 때문이다. 그는 과장 쪽으로 조용히 한 걸음 다가갔다.

"지금 1시 10분인데, 유럽행 우편기의 서류는 다 되어 있소?"

"저……저는 떠나지 않을 걸로 생각하고서……."

"자네는 생각할 필요 없어! 이행만 하면 된다고!"

그는 뒷짐을 지고 천천히 열린 창문 쪽으로 돌아섰다. 직원 한 사람이 와서,

"지배인님, 우리는 회답을 별로 받지 못할 것입니다. 내륙 지방은 벌써 여러 군데 전화선이 끊어졌다는 통보가 왔습니다……."

"좋소."

리뷔에르는 꼼짝하지 않고 밤하늘을 올려다보았다.

이와 같이 보고 하나하나가 모두 파비앵의 우편기를 위협했다. 각 도시가 전화선이 절단되기 전에 회답할 수 있는 경우에는, 외적의 침입이 전진하는 것을 알리듯 태풍의 진행을 알렸다. "그것은 내륙 지방, 안데스산맥에서 와서, 모든 통로를 휩쓸며 바다 쪽으로 향하여 감……."

리뷔에르는 별이 너무 반짝이고 공기가 너무 습하다고 생각했다. 이 얼마나 이상한 밤이란 말인가! 그것은 무슨 빛나는 과일처럼, 갑자기 군데군데 썩어 들어갔다. 부에노스아이레스의 하늘에는 아직도 별들이 반짝이고 있었다.

그러나 그것은 오아시스에 지나지 않았다. 그것도 잠시 동안의 오아시스에 불과했던 것이다. 뿐만 아니라, 이 오아시스는 그 비행기 탑승원들의 행동권 밖에 있는 항구였다. 못된 바람이 건드려서 썩는 불길한 밤, 정복하기 어려운 밤이었다.

한 비행기가 어디선가 그 깊은 어둠 속에서 위협당하고 있었다. 지상에서는 사람이 아무 소용도 없이 발버둥을 치고 있고.

14

파비앵의 아내가 전화를 걸었다. 남편이 돌아오는 밤마다 그녀는 파타고니아 선 비행기의 진행 상태를 알아보았던 것이다. '그이는 지금 트렐레우에서 이륙할 것이다…….' 그러고는 다시 잠이 든다. 조금 있다가는 '지금 그이는 산안

토니오에 다가오고 있을 거다. 그 도시의 등불들이 보일 테지……' 그러고는 일어나서 커튼을 열어젖히고 하늘을 판단한다. '저놈의 구름이 모두 그이를 방해하겠구나……' 어떤 때는 달이 목동 모양으로 거닐었다. 그러면 이 젊은 여인은 그 달과 별들, 자기 남편의 둘레에 있는 그 수천수만의 실재들로 인해서 안심하고 다시 잠자리에 든다. 1시쯤 되면, 그녀는 남편이 가까이 있는 것이 느껴진다. '그이는 별로 멀리 떨어진 데 있지 않을 거야. 부에노스아이레스가 보일 거야……' 그러면 그녀는 또 일어나서 남편의 식사를 준비한다. 따끈따끈한 커피를. '하늘에서는 몹시 추울 테니까……' 그녀는 언제나 남편이 눈 덮인 산꼭대기에서 내려오기나 하는 것처럼 그를 맞아들인다. "춥지 않아요?" "춥기는!" "그래도 몸을 좀 녹여요……"

1시 15분쯤 되면 모든 준비가 끝난다. 그러면 그녀는 전화를 건다.

오늘밤도 다른 날 밤이나 마찬가지로 젊은 아내는 소식을 물었다.

"파비앵이 착륙했습니까?"

전화를 받은 직원은 약간 당황했다.

"누구십니까?"

"시몬 파비앵이에요."

"아, 그러십니까? 잠깐 기다리십시오……"

직원은 아무 말도 할 수가 없어 수화기를 과장에게 주었다.

"누구시지요?"

"시몬 파비앵인데요."

"아, 그러십니까? 무슨 일이십니까, 부인?"

"제 남편이 착륙했습니까?"

잠시 동안 대답이 없었다. 그녀는 아마 이것을 이상하게 여겼을 것이다. 그런 다음 그저,

"안 했습니다." 하는 대답이 있을 뿐이었다.

"늦어지는 건가요?"

"예……"

다시 말이 없다가

"네……연착입니다."

"아!"

이 '아!' 소리는 상처를 입은 육체의 부르짖음 같은 것이었다. 연착은 아무것도 아니다…… 아무것도 아니야…… 그러나 그것이 길어질 때는…….

"아! 그래요?…… 그럼 몇 시에나 도착할까요?"

"몇 시에나 도착하겠느냐고요? 그건 우리도 모르는데요."

그녀는 이제 벽에다 대고 말하는 것이나 다름없다. 자기 물음이 메아리가 되어 돌아오는 것 말고는 아무 말도 들을 수 없다.

"제발, 대답 좀 해주세요! 제 남편이 지금 어디 있습니까?"

"어디에 있느냐고요? 기다리십시오……."

이 무기력이 그녀의 마음에 걸렸다. 저기 저 벽 뒤에는 무슨 일이 일어나고 있는 것이 분명했다.

마침내 직원이 대답하기로 한 모양이었다.

"콤모도로에서 7시 반에 이륙했습니다."

"그다음에는요?"

"그다음에는요? 대단히 늦어져서……악천후로 대단히 늦어져서요……."

"아! 날씨가 나쁘군요……."

부에노스아이레스 상공에 한가로이 걸려 있는 저 달은 얼마나 불공평하고 얼마나 거짓말쟁이란 말인가! 젊은 아내는 문득, 콤모도로에서 트렐레우까지는 겨우 2시간밖에 걸리지 않는다는 것이 생각났다.

"그래 벌써 6시간째나 그이는 트렐레우를 향해서 비행하고 있군요! 그렇지만 통신은 보내 오지요? 뭐라고 그럽니까?"

"뭐라고 해오냐고요? 물론 일기가 이렇게 나쁘고 보면…… 그 뭐…… 그 통신이 들려야 말이지요."

"일기가 그렇게 나쁘다고요!"

"무슨 일이 있으면 곧 알려 드리기로 하겠습니다."

"아니, 그럼 아무것도 모르시는군요……."

"그럼 안녕히 계십시오……."

"아니, 잠깐만! 지배인께 좀 말씀드리고 싶어요!"

"지배인님은 대단히 바쁘신데요. 지금 회의 중이어서요……."

"괜찮아요! 그런 건 아무래도 괜찮아요! 지배인에게 말씀드리겠어요!"

과장은 땀을 씻었다.

"잠깐만 기다리십시오……."

그러고는 리뷔에르의 방문을 밀고 들어갔다.

"파비앙 부인이 말씀을 드리고 싶답니다."

리뷔에르는 생각했다. '내가 염려하던 게 이런 거란 말이야.' 이 비극의 감정적인 소재가 눈에 나타나기 시작한 것이다. 처음에 그는 그것을 거부할까 하고 생각했다. 어머니와 아내는 수술실에 들어가지 않는 법이다. 위험을 당하고 있는 배에서도 각자의 감동은 침묵시키는 법이다. 감동은 사람들을 구조하는 데에 도움이 되지 않는다. 그렇지만 그는 전화를 받기로 했다.

"내 방으로 돌려주게."

그는 멀리서 떨리는 작은 목소리가 들려오는 것을 듣고 이내 그 목소리에 대답할 수 없으리라는 것을 깨달았다. 이러니저러니 해보았자 두 사람에게는 손톱만큼도 효과가 없는 노릇이라고 생각했다.

"부인, 제발 진정하십시오! 저희들이 하는 일에 소식을 오랫동안 기다린다는 건 아주 흔한 일입니다."

그는 지금 단지 개인적인 자질구레한 비탄의 문제가 아니라 사업 자체에 대한 문제가 놓여 있는 분기점에 다다라 있었다. 그의 앞을 막아선 것은 파비앙의 아내가 아니고 인생의 다른 일면이었다.

리뷔에르는 그 작은 목소리, 그 지극히 슬픈 노래를 듣지 않을 수 없었고 그 것을 동정하지 않을 수 없었다. 그러나 그런 감정을 일으키는 것을 경계했다. 사업과 개인의 행복은 양립할 수 없다. 지금 이 두 가지가 서로 대립하고 있는 것이다. 이 여인도 한 절대적인 세계와 그 의무, 그 권리의 이름으로 묻고 있었다. 저녁 식탁 램프의 밝은 빛의 세계, 자기의 육체를 요구하는 육체, 희망의 고향, 애정, 추억, 세계의 이름으로 말이다. 그녀는 자기의 권리를 주장하는 것이다. 그것은 당연한 일이었다. 그리고 리뷔에르도 옳았다. 그러나 그는 이 여인의 진실 앞에 내세울 것이 아무것도 없었다. 그는 형언할 수 없고 인간적인 한 조촐한 가정의 램프 빛 속에서 자기 자신의 진실을 발견했다.

"부인……."

그녀는 이미 듣고 있지 않았다. 리뷔에르는 그 약하디 약한 주먹이 벽을 두드리는 데에 배겨 내지 못하고, 그 여자가 자기 발밑에라도 와서 탁 쓰러진 것 같이 생각되었다.

건조 중에 있는 다리 옆에서 어느 날, 리뷔에르와 함께 부상자를 들여다보고 있던 기사가 그에게 이런 말을 한 적이 있다. "이 다리가 으깨진 한 사람의 얼굴만 한 값어치가 있습니까?" 이 다리를 이용하는 농부들 중에 단 한 사람도 그다음 다리로 돌아다니는 수고를 덜기 위해서 얼굴을 병신으로 만들어도 좋다고 할 사람은 없었을 것이다. 그렇기는 하지만, 사람들은 다리를 놓는다. 기사는 덧붙여 말했었다. "공익이란 사익(私益)이 모여서 이루어지는 것입니다. 그 이상도 그 이하도 아니지요." 나중에 리뷔에르는 기사에게 이렇게 대답했었다. "사람의 생명을 값으로 따질 수는 없다 해도, 우리는 언제나 인간의 생명보다 더 값나가는 것이 있는 것처럼 행동합니다…… 그러나 그것이 무엇이겠습니까?"

이제 리뷔에르는 그 비행기의 탑승원들을 생각하니 가슴이 뻐근해 왔다. 행동, 다리를 놓은 행동조차 행복을 깨뜨린다. 리뷔에르는 자기가 '무엇의 이름으로' 행동하는지 자문하지 않을 수 없었다.

그는 생각했다. '어쩌면 이 일을 하다가 죽을지도 모르는 저 사람들이 다른 일을 했더라면 행복하게 살았을 수도 있었을 텐데.' 그의 눈에는 저녁때 램프의 황금빛 성전(聖殿) 안에 머리 숙인 얼굴들이 아른거렸다. '무엇의 이름으로 나는 그들을 거기에서 끌어냈는가? 무엇의 이름으로 그는 저들을 그 개인적인 행복에서 잡아 빼왔는가? 제일 중요한 법이란 이 행복들을 보호하는 것이 아닌가?' 그러나 자기 자신도 그것을 깨뜨리고 있는 것이다. 그렇지만 그 행복의 성전은 어느 날이고 반드시 신기루처럼 사라지고 말 것이다. 늙음과 죽음은 리뷔에르 자신보다도 더 무자비하게 그것을 망가뜨려 버린다. 어쩌면 그것보다 다른 무엇, 그리고 그것보다는 더 영속적인, 구해 내야 할 무엇이 있을지도 모른다. 리뷔에르는 아마 인간의 그 몫을 얻어내기 위해서 일하는지도 모른다. 그렇지 않다면 그의 행동은 존재 이유가 없어지고 만다.

"사랑하는 것, 그저 사랑하기만 한다는 것은, 막다른 골목이 아니고 무엇이겠는가!" 리뷔에르는 사랑한다는 의무보다 더 큰 의무가 있음을 막연하게 깨닫고 있었다. 혹은 그것도 무슨 애정일 수 있지만, 그러나 다른 애정들과는 아주 판이한 것이었다. 그는 어떤 구절이 생각났다. '그것들을 영구하게 만드는 것이 문제다…….' 그는 어디서 이 구절을 읽었던가? '그대가 그대 안에서 추구하는 것은 죽어 없어진다' 그의 눈에는 페루의 고대 잉카족이 태양신을 경배하던 신전의 모습이 떠올랐다. 산 위에 꼿꼿하게 세워진 그 돌기둥들이 없었다면 지금 인류에게 양심의 가책처럼 무겁게 내리눌리는 위대한 문명에서 무엇이 남아 있겠는가? '어떠한 냉혹, 또는 어떤 괴상한 사람의 이름으로 고대 민족들의 지도자가, 산 위에 그 신전을 쌓아 올리도록 군중들을 강제하여 그들의 영원을 세워 놓게 만들었을까?'

리뷔에르는 또 그들의 음악당 둘레를 돌아다니는 조그마한 도시의 군중들을 그려 보았다. 그런 행복과 그런 치장은…… 하고 그는 생각했다. 고대 민중의 지도자는, 혹 인간의 고통을 애처롭게 생각하지 않았다 하더라도 인간이 죽어 없어짐을 애처롭게 생각했을 것이다. 개인의 죽음이 아니라, 모래바닥에 파묻혀 버릴 인류의 죽음을 말이다. 그래서 그는 사막이 파묻어 버리지 못할 돌기둥이나마 세우라고 자기 백성을 이끌고 갔던 것이다.

15

네 번 접은 이 종이쪽지가 그를 구해 줄지도 모른다. 파비앵은 이를 악물고 그것을 폈다.

'부에노스아이레스와는 통신이 불가능합니다. 손가락이 감전되어 무전기를 조작하지도 못하게 됐습니다.'

파비앵은 약이 올라서 회답을 쓰려고 했다. 그러나 글을 쓰려고 조종 장치에서 손을 떼자 강한 파도 같은 것이 그의 몸을 엄습했다. 5톤이나 되는 그 금속 안에 있는데도, 돌풍은 그를 번쩍 들어 올리고 재주넘기를 시키는 것이었다. 그는 회답 쓰는 것을 단념했다.

그의 손은 다시 파도를 움켜쥐고 그것을 제압했다.

파비앵은 숨을 깊숙이 들이쉬었다. 무전사가 뇌우 때문에 겁을 집어먹고 안테나를 걷어 올리기라도 하면, 도착해서 그의 얼굴을 짓이겨 놓으리라 생각했다. 마치 1천5백 킬로미터 이상이나 떨어진 곳에서 이 어둠이 심연 속에 빠진 그들에게 구원의 밧줄을 던져 줄 수가 있기라도 한 것처럼, 어떻게 해서라도 부에노스아이레스와는 연락을 취해야 한다고 생각했다. 그에게는 별로 소용도 없겠지만 그래도 등댓불과 같은 땅이 있다는 것을 증명해 줄 가물가물한 불빛 하나, 주막집 등불 하나도 보이지 않는 대신에, 적어도 말 한마디, 이미 잃어버린 지구에서 오는 말 한마디만이라도 그는 듣고 싶었다. 조종사는 이 비극적인 진실을 뒤편에 있는 무전사에게 알릴 생각으로 붉은 램프 불에다 대고 주먹을 들어 흔들어 보였다. 그러나 무전사는 도시들이 파묻혀 버리고 등불들이 꺼져 버린 황량한 공간을 내려다보느라고 그것을 알아차리지 못했다.

파비앵은 충고가 들려오기만 한다면 무슨 충고든지 전부 좇았을 것이다. 그는 생각했다. '누가 나더러 뺑뺑 돌라고 하면, 나는 뺑뺑 돌겠다. 정남향으로 나아가라고 하면…….' 달그림자가 커다랗게 비친 아늑하고 평화스러운 대지가 어디엔가 있기는 있을 것이다. 학자들같이 박식한 저 세상에 있는 동료들은 그 대지를 잘 알고 있었다. 꽃과 같이 아름다운 등불 밑에서 지도나 들여다보는 그 무한히 권능 있는 그 동료들은 말이다. 그런데, 그는 자기를 향하여 사태가 밀려와 빠른 속도로 그 시커먼 탁류를 밀어붙이는 돌풍과 밤을 빼놓고는 무엇을 안단 말인가? 사람 둘을 구름 속의 이 물기둥, 이 불꽃 가운데 내버려 둘 수 있단 말인가? 그럴 수는 없다. 누가 파비앵 씨에게 "기수를 240도 방향으로……." 하고 명령하면, 그는 기수를 240도 방향으로 돌릴 것이다. 그러나 그는 혼자뿐이었다.

그에게는 물질마저도 반항하는 것처럼 생각되었다. 비행기가 밑으로 빠져 들어갈 때마다, 엔진이 어찌나 심하게 흔들리는지 비행기 전체가 성이 난 것처럼 부들부들 떨렸다.

파비앵은 조종석 속으로 머리를 틀어박고 자이로스코프의 수평을 들여다보며 비행기를 제어하는 데 온 힘을 쏟았다. 왜냐하면 천지개벽 때의 암흑과 같이 모든 것이 뒤범벅이 된 어둠 속에 빠져 들어가, 밖을 내다보아도 하늘 덩어리와 땅덩어리를 구별할 수 없게 되었기 때문이다. 위치를 가리키는 계기의 지침들이 점점 더 빨리 움직여서 숫자를 붙잡기가 힘들었다. 벌써 그 지침들한테 속아 떨어져서 조종사는 악전고투하며 고도를 잃고 차츰 그 어둠 속으로 파묻혀 들어갔다. 그는 고도계의 숫자를 읽었다. 500미터였다. 그것은 야산과 비슷한 높이였다. 그는 그 산들이 눈이 핑핑 돌 것 같은 파도처럼 그를 향해 밀려오는 것만 같았다. 그는 또 그 가장 작은 덩어리 하나만 있어도 그를 으깨 놓을 수 있을 지상의 모든 산이, 그 받침대에서 떨어지듯, 볼트에서 너트가 빠져나오듯, 취한 듯이 자기 주위를 돌아다니기 시작하는 것같이 느껴졌다. 그 산들은 그를 둘러싸고 무엇인지 알 수 없는 춤을 추며 바싹바싹 죄어들기 시작하는 것이었다.

파비앵은 마지막 결심을 했다. 격돌할 땐 하더라도 어디에든지 착륙하리라고 결심했다. 그래서 산만이라도 피할 생각으로 하나밖에 없는 조명탄을 던졌다. 조명탄은 발화하여 빙빙 돌며 평야를 비춰 주고는 꺼졌다. 그것은 바다였다.

그는 재빠르게 생각했다. '다 틀려먹었구나. 40도나 오차를 고쳐 놓았는데 편류(偏流)하고 말았다. 이건 대선풍이다. 육지는 어디 있단 말인가?' 그는 정서(正西)로 방향을 바꾸었다. 그는 생각했다. '이제는 조명탄도 없으니 죽는 수밖에.' 언제고 한 번은 이런 일이 있을 것이었다. 그런데 저 뒤에 있는 동료는 어떻게 되었을까? ……틀림없이 안테나를 걷어치웠을 것이다. 그러나 조종사는 이미 그를 원망하지 않았다. 만일 조종사 자신이 양손을 펴기만 하면 그저 그것만으로도 그들의 생명은 아무것도 아닌 먼지처럼 곧 사라져 버릴 것이다. 그는 자기 양손에 동료와 자기의 뛰는 심장을 쥐고 있었다. 그는 자신의 양손이 무서워졌다.

멧돼지처럼 몰아치는 돌풍 가운데에서 조종간(操縱桿)의 동요를 완화시키기 위해, 그는 있는 힘을 다해 핸들은 움켜쥐었다. 그러지 않으면 동요 때문에 조종쇄가 끊어져 나갔을 것이다. 그는 여전히 그것을 움켜쥐고 있었다. 그런데 너무 힘껏 움켜쥐었기 때문에 이제는 손에 감각이 없어졌다. 그는 그 손에서 반응이라도 있을까 하고 손가락을 움직여 보았다. 그러나 손이 말을 듣는지도 알 수 없었다. 무엇인지 자기 육체의 부분이 아닌 물건이 양팔 끝에 달려 있었다. 감각도 없고 흐느적거리는 장막피(漿膜皮)가 달려 있었다. 그는 생각했다. '꽉 움켜쥐고 있다고 생각해야겠다…….' 그는 자기의 생각이 손에까지 미치는지 알 수가 없었다. 그리고 그저 어깨가 아픈 것이나 조종간이 흔들리는 것을 깨닫게 되었으므로, '핸들이 손에서 빠져나갈 것 같다. 손이 펴질 것 같다……'고 생각했다. 그러나 그는 감히 이런 생각하는 것도 두려워졌다. 왜냐하면 이번에는 자기 양손이 그 환상의 신비한 힘에 복종해서 어둠 가운데 자기를 놓아 버리려고 살그머니 펴지는 것 같았기 때문이다.

그는 아직 싸움을 포기하지 않고 운을 시험해 볼 수 있을 것이다. 외부에서 오는 불운은 없는 것이니까. 그러나 자기 속에서 오는 불운은 있으므로 자기가 쇠약하다는 것을 느끼는 순간이 오는 것이고, 그렇게 되면, 여러 가지 과오가 현기증같이 사람을 엄습하는 것이다.

그런데 바로 그 순간, 그의 머리 위에 별 몇 개가 폭풍우의 틈새를 뚫고 살 (魚籠) 속의 목숨을 노리는 미끼처럼 반짝였다.

그도 그것이 함정이라고는 생각했다. 어떤 구멍에 별 세 개를 발견하고, 그것을 향하여 올라가면 곧 내려올 수가 없게 되어 그 자리에서 별을 물고 늘어지게 되는 것이다…….

그러나 빛이 하도 목마르게 그리워서 그는 올라가고야 말았다.

16

그는 별이 가리키는 목표를 따라 폭풍의 소용돌이를 피해 가며 올라갔다. 그는 그 희미한 자석에 끌려 올라갔다. 빛을 찾아 그다지도 오랫동안 고생한 끝이라 이제 아무리 희미한 빛이라도 놓치지 않을 것이다. 주막집의 등불 하나만 보더라도 자기가 넉넉한 자라는 생각으로 갈망하던 그 표적 둘레로 죽을 때까지 돌고 또 돌았을 것이다. 그런데 그는 지금 광명의 세계로 향하여 올라가고 있는 것이 아닌가? 위는 트이고, 올라가는 대로 밑은 다시 닫히는 우물 속을 그는 빙글빙글 돌며 조금씩 올라갔다. 그가 올라가는 데 따라 구름은 그 암흑의 흙탕이 가시어 점점 더 깨끗하고 흰 물결처럼 그의 눈앞에 다가와서는 지나가곤 했다. 파비앵은 솟아올랐다.

그는 몹시 놀랐다. 어쩌나 밝은지 눈이 부실 지경이었기 때문이다. 그는 몇 초 동안 눈을 감아야 했다. 그는 밤에 구름이 눈이 부실 수 있으리라고는 일찍이 생각지 못했던 것이다. 그런데 만월과 뭇 성좌가 구름을 반짝이는 파도로 만들어 놓았던 것이다.

솟아오른 바로 그 순간에, 비행기는 별안간 이상할 만큼 평온을 회복했다. 비행기를 기울게 하는 파도 하나 없었다. 둑을 넘어가는 거룻배처럼 비행기는 고요한 물로 들어선 것이다. 비행기는 행복한 섬의 물굽이처럼 알지 못하는 숨은 하늘의 일부분에 접어들었다. 폭풍우가 비행기 밑에는 광풍, 물기둥, 번개가 휘몰아치는 두께 3천 미터의 별세계를 이루고 있었지만, 별을 향해서는 수정과 같고 백설과 같은 얼굴을 돌려대고 있었다.

파비앵은 이상한 세계에 들어선 것이라고 생각했다. 왜냐하면 그의 손, 의복, 비행기 날개 할 것 없이 모두가 빛났기 때문이다. 그것은 빛이 천체에서 오는 것이 아니고, 그의 아래쪽과 그의 주위에 한없이 쌓여 있는 흰 물체에서 발산되는 것이었다.

그의 밑에 있는 구름은 달에서 받는 눈과 같은 빛을 모두 반사시키고 있었다. 탑같이 높이 솟은 좌우 양쪽 구름도 마찬가지였다. 젖 같은 광명이 사방으로 흘러 다니는 가운데 비행기와 탑승원이 옴짝 몸을 잠그고 있었다. 파비앵이 돌아다보니 무전사가 싱글벙글하고 있었다.

"이제 좀 나아졌습니다!" 하고 그는 소리치고 있었다.

그러나 그의 목소리는 엔진의 폭음에 지워지고 미소만이 전해졌다. 파비앵은 생각했다. '우리가 살아날 길이 없어졌는데 웃다니, 나는 아주 미치고 말았어.'

하지만, 그는 그를 붙잡았던 수천수백에 이르는 암흑의 팔에서 놓여났다. 포승을 끌러 잠시 꽃밭을 마음대로 걸어 다니게 혼자 내버려 두는 죄수처럼 그를 옭아매던 줄이 풀어졌다.

'지나치게 잘됐어' 파비앵은 생각했다. 그는 보물과 같이 빽빽하게 쌓여 있는 별들 사이를, 파비앵 자신과 그의 동료밖에는 산 물체라고는 하나 없는 세계를 방황하고 있었다. 다시는 나올 수 없을 보물 집에 갇혀 있는 옛날이야기에 나오는 도시의 도둑들과 똑같은 처지였다. 차디찬 보석들 사이로 무한한 재화를 안고, 그러나 사형선고를 받은 몸으로 그들은 방황하고 있었다.

17

파타고니아의 기항지, 콤모도로 리바다비아의 무전사 한 사람이 갑작스러운 몸짓을 하나, 그 비행장 안에서 아무 소용도 없이 밤을 새우고 있던 사람들이 모두 그의 둘레로 모여들어 들여다보았다.

그들은 강한 광선을 받고 있는 백지 한 장을 들여다보고 있었다. 무전사의 손은 아직도 망설이고 있었고 연필은 흔들리고 있었다. 무전사의 손은 아직도 글자를 붙잡은 채였으나 손가락은 벌써 후들후들 떨고 있었다.

"폭풍우요?"

무전사는 머리로 '그렇다'는 뜻을 표시했다. 천둥이 전파에 섞여 들어와 청취에 방해가 되었다.

그러더니, 그는 알아볼 수 없는 기호 몇 개를 적었다. 그러고는 몇 마디 말을, 그런 다음에는 문장을 하나 꾸며 놓을 수가 있었다.

'폭풍우의 상공 3천8백 미터에 갇혔음. 바다로 불려 갔으므로 육지를 향하여 정서(正西)로 비행 중임. 아래쪽은 전부 구름에 가림. 아직 해상을 비행하고 있는지 알 수 없음. 폭풍우가 내륙까지 뻗쳤는지 통고 바람.'

뇌우 때문에 이 전보를 부에노스아이레스로 전송하기 위해 무전국 하나하나를 릴레이식으로 거쳐야만 했다. 통보는 이 탑에서 저 탑으로 차례차례 올려지는 봉화처럼 밤을 뚫고 달렸다.

부에노스아이레스에서는 이런 답전을 쳐달라고 했다.

'내륙 전체에 폭풍우 엄습. 휘발유 얼마 남았는가?'

'반 시간.'

이 구절은 또 이 기지에서 저 기지로 차례차례 올라가서 부에노스아이레스까지 이르렀다.

비행기 탑승원은 30분 안에 그들을 땅바닥까지 밀어내려 줄 대선풍 속으로 빠져 들어갈 운명에 놓여 있었다.

18

한편 리뷔에르는 깊은 생각에 잠긴다. 그는 이미 희망을 버렸다. 저 탑승원들은 깊은 밤 어디론가 빠져 들어가고 말 것이다.

리뷔에르는 그가 어렸을 적에 깊은 충격을 받았던 어떤 장면을 떠올린다. 시체를 찾아내느라 사람들이 연못 물을 빼고 있었다. 이번에도 역시, 땅 위에서

이 어두운 덩어리가 흘러가 버리기 전에는, 그리고 햇빛을 받아 저 모래밭과 저 평야와 저 밀물이 다시 자태를 나타내기 전에는 아무것도 발견하지 못할 것이다. 어쩌면 팔꿈치를 구부려 얼굴을 가리고 잠자는 것 같은 두 어린이가 고요한 물속의 풀과 금빛 모래 위에 밀려 나와 있는 것을 순박한 농부들이 발견할지도 모른다. 그들은 밤에 빠져 죽은 것이리라.

리뷔에르는 옛날이야기에 나오는 바닷속처럼 밤의 저 깊은 속에 파묻혀 있는 고물들을 생각한다. 꽃이 만발한 모습으로, 아직은 소용되지 않는 꽃을 잔뜩 지니고 날이 새기를 기다리는 사과나무들을 생각한다. 향기가 가득 차고, 잠든 어린양들과 아직은 빛깔이 보이지 않는 꽃을 가득히 지닌 밤은 부요(富饒)하다.

차츰차츰 살찐 밭이랑과 촉촉이 젖은 수풀과 싱싱한 거목들이 해를 향하여 올라올 것이다. 그러나 이제는 해를 끼치지 않게 된 산들과 목장과 양들과 벗하여 세상의 지혜 속에서 두 어린이는 잠든 듯이 보일 것이다. 그리고 볼 수 있는 이 세상에서 무엇인가가 저 세상으로 흘러갔을 것이다.

리뷔에르는 파비앵의 아내가 걱정이 많고 상냥하다는 것을 안다. 이 사랑은 가난한 어린이에게 빌려준 장난감 모양으로 그 여자에게 겨우 빌려준 것밖에는 되지 않았다.

리뷔에르는 아직 몇 분 동안은 조종간에 자기의 운명을 걸고 있을 파비앵의 손을 생각한다. 애무하던 그 손을, 어떤 가슴 위에 얹혀서 신의 손처럼 그 가슴을 설레게 한 그 손을. 어떤 얼굴 위에 얹혀서 그 얼굴의 표정을 변화시킨 그 손을. 기적을 이루던 그 손을 생각한다.

파비앵은 화려한 구름바다 위 밤하늘을 방황하고 있지만 그 밑에는 삶과 죽음이 가로놓여 있다. 그는 자기 혼자만이 사는 성좌들 사이에서 길을 잃고 헤맨다. 아직은 세상을 양손에 쥐고, 가슴에다 대고 그것을 흔든다. 그 핸들 안에 인간의 재화의 무게를 움켜쥐고 아무래도 돌려주어야 할 쓸데없는 보물을 절망적으로 이 별에서 저 별로 끌고 돌아다니는 것이다……

리뷔에르는 아직 어떤 무전기가 파비앵의 목소리를 듣고 있다고 생각한다. 파비앵을 아직 세상과 연결시켜 주는 것은 오직 음악적인 음파, 단조(短調)의 억양뿐이다. 신음소리 한마디 없다. 부르짖음 한마디 없다. 절망이 낼 수 있는 가장 깨끗한 음이 있을 뿐이다.

19

로비노가 그를 고독에서 건져 주었다.

"지배인님, 제 생각에는요…… 이렇게 하면 어떨까 하는데요……."

그에게 어떻게 하자고 제안할 것은 아무것도 없었다. 다만 이렇게 그의 성의를 표시하는 것이었다. 그는 해결책을 발견하는 것이 지극한 소망이었고, 그래서 수수께끼라도 풀 듯 해결책을 찾아보았던 것이다. 그러나 리뷔에르는 그가 발견하는 해결책을 들어주는 법이 없었다.

"이거 봐요, 로비노, 인생에 해결책이란 없는 겁니다. 움직이는 힘이 있을 뿐이오. 그것을 창조해야 됩니다. 그러면 해결책은 저절로 따라오는 거지요."

그래서 로비노는 자기 역할을 그저 기계공들에게 활동적인 힘을 불어넣어 주는 것까지로 한정하고 있었다. 이 보잘것없는 힘이 활동함으로써 프로펠러 보스에 녹이 슬지 않게 되는 것이다.

그러나 오늘 밤의 사건을 당하자 로비노는 무력해졌다. 감독이라는 그의 직함은 폭풍우에 대해서도, 허깨비 같은 탑승원에 대해서도 아무 권력이 없었다. 그 승무원들은 이제는 정말 정근상을 타기 위해서가 아니라 로비노의 처벌을 취소해 버리는 유일한 처벌인 죽음에서 빠져나오기 위해서 몸부림치며 싸우고 있다.

지금 이 순간 로비노는 어떠한 손도 쓸 수 없게 된 채 사무실 안을 서성거리고만 있을 뿐이다.

파비앵의 아내가 면회를 청했다. 걱정이 되어 못 견디는 그 여자는 사무원들 방에서 리뷔에르가 만나 주기를 기다리고 있었다. 사무원들은 힐끔힐끔 그녀의 얼굴을 훔쳐보았다. 그녀는 그것이 부끄러워서 불안한 눈빛으로 주위를 둘러보았다. 거기에 있는 모든 것이 그녀를 달갑게 여기지 않았다. 시체를 밟고 나아가듯 일을 계속하는 이 사람들이 그랬고, 사람의 생명이나 인간의 고통도 무정한 숫자의 찌꺼기밖에는 남겨 놓지 못하는 그 서류들이 그러했다. 그녀는 파비앵의 소식을 알 수 있는 무슨 표적이라도 있을까 하고 찾아보았다. 자기 집에는 방싯 벌어진 침구며 준비해 놓은 커피며, 꽃다발이며…… 모두가 파비앵의 부재를 드러내고 있었다. 그녀는 아무 표적도 발견하지 못했다. 모두가 동정과 우정과 추억에 반대되는 것이었다. 아무도 그녀 앞에서 큰소리로 말하지 않았기 때문에, 그녀가 들은 오직 한마디 말은 어떤 직원이 송장(送狀)을 달라고 내뱉는 욕설이었다. "……빌어먹을! 산토스에 보내는 다이나모의 송장은 어디 있어?" 그녀는 몹시 놀란 표정으로 그 사람을 쳐다보았다. 그리고는 지도가 걸려 있는 벽을 보았다. 그녀의 입술은 보일락 말락 떨렸다. 그녀는 자기가 여기서는 적의 있는 어떤 진리를 드러내고 있음을 짐작하고 마음이 거북해졌다. 숨기라도 했으면 싶을 만큼 여기 온 것이 후회가 될 지경이다. 그녀는 사람들의 주위를 너무 끌까 봐 기침도 참고 울음도 참았다. 자기가 있어서는 안 될 곳에 있는 것처럼, 온당치 못한, 벌거벗은 몸으로 있는 것처럼 생각되었다. 그러나 그녀의 진실은 몹시도 강한 것이어서, 그것을 그녀의 얼굴에서 읽으려고 힐끔힐끔 훔쳐보는 눈길이 끊임없이 그녀에게로 쏟아졌다. 남자들에게 행복의 신성한 세계를 보여줄 만큼 그녀는 대단히 아름다웠다. 그녀는 사람이 알지 못하는 중에 얼마나 숭고한 물건을 손상시킬 수 있는가를 보여주고 있었다. 이렇게 많은 시선을 한 몸에 받게 되자 그녀는 눈을 감았다. 그녀는 사람이 자신도 알지 못하는 중에 어떠한 평화를 무너뜨릴 수 있는가를 보여주었다.

리뷔에르가 그 여자를 만나 주었다.

그녀는 쭈뼛쭈뼛하며, 자기의 꽃이며, 준비해 놓은 커피며, 자기의 젊은 육체에 대해서 호소했다. 한층 더 냉랭한 이 사무실 안에서 그녀의 입술은 새삼스럽게 다시 가냘프게 떨리기 시작했다. 그녀도 이처럼 다른 세상에 와서는 자기 자신의 진실을 설명하기가 어렵다는 것을 깨달았다. 자기 안에서 일고 있는 거의 야성적이라고도 할 만큼 몹시도 격렬한 사랑이, 이곳 모두에게는 귀찮고 이기적인 모습을 띠고 있는 것처럼 느껴졌다. 그녀는 도망이라도 치고 싶어졌다.

"방해가 되시지요……?"

"부인, 방해되지는 않습니다. 다만 부인이나 저나 기다리는 것 말고는 달리 어떻게 할 수가 없군요."

그녀는 어깨를 약간 으쓱했다.

리뷔에르는 그것이 무슨 뜻인지를 알았다. "그이를 기다리고 있는 저 등불,

준비해 놓은 식사, 저 꽃들이 무슨 소용 있겠어요……" 하는 것이었다. 언제가 어떤 젊은 어머니가 리뷔에르에게 고백한 일이 있었다. "제 아들이 죽었다는 것을 저는 아직 받아들이지 못하고 있어요. 참기 어려운 것은 오히려 사소한 물건들이에요. 눈에 띄는 그 애의 옷가지며, 밤에 잠이 깨면 가슴속에 끓어오르는 애정, 이제는 제 젖이나 마찬가지로 소용없어진 그 애정 같은 것 말이에요……" 파비앵의 젊은 아내도 내일에나 파비앵의 죽음을 실감하기 시작할 것이다. 이제는 쓸데없게 된 행동 하나하나에, 물건 하나하나에. 파비앵은 천천히 자기 집을 떠날 것이다. 리뷔에르는 깊은 동정을 마음속으로만 간직했다.

"부인……"

젊은 여인은 자기의 힘이 얼마만큼 남아있는지도 모르고, 겸손하다고까지 할 미소를 띠며 물러갔다.

리뷔에르는 약간 침울한 기분으로 의자에 앉았다.

'하지만 그녀는 내가 찾던 것을 발견하는 데 도움이 되었어……'

그는 건성으로 북쪽 비행장들에서 온 보전(保全) 전보를 또드락거렸다. 그는 생각했다.

'우리는 우리 자신이 영원하기를 바라는 것이 아니고, 다만 행동과 사물이 갑자기 그 의의를 잃는 것을 보지 않기를 바란다. 그러면, 우리를 둘러싸고 있는 공허가 눈앞에 나타나서……'

그의 눈길이 전보 위에 멎었다.

'이제는 의미가 없어지고 만 이 보고들, 이것을 거쳐서 우리들 사이로 죽음이 뚫고 들어오는 것이다……'

그는 로비노를 쳐다보았다. 지금은 아무 쓸모없고 의미도 없는 이 평범한 남자. 리뷔에르는 우락부락하다고 할 말투로 그에게 말했다.

"이것 해라 저것 해라, 일일이 일러주어야 되겠소?"

그런 다음, 리뷔에르는 직원들 방 쪽으로 난 문을 밀고 들어섰다. 순간, 파비앵 부인의 눈에는 잘 알아볼 수 없는 표에서 파비앵의 실종이 명백히 들어왔다. 파비앵의 탑승기 RB903호의 쪽지는 벌써, 벽에 걸린 도표의 사용 불능 기재라는 난(欄)에 꽂혀 있었다. 유럽행 우편기의 서류를 만들던 직원들은 출발이 늦어지리라는 것을 알고 일을 확실하게 하지 않았다. 비행장에서는, 이제는 아무

목적도 없이 밤새움을 하고 있는 지상 근무원들을 어떻게 하느냐는 전화가 걸려왔다. 생명의 활동이 느려졌다. '이것이야말로 죽음이다!' 리뷔에르는 생각했다. 그의 사업은 바람 멎은 바다에 정지한 범선과 같았다.

로비노의 목소리가 들려왔다.
"지배인님…… 그들은 결혼한 지 여섯 주일밖에 안 되었습니다……."
"가서 일이나 하시오."
리뷔에르는 여전히 사무원들을 쳐다보고 있었다. 그리고 사무원들 저쪽에는 인부들, 기계공들, 조종사들, 모두 건설자라는 신념을 가지고 자기 사업을 도와준 사람들의 모습이 떠올랐다. 그는 '섬들' 이야기를 듣고 배를 만들던 옛날 작은 도시들을 생각했다. 그 배에 자기들의 희망을 싣기 위하여, 사람들에게 자기들의 희망이 바다 위에 돛을 펼치는 것을 볼 수 있게 하기 위하여. 배의 덕택으로 모두가 커지고, 모두가 자기 자신에게서 벗어나고, 모두가 해방이 되어서 말이다. '목적은 어쩌면 아무것도 증명하지 못할는지 모르지만 행동은 죽음에서 구해준다. 그 사람은 그들의 배로 인해 길이 살아있는 것이다.'
그러니까 저기 쌓인 전보에 그 진정한 의의를, 밤새움하는 기계공들에게 그들의 불안을, 그리고 조종사들에게 그들의 비장한 목적을 돌려줄 때, 리뷔에르도 죽음과 싸우게 될 것이다. 바람이 범선을 다시 바다 위에 달리게 하듯이 생명이 이 사업을 소생시킬 때, 그도 죽음과 맞서게 되리라.

20

콤모도로 리바다비아 무전국에서는 이제 아무것도 들리지 않는다. 그러나 거기서 천 킬로미터 떨어진 바이아블랑카 무전국에서는 20분 후에 제2보를 청취한다.
"내려감. 구름 속으로 들어감……."
그런 다음에는 분명치 않은 어떤 문구 중에서 이 두 자만이 트렐레우 무전국에 나타났다.
"……아무것도 보이지……."
단파(短波)란 이런 것이다. 저기서는 청취가 되는데, 여기서는 들리지 않는다.

그러다가 까닭 없이 모두가 변한다. 어디에 있는지 위치를 알 수 없는 그 탑승원들이 이미 공간과 시간을 초월해서 세상 사람들에게 존재를 알리는 것이다. 그리고 무전국의 백지 위에는 이미 유령들이 글을 쓰고 있는 것이다. 휘발유가 떨어졌는가, 그렇지 않으면 엔진이 멎기 전에, 조종사는 격돌하지 않고 착륙한다는 최후의 카드를 던지는 것일까?

부에노스아이레스 무전국의 목소리가 트렐레우에 명령한다.

"그걸 물어보시오."

무전국의 수신실은 실험실과 비슷하다. 니켈, 구리, 그리고 전압계와 얼기설기한 전선. 밤샘하는 기사들은 흰 작업복을 입고 묵묵히 무슨 간단한 실험이라도 들여다보는 것 같다.

조심스러운 손가락으로 그들은 기계를 만지고, 금광맥을 찾는 탐광가들처럼 자기(磁氣) 품은 하늘을 조사한다.

"응답이 없습니까?"

"응답이 없습니다."

살아 있다는 표시가 될 음이 어쩌면 들려올지도 모른다. 그 비행기와 그 현등이 별들 사이로 다시 올라오면, 그 별이 부르는 노래가 들려올지도 모른다……

초(抄)들이 흘러간다. 그것들은 피처럼 진하게 흘러간다. 아직도 비행이 계속되는가? 1초 1초가 행운을 앗아간다. 그러니까 흐르는 시간은 파괴하는 것같이 생각된다. 20세기 동안 시간이 신전을 무너뜨리고, 화강석 사이로 길을 내어, 신전을 먼지로 만들어 흩뜨려버리는 것처럼, 이제 여러 세기의 소모가 일초 일초 안에 쌓여 탑승원들을 위협하는 것이다.

1초 1초가 무엇인가를 앗아간다.

파비앵의 그 목소리를, 그 웃음을, 그 미소를. 침묵이 우세해진다. 바다의 무게로 그 탑승원들 위에 자리를 잡는 점점 더 무거운 침묵이 우세해진다.

그때 누군가 주의를 환기시킨다.

"1시간 40분. 휘발유의 극한이다. 아직 비행하고 있을 수는 없지."

그러고는 조용해졌다.

무엇인지 씁쓸하고 싱거운 것이, 여행이 끝날 무렵처럼 입술로 올라온다. 아무것도 알 수 없는, 그리고 메슥메슥한 어떤 일이 일어났다. 그리고 그 얼기설기한 니켈과 이 구리줄들 사이에서, 사람들은 폐허가 된 공장에 떠도는 바로 그 서글픔을 맛본다. 이 기계들은 모두 둔중하고 쓸데없고 용도가 바뀐 것처럼 보인다. 마치 죽은 나뭇가지의 무게처럼 느껴진다.

이제는 날이 새기를 기다리는 수밖에 없다.

몇 시간 있으면, 아르헨티나 전체가 해와 함께 떠오르리라. 그러면, 이 사람들은 해변 모래밭에서 잡아당기는, 천천히 끌어올리는 그물, 무엇이 들어 있을지 알지 못하는 그물을 바라보듯 여기서 꼼짝 않고 머물러 있으리라.

사무실 안에 들어앉은 리뷔에르는 운명이 인간을 해방시켜 줄 때, 크나큰 참사가 있어야 느낄 수 있는 그런 휴식을 느꼈다. 그는 한 지방 전체에 경찰을 동원시키게 했다. 그는 더 이상 아무것도 할 수 없다. 그저 기다려야 할 참이다.

그러나 초상집에서도 질서는 유지되어야 한다. 리뷔에르는 로비노에게 눈짓을 한다.

"북쪽 기항지 비행장들에 전보를 치시오. '파타고니아 선의 우편기는 상당히 연착될 것으로 예상됨. 유럽행 우편기의 출발을 너무 지체시키지 않기 위하여 파타고니아 우편물을 다음번 유럽행 우편기 편에 보내겠음'이라고."

그는 몸을 약간 앞으로 구부린다. 그러나 애를 써서 무엇인가를 생각해 낸다. 그것은 중대한 일이었다. 아! 그렇지. 그래서 잊어버리지 않으려고.

"로비노."

"예?"

"주의서를 하나 만드시오. 조종사들에게 9회 이상의 엔진 회전을 금한다고. 엔진들을 망쳐 놓거든요."

"알았습니다."

리뷔에르는 좀 더 몸을 구부린다. 그는 무엇보다도 혼자 있고 싶었다.

"자, 이 사람 로비노, 좀 나가 주시겠소……."

로비노는 궂은일을 당하고도 마음의 평온을 잃지 않는 이 태도에 놀란다.

21

로비노는 침울한 기분으로 사무실을 이리저리 서성거렸다. 2시에 떠날 예정
이던 그 우편기의 출발이 중지되고 날이 새어서나 떠나게 될 터인즉 회사의 생
명이 정지된 셈이다. 얼굴에 표정을 잃은 사무원들은 아직 밤샘을 하고 있으나,
그 밤샘은 소용없는 것이다. 북쪽 기항지 비행장들에서 오는 보전 전보를 아직
도 규칙적인 리듬으로 받고는 있지만, 그것들 안에 있는 '쾌청', '만월', '무풍' 따
위들은 불모의 왕국의 환상을 불러일으킬 뿐이다. 달빛과 드넓은 황야, 로비노
가 아무 생각 없이, 과장이 쓰던 서류를 뒤적이고 있으려니까, 과장이 자기 앞
에 서서 당돌하게 경의를 표하며 그것을 돌려주기를 기다리고 있는 모습이 눈
에 들어왔다. "아시고 싶은 것이 있으면 말씀입니다. 제게다……." 이렇게 말하
는 듯한 태도였다. 아랫사람의 이런 태도가 감독의 비위에 거슬렸다. 그러나 아
무 대꾸도 생각나지 않았다. 그래서 약이 오른 채 서류뭉치를 과장에게 돌려주
었다. 과장은 아주 거드름을 피우며 자기 자리에 가서 앉았다. 저자를 해고시
켰어야 할걸 그랬다고 생각했다. 그래도 체통을 세우느라 그날 밤의 참극을 생
각하며 몇 걸음 옮겼다. 이 참극 때문에 회사의 어떤 정책이 배척당하게 되리
라 생각하고 로비노는 두 가지 초상을 슬퍼했다.

그러고는, 저기 제 사무실에 틀어박혀 있는 리뷔에르의 모습이 머리에 떠올
랐다. 리뷔에르는 자기를 "이 사람"이라고 불렀었지. 어떤 사람이 이렇게까지 지
지를 받지 못한 적은 일찍이 없었다. 로비노는 지배인이 몹시 가엾게 여겨졌다.
그는 머릿속에서, 은근히 동정하고 위로하는 데에 쓰이는 구절을 몇 개 생각해
보았다. 그는 매우 아름답다고 생각되는 감정에 이끌려 움직였다. 그래서 가볍
게 노크했다. 대답이 없었다. 그는 이 고요한 가운데에서 더 세게 노크할 엄두
가 나지 않아, 문을 밀고 들어갔다. 리뷔에르는 거기 있었다. 로비노가 리뷔에
르의 방에 거의 서슴지 않고, 거의 터놓고 지낸다는 기분으로, 자기 생각으로
는 탄환이 비 오듯 하는 속을 뚫고 부상한 장군에게 달려가 패주하는 동안 모
시고 귀양에서 형제같이 지내는 한 중사와 같은 기분으로, 들어가는 것은 이번
이 처음이었다. "무슨 일이 일어나든, 나는 당신 편입니다." 이렇게 로비노는 말
하고 싶었다.

리뷔에르는 아무 말 없이 고개를 숙인 채 자기 손을 들여다보고 있었다.

로비노는 그 앞에 우두커니 서서 말을 꺼낼 엄두도 내지 못하고 있다. 사자는 잡혀서도 역시 두려운 존재인 것이다. 로비노는 점점 더 정성스러운 말을 준비했다. 그러나 눈을 쳐들 때마다 4분의 3가량 수그린 얼굴과, 반백이 된 머리와 몸시도 비장하게 꽉 다문 입술과 마주쳤다. 마침내 그는 결심했다.

"지배인님……."

리뷔에르는 얼굴을 들어 그를 쳐다보았다. 리뷔에르는 너무나도 깊고 아득한 명상에서 깨어난 길이라, 어쩌면 이 로비노가 앞에 있는 것을 아직 깨닫지 못하는지도 모를 일이었다. 그가 무슨 생각을 하고 있는지, 무엇을 느꼈는지, 마음속에 무슨 슬픔을 지니고 있는지는 아무도 알 수 없었다. 리뷔에르는 로비노를 어떤 사실의 산 증인처럼 오랫동안 쳐다보았다. 리뷔에르가 로비노를 쳐다보면 볼수록 그의 입술에는 이해하지 못할 아이러니가 나타났다. 리뷔에르가 쳐다보면 볼수록 로비노는 얼굴을 붉혔다. 그러니까 리뷔에르에게는 점점 더 로비노가 감격할 만한 호의, 그리고 불행히도 자발적으로 우러나는 호의를 가지고, 인간의 어리석음을 증명하려고 여기 온 것같이 생각되었다.

로비노는 당황했다. 중사도, 장군도, 탄환도 이미 통용되지 않게 되었다. 무엇인지 설명할 수 없는 일이 일어나고 있었다. 리뷔에르는 여전히 그를 쳐다보고 있었다. 그러자 로비노는 엉겁결에 자기 태도를 좀 고쳐, 왼편 포켓에서 손을 뺐다. 리뷔에르는 여전히 그를 쳐다보고 있었다. 그러니까, 마침내, 로비노는 왠지 모르게 몹시 거북한 태도로 말을 꺼냈다.

"명령을 받으러 왔습니다."

리뷔에르는 시계를 꺼내 보고, 그저

"지금 2시요. 아순숀 우편기가 2시 10분에 착륙할 겁니다. 유럽행 우편기를 2시 15분에 이륙시키도록 하시오" 할 뿐이었다.

로비노는 야간 비행이 중지되지는 않는다는 이 놀라운 뉴스를 퍼뜨렸다. 그런 다음 로비노는 과장을 보고,

"검사할 서류를 가져오시오" 했다.

그리고 과장이 그의 앞으로 와 서자;

"기다리시오."

그래서 과장은 기다렸다.

22

아순숀 우편기에서 곧 착륙한다는 것을 알려왔다. 리뷔에르는 가장 몹쓸 곤경을 당하는 그 시간에도, 전보 한 장 한 장을 훑어보며, 이 우편기의 순조로운 비행을 지켜보았다. 그로서는 이것이, 오늘밤의 혼란 중에서 그의 신념의 복수요 증거였다. 이 순조로운 비행은 그 전보로, 무수한 다른 순조로운 비행도 예고해 주는 것이었다. '대선풍은 매일 밤 있는 것이 아니다.' 리뷔에르는 이렇게도 생각했다. '길을 한 번 닦아 놓은 이상, 계속하지 않을 수는 없다.'

꽃이 만발하고 야트막한 집이 들어차고 밍근한 강물이 흐르는 아름다운 정원에서 내려오듯, 파라과이에서 이 비행장 저 비행장을 거쳐 내려오며, 비행기는 별 하나 흐리게 하지 않는 대선풍권외를 미끄러져 오고 있었다. 여행용 담요를 두른 여객 아홉 명은 자기 자리 옆 유리창에 이마를 대고 보석이 하나 가득 들어 있는 진열장을 들여다보듯 밖을 내다보았다. 벌써 아르헨티나의 소도시들이 밤 속에 별세계 도시들의 보다 더 창백한 황금빛 아래에, 그 황금빛 등불을 조르르 늘어놓고 있었기 때문이다. 기수에 있는 조종사는, 산양을 지키는 목자처럼 달빛을 가득히 받은 두 눈을 크게 뜨고, 귀중한 인명의 짐을 두 손으로 받쳐 들고 있었다. 벌써 부에노스아이레스의 그 장밋빛 불빛이 지평선을 환하게 물들였다. 이제 얼마 안 있어, 옛날이야기에 나오는 보물처럼 그 도시의 보석들이 모두 빛나리라. 무전사는 손가락으로 마지막 전보를 치고 있었다. 그것은 무전사가 하늘을 날아오며 흥겹게 친, 그리고 리뷔에르에게는 그 뜻이 통하는 어떤 소나타곡의 마지막 몇 소절을 치기라도 하는 듯했다. 그러고는 안테나를 걷어 올리고, 기지개를 켜고, 하품을 하고 빙그레 웃었다. 모두 도착한 것이다.

착륙하자, 조종사는, 유럽행 우편기의 조종사가 양손을 포켓에 찌르고 자기 비행기에 기대 서 있는 것을 보았다.

"자네가 가나?"

"응."

"파타고니아는 왔나?"

"기다리지 않기로 했어. 행방불명이야. 일기는 좋은가?"

"아주 좋아. 파비앵이 행방불명인가?"

그들은 거기에 대한 이야기는 별로 하지 않았다. 깊은 동지애는 말이 필요 없는 것이다.

아순손에서 유럽으로 가는 우편 행낭들을 유럽행 비행기에 옮겨 싣는 사이 조종사는 여전히 꼼짝 않고 머리를 젖혀 목덜미를 기체에 대고 별들을 우러러 보고 있었다. 그는 자기 안에 위대한 능력이 태어나는 것을 느꼈고, 그러자 세찬 즐거움이 그를 엄습했다.

"다 실었어? 그럼 스위치!" 하는 목소리가 들렸다.

조종사는 까딱도 하지 않았다. 그는 엔진에 발동을 걸고 있었다. 조종사는 비행기에 기댄 자기 어깨에 비행기의 생동감을 느낄 참이다. 떠난다…… 안 떠난다……하고 그렇게도 헛소문이 많이 떠돈 뒤에 조종사는 마침내 안심이 되던 것이다. 약간 벌어진 입술 사이로 가지런한 이빨이 달빛을 받은 젊은 맹수의 이빨처럼 반짝였다.

"조심하게, 밤이니, 응?"

그에게는 동료의 충고가 들리지 않았다. 양손을 주머니에 찌르고, 구름과 산과 강과 바다를 향하여 머리를 젖힌 채, 소리 없이 웃기 시작했다. 조용한 웃음이었다. 그러나 나뭇잎을 건드리는 미풍처럼 그의 안에 나타나 그를 온통 뒤흔들어 놓는 웃음이었다…… 조용한 웃음이긴 했지만, 그러나 저 구름들보다도, 산과 강과 바다들보다도 훨씬 강한 웃음이었다.

"무슨 일인가?"

"그 바보 같은 리뷔에르 자식이 말이야…… 내가 무서워하는 줄 안단 말이야!"

23

조금만 있으면, 비행기가 부에노스아이레스 상공을 지나갈 것이다. 싸움을 다시 시작하는 리뷔에르는 비행기의 굉음이 듣고 싶다. 별세계를 행군하는 군대의 굉장한 발소리같이 폭음이 나서 부르릉거리다가 사라지는 소리가 듣고 싶다.

리뷔에르는 팔짱을 끼고 직원들 사이를 지나간다. 유리창 앞에 가서 발을 멈추고, 귀를 기울이고 생각한다.

만일 그가 단 한 번이라도 출발을 중단했다면, 야간 비행은 명분이 서지 않았을 것이다. 그러나 내일 리뷔에르를 비난할 저 마음 약한 자들을 앞질러 리뷔에르는 또 한 패의 탑승원을 밤 속으로 풀어놓았다.

승리니……패배니……하는 말들은 아무런 의미가 없다. 생명은 이 표상들 밑에 있으면서, 벌써 또 다른 표상을 준비하고 있다. 승리는 한 국민을 약하게 만들고 패배는 또 다른 국민을 각성시킨다. 리뷔에르가 맛본 패배는 어쩌면 참된 승리를 더 가까이 가져오는 약속인지도 모른다. 중요한 것은 오직 전진하는 것뿐이다.

5분만 있으면, 무전국들이 기항지의 비행장에 경보를 발할 것이다. 1만 5천 킬로미터에 걸친 생명의 약동이 모든 문제를 해결해 줄 것이다.

벌써, 비행기라는 파이프 오르간 노래가 울려 퍼져 간다.

리뷔에르는 그의 엄격한 시선 앞에 몸을 굽히는 직원들 사이를 천천히 걸어 자기 자리로 돌아간다. 자기의 크나큰 승리를 지니고 있는 대(大) 리뷔에르, 승리자 리뷔에르.

Le Petit Prince

어린 왕자

레옹 베르트에게

　이 책을 어른에게 바친 데 대해서 어린이들에게 용서를 청한다. 내게는 용서 받을 만한 그럴 듯한 이유가 있다. 그것은 어른이 이 세상에서 나하고 가장 가까운 친구라는 것이다. 또 다른 이유는, 어른은 무엇이든지 알아들을 수 있고, 어린이들을 위한 책까지도 이해할 수 있다는 것이다. 셋째 이유는, 이 어른이 프랑스에 살고 있는데 그는 그곳에서 굶주림과 추위에 떨고 있다는 것이다. 이 어른은 위로받아야 할 처지에 있다. 그래도 이 모든 이유가 부족하다면, 이 어른도 오래전에는 어린이였으니 그 어린이에게 이 책을 바치고자 한다. 어떤 어른도 처음에는 어린이였던 것이다(그러나 그것을 기억하는 어른은 별로 없다). 그래서 나는 이 바치는 글을 고쳐 쓴다.

　어린 시절의 레옹 베르트에게

어린 왕자

1

내가 여섯 살 때, 《체험 이야기》라는 원시림에 대한 책에서 멋진 그림을 하나 보았다. 보아구렁이 한 마리가 맹수를 삼키는 그림이었는데, 그것을 옮겨 그리면 이렇다.

그 책에는 이런 말이 있었다.

'보아구렁이는 먹이를 씹지 않고 통째로 삼킨다. 그러고는 꼼짝 못 하고 먹이가 소화될 때까지 여섯 달 동안 잠을 잔다.'

그래서 나는 밀림에서 일어나는 온갖 모험들을 곰곰이 생각해 보고, 드디어 나도 색연필을 들고 나의 첫 그림을 그려보았다. 내 그림 제1호, 그것은 이랬다.

나는 내 걸작을 어른들에게 보여 주며 내 그림이 무섭지 않느냐고 물어보

았다.

어른들은 대답했다.

"모자가 왜 무섭니?"

내 그림은 모자가 아니라, 코끼리를 소화시키고 있는 보아구렁이를 그린 것이었다. 그래서 나는 어른들이 알아볼 수 있도록 보아구렁이의 속을 그렸다. 어른들에게는 언제나 설명을 해줘야 하니까. 내 두 번째 그림은 이랬다.

어른들은 나에게 속이 보이거나 안 보이는 보아구렁이 그림은 집어치우고, 차라리 지리, 역사, 산수, 문법에 재미를 붙여 보라고 충고했다. 이렇게 해서 나는 여섯 살 때 훌륭한 화가가 될 수 있는 길을 버리게 되었다. 나는 내 그림 제1호와 제2호가 성공을 거두지 못했기에 낙심했다. 어른들은 혼자서는 아무것도 이해하지 못한다. 그래서 언제나 그들에게 설명을 해주자니 어린이들로서는 힘겨운 일이었다.

그 뒤 나는 다른 직업을 골라야 했고, 비행기 조종하는 법을 배웠다. 나는 온 세계를 닥치는 대로 날아다녔다. 지리는 내게 많은 도움이 되었다. 한번 척 보아서 중국과 애리조나를 구별할 수 있었으니까. 밤에 길을 잘못 들었을 때, 그것은 매우 유익하다.

이렇게 해서 나는 수많은 진지한 사람들과 숱한 만남을 가지게 되었다. 오랫동안 어른들과 함께 살며 아주 가까이에서 그들을 보았다. 그렇다고 해서 어른들에 대한 나의 생각이 달라지지는 않았다.

조금 지혜로워 보이는 사람을 만나면 늘 간직하던 내 첫 번째 그림으로 시험해 보았다. 그가 무엇을 좀 알아보는지 알고 싶었기 때문이다. 그러나 돌아오는 대답은 언제나 '모자'였다. 그러면 나는 보아구렁이나 원시림, 별이야기도 꺼내지 않고, 그가 알아들을 수 있게 브리지, 골프, 정치, 넥타이 이야기를 했다.

그러면 그는 이렇게 똑똑한 사람을 알게 되었다며 무척 흐뭇해했다.

2

이처럼 나는, 6년 전에 사하라 사막에서 내가 조종하던 비행기가 고장을 일으킬 때까지, 서로 마음을 터놓고 이야기할 만한 사람도 없이 홀로 살아왔다.

그런데 갑자기 엔진에 무언가 이상이 생겨 사막에 불시착한 것이다. 정비사도 승객도 없었으니 그 어려운 수리를 혼자서 해보려고 마음먹었다. 나에게 그것은 사느냐 죽느냐의 문제였다. 겨우 일주일 동안 마실 물밖에 남아 있지 않았으니까.

첫날 저녁, 나는 사람 사는 곳에서 수만 리나 떨어진 사막 위에 누워 잠이 들었다. 드넓은 바다 한가운데서 뗏목을 타고 흘러가는 조난자보다도 훨씬 외로운 처지였다. 그러니 해 뜰 무렵 조그맣고 이상한 목소리를 듣고 잠이 깨었을 때 얼마나 놀랐는지 모른다.

"아저씨…… 나 양 한 마리 그려 줘!"

"뭐?"

"나 양 한 마리만 그려 줘."

나는 벼락이라도 맞은 듯이 벌떡 일어나 눈을 비비고 자세히 살펴보았다. 그랬더니 나를 의젓하게 내려다보고 있는 어린아이가 눈에 들어왔다. 여기에 그의 초상화가 있다. 이 그림은 내가 나중에 그를 모델로 하여 그린 그림 중에서 가장 훌륭한 것이다. 물론 내 그림은 모델보다는 훨씬 덜 아름답다. 그러나 그건 내 탓이 아니다. 여섯 살 때 어른들 때문에 화가로서의 길을 포기하고, 그림이라고는 속이 보이거나 보이지 않는 보아구렁이밖에 그려본 적이 없으니까.

아무튼 나는 눈이 휘둥그레져서 그 아이를 쳐다보았다. 내가 사람 사는 지역에서 수만 리 떨어진 곳에 있었음을 잊어서는 안 된다. 그런데 이 어린 친구는 길을 잘못 든 것 같지도 않았다. 몹시 고달프다든가, 굶주렸다든가, 목이 마르다든가, 무서워서 벌벌 떤다든가 하는 것 같지도 않았다. 사람 사는 곳에서 수만 리 떨어진 사막 한가운데서 길을 잃은 아이다운 기색이라고는 조금도 없었다. 이윽고 나는 말했다.

"그런데…… 넌 거기서 뭘 하고 있니?"

여기 있는 것이 내가 나중에 그를 그린 그림 중에서 가장 잘된 것이다.

그러나 그 애는 무슨 아주 중대한 일이기나 한 것처럼 가만히 같은 말을 되뇌었다.

"아저씨…… 나 양 한 마리만 그려 줘……."

너무도 이상한 일을 당했을 때는 감히 거역하지 못하는 법이다. 사람 사는 곳에서 수만 리 떨어져, 죽음의 위험을 마주한 자리에서 도무지 이치에 닿지 않는 일이라는 생각이 들었으나, 주머니에서 종이 한 장과 만년필을 꺼냈다. 그러나 나는 문득 지리니 역사니 산수니 문법이니 하는 것만을 배운 일이 떠올라서 그림을 그릴 줄 모른다고 퉁명스럽게 말했다. 그러자 아이가 대답했다.

"괜찮아. 양 한 마리만 그려 줘."

나는 양을 그려 본 적이 없었기 때문에 내가 그릴 줄 아는 두 가지 그림 중에서 하나를 그려 보였다. 속이 보이지 않는 보아구렁이 그림이었다. 그런데 그 어린 친구는 놀랍게도 이렇게 대답하는 것이었다.

"아니야! 아니야! 내가 언제 뱃속에 코끼리가 있는 보아구렁이 그려 달랬어? 보아구렁이는 아주 위험해. 그리고 코끼리는 아주 거추장스럽고. 우리 집은 아주 작아. 난 꼭 양을 갖고 싶어. 나 양 한 마리만 그려 줘."

하는 수 없이 나는 양을 그렸다.

그는 자세히 들여다보더니 말했다.

"안 돼! 이건 벌써 잔뜩 병들었는데. 다른 걸로 그려 줘."

또 그렸다.

어린 친구는 상냥하게 방긋 웃었다.

"아이참, 아저씨…… 그건 어린 양이 아니라 숫양이잖아. 뿔이 있으니 말이야……."

그래서 또다시 그렸다.

그러나 그것도 앞의 그림들처럼 거절당했다.

"이건 너무 늙었어. 난 오래 살 수 있는 양을 갖고 싶은걸."

엔진을 고치는 일이 더 급하기에 나는 참을 수가 없어, 이 그림을 아무렇게나 그려 놓고 한마디 툭 던

졌다.

"이건 상자야. 네가 갖고 싶어 하는 양은 이 안에 있어."

그러나 뜻밖에도 어린 심사관의 얼굴이 환해졌다.

"내가 갖고 싶어 하던 게 바로 이거야! 이 양은 풀을 많이 줘야 할까, 아저씨?"

"왜?"

"우리 집은 아주 작아서……."

"이거면 넉넉해, 내가 준 양은 아주 조그마하거든."

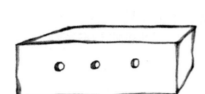

그는 머리를 숙여 그림을 들여다보더니 말했다.

"그렇게 작지도 않은데 뭐. 아! 양이 잠들었다."

이렇게 해서 나는 어린 왕자를 알게 되었다.

3

그가 어디서 왔는지 알기까지 오랜 시간이 걸렸다. 어린 왕자는 내게 여러 가지를 물어보면서도 내 질문은 조금도 듣는 것 같지 않았다. 그래서 그가 우연히 하는 말로 차츰차츰 모든 것을 알게 되었다. 이를테면 그가 내 비행기를 처음 보았을 때 (내 비행기는 그리지 않겠다. 그건 내가 그리기에는 너무나 복잡하니까) 나에게 이렇게 물었다.

"이건 뭐 하는 물건이야?"

"이건 물건이 아니라 날아다니는 거야. 비행기라고 해, 비행기."

내가 날아다닌다는 사실을 가르쳐 주는 것이 자랑스러웠다. 그러자 어린 왕자는 소리쳤다.

"뭐! 아저씨는 하늘에서 떨어졌어?"

"응."

나는 겸손히 대답했다.

"야! 그것참 재미있다……."

그러곤 어린 왕자는 아주 유쾌하게 웃음을 터뜨렸다.

그 때문에 나는 몹시 화가 났는데, 그가 내 불행을 비웃는 것 같았기 때문이다. 어린 왕자는 말을 이었다.

"그럼 아저씨도 하늘에서 왔네! 아저씬 어느 별에서 왔어?"

나는 그의 신비로운 존재를 알아내는 데에 한 줄기 빛이 비침을 깨닫고 재빨리 물었다.

"그럼 너는 어느 별에서 왔니?"

그러나 그는 내 말에는 대답도 없이 비행기를 바라보면서 고개를 가만히 끄덕였다.

"하긴 이걸 타고 그렇게 멀리서 오진 못하겠지……."

그러더니 오래오래 무엇인가 곰곰이 생각했다. 이윽고 내가 그려 준 양을 주머니에서 꺼내더니 보물처럼 열심히 들여다보았다.

살짝 내비치다 그만둔 '다른 별들' 이야기가 얼마나 나를 궁금하게 했겠는가? 그래서 나는 좀 더 알아보려고 애를 썼다.

"얘야, 넌 어디서 왔니? 네 집은 어디니? 내 양을 어디로 데려가려고 그러니?"

말없이 무엇인가 곰곰 생각하더니, 어린 왕자는 이렇게 말했다.

"아저씨가 준 상자 말이야. 그게 밤에는 양의 집이 될 테니까 다행이야."

"그렇고 말고. 그리고 네가 얌전하게 굴면, 낮 동안에 양을 매어둘 고삐도 줄게. 말뚝도 주고."

나의 제안은 어린 왕자 마음에 들지 않은 듯했다.

"양을 매어 둬? 참 이상한 생각인데!"

"하지만 매어 두지 않으면 아무 데나 돌아다니다가 길을 잃고 헤맬 거야."

그 말에 내 친구는 다시 한번 웃음을 터뜨렸다.

"아니, 가긴 어디로 가?"

"어디든지 곧장 앞으로……."

그러자 어린 왕자는 웃음을 거두며 말했다.

"괜찮아. 내 집은 아주아주 작아!"

그리고 조금 서글픈 생각이 들었는지 덧붙였다.

"앞으로 곧장 간대도 그다지 멀리 갈 수 없을 거야……."

4

이렇게 해서 나는 또 한 가지 중요한 사실을 알게 되었다. 어린 왕자가 태어난 별이 집 한 채보다 좀 클까 말까 하다는 것이다.

내게는 별로 이상한 일이 아니었다. 지구, 목성, 화성, 금성처럼 사람들이 이름 붙인 큰 떠돌이별들 말고도 다른 떠돌이별이 수백 개나 더 있고, 어떤 것은 너무 작아서 망원경으로도 보기가 무척 힘들다는 것을 알고 있었으니까.

천문가가 그런 별을 하나 발견하면 이름 대신 번호를 붙여준다. 예를 들면 '소행성 325호'라고 부르는 것이다.

나는 어린 왕자가 살던 별이 소행성 B612호라고 믿을 만한 이유가 있다. 이 소행성은 1909년에 어느 터키 천문학자가 망원경으로 한 번 본 적이 있었다.

그때 이 천문학자는 국제 천문학회에서 자신의 굉장한 발견에 대해 길게 증명했다. 그러나 그의 수수한 옷차림 때문에 아무도 그의 말을 믿지 않았다. 어른들은 언제나 이런 식이다.

터키의 한 독재자가 국민들에게 유럽식으로 옷을 입지 않으면 사형에 처한다고 명령을 내린 것은 소행성 B612호의 명성을 위해서는 다행스러운 일이었다. 이 천문학자는 1920년에 멋진 양복을 입고 다시 증명했다. 그랬더니 이번에는 모두 그의 말을 믿었다.

소행성 B612호에 대해서 이렇게

소행성 B612호에 있는 어린 왕자

자세히 이야기를 하고 그 번호까지 알려 주는 것은 어른들 때문이다. 어른들은 숫자를 좋아한다. 어른들에게 새로 사귄 친구 이야기를 하면 그들은 가장 중요한 것은 도무지 묻지 않는다.

"그 친구 목소리가 어떻지? 무슨 놀이를 좋아하니? 그 애도 나비를 수집하니?" 이렇게 묻는 일은 절대로 없다. "나이가 몇이냐? 형제는 얼마나 되니? 몸무게가 얼마니? 그 애 아버지가 얼마나 버니?" 이런 것만 묻는다. 그제야 그 친구를 속속들이 안다고 생각한다. 만일 어른들에게 "창틀에는 제라늄이 피어 있고 지붕에는 비둘기들이 놀고 있는 고운 붉은 벽돌집을 보았다"라고 말하면 어른들은 그 집이 어떤 집인지를 상상해내지 못한다.

"십만 프랑짜리 집을 보았다"고 해야 그들은 "야, 참 멋진 집이겠구나!" 하고 감탄한다.

그래서 "어린 왕자가 무척 귀여웠고, 방긋 웃었고, 양을 갖고 싶어 했다는 것이 그가 존재했던 증거야. 누가 양을 갖고 싶어 하면 그 사람이 존재한 증거가 돼." 이렇게 어른들에게 말하면 그들은 어깨를 으쓱하고는 우리를 아이로 취급

할 것이다. 그러나 "그가 떠나온 별은 B612호 소행성이다"라고 말하면 어른들은 우리말을 알아들을 것이고, 또 온갖 질문으로 귀찮게 굴지도 않을 것이다. 어른들은 모두 그렇다. 그들을 탓해서는 안 된다. 어린이들은 어른들에게 아주 너그러워야 한다.

그러나 물론 인생을 이해하는 우리는 숫자 같은 건 대수롭게 여기지 않는다. 나는 이 이야기를 옛날 이야기처럼 시작하고 싶었다.

"옛날 옛적 자기보다 좀 더 클까 말까 한 별에 사는 어린 왕자가 있었습니다. 그는 친구를 무척 갖고

싶었답니다……."

삶을 이해하는 사람들에게는 이런 식의 이야기가 훨씬 더 진실한 느낌을 주었을 것이다.

왜냐하면 나는 사람들이 이 책을 아무렇게나 읽어 버리기를 바라지 않는다. 이 추억을 이야기하자니 수많은 그리움이 밀려온다. 내 친구가 양을 데리고 떠난 지도 벌써 여섯 해가 된다. 지금 여기에 그의 모습을 그려 보려는 것은 그를 잊지 않기 위해서다. 친구를 잊는다는 것은 슬픈 일이니까. 누구에게나 다 친구가 있었던 것은 아니다. 그리고 나도 숫자밖에는 관심이 없는 어른들처럼 될지도 모른다. 내가 그림물감 상자와 연필들을 산 것도 이 때문이다. 여섯 살 적에 속이 보이거나 보이지 않는 보아구렁이밖에는 그려 본 일이 없는 내가, 이 나이에 그림을 다시 시작하는 것은 힘이 드는 노릇이니까. 물론 할 수 있는 대로 그와 가장 비슷한 초상을 그려 보기는 하겠다. 그러나 꼭 성공하리라고는 생각지 않는다. 이 그림은 괜찮은데 저 그림은 영 딴판이다. 키도 조금 다르다. 여기는 어린 왕자가 너무 크고, 저기는 너무 작다. 또 옷 빛깔도 망설여진다. 그래서 이렇게 저렇게 그럭저럭 다듬어 본다. 나는 중요한 어떤 부분을 잘못 그릴지도 모른다. 그래도 나를 용서해 주어야 한다. 내 친구는 도무지 설명을 해주지 않았으니까. 아마 나도 자기 같은 줄로만 생각했던 모양이다. 그러나 나는 불행히도 상자 안에 든 양을 꿰뚫어 보지는 못한다. 나도 어쩌면 조금은 어른들과 비슷해진 모양이지. 아마 늙었나 보다.

5

나는 별이니 출발이니 여행이니 하는 데 대해서 하루하루 조금씩 알게 되었다. 아주 천천히 무엇을 곰곰이 생각하는 중에 우연히 알게 되었다. 사흘째 되던 날, 바오바브나무의 슬픔을 알게 된 것도 그런 식이었다.

이번에도 양 덕택이었다. 어린 왕자가 무슨 커다란 의문이나 생긴 듯이 갑자기 물었다.

"양이 정말 작은 나무를 먹는 거지?"

"응, 그럼."

"야! 참 좋다."

양이 작은 나무를 먹는 일이 왜 그토록 중요한지 나는 이해하지 못했다. 그러나 어린 왕자는 말을 이었다.

"그러니까 바오바브나무도 먹지?"

나는 바오바브나무는 작은 나무가 아니라 성당만큼이나 되는 큰 나무고, 그래서 코끼리를 한 떼 몰고 간다 하더라도 그 코끼리들이 바오바브나무 하나를 먹어치우지 못하리라는 것을 어린 왕자에게 알려주었다.

코끼리 떼라는 말에 어린 왕자는 웃으며 말했다.

"그 녀석들을 모두 쌓아 올려야 하겠네……."

그러나 영리하게 이런 말도 했다.

"바오바브나무도 자라기 전에는 조그맣지?"

"그럼! 그런데 어째서 네 양이 작은 바오바브나무를 먹었으면 하니?"

"아이, 참!" 그는 말할 필요도 없다는 듯이 대답했다. 그래서 나 혼자 이 수수께끼를 푸느라고 한참 고민해야 했다.

과연 어린 왕자의 별에도 다른 별과 마찬가지로 좋은 풀과 나쁜 풀이 있었다. 좋은 풀의 좋은 씨와 나쁜 풀의 나쁜 씨가 있었던 것이다. 그렇지만 씨는 보이지 않는다. 땅속에서 몰래 잠들었다가 그중 하나가 깨어날 생각이 들면 기지개를 켜고, 우선 아무 힘도 없는 예쁘고 조그만 싹을 해를 향해서 조심조심 내민다. 무나 장미나무의 싹이라면 멋대로 자라게 내버려 둘 수가 있다. 그러나 나쁜 풀은 그것을 나쁜 풀이라고 알아볼 수 있을 때 곧 뽑아 버려야 한다.

그런데 어린 왕자의 별에는 무서운 씨가 있었으니……, 그것은 바오바브나무 씨였다. 그 별의 땅은 바오바브나무 씨투성이였다.

바오바브나무는 자칫 늦게 손을 대면 영 없애버릴 수가 없게 된다. 그놈은 별 전체를 휩싸버리고 뿌리로 구멍을 파놓는다. 그리고 별이 몹시 작고 바오바

브나무가 너무 많으면 별이 터지고 만다.

어린 왕자는 한참 지나서 나한테 이런 말을 했다.

"그건 규율 문제야. 아침에 몸단장을 하고 나면 별도 꼼꼼히 단장해 줘야 돼. 장미나무와 구별할 수 있게 되면 곧 바오바브나무를 뽑아 버리도록 규칙적으로 힘써야 해. 아주 어릴 적에는 바오바브나무와 장미나무가 무척 비슷하니까. 그건 아주아주 귀찮지만 매우 쉬운 일이기도 해."

어느 날 어린 왕자는, 이 이야기를 지구에 사는 어린이들이 이런 사정을 잘 알 수 있도록 예쁜 그림을 하나 정성껏 그려 달라고 했다.

"그 어린아이들이 어느 때고 여행을 하게 되면 도움이 될 거야. 할 일을 나중으로 미루는 게 괜찮을 때도 있지만, 바오바브나무는 큰 어려움을 겪게 될 거야. 난 게으름뱅이가 사는 별을 하나 아는데, 그 게으름뱅이는 작은 나무 셋을 그냥 내버려 두었지……."

그래서 나는 어린 왕자가 일러주는 대로 이 별을 그렸다. 나는 철학자처럼 말하기는 싫었다. 그러나 바오바브나무의 위험은 거의 알려지지 않은 데다가,

바오바브나무

혹시라도 길을 잘못 들어 소행성에 발을 들여놓은 사람이 크나큰 위험에 빠질지도 모르겠기에 이번만 이렇게 말하려 한다.

"얘들아! 바오바브나무를 조심해라!"

내가 이 그림에 꽤 정성을 들인 것은, 나와 마찬가지로 오래전부터 자기도 모르는 사이에 위험에 둘러싸여 있는 내 친구들에게 알려 주기 위해서이다. 내가 주고 싶은 교훈이 그만한 값어치는 있으니까.

여러분들은 아마 이런 생각을 할지도 모른다. 이 책에는 왜 바오바브나무만큼 굉장한 다른 그림이 없을까? 그 대답은 아주 간단하다. 그려 보았지만 성공하지 못했다. 바오바브나무를 그릴 때는 몹시 위급하다는 생각에 사로잡혔던 것이다.

6

아! 어린 왕자! 나는 이렇게 해서 조금씩 조금씩 네 쓸쓸한 삶을 알게 되었어. 오랫동안 너는 해가 지는 저녁놀 고요한 풍경을 바라보는 일 말고는 심심풀이라는 게 없었지. 나는 넷째 날 아침 네가 이런 말을 했을 때 이 새로운 사실을 알았어.

"나는 해지는 풍경이 좋아. 우리 저녁놀 보러 가……."

"그러려면 기다려야 해……."

"뭘 기다려?"

"해가 지길 기다려야 한단 말이야."

너는 처음에는 몹시 이상해하는 눈치더니 나중에는 혼자 웃으며 이런 말을 했었지.

"난 아직도 우리 별에 있는 줄 알았어!"

과연 그렇다. 누구나 알다시피 미국이 정오인 때에 프랑스에는 해가 진다. 해지는 풍경을 보려면 1분 동안에 프랑스로 갈 수만 있으면 된다. 그런데 불행히도 프랑스는 너무 멀리 떨어져 있다. 그러나 그 조그만 네 별에서는 의자를 몇 발짝만 옮겨 놓으면 그만이었지. 그래서 너는 원할 때마다 해지는 풍경을 언제나 바라볼 수가 있었던 거야…….

"하루는 해가 지는 걸 마흔네 번이나 구경했어!"

그리고 조금 있다가 다시 말을 이었다.

"아저씨…… 몹시 쓸쓸할 때엔 해지는 저녁놀을 바라보고 싶어져……."

"그럼 마흔네 번 바라본 날은 그렇게도 쓸쓸했니?"

어린 왕자는 말이 없었다.

7

닷새째 되던 그날도 양의 덕택으로 어린 왕자의 또 다른 비밀을 알게 되었다. 그는 오랫동안 생각하던 문제의 결과인 것처럼, 밑도 끝도 없이 갑자기 이렇게 물었다.

"양이 말이야, 작은 나무를 먹으면 꽃도 먹겠지?"

"양은 무엇이든지 다 먹는단다."

"가시 돋친 꽃도 먹어?"

"그럼."

"그럼 가시는 아무 소용이 없잖아?"

나는 그것을 알지 못했었다. 그때는 엔진에 너무 꼭 박힌 볼트를 빼보려고 한참 끙끙대던 중이었다. 기계 고장이 무척 큰일로 생각되기 시작했고, 또 물이 얼마 남지 않아서 최악의 상황에 처할 염려가 있었기 때문에, 나는 무척 걱정하던 참이었다.

"가시는 무슨 소용이야?"

어린 왕자는 한번 물어보면 그대로 지나치는 일이 없었다. 나는 볼트 때문에 짜증이 나서 아무렇게나 말했다.

"가시, 그건 아무 소용없는 거다. 꽃들이 심술궂어서 그런 것뿐이지."

"그래?"

그러나 어린 왕자는 잠깐 말없이 있더니 원망스러운 듯이 이런 말을 툭 던졌다.

"나는 아저씨 말을 믿지 않아! 꽃들은 힘이 없어. 그리고 순진해. 꽃들은 자기들이 할 수 있는 안전책을 쓰는 거야. 가시가 있으니까. 자신을 지키려고 애를 쓰는 거야. 가시가 있으니까. 자기들이 아주 무서운 물건이기나 한 것처럼 생각하는 거야⋯⋯."

나는 아무 말도 하지 않았다. 그때 나는 이런 생각을 하던 중이었다(이 볼트가 그저 꼼짝 않으면 망치로 두들겨 깨뜨려 버리리라). 어린 왕자는 다시 내 생각에 훼방을 놓았다.

"아저씨는 그렇게 생각하는 거야? 꽃들이⋯⋯."

"아니다! 아니야! 아무 생각도 하지 않았어. 아무렇게나 말해버린 거다. 난 지금 아주 중요한 일을 하고 있단 말이야!"

그는 어이가 없는 듯이 나를 쳐다보았다.

"아주 중요한?"

어린 왕자는 손에는 망치를 들고 손가락은 시커멓게 기름투성이가 된, 그에게는 이상하게 여겨지는 물건 위에 몸을 구부리고 있는 나를 보다가 이렇게 중얼거렸다.

"아저씨는 어른들처럼 말하네!"

이 말을 듣고 나는 좀 부끄러웠다. 그는 사정없이 말을 이었다.

"아저씨는 모든 것을 혼동하는 거야. 마구 뒤죽박죽 만들고!"

그는 화가 잔뜩 났다.

그는 샛노란 금발을 바람에 휘날리며 말했다.

"나는 얼굴이 붉은 어떤 아저씨가 사는 별을 하나 알고 있어. 그 사람은 꽃향기를 맡아 본 적이 없어. 더하기 빼기밖에는 아무것도 하는 일이 없어. 그리고 온종일 '나는 착실한 사람이다! 나는 착실한 사람이다!' 중얼거리기만 하지. 잔뜩 거드름을 부리면서. 하지만 그건 사람이 아니야, 버섯이야!"

"뭐라고?"

"버섯이란 말이야!"

어린 왕자는 화가 나 얼굴이 하얗게 질려 있었다.

"수백만 년 전부터 꽃은 가시를 만들고 있어. 그렇지만 양들도 수백만 년 전부터 꽃을 먹고 있어. 그러면 어째서 아무 소용도 없는 가시를 만드느라 꽃들이 그렇게 고생을 하는지 알아보려 하는 게 너무너무 중요한 일이 아니겠어? 꽃과 양의 싸움은 큰일이 아니야? 이건 시뻘건 뚱뚱보 아저씨의 계산보다 더 중대하고 중요한 일이야. 그리고 말이야, 만일 내 별 말고는 어디에도 없는 이 세상 단 하나밖에 없는 꽃을 알고 있는데, 어린 양이 무심코 어느 날 아침 이렇게 단번에 먹어치워 버린다면, 그래도 중대한 일이 아니냔 말이야!"

그는 얼굴을 붉히고 나서 다시 말을 이었다.

"누가 수백만 개 수천만 개 별 중에 하나밖에 없는 꽃을 사랑하면, 별들만 쳐다봐도 행복해지는 거야. 속으로 '저기 어디에 내 꽃이 있겠지' 그런 생각을 하게 되거든. 그런데 양이 그 꽃을 먹어 봐. 이건 그에게는 별들이 모두 갑자기 빛을 잃어버리는 거나 마찬가지야! 그래도 이게 중대한 일이 아니란 말이야?"

그는 말을 더 잇지 못하고 갑자기 흐느껴 울기 시작했다. 해는 이미 저버린 뒤였다. 내 손에는 더 이상 연장이 없었다. 나는 망치며 볼트며 목마름이며 죽음 따위는 아무것도 아니라는 생각을 했다. 어떤 별, 어떤 떠돌이별, 내 별, 즉 지구 위에서 위로를 해주어야 할 어린 왕자가 있었던 것이다. 나는 그를 품에 안고 토닥이며 말했다.

"네가 사랑하는 꽃은 위험하지 않아…… 네 양에다가 굴레를 그려 줄게…… 네 꽃에는 울타리를 그려 주고……또…….'

무슨 말을 해야 할지 알 수가 없었다. 내가 무척 서투르다는 느낌이 들었다. 어떻게 해야 그를 위로해 줄 수 있고 그의 마음을 붙잡을 수 있는지 알 수 없었다. 눈물의 나라란 그처럼 신비로운 것이다.

8

나는 어느덧 그 꽃을 좀 더 잘 알게 되었다. 어린 왕자의 별에는 한 겹의 꽃잎으로만 이루어진 아주 소박한 꽃들만 있었는데, 그 꽃들은 자리도 그다지 차지하지 않고 누구를 귀찮게 굴지도 않았다. 하루아침에 풀 속에 나타났다가는 저녁에 지는 것이었다.

그런데 그 꽃은 어디서 왔는지 모를 씨에서 싹이 텄는데, 다른 싹과는 닮지 않은 이 싹을 어린 왕자는 무척 주의해서 살펴보았다. 바오바브나무의 새 종류일지도 모른다고 생각한 것이다. 그런데 이 어린싹은 곧 자라기를 멈추고 꽃봉오리를 맺기 시작했다. 굉장한 봉오리가 맺히자 어린 왕자는 거기에서 어떤 기적이 나타나리라고 생각했다.

그러나 꽃은 그 푸른 방 속에 숨어 언제까지고 아름다운 단장을 하기에 바빴다. 빛깔을 정성껏 고르고 옷을 찬란히 입고 꽃잎을 하나씩 다듬었다. 개양귀비처럼 꾸깃꾸깃한 모습으로 나오기가 싫었던 것이다.

그 아름다움의 절정에 다다랐을 때에야 나타나려고 했다. 그렇다! 무척 멋을 부리는 꽃이었다! 그 신비로운 단장이 며칠이고 이어졌다. 그러던 어느 날 아침 바로 해 뜰 무렵에 활짝 피어났다.

그런데 그토록 섬세하게 꾸미고 나온 꽃이건만 피곤한 듯 하품을 하며 이런 말을 했다.

"아아! 이제야 겨우 잠이 깼어요…… 용서하세요…… 머리가 온통 헝클어졌어요……."

그때 어린 왕자는 감탄해 마지않았다.

"당신은 참 아름답군요!"

"그렇지요? 그리고 나는 해와 동시에 태어났어요……."

이렇게 꽃은 가만히 말했다.

어린 왕자는 그 꽃이 그다지 겸손하지는 않다고 짐작했다. 그러나 무척 마음을 움직이는 꽃이었다!

잠시 뒤 꽃이 말을 이었다.

"지금 아마 아침 식사 시간이지요? 제 생각을 좀 해주시겠어요?"

어린 왕자는 무척 당황하여 신선한 물 한통을 갖다 꽃에 뿌려주었다.

이렇게 이 꽃은 허영심으로 어린 왕
자의 마음을 괴롭혔다. 어느 날 자기가
지닌 가시 네 개의 이야기를 하며 어린
왕자에게 이런 말을 하기도 했다.

"호랑이들이 발톱을 세우고 달려들
지도 몰라요!"

"우리 별에는 호랑이가 없어요. 그리
고 호랑이는 풀을 먹지 않아요!"

어린 왕자는 이렇게 대꾸했다.

그러자 꽃은 상냥하게 말했다.

"나는 풀이 아니에요."

"미안해요."

"나는 호랑이는 조금도 무섭지 않지만 바람이 불어대는 건 정말 싫어요. 바
람막이는 없나요?"

어린 왕자는 이렇게 생각했다. '바람 부는 게 질색이라…… 식물인데. 곤란한
걸.'

"저녁에는 유리 고깔을 씌워 주세요. 당신 별은 매우 춥군요. 별의 위치가 좋
지 못해요. 내가 있던 곳은……."

꽃은 말끝을 맺지 못했다. 그 꽃은 씨의 형태로 온 만큼 다른 세상에 대해서
는 아무것도 알 턱이 없었다. 이렇게
빤한 거짓말을 하려다가 들킨 것이
부끄러워서, 괜스레 어린 왕자를 탓
하려고 두세 번 기침을 했다.

"바람막이는 어쩌셨어요……."

"가지러 가려던 참인데 당신이 말
을 하고 있어서요."

꽃은 그래도 어린 왕자가 가책
을 느끼게 하려고 기침을 더 심하게
했다.

이리하여 어린 왕자는 사랑에서 우러나오는 착한 뜻은 가졌으면서도 곧 그 꽃을 의심하게 되었다.

그는 아무렇지도 않은 말을 심각하게 받아들여 몹시 불행해졌다.

하루는 어린 왕자가 내게 이렇게 속마음을 털어놓았다.

"그 꽃이 하는 말을 듣지 않았어야 했어. 꽃이 하는 말은 절대로 듣지 말아야 해. 그냥 보고, 향기를 맡기만 해야 해. 내 꽃이 내 별을 향기롭게 해주었지만, 나는 그걸 즐길 수가 없었어. 그 발톱 이야기를 들었을 때도 조바심이 났지만, 사실은 가엾은 생각이 들었어야 했어……."

또 이런 이야기도 했다.

"나는 그때 아무것도 이해 못했어! 그 꽃이 하는 말로 판단할 게 아니라, 행동을 보고 판단할 걸 그랬어. 내게 향기를 주고 내 마음을 환하게 해주었어. 도망치지 않았어야 했어! 그 얕은꾀 뒤에 깊은 사랑이 숨어 있음을 눈치챘어야 했는데 그랬어. 꽃들은 마음과 어긋나는 말을 무척 잘하니까! 하지만 나는 너무 어려서 그 꽃을 사랑할 줄 몰랐어."

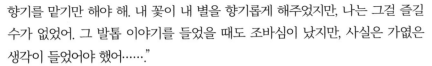

9

나는 어린 왕자가 철새들이 이동할 때 빠져나왔으리라고 생각한다. 길을 떠나던 날 아침, 그는 자기 별을 깨끗이 청소해 놓았다. 불을 뿜는 화산의 그을음도 정성 들여 청소했다. 어린 왕자에게는 활화산이 두 개 있었다. 그리고 이 화산은 아침 식사를 끓이는 데에 정말 편리했다. 휴화산도 하나 있었다. 그러나 그의 말처럼, '어떻게 될지 알 수 없는 것이다'. 그래서 휴화산의 그을음도 청소했다. 화산들은 그을음만 잘 청소해 주면 폭발하지 않고 조용히 규칙적으로 불을 뿜는다. 화산 폭발이란 굴뚝의 불과 같다. 물론 지구에 사는 우리는 너무도 작아서 우리의 화산을 청소해 줄 수는 없다. 그래서 화산 때문에 많은 곤란을 당하는 것이다.

어린 왕자는 조금 쓸쓸한 마음으로 나머지 바오바브나무 싹도 뽑아 주었다. 다시는 돌아오지 않으리라 생각했다. 늘 해오던 이런 일이 그날 아침에는 유난히 소중하게 여겨졌다. 꽃에게 마지막으로 물을 주고 유리 고깔을 씌워 주려고 했을 때 그는 울음이 터져 나오려고 했다.

"잘 있어!"

그러나 꽃은 말이 없었다.

"잘 있어!"

그는 다시 한번 말했다.

꽃은 기침을 했다. 감기 때문은 아니었다.

"내가 어리석었어. 용서해 줘. 그리고 행복하게 살아!"

마침내 꽃은 이렇게 말했다.

어린 왕자는 꽃이 신경질을 부리지 않는 것이 이상했다. 그는 고깔을 손에 든 채 어쩔 줄을 모르고 우두커니 서 있었다. 꽃이 이렇게 조용하고 다정하게 자기를 대하는 이유를 알 수 없었다.

"응, 나는 네가 좋아." 꽃이 말했다.

"너는 그걸 도무지 몰랐지. 그건 내 탓이었어. 하지만 너도 나와 마찬가지로 어리석었어. 행복해야 해…… 그 고깔은 내버려 둬. 이젠 쓰기 싫어."

"그렇지만 바람이……."

"난 그렇게 감기가 심하게 든 것도 아니야. 찬바람은 내게 이로울 거야. 나는 꽃이니까."

"하지만 벌레들이……."

"나비를 보려면 벌레 두세 마리쯤은 견디어야 해. 나비는 참 예쁜 모양이던데. 그렇지 않으면 누가 나를 찾아 주겠어. 너는 멀리 가 있을 테고. 큰 짐승들은 조금도 겁나지 않아. 나는 가시가 있으니까."

그러면서 꽃은 천진스럽게 제 가시 네 개를 가리켰다. 그리고 말을 이었다.

"그렇게 우물쭈물하지 마. 속이 상해. 떠나기로 작정했으니 어서 가."

꽃은 우는 모습을 어린 왕자에게 보이고 싶지 않았다.

그렇게 아주 도도한 꽃이었다.

그는 불을 뿜는 화산을 정성껏 청소했다.

10

어린 왕자는 소행성 325호, 326호, 327호, 328호, 329호, 330호와 이웃해 있었다. 그래서 일거리도 구하고 무언가 배우기도 할 생각으로 이 별들부터 찾아가기로 했다.

맨 처음 찾아간 별에는 임금님이 살고 있었다.

임금님은 붉은 빛깔 옷감과 수달피로 만든 옷을 입고 매우 검소하면서도 위엄 있는 옥좌에 앉아 있었다.

"아! 신하가 한 사람 왔구나!"

어린 왕자가 오는 것을 보고 왕이 큰 소리로 외쳤다. 어린 왕자는 이상한 생각이 들었다.

'나를 한 번도 본 적이 없는데 어떻게 알아볼까?'

임금님들에게는 이 세상이 아주 간단하다는 사실을 어린 왕자는 알지 못했던 것이다. 모든 사람이 신하인 것이다.

"좀 더 자세히 보게 이리 가까이 오라."

임금님은 어떤 사람의 왕 노릇을 하게 된 것이 매우 자랑스러워서 말했다.

어린 왕자는 앉을 자리를 둘레둘레 찾아보았으나 별 전체가 그 호화스러운 수달피 망토로 쫙 덮여 있었다. 그래서 서 있었는데 피곤했던 터라 하품이 나왔다.

"왕 앞에서 하품을 하는 것은 예의에 어긋나는 일이니라. 짐은 그것을 금하노라."

임금님이 말했다.

"하품을 안 할 수가 없어요. 머나먼 여행을 했고요, 또 잠을 못 자서요……."

어린 왕자는 당황해서 이렇게 말했다.

"그러면 하품하기를 명하노라. 짐은 몇 해째 하품하는 사람을 보지 못했노라. 짐에겐 하품이 신기하게 보이노라. 자! 또 하품을 하라. 명령이다."

"그렇게 말씀하시니 겁이 나서…… 더는 하품을 할 수가 없어요."

어린 왕자는 얼굴을 붉히며 말했다.

"흠! 흠! 그러면 짐은…… 네게 명하노니 하품을 하기도 하고……."

임금님은 재빨리 몇 마디 중얼거렸는데 기분이 상한 듯했다.

맨 처음 찾아간 별에는 임금님이 살고 있었다.

임금님은 무엇보다 자기 권위가 존중되기를 원했다. 그는 불복종을 용납하지 않았다. 그는 위엄 있는 임금님이었다.

그러나 그는 마음이 매우 착하기도 했기 때문에 이치에 닿는 명령을 내리고자 했다.

그는 늘 이런 말을 했다.

"만약에 짐이 어떤 장군더러 물새로 변하라고 명령했는데 장군이 이 명령을 따르지 않는다면, 그것은 장군의 잘못이 아니라 짐의 잘못일 것이다."

"앉아도 괜찮아요?"

어린 왕자는 조심조심 물었다.

"네게 앉기를 명하노라."

이렇게 말하며 임금님은 수달피 망토 한쪽 자락을 점잖게 끌어올렸다.

그러나 어린 왕자는 이상한 생각이 들었다.

'이 별은 아주 조그마한데, 대체 이 임금님은 무엇을 다스리는 걸까?'

"전하…… 한 가지 여쭈어 볼 것이 있는데요……."

"짐은 네게 질문하기를 명하노라."

"전하께서는 무엇을 다스리시나요?"

"모든 것을 다스리노라."

대답은 간단했다.

"모든 것을요?"

임금님은 손을 조금 들어 자기 별과 다른 별들과 떠돌이별들을 가리켰다.

"이것을 모두요?"

"그렇다. 이 모든 것을……."

임금님은 말했다.

왜냐하면 그는 전제군주일 뿐 아니라 온 우주의 임금이기도 했던 것이다.

"그러면 별들이 전하의 명령에 복종하나요?"

"물론이로다. 곧 복종하느니라. 짐은 규율 어김을 용납하지 않노라."

어린 왕자는 이러한 권능에 크게 감탄했다. 자기도 이런 권능이 있다면, 의자를 옮길 필요도 없이 해지는 광경을 하루에 마흔네 번뿐 아니라 일흔두 번이나 백 번까지라도, 아니 2백 번까지라도 구경할 수 있는 게 아닌가!

그래서 떠나온 그의 작은 별 생각에 조금 서글픈 마음이 들었기 때문에, 용기를 내어 임금님에게 한 가지 부탁을 했다.

"저는 해지는 것을 보고 싶어요…… 저를 기쁘게 해주세요…… 해가 지도록 명령해 주세요……."

"만약에 짐이 어떤 장군더러 나비처럼 이 꽃 저 꽃으로 날아다니라거나, 또는 희곡을 쓰라거나, 물새로 변하라고 명령하여 장군이 자기가 받은 명령을 이행하지 않는다면 장군과 짐 둘 중에 누구의 잘못이겠는가?"

"전하의 잘못일 거예요."

어린 왕자는 당돌하게도 이렇게 말했다.

"그렇다. 저마다에게 그들이 할 수 있는 것을 요구해야 하느니라. 권위는 먼저 이치에 그 터전을 잡는 것이로다. 만일 네 백성에게 바다에 빠지라고 명령하면 그들은 모반을 일으킬 것이로다. 짐이 복종을 요구할 권리가 있음은 짐의 명령이 이치에 닿는 까닭이로다."

"그러면 해가 지게 해달라고 부탁한 것은요?"

한 번 물어본 것은 잊어버리는 일이 없는 어린 왕자는 이렇게 일깨워 주었다.

"너는 해지는 광경을 구경할 것이로다. 짐은 그것을 강요하겠노라. 그러나 짐이 다스리는 방식에 따라 조건이 갖추어지기를 기다리겠노라."

"언제 조건이 갖추어지나요?"

어린 왕자가 물었다.

임금님은 우선 커다란 달력을 찾아보고 나서 말했다.

"헴! 헴! 헴! 그것은…… 그것은…… 오늘 저녁 7시 40분쯤일 것이로다! 짐의 명령이 얼마나 잘 이행되는지 너는 보게 될 것이다."

어린 왕자는 하품을 했다. 그는 해지는 것을 구경하지 못하게 된 것이 섭섭했다. 그리고 벌써 심심해졌다. 그는 임금님에게 말했다.

"여기서는 할 일이 아무것도 없으니 다시 떠나겠어요."

신하를 한 사람 가지게 된 것이 몹시도 자랑스럽던 임금님은 황급히 말했다.

"가지 마라. 가면 아니 되느니라. 짐은 너를 대신(大臣)으로 삼겠노라."

"무슨 대신이요?"

"사……사법 대신이로다!"

"그렇지만 판결을 받을 사람이 아무도 없는데요!"

"알 수 없도다. 짐은 아직 나라를 둘러본 일이 없노라. 짐은 매우 늙고, 수레를 타고 다닐 자리는 없고, 그렇다고 걸어 다니면 피곤해지노라."

"그렇지만 저는 벌써 다 보았는데요?"

허리를 굽혀 별 저쪽을 다시 한번 둘러보며 어린 왕자는 말했다.

"저쪽에도 아무도 없어요……."

"그러면 너 자신을 판단하라. 이것이 가장 어려운 일이로다. 남을 판단하기보다 자기 자신을 판단하는 것이 훨씬 더 어려운 일이니라. 네가 네 자신을 잘 판단하게 되면 그것은 네가 참으로 지혜로운 사람인 까닭이로다."

"저는 어디서라도 저 자신을 판단할 수 있어요. 여기서 살 필요는 없어요."

"에헴! 에헴! 짐의 별 어딘가에 늙은 쥐 한 마리가 있는 듯하도다. 밤에 그 쥐가 돌아다니는 소리가 들리는 도다. 너는 그 늙은 쥐를 판결할 수 있으리라. 그 쥐에게 이따금씩 사형을 선고하라. 그러면 그 생명이 네 재판에 달려 있으리라. 그러나 매번 특사(特赦)를 내려 그를 살려 두도록 하라. 한 마리밖에 없기 때문이로다."

"저는 사형을 선고하기는 싫어요. 아무래도 가야겠어요."

어린 왕자가 말했다.

"아니로다."

임금님이 말했다.

어린 왕자는 준비는 다 끝났으나, 나이 많은 임금님의 마음을 조금이라도 섭섭하게 해드리고 싶지는 않았다.

"전하의 명령이 조금도 어김없이 실행되기를 바라시면, 이치에 맞는 명령을 제게 내릴 수가 있으실 거예요. 예를 들면, 1분 안에 떠나가라고 명령하실 수 있지요. 좋은 조건이 갖춰진 것 같이 생각되는데요……."

임금님이 아무 대답도 없으므로 어린 왕자는 조금 망설이다가 한숨을 쉬며 길을 떠났다.

"짐은 너를 대사로 임명하노라."

임금님은 잔뜩 위엄을 부렸다.

왕자는 길을 떠나며 생각했다.

'어른들은 이상해.'

11

두 번째로 찾아간 별에는 허영쟁이가 살고 있었다.

"아아! 숭배자가 하나 찾아오는구나!"

허영쟁이는 어린 왕자를 보자마자 멀리서부터 소리쳤다.

허영쟁이에게는 다른 사람들이 모두 자신의 숭배자로 보였다.

"안녕, 아저씨 모자가 참 이상해."

어린 왕자가 말했다.

"이 모자는 답례를 하기 위해 썼단다. 사람들이 내게 갈채를 보낼 때 인사하기 위한 것이야. 그런데 불행히도 이리로 지나가는 사람이 아무도 없단 말이야."

"그래요?"

어린 왕자는 그의 말을 알아듣지 못했다.

"손뼉을 쳐봐라."

허영쟁이가 말했다.

그래서 어린 왕자가 손뼉을 치자 허영쟁이는 그의 모자를 쳐들며 공손히 인사를 했다.

"이건 임금님보다 재미있는데."

어린 왕자는 중얼거렸다. 그러고는 다시 박수를 쳤다. 허영쟁이는 또다시 모자를 들며 인사했다.

5분쯤 이렇게 하고 나니 어린 왕자는 이 장난에 싫증이 나 심심해졌다.

"그런데 어떻게 하면 모자가 내려오는 거야?"

그러나 허영쟁이는 그의 말을 듣지 못했다. 허영쟁이들은 칭찬 말고는 아무것도 귀에 들어오지 않는다.

"너는 정말 나를 숭배하니?"

그는 어린 왕자에게 물었다.

"숭배한다는 건 무슨 말이야?"

"숭배한다는 것은 내가 이 별에서 가장 잘 생기고, 누구보다 옷을 잘 입고, 가장 돈이 많고, 가장 똑똑하다는 것을 인정한다는 거야."

"그렇지만 이 별에는 아저씨 혼자밖에 없잖아!"

"그래도 나를 숭배해 다오. 나를 즐겁게 해다오!"

"아저씨를 숭배해요. 하지만 그게 아저씨한테 무슨 소용이 있죠?"

어린 왕자는 어깨를 조금 들썩이며 말했다.

그리고 어린 왕자는 그 별을 떠났다.

어린 왕자는 길을 가며 중얼거렸다.

'어른들은 참 이상해.'

12

다음 별에는 주정뱅이가 살았다. 이 별에는 아주 잠깐밖에 머물지 않았으나, 어린 왕자는 마음이 아주 우울해졌다. 이곳저곳에 나뒹구는 빈 병들과 술로 가득 찬 병 무더기를 앞에 놓고 우두커니 앉은 주정뱅이를 보고 어린 왕자는 물었다.

"아저씨 거기서 뭐 해?"

"술 마신다."

술꾼은 몹시 침울한 얼굴로 말했다.

"술은 왜 마셔?"

"잊어버리려고 마시지."

"무얼 잊어버려?"

어린 왕자는 벌써 그 술꾼이 측은해졌다.

"창피한 걸 잊어버리려고 그러지."

주정뱅이는 머리를 숙이며 고백했다.

"무엇이 창피해?"

어린 왕자는 그를 위로해 주고 싶은 생각이 들어 이렇게 물었다.

"술 마시는 게 창피하지!"

술꾼은 이렇게 말하고 다시는 입을 열지 않았다.

어린 왕자는 머리를 갸웃거리며 그 별을 떠났다.

어린 왕자는 길을 가며 생각했다.

'어른들은 정말로 이상해.'

13

네 번째 별에는 사업가가 살고 있었다. 이 사람은 무엇이 그리 바쁜지 어린 왕자가 왔는데 쳐다보지도 않았다.

"안녕, 아저씨, 담뱃불이 꺼졌어."

어린 왕자가 말했다.

"셋에다 둘을 보태면 다섯, 다섯하고 일곱이면 열둘, 열둘에 셋을 더하니까 열다섯이라. 안녕, 열다섯에다 일곱하면 스물둘, 스물둘에다 여섯 하니 스물여덟, 다시 불을 붙일 시간도 없구나. 스물여섯에 다섯을 보태면 서른하나라. 휴우! 그러니까 5억 162만 2731이 되는구나."

"무엇이 5억이야?"

"응? 너 아직도 거기 있었니? 저어…… 5억 백…… 잊어버렸다…… 너무 바빠서. 나는 착실한 사람이야. 쓸데없는 짓은 하지 않지! 둘과 다섯이면 일곱……."

"무엇이 5억이란 말이야?"

한 번 물어본 말은 그냥 지나쳐 본 일이 없는 어린 왕자는 다시 물었다.

사업가는 고개를 들었다.

"내가 쉰네 해째 이 별에서 살지만 그동안 방해를 받은 일은 세 번밖에 없어. 첫 번째는 스물두 해 전인데 어디선지 풍뎅이가 한 마리 떨어졌었지. 그놈이 어찌나 요란스러운 소리를 내는지 더하기를 네 번이나 틀렸었단다. 두 번째는 11년 전에 신경통이 생겼을 때였어. 나는 운동이 부족해. 산책할 시간도 없단 말이야. 나는 착실한 사람이니까. 그리고 세 번째가…… 바로 너다! 가만 있자 5억백……이라고 했겠다……."

"무엇이 몇억 개란 말이야?"

사업가는 조용히 일할 가망이 없음을 깨달았다.

"어떤 때 하늘에 보이는 조그만 물건이 몇억이란 말이다."

"파리 말이야?"

"아니다, 아니야! 반짝반짝 빛나는 조그만 물건 말이다."

"벌꿀?"

"아니라니까! 게으름뱅이들이 올려다보며 공상을 하는 금빛 나는 조그만 것들 말이다."

"아! 별들 말이야?"

"맞았어. 별들 말이야."

"그래 아저씨는 별 5억 백만 개를 가지고 무얼 해?"

"5억 162만 2731개야. 나는 착실하고 정확한 사람이거든."

"그래, 아저씨는 그 별들로 무얼 하는 거지?"

"무얼 하느냐고?"

"응."

"하긴 무얼 해? 그걸 차지하는 거지."

"아저씨는 별들을 차지하려는 거야?"

"그럼."

"하지만 난 벌써 임금님도 한 분 봤는데. 그분은……."

"왕들은 차지하는 게 아니라 '다스리는 것'이다. 그건 아주 달라."

"그렇게 별을 차지하는 게 아저씨한테 무슨 소용이 있어?"

"부자가 되지."

"그럼 부자가 되는 건 또 무슨 소용이 있어?"

"누군가 다른 별을 발견하면 그걸 다시 사들일 수가 있지."

어린 왕자는 '이 아저씨도 그 술꾼과 비슷한 말을 하는구나' 하고 생각했다. 그러나 그는 다시 물었다.

"어떻게 별을 차지할 수 있어?"

"별들이 누구의 것이냐?"

사업가가 투덜대며 되물었다.

"몰라. 임자가 없지 뭐."

"그러니까 내 것이지. 내가 가장 먼저 그걸 생각했으니까 말이야."

"그러면 되는 거야?"

"그러면 되고말고. 네가 임자 없는 다이아몬드를 얻으면 그 다이아몬드는 네 것이지. 임자 없는 섬을 네가 발견하면 그 섬은 네 것이 되지. 네가 무슨 생각을 맨 처음으로 해내면 거기에 대해서 특허를 얻지. 그 생각은 네 것이니까. 그것처럼 별을 차지할 생각을 나보다 먼저 한 사람이 없으니까 별들은 내 차지가 된단 말이다."

"그건 그래. 그런데 아저씨는 그걸 가지고 무얼 해?"

"관리한단다. 그 별들을 세고 또 세지. 그건 어려운 일이야. 하지만 나는 착실한 사람이다!"

어린 왕자는 그래도 만족하지 않았다.

"나는 말이야, 목도리가 있으면 그걸 목에 두르고, 가지고 다닐 수도 있어. 또 꽃이 있으면 그걸 따서 가질 수도 있어. 그렇지만 아저씨는 별을 딸 수는 없잖아!"

"응, 하지만 나는 그것을 은행에 맡길 수는 있어."

"그건 무슨 말이야?"

"조그만 종이쪽지에다 내 별의 수를 적어서 서랍에 넣고 잠근단 말이다."

"그뿐이야?"

"그뿐이지."

어린 왕자는 생각했다.

'그거 재미있다. 꽤 시적인데? 하지만 그리 착실한 일은 아니야.'

어린 왕자는 중대한 일이라는 것에 대해서 어른들과는 아주 다른 생각을 갖고 있었다. 그는 이런 말도 했다.

"나는 꽃이 하나 있는데, 날마다 물을 줘. 나는 또 화산이 셋 있는데 일주일에 한 번씩 그을음 청소를 해. 휴화산까지도 청소하거든. 어떻게 될지 모르니까. 나는 내가 갖고 있는 꽃이나 화산을 소중하게 보살펴. 그렇지만 아저씨는 별들에게 이로울 게 없어."

사업가는 대답할 말이 생각나지 않았다. 시들해진 어린 왕자는 그 별을 떠났다.

어린 왕자는 길을 가며 '어른들은 정말이지 아주 이상야릇하구나' 하고 생각할 뿐이었다.

14

다섯 번째 별은 아주 이상한 곳이었다. 아주 작은 별이어서 그저 가로등 하나와 등 켜는 사람이 있을 자리밖에 없었다. 하늘 한구석도, 집도 없고 사람도 없는 별에 가로등과 등을 켜는 사람이 무슨 소용이 있는 것인지 어린 왕자는 이해할 수가 없었다. 그러나 그는 이런 생각을 했다.

'이 사람도 어리석은 사람인지는 모르겠지만 그래도 임금님이나 허영쟁이나 술꾼이나 사업가보다는 나아. 적어도 그가 하는 일은 뜻있는 일이니까. 그 가로등을 켜면 별이나 꽃을 하나 돋아나게 하는 거나 마찬가지고, 가로등을 끄면 꽃이나 별을 잠들게 하니까. 그건 매우 아름다운 일이지. 아름다우니까 정말로 이로운 일이야.'

그 별에 발을 들여놓으며 어린 왕자는 등 켜는 사람에게 공손히 인사했다.

"안녕? 아저씨 그런데 왜 지금 막 가로등을 껐어?"

"명령이야. 안녕?"

등 켜는 사람이 말했다.

"명령이 뭐야?"

"가로등을 끄라는 명령이다. 안녕?"

그러고 나서 다시 가로등을 켰다.

"그런데 왜 등을 다시 켰어?"

"명령이니까."

"무슨 소린지 모르겠어."

"이해할 필요 없어. 명령은 명령이니까, 안녕?"

그는 가로등을 다시 껐다.

그런 다음 붉은 바둑판무늬가 박힌 손수건으로 이마의 땀을 닦았다.

"내가 지금 하는 일은 참 기막힌 직업이야. 전에는 괜찮았는데…… 아침에는 끄고 저녁에는 켜고 했었지. 그리고 나머지 낮 동안에는 쉴 수도 있고 나머지 밤 시간에는 잘 수도 있었으니까……."

"그럼 그 뒤로 명령이 바뀌었어?"

"명령이 바뀌지 않았으니까 큰일이란다! 별은 해마다 자꾸자꾸 더 빨리 도는데 명령은 그대로야!"

내가 지금 하는 일은 참 기막힌 직업이야.

"그래서?"

"그래서 지금은 별이 1분에 한 바퀴씩 도니 이제 1초도 쉴 시간이 없어. 1분에 한 번씩 켜고 끄고 하니까!"

"거 참 이상한데! 아저씨네 별에서는 하루가 1분이라니!"

"조금도 이상할 것 없다. 우리가 이야기 나누는 시간이 벌써 한 달이나 된단다."

"한 달!"

"그럼, 30분이니 30일이지! 안녕?"

그리고 다시 불을 켰다.

어린 왕자는 등 켜는 사람을 보며 명령에 이렇게까지 충실한 그가 좋아졌다.

그는 전에 의자를 옮겨가며 해가 지는 풍경을 보던 일이 생각났다. 그는 친구를 도와주고 싶었다.

"있잖아요, 아저씨…… 나는 아저씨가 쉬고 싶을 때 쉴 수 있는 방법을 알아……."

"그야 쉬고 싶다 뿐이겠니?"

등 켜는 사람이 말했다.

그도 그럴 것이 지시에 충실한 사람이라도 때로는 게으름 피우고 싶어지기도 하니까.

어린 왕자는 말을 이었다.

"아저씨 별은 너무 작아서 세 발짝이면 한 바퀴 돌 수가 있어. 그러니까 언제든지 해를 볼 수 있게 천천히 걷기만 하면 그만이야. 아저씨의 바람대로 해가 얼마든지 오래갈 거니까."

"그건 내게 그다지 소용이 없어. 내가 이 세상에 사는 동안 하고 싶은 것은 잠자는 것이니까."

"그것참 딱한 일인데."

어린 왕자가 말했다.

"딱하고말고, 안녕?"

등 켜는 사람이 말했다.

그리고 가로등을 껐다.

어린 왕자는 다시 길을 떠나며 이런 생각을 했다. '이 사람은 다른 사람들, 임금이니 허영쟁이니 술꾼이니 사업가니 하는 사람들 모두에게 멸시를 당할지도 몰라. 하지만 이 사람만 우습게 생각되지 않아. 그건 아마 자신의 일이 아닌 다른 일을 하고 있으니까 그렇겠지.'

그는 어쩐지 슬퍼져서 한숨을 내쉬었다.

'내가 친구로 삼을 만한 사람은 그 사람뿐이었는데. 그렇지만 그 별은 너무 작아서 둘이 있을 자리가 없어……'

어린 왕자가 차마 고백할 수 없던 것은, 무엇보다도 24시간 동안에 해가 지는 모습을 1440번이나 볼 수 있다는 것 때문에, 이 행복한 별에서 발을 떼기가 어려웠다는 사실이다.

15

여섯 번째 별은 열 배나 큰 별이었다. 거기에는 엄청나게 큰 책을 쓰고 있는 노인이 살고 있었다.

"오! 탐험가가 왔군!"

어린 왕자를 보자 노인이 외쳤다. 어린 왕자는 앉아서 숨을 조금 몰아쉬었다. 벌써 그렇게 긴 여행을 했으니까!

"넌 어디서 오는 거니?"

노인이 물었다.

"이 큰 책은 뭐예요? 그리고 할아버지는 여기서 무얼 하세요?"

어린 왕자는 말했다.

"나는 지리학자다."

"지리학자가 뭔데요?"

"바다가 어디 있고, 강은 어디 있으며, 도시와 산과 사막이 어디 있는지 아는 학자야."

"그건 참 재미있겠는데. 이제야 직업다운 직업을 보게 되었구나!"

어린 왕자는 지리학자의 별을 한 바퀴 둘러보았다. 그는 아직 이처럼 훌륭한 별을 본 일이 없었다.

"할아버지 별은 참 아름다워요. 큰 바다가 있나요?"

"나는 알 수 없어."

"그러세요?"

어린 왕자는 실망했다.

"산은요?"

"내가 어떻게 알겠니?"

"그럼 도시며 강이며 사막은요?"

"그것도 몰라."

"할아버지는 지리학자시면서 그것도 모르세요?"

"그렇단다. 나는 탐험가가 아니야. 내게는 탐험가 경험이 전혀 없단 말이야. 지리학자는 도시며 강이며 산이며 바다며 대양(大洋)이며 사막들을 헤아리러 돌아다니는 사람이 아니야. 지리학자는 아주 중요하니까 돌아다닐 수가 없지. 서재를 떠나지 못해. 그러나 서재에서 탐험가들을 만나본단다. 탐험가들에게 물어보고 그들의 추억을 기록해 두는 거지. 그래서 그중 어떤 사람이 본 것에 흥미가 있으면 지리학자는 그 탐험가의 인격을 조사한단다."

"그건 왜요?"

"어떤 탐험가가 거짓말을 하면 지리책에 커다란 이변이 생기거든. 또 술을 지나치게 마시는 탐험가도 그렇고."

"그건 어째서요?"

"술꾼들은 사물을 둘로 보니까 그렇지. 그렇게 되면 지리학자는 산이 하나밖에 없는 곳에다 두 개를 적어 넣을 것이거든."

"그렇다면 나는 좋지 못한 탐험가가 될 만한 사람을 하나 알아요."

"그럴 수도 있겠지. 그래서 탐험가의 인격이 좋아 보이면 그가 발견한 것에 대해서 조사를 시킨단다."

"보러 가나요?"

"아니다. 그건 너무 복잡해. 그 대신 탐험가더러 증거물을 내보이라고 하지. 예를 들어 큰 산을 발견했다면 거기서 큰 돌들을 가져오라고 요구한단다."

지리학자는 갑자기 서둘렀다.

"그런데 너는 멀리서 왔지? 탐험가지? 네가 살던 별 이야기를 해다오!"

그러면서 노트를 펼쳐 놓고 연필을 깎았다. 탐험가들의 이야기를 먼저 연필로 써 놓고, 탐험가가 증거품을 가져와야만 잉크로 적는 것이다.

"자, 어서 빨리!"

지리학자는 말을 재촉했다.

"오오, 제 별은 흥미로운 것이 못돼요. 아주 조그맣거든요. 화산이 셋 있는데, 둘은 활화산이고 하나는 휴화산이에요. 그렇지만 어떻게 될지 알 수 있나요?"

"어떻게 될지 알 수 없지."

"꽃도 하나 있어요."

"우리는 꽃은 기록하지 않아."

"그건 어째서요? 가장 예쁜 건데요!"

"꽃들은 일시적이니까 그렇지."

"일시적이라는 건 무슨 뜻인데요?"

"지리책은 모든 책 중에 가장 귀중한 책이야. 절대로 시대에 뒤떨어지는 일이 없지. 산이 자리를 바꾼다는 건 결코 있을 수 없는 일이고, 큰 바다의 물이 말라 버리는 일도 아주 드물거든. 우리는 변치 않는 것만 쓴단다."

"그렇지만 휴화산도 다시 불을 뿜을 수 있어요." 어린 왕자가 지리학자의 말을 막았다. "그런데 일시적이라는 건 무슨 뜻이에요?"

"활화산이건 휴화산이건 우리에게는 마찬가지다. 우리에게 중요한 것은 산이야. 그건 변하지 않으니까."

"그런데 일시적이라는 건 대체 무슨 말이에요?"

한 번 물어본 것은 그냥 지나쳐 버린 일이 없는 어린 왕자는 계속해서 물어

이리하여 어린 왕자는 자기 꽃 생각을 하면서 길을 떠났다.

보았다.

"그것은 '머지않아 사라질 염려가 있는 것'이라는 뜻이야."

"그럼 내 꽃이 머지않아 사라질 염려가 있어요?"

"아무렴."

'내 꽃이 잠깐뿐이라니. 그런데 자신을 지키기 위한 것으로는 고작 네 개의 가시가 있을 뿐이야! 그런 걸 집에 혼자 버려두고 오다니……'

이것이 그가 처음으로 느끼는 후회라는 감정이었다. 그러나 그는 다시 용기를 냈다.

"어디에 가 보는 게 좋을까요?"

"지구에 가보렴. 그 별은 평판이 좋으니까……"

그래서 어린 왕자는 자기 꽃 생각을 하면서 길을 떠났다.

16

일곱 번째 별은 지구였다.

지구는 결코 시시한 별이 아니었다. 거기에는 임금님이 111명(물론 흑인 임금님까지 쳐서 말이다), 지리학자가 7천 명, 사업가가 90만 명, 그리고 750만 명의 주정뱅이와 3억 1100만 명의 허영쟁이, 즉 20억쯤 되는 어른들이 살고 있다.

전기를 발명하기 전까지는 여섯 대륙 모두를 통틀어서 46만 2511명이라는 엄청나게 많은 수의 가로등 켜는 사람을 두어야 했다는 이야기를 들으면, 지구의 넓이가 얼마만 한지 짐작이 갈 것이다.

좀 떨어진 데서 보면 그것은 찬란한 광경이었다. 이 무리의 움직임은 마치 가극에서 발레의 동작처럼 가지런했다. 먼저 뉴질랜드와 오스트레일리아의 가로등 켜는 사람들의 차례가 왔다. 그리고 이들이 등불을 켜고 자러 가고 나면, 이번에는 중국과 시베리아의 가로등 켜는 사람들이 등을 켜러 나왔다. 그리고 이들도 무대 뒤로 사라지면 다음은 러시아와 인도 사람들 차례였다. 그다음은 아프리카와 유럽, 다음은 남아메리카, 그리고 북아메리카, 이런 식이었다.

그들이 무대에 나오는 순서가 틀리는 일은 절대로 없었다. 참으로 웅장한 광경이었다.

다만, 북극과 남극에 저마다 하나밖에 없는 가로등 켜는 사람들만이 한가하고 마음 편한 생활을 했는데, 그들은 한 해에 두 번만 일이 있었다.

17

재치를 부리려고 하면 거짓말을 조금 하게 될 때가 있다. 내가 말한 가로등 켜는 사람들 이야기는 아주 정직하지는 않다. 잘 모르는 사람들에게는 지구에 대해서 잘못된 생각을 갖게 할 염려가 있다.

사람들은 지구 위의 아주 작은 부분밖에 차지하지 못하고 있다. 땅에 사는 20억의 사람들이 무슨 집회 때처럼 조금 바싹 다가선다면, 가로 20마일에 세로 20마일 되는 광장에 넉넉히 들어갈 수 있을 것이다. 모든 인류를 태평양의 조그만 섬 안에 몰아넣을 수도 있다.

어른들은 물론 이 말을 믿지 않을 것이다. 그들은 자기네들이 자리를 훨씬 더 많이 차지하고 있는 줄로 착각하며, 자신들이 바오바브나무처럼 중요한 줄 안다. 그러니까 어른들에게 계산을 해보라고 할 일이다. 어른들은 숫자를 대단히 좋아하니까, 그렇게 하면 만족해할 것이다. 그러나 여러분은 이 문제를 푸느라 시간을 헛되이 쓰지 마라. 필요 없다. 내 말을 믿으면 된다.

어린 왕자는 지구에 이르렀는데, 아무도 만날 수 없어서 참으로 이상하다고 생각했다. 그래서 혹시 다른 별로 잘못 찾아온 건 아닐까 하는 생각이 드는 참인데, 모래에서 달과 같은 빛깔을 가진 고리가 움직였다.

"안녕?"

어린 왕자는 될 대로 되라는 기분으로 이렇게 인사를 건넸다. 그랬더니 뱀도 인사했다.

"안녕?"

"내가 도착한 이곳은 무슨 별이야?"

"지구다. 아프리카야."

"아 그래! …… 그럼 지구에는 사람이 하나도 없니?"

"여기는 사막이야. 사막에는 사람이 하나도 없어. 그렇지만 지구는 크단다."

어린 왕자는 돌 위에 앉아 하늘을 쳐다보며 말했다.

"별들은 사람들이 언제나 자기 별을 찾아낼 수 있게 하려고 저렇게 빛나는 걸까? 내 별을 봐. 바로 우리 머리 위에 있어……정말 멀기도 하지!"

"예쁜 별이로구나. 그런데 넌 여기 뭣 하러 왔니?"

뱀이 말했다.

"난 어떤 꽃하고 말썽이 생겼단다."

"그래?"

그러고 나서 그들은 입을 다물었다.

"사람들은 어디에 있니? 사막은 좀 외로운데⋯⋯."

이윽고 어린 왕자가 다시 입을 열었다.

"사람들과 함께 있어도 외로운 건 마찬가지야."

뱀이 말했다. 어린 왕자는 마침내 이렇게 말했다.

"너는 참 이상하게 생긴 짐승이야. 손가락처럼 가느다랗기만 하구나."

"하지만 나는 임금님의 손가락보다도 더 무섭단다."

뱀이 말했다. 어린 왕자는 빙그레 웃으며 말했다.

"그렇게 무섭지도 않은데⋯⋯ 넌 다리도 없지⋯⋯, 여행도 못하지⋯⋯."

"난 너를 배보다도 더 멀리 데리고 갈 수가 있어."

뱀은 어린 왕자의 발목에 팔찌 모양으로 감기며 또 이런 말을 했다.

"내가 건드리는 사람은 자기가 원래 있던 곳으로 돌아가게 돼⋯⋯ 그렇지만 너는 순진하고 다른 별에서 왔으니⋯⋯."

어린 왕자는 대답하지 않았다.

"그렇게도 연약한 네가 바위투성이 땅 위에 있는 것을 보니 가엾은 생각이 드는구나. 네 별이 몹시 그리우면 내가 언제고 너를 도와줄 수가 있어. 나는⋯⋯."

"오! 잘 알았어⋯⋯ 그런데 어째서 늘 수수께끼 같은 말만 하니?"

어린 왕자가 말했다.

"난 모든 것을 해결할 수 있어."

뱀이 말했다.

그러고 나서 그들은 입을 다물었다.

18

어린 왕자는 사막을 가로질렀으나 만난 것이라고는 꽃 하나밖에 없었다. 꽃

"너는 참 이상한 짐승이다. 손가락같이 긴 것이……." 어린 왕자는 마침내 이렇게 말했다.

잎이 셋 달린 아주 소박한 꽃이었다.

"안녕?"

어린 왕자가 인사하자 꽃도 마주 인사했다.

"안녕?"

"사람들은 어디 있니?"

어린 왕자는 공손히 물었다.

이 꽃은 어느 날 상인 무리가 지나가는 것을 본 일이 있었다.

"사람들? 예닐곱 명 있기는 하나 봐. 몇 해 전엔가 그 사람들을 본 일이 있어. 그렇지만 어딜 가야 만나 볼 수 있을지는 도무지 알 수가 없어. 바람 따라 돌아다니니까. 사람들은 뿌리가 없어. 그래서 많은 불편을 느끼는 거야."

"잘 있어." 어린 왕자가 말했다.

"잘 가." 꽃이 대답했다.

19

어린 왕자는 높은 산에 올라갔다. 그가 아는 산이라고는 단지 무릎까지 오는 세 화산밖에 없었다. 꺼진 화산을 그는 의자 대신 썼다. 그래서 이런 생각을 했다.

'이렇게 높은 산에서는 한눈에 지구 전체와 사람들을 다 볼 수 있겠지……'

그러나 그가 고작 본 것은 몹시 뾰족한 바위산 봉우리들뿐이었다.

"안녕."

그는 무턱대고 말해 보았다. 그랬더니 메아리가 울렸다.

"안녕…… 안녕…… 안녕……."

"누구냐?" 어린 왕자가 말하니, "누구냐…… 누구냐…… 누구냐……." 다시 메아리가 울렸다.

"나하고 친구 하자. 나는 외로워."

"나는 외로워…… 나는 외로워…… 나는 외로워……."

메아리가 또 울렸다.

그래서 어린 왕자는 이런 생각을 했다.

'참 이상한 별이야! 도대체 생각해 봐. 아주 메마르고 몹시 뾰족하고 온통 소금이 버적버적한 데다가 사람들은 남이 하는 말을 되뇌거나 하고…… 내 집에는 꽃 한 송이밖에 없지만 그 꽃은 언제나 말을 먼저 걸었는데……'

20

어린 왕자는 오랫동안 모래와 바위와 눈 위로 이리저리 헤맨 끝에 마침내 길을 하나 찾아냈다. 길은 모두 사람들이 있는 곳으로 통하는 법이다.

"안녕?"

어린 왕자가 말했다.

그곳은 장미꽃이 피어 있는 정원이었다.

"안녕?"

장미꽃들도 말했다.

어린 왕자가 꽃들을 바라보니 모두 자기 꽃과 비슷했다. 어이가 없어 물었다.

"너희들은 누구니?"

이 별은 아주 메마르고 몹시 뾰죽하고 소금이 버적버적하는구나.

"우리들은 장미꽃이다"

"아! 그래……?"

어린 왕자는 자기 자신이 아주 불행하게 여겨졌다. 그의 꽃은 이 세상에 자기와 같은 꽃은 하나도 없다고 말했는데, 지금 이 정원만 해도 똑같은 꽃이 5천 송이나 있지 않은가!

'내 꽃이 이 광경을 보면 무척 속이 상할 거야…….'

어린 왕자는 이렇게 생각했다.

'창피한 꼴을 겪지 않으려고 기침을 심하게 하고 죽는시늉을 할 거야. 그러면 나는 또 간호해 주는 체해야겠지. 그러지 않으면 내게도 창피를 주려고 정말로 죽을지도 모르니까…….'

그리고 또 이런 생각도 했다.

'나는 하나밖에 없는 꽃을 가져서 무척 부자라고 생각했는데 장미꽃 하나밖에 가진 게 없구나. 그것하고 무릎까지 오는 화산 셋, 게다가 그중 하나는 영영 꺼져 버렸는지도 모르는데, 그것만으로는 위대한 왕자는 될 수 없겠구나…….'

그리고 어린 왕자는 풀 위에 엎드려 울었다.

그리고 어린 왕자는 풀 위에 엎드려 울었다.

21

이때 여우가 나타났다.

"안녕?"

여우가 말했다.

"안녕?"

어린 왕자는 공손히 대답하며 돌아보았으나 아무것도 보이지 않았다.

"나 여기 있어, 사과나무 아래……."

목소리가 들렸다.

"넌 누구야? 참 예쁘구나……."

어린 왕자가 말했다.

"나는 여우야."

"나하고 놀자. 난 아주 쓸쓸해."

"난 너하고 놀 수 없단다. 길이 안 들었으니까."

"아! 미안해."

어린 왕자가 말했다.

그러나 조금 생각한 뒤에, 어린 왕자는 덧붙였다.

"'길들인다'는 건 무슨 뜻이야?"

"넌 여기 사는 아이가 아니구나. 무얼 찾는 거지?"

여우가 말했다.

"나는 사람들을 찾아. 근데 '길들인다'는 건 무슨 말이야?"

"사람들은 총을 가지고 사냥을 해. 그건 아주 거북한 노릇이야. 사람들은 또 닭을 기르기도 해! 사람들은 그것만을 필요로 해. 너도 닭을 찾니?"

"아니, 난 친구를 찾고 있어. '길들인다'는 건 무슨 말이야?"

"그건 너무나 오래전에 잊힌 일이야. 그것은 '관계를 맺는다……'는 뜻이란다."

"관계를 맺는다는 뜻?"

"물론이지. 내게는 네가 아직 몇천 몇만 명의 어린이들과 조금도 다름없는 사내아이에 지나지 않아. 그래서 나는 네가 필요 없고 너는 내가 아쉽지도 않은 거야. 또 네게는 내가 너와 상관없는 몇천 몇만 마리의 여우들 중 하나에 지나지 않을 거야. 그렇지만 네가 나를 길들이면 우리는 서로 특별해질 거야. 내게는 네가 세상에서 하나밖에 없는 나만의 아이가 될 테고, 네게는 내가 이 세상에 하나밖에 없는 너만의 여우가 될 거야……."

"이제 좀 알아듣겠다." 어린 왕자는 말했다.

"꽃이 하나 있는데…… 그 꽃이 나를 길들였는가 봐……."

"그럴 수도 있지, 지구에는 온갖 것이 다 있으니까."

"으응, 지구에 있는 게 아니야."

어린 왕자가 대답하니, 여우는 어지간히 귀가 솔깃한 모양이었다.

"그럼 다른 별에 있어?"

"응."

"그 별에도 사냥꾼들이 있니?"

"아니."

"야, 거 괜찮은데! 그럼 닭은?"

"없어."

"완전한 건 아무것도 없다니까."

여우는 한숨을 쉬었다.

그러나 여우는 제 이야기로 다시 말머리를 돌렸다.

"내 생활은 변화가 없어. 나는 닭들을 잡고, 사람들은 나를 잡고 닭들은 모두 비슷비슷하고 사람들도 모두 비슷비슷해. 그래서 나는 심심하단 말이야. 그렇지만, 네가 나를 길들이면 내 생활은 해가 뜬 것처럼 환해질 거야. 난 어느 발소리와도 다른 발소리를 알게 될 거야. 다른 발걸음 소리를 들으면 나는 땅속으로 들어갈 거야. 그러나 네 발자국 소리는 음악 소리처럼 나를 굴 밖으로 불러낼 거야. 그리고 저걸 봐! 저기 밀밭이 보이지? 난 빵을 먹지 않아. 그러니까 밀은 나한테는 소용없는 물건이야. 밀빵을 보아도 내 머리에는 아무것도 떠오르는 게 없어. 그게 몹시 슬프단 말이야! 그런데 네 머리는 금빛깔이지. 그러니까 네가 나를 길들이면 참 기막힐 거란 말이야. 금빛깔이 나는 밀을 보면 네 생각이 날 테니까. 그리고 나는 밀밭으로 지나가는 바람 소리가 좋아질 거야……"

여우는 말을 그치고 어린 왕자를 한참이나 바라보더니 부탁했다.

"제발…… 나를 길들여 줘!"

"그래." 어린 왕자는 말했다. "그렇지만 나는 시간이 많지 않아. 친구들을 찾아내야 하니까."

"길들이는 물건밖에는 알지 못하는 거야. 사람들은 이제 무얼 알 시간조차 없어지고 말았어. 사람들은 다 만들어 놓은 물건을 가게에서 산단 말이야. 하지만 친구를 팔아주는 장사꾼이란 없으니까, 사람들은 이제 친구가 없게 되었단다. 친구가 갖고 싶거든 나를 길들여!"

"어떻게 해야 되니?"

"아주 참을성이 많아야 해. 처음에는 내게서 좀 떨어져서 그렇게 풀 위에 앉아 있어. 내가 곁눈으로 너를 볼 테니 너는 아무 말도 하지 마. 말이란 오해의 시작이니까. 하지만 날마다 조금씩 가까이 앉아도 돼……."

어린 왕자는 이튿날 다시 왔다. 그러자 여우가 이렇게 말했다.

"같은 시간에 왔으면 더 좋았을 텐데. 이를테면 네가 오후 네 시에 온다면, 나는 세 시부터 벌써 행복해지기 시작할 거야. 시간이 지날수록 나는 점점 더 행복을 느낄 거야. 네 시가 되면 벌써 안절부절못하고 걱정이 되고 할 거야. 행복이 얼마나 값진 것인지 알아가게 되겠지. 그렇지만 네가 아무 때나 오면 나는 몇 시부터 마음을 곱게 단장해야 할지 도무지 알 수가 없잖아?……의식이 필요하단다."

"의식이 뭐야?"

어린 왕자가 물었다.

"그것도 점점 잊히고 있는 거야. 어떤 날과 다른 날, 어떤 시간과 다른 시간을 서로 다르게 만드는 것이야. 이를테면 사냥꾼들에게도 의식이 있어. 목요일에는 동네 처녀들하고 춤을 춘단 말이야. 그래서 목요일은 기막히게 좋은 날이란다! 그래서 나는 포도밭까지 소풍을 가지. 그런데 만일 사냥꾼들이 아무 때고 춤을 춘다고 해봐. 그저 그날이 그날 같을 테고, 나는 휴일이라는 게 영 없을 거 아냐?"

이렇게 해서 어린 왕자는 여우를 길들였다. 그러나 떠날 시간이 가까워오니 여우는 말했다.

"아!…… 난 울어버릴 거야."

"그건 네 탓이야. 나는 너를 슬프게 할 생각은 조금도 없었는데. 네가 길들여 달라고 그랬지……."

어린 왕자가 말했다.

"그래.

여우가 말했다.

"그런데 왜 울려고 하니!"

어린 왕자가 말했다.

가령 네가 오후 네 시에 온다면, 나는 세 시부터 벌써 행복해지기 시작할 거야.

"그래도 슬퍼."

여우가 말했다.

어린 왕자는 잠시 곰곰이 생각한 뒤 말했다.

"그러고 보니 넌 아무것도 얻은 게 없구나!"

"아니야, 있단다. 밀빛깔."

잠시 뒤 여우는 다시 말을 이었다.

"장미꽃들한테 다시 가봐. 네 장미꽃이 세상에 둘도 없다는 걸 알게 될 거야. 그리고 네가 나한테 작별 인사를 하러 오면 선물로 비밀 하나를 가르쳐 줄게."

어린 왕자는 장미꽃들을 만나러 갔다.

"너희들은 내 장미꽃과는 조금도 같지 않아. 너희들은 아직 아무것도 아니거든. 아무도 너희들을 길들이지 않았어. 내 여우도 너희와 마찬가지였어. 몇천 몇만 마리의 다른 여우들과 다를 바 없었지. 그렇지만 그 여우를 내 친구로 삼으니까 이제는 이 세상에 하나밖에 없는 소중한 여우가 됐어."

그러자 장미꽃들은 어쩔 줄을 몰라 했다.

어린 왕자가 계속 말했다.

"너희들은 곱긴 하지만 속이 비었어. 누가 너희를 위해서 죽을 수는 없단 말이야. 물론 내 장미도 보통 사람은 너희와 비슷하다고 생각할 거야. 그렇지만 나에게 그 꽃 한 송이는 너희들을 모두 합친 것보다 소중해. 내가 물을 준 꽃이니까. 내가 고깔을 씌워 주고 바람막이로 보살펴 준 꽃이니까. 내가 벌레를 잡아 준(나비를 보게 하려고 두세 마리는 남겨 두었지만) 그 장미꽃이었으니까. 그리고 원망하는 소리나 자랑하는 말이나, 혹 어떤 때는 점잖게 있는 것까지도 들어준 꽃이었으니까. 그건 내 장미꽃이니까."

그리고 나서 여우한테 돌아와서 작별 인사를 했다.

"잘 있어……."

"잘 가라. 내 비밀을 알려줄게. 아주 간단한 거야. 잘 보려면 마음으로 보아야 해. 가장 중요한 것은 눈에 보이지 않는단다."

"가장 중요한 것은 눈에 보이지 않는다."

어린 왕자는 기억하기 위해 되뇌었다.

"네가 네 장미꽃을 위해서 공들인 시간 때문에 그 꽃이 그렇게 소중하게 된 것이란다."

"내 꽃을 위해서 공들인 시간 때문에……."

잊지 않으려고 어린 왕자는 되받아 말했다.

"사람들은 이 진리를 잊어버렸어. 하지만 너는 잊어버리면 안 돼. 네가 길들인 것에 대해서는 영원히 네가 책임을 지는 거야. 너는 네 장미꽃에게 책임이 있어……."

"나는 내 장미꽃에게 책임이 있다……."

머리에 새겨 두기 위해서 어린 왕자는 다시 한번 말했다.

22

"안녕?" 어린 왕자가 말하니,

"안녕?" 철도 전철수가 대답했다.

"아저씨, 여기서 뭘 하고 있어?"

"기차 손님들을 천 명씩 고른단다. 그 손님들을 태운 열차를 오른쪽으로 보내기도 하고, 왼쪽으로 보내기도 하지."

그러는 중에 불이 환하게 켜진 특급 열차가 천둥같이 요란스러운 소리를 내며 전철기 조종실을 흔들어 놓았다.

"저 사람들 아주 바쁜데. 뭘 찾고 있는 거야?"

어린 왕자가 물었다.

"기관사 자신도 그걸 몰라."

또 다른 특급 열차가 반대편에서 우렁찬 소리를 내며 달려왔다.

"그 사람들이 벌써 돌아온 거야?"

어린 왕자가 다시 물었다.

"아니, 두 기차가 엇갈리는 거야."

"그 사람들은 자기들이 있던 데서 만족하지 않았어?"

"사람은 자기가 있는 곳에서 만족하는 법이 없단다."

세 번째 특급 열차가 으르렁거리며 달려들었다.

"이 사람들은 앞서간 사람들을 쫓아가는 거야?"

"쫓아가긴 무얼 쫓아가? 저 속에서 자거나 하품을 하지. 그저 아이들만이 유리창에다 코를 비벼대고 있단다."

"아이들만이 자신이 찾는 게 무엇인지를 알고 있어. 아이들은 헝겊으로 만든 인형 하나 때문에 두 시간을 허비하고, 그래서 그 인형이 아주 중요한 게 되거든. 그러니까 누가 그걸 빼앗으면 우는 거야……."

어린 왕자가 말했다.

"아이들은 행복하군."

전철수는 말했다.

23

"안녕?" 어린 왕자가 말하니,

"안녕?" 장사꾼이 대답했다.

그는 목마름을 푸는 알약을 파는 장사꾼이었다. 그 약을 일주일에 한 알씩 먹으면 목이 마르지 않게 된다.

"아저씨, 그건 왜 파는 거야?"

"시간이 아주 절약되잖아. 전문가들이 계산했는데 일주일에 53분이 절약된단 말이야."

"그래 53분으로 뭘 하는데?"

"하고 싶은 걸 하지."

'나는 53분의 여유가 있다면, 샘 있는 데로 천천히 걸어갈 텐데…….' 어린 왕자는 생각했다.

24

사막에서 비행기 고장을 일으킨 지가 여드레째 되는 날이라, 이 장사꾼 이야기를 들을 때, 나는 마지막 남은 물 한 방울까지 모두 마셔버린 뒤였다.

"아! 네 이야기는 참 아름답구나. 그런데 나는 비행기를 아직 고치지 못했고 이제는 마실 물조차 떨어졌으니, 나도 샘 있는 데로 천천히 걸어갈 수 있으면 좋겠구나!"

"내 친구 여우가……."

"얘야. 지금은 여우 이야기를 할 때가 아니야!"

"왜?"

"우린 목이 말라 죽을 테니까……"

그는 내 말을 알아듣지 못하고 이런 말을 했다.

"죽게 되더라도 친구를 두었다는 건 좋은 일이야. 나는 여우를 내 친구로 둔 게 참 좋아……"

'이 애는 위험이 어느 정도인지 알지 못하는구나. 영 배도 안 고프고 목도 마르지 않고 그저 햇볕만 좀 있으면 그만이니까……'

나는 이런 생각을 했다.

그때 어린 왕자는 나를 바라보며 내 마음을 읽은 듯 말했다.

"나도 목이 말라…… 우리 우물 찾으러 가……"

나는 맥이 풀렸다. 끝없는 사막 가운데에서 무턱대고 우물을 찾아 나선다는 것은 어리석은 일이다. 그렇지만 우리는 걸음을 옮기기 시작했다.

몇 시간 동안 아무 말 없이 걷고 나니 해가 떨어지고 별이 깜박이기 시작했다. 나는 갈증 때문에 열이 나서, 별들이 보이는 밤하늘이 마치 꿈속 같았다. 어린 왕자가 한 말이 내 머릿속에서 춤을 추었다.

"그래 너도 목이 마르니?"

그러나 그는 내 물음에 대답하지 않았다.

"물은 마음에도 좋아……"

나는 그의 말을 이해하지 못했으나 잠자코 있었다. 그에게 물어봐도 대답하지 않는다는 것을 알고 있었으니까.

어린 왕자는 지쳤는지 앉았다. 나도 그의 옆에 앉았다. 그는 한동안 조용히 있다가 이윽고 또 이런 말을 했다.

"우리에게 보이지 않는 꽃 한 송이 때문에 별들이 아름다운 거야……."

나는 "그렇고 말고" 하고 대답한 뒤에 아무 말 없이 달빛 아래 너울거리는 주름진 모래 언덕을 바라보았다.

"사막은 아름다워."

그는 이렇게 덧붙였다.

맞는 말이었다. 나는 언제나 사막을 좋아했다. 모래 언덕에 앉아 있으면 아무것도 보이지 않고 아무 소리도 들리지 않는다. 그런데도 침묵 속에 무엇인가 빛나는 것이 있다.

"사막이 아름다운 건 어디엔가 우물이 숨어 있기 때문이야……."

어린 왕자는 이렇게 말했다.

나는 뜻밖에도 모래의 이 신비로운 빛을 이해할 수 있었다. 어릴 때 나는 오래된 집에서 살았는데, 그 집에는 보물이 묻혀 있다는 이야기가 전해 내려왔었다. 물론 아무도 그것을 발견하지 못했고, 또 어쩌면 찾아보지 않았는지도 모른다. 그러나 그 보물 이야기 때문에 그 집은 매력이 있었다. 그 속 깊숙이 어떤 비밀을 간직하고 있었기 때문이다.

나는 어린 왕자에게 말했다.

"맞아. 집이건, 별이건, 사막이건, 그 아름다움은 눈에 보이지 않는 것에서 오는 거야."

"아저씨가 내 여우하고 같은 생각을 해서 난 정말 기뻐."

어린 왕자가 잠이 들자 나는 그를 품에 안고 다시 길을 떠났다. 마음이 뭉클해졌다. 깨지기 쉬운 보물을 안고 가는 것 같았다. 이 세상에 그보다 더 부서지기 쉬운 것은 없으리라는 생각이 들었다. 그 새하얀 이마, 살며시 감긴 눈, 바람에 나부끼는 머리칼을 달빛에 비춰 보며 나는 이런 생각을 했다.

'내가 보고 있는 것은 오직 겉모습일 뿐이야. 가장 중요한 건 눈에 보이지 않아…….'

반쯤 벌어진 그의 입술이 엷은 미소를 머금은 것을 보고 이런 생각도 했다.

'잠든 어린 왕자가 이토록 깊이 내 마음을 울리는 것은 꽃 한 송이에 쏟는 이 아이의 성실성, 잠을 자는 동안에도 등불의 불꽃처럼 그의 마음속에서 빛나고 있는 장미꽃 때문이야…….'

그리하여 내 어린 친구가 생각보다 더 여리게 느껴졌다. 등불은 잘 보살펴 주어야 한다. 바람이 한번 지나가기만 해도 그 불꽃이 꺼질 수도 있으니…….

이렇게 걸어가다가 해 뜰 무렵에 우물을 발견했다.

25

"사람들은 특급 열차를 타고 가지만, 자신들이 무얼 찾아가는지는 몰라. 그러니까 갈팡질팡하며 계속 같은 자리를 맴도는 거야……."

어린 왕자는 이렇게 말하고 다시 덧붙였다.

"그건 소용없는 짓이야……."

우리가 찾아낸 우물은 사하라 사막에 있는 다른 우물들과 달랐다. 사하라의 우물들은 그저 모래에 구멍을 뚫어 놓은 것뿐이다. 그런데 이 우물은 꼭 마을 우물과 비슷했다. 그러나 거기에는 마을이 없었다. 나는 꿈이 아닌가 생각했다.

"이상도 하지, 도르래며 물통이며 줄이 모두 마련돼 있구나……."

나는 어린 왕자에게 말했다. 그는 웃으면서 줄을 만져 보고 도르래를 돌려 보곤 했다. 바람이 오랫동안 잔잔했다가 다시 일자, 낡은 풍차가 삐걱거리듯이 도르래가 삐걱삐걱 소리를 냈다.

"아저씨, 이 소리가 들려? 우리가 이 우물을 깨우니까 우물이 노래하는 거야……."

나는 그에게 힘든 일을 시키고 싶지 않았다.

"내가 할게. 네게는 너무 무거워."

나는 물통을 천천히 우물 귀퉁이까지 올려 떨어지지 않게 잘 얹어 놓았다. 내 귀에는 아직도 도르래의 노랫소리가 들리고, 출렁거리는 물속에는 해가 흔들리는 것이 보인다.

"난 이 물이 마시고 싶었어, 물을 좀 줘……."

마침내 나는 그가 무엇을 찾고 있었는지를 알았다!

나는 물통을 그의 입술 가까이 들어주었다. 그는 눈을 감고 물을 마셨다. 축제날처럼 기뻤다. 그 물에는 여느 물과는 다른 무엇이 있었다. 그 물은 별빛 아래 이루어진 행진과 도르래의 노래와 내 팔의 노력에서 나왔다. 그 물은 마치 선물을 받았을 때처럼 마음을 기쁘게 했다. 어렸을 적에 내가 받은 크리스마스 선물이 트리의 등불, 가정 미사의 음악, 서로 주고받는 상냥한 웃음으로 빛났던 것처럼.

"아저씨 별 사람들은 한 정원에 장미꽃을 5천 송이씩이나 가꾸지만…… 자기네들이 찾는 것을 거기서 얻어내지 못해……."

어린 왕자가 말했다.

"맞아. 찾아내지 못해……."

"하지만 그들이 찾는 것은 장미꽃 한 송이나 물 한 모금에서 얻어질 수도 있을 거야……."

"그야 그렇지."

그러자 어린 왕자는 덧붙였다.

"눈으로는 볼 수가 없어. 마음으로 찾아야 해."

나는 물을 마시고 나자 다시 살아난 느낌이었다. 모래는 떠오르는 햇빛을 받으면 달콤한 꿀 빛이 된다. 나는 이 빛깔에도 행복을 느꼈다. 행복하지 못할 이유가 어디 있겠는가…….

"아저씨, 약속을 지켜야지."

내 옆에 다시 앉은 어린 왕자는 상냥하게 말했다.

"무슨 약속?"

"아저씨는 참…… 내 양에 씌울 굴레 말이야…… 난 그 꽃에게 책임이 있어!"

나는 끼적거려 두었던 그림을 주머니에서 꺼냈다. 어린 왕자는 그림들을 보고 웃으며 말했다.

"아저씨가 그린 바오바브나무 말이야. 그건 왠지 좀 배추 같아……."

"그래?"

나는 바오바브나무 그림에 꽤 우쭐해했는데!

"여우는……귀가 약간 뿔같이 생겼어…… 그리고 너무 길어!"

그러고는 또 웃었다.

그는 웃으며 줄을 만져 보고 도르래를 돌려 보곤 했다.

"얘, 너는 심하기도 하구나. 나는 속이 안 보이는 보아뱀하고 속이 보이는 보아뱀밖에 못 그려."

"응! 괜찮을 거야. 아이들은 아니까."

나는 연필로 굴레를 그렸다. 그 굴레를 어린 왕자에게 주니, 가슴이 뿌듯해졌다.

"나는 네가 무슨 생각을 하는지 모르겠구나……."

그러나 어린 왕자는 내 말에는 대답하지 않고 이렇게 말했다.

"아저씨, 내가 지구에 떨어진 거 말이야…… 내일이 꼭 1년이야……."

어린 왕자는 잠시 조용히 있다가 말했다.

"바로 이 근처에 떨어졌었어……."

그는 얼굴을 붉혔다.

나는 어쩐지 이상한 설움이 북받쳐 올랐다. 그러다가 이런 질문이 떠올랐다.

"그럼, 여드레 전 내가 너를 알게 된 날 아침, 사람들이 사는 곳에서 수만 리 떨어진 데서 너 혼자 이렇게 거닐던 건 우연이 아니었구나! 네가 떨어진 데로 돌아가는 길이었니?"

어린 왕자는 다시 얼굴을 붉혔다.

나는 망설이며 말을 이었다.

"아마 일 년이 되었기 때문에 그런 거지……?"

어린 왕자는 한 번 더 얼굴을 붉혔다. 그는 내가 물어보는 말에 '응' 하고 대답하는 일이 없었다. 그러나 얼굴을 붉히면 그렇다는 뜻이 아닌가!

"아! 나는 점점 겁이 나는구나……."

그러나 어린 왕자는 이런 말을 했다.

"아저씨는 이제 일을 해야 해. 기계 있는 쪽으로 다시 가. 난 여기서 기다릴게. 내일 저녁에 다시 만나."

하지만 나는 마음이 놓이지 않았다. 여우 이야기가 떠올랐다. 길들여지면, 누구나 눈물을 흘리고 싶어진다.

26

우물 옆에는 무너져 내린 오래된 돌담이 있었다. 이튿날 저녁, 일을 마치고 돌아오는데, 멀리서 어린 왕자가 그 위에 올라앉아 다리를 늘어뜨리고 있는 모습이 보였다. 그리고 그가 이런 말을 하는 것이 들렸다.

"그래 넌 생각이 안 난단 말이니? 바로 여기는 아니야!"

그리고 "아니야! 날짜는 맞지만, 자리는 여기가 아니야" 하는 것을 보면 상대편에서 무슨 대답이 있었던 모양이다. 나는 그대로 담으로 걸어갔지만, 어린 왕자 말고는 아무도 보이지 않았고 말소리도 들리지 않았다. 그러나 어린 왕자는 다시 말을 건넸다.

"……물론이지. 모래에 내 발자국이 어디서 시작하는지 봐. 거기서 기다리면 돼. 오늘밤에 거기 가 있을 테니."

나는 담에서 20미터 떨어진 곳에 있었는데, 여전히 아무것도 보이지 않았다.

잠시 침묵하더니, 어린 왕자는 또 이런 말을 했다.

"너 좋은 독을 가지고 있니? 날 오랫동안 아프게 하지 않을 자신이 있어?"

나는 가슴이 두근거려 발을 멈칫했다. 그러나 여전히 무슨 말인지 알 수가 없었다.

"이제 가봐…… 내려가고 싶어!"

그때서야 나는 담 밑을 내려다보고는 깜짝 놀랐다. 30초 만에 사람을 죽일 수 있는 노란 뱀 하나가 어린 왕자를 향해 대가리를 쳐들고 있지 않은가! 나는 권총을 꺼내려고 주머니를 뒤지며 뛰기 시작했다. 그러나 내 발소리를 들은 뱀은, 마치 스며들어가는 물줄기처럼 모래 속으로 소리 없이 기어가더니, 그다지 서두르지도 않고 가벼운 쇳소리를 내며 돌 틈으로 사라졌다. 나는 담 밑에 이르러서야, 눈처럼 창백해진 어린 왕자를 겨우 품에 받아 안을 수 있었다.

"대체 무슨 일이야! 이젠 뱀하고도 이야길 다 하고!"

나는 그의 금빛 목도리를 풀었다. 관자놀이를 적셔 주고 물을 먹였다. 그렇지만 이제는 그에게 무슨 말을 물어볼 용기도 없었다. 그는 나를 진지하게 바라보더니 두 팔로 내 목을 껴안았다. 그의 가슴이 카빈총에 맞아 죽어가는 새처럼 뛰는 것이 느껴졌다.

"아저씨가 기계를 고쳐서 난 참 좋아. 이제 아저씨는 집으로 돌아갈 수 있겠지……."

"그걸 어떻게 아니?"

"이제 가봐…… 내려가고 싶어!"

나는 마침 뜻밖에도 비행기를 고치는 데 성공했다는 사실을 그에게 알리러 왔던 참이었다!

어린 왕자는 내 물음에는 대답하지 않고 덧붙였다.

"나도 오늘 집으로 돌아가……."

그리고 쓸쓸하게 말했다.

"그건 훨씬 더 멀고…… 훨씬 더 어려워……."

나는 무슨 슬픈 일이 일어났음을 깨달았다. 나는 그를 어린애처럼 꼭 껴안았다. 그러나 내가 미처 잡을 새도 없이 끝없는 수렁으로 곧장 빠져 들어가는 것만 같았다.

그의 눈길은 멍하니 먼 곳을 바라보았다.

"내겐 아저씨가 준 양이 있어. 그리고 양을 넣어 두는 상자하고 굴레도 있고……."

그는 쓸쓸한 웃음을 지었다.

나는 오랫동안 기다렸다. 그의 몸이 조금씩 따뜻해지는 것이 느껴졌다.

"얘야, 너 무서웠지……."

"물론 무서웠지!"

그러나 상냥하게 웃으며 말했다.

"오늘 저녁이 훨씬 더 무서울 거야……."

나는 회복될 수 없는 일이라는 생각에 다시 눈앞이 캄캄해졌다. 그리고 이 웃음소리를 영영 듣지 못하게 된다는 것이 너무나 견딜 수 없이 힘든 일임을 깨달았다. 내게 그 웃음은 사막에 있는 샘과 같았다.

"얘야. 네 웃음소리가 더 듣고 싶구나."

그러나 그는 이런 말을 했다.

"오늘밤이면 1년이 돼. 내 별이 내가 지난해 떨어졌던 그 자리 바로 위에 오게 돼."

"얘야. 그 뱀 이야기, 뱀과 만나는 이야기, 별 이야기는 모두 못된 꿈 아니니?……."

그러나 내 말에는 대답하지 않고 그는 말했다.

"중요한 건 눈에 보이지 않아."

"그렇고 말고."

"꽃도 마찬가지야. 어떤 별에 있는 꽃을 좋아하면 밤에 하늘을 바라보는 게 참 아늑해. 어느 별에나 모두 꽃이 피어 있어."

"물론이지……."

"물도 마찬가지야. 아저씨가 내게 먹여 준 물은 마치 음악 같았어. 도르래하고 밧줄 때문에 말이야…… 아저씨 생각나지……? 물이 참 맛있었지……."

"그래……."

"아저씨, 밤이 되면 별들을 쳐다봐. 내 별은 아주 작아서 어디 있는지 아저씨한테 보여줄 수가 없어. 그게 더 나아. 내 별이 아저씨에게는 여러 별 중의 하나가 될 거야…… 그러면 아저씨는 어느 별이든지 바라보는 게 좋아질 거야…… 그 별들이 모두 아저씨와 가까워질 테고. 그리고 나 아저씨한테 선물을 하나 줄게."

그는 다시 웃었다.

"얘야! 나는 네 웃음소리가 좋단다!"

"바로 그걸 선물로 주는 거야…… 그 물도 마찬가지야."

"그건 무슨 말이니?"

"사람에 따라 별들은 모두 다른 의미가 있어. 여행하는 사람에게는 별들이 길잡이가 되고, 어떤 사람들에게 별들은 그저 조그만 빛으로밖에 보이지 않을 수도 있어. 학문을 하는 사람들에게는 별들이 수수께끼가 되고, 내가 말한 사업가에게는 별이 금으로 보이겠지. 하지만 그 별들은 모두 말이 없어. 아저씨에게는 별이 다른 사람들과 다르게 보일 거야……."

"그게 무슨 소리니?"

"내가 수없이 많은 별들 중의 하나에서 살고 있을 테니까. 내가 그 별 중의 하나에서 웃고 있을 테니까. 아저씨가 밤에 하늘을 바라보게 되면 별들이 모두 웃는 것처럼 보일 거야. 그러니까 아저씨는 웃을 줄 아는 별들을 갖게 될 거야!"

그러면서 또 웃었다.

"그리고 아저씨의 슬픔이 가신 다음에는(언제나 슬픔은 가시니까), 나를 알게 된 것을 기쁘게 생각할 거야. 아저씨는 언제까지나 나와 친구로 남을 테고, 나하고 웃고 싶어질 거야. 그리고 가끔씩 괜히 창문을 열어 볼 때가 있겠지……

아저씨가 하늘을 쳐다보며 웃는 모습 보고 친구들이 아주 이상히 여길 거야. 그러면 아저씨는 이렇게 말하겠지. '응, 별들을 보면 난 언제든지 웃음이 나와!' 그러면 친구들은 아저씨를 미쳤다고 생각할 거야. 난 그럼 아저씨한테 아주 못할 일을 한 게 되겠는데……."

어린 왕자는 웃었다.

"그러면 별 말고 웃을 줄 아는 조그만 방울을 잔뜩 아저씨한테 준 셈이 되는 거야……."

그리고 또 한 번 웃더니, 이번에는 진지한 얼굴로 말했다.

"아저씨…… 오늘 밤엔 오지 마."

"난 네 곁을 떠나지 않을 거야."

"나는 아픈 것처럼 보일 거야…… 죽어가는 것 같이 그럴 거야. 보러 오지 마, 올 필요 없어."

"난 네 곁을 떠나지 않을 거야."

그러나 그는 걱정되는 눈치였다.

"아저씨한테 이런 말을 하는 건…… 뱀 때문이기도 해. 뱀한테 아저씨가 물리면 어떻게 해…… 뱀은 사나워. 장난 삼아 물기도 하거든……."

"네가 뭐라 하든 난 네 곁을 떠나지 않을 거야."

어린 왕자는 무슨 생각이 들었는지 마음이 놓이는 모양이었다.

"하긴 두 번째 물 때에는 독이 없긴 하지만……."

그날 밤 나는 그가 길을 떠나는 것을 보지 못했다. 소리 없이 살그머니 빠져나간 것이다. 내가 그 애를 따라갔을 때 그는 망설이지 않고 빠른 걸음으로 걷고 있었는데, 나를 보며 이렇게 말했다.

"아! 아저씨 왔어……?"

그러면서 내 손을 잡았다. 그러나 다시 걱정을 했다.

"아저씨가 온 건 잘못이야. 마음이 아플 테니까. 난 죽는 것처럼 보이겠지만 사실은 그게 아니야."

나는 잠자코 있었다.

"아저씨, 거긴 아주 멀어. 내 몸을 가지고는 갈 수가 없어. 너무 무거워."

나는 잠자코 있었다.

"그러나 그건 내버린 낡은 껍데기 같은 거야. 빈 껍질, 그건 슬프지 않아."

나는 잠자코 있었다.

그는 좀 풀이 죽은 듯했다. 그러나 다시 기운을 냈다.

"아저씨, 그건 아늑할 거야. 나도 별들을 바라볼 거야. 모든 별들이 녹슨 도르래 달린 우물이 될 거야. 그래서 내게 물을 먹여 줄 거야……."

나는 아무 말도 하지 않았다.

"참 재미있을 거야! 아저씨는 5억 개의 작은 방울들을 갖게 되고 나는 5억 개의 샘을 갖게 되는 거니까.

그러고는 그도 입을 다물었다. 울고 있었던 것이다.

"다 왔어. 나 혼자 한 걸음 내딛게 가만둬."

그러더니 그는 그 자리에 앉았다. 겁이 났던 것이다.

그가 다시 말했다.

"아저씨……내 꽃 말이야…… 그건 내게 책임이 있어! 그런데 그 꽃은 몹시도 약해! 또 아주 순진하고…… 대단하지도 않은 가시 네 개를 가지고 바깥 세상으로부터 제 몸을 지키려고 해……."

나는 더 이상 서 있을 수가 없어서 앉았다. 그는 말했다.

"자…… 이제 끝났어……."

그는 또 잠깐 망설이다가 몸을 일으켰다. 한 걸음을 내디뎠다. 나는 꼼짝 할 수가 없었다. 그의 발목께에서 노란빛이 반짝 빛났을 뿐이었다. 그는 잠시 그대로 서 있었다. 소리도 내지 않았다. 그는 나무가 넘어지듯 조용히 쓰러졌다. 모래 때문에 소리조차 나지 않았다.

27

그래, 지금으로부터 벌써 여섯 해나 되었는데…… 나는 아직 이 이야기를 한 적이 없다. 나를 다시 만난 동료들은 내가 살아 돌아온 것을 무척 기뻐했다. 나는 슬펐지만 그들에게는 "피곤해서……"라고만 말했다.

이제 그 슬픔이 조금 작아졌다. 그러니까……아주 가시지는 않았다는 말이다. 하지만 내 친구가 자기 별로 돌아간 것을 나는 잘 안다. 해 뜰 무렵에 보니 그의 몸이 사라진 뒤였으니까. 그리 무거운 몸은 아니었다…… 그래서 나는 밤

그는 나무가 넘어지듯 조용히 쓰러졌다.

에 별들의 소리에 귀 기울이기를 좋아한다. 그것은 5억 개의 방울과 같다⋯⋯.

그런데 참 안타까운 일이 하나 있다. 어린 왕자에게 그려준 굴레에다 가죽 끈을 달아 주는 것을 깜빡 잊은 것이다. 어린 왕자는 그 굴레를 양에게 씌우지 못했으리라. 그래서 나는 이따금 '그 별에서 무슨 일이 생겼을까? 양이 꽃을 먹어 버린 것은 아닐까⋯⋯.' 그런 생각을 한다.

그러다가 이런 생각도 한다. '그럴 리가 없지! 어린 왕자는 밤마다 꽃에 고깔을 씌우고 양을 잘 지키니까⋯⋯.'

그러면 나는 행복해진다. 그리고 별들은 모두 가만히 웃는다.

어떤 때는 이런 생각도 든다.

'어쩌다 잠시 한눈을 판다면 그땐 큰 일 나는데! 어느 날 저녁 그 애가 고깔 씌우기를 잊었든지, 양이 깊은 밤 소리 없이 나가든지⋯⋯.' 그러면 방울들이 모두 눈물로 변해 버린다!

이 문제는 중요한 수수께끼다. 어린 왕자를 사랑하는 여러분들에게나, 나에게나, 우리가 알지 못하는 양이 어디선가 장미꽃을 먹었느냐 안 먹었느냐에 따라서 온 세상이 달라지는 것이다.

하늘을 바라보고 이렇게 생각하라.

'양이 꽃을 먹었을까 안 먹었을까?'

그러면 모두가 얼마나 달라지는지 알 수 있을 것이다. 그러나 어른들은 이것이 왜 그토록 중요한 문제인지를 아무도 이해하지 못하리라.

이것이 내게는 이 세상에서 가장 아름답고도 가장 쓸쓸한 풍경이다. 이것은 앞장의 것과 같은 풍경이지만, 여러분에게 똑똑히 보여주려고 다시 한번 그렸다. 어린 왕자가 지구별에 나타났다가 사라진 곳이 바로 여기다. 이 풍경을 잘 보아 두었다가, 언제고 아프리카의 사막을 여행하게 되면, 그곳을 틀림없이 알아볼 수 있기를 바란다.

그리고 그곳을 지나가게 되거든, 부디 빨리 지나치지 말고 별 아래서 잠시 기다려 주기를! 그래서 어떤 아이가 그대에게 다가오며 웃으면, 그의 머리가 금발이고, 뭐라고 물어도 대답이 없으면 그대는 그 아이가 누군지 알아내리라. 그때에는 친절을 베풀어 주기를! 내가 이토록 깊은 슬픔에 젖어있는 것을 내버려두지 말고 나의 어린 친구가 돌아왔다고 빨리 편지를 보내 주기를⋯⋯.

Courrier—Sud

남방 우편기

제1부

1

무전 : 현재 시각 6시 10분. 여기는 툴루즈. 각 기항지에 알림. 프랑스발 남아메리카행 우편기, 5시 45분 툴루즈 출발. 이상.

물처럼 맑은 하늘이 별들을 목욕시켜 내보냈다. 이어 밤이 찾아왔다. 달빛 아래로 사하라는 모래언덕들을 굽이굽이 펼쳐 보였다.

우리 이마 위를 비추던 달빛은 형체를 보여준다기보다는 저마다의 사물에 부드러움을 더해주듯 내리비추고 있었다. 귀가 먹먹한 소리를 내며 지나가는 우리의 발아래로 두텁게 쌓인 모래는 황홀경을 자아냈다. 그리고 뜨거운 태양의 무게에서 벗어난 우리는 머리를 드러낸 채 걸어가고 있었다. 이런 곳에서 밤이란 그대로 머물러 있다…….

하지만 이 평화로움이 언제까지 지속될 수 있을까? 무역풍은 쉴 새 없이 남쪽으로 불어댔고, 비단천이 내는 소리와 함께 바닷가를 휘젓고 있었다. 방향을 바꾸어 결국 소멸하고 마는 유럽대륙의 바람과는 달리 이곳 바람은 질주하는 특급열차에 맞부딪치는 바람처럼 거세게 우리 머리 위로 몰아쳤다. 이따금씩은 밤바람이 너무 세게 불어서 우리는 머리를 북쪽에 둔 채 이들에게 몸을 내맡기고는 했다. 그럴 때면 알 수 없는 어딘가로 떠밀려가는 듯한, 한편으로는 어두컴컴한 목적지를 향해 그 바람을 거슬러 올라가는 듯한 느낌이 들기도 했다. 그러나 바람이 거셀수록 그만큼 불안감도 커져갔다.

그래도 태양은 돌고 돌아 다시 날이 밝아왔다. 무어인[1]들은 소동을 별로 부

---

1) Moors : 마우레인 또는 모르인. 8세기쯤에 이베리아 반도를 정복한 이슬람교도를 막연히 부르던 말. 11세기 이후 북아프리카나 아시아의 이슬람교도를 뜻하는 말로 쓰였다가 15세기부터는 회교도를 이르는 말이 됨.

리지 않았다. 대담하게도 스페인 요새까지 접근했던 이들은 자신들의 소총을 장난감처럼 갖고 놀았다. 불귀순 부족[2] 사람들이 자신들의 신비로움을 잃어버린 채 단역배우의 연기를 하는 것, 그게 바로 무대 뒤에서 바라본 사하라 사막의 모습이었다.

비좁은 곳에서 우리는 극히 한정된 스스로의 이미지와 마주한 채 살아가고 있었다. 따라서 우리는 사막에 고립되어 있다는 걸 알지 못했다. 우리는 집에 돌아가고 나서야 비로소 우리가 그동안 얼마나 멀리 떨어져 있었는지 제대로 깨달을 수 있었다.

무어인들의 포로이자 스스로의 포로였던 우리는 500미터 반경을 좀처럼 넘어가는 법이 없었다. 그곳을 넘어서부터는 불귀순지역이 시작됐기 때문이다. 우리와 가장 가까운 이웃이라고 해도 700킬로미터 떨어져 있는 시스네로스와 1,000킬로미터 밖 포르에티엔에 있는 사람들이었다. 그러나 그들 역시 모암(母巖)에 박혀 있듯 사하라 사막에 꼼짝없이 갇혀 있는 신세였다. 우리는 그들의 고상한 버릇이나 별명을 통해 저들에 대해 알고 있었으나, 그들과 우리 사이에는 사람들이 살고 있는 행성들 사이에서와 같은 두터운 침묵이 가로놓여 있었다.

오늘 아침, 우리에게 있어 세상이 다시 꿈틀대기 시작했다. 무선사가 우리에게 전보 한 통을 전해주었던 것이다. 모래 위에 심어져 있던 두 개의 안테나는 일주일에 한 번씩 우리를 바깥세계와 이어주었다.

무전 : 5시 45분, 툴루즈를 출발한 프랑스—남아메리카행 우편기, 11시 10분 알리칸테 통과. 이상.

시발점인 툴루즈에서 전해온 소식이었다. 그 소식은 멀리서 들려오는 신의 목소리와 같았다. 이 소식은 겨우 10분 만에 바르셀로나, 카사블랑카, 아가디르를 거쳐 우리에게 전달되었고, 그다음은 우리를 거쳐 다카르에까지 퍼져나갔다. 5,000킬로미터 노선상의 각 비행장에는 비상이 걸렸다. 저녁 6시 무전에서

---

2) 不歸順 部族 : 정부에 대한 반항심으로 복종이나 순종을 하지 않는 부족.

우리는 다음과 같은 전신을 받았다.

무전 : 우편기, 21시에 아가디르에 착륙. 21시 30분 쥐비곶으로 다시 출발. 쥐
비곶에는 조명탄을 이용해 착륙. 쥐비 비행장은 평상시와 같이 점등할 것. 아가
디르와 늘 연락을 취할 것. 이상, 툴루즈.

사하라 사막 한가운데에 고립되어 있던 쥐비곶 관측소에서, 우리는 멀리 날
아가는 혜성[3] 하나를 쫓아가고 있었다.

저녁 6시 무렵, 이제는 남쪽이 시끄러워졌다.

무전 : 여기는 다카르. 포르에티엔, 시스네로스, 쥐비에 알림. 우편기의 소식
을 긴급 통보 바람.

무전 : 여기는 쥐비. 시스네로스, 포르에티엔, 다카르에 알림. 11시 10분, 알리
칸테 통과 뒤 소식 없음.

어딘가에서 비행기 한 대가 굉음을 내고 있었을 것이다. 툴루즈에서 세네갈
까지, 그 소리를 듣기 위해 모든 사람이 귀를 쫑긋 세우고 있었다.

2

툴루즈. 05시 30분.

공항 차량이 격납고 앞에 이르러 갑자기 멈춰 서자, 비바람으로 뒤범벅이 된
그 밤, 어둠 속에서 문이 열렸다. 500촉광의 전구들이 모든 사물을 진열장에서
처럼 또렷하고 정확하게, 그러면서도 딱딱하게 비추고 있었다. 둥근 천장 아래
에서 한마디 한마디 내뱉을 때마다 그 말들은 주변으로 울려 퍼지고 잠시 자
리에 머물렀다가 침묵을 실어다 주었다.

번쩍이는 비행기 기체와 기름때가 끼지 않은 엔진 등 마치 비행기는 새것 같
았다. 정비공들은 발명가와 같은 손길로 이 섬세하고도 정밀한 기계를 꼼꼼히

---

3) 비행기를 말함.

살펴보고는 이제 막 기체(機體)에서 물러섰다.

"빨리빨리 움직여요, 여러분, 어서 서두르라고!"

우편물을 잔뜩 실은 큰 주머니가 비행기 화물칸 배를 안쪽부터 채워갔다. 담당자는 빠르게 우편물을 확인한다.

"부에노스아이레스…… 나탈…… 다카르…… 카사…… 다카르…… 서른아홉 자루, 맞습니까?"

"맞습니다."

조종사가 옷을 입는다. 몇 겹의 스웨터, 목도리, 가죽 작업복, 모피로 안을 댄 장화. 잠이 덜 깬 그의 몸이 무겁다. 누군가가 그에게 재촉한다.

"자, 어서 서두르라고!"

두꺼운 장갑 속에 꽁꽁 언 손가락을 오그라뜨려 넣고는 손에 시계, 고도계, 지도 등을 잔뜩 쥔 채, 그는 굼뜨고 어설프게 조종석까지 기어들어간다. 어딘가 불편한 잠수부 같은 모습이었다. 하지만 일단 조종석에 앉게 되면, 모든 것이 편안해진다.

정비공 한 명이 올라와 그에게 말한다.

"630킬로미터."

"좋소, 탑승객은?"

"세 명."

그는 탑승객들을 쳐다보지도 않은 채 이들에게 지시를 내린다.

비행장 내 주임이 직원들을 향해 돌아섰다.

"누가 이 엔진 덮개에 쐐기 못을 박았나?"

"제가 그랬습니다."

"벌금 20프랑이네."

비행장 내 주임이 마지막 점검을 한다. 발레 공연에서처럼 모든 것이 규칙적이어야 한다. 항공기는 이 격납고 안에서도 정확히 제 위치에 있어야 하며, 앞으로 5분 뒤에는 저 하늘에서도 정확히 제 위치에 있어야 한다. 비행은 배가 출항할 때와 같이 잘 계산된다. 제대로 박혀 있지 못했던 이 쐐기 못은 분명한 실수이다. 기항지에서 기항지를 거쳐 부에노스아이레스나 칠레의 산티아고까지 날아가는 비행 여정이 우연의 결과가 아닌 치밀한 계산의 결실이 되기 위해서는 정확한 눈썰미와 500촉광짜리 전구 등 모든 엄격함이 선행돼야 한다. 이렇게 점검을 거치고 나면 폭풍우가 몰아치거나 짙은 안개가 깔리거나 회오리가 일어난다 해도, 또한 비행기 날개가 흔들리거나 설사 기체의 예측 못할 결함이 발생한다 해도 이 비행기는 먼저 출발한 급행열차, 특급열차, 화물열차, 증기기관차를 따라잡고 추월하고 완전히 제쳐버릴 수 있게 된다. 그리고 기록적인 시간으로 부에노스아이레스나 칠레의 산티아고에 도달하는 것이다.

"출발!"

조종사 베르니스에게 종이 한 장이 쥐어진다. 앞으로 그가 벌이게 될 전투 계획서이다.

베르니스는 읽어내려간다.

'페르피냥의 날씨는 바람 한 점 없이 맑음. 바르셀로나는 폭풍, 그리고 알리칸테는……'

툴루즈. 5시 45분

힘찬 바퀴의 움직임이 굄목을 찍어 누른다. 프로펠러가 일으키는 바람으로 20미터 뒤쪽까지 풀들이 뒤로 젖혀지며 물살을 일으킨다. 베르니스는 단 한 번의 손목 움직임으로도 폭풍을 일으키거나 제압할 수 있다.

이제 엔진 소리가 점점 더 커진다. 반복적으로 커져가는 소리는 점점 고체에 가까운 환상(環象)을 만들어내며 공간을 가득 메워 기체(機體)를 에워싼다. 조종사는 그때까지 채워지지 않던 무언가가 메워짐을 느끼고는 '이제 됐어' 하고 생각한다. 이어 빛을 등지고 곡사포처럼 하늘로 뻗어 있는, 시커먼 엔진 덮개를 바라본다. 프로펠러 너머로 새벽 풍경이 떨린다.

바람을 안고 천천히 비행기를 몰다가, 그는 가스 핸들을 몸 앞으로 잡아당긴다. 비행기는 프로펠러에 이끌려 빠른 속도로 내달린다. 대기 중에서 탄력을 받아 생긴 기체(機體)의 흔들림은 점점 약해지고, 마침내 지면이 팽팽해지는 게 느껴지더니 벨트컨베이어 같은 바퀴 밑에서 반짝거린다. 조종사는 이제 공기를 가늠해본다. 처음에는 느낄 수 없던 공기가 다음에는 액체로 느껴지고 이제는 고체가 된 듯 판단되면, 조종사는 거기에 의존하며 위로 올라간다.

활주로 옆에 늘어선 나무들이 자취를 감추면서 지평선이 드러난다. 200미터 상공에서 어린아이 장난감 같은 목장, 곧게 뻗은 나무들, 형형색색의 집들이 내려다보이고, 숲은 두꺼운 모피옷을 두르고 있는 형상이다. 대지에서는 사람의 흔적이 느껴진다……

베르니스는 등을 굽히고 팔꿈치의 제 위치를 찾아본다. 안정적인 자세를 취하기 위해서다. 낮게 뜬 구름들은 철도 역사의 어두컴컴한 구내처럼 툴루즈를 덮고 있다. 그가 손의 힘을 서서히 빼며 저항을 줄이자 비행기는 상승하기 시작한다. 손목 한 번의 움직임으로 베르니스는 자신을 들어올리고는 그의 몸 안에서 파장처럼 퍼져나가는 각각의 파동을 일으킨다.

다섯 시간 뒤에는 알리칸테, 오늘 저녁에는 아프리카다. 베르니스가 생각하는 꿈의 여정이다. 그는 편안한 마음으로 생각에 잠긴다. '모든 게 정리됐다.' 어제 그는 야간급행을 타고 파리를 떠나왔다. 정말 이상야릇한 휴가였다. 파리에서의 휴가는 얽히고설킨 회상들이 어렴풋이 남아 있고, 그는 이 때문에 우울한 생각이 들었지만 이제 모든 것을 남겨두고 떠나왔다. 마치 모든 게 자기와는 아무 상관없이 흘러가기라도 할 것처럼 말이다. 현재로서 그는 밝아오는 새벽과 함께 다시 태어나는 기분이었고, 스스로가 이 하루를 만들어가는 조력자로 느껴졌다. 그는 다시 생각에 잠겼다. '나는 그저 한 사람의 노동자에 지나지 않아. 아프리카 우편물을 전달해 주는 사람일 뿐이지.' 하루하루 세상을 건설하기 시작하는 노동자에게 있어 세상은 매일매일 시작된다.

'모든 게 정리됐다……' 아파트에서의 마지막 날 저녁, 신문들은 쌓인 책 더미 곁에 접어두었고 편지들은 태워 없애거나 정리해두었다. 그리고 세간들은 천으로 덮어놓았다. 모든 게 가리개로 에워싸고 일상 속 쓰임새를 잃어버린 뒤 공간 속에 배치됐다. 이 가슴속 동요는 더 이상 의미가 없었다.

그는 여행이라도 떠나는 듯 그다음 날을 위한 모든 준비를 마쳤다. 그리고 이튿날 아침 미국에라도 가는 듯이 열차에 올라탔다. 아직 마무리되지 않은 일들이 그를 옭아매는 것 같았다. 갑자기 그는 자유로운 몸이 됐다. 베르니스는 스스로가 그토록 얽매인 곳 없이 죽음 앞에 무력한 존재라는 사실을 깨닫고는 두려움마저 느꼈다.

그의 아래로 비상 기항지 카르카손이 지나간다.

얼마나 질서 정연한 세계인가. 고도 3,000미터 상공에서 내려다보는 세상은 마치 상자 속에 차곡차곡 들어 있는 목장처럼 잘 정리된 모습이다. 집들도, 운하도, 도로도, 모두가 인간의 장난감 같다.

네모반듯하게 구획이 나뉘어 있는 세상. 그곳에는 각각의 들판이 울타리 속에 들어 있고, 공원은 담장으로 구분되어 있었다. 어느 잡화상 여인이 자신의 할머니가 살았던 삶을 그대로 누려가는 카르카손. 울타리 속에 갇혀 소박한 행복을 추구하며 살아가는 곳. 그들의 진열장 속에는 인간들의 장난감이 잘 정돈되어 있다.

너무 늘어놓고, 너무 펼쳐놓은 진열장 속의 세상, 돌돌 말린 지도 위에 잘 정돈되어 있는 마을 등, 느릿느릿 움직이는 대지는 파도가 밀려오듯 정확하게 이 같은 모습을 가져다 보여준다.

그는 스스로가 혼자라고 생각한다. 고도계 표시판에 태양이 반사된다. 싸늘하지만 반짝이는 태양이다. 방향타간(方向舵桿)을 한 번 작동하자 전체 풍경이 방향을 바꾼다. 광물성 대지 위를 비추는 광물성 빛. 살아 있는 것들의 부드러움과 연약함과 향기를 빚어내는 모든 것들이 사라진다.

그럼에도 이 가죽 웃옷 속에는 따뜻하고 연약한 베르니스의 육신이 들어 있다. 그리고 두꺼운 장갑 속에는 손등으로 주느비에브, 당신의 얼굴을 부드럽게 어루만졌던 손이 들어 있다…….

어느덧 스페인 국경이다.

3

자크 베르니스, 자네는 오늘쯤 내 집 드나들듯 편안한 마음으로 스페인을 지나가겠지. 낯익은 풍경들이 하나하나 펼쳐질걸세. 비록 폭우가 몰아쳐도 여유 있게 헤쳐나가겠지. 자네에게 바르셀로나, 발렌시아, 지브롤터가 다가왔다가 휩쓸리듯이 사라져갈 거야. 모든 것이 순조롭게 풀려나가겠지. 둘둘 말린 지도를 펼칠 테고, 끝난 일은 뒤로 가서 차곡차곡 쌓일걸세. 하지만 나는 자네가 이 일을 처음 시작하던 시절을 기억하네. 자네가 첫 우편 비행을 하기 전날 밤, 내가 자네에게 마지막으로 어떤 조언을 해줬었는지도 기억하고 있지. 그날 새벽, 자네는 품 안 가득 사람들의 속 깊은 사연을 떠안아야 하는 처지였지, 자네의 연약한 그 품 안에 말이야. 무수한 함정들을 지나 외투 속에 보물을 감추듯 사람들의 사연들을 끌어안고 실어나르는 게 자네의 역할이었어. 우편물은 귀중한 거라고, 사람들은 자네에게 우편물은 목숨보다 더 귀중한 거라고 말했었지. 무척이나 연약한 존재이기도 했어. 자칫 잘못하면 화염에 휩싸일 수도 있고, 바람에 뒤덮일 수도 있었으니까. 자네에게 잔뜩 기합이 들어가 있던 그날 밤을 기억하네.

"그리고 그다음엔?"

"페니스콜라의 해변에 닿아야 해. 그러나 그곳에서는 어선들을 조심하게."

"그다음엔?"

"그다음은 발렌시아까지 가는 동안에 비상 착륙장이 보일 거야. 여기다가 빨간색으로 표시를 해주지. 다른 방법이 없을 때는 물이 말라버린 개천에 착륙하게."

이 녹색 램프 아래에 펼쳐진 지도를 들여다보자 자네는 마치 중학교 시절로 되돌아간 기분이었지. 그런데 오늘 밤 선생님은 대지의 각 지점을 가리키며 생생한 비밀들을 들추어내고 있었어. 그건 죽은 숫자의 나열이 아니었어. 어디쯤 큰 나무가 있으니 이것만 조심하라는 설명과 함께 꽃이 핀 들판이 생생하게 다가왔고, 땅거미가 내려앉으면 어부들을 조심하라는 말과 함께 모래가 깔린 실제 해변이 머릿속에 그려졌었지.

자크 베르니스, 자네는 이미 알고 있었다네. 그라나다나 알메리아, 알람브라나 이슬람 사원에 대해서는 잘 모를 테지만 작은 시냇물과 오렌지 농장 등이 지닌 소박한 비밀만은 알게 되리라는 것을 말이야.

"내 말을 잘 듣게. 날씨가 좋으면 곧장 가는 거야. 하지만 날씨가 좋지 않아 낮게 날게 되면 왼편으로 돌아서 이 계곡을 따라가게."

"이 계곡 속으로 들어간다……."

"바다를 만난 뒤에는 이 언덕을 따라가도록 해."

"바다를 만난 뒤에는 이 언덕을 따라간다……."

"그리고 엔진이 부딪히지 않도록 신경을 쓰게. 깎아지른 절벽과 튀어나온 바위투성이니까."

"만일 엔진이 말을 듣지 않으면 어떻게 해야 하지?"

"요령껏 빠져나오게."

베르니스는 미소를 지었다. 젊은 조종사란 상상력이 풍부한 법이다. 바위 하나가 새총으로 날린 것처럼 날아와 그의 숨통을 끊어놓을 수도 있다고 생각한다. 하지만 어린아이가 뛰어나올 때에는 한 손으로 아이의 앞을 가로막아 아이를 멈춰 세워 넘어뜨릴 수도 있다.

"아니야, 괜찮아. 사람들은 요령껏 빠져나온다고."

그래서 베르니스는 이런 가르침을 뿌듯하게 생각했다. 어린 시절에 읽었던, 《아이네이스》⁴⁾는 죽음에 이르렀을 때 살아남을 수 있는 비결을 단 한 가지도 알려주지 못했었다. 스페인 지도를 짚어가며 설명하던 선생님의 손가락도 지하 수맥을 찾아내는 사람의 손가락은 아니라서 보물도, 함정도, 하다못해 목장을 지키는 양치기 소녀조차도 가르쳐주지는 못했다.

기름 빛이 흘러나오던 램프는 은은한 빛을 발했다. 그 부드러운 황금빛 기름 어망은 바다를 잠재우는 힘이 있었다. 밖에는 바람이 불고 있었고, 이 방은 세상의 한가운데 떠 있으면서 선원들이 묵어가는 외딴섬 같았다.

"포트와인 한잔할까?"

"좋아!"

조종사의 방은 언제라도 떠날 수 있는 여관방 같았고, 자네는 다시 보금자리를 마련해야 할 때가 많았지. 회사에서는 우리에게 전날 밤이 되어서야 다음과 같이 통보하곤 했었거든.

"아무개 조종사는 세네갈로, 아무개 조종사는 미국으로 전근을 명함……."

그러면 통보를 받은 조종사는 그날 밤으로 자신을 둘러싸고 있던 모든 관계를 끊고, 나무 상자에 못을 박고, 자기 방에 있던 사진과 책들을 모두 손수 걷어낸 뒤, 유령이 왔다간 것보다 더 흔적을 남겨놓지 말아야 했네. 때로는 그날 밤 품에 안긴 여인의 두 팔을 풀어놓아야 할 때도 있었지. 여인들은 타일러봐야 아무 소용이 없고 이성적으로 이해시키려 해서는 힘들기 때문에 그냥 그저 지쳐 떨어지길 기다려야 할 때도 있었어. 그런 다음 새벽 3시쯤 되면 포근한 잠에 빠져든 여인을 살그머니 내려놓고 빠져나와야만 했네. 이별에 체념하는 것

---

4) 로마 시인 베르길리우스의 장편 서사시. 트로이의 영웅 아이네아스의 전설적인 이야기이다.

이 아니라 자신의 극심한 슬픔을 받아들이는 셈이었지. 그러고는 자신에게 타이르고는 했지. '저 봐, 우는 것을 보니 이제 체념한 모양이군' 하고 말이야.

자크 베르니스, 자네는 그 뒤 여러 해 동안 세상을 떠돌아다니면서 무엇을 배웠는가? 조종술을 배웠나? 조종사는 단단한 수정에 구멍을 뚫으면서 천천히 전진하는 것이라네. 하나의 마을을 지나가면 또 다른 마을이 나타나고, 마을에 대해 실질적으로 알기 위해서는 그곳에 착륙해야 하지. 이제 자네는 이 같은 재산이 그저 주어지기만 할 뿐이며, 바닷물에 씻기듯 세월에 씻겨 없어지기 마련이라는 것을 알고 있지. 그러나 처음 몇 번의 비행을 마치고 돌아오면서 자네는 스스로가 어떤 사람이 되었다고 생각했나? 어찌하여 순수했던 어린 시절의 환영에 비춰보고 싶어 했던 것인가? 자네는 첫 번째 휴가를 받았을 때 나를 중학교로 끌고 갔었지. 베르니스, 나는 이 사하라 사막에서 자네가 비행기로 지나가기를 애타게 기다리면서, 우리의 어린 시절을 찾아갔던 그날을 우울하게 회상해본다네.

소나무 숲 사이에 하얀 기숙사 건물, 창문에 하나둘 불이 켜졌지. 그때 자네는 내게 이렇게 말했지.

"여기가 처음으로 우리가 시를 쓰며 공부하던 교실이지."

우리는 아주 먼 곳에서 돌아온 길이었다. 우리의 무거운 외투는 온 세상을 누비며 다녔고, 우리의 마음속에는 방랑자의 영혼이 잠들지 않고 깨어 있었다. 입을 꼭 다문 우리는 손에 장갑을 끼고, 든든한 채비를 하고서 미지의 도시로 들어갔다. 수많은 사람들이 우리를 스쳐갔지만, 우리와 부딪치지는 않았다. 카사블랑카나 다카르 같은 낯익은 도시에 갈 때는 흰색 플란넬 바지와 테니스 셔츠를 입었으며, 탕헤르에서는 모자도 쓰지 않고 활보했다. 잠자는 듯 조용한 이 작은 도시에서는 무장이 필요하지 않았기 때문이다.

우리는 사나이다운 근육을 자랑하며 씩씩한 몸으로 돌아왔다. 싸움도 해봤고, 고생도 해봤으며, 끝이 안 보이는 대지도 가로질러봤고, 몇몇 여자들과 사랑을 나누기도 했으며, 때로는 목숨을 하늘의 운명에 맡기기도 했었다. 벌서기나 방과 후 생활지도 등 우리의 어린 시절을 지배했었던 이 두려움을 그저 날려버리기 위해서이기도 했고, 토요일 저녁의 성적 발표를 태연하게 들을 수 있기 위해서이기도 했다.

우리가 들어서자, 처음에는 현관에서 속삭이는 소리가 들리더니 이어 이름을 부르는 소리, 그리고 나서는 노인들의 허둥대는 소리가 들려왔다. 그들은 황금색 램프 빛을 온몸에 받으며, 양피지 같은 창백한 뺨에 늘어뜨린 얼굴로 우리에게 다가왔다. 그러나 눈빛만은 기쁨과 반가움으로 몹시 반짝이고 있었다. 그분들이, 우리가 변했다는 것을 벌써 눈치채고 있다는 사실을 한눈에 느낄 수가 있었다. 졸업생들은 으레 앙갚음이라도 하듯 묵직한 발걸음으로 모교를 방문하곤 한다.

사실 그분들은 나의 세찬 악수에도, 자크 베르니스의 날카로운 눈길에도 전혀 놀라지 않았고, 당연한 듯이 우리를 어른 대하듯 대해주셨다. 그리고 서둘러 오래된 사모스 포도주 병을 가지고 오셨다. 우리 앞에서 말도 꺼내지 않던 술을 말이다.

우리는 저녁 식사를 하기 위해 식탁에 앉았다. 그분들은 난롯가에 둘러앉은 농부들처럼 전등갓 아래로 바짝 붙어 앉으셨다. 그 모습을 보면서 우리는 그분들이 많이 약해졌다는 것을 느낄 수 있었다.

예전에는 게으름 피우면 나쁜 사람, 가난한 사람이 된다고 가르치셨던 그분들이 이제는 그게 유년기의 치기 어린 잘못일 뿐이라며 이에 대해 관대해지셨기 때문이다. 그러면서 이를 웃어넘기셨다. 또한 우리의 자존심에 대해서도 그때는 그렇게 열심히 이를 억누르려 하셨던 분들이 이제는 '고상한 성품'이라며 칭찬해주셨다. 심지어 철학 선생님께서는 속내까지 털어놓으셨다.

어쩌면 데카르트는 아마도 논점 선취의 오류를 바탕으로 그의 모든 철학 이론을 도출했을 것이라고 인정하시는 것이었다. 파스칼…… 파스칼의 학설은 잔혹하다고 하셨다. 그렇게 고심했건만, 인간의 자유라는 케케묵은 문제를 해결하지 못한 채 세상을 떠났다고 말씀하셨다. 그리고 텐[5]의 결정론에 빠져서는 안 된다고 입이 닳도록 애쓰시던 그분이, 이제 학업을 마치고 학교를 떠나려는 학생들에게 니체보다 더 위험한 적은 없다고 하시던 그분이, 정작 당신 자신은 니체에게 비난받아 마땅한 애정을 느낀다고 고백하셨다. 니체…… 바로 그 니체가 그분의 마음을 어지럽혔다는 것이었다. 물질의 실체에 대해 그분은 더 이

---

5) Hippolyte-Adolphe Taine(1828~93), 프랑스의 실증주의 철학자.

상 확신이 없다고, 그래서 걱정이라고 하셨다. 그러고 나서 선생님들은 우리에게 질문을 던지기 시작했다. 우리는 이렇게 따뜻하고 아늑한 집을 떠나 인생의 폭풍 속을 항해하고 돌아왔으므로, 이제 그분들에게 지상 위의 실제 기후가 어떤지를 말씀드려야 했다. 한 여인을 사랑하는 남자가 정말 피로스[6]처럼 그녀의 종이 되는지, 아니면 네로처럼 그녀의 사형 집행인이 되는지, 아프리카와 그곳의 황량함, 그리고 그곳의 푸른 하늘은 지리 선생님이 가르쳐주신 그대로인지 등등을 말이다. (그리고 타조가 정말로 자신의 몸을 보호하기 위해 두 눈을 감아버리는 건지도 물으셨다.) 자크 베르니스는 약간 고개를 숙였다. 그가 수많은 비밀들을 알고 있었기 때문이다. 하지만 선생님들은 그에게서 비밀을 캐내가진 못하셨다.

선생님들은 베르니스에게서 비행기를 조종할 때의 짜릿한 쾌감과 엔진의 폭음에 대한 이야기를 듣고 싶어 하셨다. 그리고 그분들처럼 저녁때 장미나무를 손질하는 것만으로는 행복해지는 데에 충분하지 않은가도 궁금해하셨다. 이번에는 베르니스가 루크레티우스[7]나 전도서[8]를 설명하고 조언해 줄 차례였다. 베르니스는 선생님들에게, 만일 비행기가 고장으로 사막 한가운데 홀로 떨어질 것을 대비해서 물과 음식을 얼마나 준비해야 하는지를 말해주었다. 그러고는 서둘러 조종사가 무어인들로부터 살아남을 수 있는 비결이며, 화염에 휩싸일 경우에 재빨리 빠져나오는 방법 등에 대해 설명했다. 그 말을 듣고 선생님들은 고개를 끄덕이셨다. 걱정의 기색은 아직 가시지 않았지만, 그래도 세상에 이렇게 새로운 인재를 길러냈다는 사실에 자랑스러워하며 은근한 자부심까지 느끼는 듯했다. 결국 그분들은 옛날부터 사람들의 입에 오르내렸던 그 영웅들을 만날 수 있었으니 이제는 죽어도 여한이 없다고 하셨다. 그분들은 소년 시절의 줄리어스 시저에 대해서도 들려주셨다.

그러나 우리는 그분들이 서글퍼할지도 모른다는 생각에 쓸데없는 행동 뒤

---

6) Pyrrhus. 그리스 신화에 나오는 트로이 전쟁의 용사로 아킬레우스의 아들. 네오프톨레모스라고도 한다.

7) Titus Lucretius Carus(기원전 94?~기원전 55?). 로마의 시인, 유물론 철학자.

8) 구약성경의 한 편. 솔로몬이 하느님과 인간의 근원적인 관계 회복에서만이 영원한 인생의 가치와 의미를 찾을 수 있음을 보여주기 위해 기록한 책.

에 맛보는 허탈감과 실망에 대해서도 이야기했다. 그리고 그중 가장 연장자이신 선생님이 몽상에 잠기시는 것을 보자 마음이 불편해, 아마도 진정한 진리는 책에서 얻을 수 있는 평화가 아니겠느냐고 덧붙였다. 그러나 선생님들은 이를 이미 알고 계셨다. 사람들에게 역사를 가르쳤던 그분들의 경험은 가혹한 것이었다.

"그런데 자네는 왜 이곳으로 돌아왔는가?"

베르니스는 대답하지 않았다. 그러나 나이 드신 선생님들은 사람의 마음을 다 알고 있다는 듯이 서로 눈을 찡긋하면서 '애정 때문이지……' 하고 생각하는 듯했다.

4

하늘에서 내려다본 대지는 아무것도 걸치지 않은 알몸처럼 보이며, 생기 없이 죽어 있는 것 같은 모습이다. 그러나 비행기가 하강하면서 비로소 대지는 다시 옷을 걸쳐 입는다. 나무는 다시금 대지의 속을 채워 넣고, 언덕과 골짜기는 대지에 넘실거림을 만들어준다. 그렇게 대지는 다시 숨을 쉰다. 산 위를 날아갈 때면 누워 있는 거인의 가슴팍 같은 산이 거의 기체(機體)에 닿을 듯 부풀어오른다.

이제 급류가 다리에 닿을 듯 가까워진 세상은 점점 더 빠른 흐름을 만들어낸다. 하나처럼 보이던 세상은 산산조각으로 나뉘진다. 매끈했던 지평선에서는 나무와 집과 마을들이 떨어져나와 비행기 뒤로 휙휙 날아가버린다.

알리칸테의 착륙장은 위로 올라왔다가 잠시 흔들림을 보이다 제자리를 찾고, 바퀴는 이를 가볍게 스친 뒤 압연판처럼 내리누르며 지면과 가까워지고 이내 바닥을 꾹 눌러준다…….

베르니스는 비행기에서 내려온다. 두 다리가 무겁다. 잠시 그는 두 눈을 감는다. 머릿속은 여전히 엔진의 포효 소리와 생생히 살아 움직이는 주변 영상들로 가득 차 있고, 팔다리는 아직도 비행기의 진동을 그대로 느끼고 있는 것 같았다. 이어 그는 사무실로 들어가 천천히 자리에 앉는다. 그런 다음 팔꿈치로 잉크병과 책 몇 권을 옆으로 밀어놓고는 612호기 항공 일지를 끌어당긴다.

'툴루즈-알리칸테 : 비행시간 5시간 15분'

그는 잠시 하던 일을 멈추고는, 피로와 몽상에 자신의 몸을 내어 맡긴다. 무언가 어렴풋한 소리가 귀에 와닿는다. 수다스러운 여인 하나가 어디선가 소리를 지른다. 포드 자동차의 운전기사가 문을 열고, 사과를 한 뒤 미소를 지어 보인다. 베르니스는 이 벽들과 문과 운전기사를 실제 크기로 유심히 바라본다. 10여 분 동안 그는, 시작했다 그쳤다 하는 몸짓을 계속해 대면서 알아듣지도 못하는 대화에 끼어들었지만 모든 것이 비현실적으로 느껴진다. 저 나무, 문 앞에 심어져 있는 저 나무는 30년 동안 저 자리를 지키고 있었다. 30년 동안 이 모습을 보아온 것이다.

엔진 : 이상 없음.
기체 : 우측 편향.

그는 펜을 내려놓는다. 그저 '졸리다'는 생각뿐이다. 이어 그의 관자놀이를 짓누르는 몽상이 또다시 그를 괴롭힌다. 선명한 풍경 위로 떨어지는 호박색 빛줄기, 잘 갈아놓은 밭과 초원들, 오른쪽에 자리 잡은 마을, 왼쪽에 자리 잡은 양 몇 마리, 그리고 파란 하늘이 마치 천장처럼 그 모든 것을 덮고 있다. '한 채의 집이로군.' 베르니스는 생각한다. 문득 그는 이 마을과 하늘과 대지가 모두 하나의 커다란 집처럼 만들어졌다는 느낌을 명확히 받았던 걸 떠올린다. 잘 정돈된 친근한 집이었다. 모든 게 너무도 꼿꼿했다. 하나가 된 그 풍경 속에서는 그 어떤 위협도 없었고, 한 치의 벌어짐도 없었다. 그는 그 풍경의 내부에 들어와 있는 것 같았다.

노부인들이 거실 창가에 서서 세월이 흘러가는 것을 느끼지 못하는 것은 이 때문이리라. 푸른 잔디밭은 싱그럽고 그곳에서 정원사는 꽃들에게 느릿느릿 물을 준다. 노부인들은 정원사의 든든한 등을 따라 시선을 움직인다. 반들거리는 마룻바닥에서는 밀랍 냄새가 올라와 그녀들을 취하게 한다. 집안의 질서는 잘 잡혀 있고 부드럽고 온화하다. 그날 하루 바람이 불고 태양이 내리쬐고 비가 오기는 했지만, 다친 것이라고는 장미꽃 몇 송이뿐 날은 이제 저물어간다.

"시간이 됐군. 잘 있게."

베르니스는 다시 출발한다.

그는 폭풍우 속으로 들어간다. 폭풍우는 모든 걸 허물어뜨리는 자의 곡괭이처럼 비행기를 두들겨댄다. 전에도 이런 폭풍우를 당해본 적이 있다. 이번에도 빠져나갈 수 있으리라. 베르니스에게는 원론적인 생각밖엔 없었다. 천지를 암흑으로 만들 정도로 거세게 내리치는 폭풍우가 그를 내리꽂는 첩첩산중에서 빠져나가야 한다는 것, 그리고 이 벽을 뛰어넘고 바다에 이르는 것, 그에겐 오로지 이에 대한 생각뿐이었다.

갑자기 기체의 충격이 전해져온다. 어디가 부서진 것일까? 갑자기 비행기가 왼쪽으로 기우뚱한다. 베르니스는 처음에는 한 손으로, 다음에는 두 손으로, 그다음엔 온몸의 힘을 다해 조종간을 붙들고 버틴다. '젠장할!' 기체는 이제 땅으로 곤두박질친다. 이제 베르니스는 끝장이다. 1초만 있으면, 그는 갑자기 무너져버린 이 집에서, 이제 겨우 이해하기 시작한 이 집에서 영원히 밖으로 내동댕이쳐질 것이다. 초원과 숲, 마을들이 빙빙 돌며 그를 향해 솟아오를 것이다. 연기가 피어오른다. 자욱하게 연기가 소용돌이치고 있다. 온통 연기뿐이다! 양떼처럼 솟아오르는 연기는 하늘의 사방 곳곳에서 뒤죽박죽 엉망이다⋯⋯.

'아아! 정말 끔찍했어.' 한 번의 발길질로 조종삭(操縱索)이 풀어졌다. 조종간이 단단히 조여 있는 상태였다. 누군가 일부러 그렇게 해놓은 것일까? 아니다. 장담컨대 그런 일은 있을 수 없었다. 한 번의 발길질로 세상이 다시 원위치로 돌아오지 않았던가. 이 얼마나 엄청난 순간이었던가!

정말 엄청난 순간이었다. 그가 지금 이 순간 느낄 수 있는 것이라고는 입 안의 살점에서 느껴지는 신맛뿐이었다. 하마터면 큰일 날 뻔했다. 도로니, 운하니, 집이니, 인간의 장난감이니 하는 그 모든 것들이 단지 눈속임에 지나지 않았다.

이제 악몽은 지나갔다. 하늘은 말갛게 개었다. 기상 예보에서는 '하늘이 4분의 1쯤 새털구름으로, 뒤덮이겠음'이라고 했었다. 일기 예보? 등압선? 보옌 교수의 '구름의 체계? 7월 14일 혁명 기념일의 하늘같이, 온 국민이 다 같이 축제를 벌이는 날의 하늘, 그렇게 말하는 게 더 가깝겠다. '말라가의 축제 날씨입니다'라는 식으로 말이다. 시민들은 머리 위 1만 미터 상공에 맑은 하늘을 갖고 있다. 새털구름층에 이르기까지 하늘은 맑게 개어 있다. 이렇게 반짝반짝 빛나는 거대한 수족관은 아직까지 본 적이 없다. 만에서도 저녁에 요트 경기가 펼쳐진다. 하늘은 파랗고 바다는 푸르며, 언덕도 푸르고 선장의 두 눈도 파랗다. 화려한 휴가다.

이제 악몽은 끝났다.

3만 통의 편지들 모두 안전하게 폭풍우를 헤치고 나온 것이다. 회사에서는 늘 '우편물은 귀중한 거다, 우편물은 목숨보다 더 귀중한 것이다' 말해왔다. 3만 명의 연인들을 살아가게 해주는 게 바로 우편물이었다…… 연인들이여, 조금만 기다려라. 저녁놀이 불타는 가운데, 우리가 그대들에게 다다를 것이다. 베르니스 뒤로는 짙은 구름들이 회오리바람에 섞여 그 안에서 소용돌이치고 있다. 그의 앞에서 대지는 태양빛 옷을 입고 있었고, 깨끗한 옷감은 바람에 너울거렸으며 나무는 대지를 두텁게 감싸 안았다. 돛은 바다에 주름살을 수놓고 있었다.

지브롤터 상공은 밤일 것이다. 따라서 탕헤르를 향해 왼편으로 선회하면, 베르니스는 거대한 빙원처럼 떠다니는 저 유럽 대륙에서 벗어난다.

갈색 대지를 머금은 도시 몇 개를 지나면 이어 아프리카 대륙이 펼쳐진다. 검은 덩어리들을 머금은 도시 몇 개를 지나면 다음에는 사하라가 펼쳐진다. 오늘 밤, 베르니스는 대지가 옷을 벗는 모습을 목격하게 될 것이다.

베르니스는 지쳐 있다. 그는 두 달 전에 주느비에브를 정복하기 위해 파리로 떠났다. 그리고 모든 걸 자신의 패배로 깔끔히 정리한 뒤 어제 회사로 돌아온 것이다. 뒤로 멀어져 가는 이 들판과 마을들과 불빛들, 이것들을 버린 건 바로 그였다. 그가 이를 버린 거였다. 이제 한 시간 뒤면 탕헤르 등대 불빛이 반짝일 것이다. 탕헤르 등대에 닿을 때까지 자크 베르니스는 추억에 잠길 것이다.

제2부

1

이쯤에서 두 달 전으로 거슬러 올라가 그간의 이야기를 해야겠다. 그렇지 않으면 그 두 달의 시간으로부터는 아무것도 남지 않을 것이기 때문이다. 내가 앞으로 이야기하려는 일련의 사건들이, 그로 인해 흔적도 없이 사라졌던 사람들에 대해 호수에 가둬진 물처럼 그 미약한 동요와 희미한 파문이 일던 것을 서서히 끝냈을 때, 폐부를 찌르는 듯 아려오던 감정들이 점점 그 강도가 덜해지다 무뎌지며 약해질 때 내게는 분명 새로운 세상이 펼쳐질 것이다. 베르니스와 주느비에브에 대한 기억이 내게 잔인하리만치 가슴 아프게 다가오는 그곳에서, 나는 약간의 회한만을 느낀 채 산책을 할 수 있지 않았던가.

두 달 전 베르니스는 파리로 올라왔다. 하지만 공백기가 너무 길어지면 제자리를 되찾기가 힘들어지는 법이다. 도시는 사람들로 붐비지 않던가. 그는 그저 좀약 냄새 풍기는 웃옷을 입은 자크 베르니스에 불과했다. 베르니스는 잘 움직여지지도 않는 몸을 이끌고 어설픈 걸음으로 이곳저곳을 돌아다니다가, 방 한구석에 너무나도 깔끔하게 놓여 있음에도 자신의 짐 꾸러미들이 그토록 불안정한 느낌과 임시적인 분위기를 자아내는 걸 의아하게 생각했다. 방에는 아직 하얀 면 깔개도, 책도 없는 상태였다.

"여보세요…… 아, 자넨가?"

그는 친구들에게 전화를 걸기 시작했다. 사람들은 놀라움의 탄성을 지르거나 축하의 인사를 전했다.

"이야, 이게 얼마만이야! 정말 자네인 거야?"

"그럼 물론이지. 언제 얼굴 한번 볼까?"

오늘? 오늘은 좀 시간이 안 될 것 같은데. 내일? 내일은 골프를 치러 가기로 했는데, 자네도 같이 가지 그래. 싫다고? 그럼 모레는? 좋아, 저녁 같이 하지. 8시 정각에 봄세.

베르니스는 무거운 발걸음으로 무도회장에 들어갔다. 젊은 사람들 사이에서 그는 탐험가 차림 같은 외투를 걸치고 있었다. 그들은 어항 속 금붕어처럼 그곳에서 밤을 지새우고 여자들에게 달콤한 말을 속삭이며 춤을 추고 다시 돌아와서 술을 마셔댔다. 이 몽환적인 공간 속에서 유일하게 정신이 멀쩡하던 베르니스는 자신의 몸이 짐꾼처럼 무거워짐을 느끼자, 두 다리를 곧게 뻗으며 힘주어 서 있었다. 머릿속은 명확했다. 베르니스는 테이블 사이를 지나 빈자리로 걸어갔다. 그와 눈이 마주친 여자들은 시선을 다른 데로 돌렸고, 이들의 눈은 초점을 잃은 것 같았다. 젊은 친구들은 순순히 길을 터주어 그가 지나갈 수 있게 해주었다. 그 모습은 마치, 밤에 장교가 순찰을 돌 때면 보초를 서는 보초병들의 손가락에서 자동적으로 담배가 떨어지는 모습과 흡사했다

브르타뉴 선원들이 자신들의 그림엽서 같은 마을과 무척이나 충실한 연인들과 다시 만나듯, 우리는 돌아올 때마다 이런 세상과 마주한다. 돌아왔을 때 그녀들의 모습에서 가까스로 세월의 흔적이 느껴지듯 모든 것은 늘 변함없이 그대로다. 아이들 책의 삽화처럼…… 모든 게 너무도 제자리를 지키고 있고, 모든 게 너무도 제 운명에 충실하여 우리는 알 수 없는 무언가가 두려웠다. 베르니스는 한 친구의 소식을 들었다. "아, 그 친구, 여전하지, 뭐. 요새 일이 잘 안 되나 보던데. 하지만 알잖아. 사는 게 다 그렇지 뭐." 모두들 스스로의 포로가 되어 이 알 수 없는 제동장치의 한계 속에서 살아간다. 베르니스처럼, 그러니까 떠돌이나 가련한 아이, 또는 마술사처럼 살아가지는 않는다.

두 번의 여름과 겨울이 지났건만 친구들의 얼굴에는 주름이 약간 늘었을 뿐이고, 가까스로 여윈 기색이 느껴졌다. 베르니스는 바의 한쪽 구석에 있던 여자를 알아봤다. 그 많은 웃음을 팔고 있는데도, 피곤한 기색은 아주 조금밖에 없어 보였다. 바텐더 역시 예전 그대로였다. 베르니스는 그가 자신을 알아볼까 걱정이 되었다. 그가 자신의 이름을 부르면 그에게서 '죽은 베르니스', '날개 없는 베르니스', 결국 '벗어나지 못한 베르니스'를 되살아나게 만들 것만 같았다.

이곳으로 돌아오는 동안에, 그의 주위로 감옥처럼 예전의 낯익은 풍경이 천천히 만들어지기 시작했다. 사하라사막의 모래와 스페인의 바위는 점점 무

대의상 벗겨지듯 뒤로 물러났고, 그 사이로 실제 풍경이 모습을 드러냈다. 마침 내 국경을 넘어서자 페르피냥은 드넓은 초원을 펼쳐 보였다. 그 푸른 초원 위로 태양이 매 순간 흐려지며 더욱 길어지는 한 줄기 빛을 비스듬히 드리우면서 사라져 가고 있었다. 그 황금빛은 순간순간 점점 여려지고 투명해지더니, 꺼지는 게 아니라 아예 증발해버리고 말았다. 그러자 푸른빛 대기 속에서 부드러운 암녹색 진흙이 보였다. 세상에는 정적이 감돌았다. 베르니스는 엔진의 속력을 줄이며, 모든 것이 잠들어 있고 모든 것이 벽처럼 단단하고 영속적인 바닷속으로 잠수하듯 들어갔다.

그는 공항에서 차를 타고 역 쪽으로 가고 있다. 그의 앞에 있는 이 얼굴들은 단호하고 굳은 표정이다. 저들의 운명이 아로새겨진 두 손은 무릎 위에 묵직하고 반듯하게 올려져 있다. 밭에서 돌아오는 농부들의 얼굴이 스치듯 지나갔고, 대문 앞의 저 소녀는 수십만 명 가운데 한 남자를 기다리고 있다. 이미 수십만 개의 희망을 포기한 터였다. 어린아이를 팔에 안고 달래주던 이 어머니는 이미 아이의 포로가 되어 도망칠 수 없는 신세였다.

만물의 비밀들과 직접적으로 대면한 베르니스는 가방 하나 들지 않고 주머니에 양손을 찔러 넣은 채 지극히 개성적인 모습으로 고국에 돌아왔다. 그게 바로 정기선 조종사가 귀향하는 모습이었다. 만고불변의 이 세상에서는 밭 한 뙈기를 늘이거나 담벼락을 하나 고치는 데에도 20년의 소송이 필요하다.

해수면처럼 끊임없이 움직이고 변화하는 풍경을 보면서 그는 2년을 아프리카에서 보냈다. 풍경은 하나하나 베일을 벗어내며 이 오래된 풍경의 알몸을 보여주고 있었다. 그가 떠나왔던 그 풍경, 영원하고도 유일한 그 풍경의 알몸이 그렇게 드러났다. 서글픈 천사장의 얼굴을 하고 있는 그 진짜 땅 위에, 그는 발을 내디뎠다.

"하나도 변한 게 없군……."

사실 그는 무언가 변한 게 있을까 봐 걱정했었는데, 이제는 변한 게 너무 없어 괴로웠다. 막연한 권태감 외에, 그는 사람들과의 만남도, 친구들과의 우정도 기대하지 않았다. 멀리 떨어져 있을 때는 환상을 품기 마련이지만, 떠나올 때의 애정 같은 건 가슴속 쓰라림이나 땅속에 묻어둔 보물 같은 기이한 느낌과 함께 저 뒤로 사라져 버린다. 이따금 그렇게 도망을 치는 것은 인색한 사랑의 반증이다. 별들이 총총했던 사하라사막에서의 어느 날 밤, 땅속에 묻힌 씨앗처럼 시간과 어둠 속에 파묻힌 이 뜨겁고도 아득한 애정에 대한 몽상에 잠기면서, 문득 그는 조금 떨어져서 잠든 모습을 바라보고 있다는 느낌을 받았다. 굽이굽이 펼쳐진 이 모래언덕에서 고장 난 비행기에 기대어 지평선을 굽어보던 그는 목동이 자신의 양들을 보살피듯 자신이 사랑하는 것들을 밤새 보듬었다.

'그런데 돌아와보니 이런 것이었군!'

언젠가 내게 베르니스는 이런 내용의 편지를 썼다.

자네에게 내 귀환에 대해서는 해 줄 말이 없네. 감정들이 내게 화답을 해오면 그제야 나는 그 상황에 대한 주체의식을 느끼는데, 그 어떤 감정도 깨어나지 않았거든. 그 지각한 순례자는 욕구도 신념도 사라져버린 뒤가 아니겠나. 그의 눈에는 오직 순례지의 돌밖에 들어오지 않았을걸세. 이 도시도 내게 벽 이상의 의미는 없다네. 나는 다시 떠나고 싶어. 첫 비행을 나서던 날을 기억하나? 우리가 함께했던 첫 비행 말일세. 우리가 착륙을 하지 않자 무르시아와 그라나다는 진열장 속 골동품처럼 쓰러져 있다가 과거 속으로 매몰되어버렸지. 수세기 동안 그곳에 놓인 채 그렇게 은거하고 있는 거야. 조용한 가운데 엔진소리만 요란하게 들려왔고, 그 뒤로 풍경이 말없이 영화처럼 지나갔지. 고도를 높일수록 기온은 현저히 떨어졌고 그 도시들은 얼음 속에 갇혀버렸다네. 기억나는가?

그때 자네가 내게 건네주었던 그 종이쪽지들을 아직도 간직하고 있다네.

'덜커덩거리는 소리를 예의 주시하게…… 저 소리가 더 심해지면, 해협으로 들어가지 말게.'

두 시간 뒤, 우리가 지브롤터 상공에 접어들었을 때 또 다른 쪽지를 건네주었지.

'타리파[1]에 도착할 때까지 기다렸다가 거기서 횡단하게. 그게 더 상책일세.'

그리고 탕헤르에서 건네준 쪽지에는 이렇게 적혀 있었다네.

'너무 오래 지체하지 말게. 이곳은 땅이 무르거든.'

그뿐이었지. 이 몇 개의 문장으로 우리는 세상을 정복할 수 있었네. 문득 나

---

1) 스페인 남부에 위치한 항구도시.

는 이 짤막한 지시들이 얼마나 막강한 전략이 되는지를 깨달았지. 탕헤르라는 이 보잘것없는 도시가 내 첫 번째 정복지였네. 내가 처음으로 강탈한 곳이라고 할까. 사실 처음에는 아주 높은 곳에서 수직으로 하강해야 했지만, 점차 내려가는 동안 만발한 꽃들이며 고원과 집들이 보이기 시작했다네. 침체됐던 도시에 햇빛을 되돌려주어 살아나게 해 주었지. 그러고 나서 갑자기 놀라운 발견을 했다네. 500미터 상공을 날고 있을 때 들판에서 부지런히 쟁기질을 하던 한 아랍인을 내게로 끌어당겨, 그 사람을 나와 같은 척도의 사람이 되게 했거든. 그 아랍인이야말로 내 전리품이자 창작물이며 장난감이었지. 드디어 나는 볼모를 하나 잡은 셈이었고 이제 아프리카는 나의 소유가 되었던 것이라네.

2분 뒤, 풀밭에 내려선 나는 삶이 다시 시작되는 어떤 별에 발을 디딘 듯 젊음의 기운을 느꼈다네. 그 새로운 분위기 속에서, 그 땅과 하늘 아래서 나는 마치 어린 나무가 된 것 같은 느낌이었어. 그리고 기분 좋은 허기를 느끼면서 나는 비행으로 지친 근육을 쭉 폈지. 부드럽게 성큼성큼 걸어보며 비행의 피로를 풀다가 문득, 착륙한 상태의 내 그림자를 보니 웃음이 나오더군.

그리고 그 봄 생각나나! 툴루즈에서 우중충한 비가 내린 뒤의 그 봄이 기억나느냔 말일세. 너무나도 싱그러운 공기가 사방을 흘러 다니고 있었잖나! 여자에게는 저마다 비밀이 한 가지씩 있네. 특유의 억양이 될 수도 있겠고, 자기만의 몸짓이나 침묵이 될 수도 있겠지. 여자들은 모두 나름의 매력을 갖고 있었어. 그리고 자네도 알겠지만 나는 느낌은 오지만 이해가 되지 않는 그 무언가를 찾으러 더 멀리 떠나고 싶어 안달하지 않았던가. 나는 파르르 떨리는 막대기를 들고 보물이 나올 때까지 세상을 돌아다니는 수맥 탐사가였으니 말이네.

한데 자네는 내가 찾고 있는 것을 내게 말해 줄 수 있지 않겠나? 내 친구들과, 내 바람과, 내 추억이 공존하는 이 도시에서, 내가 창가에 기대어 실망하는 이유를 내게 말해주지 않겠나? 처음으로 나는 수맥도 찾지 못하고 내 보물로부터도 멀리 떨어져 있는 기분을 느끼고 있네. 그 이유가 뭔지 내게 알려주지 않겠나? 사람들이 내게 했던 이 알 수 없는 약속은 무엇이며, 어둠 속의 신께서 지키지 않은 이 약속은 또 뭐란 말인가?

드디어 수맥을 찾았네. 기억나나? 그건 주느비에브였네……

베르니스의 편지에서 주느비에브, 당신의 이름을 읽으며 나는 두 눈을 감았고, 내게 있어 당신은 다시 소녀의 모습으로 나타났다. 우리가 열세 살이었을 때 주느비에브 당신은 열다섯 살이었다. 우리의 기억 속에서 어떻게 그대가 나이를 먹을 수 있겠는가? 그대는 우리 추억 속에 여전히 그 연약했던 소녀로 존재했고, 당신에 관한 이야기를 들었을 때 우리가 놀랍게도 인생에서 감히 모험을 감행하겠다고 생각하게 만든 것도 바로 그 연약한 소녀였다.

다른 사내들이 성숙한 여인과 결혼식을 올릴 때, 베르니스와 내가 아프리카 두메에서 약혼자로 마음에 둔 상대는 바로 그 조그마한 소녀였다. 그 무렵 열다섯 살 소녀였던 그대는 가장 나이 어린 어머니였다. 나뭇가지에 긁혀 맨 종아리에 살갗이 벗겨질 나이에, 그대는 아이들에게 최고의 장난감이나 다름없는 진짜 요람을 달라고 했었지. 누군가의 비범함을 알아채지 못했던 그네들 가운데에서 겸손한 여인의 몸짓을 보여주는 그대는 우리에게 있어 동화 속 주인공 같은 존재였고, 아내나 어머니, 요정으로 변신하여 신비한 요술 문으로 들어가 가장무도회나 아이들 무도회에 참석하는 그런 이미지였다.

사실 그대는 우리의 요정이었다. 그대는 두꺼운 벽으로 둘러싸인 낡은 집에 살고 있었다. 총안(銃眼)처럼 둘러져 있던 창문에 팔꿈치를 괴고 달이 뜨기를 기다리던 모습이 눈에 선하다. 달이 떠오르면 고요하던 들판이 술렁거리기 시작했다. 매미날개의 따르락거리는 소리, 개구리의 개굴개굴 울음소리, 외양간으로 돌아오는 소떼들의 목에 달린 방울 소리가 들려왔다. 달이 떠오르면, 때로는 마을에서 사람의 죽음을 알리는 조종이 울려 귀뚜라미와 밀이삭들과 메뚜기에게 알 수 없는 죽음의 소식을 전해주었다. 그럴 때 그대는 창가에서 몸을 내밀어 약혼자들을 걱정했다. 희망만큼 깨지기 쉬운 건 없으리라. 달은 여전히 떠올랐다. 올빼미들은 죽음을 알리는 소리를 뒤로하고 찢어지는 소리로 사랑을 나눌 상대를 불러대고 있었다. 떠돌이 개들은 둥글게 자리 잡고 앉아 달을 향해 짖어댔다. 그리고 나무 한 그루 한 그루가, 풀 한 포기 한 포기가, 갈대 한 줄기 한 줄기가 모두 되살아났다. 그럼에도 달은 떠올랐다.

그러면 그대는 우리의 손을 잡고 그게 바로 대지가 내는 소리며, 마음을 안정시켜주고 듣기 좋은 소리라며 우리에게 귀를 기울여보라는 얘길 했다.

그대는 이 집과, 집 주위 대지의 살아 있는 장막으로 온전히 보호받고 있었다. 그대는 보리수와 참나무와 양 떼들과 너무나 많은 조약을 맺고 있어서, 우리는 그대를 그들의 공주님이라 불렀다. 저녁이 다가오고, 세상이 밤을 맞아들일 준비를 할 때 그대의 표정은 차츰 누그러졌다.

"농부가 가축들을 우리 속으로 집어넣고 있어."

멀리 떨어져 있는 외양간의 불빛만 보고도 그대는 그걸 알 수가 있었다. 그리고 희미하게 문 닫는 소리만 들려도 "수문을 닫고 있구나" 말했었다. 모든 것이 질서 정연했다. 저녁 7시면 특급열차가 우렁찬 소리를 내며 마을을 통과했다. 기차는 마을을 돌아 그대가 있는 세상에서 침대칸 차창에 비친 얼굴처럼 불확실하고 불안정하고 근심 어린 것을 깨끗이 쓸어내며 빠져나갔다. 그리고 어두컴컴하지만 크기만은 한없이 큰 식당에서 저녁 식사를 할 때, 그대는 밤의 여왕이 되었었다. 사실 우리는 스파이들처럼 그대를 빈틈없이 감시하고 있었다. 그대는 어른들 틈에 끼어 한가운데 조용히 앉아 있었다. 앞으로 몸을 숙여 그대의 머리카락이 전등갓의 황금빛 불빛에 비쳤고, 빛으로 둘러싸인 그대는 거기에서 군림하고 있었다. 주변의 것들과 너무나도 긴밀하게 이어져 있으며, 주변의 사물들에 대해서도, 그대의 생각에 대해서도, 그대의 미래에 대해서도 너무나도 확고한 신념을 가지고 있던 그대는 우리에게 영원한 존재로 여겨졌었다. 그대는 그야말로 군림하고 있었다…….

하지만 우리는 알고 싶었다. 그대를 괴롭힐 수 있을지, 숨이 막힐 정도로 그대를 꼭 껴안을 수 있을지가 궁금했다. 그대 안에서 우리가 백일하에 드러내놓고 싶은 인간의 실체를 느꼈었기 때문이다. 애정이라는 감정, 애수라는 감정을 두 눈으로 확인하고 싶었다. 그래서 베르니스는 두 팔로 그대를 껴안았고, 그대는 얼굴을 붉혔다. 그러자 베르니스가 더욱 세게 껴안았고 그대의 눈에서 눈물이 반짝였지만, 나이 든 여인이 울 때처럼 입술이 흉하게 일그러지지는 않았다. 그리고 베르니스는 내게 그 눈물이 느닷없이 벅차오른 마음에서 생겨나온 것이며, 다이아몬드보다 더 값진 것이라는 얘길 했다. 그리고 이 눈물을 마시는 자는 아마도 영원불멸의 존재가 될 거라는 얘기도 했다. 또한 베르니스는 말했다. 물속에 사는 요정처럼 그대는 그대의 몸 안에 살고 있는 것이며, 그대라는 존재를 몸 밖으로 끄집어낼 마법의 주문을 수백 가지는 알고 있다고 말이다. 그리고 그 가운데 가장 확실한 방법은 그대를 울리는 것이라고 했다. 그렇게 우리는 그대에게서 사랑을 훔쳐냈다. 하지만 우리가 그대를 놓아주었을 때, 그대는 웃음을 지었고, 이 웃음은 우리를 몹시 당황스럽게 했다. 손에서 조금 느슨하게 풀어주면 새는 그렇게 날아가버린다.

"주느비에브, 시를 읽어줘."

그대는 시를 조금 읽었을 뿐이지만, 우리는 그대가 이미 그 시를 다 알고 있다고 생각했다. 우리는 그대가 당황해하는 것을 단 한 번도 본 적이 없었다.

"시를 읽어줘."

그대는 시를 읽기 시작했다. 그리고 그 시는 우리에게 세상과 인생에 대해 가르쳐주고 있었다. 시인에게서 나온 가르침이 아니었다. 그건 그대의 지혜에서 나오는 가르침이었다. 연인들의 비애와 여왕들의 눈물에는 조용히 위대함이 깃들었다. 그대의 차분한 목소리와 더불어 사람들은 사랑으로 죽어갔다.

"주느비에브, 사람이 사랑 때문에 죽는다는 것이 정말일까?"

그대는 시 낭송을 멈추고는 깊은 상념에 잠겼다. 그대는 고사리와 귀뚜라미들과 벌들 속에서 아마 답을 찾았으리라. 그러고는 '그럴 거야'라고 대답했다. 벌들 또한 사랑 때문에 죽지 않던가. 필요한 일이고 평온하게 이뤄지는 일이었다.

"주느비에브, 연인이 뭐라고 생각해?"

우리는 그대가 얼굴을 붉히게 만들고 싶었다. 하지만 그대의 얼굴은 전혀 발그레하지 않았다. 아주 조금 난색을 표하고는 연못에 비쳐 너울거리는 달빛을 쳐다볼 뿐이었다. 그대에게는 아마 저 달빛이 연인이 아닐까 하는 생각이 들었다.

"주느비에브, 애인 있어?"

이번에는 확실히 얼굴이 붉어질 것이라고 생각했다. 그러나 역시 이번에도 아니었다. 그대는 당황하는 기색도 없이 미소를 지으며 고개를 저었다. 당신의 왕국에서 어떤 계절은 꽃을 가져다주고, 가을은 과일이라는 결실을 안겨주며, 어떤 계절은 사랑을 가져다준다. 그곳에서 삶이란 무척이나 단순하다.

"주느비에브, 우리가 어른이 되면 무엇을 하게 될지 알아?"

우리는 그대가 어리둥절해하는 것을 보고 싶었다. 그리하여 그대를 이렇게 불렀다.

"연약한 여인이여, 우리는 정복자가 될 것이다!"

우리는 그대에게 인생에 대해 설명했다. 정복자들이 얼마나 영광스럽게 고향으로 돌아와서 그들이 사랑하는 여자를 애인으로 만드는지를 말이다.

"그때 우리는 네 애인이 될 거야. 주느비에브, 어서 시를 한 편 읽어줘."

그러나 그대는 더 이상 시를 읽어주지 않았다. 그러고는 시집을 옆으로 밀어놓았다. 갑자기 그대는 그대의 인생이 너무나도 분명해짐을 느꼈다. 자신이 자라나서 밀알을 세상에 내어놓게 될 거라는 사실을 깨달은 어린 나무모처럼 말이다. 필요 이외에는 아무것도 없었다. 우리는 동화 속에나 나오는 정복자들이었다. 하지만 그대는 고사리와 벌과 염소와 별들에 의지하고, 개구리가 개굴개굴 우는 소리에 귀를 기울였다. 평온한 한밤중에 그대 주위에서 생동하는 모든 것들로부터, 그리고 그대의 발끝에서 머리끝까지 그대 자신에게서 생동하는 모든 것들로부터 그대는 믿음을 끌어냈다. 뭐라 설명할 길 없지만 그 확실성만은 분명한 이 운명을 위해서다.

달이 높게 떠오르고 이윽고 잠을 잘 때가 되었으므로, 그대는 창문을 닫았다. 창유리로 달빛이 스며들었다. 우리는 그대가 진열장의 문을 닫듯 하늘을 닫아버려서, 달과 한 줌의 별들을 가두어버렸다고 말했다. 우리는 모든 빛과 상징물을 동원해서, 우리에게는 근심이 서려 있는 저 바다 깊은 곳으로 그대를 데려가고 싶었으니까.

……나는 다시 수원(水原)을 발견했네. 여독을 풀기 위해 내게 필요한 건 바로 그 수원이었어. 수맥은 분명 있었네. 다른 수원으로는…… 우리가 사랑이 끝난 뒤면 별들 가운데 저 멀리로 내버려진다고 말했던 여자들이 있었네. 그네들은 마음을 꾸며놓은 것 말고는 아무것도 아니었지. 주느비에브…… 자네 기억나나, 우리는 그녀가 사람 냄새나는 여자라고 말했었지. 사물의 의미를 발견하듯 나는 그녀를 다시 발견했네. 그리고 나는 마침내 그 내면을 발견한 세상 속을 그녀와 나란히 걷고 있지…….

주변의 사물들로부터 그녀는 그에게 모습을 드러냈다. 그녀는 천 가지의 불화를 해결하는 중재자였고, 천 가지의 조화를 만들어내는 중매인이었다. 그녀는 마로니에 나무를, 넓은 가로수길을, 그리고 그 분수를 그에게 되돌려주었다.

각각의 것들은 영혼의 핵심이 되는 비밀을 다시금 그에게 가져다주었다. 이를테면 그 공원은 더 이상 미국인 관광객들에게 보이기라도 할 것처럼 다듬어지거나 손질되지 않았다. 그 대신 낙엽들이 군데군데 널려 있고, 연인들이 흘리고 간 손수건 따위를 볼 수 있는 무질서한 곳이었다. 그리고 공원은 하나의 덫이 되었다.

2

주느비에브는 지금까지 남편 에를랭에 대한 이야기를 한 번도 한 적이 없었다. 그런데 오늘 저녁에는 베르니스에게 이렇게 말했다.

"저녁에 따분한 모임이 있어요, 자크. 사람들이 엄청나게 올 거예요. 와서 함께 저녁 먹어요. 그래 준다면 나는 덜 외로울 거예요."

에를랭은 평소에 너무 과장되게 활달한 체한다. 자기들끼리 있으면 던져버릴 저런 과장된 행동을 왜 하는 걸까? 그녀는 걱정스럽게 남편을 쳐다본다. 이 것은 남들에게 보이기 위한 가식적인 모습이다. 자만심 때문이라기보다는 스스로 자신감을 갖기 위해서이다.

"당신 생각이 맞아요."

주느비에브는 얼굴을 돌려버린다. 그 잘난 체하는 몸짓이며 말투, 그리고 그 허세에 역겨움이 치민다.

"어이! 여기 시가 좀!"

이렇게 활동적이고 자신감에 도취된 남편의 모습은 본 적이 없다. 자신의 능력에 도취한 듯한 모습 말이다. 마치 무대 위에라로 서 있는 듯, 식당 안에서 그는 세상을 이끌어간다. 말 한마디로 웨이터와 지배인의 허를 찌르고, 말 한마디로 이들을 쥐락펴락한다.

주느비에브는 반쯤 웃다 말았다. 무엇 때문에 이런 정치적인 만찬회를 연 것일까? 무엇 때문에 반년 전부터 느닷없이 정치에 들떠 있는 것일까? 에를랭은 무언가 '획기적인' 생각이 떠오르거나 자신에게서 무언가 '단호한' 태도가 이는 것을 느끼는 것만으로도 스스로를 무척이나 강한 사람이라 생각한다. 따라서 그는 자아도취에 빠져 냉정함을 약간 잃은 상태에서 자기 자신을 바라보는 것이다.

주느비에브는 그 무리에서 빠져나와, 베르니스에게 다가왔다.

"돌아온 탕자님, 사막 이야기 좀 들려줘요…… 언제쯤이나 아주 돌아오게 되나요?"

베르니스는 그녀를 바라본다.

그는 옛날이야기 속에서처럼 이 낯선 여인 뒤에 숨겨진 열다섯 살 소녀가 자신에게 미소 짓는 것을 발견한다. 여자아이 하나가 모습을 감추려 하지만, 그런 행동이 어렴풋이 드러나며 아이는 곧 자신의 정체를 드러내고 만다. 주느비에브, 나는 그대라는 존재를 몸 밖으로 끄집어낼 마법의 주문을 기억한다. 그대를 두 팔로 끌어당겨 아파할 정도로 꼭 껴안으면 그대는 울음을 터뜨리며 다시 소녀로 되돌아갈 것이다…….

남자들은 이제 주느비에브 쪽으로 몸을 숙여 지나칠 정도로 정중하게 유혹의 자세를 취한다. 마치 재기(才氣)나 이미지로 여자들을 손에 넣을 수 있다는 듯, 여자란 그 같은 수작에 대한 포상이라도 되는 듯 착각하는 모양새다. 그녀의 남편 또한 유혹의 몸짓을 보여준다. 오늘 밤 그는 그녀를 탐할 것이다. 그는 다른 사람들이 그녀를 탐할 때 그녀의 매력을 발견한다. 이브닝드레스를 입고 까르르 웃어대며 상대에게 즐거움을 주려고 노력하는 가운데, 그녀에게서 작부의 분위기가 풍길 때가 그렇다. 주느비에브는 그가 저속한 취향을 가졌다고 생각한다. 사람들은 어째서 그녀의 모습 전체를 사랑하지 않는 걸까? 사람들은 그녀의 일부분만을 좋아하고 나머지는 아예 거들떠보지도 않는다. 그저 음악이나 사치를 좋아하듯 그녀를 사랑한다. 주느비에브는 재치 있고 감성적이며 사람들은 그녀를 갈구한다. 하지만 그녀의 믿음이나 느낌, 생각 따위에는 전혀 아랑곳하지 않는다. 아이에 대한 애정이라든가, 극히 정상적인 그녀의 근심거리 등 이런 숨겨진 부분들은 아예 무시해버린다.

그녀 곁에서는 모든 남자들이 패기를 잃어버린다. 그녀에게 화를 내다가도 금세 누그러지고, 모두가 그녀의 기분을 좋게 해주려고 애쓰는 것 같다.

'제가 바로 당신이 원하는 남자입니다'라고 말하는 거다. 그건 사실이다. 그런 것은 남자에게 아무런 의미도 없다. 중요한 것은 단지 그녀와 잠자리를 함께하는 것뿐이다.

주느비에브가 언제나 사랑을 생각하는 것은 아니다. 그녀에게는 사실 그럴 시간조차 없다.

그녀는 약혼 시절의 처음 며칠을 떠올리며 미소를 짓는다. 그걸 보고 에를랭은 갑자기 자신이 주느비에브를 사랑한다는 사실을 깨닫는다. 그것을 잊고 있었던 걸까? 에를랭은 주느비에브에게 말을 걸고 싶어 한다. 그녀를 길들이고 정복하고 싶다.

"아이, 정말. 시간이 없어요⋯⋯." 그녀는 앞장서서 오솔길을 걸으며, 노래의 리듬에 맞춰 가느다란 막대기로 나뭇가지들을 두드렸다. 축축한 땅은 좋은 느낌을 안겨줬고, 나뭇가지에서 이들의 얼굴 위로 빗물을 뿌려댔다. 그녀는 혼자 되뇐다. "나는 시간이 없어요, 시간이!" 무엇보다도 온실로 가서 꽃들을 살펴보려면 서둘러야 했다.

"주느비에브, 당신은 매정한 여자야!"

"맞는 말이에요. 이 장미들 좀 봐요. 얼마나 탐스러운지! 멋지고 탐스러운 꽃송이잖아요."

"주느비에브, 키스하고 싶어."

"물론이죠. 안 될 거 뭐 있나요? 내 장미들이 마음에 들어요?"

남자들은 언제나 그녀의 장미를 좋아했다.

"아니에요, 아니에요, 자크. 난 슬프지 않아요."

그녀는 반쯤 몸을 베르니스에게 기대며 말했다.

"생각이 나요⋯⋯ 나는 참 이상한 여자애였죠. 제멋대로 하느님을 만들어냈어요. 치기 어린 좌절감이 찾아올 때면, 나는 온종일 대책 없이 울었어요. 하지만 밤이 되어 입김으로 램프 불을 끄고 나면, 나는 내 친구가 되어주신 그분을 다시 찾아가요. 그분께 기도하며 이런 얘기를 하지요. '제게 이런 일이 일어났습니다. 저는 너무도 미약해서 쑥대밭이 된 제 삶을 어찌 손쓸 도리가 없습니다. 하지만 저는 당신께 모든 것을 맡깁니다. 당신은 저보다 훨씬 더 강하신 분이니까요. 모든 걸 당신 뜻에 맡깁니다.' 그리고 나서 잠자리에 들었어요."

확신할 게 별로 없는 상황 속에서는 복종하는 것들이 너무도 많다. 그녀는 책들과 꽃들, 친구들 위에 군림했으며, 그들과의 계약관계를 유지하고 있었다. 그녀는 사람들의 웃음을 자아내는 코드를 알고 있었다. 사람들을 한데 이어주는 말도 알고 있었다. 그저 "아! 당신이군요! 내 오랜 점성술사님!"이라고만 하면 되는 거였다. 아니면 베르니스가 들어왔을 때에는 "맞아요, 돌아온 탕자님……."이라고 말하기도 했다. 저마다 하나의 비밀로써 그녀에게 연결되어 있었고, 내 속을 들킨다는 달콤함, 함께 연루되어 있다는 묘미로써 그녀와 친밀해졌다. 가장 순수한 우정이 범죄처럼 그 깊이를 더해갔다.

"주느비에브, 여전히 당신은 모든 것을 지배하는군."

베르니스가 그녀에게 말했다.

그녀가 의자를 끌어당기거나 거실의 집기들을 조금씩 움직여주면, 베르니스는 세상에서 자기 자리를 찾은 듯한 느낌에 놀라움을 금치 못했다. 하루 일과가 끝난 뒤 산만한 음악과 훼손된 꽃들 등 우정이 지상에서 휩쓸고 간 모든 것은 처음에는 얼마나 고요히 설레게 했던가. 주느비에브는 소리 없이 자기 왕국에 평화를 만들어놓았다. 그러면 베르니스는 한때 자신을 사랑했던 이 작은 포로 소녀가 그녀 안에서 무척이나 멀리 떨어진 곳에 자리 잡아 잘 보호받고 있음을 느낄 수 있었다.

하지만 어느 날 갑자기 반란이 일어났다.

3

"잠 좀 자게 해줘요……."

"이럴 수 있어? 일어나 봐. 아이가 숨이 넘어가잖아."

잠시 잠이 들었던 그녀는 그 소리에 화들짝 깨어나 아이의 침대로 달려갔다. 아기는 자고 있었다. 열 때문에 얼굴이 반들거리고 호흡은 가빴지만, 아이는 평온해 보였다. 아직 잠이 덜 깬 주느비에브에게는 아기의 숨소리가 예인선의 증기를 내뿜는 소리같이 가쁘게 들렸다.

"얼마나 힘들까!"

아기는 벌써 사흘 동안이나 이런 상태였다! 그녀는 다른 생각은 아무것도 할수가 없어서 허리를 굽히고 아이를 내려다보고 있었다.

"왜 당신은 애가 숨이 넘어간다고 했어요? 왜 그렇게 사람을 놀라게 해요?"

그녀의 심장은 아직도 놀라서 팔딱팔딱 뛰고 있었다.

"난 그런 줄만 알았지."

에를랭이 대답했다.

그녀는 남편이 거짓말한다는 것을 알고 있었다. 갑자기 불안이 엄습해오자 그 고통을 혼자서 감당할 수가 없었고, 이를 그녀와 함께 나누고 싶었던 것이다. 그는 자신이 고통받는 상황에서 세상이 평화롭게 굴러가는 꼴은 못 보는 사람이었다. 하지만 사흘 밤을 꼬박 뜬눈으로 지새운 그녀에게는 한 시간이나마 휴식이 필요했다. 이미 그녀의 머릿속은 자신이 무엇을 하는지 분간할 수 없을 정도로 멍해져 있었다.

　그녀는 되풀이되는 남편의 이러한 거짓말 정도는 용서할 수 있었다. 그런 거짓말이야 뭐 그리 대수란 말인가! 수면시간을 따진다는 것이 우스운 일이다!

　"요즘 당신은 철이 없어요."

　그녀는 이렇게만 말하고 이어 남편의 기분을 풀어주기 위해 덧붙였다.

　"당신은 어린애 같아요."

　그녀는 불현듯 간호사를 돌아보며 시간을 물었다.

　"2시 20분입니다."

　"그래요?"

　주느비에브는 마치 급하게 해야 할 일이라도 있는 듯 '2시 20분'을 되뇌었다. 하지만 그런 일은 없었다. 그저 어딘가 여행을 할 때처럼 가만히 기다릴 수밖에 없었다. 그녀는 침대를 매만진 다음, 약병을 가지런히 놓고 창문을 닫았다. 그러면서 주변에 눈에 보이지 않는 신비로운 질서를 만들어갔다.

　"조금이라도 자요."

　간호사가 말했다.

　이어 침묵이 흘렀다. 그러다가 여행을 할 때처럼, 창밖으로 분간이 안 되는 풍경이 획획 지나가는 듯한 압박감이 그녀를 다시 무겁게 짓눌렀다.

　"아무 탈 없이 잘 자랐건……."

　에를랭이 일부러 소리 높여 말했다. 주느비에브에게서 위로의 말을 듣고 싶었던 것이다. 비탄에 빠진 아버지를 위로해주는 말을…….

　"가서 볼일 봐요."

　주느비에브가 부드럽게 타일렀다.

　"당신, 사업 일로 약속이 있잖아요. 어서 가봐요."

　그녀는 남편의 어깨를 부드럽게 떠밀었다. 그러나 남편은 자신의 괴로움을 곱씹고만 있었다.

"그런 얘기가 나오나? 이런 판국에……"

이런 판국이라…… '하지만 그 어느 때보다도 더욱 일을 해야 할 때가 아닌가!' 하는 생각이 들었다. 그녀는 갑자기 집 안을 정리하고 싶다는 강렬한 욕구가 생겨났다. 제자리에 놓여 있지 않은 저 꽃병, 아무렇게나 벗어놓아 바닥에 질질 끌리고 있는 남편의 외투, 선반 위의 먼지…… 모두 적이 다가와 남긴 발자취 같았으며, 어두운 붕괴의 조짐이었다. 그녀는 이 붕괴의 조짐과 맞서 싸웠다. 골동품의 금빛 광택과 제자리에 정돈된 가구들은 표면적으로 밝은 현실이었다. 온전하고 말짱하며 반짝거리는 모든 것은 알 수 없는 죽음으로부터 보호를 해주고 있는 듯한 기분이었다.

"튼튼한 아이니까 차차 나아질 겁니다."

의사는 몇 번이고 이렇게 얘기했다. 물론 맞는 말이었다. 이 아이는 잠을 자면서도 그 작은 두 주먹을 꽉 움켜쥐고 삶에 애착을 보였으니까. 그 모습이 참으로 예쁘고 강인해 보였다.

"부인, 밖에 나가 산책이라도 좀 하고 오세요."

간호사가 말했다.

"부인이 다녀오시면 저도 바람 좀 쐬어야겠어요. 그렇지 않으면 우리 둘 다 쓰러질 거예요."

참으로 이상했다. 눈을 감고 가쁜 숨을 몰아쉬는 이 아이가 두 여인을 기진맥진하게 하며 세상 끝까지 끌고 가는 것이었다.

주느비에브는 에를랭을 피하기 위해 밖으로 나왔다. 에를랭은 그녀에게 연설을 해대고 있었다. 내 기본적인 의무는…… 당신의 자존심…… 등 아직 잠이 덜 깨어 몽롱한 상태였던 그녀는 그가 무슨 말을 하는지 도통 알아들을 수가 없었다. 하지만 그 순간에도 '자존심' 같은 단어들이 나온다는 것이 그저 놀랍기만 했다. '자존심'이라니? 도대체 그게 무슨 말일까?

의사는 이 여인이 사뭇 놀라웠다. 이 젊은 여인은 전혀 눈물을 흘리지도 않을 뿐만 아니라 쓸데없는 말을 입에 담지도 않으며, 간호사처럼 꼼꼼하게 자신의 일을 도왔던 것이다. 그는 생명에 대한 그녀의 봉사에 감탄했다. 한편 주느비에브는 의사가 왕진을 오는 이 시간이 가장 안심이 되는 시간이었다. 의사가 그녀를 위로해주었기 때문이 아니었다. 의사는 아무 말도 하지 않았다. 의사가 아이의 상태를 정확히 판단할 수 있었기 때문이다. 의사는 아이의 심각한 증세, 눈에 보이지 않는 증세, 정상적인 건강 상태가 아닌 그 모든 것들을 명확히 설명해주었다. 보이지 않는 상대와의 이 싸움에서 얼마나 든든한 보호벽이었던가. 이틀 전의 수술만 해도 에를랭은 울상을 짓다가 휴게실로 가버렸지만 그녀는 남아서 자리를 지켰다. 의사는 흰 가운을 입고 한낮의 권력자인 양 수술실로 들어왔다. 의사와 인턴은 재빠르게 전투를 시작했고, 그들의 입에서는 '클로로포름²⁾······' '꽉 조여······' 그리고 '요오드······' 등의 간단명료한 말들과 명령들이 낮은 목소리로 무미건조하게 튀어나왔다. 그리고 문득 그녀는 비행할 때의 베르니스같이 막강한 전략 하나를 깨달았다. '우리는 이겨낼 거다'라는 자기 암시였다.

에를랭은 그때 그녀에게 이렇게 말했다.

"당신은 어떻게 그걸 다 지켜볼 수가 있지? 당신처럼 냉정한 어머니도 다시없을 거야!"

아침에 그녀는 의사 앞에서 정신을 잃고 의자 아래로 스르르 미끄러져내렸다. 그녀가 깨어났을 때, 의사는 어떤 용기나 희망의 말 따위는 하지 않았으며 조금의 동정도 보이지 않았다. 단지 그녀를 엄숙히 쳐다보며 이렇게 말했다.

"부인은 과로하셨습니다. 그러시면 안 됩니다. 명령입니다만 오늘 오후에는 산책 좀 하세요. 아, 극장에는 가지 마세요. 내용이 도통 머릿속에 들어가지 않을 겁니다. 하지만 그와 비슷한 무언가를 좀 하실 필요가 있습니다."

그러면서 의사는 혼자 생각했다. '여태껏 내가 봐온 것 중 가장 진실한 모습이군.'

주느비에브는 대로가 안겨주는 신선함에 새삼 놀라움을 금치 못했다. 길을 따라 걷는 동안 그녀는 자신의 어린 시절을 회상하면서 크나큰 휴식을 맛보았다. 나무와 초원들······ 모두 단순한 것들뿐이었다. 언젠가 한참의 세월이 흐른 뒤에, 그녀에게서 이 아이가 태어났다. 그건 이해할 수 없는 무엇인가였던 동시에 보다 더 단순한 일이기도 했다. 다른 그 무엇보다 더 확실한 증거였다. 그녀

---

2) chloroform. 표백분에 알코올 또는 아세톤을 넣고 증류하여 얻는, 무색의 유독한 휘발성 액체로 마취제 따위로 쓰인다.

는 이 아기를 주변에 생명이 있는 다른 것들과 함께 보살폈다. 그녀는 말로 표현할 수 없는 무언가를 느꼈다. 그녀가 느낀 것은…… 그렇다, 그건 바로 자신이 새삼 현명해졌다는 사실이다. 또한 그녀 자신에 대한 확신이 생겼고, 모든 것과 연관되어 있는 스스로를 느꼈으며, 그 자신이 대형 음악회의 일원이 된 것 같았다. 저녁때 그녀는 창가 쪽으로 향했다. 밖에서는 나무들이 살아서 솟아올라 대지로부터 봄기운을 끌어올리고 있었다. 그녀 또한 그 나무들과 같은 처지였다. 그녀 옆에서는 아기가 매우 가냘픈 숨을 쉬고 있었고, 그 가느다란 숨소리는 세상을 움직이는 엔진이 되어 세상에 활기를 불어넣어주고 있었다.

하지만 지난 사흘 동안 도대체 무슨 일이 일어난 것인가! 창문을 열고 닫는 지극히 사소한 행위가 심각한 결과를 낳은 것이었다. 더 이상은 무엇을 해야 하는지도 도무지 알 수가 없었다. 앞이 보이지 않는 세상에서 그런 손짓이 미칠 영향에 대해서는 알지 못한 채, 그저 약병과 덮개와 아이를 어루만질 뿐이었다.

그녀는 골동품 가게 앞을 지나갔다. 주느비에브는 그녀의 거실에 있는 골동품들을 떠올렸다. 골동품들은 마치 햇빛을 끌어들이기 위한 덫처럼 여겨졌다. 그녀는 빛을 담아두고 있는 모든 것들이 좋았다. 반짝이면서 표면에 떠오르는 그 모든 게 좋았다. 반짝이는 수정에서 고요한 미소를 맛보기 위해 그녀는 걸음을 멈추었다. 오래된 맛 좋은 포도주에서 반짝이는 그것과도 같은 맛이었다. 피곤한 가운데 그녀의 머릿속에서는 빛과, 건강과, 살에 대한 확신이 모두 뒤엉켜버렸다. 그녀는 황금빛 못처럼 박혀 있는 저 햇빛을 생명의 빛이 조금씩 빠져나가고 있는 아이의 병실에 가져다 놓고 싶었다.

4

에를랭의 잔소리가 또다시 시작됐다.

"당신 지금 제정신이야? 그렇게 놀러다니고 골동품 가게나 기웃거릴 마음이 난단 말이야? 난 절대로 용서할 수 없어! 이건……."

그는 적당한 말을 찾아내려 애를 썼다.

"이건 감히 생각할 수도 없고, 끔찍하고, 엄마 소리 들을 자격도 없는 그런 짓이야!"

그는 기계적으로 담배 한 개비를 꺼내 들고는, 한 손으로 빨간 담뱃갑을 흔들어대고 있었다.

그가 계속해서 '자존심……' 어쩌고 떠들어대는 말을 들으며 주느비에브는 생각했다. '저 사람이 담배에 불을 붙이려고 하나?'

"그래, 엄마가 놀러 다니는 동안 아이는 피를 토하고 있었어."

마치 결정적인 순간에 말하려고 아껴두었던 듯이 에를랭은 천천히 말했다. 주느비에브의 얼굴이 새파랗게 질렸다.

그녀는 방에서 나가려 했지만, 남편이 문 앞을 가로막고 섰다.

"나가지 마!"

그는 짐승처럼 숨을 거칠게 몰아쉬었다. 그는 혼자서 겪은 그 고통의 값을 받아내고야 말겠다고 작정한 것 같았다.

"나를 괴롭힐 작정이군요, 그럼 나중에 후회할 거예요."

주느비에브는 그저 이렇게 말하고 말았다.

그러나 그의 허풍과 무력함에 비수를 꽂은 이 말은 그의 분노를 폭발시키는 자극제가 되었다. 그는 고래고래 소리를 쳐대기 시작했다. 당신은 경솔하고 경박한 데다가 언제나 자기가 그만큼 노력을 했지만 무관심했다는 것이었다. 자신은 늘 기만당해왔으며, 또한 자기는 모든 것을 해주었는데, 당신은 아무것도 해 준 것이 없다면서 모든 고통을 자기 혼자서 견뎌야 했다고 했다. 그러면서 인생은 언제나 외로운 것이라고 말했다.

주느비에브는 기가 막혀서 돌아섰다. 하지만 그는 그녀를 거칠게 자기 앞으로 돌려세우고는 몰아붙였다.

"여자들의 잘못은 그 대가를 치르게 되어 있어."

그리고 그녀가 몸을 빼내려 하자, 그는 위협적으로 악담을 퍼부었다.

"아이가 죽어가고 있어. 천벌을 받은 거라고!"

그의 분노는 살인의 일격을 가하고 난 직후처럼 금방 수그러졌다. 이런 말을 내뱉고는 그 말에 자신도 놀란 모양이었다.

백지장처럼 하얗게 질린 주느비에브는 문 쪽으로 한 발 내디뎠다. 그는 그녀에게 자신이 얼마나 끔찍한 모습으로 비칠지 짐작이 갔다. 그는 오직 그녀에게 자신의 고상한 이미지만을 심어주고 싶었는데 말이다. 그 고약한 이미지를 좀 더 부드럽게 바꾸기 위해 그는 필사적으로 노력하며 갑자기 풀이 죽은 목소리로 중얼거렸다.

"미안해…… 이리 와…… 내가 미쳤었나 봐!"

그녀는 손잡이를 잡은 채 그를 향해 반쯤 돌아섰다. 그 모습은 그가 움직이기만 하면 당장에라도 도망칠 자세를 취한 들짐승처럼 보였다. 그에게선 움직임이 느껴지지 않았다.

"이리 와…… 할 말이 있어…… 나도 힘들어…….'

그녀는 꼼짝도 하지 않았다. 그녀는 도대체 무엇을 무서워하는 걸까? 그는 아내가 이렇게 쓸데없는 겁을 내는 게 거슬렸다. 그는 자신이 제정신이 아니었으며, 자기가 너무 가혹했고, 옳지 못한 행동을 했으며, 오직 그녀만이 옳다고 말하고 싶었다. 그러나 그러기 위해서는 먼저 그녀가 가까이 와서 자신에 대한 믿음을 보여주어야 했다. 그녀가 자신의 속내를 완전히 열어 보여야 했다. 그러기만 한다면 그는 그녀 앞에 무릎이라도 꿇을 생각이었다. 그러면 그녀도 이해해 줄 것이다…… 그런데 이미 그녀는 손잡이를 돌리고 있지 않은가?

그는 팔을 뻗어 거칠게 그녀의 손목을 잡아챘다. 그녀는 몹시 경멸하는 눈초리로 그를 바라보았다. 그는 오기가 생겼다. 이렇게 된 이상 이제 힘으로 그녀를 제압해야 할 것 같았다. 그런 다음 '자, 손을 풀어줄 테니 어디 해볼 테면 해봐'라는 말을 해야 한다.

그는 아내의 가냘픈 팔을 살짝 잡아끌더니, 점점 더 우악스럽게 잡아당겼다. 그녀가 그의 뺨을 때리려고 손을 쳐들자, 그 손마저 그에게 잡히고 말았다. 이제 그는 그녀에게 고통을 안겨주고 있었고, 그도 그것을 알고 있었다. 그는 길고양이를 붙잡아 길들이며 쓰다듬어준다는 것이 오히려 고양이를 숨 막히게 하는 아이들이 생각났다. 그는 한숨을 내쉬었다. '나 때문에 그녀가 힘들어하고 있잖아. 이제 다 틀렸어.' 짧은 순간 그는 주느비에브를 목 졸라 죽이고 싶은 간절한 충동을 느꼈다. 자신의 끔찍한 이미지와, 자기 자신조차도 두려운 그 모습을 주느비에브와 함께 지워버리고 싶었다.

그는 갑작스러운 무력감과 공허함에 사로잡혀 손가락에 힘을 풀었다. 그러자 그녀는 서두르지 않고 침착하게 그에게서 물러섰다. 마치 더 이상 두려울 것도 없다는 기색이었으며, 갑자기 모든 걸 초월한 듯싶었다. 남편은 이미 그녀의 안중에 없었다. 그녀는 느릿느릿 움직이며 머리를 매만지더니, 몸을 꼿꼿이 세우고는 방을 나갔다.

　그날 저녁 베르니스가 찾아왔지만, 그녀는 이 일에 대해 입을 다물었다. 이런 이야기란 남에게 말하는 것이 아니니까. 대신 그녀는, 어린 시절 함께 보냈던 추억과 머나먼 외지에서 지낸 그의 생활에 대해 얘기해 달라고 했다. 그녀는 어린 시절의 모습으로 그에게 다가가고 싶었으며, 그 모습과 더불어 그때의 추억들로 위로받고 싶었던 것이다.

　그녀는 그의 어깨에 이마를 기대었다. 베르니스는 주느비에브가 자기의 어깨에서 안식처를 찾아 자신에게 다가오고 있다는 생각이 들었다. 그녀도 그런 생각을 한 것이 분명했다. 다정한 가운데에서 사람은 자기 자신을 걸고 모험에 뛰어드는 일이 별로 없다는 사실을 두 사람은 알지 못했던 것 같다.

5

　"주느비에브, 무슨 일이에요? 이런 시각에 당신이 우리 집엘 다 오다니······ 세상에! 얼굴이 몹시 창백하군요?"

　주느비에브는 아무 말도 없었다. 쉼 없이 똑딱거리는 괘종시계 소리만이 귀찮게 들려왔다. 벌써 램프의 희미한 불빛이 새벽 어스름으로 희미하게 바래지고 있었다. 마시면 열이 오르는 씁쓸한 음료수 같은 느낌이다. 창문에서 역겨움이 밀려온다. 주느비에브는 가까스로 말문을 열었다.

　"불빛이 보이기에 왔어요······."

　이어 주느비에브는 더 이상 할 말이 생각나지 않았다.

　"그랬군요, 주느비에브. 나는······ 나는 보다시피 책장을 뒤적거리고 있었어요······."

　종이표지의 책들이 노랑, 하양, 빨강의 얼룩을 지어놓은 것처럼 놓여 있었다. 주느비에브는 그 모습이 흩뿌려진 꽃잎 같다고 생각했다. 베르니스는 그녀의 반응을 기다렸지만, 주느비에브는 미동도 하지 않았다.

　"주느비에브, 나는 이 안락의자에 앉아서 몽상에 잠겨 있었어요. 이 책 저 책 뒤적거리다 보니 모두 읽은 것 같은 기분이 들더군요."

　그는 내심 흥분을 감추기 위해 노인 같은 소리를 했고 침착한 말투로 덧붙였다.

"주느비에브, 무슨 할 말이 있는 것 같군요?"

말은 그렇게 했지만 그때 그의 마음속에는 '이게 사랑의 기적이구나' 하는 생각이 들었다.

주느비에브는 한 가지 상념과 씨름하고 있었다. '이 사람은 아무것도 모르고 있어' 하면서 여자는 그의 질문에 깜짝 놀란 표정으로 그를 쳐다보며 큰 소리로 말했다.

"그냥 온 거예요……."

그리고는 손으로 이마를 짚었다.

창문의 유리가 점점 하얗게 변하면서 방 안에는 수족관 속 같은 창백한 광선이 퍼졌다. '램프 불빛이 빛을 잃고 있구나.' 주느비에브는 생각했다. 그런 다음 문득 힘겹게 이런 말을 꺼냈다.

"자크, 자크, 나를 데려가 줘요!"

베르니스는 하얗게 질렸다. 그는 그녀를 두 팔로 끌어안고 달래기 시작했다. 그녀는 두 눈을 감았다.

"나를 데리고 가줘요……."

그의 어깨에 기대 있으니 시간은 고통스럽지 않게 쏜살같이 흘러갔다. 모든 걸 포기한다는 게 어떤 기쁨을 안겨주는 듯했다. 자신을 내버리고 스스로를 물살의 흐름에 맡겨 놓아 버리자, 마치 그 자신의 삶이 물처럼 유유히 흘러가는 것 같았다. 그녀는 간절히 바랐다.

"나를 힘들게 하지 말아줘요……."

베르니스는 그녀의 얼굴을 쓰다듬었다. 주느비에브의 머릿속에서는 한 가지 생각이 스쳐갔다. '다섯 살인데…… 이제 겨우 다섯 살이 됐을 뿐인데…… 어떻게 그런 일이…….' 이어 그녀는 이런 생각도 했다. '그 애에게 그토록 많은 것을 주었건만…….'

"자크…… 자크…… 내 아들이 죽었어요."

"보시다시피 집에서 도망쳐나왔어요. 나는 지금 무척이나 안정이 필요한 상태예요. 지금 사태 파악조차 안 되고 있어요. 아직 고통스럽지도 않아요. 내가 모진 여자인 걸까요? 다른 사람들은 눈물을 흘리면서 나를 위로하려 하고 있어요. 저들은 자신들이 그토록 상냥하다는 것에 감동을 받은 것뿐이에요. 하지만 나는 아이와의 추억조차 떠오르지 않는걸요······.

당신이라면 나는 뭐든 다 얘기할 수 있어요. 죽음이란 주사, 붕대, 전보 등 엄청나게 무질서한 상황 속에서 찾아오더군요. 며칠 동안 한숨도 못 잔 멍한 상태에서 꿈을 꾸는 것 같았어요. 의사가 진찰하는 동안, 지끈거리는 머리를 벽에 기대는 것 말고는 달리 할 게 없었지요.

남편과의 말다툼은 어찌나 끔찍했는지 알아요? 오늘, 조금 전······ 그 사람이 내 손목을 잡았을 때, 난 그가 손목을 비틀어버리는 줄 알았어요. 이 모든 게 주사 한 대 때문이었죠. 그렇지만 나는 알고 있었어요. 아직 때가 되지 않았다는 것을요. 그러고 나서는 나에게 용서해 달라고 하더군요. 하지만 그건 중요한 게 아니었어요! 남편에게 나는 이렇게 말했지요. '알았어요······ 알았으니, 내 아이를 좀 보러 가게 해 줘요······.' 남편은 문을 가로막았지요. '용서해 줘······ 난 당신의 용서를 받아야 해.' 남편은 정말 변덕이 심한 사람이죠. '나 좀 제발 보내줘요. 당신을 용서한다고요.' 그러자 남편은 '입으로는 용서해도 마음으로는 아니잖아.' 계속 그런 식이었어요. 정말 미쳐버리는 줄 알았죠.

그런 일이 있고 난 뒤라서 그런지 절망을 느끼지도 않았어요. 오히려 평화롭고 차분한 기분이 들었을 뿐이었죠. 나는 생각했어요. 우리 아이는 잠을 자고 있는 것뿐이라고, 그뿐이라고 말이에요. 새벽녘에 저 멀리 어딘지도 모르는 곳에 발을 내딛고는 무얼 해야 할지 모르는 상황 같았어요. 그러고는 생각했죠. '올 게 온 거야······'라고 말이에요. 주사기와 약병을 쳐다보고 난 뒤에는 이런 생각이 들더군요. '이제 아무 의미 없어······ 올 게 온 거야······.' 그 뒤 정신을 잃었어요."

갑자기 그녀는 흠칫 놀랐다.

"여길 다 오다니, 내가 미쳤지."

그녀는 새벽빛이 그 엄청난 불행을 훤히 드러내 보여주고 있음을 느꼈다. 깔개는 싸늘하게 널브러져 있을 테고, 수건은 가구 위에 아무렇게나 굴러다닐 것이며, 의자는 쓰러져 있을 터였다. 이 같은 참극의 상황에 그녀는 서둘러 대처해야 했다. 의자도 제자리에 놓고, 화병도, 저 책도 제자리에 갖다 놓아야 했다. 삶을 둘러싸고 있던 것들을 본대로 정리하기 위해 그녀는 헛되이 힘을 써야 했다.

6

조문을 하러 사람들이 찾아왔다. 위로의 말을 건넬 때, 사람들은 말을 제대로 잇지 못했다. 사람들은 들떠 있던 초라한 추억들이 그녀에게서 차분히 가라앉도록 내버려 두었다. 무척이나 쉽사리 깨져버릴 침묵이 조심스럽게 피하고 있는 죽음이란 말을 서슴없이 입에 올렸다. 그녀는 사람들이 자신의 눈치를 보며 말을 건네는 게 싫었다. 그녀는 사람들이 감히 그녀를 쳐다보지 못하도록 이들의 눈을 똑바로 바라보았으나, 그녀가 시선을 떨어뜨리기만 하면 그들은 다시금 그녀의 눈치를 보았다.

그런가 하면 응접실까지는 침묵을 지키며 걸어오다 응접실에 다다르면 분주한 발걸음을 하고는 그녀의 팔에서 균형을 잃고 쓰러지는 사람들도 있었다. 이들은 한마디도 하지 않았다. 그녀 또한 이들에게 한마디도 하지 않았다. 이들이 그녀의 슬픔을 억눌렀다. 이들은 경직되어 있는 한 소녀를 가슴으로 꽉 안아주었다.

이제 그녀의 남편은 집을 팔자는 얘기를 꺼낸다. 그는 이렇게 말한다.

"이 집에 서린 서글픈 추억 때문에 우리가 힘들잖아."

그는 거짓말을 하고 있다. 고통은 이미 친숙해진 상태였다. 하지만 그는 불안해하고 있었다. 남편은 무언가 커다란 몸짓을 취하고 싶어 했다. 그는 오늘 저녁 브뤼셀로 떠날 예정이었다. 그녀는 나중에 따라가기로 되어 있었다.

"아시다시피 집안이 어수선해서 그래요……."

그녀의 모든 과거가 무너지고 있다. 오랜 정성을 들여 꾸며놓은 이 거실부터 시작해서, 사람이 들여놓은 것 장사치가 들여놓은 것도 아닌 시간의 때와 함께 저곳에 놓여 있던 가구들까지, 그녀의 모든 과거가 무너지고 있었다. 이 가구들은 거실을 채우고 있는 것이 아니라, 그녀의 삶을 채우고 있었다. 의자를 벽난로로부터 멀찌감치 떼어놓고, 탁자를 벽에서 멀리 떨어뜨려놓으니, 모든 게 처음으로 맨얼굴을 드러내며 과거 밖으로 벗어난 느낌이다.

"당신도 곧 떠나겠지요?"

그녀가 절망스럽게 운을 띄웠다.

수많은 약속들이 깨져버린 상태다. 이 세상 속에서 무수한 인연을 맺고 있었던 게, 이 세계의 질서가 유지되는 중심에 있었던 게 바로 아이였단 말이 아닌가? 죽음으로써 주느비에브에게 그 같은 좌절감을 안겨준 게 바로 아이였단 말이 아닌가? 그녀는 아무렇게나 내뱉었다.

"힘드네요······."

그러자 베르니스는 부드럽게 속삭였다.

"내가 당신을 데리고 가겠소. 내가 당신을 훔쳐가는 거요. 기억하나요? 내가 언젠가는 돌아오겠다고 말했었지요······ 내가 그런 말을 했었지요······."

베르니스는 양팔로 그녀를 꼭 껴안아주었다. 주느비에브가 머리를 약간 뒤로 젖히자, 눈가에 눈물이 가득 맺혀 있다. 오로지 베르니스는 울고 있는 이 소녀를 두 팔로 꽉 안아주고 있을 뿐이었다.

○월 ○일 쥐비곶에서

친애하는 베르니스, 오늘은 우편기가 도착하는 날이네. 비행기는 시스네로스를 출발했네. 곧 이곳을 지나 자네에게 보내는 책망 섞인 편지를 싣고 떠날 것이네. 자네가 보낸 편지에 대해서는 많이 생각해보았어. 더불어 포로가 되어버린 우리의 공주님에 대해서도. 어제, 영원토록 바닷물에 씻겨나가며 무척이나 헐벗고 황량한 해변을 산책하면서, 우리의 모습이 마치 그와 비슷하다는 생각을 해보았네. 정말 우리가 이 세상에 존재하고 있는 것인지 사실 그것마저 잘 모르겠네. 해질 무렵의 서글픈 풍경 속에서, 자네는 반짝이는 해변 속으로 스페인 요새가 침몰하는 것을 본 적이 있었지. 신비로운 푸른색으로 바닷가에 투영된 요새의 모습은 요새 그 자체와 동일한 성질의 것은 아니었어. 그건 그렇게 현실적이지도, 그렇게 확실하지도 않은 자네의 왕국이었어. 하지만 주느비에브만큼은 그냥 그렇게 살도록 내버려 두게나.

물론 지금 그녀가 얼마나 혼란스러운 상황 속에서 살아가고 있는지 모르는 바는 아니네. 하지만 인생에서 비극이란 드물게 나타나는 법이지. 청산해버려야 할 사랑도, 애정도, 우정도 별로 많진 많아. 자네가 에를랭에 대해 뭐라고 하든, 사람은 그렇게 중요한 게 아니야. 내 생각에 삶이란 말이지······ 뭔가 다른 것에 의지하고 있는 것 같아.

이런저런 습관, 관습, 법칙 등 자네가 그 필요성도 인정하지 못하고 벗어나버린 그 모든 것들이 바로 삶에 있어 하나의 틀이 되는 거야. 존재하고 있으려면 자기 주변에 감내해야 할 현실이 필요한 법이라네. 하지만 황당하건 부당하건 이 모든 게 그저 하나의 말에 불과하지. 주느비에브는 말일세, 자네가 그녀를 데려오면 주느비에브 자신에게서 그녀가 벗어나버리는 결과를 낳게 되네.

게다가 그녀는 자신이 필요로 하는 게 뭔지 알고 있나? 재물에 대한 습성도 그녀 자신은 깨닫지 못하고 있네. 그녀의 삶이 내면적이라 할지라도, 재산을 획득하고 외적인 흥분을 만들어주는 게 바로 재물이며, 세상 속의 이런저런 것들을 지속시켜주는 게 바로 재물이지. 눈에 보이지 않는 강물이 지하에서 한 저택의 벽을, 추억을, 그 영혼을 백 년 동안이나 먹여 살리는 것처럼 말일세. 그런데 자네는, 눈에 보이지는 않지만 집을 이루고 있는 수많은 물건들을 집에서 비워내듯 그녀에게서 그녀의 삶을 비워내려 하고 있어.

자네에게 있어서 사랑한다는 건 곧 새로 태어남을 의미한다는 걸 모르는 바는 아니네. 자네는 새로 태어난 주느비에브를 데려오는 것이라고 생각할 테지. 자네에게 사랑은 때때로 그녀에게서 나타나며 램프처럼 쉽게 피어오르게 할 수 있는 두 눈의 빛깔 같은 거라고 생각했을 걸세. 사실 어떤 때는 지극히 단순한 말들이 엄청난 힘을 가지며 사람을 더욱 키워주는 듯한 느낌을 받게 되지.

아마도 산다는 건 그와 다른 문제인 듯하네.

7

주느비에브는 이 커튼과 저 안락의자를 쭉 만져보는 것이 어쩐지 서먹한 느낌이었다. 살그머니 만져본 것에 불과한데 마치 새로 발견한 경계석을 만지는 듯한 기분이었다. 지금까지는 이렇게 쓰다듬는 것이 하나의 즐거움이었는데…… 지금까지는 이런 세간들이 아무 때나 나타났다 사라졌다 하여 마치 무대배경의 움직임과 같이 경쾌해 보였다. 취향이 너무 확실한 그녀는, 이 페르시아 양탄자가 무엇을 뜻하는 것이며, 이 화가의 무늬 벽지가 무엇을 음미하는지 생각해본 적이 없었다. 지금까지 이 장식들은 실내를 아늑하게 해주고 있었는데 이제 와서 이런 것들이 처음으로 그녀의 눈에 들어와 마음을 스산하게 하는 것이었다.

주느비에브는 생각했다.

'아무것도 아니야. 나는 여전히, 내 것이 아닌 삶 속에서 이방인으로 살아가고 있는 것뿐이라고.'

그녀는 안락의자에 몸을 파묻고는 두 눈을 감았다. 마치 급행열차의 한 칸에 앉은 것처럼 순간순간이 스쳐가며 집과 마을, 숲이 휙휙 뒤로 지나가버리는 것 같았다. 하지만 눈을 뜨면, 앞에 보이는 건 늘 구리로 만든 둥근 고리뿐이었다. 변화란 눈치채지 못하는 사이에 일어나는 것이다. 일주일 뒤에 눈을 뜨면, 나는 전혀 다른 사람이 되어 있겠지. 그가 나를 데려갈 테니까.

"우리 집 어떻게 생각해요?"

왜 벌써 그녀를 깨운 것일까? 그녀는 주위를 둘러보았지만 자신의 느낌을 어떻게 표현해야 할지 생각이 나지 않았다. 이 집을 꾸미고 있는 장식에는 뭐랄까 시간이 깃들어 있지 않은 느낌이다. 뼈대도 굳건하지 않은 느낌……

"이리 와요, 자크, 당신 거기 있었군요……."

어스름한 빛이 남자 혼자 사는 그 방의 벽지와 긴 의자 위로 비추었다. 벽에 걸린 모로코 직물 위로도 비추었다. 모든 게 5분 만에 붙였다 떼었다 할 수 있는 것들이었다.

"자크, 왜 벽을 이렇게 가린 거죠? 왜 손으로 벽을 만져보기 힘들게 한 거죠?"

그녀는 손바닥으로 돌을 쓰다듬는다거나, 집 안에 있는 보다 단단하고 견고한 것들을 어루만지는 걸 좋아했었다. 이런 것들이 마치 한 척의 배처럼 오랫동안 사람을 태워줄 수 있다고 생각하는 것 같았다.

그는 자신이 보물처럼 여기는 기념품들을 그녀에게 보여주었다. 그녀는 그것이 무엇인지 알고 있었다. 그녀는 예전에 파리로 돌아와 유령 같은 생활을 하던 식민지 주둔 장교들을 알고 있었다. 그들은 큰길에서 서로 마주치면 아직 살아 있는 것에 대해 서로 놀라워하곤 했다. 그들의 집에 가보면 사이공의 집이나 마라케시의 빌라를 회상할 수 있었다. 그들은 그곳에서 여자나 동료, 혹은 승진에 관한 이야기들을 했다. 하기는 그곳에서는 벽의 살아 있는 조직 같아 보였을 커튼이 여기서는 죽은 물건이나 마찬가지였다.

그녀는 손가락으로 얄팍한 청동 그릇들을 만져보았다.

"내 골동품들이 맘에 들지 않아요?"

"미안해요, 자크…… 이것들은 좀……."

그녀는 감히 '천박한'이라는 말은 할 수가 없었다. 그러나 복제품이 아닌 진품의 세잔 그림과, 모조품이 아닌 진품 가구만을 알고 사랑했던 그녀의 고고한 취향이고 보면 이런 자크의 골동품들은 그녀의 안중에 있을 수 없었다.

그럼에도 그녀는 아주 너그러운 마음으로 모든 것을 희생할 각오가 되어 있었다. 그와 함께라면 잿빛 감방이라 해도 견딜 수 있을 것이라고 생각했다. 하지만 정작 여기서는 자기 안의 무언가가 손상되는 듯한 느낌이었다. 부잣집 딸로서의 고상한 품위 문제가 아니라, 이상하게도 본디 자신의 모습이 모독당하는 것 같은 기분이 들었다. 자크는 그녀를 이해할 수는 없었지만, 그녀가 불편해하는 것을 느낄 수가 있었다.

"주느비에브, 나는 당신이 예전에 누렸던 호사를 누리게 해 줄 수가 없어요, 나는……."

"아이, 자크, 무슨 말이에요! 무슨 생각을 하는 거예요? 나는 전혀 개의치 않아요……."

그녀는 그의 가슴으로 파고들었다.

"나는 그저 당신의 좋은 양탄자보다는 왁스로 잘 닦아놓은 마룻바닥이 더 좋아요…… 이제 내가 당신을 위해 모든 걸 손질해 줄게요."

그러다가 갑자기 그녀는 말을 멈추었다. 그녀가 바랐던 소박함이란 이들의 겉모습보다 오히려 훨씬 더 사치스럽고 돈이 많이 든다는 사실을 깨달았던 것이다. 그녀가 어렸을 적에 뛰어놀던 거실, 호두나무로 만들어 번쩍거리던 마룻바닥, 몇 세기가 지나도 낡지도, 그렇다고 유행에 뒤지지도 않던 그 육중한 탁자…….

그녀는 야릇한 우울함을 느꼈다. 그녀가 허용한 이의 재산에 대한 유감 때문은 아니었다. 아마도 그녀는 없어도 될 것들이 무엇인지 베르니스보다 더 알지 못했을 것이다. 하지만 새로이 시작하게 될 삶에서 풍족하게 사는 건 필요 이상의 것에 해당함을 그녀는 분명히 깨달았다. 그녀에게 호화로운 삶이 필요한 건 아니었다. 그러나 사물에 깃든 이 시간만큼은 이제 더 이상 소유하지 못할 터였다. 그녀는 생각했다. '전에는 집 안에 있던 물건들이 나보다 더 오래 지속돼왔었지. 그렇게 나를 맞아주고, 나와 함께 해주면서 굳건히 밤새도록 내

곁을 지켜주었었어. 하지만 이제는 내가 이 집 안의 물건들보다 더 오랜 체험의 소유자가 되겠군.'

그녀는 또한 '시골에 갔을 때는······'이라며 옛 생각을 더듬었다. 그녀는 울창한 보리숲을 통해 이 집을 다시 돌아봤다. 곁에서 보면 집은 더욱 안정감이 있어 보였다. 널찍한 돌계단이 땅속 깊이 틀어박혀 있었기 때문이다.

그곳에서 그녀는 겨울의 풍경을 떠올려본다. 숲 속의 앙상한 나뭇가지에서 푸른빛을 모두 앗아가는 겨울이면, 집은 뼈대만이 하나하나 드러났다. 세상의 골조마저 보이는 것 같았다.

그녀는 걸으면서 휘파람으로 개들을 부른다. 그녀의 발이 움직일 때마다 발 아래에서 낙엽들이 바스락 소리를 낸다. 그러나 그녀는 알고 있었다. 모든 것을 휘몰고 간 겨울이 마른풀을 뜯어내고 정돈을 한 뒤에는 봄이 온 누리를 채우고, 나뭇가지 위로 타고 올라 새순을 싹 틔울 것임을, 물의 깊이를 느끼게 하며 물과 같은 역동성을 지닌 이 둥근 나뭇가지들을 새롭게 단장해 줄 것임을 그녀는 알고 있었다.

그녀의 아들은 여전히 그곳을 서성대고 있었다. 그녀가 창고에 들어가 설익은 마르멜루 열매를 뒤집어놓으려 할 때, 아이는 간신히 그곳을 빠져나간다. '아가야, 그렇게도 장난치고 다녔으니, 이제 잠을 자는 게 좋지 않을까?'

그곳에서 그녀는 죽은 자들의 표식을 보았고, 이를 두려워하지 않았다. 저마다 집안의 침묵에 그 자신의 침묵을 더해놓고 있었다. 책에서 눈을 떼고 숨을 죽이면서 이제 막 꺼져간 부르짖음을 맛보는 게 느껴진다.

죽은 자는 사라지는 건가? 변덕스러운 것들 가운데 오직 저들만이 영속적인데도, 저들의 마지막 얼굴이 너무도 진실되어 그 무엇도 이를 부인할 수가 없는데도 죽은 자가 사라진다고 말할 수 있겠는가?

'이제 나는 이 사람을 따라가게 될 것이고, 이 사람 때문에 괴로워하고, 이 사람 때문에 의심을 품게 되겠지.' 사실 그녀는 애정과 회의의 구분이 분명할 때에만 이 인간적인 혼동을 구별해 낼 줄 알았다.

그녀는 눈을 뜨고는, 생각에 잠겨 있는 베르니스를 바라보았다.

"자크, 나를 보호해줘야만 해요. 나는 이렇게 가난한 상태로 새 출발을 하는 것이니까요."

설령 베르니스에게 그리 많은 힘이 없다고 하더라도, 책 속에서보다 아주 조금 더 현실적이며 쓸데없는 광경들밖에 없는 이 세상 속에서, 부에노스아이레스의 이 군중과 다카르의 이 집에서, 그녀는 살아남을 것이다.

하지만 베르니스는 몸을 숙여 그녀에게 부드럽게 말했다. 그가 자신에 대해 보여주는 이러한 감미로운 애정의 표현을 그녀는 믿고 싶었다. 그녀는 이 사랑의 이미지를 좋아하고 싶었다. 자신을 보호해 줄 만한 것은 그나마 이것밖에 없었으므로……

오늘 밤 순간의 쾌락 속에서, 그녀는 이 연약한 어깨를, 이 보잘것없는 피신처를 찾아내어 거기에 얼굴을 파묻듯 그렇게 말이다.

8

"나를 어디로 데려가는 거죠? 왜 나를 이리로 데려온 건가요?"

"주느비에브, 이 호텔이 마을에 들지 않아요? 다른 곳으로 갈까요?"

"예, 다른 곳으로 가요……."

그녀는 불안함이 섞인 듯한 목소리로 말했다.

자동차의 헤드라이트가 몹시 어두웠다. 그들은 구멍을 통과하듯, 힘겹게 어둠 속을 헤치고 나아갔다. 베르니스는 이따금씩 그녀를 흘끗 쳐다보았다. 주느비에브는 아주 창백해 보였다.

"추워요?"

"조금요, 하지만 괜찮아요. 모피 옷 가져오는 걸 깜빡했네요."

그녀는 무척이나 덤벙대는 소녀 같았다. 그녀가 입가에 미소를 지어 보인다.

비가 내리기 시작했다.

'이런 젠장! 밤에 비까지 오다니!'

베르니스는 이렇게 혼잣말을 하면서도 지상낙원에 가려면 이런 것쯤 으레 거쳐야 하는 과정이라고 생각했다.

상스 지방 근처에 이르렀을 때 그들은 차를 세우고 점화 플러그를 갈아 끼워야 했다. 그는 손전등마저 깜박 잊고 가져오지 않았다. 그는 비를 맞으면서 잘 듣지 않는 스패너를 서투르게 만졌다. '기차를 탈 걸 그랬어' 하는 생각이 머릿속에서 집요하게 되풀이되었다. 그가 자가용을 선택한 것은 자동차가 주는 자유로운 이미지 때문이었다. 자유는 무슨 자유인가! 이렇게 떠나오고 나서 계속 바보짓밖에 더했던가. 대체 잊고 온 물건은 왜 그렇게 많으냐 말이다.

"다 되어가요?"

주느비에브가 그의 곁으로 다가왔다. 문득 그녀는 자신이 포로가 된 듯한 느낌이 들었다. 보초병들처럼 그들을 감시하고 있는 주위의 나무들, 도로 정비공의 저 오두막집. 정말 여기서 살아야 하나…….

수리가 끝나자 그는 그녀의 손을 잡았다.

"열이 있는 것 같군요!"

그녀는 미소를 지으며 말했다.

"예…… 조금 피곤해요. 잠 좀 잤으면 좋겠어요."

"그런데 왜 비까지 맞으면서 차에서 내려왔어요?"

엔진도 시원치 않아서 가끔 멈추기도 하고 그르렁거리기도 했다.

"자크, 우리가 도착할 수 있을까요?"

그녀는 열에 들떠 정신이 혼미해져 있었다.

"도착할 수 있겠어요?"

"도착하고 말고요, 이제 곧 상스예요."

그녀는 숨을 내쉬었다. 그녀는 자신의 능력을 넘어서는 일을 시도했던 것이다. 모두 이 시원찮은 엔진 때문이었다. 자기 앞으로 끌어다 놓기에는 나무 한 그루 한 그루가 너무도 무거웠다. 산 넘어 산이었다. 매번 처음부터 다시 시작해야 했다.

'안 되겠어, 또 차를 세워야겠어.' 베르니스가 이렇게 생각하는 순간 무언가 또 다른 곳이 고장 났을지 모른다는 생각에 이제는 겁이 났다. 꼼짝하지 않는 풍경 역시 마찬가지였다. 그 때문에 좋지 않은 생각들이 꿈틀대고 있었다. 그는 무언가 저항할 수 없는 힘이 모습을 드러내는 것 같아 두려웠다.

"주느비에브, 부디 이 밤의 고약함에 대해서는 생각하지 말고…… 스페인에 대해서만, 오직 스페인만 생각하도록 해요. 스페인, 좋아하죠?"

그녀의 가느다란 목소리가 어렴풋이 들려왔다.

"네, 자크, 좋아해요…… 그저…… 강도들이 조금 무서울 뿐이지요."

그녀가 부드럽게 미소를 지어 보였다. 이 말에 베르니스는 마음이 아팠다. 그 말인즉슨 스페인으로 향하는 이 동화 속 이야기 같은 여정에 신뢰가 가지 않는다는 얘기밖에는 되지 않았다. 신임을 얻지 못하는 군대는 승리할 수 없다.

"주느비에브, 바로 이 비 때문에, 바로 이 밤 때문에 우리의 믿음이 자꾸만 깎여들어가는 걸 거예요……."

갑자기 그는 이 밤이 고역과도 같은 질병의 느낌을 주고 있음을 깨달았다. 입안에서 고역 같은 그 맛이 느껴졌다. 새벽이 오더라도 희망이랄 건 없는 밤이었다. 그는 그 밤과 사투를 벌이며 속으로 한마디 한마디 되뇌었다. '이 비만 그친다면, 이 비만 그쳐준다면 새벽에 이 병이 씻은 듯이 나을 텐데…….' 이들에게서 무언가가 병들어가고 있었지만, 그는 그게 뭔지 몰랐다. 그는 썩어들어가는 건 바로 땅이라고 생각했으며, 병이 든 건 바로 밤이라고 생각했다. 그는 이 병색이 완연히 가실 새벽을 기다렸다. "아침이면 나는 숨을 쉴 수 있을 거야"라거나 "봄이 되면 젊음의 기운이 샘솟겠는걸"이라고 말하는 사형수들처럼 그렇게 하릴없이 새벽을 기다렸다.

"주느비에브, 그곳에 있을 우리의 예쁜 집을 생각해봐요……."

그는 말해놓고 곧 해서는 안 될 말을 했다고 후회했다. 주느비에브의 마음속에 어떤 영상을 일으키도록 그려줄 만한 것이 전혀 없었기 때문이었다.

"그래요, 우리 집……."

주느비에브는 간신히 소리 내어 말을 해보았다. 그때 순간적이나마 그녀의 열기가 스쳐왔다. 그녀는 뭔지 모르겠지만 말의 형태가 돼서 나오는 생각들을 떨어냈다. 그에게 두려움을 안겨주는 생각들이었다.

베르니스는 상스 지역의 호텔이 어디 있는지 몰라서 가로등 아래 잠시 차를 세우고, 여행 안내서를 펴 들었다. 거의 다 된 가스등이 그림자를 만들어냈고, 희끄무레한 벽 위로 칠이 벗겨져 '자전거……' 외에는 글씨를 알아보기 어려운 간판 하나를 비춰 보였다. 그에게는 이게 세상에서 가장 서글프고 가장 저속한 단어 같았다. 한 번도 본 적 없는 그런 단어 같았다. 보잘것없는 삶의 상징이랄까. 문득 그는 이전의 생활들이 아주 보잘것없었을 텐데, 그때는 자신이 그것을 느끼지 못했을 뿐이었다고 생각했다.

"어이, 형씨, 불 좀 있어?"

비쩍 마른 세 놈이 킬킬대며 그에게 다가왔다.

"이 미국인들이 길을 찾고 있는 모양이군그래."

그러고 나서 그들은 주느비에브를 흘끗거렸다.

"당장 꺼져, 이 자식들아!"

베르니스가 으르렁거렸다.

"자네 계집 별 볼 일 없군? 29번지에 사는 우리 계집도 한번 만나보는 게 어때?"

주느비에브는 겁이 나서 그에게 몸을 기댔다.

"뭐라는 거예요? 제발 그냥 가요."

"하지만 주느비에브……."

그는 하고 싶은 말을 참고 삼켰다. 우선 그녀를 위해 호텔을 찾아야 했다. 이 술 취한 놈들이야 뭐가 그리 대수인가? 그는 그녀가 열이 나고 몸이 지쳐 있다는 것을 깨닫고는 이런 작자들과 시간을 낭비할 필요가 없다고 생각했다. 그는 이런 귀찮은 일에 그녀를 얽히게 한 것에 대해 자신을 병적으로 나무랐다.

글로브 호텔문은 닫혀 있었다. 밤이 되면, 이 작은 호텔들은 모두 잡화상처럼 보였다. 그가 계속 문을 두드리자 마침내 문 저쪽에서 질질 끄는 발걸음 소리가 다가왔다. 야간 관리인이 문을 빠끔히 열었다.

"빈방 없습니다."

"부탁입니다. 아내가 지금, 많이 아파요!"

베르니스가 간청했지만 이미 문은 닫혀버린 뒤였다. 발소리는 복도 쪽으로 사라져버렸다.

이들 뜻대로 되는 일이 하나도 없었다. 주느비에브가 물었다.

"뭐라는 거죠? 왜, 대체 왜 대답도 안 해주는 거죠?"

베르니스는 하마터면, 여기는 파리의 방돔 광장이 아니라고, 작은 호텔들은 배가 부르면 손님을 받지 않는 모양이라고 말할 뻔했다. 그것은 지극히 당연한 일이었다. 그는 아무 말 없이 운전석에 앉았다. 그의 얼굴이 땀으로 번들거렸다. 시동도 걸지 않은 채, 그는 번들거리는 포장도로를 뚫어져라 쳐다보고 있었다. 빗방울이 목덜미로 흘러들었다. 그는 지구 전체의 무기력을 그가 없애버려야 하는 것 같은 느낌을 받았다. 그리고 다시 어리석은 생각이 들었다. 날이 새기만 한다면…….

하지만 이럴수록 정감 어린 말이 필요했다. 때맞춰 주느비에브가 그런 말을 했다.

"이런 건 아무렇지도 않아요. 이게 다 우리의 행복을 위한 거잖아요."

베르니스는 그녀를 쳐다보았다.

"이해해줘서 고마워요."

그는 감동을 받았다. 키스라도 해주고 싶었다. 그러나 이 비와, 이 불편함과, 이 피로감에 그는 다만 그녀의 손만을 잡아주었다. 아까보다 열이 더 올라 있었다. 매 순간 이 연약한 몸은 조금씩 부서져가고 있었다. 그는 이런저런 생각들을 떠올리며 침착해지려 애썼다. '뜨거운 그로그[3] 한 잔을 마시게 해주면 아무것도 아닐 거야. 아주 따끈한 걸로 한 잔 줘야지. 그리고 담요로 몸을 꽁꽁 싸주면 될 거야. 이 힘겨웠던 여행을 떠올리며 서로를 바라보고는 웃음 짓게 되겠지.'

그는 막연한 행복감을 느꼈다. 그러나 눈앞에 닥친 현실은 이런 공상과는 얼마나 동떨어져 있던가! 다른 두 곳의 호텔은 아예 나와 보지도 않았다. 그럴 때마다 그는 공상을 다시 해야 했고, 그럴 때마다 공상은 조금씩 현실에서 멀어져갔다. 현실을 살찌워주던 그 공상이 갖고 있던 미약한 힘이 그렇게 사라져갔던 것이다.

주느비에브는 아무 말이 없었다. 그는 그녀가 아무런 불평도 하지 않을 거란 사실을, 그리고 아무런 군말 없이 그저 따라오기만 할 거란 사실을 깨달았다. 그는 몇 시간이고 며칠이고 차를 굴려갈 수도 있었으나, 이에 대해 그녀는 아무 말도 안 할 것이었다.

'내가 지금 무슨 생각을 하는 거지? 꿈을 꾸고 있는 건가?'

"내 사랑스러운 주느비에브, 많이 아파요?"

"아뇨, 이젠 괜찮아요. 좀 나아졌어요."

그녀는 이제 막 너무 많은 실망감을 느낀 참이다. 그리고 이 모두를 단념해버렸다. 다름 아닌 그를 위해서다. 그가 자신에게 줄 수 없는 것이라면 단념하는 게 낫다고 생각한 것이다. 그건 마치 의욕이 사라져 버린 것이나 다름없었다.

---

3) grog. 럼 또는 브랜디에 설탕·레몬·더운 물을 섞은 음료.

그렇게 그녀는 조금씩 더 나아질 것이고, 그러다가 행복마저도 포기하고 말 것이다. 그녀의 상태가 완전히 좋아지고 나면, 아마도 그녀는 '이 얼마나 바보 같은 짓인가. 내가 아직도 꿈을 꾸고 있나 보군'이라고 생각해버리고 말 것이다.

그들은 에스페랑스 호텔과 앙글테르 호텔 앞에 차를 세웠다. 출장 중인 외무사원 특별 할인이라는 문구가 쓰여 있었다.

"주느비에브, 내 팔에 기대요…… 예, 방 하나 주세요. 그리고 따끈한 그로그 한 잔 빨리 가져다주세요! 아내가 많이 아파요. 얼른 뜨거운 걸로 한 잔 갖다주세요!"

출장 중인 외무사원에게는 특별 할인이라. 어째서 이 구절이 그렇게도 초라하게 느껴진 것일까?

"자, 여기 많아요. 그럼 좀 나아질 거예요."

부탁한 그로그는 왜 이리 안 올까? 출장 중인 외무사원에게는 특별 할인이라…….

노쇠한 웨이트리스가 서둘러 달려왔다.

"아이고, 부인. 딱하기도 하셔라. 몹시 떨고 계시는군요. 얼굴은 창백하시고. 물 끓일 주전자라도 하나 가져다 드리지요. 14호실입니다. 아주 널찍하고 깨끗한 방이죠. 그럼 손님, 숙박계를 좀 써주십시오."

잉크 얼룩이 묻은 펜을 손에 들자, 그는 문득 그녀와 자신의 성이 다르다는 것을 깨달았다. 아마도 종업원들이 주느비에브를 이상한 눈으로 바라볼 것 같았다.

'나 때문이야. 어쩌면 이리 융통성이 없는지!'

이번에도 그녀가 도와주었다.

"애인이라고 쓰면 되지 않을까요?"

그들은 파리에 대해, 앞으로 일어날 추문에 대해, 당황해 어쩔 줄 몰라 하는 친지와 이웃 사람들에 대해 생각했다. 아주 곤란한 일이 지금 막 그들 앞에 나타난 것이다. 그러나 그들은 서로의 생각을 읽게 될까 두려워 입을 다물 수밖에 없었다.

베르니스는 엔진이 속을 썩인 일이나, 빗방울 몇 개를 맞은 일, 호텔을 찾느라 헤맨 10여 분을 빼고는 지금까지 정작 문제라고 할 수 있는 일은 아무것도 일어나지 않았음을 깨달았다. 그들이 극복했다고 생각했던 힘 빠지는 난관들이 그들 자신에게서 비롯되고 있었다. 주느비에브도 결국 그 자신에게 불평을 하고 있던 것이었고, 그녀 자신에게서 떼어놓으려 했던 것이 너무도 강력했던 나머지 이미 주느비에브 자신은 만신창이가 되어버리고 말았던 것이다.

그는 그녀의 두 손을 잡았다. 그러나 여전히 그 어떤 말도 소용없으리란 걸 잘 알고 있었다.

그녀는 잠이 들었다. 그의 생각이 미친 곳은 그녀와 나누게 될 사랑이 아니었다. 하지만 이상하게도 그는 몽상에 잠겼다. 지나간 일들에 대한 회상이었다. 램프의 불길이 꺼져가는 듯했다. 서둘러 램프에 기름을 부어 꺼지지 않게 해야 한다. 그리고 그 자신이 만들어내고 있는 강한 바람으로부터도 램프의 불길을 지켜줘야 한다.

하지만 이 초연함은 무엇인가. 그는 차라리 그녀가 재물에라도 욕심내기를 바랐다. 상처받고 감동받으며, 또 소리라도 질러서 갖고 싶은 것을 갖고 마는 아이처럼 굴기를 바랐다. 그러면 비록 그의 형편이 보잘것없다 할지라도, 그녀에게 줄 게 많았을 텐데 말이다. 하지만 그는 배고프지 않은 이 소녀 앞에서 초라하게 무릎을 꿇고 있지 않은가.

9

"아뇨, 그냥 좀…… 내버려 둬 줄래요…… 아…… 벌써 그렇게 됐나……."

베르니스는 일어나 있었다. 꿈속에서의 그는 마치 무거운 배를 끌고 가는 예인선처럼 몸짓 하나하나가 버거웠다. 자아의 심연으로부터 힘겹게 자아를 끌어올리는 사도의 몸짓과도 같았다. 그의 발걸음 하나하나가 마치 무희의 스텝처럼 의미심장했다.

"오! 내 사랑……."

그는 방 안을 이리저리 서성거렸다. 그 꼴이 참으로 우스웠다.

새벽은 이제 유리창의 더러움을 드러내고 있었다. 지난밤의 유리창은 짙은 푸른색이었다. 램프 불빛을 받아 사파이어의 깊은 색을 품고 있었다. 지난밤의 유리창은 멀리 별나라에까지 닿아 있었다. 꿈을 꾼다. 상상을 해본다. 뱃머리에 서 있다.

주느비에브는 자기의 몸 쪽으로 무릎을 오그렸다. 피부가 덜 구워진 빵처럼 물렁거리는 느낌이었고, 심장이 너무 빨리 뛰어 아플 지경이었다. 마치 달리는 기차 안에서 차축의 박자에 맞춰 규칙적으로 뛰고 있는 듯했다. 차창에 이마를 대면 바깥 풍경이 삽시간에 흘러간다. 그 풍경들은 검은 덩어리처럼 되어 마침내 지평선의 품속으로 평온하게 감싸진다. 죽음처럼 달콤하다.

그녀는 자신을 붙잡아달라고 소리치고 싶었다. 사랑으로 감싸 안는 두 팔은 상대의 과거, 현재, 미래를 함께 감싸 안아준다. 사랑으로 감싸 안는 두 팔은 당신 전부를 그러안아준다.

"괜찮아요…… 그냥 좀 내버려 둬요……."

그리고 그녀는 자리에서 일어났다.

10

베르니스는 이 결정이 자신들의 의지와 무관하게 이뤄진 것이라고 생각했다. 모든 게 이렇다 할 대화도 오가지 않은 채 진행됐다. 이렇게 돌아가는 게 어쩌면 미리 짜인 각본이 아니었나 하는 생각마저 들었다. 몸이 이렇게 아픈 상태에서는 여행을 계속할 수 없었다. '나중이 되면 알겠지. 에를랭 또한 멀리 갔다 오느라 잠시 자리를 비운 상태였으므로, 모든 건 곧 본디대로 자리 잡을 것이다.' 베르니스는 모든 게 이토록 간단해 보일 수 있다는 것에 자못 놀랐다. 실상은 그렇지 않다는 것 또한 그는 잘 알고 있었다. 수월하게 처신할 수 있는 건 바로 그들이었다.

게다가 그는 그 자신에 대해서도 의심이 들기 시작했다. 그는 이번에도 환상 앞에 주저앉고 말았음을 잘 알고 있었다. 하지만 그 환상의 깊이란 얼마나 되던가? 오늘 아침 잠에서 깨어나며 그는 이 낮고도 초라한 천장 앞에서 곧 생각에 잠겼었다.

'그녀의 집은 한 척의 배 같았다. 이 집은 세대에서 세대로 전해줬지. 여기든 저기든 여행의 방향은 정해져 있지 않지만 표가 있다는 것, 객실이 있고 노란색 짐가방이 있다는 것만으로도, 배에 몸을 싣는다는 것만으로도 얼마나 안심이 되는가.'

그는 아직 자신이 괴로움을 느끼고 있는 것인지 알 수가 없었다. 그는 그저 비탈진 길을 따라가고 있었을 뿐이고, 미래는 대책 없이 다가오고 있었기 때문이다. 사람이란 스스로를 포기하고 나면 괴로움을 느끼지 못하는 법이다. 심지어 슬픔에 대해서조차 되는대로 몸을 맡겨버리고 나면 고통은 더 이상 느껴지지 않는다. 나중에 몇몇 장면을 회상하며 그는 고통을 느끼게 될 것이다. 따라서 그는 자신들이 맡은 바 역할의 제2막을 편안하게 연기할 수 있음을 알고 있었다. 몇몇 장면들은 이미 예고되어 있었기 때문이다. 여전히 잘 돌아가지 않는 엔진에 박차를 가하면서 그는 그런 생각을 했다. 어쨌든 도착할 것이다. 비탈길을 따라가고 있으니까. 그러나 늘 그렇듯이 목적지까지는 내리막길 그림자가 붙어 다녔다.

퐁텐블로[4] 근처에서 그녀는 목이 마르다고 했다. 시골 풍경 하나하나가 낯이 익은 곳이었다. 베르니스는 자연스레 안정됐다. 그는 마음이 놓였다. 낮이면 떠오르는 필연적 풍경이었다.

그들은 허름한 가게에 들러 따뜻한 우유를 주문했다.

서두를 필요가 뭐 있겠는가? 그녀는 우유를 조금씩 나눠 마셨다. 서두를 필요가 뭐 있겠는가? 이들에게 일어나는 모든 일은 필연적이었다. 늘 그렇듯이 필연성의 이미지다.

그녀는 한결 부드러워진 모습이었다. 그녀는 이런저런 일들에 대해 그에게 고마움을 표했다. 그들의 관계는 어제보다 훨씬 여유가 있어 보였다. 그녀는 문간에서 모이를 쪼아 먹고 있는 작은 새를 가리키며 미소를 짓기도 했다. 문득 그녀의 얼굴이 새로워 보였다. 이런 얼굴을 언제 본 적이 있던가?

그렇다. 그건 여행객의 얼굴이었다. 잠시 자신의 삶에서 벗어날 여행객의 얼굴이었다. 플랫폼에 서 있는 여행객의 얼굴. 이미 얼굴에 웃음이 서려 있고, 이유를 알 수 없는 흥분기가 느껴지는 그런 얼굴이다.

그는 다시금 그녀를 바라보았다. 고개를 숙이고 상념에 잠긴 듯한 그녀의 옆모습이 보였다. 그녀가 조금이라도 고개를 돌렸다면, 그는 그녀를 잃어버리고 말았을 것이다.

그녀는 여전히 그를 사랑하고 있는지 모른다. 그러나 연약한 소녀와 다를 바

---

4) Fontainebleau. 파리와 상스의 중간쯤에 위치한 소도시.

없는 이 여자에게서 너무 많은 것을 요구하면 안 된다. 물론 그는 '당신에게 자유를 돌려주겠소'라는 식의 한심한 문장은 내뱉을 수 없었다. 그는 자신이 무엇을 할 것인지, 자신의 미래에 대해 이야기했다. 그가 계획하던 삶 속에서 그녀는 포로가 아니었다. 그에게 고마움을 표하기 위해, 그녀는 작은 손을 그의 팔에 얹었다.

"당신은 내 전부예요. 사랑하는 당신…… 당신이 내 전부예요."

그건 사실이었다. 하지만 그는 이 말을 듣고, 자신들이 서로 인연이 아님을 깨달았다.

그녀는 고집스러우면서도 상냥한 사람이었다. 완강하고 가혹하며 모순된 구석이 있었지만, 본인은 그 사실을 몰랐다. 하찮은 물건일지언정 무슨 수를 써서라도 지켜내고 마는 사람이었다. 그녀는 조용하고도 상냥한 사람이었다.

그녀는 남편인 에를랭과도 인연이 아니었다. 그 또한 그 사실을 알고 있었다. 남편에게로 돌아가서 다시 이전의 삶을 살아가겠다던 얘기가 그에게는 괴롭게만 들렸다. 그렇다면 그녀의 인연은 무엇이었을까? 지금의 그녀 모습이 고통스러워 보이지는 않았다.

이들은 다시 길을 떠났다. 베르니스는 왼쪽으로 고개를 돌렸다. 괴롭지 않으리란 사실을 잘 알고 있었다. 다만 자기 안에 살고 있는 바보 하나가 크게 상처를 입어 뭐라 설명할 수 없는 눈물을 흘리고 있을 뿐이었다.

파리는 조용했다. 그다지 대수로운 일은 없었다.

11

그 모든 게 다 무슨 소용이란 말인가? 도시는 그의 주변에서 부질없는 소란을 떨고 있었다. 그 번잡함 속에서 그는 아무것도 얻을 수 없다는 사실을 잘 알고 있었다. 그는 자신과는 아무 상관없는 군중 사이를 거슬러 천천히 올라가면서 생각에 잠겼다.

'내가 있을 때나 없을 때나 이곳은 늘 똑같군.'

그는 오래지 않아 떠날 것이다. 차라리 잘됐다. 그는 자신이 하는 일이 물질의 끈으로 얽혀 있어 어쩔 수 없이 다시 현실로 돌아가게 되리라는 것을 알고 있었다. 또한 일상생활에서는 사소한 일이라도 매우 중요해지고, 정신적 황폐함도 얼마쯤 퇴색된다는 점을 알고 있었다. 기항지에서 오가는 농담 몇 마디 또한 나름의 맛을 지니게 될 것이다. 이상하긴 했지만 분명한 사실이었다. 하지만 그는 그 자신에 대해서도 흥미가 없는 상태였다.

그는 마침 노트르담 사원을 지나던 길이어서 그 안으로 들어갔다. 그는 너무 많은 인파에 놀라 기둥 뒤로 몸을 피했다. 그는 대체 왜 이곳에 들어온 걸까. 스스로도 그 이유가 궁금했다. 어쨌든 얼마간의 시간적 여유가 있어 그곳에 들른 것만은 분명했다. 밖에서의 시간은 아무런 의미 없이 흘러가버리지 않던가. 그렇다. '밖에서의 시간은 아무런 의미 없이 흘러가지.' 그는 또한 자신에 대해 다시 한번 생각해 볼 필요성을 느꼈다. 그리하여 그는 정신적인 규율에라도 의존하는 것처럼 신앙에 몸을 맡겨버린 것이다. 그리고 스스로 타일렀다. '만약 나 자신을 표현해 주고 나를 추슬러주는 한마디를 찾아낸다면, 그것이 나에게는 진실이 될 것이다.' 그러고는 힘없이 이렇게 덧붙였다. '그래도 나는 그 말을 믿지 않을 테지.'

문득 그는 자신이 아직도 머나먼 뱃길 여행을 하고 있는 듯한 느낌이 들었으며, 그렇게 도망치려는 시도로 자신의 삶 전체가 허비되었다는 생각이 들었다. 그리고 설교의 시작은 마치 하나의 출발 신호탄처럼 그를 불안하게 만들었다.

"천국은……."

설교가 시작되었다.

"천국은……."

신부는 널따란 설교단의 가장자리에 두 손을 얹고 신도들을 향하여 몸을 굽혔다. 빼곡히 들어찬 신도들은 모든 것을 빨아들여 자양분을 얻으려는 듯했다. 갑자기 갖가지 영상이 범상치 않은 확신과 더불어 그의 뇌리를 스쳐갔다. 신부는 그물에 걸린 물고기가 떠오른 듯 곧바로 이어갔다.

"갈릴리의 어부가……."

신부는 오랫동안 사람들의 기억 속에 남을 만한 단어들만 사용했다. 그는 신도들에게 느릿느릿 영향력을 행사하고 있었으며, 달리기 선수가 보폭을 늘려가듯 서서히 목소리를 높여갔다.

"만일 여러분이, 만일 여러분께서 그 끝없는 사랑을 아신다면……."

그는 조금 숨을 헐떡거리며 잠시 말을 끊었다. 감정이 너무 북받쳐 오른 탓에 설교를 이어가기가 힘들었기 때문이다. 그가 보기엔 지극히 진부한 단어 하나까지도 너무 많은 의미를 담고 있는 것 같았다. 또한 신부는 더 이상 할 말 안 할 말에 대한 분별 능력을 상실한 듯 보였다. 밀랍 양초의 불빛은 그에게 밀랍의 얼굴을 만들어주었다. 신부는 몸을 일으켜 세우고 두 손은 설교대에 받친 채 고개를 쳐들고 몸을 빳빳이 세워 올렸다. 그가 긴장을 풀면 신도들도 바닷물 출렁이듯 약간 술렁거렸다.

이어 신부는 머릿속에 단어들을 떠올린 뒤 포문을 열었다. 이번에는 놀랄 만한 확신을 갖고 설교를 해나갔다. 신부는 자신의 힘이 얼마나 센지 아는 하역 일꾼의 경쾌함을 보여주었다. 설교는 마치 누군가가 그에게 짐을 건네주듯 외부에서 전달된 힘이 그의 속으로 들어갔다가, 다시 그 입을 통해 나오는 것 같았다. 그런 식으로 신도들에게 전달하려는 내용과 이미지가 어렴풋하게나마 그의 내부에서 떠오르는 것 같았다.

설교는 이제 막바지에 다다르고 있었다.

"나는 모든 생명의 근원이로다. 나는 그대들에게로 파고들어 가 그대들을 소생시켜주고 다시 밖으로 빠져나오는 조수(潮水)와 같도다. 나는 그대들 속으로 들어가 마음을 혼란시키고 물러나는 악이로다. 그대들 속에 들어가서 영원히 남아 있는 사랑이로다.

그대들은 제4복음서[5]와 마르키온[6]을 내세우며 나에게 대항하려 하도다. 그리하여 복음서에 없는 변조된 말을 하고 있도다. 그대들은 내게 대항하여 인간의 저 하찮은 논리를 들먹이고 있으나, 나는 거기에서 초월한 자요, 바로 그 논리로부터 나는 그대들을 구원해 주고 있도다.

죄인들아, 내가 하는 말을 알아들을지어다. 나는 그대들을, 그대들의 학문에서, 그대들의 공식에서, 그대들의 율법에서, 그대들의 정신적 노예살이에서, 숙명보다 더 가혹한 결정론에서 자유롭게 해주노라. 나는 갑옷의 벌어진 틈이자 감옥의 창살이며, 계산상의 오류로다. 나는 곧 삶이니라.

그대들은 별들의 운행을 이론으로 만들어버렸다. 실험실에서 연구하는 이들이여, 그대들은 이제 별들의 운행에 대해 더 이상 알지 못하게 되었도다. 이

---

5) 요한복음서.

6) Marcion. 초기 기독교에서 이단시된 성서학자. 율법을 배격하고 복음에의 신앙만을 강조했다.

는 그대들이 학습하는 책 속에서 하나의 기호로만 나타날 뿐, 그 빛은 더 이상 존재하지 않는다. 그대들은 어린아이보다도 모르게 되었도다. 그대들은 인간의 사랑을 지배하는 법칙까지 발견했으나, 이 사랑 또한 그대들의 기호에서 벗어난다. 그대들은 한낱 어린 소녀보다도 사랑에 대해 알지 못하는 자들이 되어버렸도다. 괜찮다, 내게로 오라. 이 감미로운 빛과 이 빛나는 사랑을 내 그대들에게 돌려주리라. 나는 그대들을 노예로 삼으려는 게 아니라 그대들을 구원해 주려는 것이니라. 처음으로 만유인력의 법칙을 계산하여 그대들을 그 속박 속에 가두었던 자로부터 그대들을 해방시켜 주리라. 내 집만이 유일하게 그대들을 구원해 줄 곳일진대, 내 집 밖에서 그대들은 무엇이 되겠는가?

나의 거처 밖에서, 뱃머리 위로 부딪치는 바닷물의 흐름같이 모든 시간의 흐름이 온갖 의미로 충만한 이 선박의 바깥에서 그대들은 과연 무엇이 되겠는가? 무릇 바닷물의 흐름이란 소리는 내지 않아도 섬들을 솟아오르게 하는 힘을 가지고 있다. 그게 바로 바닷물의 힘이니라.

내게로 오라. 헛된 노력의 쓰라림을 맛본 그대들이여, 내게로 오라.

내게로 오라. 법칙밖에 이끌어내지 못하는 생각의 쓰라림을 맛본 그대들이여, 내게로 오라……"

신부는 두 팔을 활짝 벌렸다.

"나는 거두어주는 자이니라. 나는 세상의 죄악을 짊어졌노라. 나는 어린 양을 잃은 짐승들과 같은 그대들의 비애와 불치병을 짊어졌도다. 그에 따라 그대들은 슬픔을 덜어내게 되었도다. 하지만 오늘날을 살아가는 그대들의 죄악은 더욱 끔찍하고 더욱 치유하기 힘든 상태이다. 하지만 나는 다른 것과 마찬가지로 오늘날의 이 죄악을 짊어질 것이니라, 더욱 무거운 영혼의 굴레라도 나는 이를 짊어지고 갈 것이니라.

나는 세상의 모든 짐을 짊어지는 자이니라."

베르니스의 눈에는 좌절한 신부의 모습이 보였다. 신의 계시를 얻기 위한 부르짖음이 아닌 탓이었다. 그가 스스로 묻고 스스로 답했던 탓이었다.

"그대들은 장난하는 어린아이와 같도다. 매일매일 헛된 노력으로 기력을 소진하는 그대들이여, 내게로 오라. 그대들의 노력에 내가 의미를 부여해 주리라. 이 노력들은 그대들의 마음속에 자리 잡을 것이고, 나는 이를 인간사(人間事)

로 만들 것이니라."

그의 설교는 신도들 사이를 파고들었다. 신부의 설교는 더 이상 베르니스의 귀에 들어오지 않았으나, 그가 했던 말속에 무언가가 하나의 동기처럼 그에게 전해져 왔다.

"나는 이를 인간사로 만들 것이니라……."

베르니스는 시름에 잠겼다.

"오늘날의 연인들이여, 내게로 오라. 메마르고 가혹하며 절망적인 사랑을 내가 인간사로 만들어주리라.

내게로 오라. 육체에 대한 갈망과 서글픈 귀로(歸路)를 내가 인간사로 만들어주리라."

베르니스는 비애감이 점점 더 커져가는 걸 느꼈다.

"나는 인간에게 감탄했던 자이기 때문이니라……."

베르니스는 혼란스러웠다.

"나만이 인간을 인간답게 되돌려줄 수 있는 자이로다."

신부는 입을 다물었다. 지친 그는 제단 쪽으로 몸을 돌렸다. 신부는 여태껏 자신이 찬양해온 하느님을 경배했다. 그는 마치 모든 것을 바친 사람처럼, 육신의 기력이 다한 것도 무슨 제물이기나 한 것처럼 자기 자신을 미천한 존재로 여겼다. 그는 무의식 중에 자기 자신을 그리스도와 동일시했다. 제단 쪽으로 돌아선 그는 놀랍도록 천천히 말을 이어갔다.

"전능하신 아버지시여, 저는 저들을 믿었나이다. 그게 제 삶을 전부 내어준 까닭이옵니다……."

그는 마지막으로 신도들을 굽어보며 덧붙였다.

"그대들을 사랑하기에……."

이어 그는 몸을 떨었다. 베르니스는 장내의 고요함이 범상치 않게 느껴졌다.

"아버지의 이름으로……."

베르니스는 생각했다.

'이 얼마나 절망스러운가! 신덕(信德)은 다 어디로 갔단 말인가? 나는 신덕을 듣지 못했다. 내가 들은 건 오직 완벽하게 절망스러운 하나의 외침이었을 뿐이다.'

베르니스는 밖으로 나왔다. 곧 가로등이 켜질 시간이다. 그는 센 강변을 따라 걷기 시작했다. 나무는 움직임 없이 서 있고, 어지럽게 늘어져 있던 나뭇가지는 황혼 녘의 어스름에 꼼짝없이 잡혀 있었다. 베르니스는 계속 걸었다. 이제 마음이 잔잔해졌다. 하루가 끝나가며 평온함을 안겨주었다. 문제 하나가 해결되었을 때 찾아오는 그런 평온함이다.

그러나 이 황혼빛은…… 폐허가 된 제국을 위해 사용되는 너무나도 연극적인 배경막 같았다. 패잔병들 머리 위로 내려앉는 황혼 무렵을 표현하기 위해, 연약한 사랑의 끈이 끊어진 연인들의 분위기를 표현하기 위해 그렇게 사용되다 다음 날이면 다른 극을 위해 쓰일 그런 배경막 같았다. 스산한 저녁에는, 삶이 마지못해 나아가는 경우에는 장차 어떤 비극이 펼쳐질 것인지 몰라 불안감을 조성하는 그런 배경막 같았다. 아, 이렇듯 인간적인 불안으로부터 그를 구해 줄 무언가가 필요했다.

그때 가로등에 일제히 불이 들어왔다.

12

택시와 버스들이 뒤엉켜 있다. 말로 표현할 수 없을 정도로 번잡하다. 베르니스, 그냥 길을 잃어버리는 것도 좋지 않겠는가? 아둔한 사람 하나가 아스팔트에 붙박이로 서 있다. "갑시다, 좀 비켜서요." 인생에서 단 한 번 만나는 여자들이다. 단 한 번뿐인 기회다. 저기 몽마르트르에서는 더욱 생생한 불빛이 흘러나온다. 벌써 거리의 여자들이 치근거린다. "세상에, 어서요!" 저쪽에서는 또 다른 여자들이 오고 있다. 에스파냐의 창녀들이 보석 상자처럼 지나간다. 그 속에 있으면 예쁘지 않은 여자들도 그럴듯해 보인다. 수백 프랑에 달하는 진주를 꼭 위에 꿰어 차고 손에는 주렁주렁 반지를 끼고 있다. 고깃덩이인 온몸을 사치로 휘감은 모습이다. 안절부절못하는 여자가 하나 또 있다.

"이거 놔! 이 삐끼 녀석, 내가 널 모를 것 같아? 저리 꺼져! 날 좀 지나가게 해 달라고. 나도 먹고살아야지!"

이 여자는 베르니스 앞에서 밤참을 먹었다. 여자는 뒤쪽이 V자 모양으로 깊게 파여 등이 훤히 다 드러난 이브닝드레스를 입고 있었다. 베르니스는 여자의 목덜미와 훤히 드러난 어깨, 눈부실 정도로 맨살이 보이는 등판을 바라봤다. 빠르게 온몸에 전율이 흘렀다. 언제나 새롭게 만들어지는 이 여체, 언제나 손에 넣을 수 없게 하는 실체, 그것이었다. 여자가 고개를 숙이고 한 손으로 턱을 괸 채 담배를 피우고 있었기 때문에 그는 그녀의 등 쪽에서 펼쳐지는 허허벌판 밖에는 볼 수가 없었다. '마치 벽 같군.' 그는 생각했다.

댄서들이 춤을 추기 시작했다. 스텝은 유연했고, 발레의 혼이 저들에게 영혼을 빌려주었다. 베르니스는 저들의 움직임을 균형 있게 끊어주는 이 리듬을 좋아했다. 금방이라도 흐트러질 수 있는 균형이었으나, 댄서들은 늘 놀라우리만큼 확실하게 균형을 되찾았다. 그녀들은 이제 막 제대로 이미지가 구축되려는 찰나에 균형이 흐트러지면 어떡할지를 늘 걱정했고, 또한 휴지기(休止期)나 죽음과 같은 순간에 다다르면 이렇게 구축해 놓은 모양을 어떻게 하면 동작으로 풀어낼 수 있을까를 염려했다. 이는 욕구의 발현이기도 했다.

그의 앞에 있는 저 신비로운 등은 호수 표면처럼 매끄러웠다. 하지만 가벼운 몸짓, 생각이나 떨림만으로도 수면은 커다란 파장을 일으키며 출렁거렸다. 베르니스는 생각했다.

'내게는 저기 저 아래 어둠 속에서 요동치는 모든 것이 필요하다.'

댄서들은 모래 위에 몇 가지 수수께끼 같은 동작들을 그려 보이고 이를 흔적도 없이 지워버린 뒤 객석에 인사를 했다. 베르니스는 그중 가장 경쾌하게 추었던 댄서를 손짓해 불렀다.

"춤을 잘 추는군."

그는 잘 익은 열매살 같은 여자 몸의 무게를 짐작해 봤다. 생각보다 무게가 있음에 그는 자못 놀랐다. 풍만한 몸매였다. 여자는 자리에 앉았다. 그녀의 시선은 강렬했고, 미끈한 목덜미는 황소의 목덜미를 연상시켰다. 또한 그녀의 몸에서 유연성이 가장 떨어지는 관절 부위였다. 여자의 얼굴은 세련되어 보이는 편은 아니었으나, 전체적으로 얼굴에서부터 몸 전체를 감싸는 평온함이 묻어났다.

베르니스는 여자의 머리카락이 온통 땀에 젖어 착 달라붙어 있는 것을 발견했다. 분장한 피부 안쪽으로 주름이 팬 것이 보였고, 차림새는 후줄근했다. 춤추기를 마친 그녀는 무언가 나사 하나가 빠진 듯 모자라 보였고 서툴러 보였다.

"무슨 생각을 그렇게 하죠?"

그녀는 어색하게 물어왔다.

밤에 부산 떠는 모든 건 저마다 나름의 의미를 갖고 있다. 웨이터의 움직임, 택시기사 및 호텔 지배인의 움직임 등 모든 움직임에 의미가 있었다. 이들은 자신의 직업을 수행한 것이었고, 그 노력으로 말미암아 그의 앞에 이 샴페인 잔이 놓이고 이 지쳐 있는 여인이 앉아 있는 것이었다. 베르니스는 직업이라는 무대를 통해서 인생을 바라봤다. 거기에는 선도, 악도, 감정의 동요도 없었다. 오로지 한 팀을 이루고 있는 사람들처럼 판에 박히고 중립적인 노동만이 있을 뿐이다. 동작 하나하나를 집결시켜 이로써 하나의 언어를 만들어내는 이 춤 또한 이방인의 방식으로만 말할 수 있을 뿐이었다. 오직 이방인만이 그 의미를 파악할 수 있었으며, 이곳 사람들은 모두 그 의미를 잊은 지 오래였다. 똑같은 아리아를 수백 수천 번 연주하는 음악가가 자신이 연주하는 곡의 의미를 잃어버리는 것과 같은 이치다. 여기에서 댄서들은 투사되는 조명을 받으며 스텝을 밟고 표정을 지어 보였지만 어떤 생각을 하고 있는지는 도통 알 수가 없었다. 어떤 이는 아파져 오는 다리 생각만 했을 것이고, 또 어떤 이는 무대가 끝난 뒤 연인과 만날 생각을 했을 것이다. '빚이 100프랑인데……'라는 생각을 한 이가 있는가 하면, 시종일관 '힘들어'라는 생각을 한 이가 있었을 것이다.

이미 그의 흥분은 완전히 가시고 난 뒤였다. 그는 속으로 이렇게 생각했다. '아가씨는 내가 원하는 걸 아무것도 해 줄 수가 없어.'

하지만 그는 외로움이 너무나도 지독했던 나머지, 그녀를 필요로 하게 되었다.

13

여자는 말이 없는 이 남자가 두려웠다. 한밤중에 깨어나 옆에서 잠든 그를 보고 있자니, 자신이 사람들에게 잊힌 채로 어떤 인적 없는 모래사장에 홀로 버려진 듯한 느낌이 들었다.

"나 좀 꼭 안아줘요!"

그래도 여자는 폭발적인 애정을 느끼고 있었다. 하지만 이 몸뚱이 안에는 어떤 인생이 갇혀 있는지, 저 딱딱한 머리뼈 속에는 어떤 꿈이 묻혀 있는지 도통 알 수가 없었다. 그의 곁에 모로 누워 있자니, 여자는 마치 파도가 밀려왔다 밀려가는 것처럼 남자가 들이쉬었다 내쉬었다 하는 호흡의 기운을 느낄 수가 있었다. 먼 바다를 횡단하는 불안감이 엄습했다. 그의 살갗에다 귀를 대어 보면 발동기 돌아가는 소리 같기도 하고 무언가를 부숴대는 망치 소리 같기도 한 둔탁한 심장박동 소리가 들리는데, 이때 그녀는 손에 닿지 않는 무언가가 빠르게 빠져나가는 느낌을 받았다. 적막이 흐르는 가운데, 그녀가 한마디 입을 열자, 그가 꿈속에서 빠져나온다. 그녀는 자신이 던진 말과 그가 대답하는 말 사이에 번개가 칠 때처럼 하나, 둘, 셋 하고 얼마간의 시간 간격이 있는지 세어본다. 그는 마치 저 멀리 들판 너머에 있는 것 같았다. 그가 눈을 감으면 그녀는 죽은 사람만큼 무거운 머리를 돌덩이 들어 올리듯 힘겹게 들어 올렸다. '자기, 대체 뭐가 그리 슬픈 거야······.'

참으로 기이한 동행자다.

서로 나란히 누워 있는 두 사람은 서로 말이 없었다. 나와 타인의 삶이란 강의 물줄기 나뉘듯 갈라지는 법이다. 영혼은 눈앞이 아찔할 정도로 빠르게 달아나버리고, 몸은 앞으로 튀어 나가는 카누처럼 쏜살같이 빠져나간다.

"지금이 몇 시지?"

그는 사태를 파악해본다. 정말 이상한 여행이었다.

"오, 내 사랑!"

그녀는 물에서 건져낸 듯한 헝클어진 머리를 뒤로 젖히며 그에게 달라붙었다. 잠에서 깨어나거나 정사를 끝마친 여자는 바다에서 건져낸 것처럼 이마에 머리카락이 달라붙어 흐트러진 모습을 보여준다.

"지금이 몇 시지?"

시간은 왜 자꾸 묻는 걸까? 이곳에서의 시간은 외따로 떨어져 있는 시골 간이역처럼 0시, 1시, 2시, 이렇게 뒤로 물러나 사라지는 것 같았다. 잡아둘 수 없는 무언가가 손가락 사이사이로 빠져나가는 느낌이었다. 늙는다는 것, 그건 아무것도 아니다.

"흰머리가 된 당신 모습과 그 옆에 얌전히 동무하고 있는 내 모습이 너무나도 눈에 선해요······."

늙는다는 것, 그건 아무것도 아니다.

하지만 허비해 버린 이 시간, 무언가 다른 듯한 이 고요함, 아직도 조금 더 멀리 있는 듯한 느낌, 바로 그런 게 피곤함을 몰고 왔다.

"당신 고향 얘기 좀 해줘요."

"거기는……."

베르니스는 그곳에 대해 이야기한다는 게 불가능함을 알고 있다. 도시, 바다, 고향, 모두 마찬가지다. 왠지 모르게 떠오르는 막연한 심상이 있긴 하나, 뭐라 딱히 꼬집어 설명할 순 없다.

그는 손으로 이 여인의 허리를 만져본다. 사람의 몸 가운데 가장 무방비인 곳이다. 여체, 살아 숨 쉬는 육체 중 가장 꾸밈없는 알몸이자, 가장 달콤한 빛을 발하는 알몸이다. 그는 여체에 활기를 불어넣어 주며 태양처럼 뜨겁게, 내부 기온이 오르는 것처럼 은근하게, 그렇게 여체를 데워주는 이 신비로운 삶에 대해 생각해 봤다. 베르니스는 그녀가 다정하지도, 그렇다고 예쁘지도 않다고 생각했다. 하지만 그녀는 포근한 사람이었다. 동물처럼 포근함을 안겨주는 그런 사람. 그녀에겐 생동감이 있었다. 또한 그녀의 심장은 쉼 없이 뛰고 있었다. 그녀의 심장은 자신의 것과 달리 몸속에 가둬진 샘과 같이 느껴졌다.

그는 몇 초 동안 자기 몸속에서 치솟아 올라 미친 새처럼 날개를 퍼덕이다 죽어버린 관능의 쾌락을 생각해 본다. 그런데 지금은…….

지금 유리창에서는 하늘이 파르르 떨리고 있다. 남자의 욕망에 굴복하여 사랑을 나눈 뒤, 완전히 무너져버린 여인이 여기 있다. 영예를 박탈당한 여인이 여기 있다. 여인은 차디찬 별들 가운데로 내쳐졌다. 마음의 풍경이란 이렇듯 빠르게 변해가는 것이다…… 욕망을 거치고, 애정을 거치고, 불의 강을 건넌 뒤에는 그렇듯 빠르게 변해버리고 만다. 이제는 육체를 벗어나서 순수하고 냉정하게 저 바다를 향한 뱃머리에 서 있다.

14

말끔하게 정돈된 기차 안 휴게실은 플랫폼과 비슷한 분위기를 자아냈다. 베르니스는 파리에서 기차를 기다리느라 무려 한 시간을 허비했다. 차창 유리에 이마를 기댄 채, 베르니스는 사람들의 모습이 지나가는 걸 바라본다. 그는 이 흐름에서 멀리 떨어져 있다. 저마다 무언가 계획을 하나씩 구상하며 바쁘게 움직인다. 그와는 무관한 일들이 서로 긴밀하게 연결되어 있다. 지금 지나가는 이 여인은 열 걸음 정도를 간신히 내디딘 뒤 다른 시간에 속한 사람이 되고 만다. 저기 저 군중은 눈물과 웃음을 안겨주던 생명체였다. 그리고 지금 저 군중은 죽은 자들의 행렬처럼 보인다.

제3부

1

유럽과 아프리카는 낮 동안 여기저기서 있었던 폭풍우 뒤처리를 하면서 분주히 밤을 보낼 채비를 했다. 그라나다의 폭풍우는 잠잠해졌고, 말라가에서는 비로 바뀌었다. 하지만 어떤 지역에서는 여전히 돌풍이 요동을 치며 나뭇가지와 잎사귀를 뒤흔들어놓았다.

툴루즈, 바르셀로나, 알리칸테에서는 우편기를 서둘러 떠나보내고 나서, 장비들을 정리하고 비행기를 안으로 들인 뒤, 격납고 문을 닫았다. 낮에 우편기가 지나가기로 되어 있는 말라가에서는 따로 조명등을 준비할 필요가 없었다. 게다가 우편기는 착륙하지도 않을 예정이었다. 오늘 역시 아프리카 바닷가로는 눈길도 주지 못한 채 오로지 나침반만 들여다보면서 20미터의 저공비행으로 해협을 건너가야 할 판이다. 세찬 서풍은 바다를 움푹움푹 패어놓았고, 파도는 하얗게 부서졌다. 정박해 있던 배들은 바람 속에서 심하게 흔들렸고, 뱃머리가 바람에 드러난 범선들은 바다 한가운데 떠 있는 것처럼 격렬하게 흔들렸다. 동쪽으로는 지브롤터 해협에서 저기압이 형성되어 비가 억수로 퍼붓고 있었다. 서쪽으로는 구름이 한층 더 높이 올라갔다. 바다 저편 탕헤르에서는 비가 세차게 쏟아지는 가운데 안개가 피어올랐다. 비가 너무나도 억수같이 쏟아져서 마치 도시를 헹구어주는 느낌이 들었다. 지평선에는 뭉게구름이 맥맥이 층을 이루고 있었지만, 라라슈 쪽으로 가면서는 청명한 하늘이 모습을 드러냈다.

카사블랑카는 탁 트인 맑은 하늘 아래서 마음껏 숨을 쉬고 있었다. 정박해둔 범선들은 전투를 끝마친 양 항구를 수놓고 있었다. 폭풍우가 한바탕 휘젓고 간 바다 표면은 기다란 물결이 부챗살 모양으로 퍼져나가고 있을 뿐, 다른 건 아무것도 없었다. 해질 무렵 평야는 더욱 선명한 초록빛을 띠었고, 물처럼 깊어 보였다. 도심 곳곳은 여전히 비에 젖어 반짝거렸다. 발전소의 전기기사들은 손을 놓고 기다리는 중이었다. 아가디르 비행장의 기사들은 비행기가 도착하려면 아직 네 시간 정도의 여유가 있었기 때문에 시내에 나가 저녁 식사를 했다. 포르에티엔, 생루이, 다카르의 직원들은 한숨 잘 수도 있는 시간이었다.

저녁 8시, 말라가의 무선국에서 다음과 같은 통보가 왔다.

무전 : 우편기 착륙하지 않고 통과.

카사블랑카에서는 조명 장치의 작동 여부를 점검했다. 붉은 항공 표지등 불빛이 밤하늘의 한 귀퉁이를 직사각형으로 오려내는 듯했다. 여기저기 등이 나간 램프는 마치 군데군데 이가 빠진 것 같은 형상이었다. 이어 두 번째 차단기가 올라가자, 표지등이 켜지면서 우윳빛과 같은 뽀얀 빛다발이 비행장 중앙으로 쏟아져나왔다. 빠진 거라곤 배우밖에 없는 완벽한 무대였다.

반사경의 방향이 바뀌었다. 보일 듯 말 듯한 빛줄기가 걸려 있는 젖은 나무는 수정처럼 반짝거렸다. 그런 다음 하얀 임시 건물이 위용을 드러냈고, 건물 그림자가 한 바퀴 원을 그린 뒤 건물은 곧 자취를 감추었다. 끝으로 할로겐 탐조등 빛줄기가 다시 아래로 내려오며 제자리를 찾았고, 비행기를 위해 흰색의 테두리를 만들어주었다.

주임이 말했다.

"좋소, 스위치를 끄시오."

그는 다시 사무실로 올라가 최종서류를 점검하고 멍하니 전화기를 바라봤다. 라바트[1]에서 곧 전화가 걸려올 것이다. 모든 게 준비됐다. 정비공들은 휘발유통과 나무 상자 위에 둘러앉아 있었다.

아가디르에서는 무슨 영문인지 도통 알 수 없었다. 그들의 계산에 의하면, 우편기는 이미 카사블랑카를 떠났어야 옳다. 어찌 됐든 비행기의 행방이 윤곽을 드러내길 기다리고 있었다. 금성을 기체(氣體) 날개의 현등으로 잘못 안 것이 벌써 여남은 번 되었고, 이제 막 북쪽에서 떠오른 북극성 역시 현등으로 잘못

---

1) Rabat. 카사블랑카의 북동쪽. 대서양 연안의 부레그레그강(江) 하구 좌안에 위치한 도시. 모로코의 수도.

보였다. 탐조등을 밝히기 위해 사람들은 별 하나가 나타나길 학수고대했다. 별자리 가운데에서 제자리를 못 잡고 방황하는 하나의 별이 보이기만을 간절히 기다리는 것이었다.

비행장 주임은 곤혹스러웠다. 그 우편기가 도착하면, 다음 착륙지로 출발시켜야 하는가? 남쪽으로는 짙은 안개가 깔려 있으며, 이 안개가 모로코 남부의 우에드[2] 눈(Noun), 나아가 쥐비곶까지도 이어져 있을 상황이 불안했다. 그리고 쥐비는 무선국의 호출에도 묵묵부답이었다. 야간에 구름더미 속으로는 프랑스발 아메리카행 우편기를 띄울 수가 없다. 더욱이 사하라의 이곳 기지는 그에게 여전히 미스터리였다. 그렇지만 쥐비에서 세상으로부터 고립되어 있던 우리는 난파당한 배처럼 조난 신호를 타전했다.

무전 : 우편기 소식을 알려 달라. 우편기 소식을⋯⋯.

같은 메시지로 우리를 성가시게 괴롭히는 시스네로스에 우리는 더 이상 응답을 해주지 않고 있었다. 그렇게 1,000킬로미터를 사이에 두고 우리는 그 밤에 서로 무의미한 불평만을 늘어놓고 있었다.

모두의 긴장이 풀린 건 저녁 8시 50분이었다. 카사블랑카와 아가디르가 서로 전화 연락을 취할 수 있게 된 것이었다. 우리의 무전기도 다시 작동되기 시작했다. 카사블랑카에서 메시지를 보내면, 그 메시지가 그대로 다카르에까지 중계되었다.

무전 : 우편기, 22시에 아가디르로 출발 예정.

무전 : 여기는 아가디르. 쥐비에 알림. 우편기, 0시 30분에 아가디르 도착 예정. 쥐비까지 속항시켜도 좋겠는가?

무전 : 여기는 쥐비. 아가디르에 알림. 안개가 짙음. 동이 틀 때까지 기다릴 것.

---

2) 장마철 일시적인 강.

무전 : 여기는 쥐비. 시스네로스, 포르에티엔, 다카르에 알림. 우편기, 금일 아가디르에서 묵을 예정.

카사블랑카에서 베르니스는 항공일지에 서명하고는 전등 불빛 아래에서 눈을 깜빡거렸다. 비행 중에도 그의 눈은 즐길 만한 것을 찾지 못했었다. 물과 육지의 경계에서 그에게 길 안내를 해주며 하얗게 부서지던 파도를 본 것에 그나마 감사를 표해야 했다. 이제 사무실에 있게 된 그의 눈에 들어온 것은 서류함, 하얀 종이 더미, 육중한 가구 등이었다. 집기들이 풍부하게 들어찬 꽉 채워진 세상이었다. 문구멍 속으로 들여다보이는 그곳은 어둠과는 무관한 세계였다.

열 시간 동안이나 바람을 맞은 탓에 그의 두 뺨은 벌겋게 달아올라 있었다. 머리에서는 물방울이 흘러내렸고, 그는 맨홀 뚜껑을 열고 올라오는 하수도 공사 인부처럼 밤의 세계를 빠져나왔다. 무거운 장화에 가죽옷을 입고, 이마에는 머리카락이 착 달라붙은 채로 고집스럽게 두 눈을 깜박거렸다. 그는 동작을 멈추었다.

"이대로 계속 비행을 하라는 겁니까?"

서류를 훑어보며 비행장 주임은 무심하게 대답했다.

"당신은 하라는 대로만 하면 됩니다."

베르니스는 이미 주임이 자신에게 출발을 강요하지 않을 거란 사실을 알고 있었고, 오히려 떠나겠다고 나서는 건 자기 쪽이 될 것임을 모르지 않았다. 하지만 각자 자신이 그 판단을 내리고 싶어 했다.

"차라리 저를 가스핸들이 있는 벽장 안에 눈 가리고 처넣은 뒤, 그 물건을 아가디르까지 운반해 가라고 말씀하시죠. 제게 원하시는 게 그거 아닙니까?"

잠시나마 인사(人事) 사고를 생각하기에는 그는 속이 너무 복잡했다. 그런 건 마음을 비운 사람들에게나 가능한 일이다. 하지만 벽장에 처박아 날려버린다는 이미지는 그에게 충분한 위협이 되는 것이었다. 불가능한 일도 있는 거다. 그래도 그라면 성공하고 말겠지만……

비행장 주임은 문을 살짝 열어 어둠 속으로 담배꽁초를 집어던졌다.

"저기 좀 보시오……"

"뭘 말입니까?"

"별들 말이오."

그 말에 조종사는 벌컥 화를 냈다.

"그깟 별들이 뭐가 어떻다는 겁니까? 고작 세 개가 떴을 뿐인데요. 주임님은 지금 저를 아가디르로 보내려는 거지, 화성으로 보내려는 게 아니잖습니까."

"한 시간 뒤면 달이 뜰 거요."

"달…… 달이라……."

달을 들먹이는 통에 그의 기분은 더 나빠졌다. 언제 야간 비행을 하기 위해 달이 뜨기를 기다린 적 있었던가? 도대체 나를 뭐라고 생각한단 말인가? 아직도 초보자?

"좋소. 알았으니 이제 쉬시오."

베르니스는 마음을 가라앉히고, 엊저녁부터 가지고 다니던 샌드위치를 꺼내한가로이 먹기 시작했다. 20분 뒤에 이륙할 생각이었다. 비행장 주임은 미소를 짓고 있었다. 그는 전화기를 손가락으로 톡톡 두들겼다. 그가 이륙할 거라는 사실을 알리게 되리란 건 진작부터 알고 있었다.

모든 준비가 끝난 지금, 구멍이 뻥 뚫린 기분이다. 그렇게 가끔 시간은 멈춰 선다. 베르니스는 의자에 앉아 앞으로 약간 몸을 숙이고 두 무릎 사이에 기름 범벅이 된 시커먼 양손을 낀 채 미동조차 없는 상태로 벽과 그 사이의 어느 한 점을 응시했다. 입을 살짝 벌린 채 비스듬히 앉아 있는 주임은 은밀한 신호 하나를 기다리는 듯했다. 타이피스트는 하품을 한 뒤 손으로 턱을 괴고 졸음이 몸 안으로 퍼져나가는 걸 느꼈다. 모래시계는 분명 흐르기 마련이다. 이어 멀리서 외치는 소리가 들려왔고, 일순간 모든 것이 활력을 되찾기 시작했다. 주임이 손가락 하나를 추켜올렸다. 조종사가 빙그레 웃으며 자리에서 벌떡 일어났다. 가슴은 새로운 공기로 가득 찼다.

"그럼 안녕히!"

이따금 그렇게 필름이 끊긴다. 1초 1초가 가사 상태에 빠졌을 때처럼 더욱 위중했던 부동의 상태가 수습되고, 이어 다시 삶이 활력을 되찾았다.

우선 그는 이륙을 한다는 생각보다, 파도 소리처럼 세게 때려대는 엔진의 굉음에 묻혀 자신이 습하고 차가운 동굴 속에 갇힌다는 느낌을 받았다. 그에게 힘이 되어주는 건 별로 없어 보였다. 낮에는 둥근 언덕배기, 만(彎)의 굴곡, 푸른 하늘이, 그가 속한 세상을 펼쳐 보이지만, 지금 그는 그 모든 것에서 벗어나 이런저런 요소들이 한데 뒤섞인, 형성되어가는 중인 세계 속에 있었다. 평야는 마자간, 사피, 모가도르 등 저 밑에서 유리창처럼 빛을 비춰주던 도시들을 데려가며 뒤로 물러갔다. 이어 마지막으로 농가에서 불빛을 보내왔다. 지상에서 보내오는 마지막 탐조등이었다. 갑자기 앞이 깜깜하여 아무것도 보이지 않았다.

'다시 진창 속으로 빠져든 모양이군!'

베르니스는 고도계와 경사계를 주의 깊게 들여다보며, 구름 지대를 벗어나기 위해 고도를 낮췄다. 전구의 미약한 붉은빛에 눈이 부셨다. 그는 이마저도 아예 꺼버렸다.

'됐어, 이제야 빠져나왔군. 그런데 여전히 아무것도 안 보이는걸.'

소 아틀라스산맥의 봉우리들은 표류하는 빙산처럼 반쯤 물에 잠긴 채 소리소문 없이 나타나 보이지도 않는 상태에서 지나갔다. 그는 어깨로 이들의 존재를 느낄 수 있었다.

'아무래도 예감이 좋지 않아.'

그는 뒤를 돌아보았다. 유일한 탑승객인 정비사가 무릎 위에 손전등을 올려놓고 책을 읽고 있었다. 조종석에 있는 그에게는 숙인 머리와 동체에 거꾸로 비친 그림자만 보였다. 그림자를 드리운 그 모습이 괴이하게 보였다. "이봐!" 하고 베르니스가 소리쳤으나, 그의 목소리는 외부의 소음에 묻혀버리고 말았다. 그는 비행기 동체를 주먹으로 몇 차례 두드렸다. 정비사는 여전히 고개를 숙인 채 책을 읽고 있었다. 페이지를 넘겼을 때, 그의 표정은 심란해 보였다. "이봐!" 그는 한 번 더 불러보았다. 고작 두 팔 정도 떨어진 거리인데도 도무지 의사를 전달할 길이 없었다. 정비사와의 대화를 단념한 그는 다시 앞쪽으로 몸을 바로 잡았다.

'이쯤이면 기르곳 근처에 와 있어야 하는데, 이곳은 도무지…… 이거 큰일이군…….'

그는 잠깐 생각에 잠겼다.

'바다에 너무 오래 있는 것 같은데.'

그는 나침반을 보면서 항로를 수정했다. 이상하게도 우측 난바다로 밀리는 듯한 느낌이 들었다. 왼쪽에서 정말로 산이 그를 밀어내기라도 하는 듯한 기분이었다. 그는 놀라 어쩔 줄 몰라 하는 암말처럼 불안에 떨었다.

'비가 오나 보군.'

손을 밖으로 내밀자 세찬 빗방울이 손바닥을 내리쳤다.

'20분 뒤에는 바닷가에 닿을 거야. 그럼 평야가 나올 테니 덜 위험하겠지.'

그런데 갑자기 눈앞이 환해졌다! 하늘은 거짓말처럼 구름을 걷어냈고, 별들이 물에 말끔히 씻긴 듯 반짝거렸다. 게다가 달…… 최고의 등불인 달까지 합세해주었다! 아가디르 비행장은 네온등처럼 세 번 불을 깜빡였다.

'눈이 부셔서 앞을 볼 수가 없군. 달빛까지 있는데 말이지…….'

2

쥐비곶의 새 아침이 어둠의 장막을 거둬내자, 텅 빈 듯한 무대 하나가 드러났다. 배경도 그림자도 없는 무대였다. 이 모래언덕과 스페인 요새, 사막은 늘 제자리를 지키고 있었다. 잔잔한 날씨 속에서도 초원과 바다의 풍요로움을 만들어내는 은근한 움직임은 없었다. 느릿느릿 마차를 끌고 가는 유목민들은 모래 알갱이가 변하는 걸 보았고, 그 누구의 발길도 닿지 않은 그곳에서 저녁이면 자신들의 천막을 펼쳤다. 조금만 더 움직여봤어도 내가 사막의 광활함을 느낄 수 있었을 텐데, 이 만고불역의 풍경은 싸구려 채색판화처럼 생각을 막아놓았다.

이곳 우물은 여기서 300킬로미터쯤 떨어진 곳에 있는 우물과 짝을 이루고 있었다. 겉으로 보기에는 우물도 똑같은 것 같고, 모래도 똑같은 것 같으며, 바닥에 잡힌 모래 주름 또한 똑같은 것 같다. 하지만 이를 엮어주고 있는 얼개는 완전히 새로운 것이었다. 매 순간 새로워지는 파도 거품처럼 이 또한 늘 새로운 것으로 갈아진다. 두 번째 우물에서 나는 고독감을 느꼈고, 그다음 우물에서는 외따로 분리되어 있음이 실로 신비롭게 느껴졌다.

아무런 사건도 없이, 하루가 단조롭게 흘러갔다. 그렇게 흘러가는 하루는 천문학자 망원경 속 태양의 움직임과도 같았다. 몇 시간 동안 지구의 배가 태양에 가 있는 것과도 같은 것이다. 이렇게 되면 말이란 것은 인류가 장담했던 담보물을 서서히 잃어버린다. 말에는 오직 모래만이 가둬져 있을 뿐이었다. '애정'

이라든가 '사랑'과 같은 지극히 의미심장한 단어들조차 우리의 마음속에 그 어떤 무게감도 남겨주지 못했다.

'5시에 아가디르를 출발했으니, 벌써 도착하고도 남았을 시간인데.'

"5시에 아가디르를 출발했으니, 벌써 도착하고도 남았을 시간입니다."

"그야 그렇지만…… 남동풍이 있어서요."

하늘은 온통 누런빛이었다. 몇 시간 뒤 바람이 불면 몇 달간 북풍이 빚어놓은 사막의 풍경을 완전히 뒤엎어버리고 말 것이다. 하루는 혼란 속에 빠져버린다. 비스듬히 놓인 모래언덕들은 긴 실타래처럼 모래를 흩뿌려놓을 것이며, 각각의 사구는 헤쳐졌다가 조금 더 먼 곳에서 다시 모양을 만들어낼 것이다.

조용히 귀를 기울여 본다. 아니다. 이건 바닷소리다.

항공로가 개척된 우편기라면 아무런 문제도 없다. 하지만 아가디르와 쥐비곳 사이는 아직 미개척된 항공로로, 이 구간에서 호의적인 친구는 그 어디에도 존재하지 않는다. 조금 전 하늘에서는 움직이지 않는 신호 하나가 새로이 만들어진 듯하다.

'5시에 아가디르를 출발했는데……'

사람들의 머리에는 어렴풋이 비극적인 생각이 자리 잡는다. 우편기가 고장이 났는가 싶다가, 기다리는 시간만 더 길어질 뿐 아무런 소식이 없으면 얼마쯤 예민해진 분위기 속에서 생산성 없는 논쟁이 이어진다. 그러다가 예정된 시간과 시간 차가 너무 많이 벌어지면 동작이 줄어들고 말이 짧아지며 불편함에 사로잡힌다.

그리고 별안간 탁자 위로 주먹이 내리쳐진다.

"제기랄, 벌써 10시라고!"

이 말에 사람들이 화들짝 놀란다. 무어인 동료였다.

무선사가 라스 팔마스와 교신 중이다. 디젤엔진이 요란스럽게 연기를 내뿜고, 교류발전기는 터빈처럼 윙윙거린다. 그는 두 눈을 전류계에 고정시켜 놓고 있다. 매번 방전될 때마다 장애가 생길 수도 있기 때문이다.

나는 선 채로 기다린다. 몸이 비스듬히 기울어진 무선사는 내게 자신의 왼손을 내밀고 오른손으로는 여전히 기기를 조작하고 있다. 이어 내게 소리친다.

"뭐라고?"

내게는 아무 말도 전해지지 않는다. 20초가 지났다. 그는 또 소리를 질렀다. 여전히 내게는 뭐라는지 들리지 않는다. 나는 '예?'라고만 할 뿐이다. 주변에서 모든 게 반짝거린다. 틈새가 벌어진 덧문은 한 줄기 햇살을 들여보내 준다. 디젤엔진의 크랭크가 축축한 불꽃을 일으키고, 그 짙은 태양빛을 휘저어놓고 있었다.

한참 만에 내 쪽으로 돌아앉은 무선사가 수신기를 벗는다. 엔진이 몇 번 캑캑거리다가 멎는다. 나는 마지막 말 몇 마디를 들었다. 갑자기 조용해지자 그는 내가 100미터쯤 떨어져 있는 사람처럼 고래고래 소리를 질러서 말을 한다.

"…… 상관하지 않겠다는 태도로군!"

"누구 말이오?"

"저들 말입니다."

"아, 그래요? 아가디르를 불러낼 수 있소?"

"통신 재개 시간이 아직 안 됐는데요."

"하여간 해봅시다."

나는 전송할 메시지를 메모판 위에 휘갈겨 쓴다.

'우편기 미착. 이륙 지연되었는가? 이륙 시간 다시 알려주기 바람.'

"여기 이 전문을 송신해보시오."

"네, 불러보겠습니다."

다시 소음이 시작된다.

"어떻게 됐소?"

"……봐요!"

마치 꿈을 꾸고 있는 듯 정신이 산만하다. 그는 '기다려봐요'라는 말을 하려던 것 같다. 우편기는 대체 누가 조종하고 있는 건가? 베르니스, 정말 자네인가? 지금 이렇게 시공간을 벗어나 있는 조종사가 대체 누구란 말인가?

무선사는 무선신호를 종료시킨 뒤 다시 접속단자에 전원을 넣고 수신기를 귀에 꽂는다. 연필로 탁자 위를 또드락거리며 시간을 한번 본 뒤 곧이어 하품을 한다.

"고장이라…… 이유가 뭐죠?"

"그걸 내가 어떻게 알겠소."

"하긴 그렇군요. 아…… 아무것도 안 들려요. 아가디르에서는 수신이 안 되는 모양인데요."

"다시 해보겠소?"

"다시 해보지요."

엔진이 다시 가동되기 시작한다.

아가디르에서는 여전히 응답이 없다. 우리는 지금 아가디르의 목소리에 귀기울이고 있다. 만약 아가디르 무선국이 다른 무선국과 교신을 시작하면, 우리도 그 통신망 속으로 끼어들 참이다.

나는 의자에 앉는다. 무료함을 덜기 위해 수신기를 집어 들고 귀에 댄다. 마치 수많은 새들이 재잘거리는 커다란 새장 안으로 들어간 것 같다. 아주 짧거나 혹은 길게, 또 어떤 것은 너무 빠르게 진동한다. 이런 언어를 해독하기는 쉽지 않다. 하지만 텅 빈 곳이라고 생각했던 하늘은 보이지 않는, 얼마나 많은 소리들로 가득 차 있는가.

세 곳의 무선국에서 신호를 보내왔다. 한 무선국이 무전 신호를 종료하면, 다른 무선국이 곧바로 끼어든다. 또한 한쪽이 신호를 종료하면 다른 쪽에서 또 끼어들고 하는 식이다.

"이거요? 보르도 무선 호출국입니다."

날카로우면서도 다급하고 아득한 지저귐이 계속해서 들려온다. 소리는 더 무겁고 더 느리다.

"그럼 이거는요?"

"다카르입니다."

애석해하는 말투였다. 소리는 끊어졌다 이어졌다를 반복했다.

"바르셀로나가 런던을 부르고 있는데…… 런던에서는 아무런 응답이 없군요."

생트아시즈 어딘가 아주 먼 곳에서 중얼거리는 소리가 희미하게 들린다. 사하라 상공에서 어떻게 이런 만남이 이뤄질 수 있는 걸까! 유럽 전체가 한군데 모이고, 각 나라의 수도들이 새 지저귀는 소리로 비밀 얘기를 주고받고 있지 않은가.

갑자기 바로 가까이에서 윙윙거리는 소리가 터져나온다.

스위치 하나를 건드리자 다른 목소리들이 잠잠해진다.

"아가디르였소?"

"예, 아가디르였습니다."

무슨 까닭인지 무선사는 시계추에 두 눈을 고정한 채, 계속해서 호출 신호를 보낸다.

"아가디르에서 들었소?"

"아니요, 하지만 지금 카사블랑카와 교신 중이니까 곧 알 수 있을 겁니다."

우리는 천사의 비밀을 몰래 엿듣고 있다. 허공에서 방황하던 연필은 메모판 위로 내려가 글자 하나를 뱉어놓는다. 또 하나를, 그리고는 순식간에 열 개를 뱉어놓는다. 글자들이 형태를 이루기 시작한다. 마치 꽃이 피어나는 형상이다.

'카사블랑카에 알림…….'

제길! 테네리페[3] 때문에 아가디르의 통신 내용을 제대로 알아들을 수가 없다. 테네리페의 엄청나게 큰 목소리가 수신기를 가득 채워놓는다. 그러다가 별안간 뚝 그친다.

무전 : ……착륙6시 30분. 다시 이륙…….

불청객 테네리페가 다시 훼방을 놓고 있다. 그러나 내가 알려던 것은 충분히 알았다. 6시 30분에 우편기는 아가디르로 되돌아갔다.

무전 : 안개 때문인가, 엔진 고장인가?

무전 : ……7시가 되어서야 다시 출발할 수 있었다. 연착은 아니다.

---

3) Tenerife. 대서양 북아프리카 모로코 근해에 있는 카나리아 제도에서 가장 큰 섬.

무전 : 고맙다.

3

자크 베르니스, 자네가 도착하기 전에 자네가 누군지에 대해 말해야겠네. 어제부터는 무선송신장치 덕분에 자네의 정확한 위치를 알 수 있었지. 오늘 자네는 이곳에 도착해서 규정대로 20분간 머무를걸세. 자네를 위해 나는 통조림 한 통을 열고 포도주 한 병을 딸 생각이야. 자네는 우리에게 사랑이니, 죽음이니 하는 진짜 제대로 된 문제들에 대해서는 한마디도 하지 않은 채, 바람의 방향이 어떻고 하늘의 상태는 어떤지, 엔진은 또 어떤 지경인지에 대해서만 이야기를 늘어놓겠지. 그저 우리와 마찬가지로 정비사들이 던지는 가벼운 농담에 킬킬대며 웃을 테고, 덥다고 투덜대겠지.

나는 자네가 지금 어떤 비행을 마치고 돌아온 건지 이야기하려 하네. 자네가 어떻게 사물의 이면을 들추어보고, 우리 옆에서 자네가 걸어온 길이 우리가 걸어온 길과 어떻게 다른지 이야기해 볼 참이야.

자네와 나는 어린 시절을 같이 보냈지. 그때를 회상하면 문득 담쟁이덩굴로 뒤덮인 채 쓰러져가는 오래된 담장이 떠오른다네. 우리는 대담한 아이들이었지.

"뭐가 두렵다는 거야? 문 열어봐."

그래, 담쟁이덩굴로 뒤덮인 채 쓰러져가는 오래된 담장. 그 담장은 메마르고 일부가 허물어져 물이 새나갔고, 햇볕의 흔적과 실재(實在)의 흔적이 고스란히 남아 있는 담장이었다. 우리가 그냥 '뱀'이라고만 불렀던 도마뱀들은 넝쿨 사이를 지나다니며 바스락거리는 소리를 냈네. 이미 우리는 죽음이라는 도피의 이미지까지 좋아하고 있었어. 담 한쪽에 있는 돌들에는 온기가 서려 있었고, 돌들은 마치 달걀처럼 담장 속에 품어져 있었고, 마치 달걀처럼 둥글었지. 흙덩어리 하나하나가, 나무의 잔가지 하나하나가 햇빛에 의해 그 신비로움을 모두 벗어버렸었어. 담 너머 저편으로는 풍요롭고 충만하게 시골 마을의 전형적인 여름날이 한껏 펼쳐지고 있었네. 거기에선 교회의 종탑이 보였고, 탈곡기 돌아가는 소리가 들려왔어. 하늘에선 비어 있는 모든 부분이 푸른빛으로 가득했지. 농부들은 낫으로 밀 이삭을 베고, 신부는 포도나무를 소독하고, 어른들은 거실에서 브리지 놀이를 즐겼네. 그들은 태어나서 죽을 때까지 예순 살 넘도록 이 외진 땅에서 보내며 이 태양과 밀밭, 집을 지키며 살아온 사람들이었네. 우리는 이들 세대를 실아 있는 '파수꾼'이라 불렀지. 왜냐하면 과거와 미래라는 두 개의 무시무시한 바다 사이에서 가장 위협받는 섬에 있는 걸 우리가 좋아했기 때문이지.

"열쇠를 돌려 봐……."

오래된 나룻배의 다 벗겨진 녹색처럼 빛바랜 녹색의 작은 대문을 여는 건 아이들에겐 금지되어 있었네. 시간의 옷을 입어 녹이 슨 이 커다란 자물쇠에 손을 대는 것 또한 아이들에겐 금지된 행위였지. 자물쇠는 마치 바다에 정박해 있는 범선의 낡은 닻과 같지 않았나.

물론 어른들은 위가 뚫려 있던 이 웅덩이 때문에 우리가 잘못될까 봐 걱정된 거겠지. 늪에 빠져 익사한 아이의 공포가 있었던 건지도 모르고. 문 뒤에는 우리가 천 년 동안 움직임이 없었을 거라고 말했던 물웅덩이가 잠들어 있었네. 누군가 죽은 물에 대해 말할 때마다 우리는 이곳 물을 생각했지. 초록빛의 작고 둥근 이파리들이 녹색 천으로 뒤덮여 있듯 물에 옷을 입혀주고 있었어. 우리는 돌멩이를 던져보았고, 돌멩이는 구멍들을 만들어놓았지.

그 육중하고 오래된 나뭇가지 아래에선 그 얼마나 시원했던가. 나뭇가지들은 햇빛의 무게를 견디어주었지. 그 어떤 햇살도 흙 속의 여린 잔디를 노랗게 만들 수가 없었고, 대지의 귀중한 겉옷에는 손조차도 댈 수가 없었네. 우리가 던진 조약돌들은 별의 운행처럼 제 갈 길을 나아갔네. 우리에게 있어 이 물은 그 깊이를 알 수가 없었으니까.

"좀 앉자……."

그곳에서는 그 어떤 소리도 우리에게 들리지 않았었지. 우리는 우리의 육신을 새롭게 만들어주었던 습기와, 향기와, 청량함을 맛보았네. 우리는 세상의 끝에서 길을 잃어버렸지. 우리는 이미 여행을 한다는 게 무엇보다도 자신의 육신을 변화시키는 일이란 걸 알았던 거야.

"여기는 세상의 다른 쪽 면이야."

그곳은 무척이나 자신만만한 이 여름의 이면이었고, 그 시골 마을의 이면이었으며, 우리를 포로처럼 잡아두고 있는 얼굴들의 이면이었지. 우리는 그 강요의 세상을 끔찍이도 싫어했었잖나. 저녁때가 되면 우리는 인도양에서 보물을 낚아 올린 잠수부처럼 가슴속에 묵직한 비밀들을 잔뜩 품은 채 집으로 돌아왔지. 해가 서산에 기울고 식탁보가 장밋빛으로 물들 황혼이 되면 사람들은 이렇게 말하곤 했었지.

"해가 점점 길어지는군."

그 말에 우리는 마음이 아팠었네. 우리 스스로가 이 낡은 관습과, 계절·휴가·결혼·죽음 등으로 이루어진 판에 박힌 삶의 노예처럼 느껴졌기 때문이지. 겉치레에 불과한 이 덧없는 소란이 다 뭐란 말인가.

도망친다는 것, 그게 중요한 것이네. 열 살 때 우리는 다락방 골조 안에서 도피처를 발견했지. 죽어 있는 새들과 낡고 터진 짐가방들, 이상야릇한 옷가지들…… 그건 인생의 뒤안길과도 같은 것이었네. 우리가 '숨겨진 보물'이라 칭했던 이 보물은 동화책에 나오는 것과 똑같은 낡은 저택의 보물과 다를 바가 없었지. 사파이어나 오팔, 다이아몬드에 버금가는 보물이었어. 우리의 보물은 미약한 빛을 내고 있었네. 보물은 각각의 벽과 대들보가 존재하는 이유였어. 대들보들은 알 수 없는 그 무언가로부터 집을 지켜주고 있었어. 그래, 시간으로부터 집을 지켜주고 있었던 게야. 시간은 우리 집에서 엄청난 적이 됐기 때문이지. 사람들이 시간에 대해 스스로를 지키는 길은 전통이라는 방법을 통하는 것이었네. 과거의 의식을 계속해 시행함으로써 세월의 힘에 맞서 싸우는 것이지. 엄청난 대들보도 시간에 맞서 싸워주고 있었어. 하지만 우리는 그 집이 한 척의 배가 출항하듯 항해를 하고 있었다는 사실을 알고 있었네. 오직 우리들만 알고 있는 사실이었지. 유일하게 선창, 화물창까지 가봤던 우리는 어디로 물이 새어들어오는지 알고 있었네. 삶을 마감하려는 새들이 들어와서 죽는 지붕의 구멍들도 알고 있었지. 집안 골조의 갈라진 틈바구니도 알고 있었네. 아래층 거실에서 손님들은 잡담을 나누었고, 아리따운 여인들은 춤을 추었었지. 이 얼마나 이중적인 평화로움이란 말인가! 아마도 사람들은 손에 흰 장갑을 낀 흑인 하인들이 가져다주는 리큐어를 즐기고 있었겠지. 지나가는 손님들은 그저 그렇게 즐기고만 있었을 뿐이네. 하지만 그 위에서 우리는 지붕의 갈라진 틈을 통해 푸른 밤이 스며드는 것을 바라보고 있었지. 그 작디작은 구멍으로 오직 별 하나만이 우리 곁을 찾아왔네. 우리에게 있어서는 하늘 전체에서 홀로 밝게 빛나는 별이었지. 그건 병이 들게 하는 별이었네. 우리는 고개를 돌려버렸네. 죽음을 가져다주는 별이었기 때문이지.

우리는 소스라치게 놀랐네. 우리를 둘러싼 모든 것들이 어둠 속에서 묵묵히 자기 일을 하고 있었기 때문이지. 대들보는 자신이 품고 있는 보물로써 빛을 발했네. 삐걱하는 소리가 날 때마다 우리는 나무를 떠올렸지. 모든 게 알갱이를 내보낼 준비가 된 콩깍지 같았어. 낡은 껍데기 안에는 무언가 다른 게 들어 있음을 우리는 믿어 의심치 않았지. 작고 단단한 다이아몬드 같은 이별 또한 그와 다르지 않을 것이었다. 언젠가 우리는 남쪽 혹은 북쪽으로 걸어가게 될걸세. 아니면 우리 자신을 찾아 스스로를 향해 걸어갈 수도 있겠지. 그렇게 도망치는 거라네.

잠잘 시간을 알려주는 별 하나가 자신을 가리고 있던 슬레이트 지붕을 돌아 하나의 분명한 신호처럼 우리 앞에 나타났지. 그러면 우리는 침실로 내려갔네. 그리고 우주에서 사방으로 뻗어나간 빛줄기가 수천 년을 떠돈 끝에 우리에게 다다르는 것처럼, 신비로운 돌이 물줄기 사이를 끊임없이 흘러가는 세상에 대한 기억과, 불어오는 바람에 집이 삐걱거리며 풍랑을 만난 배처럼 위협받는 세상에 대한 기억, 그리고 이런저런 것들이 은근히 보물이 되고 싶어 하는 충동으로 차례차례 반짝이는 세상에 대한 기억을 간직한 채 우리는 꿈속에서 긴 여행을 시작했었지.

"우선 앉게나. 난 어디가 고장이라도 난 줄 알았네. 한잔하지. 정말이지 어디 고장이라도 났는 줄 알고 자네를 찾으러 나가려고 했었어. 비행기가 이미 활주로에서 이륙할 준비를 하고 있었다고. 저길 보게나. 아잇투사 부락 사람들이 이자르구앵 부락을 습격했다네. 혹여 자네가 그 소요 사태에 휘말린 줄 알고 걱정했었지. 마시게나. 뭐 먹고 싶은 거라도 있는가?"

"그만 가보겠네."

"5분 남았지 않은가. 이보게, 주느비에브하고 무슨 일이 있었던 게야? 그런데 왜 웃는 거지?"

"아, 아무 일도 없었네. 방금 전에 조종석에서 느닷없이 옛날 노래 하나가 생각났어. 갑자기 어린아이가 된 기분이었네……."

"그래, 그건 그렇고 주느비에브는?"

"잘 모르겠네, 이만 가볼게."

"자크, 대답 좀 해보게, 그 뒤로 다시 주느비에브를 만났나?"

그는 머뭇거렸다.

"파리에서 툴루즈로 내려오는 길에 한 번 더 만나보려고 길을 곧장 오지 않고 돌아왔었지."

그러고 나서 자크 베르니스는 그동안 있었던 일을 털어놓았다.

4

그건 시골의 작은 기차역이라기보다는 숨겨진 문이라고 해야 맞을 것 같았다. 역은 밭 쪽을 향하고 있었다. 검표원이 한가로이 바라보는 가운데, 사람들은 신비로울 게 없는 하얀 길과 개울, 들장미 숲 쪽으로 나아갔다. 역장은 장미꽃들을 돌보았고, 역무원은 빈 손수레를 미는 시늉을 했다. 비밀의 세계를 지키는 세 파수꾼은 그렇게 가장된 행동 속에서 경계를 서고 있었다.

베르니스의 차표를 들여다보던 검표원이 물었다.

"파리발 툴루즈행인데 왜 여기서 내리시는 겁니까?"

"다음 열차로 갈아타고 가려고요."

검표원이 그의 얼굴을 뚫어지게 쳐다봤다. 그에게 들어가도록 허락해도 좋을지 잠시 망설였다. 하얀 길과 개울, 들장미 숲으로가 아니라, 메를랭 이후로 사람들이 가장된 모습으로 들어갈 줄 알게 된 이 왕국으로 들어가게 해주느냐의 문제였다. 이 젊은이는 분명 오르페우스 시절 이래로 여행할 때 요구되는 용기와 젊음, 사랑 등 세 가지 미덕을 모두 갖춘 사람처럼 보였다.

"통과하시오."

검표원이 말했다. 특급열차는 이 역이 마치 무슨 착시현상을 일으키는 존재인 양 이곳에 서지 않고 지나갔다. 이 역은 마치 가짜 웨이터와 가짜 악사들, 그리고 가짜 바텐더로 치장한 비밀 주점이라도 되는 것처럼 보였다. 완행열차 안에서 이미 베르니스는 자신의 삶이 방향을 바꾸어 느릿느릿 가고 있음을 느끼고 있었다. 어느 농부의 손수레를 얻어 타고 가던 베르니스는 우리의 세계로부터 여전히 더 멀어져가고 있었다. 그는 신비의 세계로 점점 더 빠져들어 갔다. 이미 서른 살의 나이에 주름이 잔뜩 있어 더 늙을 수도 없을 것 같았던 농부는 그에게 들판 하나를 가리켰다.

"이 녀석들 무척 빨리 자라요."

이곳에서 자라는 밀들은 우리의 눈에 띄지도 않은 채 얼마나 다급하게 태양을 향해 커가고 있던가!

이번에는 농부가 담을 가리키며 말했다.

"저 담은 우리 고조할아버지께서 쌓으신 거랍니다!"

그 말을 들었을 때 베르니스는, 세상 사람들이 한층 더 멀어 보이고, 불안정하며, 불행하다고 생각했다.

그는 영원의 벽과 영원의 나무를 만져보았다. 그는 자신이 목적지에 도착했음을 알아차렸다.

"이곳이 바로 그 댁입니다. 돌아오실 때까지 기다릴까요?"

그곳은 물속에 잠들어 있는 전설의 왕국이었다. 그곳에서 베르니스는 한 시간을 백 년처럼 느끼며 서 있었다.

그날 저녁에도 손수레와 완행열차, 급행열차는 베르니스가 우리를 오르페우스 이후의 세계, '잠자는 숲 속의 미녀' 이후의 세계로 억지로 데려가는 도피행을 가능하게 해 주었다. 그는 하얀 뺨을 차창에 대고 툴루즈로 향하는 다른 여행객과 다를 바가 없어 보였다. 하지만 마음속 깊이 그는 달의 빛깔이라든가 '시간의 색깔' 같은, 다 형언할 수 없는 추억을 담고 있을 것이었다.

기묘한 방문길이었다. 환하게 맞이해 주는 소리도 들리지 않았고, 놀리는 기색 또한 없었다. 길은 둔탁한 소리를 만들어냈다. 베르니스는 예전처럼 울타리를 뛰어넘었다. 정원 샛길에 잡초들이 무성하게 자라나 있던 것을 빼고는 달라진 게 아무것도 없었다. 집은 나무들 사이로 하얀 자태를 드러내고 있었지만, 꿈속에서처럼 손 닿을 수 없는 곳에 있는 것 같았다. 다가서면 신기루처럼 사라져버리는 건 아닐까? 그는 널따란 돌층계를 올라갔다. 필요에 의해 만들어진 것이었지만, 돌층계에서는 안정적인 편안함이 느껴졌다.

'이 집에서는 무엇 하나 허투루 만들어진 것이 없군…….' 현관은 어두컴컴했다. 의자 위에는 하얀 모자가 하나 놓여 있었다. 그녀의 모자일까? 이 얼마나 사랑스럽게 흐트러진 모습인가? 이건 아무렇게나 방치해 둔 무질서와는 거리가 멀었다. 존재감을 나타내주는 무질서였던 것이다. 그에게는 누군가가 남기고 간 동작의 흔적들이 느껴졌다. 의자는 약간 뒤로 밀려난 채 누군가가 그 위에 앉아 한쪽 손을 테이블 위에 올려놓았을 것이다. 거기 있었을 사람의 행동이 그의 눈에 훤히 보였다. 책 한 권이 펼쳐져 있다. 대체 여기 있다 방금 자리를 뜬 사람은 누구일까? 그렇게 자리를 뜬 이유는? 책에서 본 마지막 문장이 누군가의 마음속에서 노래로 불리고 있을지도 모를 일이었다.

한 집에서 일어나는 무수한 일들과 무수한 소란들을 떠올리며 베르니스는 슬며시 미소를 지었다. 사람들은 늘 같은 요구 사항에 대비하고 늘 같은 무질서를 정리하며 종일 그렇게 집 안을 돌아다닌다. 비극은 지극히 사소한 일들에서 비롯된다. 지나가던 나그네나 이방인의 처지가 되어본다면 충분히 웃어넘길 수 있는 그런 일들이다.

베르니스는 생각했다. '어쨌든 여기 또한 다른 곳과 마찬가지로 1년 내내 하루 한 번 해가 지는 곳이었어. 그렇게 한 번의 주기가 끝나면 다음 날은 주기가 또다시 이어지며 새 하루를 열어주었지. 사람들은 저녁을 향해 나아갔고, 해가 지면 사람들에겐 걱정할 게 아무것도 없었지. 커튼은 처지고 책들은 정리되고 벽난로 앞 불막이는 제자리를 지켰어. 이렇게 얻어진 휴식의 시간은 영원할 수 있었고, 영원한 듯 보였지. 내가 보내는 밤의 시간이란 휴식보다도 못한데……'

베르니스는 쥐 죽은 듯 자리에 앉아 있었다. 그는 감히 그 어떤 인기척도 낼 수가 없었다. 모든 게 너무도 조용하고 평온해 보였기 때문이다. 정갈히 드리워진 블라인드 사이로 한 줄기 햇살이 스며들어왔다. '한 군데 헤진 데가 있었군. 여기서는 알지 못하는 사이에 늙는구나' 하고 베르니스는 생각했다.

'대체 뭘 알고 싶어 여기까지 온 것인가?' 그는 스스로에게 반문해 보았다. 옆방에서 들리는 발소리가 집 안 전체에 마법처럼 울려 퍼졌다. 차분한 걸음이었다. 제단의 꽃을 정리하는 수녀의 발걸음과도 같았다. '무언가 섬세한 일이라도 하고 있던 것일까? 내 삶은 비극처럼 촘촘한데, 이곳은 각각의 움직임 사이에, 저마다의 생각들 사이에 공기와 공간뿐이로구나.' 창문으로 그는 전원 풍경을 굽어보았다. 기도를 하러 가는 길, 사냥을 하러 가는 길, 편지를 부치러 가는 길과 더불어 햇볕 아래 긴장감이 맴도는 전원 풍경이었다. 멀리서는 탈곡기 돌아가는 소리가 덜컹거리며 들려왔다. 노력을 기울여야 들을 수 있는 소리였다. 어느 배우의 너무나도 작은 목소리가 장내를 압박했다.

새로운 발소리가 들려왔다. '골동품으로 가득 찬 진열장을 정리하고 있나 보군. 어느 세기든 한 세기가 물러갈 때는 그 시대의 잔해를 남기는 법이지.'

그때 사람들의 말소리가 들려왔고, 베르니스는 여기에 귀를 기울였다.

"그녀가 이번 주를 넘길 수 있겠소? 의사 선생님 말씀으로는……."

발소리가 멀어져 갔다. 너무나도 놀란 그는 잠자코 있었다. 대체 누가 죽어가고 있단 말인가? 그는 가슴이 미어졌다. 그는 하얀 모자, 펼쳐진 채 놓여 있던 책 등 삶의 흔적이 보였던 걸 모조리 떠올려봤다.

또다시 사람들의 말소리가 들려왔다. 그들의 목소리에는 애정이 가득했지만, 분위기는 치분했다. 사람들은 집 안에 죽음의 그림자가 드리워지고 있다는 걸 알고 있었다. 사람들은 고개를 돌리지 않은 채, 묵묵히 죽음을 받아들이고 있었다. 대화는 꾸밈없이 간결했다. 베르니스는 생각했다. '모든 것이 간단하구나…… 산다는 것도, 골동품을 정리한다는 것도, 그리고 죽는다는 것도…….'

"거실에 꽃은 꽂아났나?"

"예."

사람들은 감정을 억누르며, 담담하고 조용한 목소리로 이야기를 나누고 있었다. 수많은 사소한 일에 대해 말하고 있었으나, 이들 앞으로 다가온 죽음의 그림자가 이들을 어둡게 물들이고 있었다. 잠깐 웃음소리가 나는가 싶더니, 금세 사라졌다. 별로 깊이 있는 웃음은 아니었으나, 무대 위의 권위를 해치지는 않았다. 누군가가 말하는 소리가 들려왔다.

"올라가지 말아요. 그녀가 자고 있어요."

가슴이 아파오는 가운데, 베르니스는 쥐 죽은 듯 조용히 앉아 있었다. 그는 누군가에게 발각될까 두려웠다. 모든 걸 표현해야 한다는 필요성 때문에 이방인은 좀 더 격식 없는 고통을 만들어내는 법이다. 사람들은 그에게 "그녀와 알고 지냈던 게 바로 당신이었지? 그녀를 사랑했던 게 바로 당신이었어!" 소리칠 것이다. 그러면 그는 죽어가는 그녀의 훌륭했던 점들에 대해 호의적이고 인상 깊게 돋보이도록 칭송을 늘어놓아야 할 것이다. 그에게는 그게 고역일 터였다.

그러나 그는 이렇게 가족적인 슬픔에 동참할 만한 자격이 있었다.

'나는 그녀를 사랑했으니까…….'

다시 한번 그녀를 만나야겠다는 생각에 남몰래 조용히 계단을 올라간 베르니스는 그녀가 있는 방문을 살며시 열었다. 그 방은 찬란한 여름의 빛으로 가득 차 있었다. 벽은 환했고, 침대는 흰색이었다. 열린 창문으로는 햇빛이 쏟아져 들어왔다. 멀리서 울리는 평온하고 느릿느릿한 교회 종소리가 심장박동 소리처럼 들려왔다. 있어야 할 온기가 없는 심장 박동소리 같았다. 그녀는 잠들어 있었다. 한여름의 참으로 사치스러운 잠이었다.

'그녀가 죽어가고 있어⋯⋯.' 그는 발꿈치를 들고서 반짝반짝 윤이 나는 마룻바닥을 걸었다. 그는 그 자신의 평정심에 대해 이해할 수가 없었다. 그런데 그녀가 신음소리를 냈다. 베르니스는 감히 더 앞으로 나아갈 수가 없었다.

그는 엄청난 존재감을 느꼈다. 환자들의 영혼은 방 안 가득 퍼져 이를 꽉 채우고 있다는 사실, 그리고 방은 마치 하나의 상처 같다는 사실을 깨달았다. 거기에선 감히 어떤 가구 하나 손댈 수도, 발걸음을 뗄 수도 없다.

방 안은 쥐 죽은 듯 조용했다. 오로지 파리 몇 마리가 윙윙거리고 있었을 뿐이다. 저 멀리서 누군가 부르는 소리가 적막을 깨고 있다. 서늘한 바람 한 줄기가 방 안으로 불어왔다. '벌써 저녁이 되었군.' 베르니스는 머지않아 닫힐 덧문과 환하게 켜질 램프의 불빛을 떠올렸다. 이윽고 넘어야 할 산처럼 밤이 환자를 덮칠 것이다. 곁에서 밤을 지키는 램프는 신기루처럼 황홀하게 빛을 발할 것이며, 그림자가 돌아가지 않는 사물들, 그리고 사람들이 12시간 같은 각도에서 바라보는 사물들은 결국 뇌리에 새겨진 채 견디기 힘든 무게로 짓누를 것이다.

"거기 누구 있어요?"

그녀가 물었다.

베르니스는 가까이 다가갔다. 그의 입술에 애정과 연민의 물결이 일었다. 그는 허리를 굽혀 그녀를 부축했다. 두 팔로 그녀를 들어올려 자신의 힘으로 유지했다.

"자크⋯⋯."

여자가 그를 뚫어져라 쳐다보았다.

"자크⋯⋯."

그녀는 생각의 밑바닥에서 그를 끌어올리고 있는 듯했다. 그녀가 그의 어깨를 찾았던 것이 아니라 자신의 추억들을 더듬어보았다. 물에 빠진 사람이 손에 닿는 것이면 무엇이든 움켜쥐려는 것처럼 여자는 그의 소매에 매달렸다. 그러나 그녀가 붙잡고 있는 것은 어떤 존재도, 어떤 물체도 아니었다. 그것은 단지 하나의 이미지였을 뿐이다. 그녀는 계속해서 그를 바라봤다.

그러자 그는 점점 이상한 기분이 들었다. 주느비에브는 이 주름도, 이 시선도 알아보지 못했다. 그녀는 그의 손을 부여잡으며 호소하고 있었으나, 그는 그녀에게 어떤 구원의 손길도 줄 수가 없었다. 그는 그녀가 가슴속에 품고 있던 모습이 아니었다. 이 모습에 싫증이 난 그녀는 그를 밀어내고 고개를 돌렸다.

그녀와의 거리는 이제 넘어설 수 없는 수준이 되어 있었다.

그는 조용히 방을 빠져나와 발소리를 죽이며 다시 한번 복도를 가로질러 갔다. 먼 여행에서 돌아온 느낌이 이럴까. 혼란스러웠던 여행, 어렴풋하게 떠오르는 긴 여행으로부터 되돌아오는 느낌과 비슷했다. 고통을 느꼈던 것일까? 슬픔에 잠긴 것일까? 화물창에 바닷물이 스며들듯 저녁이 슬그머니 깔렸다. 골동품들은 이미 어둠을 머금고 있었다. 유리창에 이마를 기댄 채, 그는 보리수 그림자가 길어지고 서로 합쳐지며 밤의 머리털을 채워가는 걸 보았다. 저 멀리서 마을 하나가 반짝였다. 고작 한 줌 희미한 불빛일 뿐이었다. 그의 손으로 잡아둘 수 있을 것만 같았다. 이미 거리감은 사라지고 없었다. 팔을 쭉 뻗으면, 손가락이 산언덕에 닿을 수 있을 것 같았다. 집 안에서의 사람 목소리가 잠잠해졌다. 집안 정리는 끝마쳐진 상태였다. 그는 꼼짝하지 않았다. 그날 저녁과 비슷했던 어떤 저녁의 기억이 떠올랐다. 사람들은 잠수부처럼 힘겹게 일어났다. 여자의 매끄러운 얼굴이 굳어졌고, 갑자기 사람들은 앞으로의 일이, 죽음이 두려워졌다.

그는 밖으로 걸어나왔다. 나오면서 누군가가 알아채기를, 그래서 자신을 멈춰 세우기를 바라며 뒤를 한번 돌아다보았다. 그러면 그의 마음이 슬픔과 기쁨으로 반반 섞여 있을 것이었다. 하지만 아무 일도 일어나지 않았다. 아무도 그를 붙잡아주지 않았다. 그는 아무런 저항 없이 나무들 사이로 미끄러져 들어갔다. 그는 울타리를 뛰어넘었다. 길이 딱딱하게 울려왔다. 그게 끝이었다. 그는 절대, 이곳에 다시 오지 않을 것이다.

5

베르니스는 이륙하기 전에 자신의 이야기를 모두 간추려서 이렇게 들려주었다.

"나는 내가 살고 있는 이 세계로 주느비에브를 끌어들이려고 했었네. 하지만 내가 그녀에게 보여준 것은 모두가 빛이 바래고 흐릿해져 버렸지. 첫날밤에는 우리 앞을 가로막은 벽이 너무나도 두꺼워서 우리는 이를 도저히 건널 수가 없었어. 나는 그녀에게 그녀의 집이며 삶이며 영혼이며 하는 것을 되돌려주어야 했네. 포플러 나무가 하나하나 지나가고, 우리가 파리에 점점 더 가까워질수록 세상과 우리 사이의 두꺼운 벽은 점점 사라져 갔지. 마치 내가 그녀를 바다 밑으로라도 끌어내리고 싶어 했던 것 같았어. 나중에 내가 다시 그녀를 만나려고 했을 때, 그때는 그녀를 가까이할 수가 없었네. 그때 우리 사이에는 공간이 가로막혀 있는 게 아니었네. 그보다 더한 것이, 뭐라고 하면 좋을까? 4년이라는 세월이 한 천 년쯤 되어버린 것 같았지. 다른 삶과의 거리는 그렇게 멀리 떨어져 있고, 그렇게 다른 것이었네. 하얀 침대 깔개와, 여름과, 뚜렷한 현실들이 주느비에브에게 들러붙어 있었어. 그리고 나는 그녀를 데려올 수가 없었네. 이제 그만 가보겠네."

진주를 손에 넣었으되, 이를 수면 위로 가지고 올라올 줄 몰랐던 인도양의 잠수부여, 자네는 이제 어디에 가서 보물을 찾을 텐가? 납덩이처럼 땅에 속박된 내가 걷고 있는 이 사막에서 나는 아무것도 발견하지 못할 것이다. 하지만 마술사인 자네에게 이 사막은 모래 장막이자 겉모습에 불과할 뿐이겠지…….

"자크, 이제 떠날 시간이네."

6

이제 손발이 마비된 그는 꿈을 꾼다. 이렇게 높은 곳에서는 바닥이 전혀 움직이지 않는 것 같다. 황사(黃砂)의 사하라는 끝이 보이지 않는 길처럼 푸른 바다를 침범해 들어간다. 능숙한 조종사인 베르니스는 오른쪽으로 쏠린 연안을 다시 바로잡고 모터를 정렬시킨 가운데 옆으로 미끄러져 나간다. 아프리카를 선회할 때마다 그는 기체를 부드럽게 기울였다. 다카르까지는 아직 2,000킬로미터가 더 남았다.

그의 눈앞에는 불귀순 지구의 눈부실 만큼 흰빛이 펼쳐져 있다. 가끔 벌거벗은 바위들이 눈에 띄었고, 바람이 모래를 쓸어다가 규칙적인 형태의 모래 언덕을 쌓는 모습도 여기저기 보였다. 부동(不動)의 대기는 모암(母巖)처럼 기체를 사로잡고 있었다. 앞뒤 흔들림도 없었고, 좌우 요동도 없었으며, 풍경마저도 정지된 듯한 느낌이었다. 온통 바람에 둘러싸인 비행기는 시간 속에서만 나아가고 있다. 첫 번째 기항지인 포르에티엔은 공간의 영역이 아닌 시간의 영역에 들어가 있다. 베르니스는 시계를 본다. 앞으로 여섯 시간을 더 정체와 침묵 속에서 견뎌야 한다. 그런 다음 비행기는 허물 벗듯 빠져나올 것이다. 새로운 세상이 오는 것이다.

베르니스는 이러한 기적을 가능케 하는 시계를 바라본다. 그러고는 꼼짝 않고 있는 회전계의 바늘을 들여다본다. 이 계기판 바늘이 이 번호판 숫자를 벗어나서 고장을 일으켜 인간을 모래밭으로 내동댕이쳐버린다면, 시간과 거리는 거의 상상조차 할 수 없을 새로운 의미를 부여받게 될 것이다. 그는 지금 4차원의 세계를 여행하고 있다.

그러나 그에게 이런 숨 막히는 느낌은 낯선 것이 아니었다. 조종사라면 누구나 경험으로 알고 있는 것이었다. 우리 눈앞에서는 수많은 이미지가 지나간다. 우리는 모래언덕과 태양, 침묵의 실제 무게와 맞먹는 고독한 독방의 수감자들이다. 우리 위의 세상은 좌초되었다. 이러한 세상 속에서 우리는 연약한 피조물에 지나지 않는다. 해 질 녘에 그저 귀찮게 구는 영양들을 쫓아버릴 정도의 힘만을 지녔을 뿐이다. 고작 300미터밖에 못 미치는, 그래서 인간의 귀에도 제대로 다다를 수 없는 목소리를 지닌 그런 존재다. 우리는 모두 어느 날 갑자기 미지의 행성에 떨어져 버린 거다.

상공에서의 시간은 보통의 일상 리듬에 비하면 그 폭이 무척이나 넓은 편이다. 카사블랑카에서 우리는 우리의 만남 일정 때문에 몇 시간 단위로 계산을 한다. 번번이 약속 때마다 마음이 바뀐다. 비행기 안에서는 30분마다 기후가 달라진다. 피부가 달라지는 셈이다. 여기에서 우리는 주 단위로 시간을 헤아린다.

우리가 기운이 없어 보이면 동료들은 우리를 들어 올려 조종석에 앉혀준다. 동료들의 무쇠 같은 강인한 손목이 우리를 그 세계 밖으로 끄집어내어 자신들의 세계로 집어넣어 주는 것이다.

수많은 미지의 세계 위에서 균형을 잡고 날아다니면서도 베르니스는 정작 자신에 대해 거의 아는 바가 없다는 것을 깨달았다. 갈증, 버려짐, 무어인들의 잔혹함은 그에게서 어떤 의미를 갖고 있는가. 어느 날 갑자기 포르에티엔 기항지만 한 달 이상 방치되는 상황이 발생한다면 그땐 어떤 심정이 될까……? 그는 다시 생각해본다.

'나는 용기가 필요한 게 아니야.'

모든 것이 그저 추상적이기만 하다. 젊은 조종사가 공중회전을 시도할 때, 그가 머리 위로 버리는 것은 비록 가까이 있을지언정 순간의 방심으로 그를 산산조각 내버릴 수 있는 엄청난 장애물들이 아니다. 그가 머리 위로 버리는 건 바로 꿈속에서처럼 유유히 흘러가는 장벽과 나무들이다. 베르니스, 용기라고 했나, 자네?

하지만 그런데도 지금 엔진이 요동을 치자, 언제 무슨 일을 일으킬지 알 수 없는 불안감이 그의 마음 한편에 자리 잡았다.

이윽고 한 시간이 지나자 만과 곶은 결국 무장해제된 중립 지역과 만났다. 프로펠러는 전속력으로 돌아가고 있었다. 하지만 앞에 있는 각각의 지점이 알 수 없는 위협감을 안겨주었다.

아직 1,000킬로미터나 더 남은 상황. 이 거대한 테이블보를 자기 쪽으로 끌어 당겨야 한다.

무전 : 여기는 포르에티엔. 쥐비곶에 알림. 우편기 16시 30분에 무사히 도착함.

무전 : 여기는 포르에티엔. 생루이에 알림. 우편기 16시 45분에 출발함.

무전 : 여기는 생루이. 다카르에 알림. 16시 45분 포르에티엔발 우편기는 야간 속항시킬 예정.

동풍이 분다. 사하라 사막 안쪽에서 불어오는 바람이다. 모래가 누런 소용돌이 속에 휩쓸리며 위로 치솟는다. 새벽이 되자 희부연 빛의 탄력적인 태양이 뜨거운 안개에 의해 일그러지면서 지평선 위로 떨어져나왔다. 희부연 비누 거품 같았다.

하지만 점점 더 정점에 달하면서 더욱 수축되고 또렷해진 태양은 이제 타오르는 화살이 되어 불같이 뜨거운 화살촉을 목덜미에 내리꽂는다.

동풍이 분다. 잔잔하고 청명한 대기 속에서 비행기는 포르에티엔을 이륙한다. 하지만 100미터 상공에서 이 용암 줄기가 발견된다.

유온(油溫): 120도.
수온(水溫): 110도.

2,000미터, 3,000미터까지 올라가야 함은 물론이다. 이 모래 폭풍을 다스려야 함은 물론이다. 그러나 5분 동안 수직 상승하고 나면, 점화장치와 밸브는 완전히 연소될 것이다. 또한 상승 곡선을 타는 것도 말이 쉽지 여간 어려운 일이 아니다. 이렇게 탄력성 없는 공기 속에서는 비행기는 고꾸라져 아래로 처박힐 가능성이 높다.

동풍이 분다. 눈을 뜰 수가 없을 지경이다. 태양은 이 누런 소용돌이 속으로 말려들어 간다. 태양의 희부연 얼굴이 이따금 고개를 쳐들며 뜨겁게 타오른다. 대지는 수직으로밖에 보이지 않는다. 급상승하는 건가? 내리박히는 건가? 기울어지고 있는 건가? 도무지 알 수가 없다. 올라간다고 해도 100미터 그 이상은 힘들 것 같군. 좋아, 그럼 밑으로 조금 내려가 보자.

바다에 닿을락 말락 한 상태에서 북쪽 강바람이 불어온다. 이 정도면 순조로운 편이다. 동체(動體) 밖으로 손을 내밀어본다. 쾌속 보트를 타고 달리면서 손가락으로 차가운 강물을 가르는 듯한 느낌이다.

유온: 110도.
수온: 95도.

시냇물만큼 시원한가? 정말 그런 것 같다. 기체는 약간 춤을 춘다. 지면의 기복이 생길 때마다 따귀를 후려쳐주는 기분이다. 아무것도 보이지 않아 여간 불편한 게 아니다.

티메리스곶에 이르렀을 때는 지표면에까지 동풍이 불었다. 그 어디에도 마땅한 피난처가 없다. 고무 타는 냄새가 난다. 자기계의 이상인가? 아니면 접속

부분에 문제가 생긴 걸까? 회전계의 바늘에 주춤하더니 10포인트 뚝 떨어진다. '이제 너까지 말썽을 부리려는 거냐!'

수온 : 115도.

10미터도 상승할 수가 없다. 점프대에서 올라온 듯 불쑥 나타난 모래언덕을 곁눈질로 쳐다본다. 기압계도 힐끗 한 번 본다. 점프! 모래언덕의 충격이다. 조종간을 움켜잡고 부리나케 조종한다. 이런 상태로는 오래 버틸 수 없다. 조심스레 중심을 잡으며 가득 찬 물동이를 이고 가듯 손안에서 비행기의 평형을 유지하려 애를 쓴다.

바퀴 아래 10미터쯤에는 모리타니아가 자신의 모래와 소금밭, 해변을 풀어놓는다. 자갈 돌풍이라도 휘몰아치는 것 같다.

회전수(rp미터) : 1,520.

첫 번째 에어포켓[4]이 주먹으로 내려치듯 조종사를 후려친다. 20킬로미터만 더 가면 프랑스 기지가 있다. 있는 것이라곤 그거 하나다. 그곳까지 가야 한다.

수온 : 120도.

모래언덕, 바위, 소금밭이 빨려 들어간다. 모든 게 압연기에 휘말려 들어가는 것 같다. 계속 가라! 주변이 넓어지고 활짝 열렸다가 다시 좁아진다. 바퀴가 닿을락 말락 하고 있다. 끝장이다. 저기 촘촘하게 들어서 있는 검은 바위들이 서서히 다가오는 듯하다 갑자기 위로 솟구친다. 그 위로 날아올라 바위를 흩뜨려버린다.

회전수(rp미터) : 1,430.

'얼굴 날아갈 뻔했군······.'

손에 닿은 철판이 뜨겁게 달아올랐다. 라디에이터는 거칠게 김을 내뿜는다. 짐을 너무 많이 실은 배처럼 비행기가 가라앉고 있다.

---

4) 비행기가 하강할 때의 공기 변화지역.

회전수(rp미터) : 1,400

바퀴 아래로 20센티미터쯤에서 모래가 그에게까지 튀어올라 재빠른 삽질을 하는 것 같다. 모래언덕을 하나 넘자 저기 기지 하나가 보인다. 하느님, 감사합니다! 베르니스는 엔진의 스위치를 눌렀다. 아무래도 이 상황에서는 엔진을 꺼야 할 것 같았다.

빠르게 지나가던 풍경이 서서히 멈춰지며 완전히 정지했다. 먼지투성이의 세상이 만들어지고 있다.

사하라의 프랑스군 초소 앞. 나이가 지긋한 중사 한 명이 형제를 만난 듯이 기쁘게 웃으며 맞아주었다. 스무 명 남짓한 세네갈 군인들이 '받들어총'의 자세를 취했다. 백인이라면 적어도 중사, 아니 비록 나이가 젊다고 해도 중위는 되었을 것이다.

"안녕하십니까, 중사님!"

"어서 오시오, 매우 반갑습니다. 나는 튀니스 출신입니다……."

중사는 자신의 어린 시절이며 추억들, 자신의 속마음에 이르기까지 두서없이 베르니스에게 쏟아놓았다. 작은 테이블 하나가 놓여 있고 벽에는 몇 장의 사진이 붙어 있다.

"이건 친척 어른들 사진입니다. 나는 그들을 다 알지는 못하지만, 내년에는 튀니스에 갑니다. 저건 내 친구의 애인이지요. 그 친구는 테이블에 저 사진을 올려놓고는 입만 열었다 하면 그녀 얘기를 했었죠. 그랬는데 그가 죽어버렸어요. 그러고 나서 내가 그 사진을 가져오게 된 것이지요. 나는 애인이 없었거든요……."

"중사님, 목이 좀 마른데요."

"그럼 이걸 드셔보시지요. 내가 포도주를 대접할 수 있어서 기쁘군요. 대위님이 다녀가셨을 때는 포도주가 없었거든요. 벌써 다섯 달이나 됐군요. 그 일이 있고 나서 줄곧 마음이 울적했어요. 오죽했으면 전속 요청까지 했었는데 어찌나 부끄럽던지요…… 내가 여기서 뭐 하고 지내느냐고요? 매일 밤 편지를 쓰지요. 밤에는 통 잠을 이루지 못해요. 초를 몇 개 켜놓고 쓰지요. 하지만 반년에 한 번씩 이곳에 우편기가 편지를 싣고 오면, 그전에 써놓았던 편지는 답장으로 보낼 수가 없게 돼요. 그래서 때마다 다시 써야만 하죠."

베르니스는 중사와 함께 담배를 피우기 위해 초소의 발코니로 올라갔다. 달빛이 비치는 사막은 너무도 공허해 보였다. 중사는 이 초소에서 무엇을 감시할 수 있을까? 아마도 별 아니면 달이겠지…….

"별들의 중사님이시군요?"

"담배는 얼마든지 있으니까 사양 말고 태우세요. 대위님이 왔을 때는 담배도 떨어졌었지요."

베르니스는 곧 그 중위와 대위에 대한 모든 것을 알게 됐다. 그는 중위와 대위의 유일한 단점과 장점 하나씩은 열거할 수 있었다. 한쪽은 너무 즐기는 사람이었던 반면, 다른 한쪽은 너무 사람이 좋다는 것이었다. 그는 또한 모래 한가운데에 동떨어져 있는 늙은 중사에게 어느 젊은 중위가 찾아왔던 일이 거의 사랑에 가까운 추억이었음을 알게 됐다.

"그분은 내게 별에 대해 가르쳐주었지요……."

"예, 당신에게 별들을 맡긴 셈이로군요."

베르니스가 말했다.

이제는 중사가 자기 차례이기라도 하듯 별에 대해 설명해주었다. 거리라는 것에 대해 알게 된 중사에게 있어 튀니스는 멀리 떨어져 있는 곳이었다. 중사는 북극성에 대해 가르쳐주며 자신이 이를 알아볼 수 있다고 장담했다. 늘 북극성을 자신의 왼쪽에 두면 된다는 것이다. 이제 그에게 튀니스는 그리 멀지 않은 곳처럼 느껴졌다.

"우리는 현기증이 날 정도의 속도로 이 별들을 향해 떨어지고 있는 거지요……."

중사는 벽에 잠시 몸을 기댔다.

"당신은 모르는 게 없군요!"

"그렇지 않습니다, 중사님. 어떤 중사님 한 분이 이렇게 말한 적도 있어요. '훌륭한 가문에 교육을 많이 받은 분인데도 뒤로 돌아, 하나 제대로 못 하다니, 부끄럽지도 않습니까?' 하고 말입니다."

"아니, 그것은 전혀 부끄러워할 일이 아니죠. 뒤로 돌아, 그거 쉬운 것은 아니지요."

그는 베르니스를 위로해 주었다.

"중사님, 중사님의 둥근 등불이 저기 있군요……."

베르니스가 달을 가리켰다.

"중사님, 혹시 이 노래 아세요?"

'비가 오네, 비가 오네, 양치기 소녀여…….'

그는 작은 소리로 흥얼거렸다.

"아, 그 노래, 알고 말고요! 튀니스에서 부르던 노래인걸요."

"중사님, 그다음은 뭐지요? 생각이 잘 나지 않아서……."

"잠깐만요……."

너의 흰 양들을 몰고 돌아가거라. 저기 저 초막 속으로……'

"중사님, 이제야 생각이 나네요."

'잎이 무성한 나뭇가지 아래서 나는 물소리를 들어보렴. 세찬 소리를 내며 흘러가는 저 물소리를 이제 곧 거센 비 쏟아지려 하니……'

"아, 맞았어요, 맞아요."

중사가 말했다. 그들은 같은 기분을 맛보고 있었다.

"날이 밝아오는군요, 중사님. 이제 일을 시작해야겠죠."

"그럼 물론이지요."

"점화플러그의 스패너 좀 주시겠어요?"

"그럼요, 물론 드려야지요."

"이제 핀셋으로 여기를 눌러주세요."

"말씀만 하세요. 무엇이든 할 테니까요."

"보시다시피, 중사님. 별것 아니었네요. 이제 떠날 수 있겠어요."

중사는 어딘가에서 왔다가 이제 다시 날아가버리려 하는 그 젊은 신(神)을 바라보았다. 그는 중사에게 노래 한 곡과 튀니스와 그 자신을 다시금 생각하게 해주려 내려왔던 것이다. 사막 저 너머 어느 낙원에서 저렇게 아름다운 전령들이 소리도 없이 찾아왔던 것일까?

"안녕히 계십시오, 중사님."

"안녕히 가십시오……."

중사는 자신이 무슨 말을 하는지도 모르는 채 무의식 중에 입술을 움직였다. 중사는 앞으로 6개월간 지속될 이 사랑을 가슴속에 담아두었다는 말을 어떻게 표현해야 할지 몰랐다.

7

무전 : 여기는 세네갈의 생루이. 포르에티엔에 알림. 우편기는 생루이에 도착하지 않았음. 속히 연락 바람.

무전 : 여기는 포르에티엔. 생루이에 알림. 어제 16시 45분 출발 이후 아무 소식 없음. 즉시 수색하겠음.

무전 : 여기는 세네갈 생루이. 포르에티엔에 알림. 632호기, 7시 25분, 생루이 출발. 그 비행기가 포르에티엔에 도착할 때까지 수색대 파견 보류 바람.

무전 : 여기는 포르에티엔. 생루이에 알림. 632호기, 13시 40분 무사히 도착. 조종사는 시계(視界)가 충분했으나 아무것도 발견하지 못했다고 함. 우편기가 정상 코스를 택했다면 발견했을 것이라는 조종사의 의견임. 철저한 수색을 위해 새로운 조종사가 필요함.

무전 : 여기는 생루이. 포르에티엔에 알림. 알겠다. 즉시 명령을 내리겠음.

무전 : 여기는 생루이. 쥐비에 알림. 프랑스발 남아메리카행 우편기 소식 없음. 포르에티엔에 전달 바람.

쥐비.

정비사 한 사람이 돌아와 나에게 말했다. "앞쪽 왼편에는 물, 오른편에는 식료품을 저장해 두었습니다. 뒤쪽에는 예비바퀴와 구급상자를 준비해 두었습니다. 10분 내로 준비 완료하겠습니다."

"좋소."

나는 메모판을 끌어당겨 몇 가지 지시사항을 적었다.

'내가 없는 동안 매일 일지를 기록할 것. 무어인들 급료는 월요일에 지불할

것. 빈 통들은 범선에 실을 것.'

나는 창턱에 팔꿈치를 괴고 내다보았다. 한 달에 한 번 우리에게 신선한 음료수를 보급해 주는 범선이 파도 위에서 가볍게 흔들리고 있었다. 그 광경은 매력적이었다. 범선은 나의 사막에 약간의 활기와 신선함을 전해준다. 나는 비둘기의 방문을 받은 방주 속의 노아와 같은 기분이다.

비행 준비가 완료되었다.

무전 : 여기는 쥐비. 포르에티엔에 알림. 236호기, 14시 20분, 포르에티엔으로 출발.

백골들은 대상(大商)들이 지나다니는 길의 표지판이 되고, 우리의 항로는 추락한 비행기 몇 대가 알려준다.

'보자도르의 비행장까지는 아직 한 시간이 넘게 남았다…….'

무어인들에게 약탈당한 기체의 잔해들, 그것이 푯말이다.

모래 위를 날아서 1,000킬로미터, 그러면 포르에티엔에 도착한다. 사막 한가운데 4채의 건물이 보인다.

"자네를 기다리고 있었네. 해가 남아 있을 때 떠나려면 이륙을 서둘러야겠어. 한 대는 20킬로미터로 해안선을 따라가고, 다른 한 대는 그 위에서 50킬로미터로 비행하게. 밤이 되면 초소를 기항지로 삼기로 하지. 자네, 비행기를 바꿔 타지 않겠나?"

"그래야겠네, 밸브가 좋지 않아."

우리는 신속히 비행기를 갈아타고 출발했다.

아무것도 아니었다. 거무스름한 바위에 불과했다. 나는 계속해서 이 황량한 사막을 밀고 지나간다. 검은 점을 볼 때마다 긴장된다. 그러나 모래는 내게 검은 바위들밖에 굴려 보내지 않는다.

이제는 동료들이 보이지 않는다. 그들은 이륙하여, 하늘 어디엔가 자신들의 담당구역에서, 솔개 같은 인내력으로 하늘을 날고 있을 것이다. 이제 더 이상 바다도 보이지 않는다. 들끓는 도가니 위에 서 있는 것과 같은 나에게 생명체라고는 아무것도 보이지 않는다. 내 심장이 마구 뛰기 시작한다. 저기 잔해물은 혹시…… 역시 거무스름한 바위였다.

엔진이 흐르는 강물의 요란한 소리를 쏟아내고 있다. 이 쉼 없는 엔진 소리가 나를 둘러싸고 지치게 한다.

베르니스, 나는 자네가 자네의 그 설명할 수 없는 희망에 몰입되어 있는 모습을 가끔 보았었지. 이를 말로 뭐라고 옮겨야 할지 모르겠네. 자네가 좋아했던 니체의 말이 떠오르는군. "짧고, 뜨겁고, 쓸쓸하면서도 행복한 나의 여름."

한참을 찾아 헤맨 탓에 두 눈이 몹시 침침하다. 검은 점들이 눈앞에서 춤을 춘다. 지금 있는 곳이 어딘지도 모르겠다.

"그럼 베르니스를 봤단 말입니까, 중사님?"
"새벽녘에 다시 떠났어요."
우리는 초소 발치에 앉았다. 세네갈 병사들은 웃고 있고, 중사는 생각에 잠긴다. 환하게 밝은 황혼이지만 아무 소용이 없다.
우리 가운데 누군가가 불쑥 말한다.
"만약 비행기가 산산조각이 났다면…… 찾아내기 어렵겠죠……."
"물론이지."
우리 중 한 사람이 일어나 몇 걸음 걷는다.
"아무래도 어렵겠군…… 담배 태우겠나?"
우리는 밤 속으로 빨려 들어간다. 짐승도 사람도 그리고 사물들 모두…….

우리가 담뱃불을 등불 삼아 밤 속으로 빨려 들어가자, 세상은 자신의 진정한 넓이를 회복한다. 포르에티엔을 찾아가는 동안 대상들은 절로 늙어버리고 만다. 세네갈의 생루이는 꿈의 변경에 자리하고 있다. 조금 전까지만 해도 이 사막은 아무 신비할 것도 없는 단지 모래밭에 지나지 않았다. 몇 발치 떨어진 곳에는 마을이 있었고, 인내와 침묵과 고독으로 무장한 중사는 자신의 그 같은 미덕이 모두 허망하다고 생각했다. 그러나 지금 하이에나의 울부짖음에 사막은 생기를 되찾고, 동물의 울부짖음에 신비로움이 탄생된다. 무언가 태어나고, 사라지고, 다시 시작되고…….

그러나 저 별들은 우리에게 진정한 거리를 알게 해 준다. 평화로운 삶과 충실한 사랑, 우리가 몹시 소중히 여긴다고 믿는 애인, 이런 것들에 이르는 길을 북극성은 알려준다.

그리고 남십자성은 보물이 있는 곳을 알려준다.

새벽 3시쯤 되니, 덮고 있는 모직 담요가 얇고 투명한 것처럼 비쳐 보인다. 달의 장난질이다! 나는 얼어붙은 듯한 추위에 잠에서 깨어나 담배를 태우려 발코니로 올라간다. 한 개비, 또 한 개비. 그러다 보면 새벽이 오겠지.

달빛을 가득 받은 이 작은 초소는 잔잔한 수면 위에 떠 있는 항구와 같다. 항해자들을 위한 별들이 무리 지어 떠 있다. 우리 세대의 비행기 나침반은 충실하게 북쪽을 가리키고 있다. 그런데⋯⋯.

자네는 지상 위의 마지막 발자국을 남길 곳으로 여기를 선택했던 것인가? 여기는 감각의 세상이 끝나는 곳이네. 이 작은 초소는 부두와도 같은 느낌이지. 이 달빛을 향해 활짝 열려 있는 문턱을 넘어서면 그곳에는 어느 하나 현실적인 것이 없다네.

얼마나 경이로운 밤인가! 자크 베르니스, 자네는 지금 어디 있는가? 혹시 여기에 있는가? 아니면 혹시 저기에 있는 것인가? 이미 자네의 존재가 얼마나 가냘프게 되었는지 알겠는가? 나를 에워싸고 있는 사하라 사막은, 영양의 발자국 말고는 아무런 흔적도 남아 있지 않은 이 사하라 사막은 지극히 깊게 파인 주름 속에 솜털같이 가벼운 어린아이의 몸을 가까스로 견디어낸다네⋯⋯.

중사가 올라와 내 옆으로 다가왔다.

"안녕하십니까?"

"안녕하십니까, 중사님."

그는 귀를 기울이고 있지만 아무 소리도 들리지 않는다. 오로지 침묵뿐이다. 베르니스, 자네가 만들어 낸 침묵이네.

"담배 한 대 태우시겠습니까?"

"예, 고맙습니다."

중사는 담배를 잘근잘근 씹는다.

"중사님, 저는 내일도 제 동료를 찾아볼 겁니다. 중사님은 그 친구가 어디에 있을 거라고 생각하십니까?"

중사는 자신 있게 지평선 전체를 가리킨다.

잃어버린 아이 하나가 온 사막을 가득 채우고 있다.

베르니스, 자네는 언젠가 나에게 이런 고백을 했었지.

"나는 내가 진정으로 이해할 수 없었던 삶을 좋아했네. 너무 충실하지만은 않은 그런 삶 말이야. 나는 내가 필요로 하는 게 무엇인지조차 잘 모르고 있어. 그건 그저 막연한 동경이었지⋯⋯."

베르니스, 또 언젠가는 이렇게도 말했었지.

"나는 모든 것의 이면에 숨어 있던 의미를 알아맞혔네. 노력만 하면 그게 뭔지 이해하고, 알고, 또 그걸 밖으로 끄집어낼 수 있을 것 같았어. 내가 밖으로 끄집어낼 수 없었던 친구의 존재 때문에 나는 혼란스러워졌지."

어디선가 배 한 척이 침몰하고 있는 것 같다. 어디선가 아이 하나가 사그라지는 것 같다. 돛과, 돛대와, 희망의 가녀린 떨림이 바닷속으로 가라앉고 있는 것 같다.

새벽, 무어인들의 목쉰 함성이 들려온다. 그들의 낙타들은 매우 지친 상태로 모래 위에 웅크리고 앉아 있다. 소총 3백 자루를 가진 비적 떼가 몰래 북쪽에서 내려와, 갑자기 동쪽에 나타난 대상(隊商)들을 학살했다고 한다.

이 비적 떼의 이동방향으로 찾아보면 어떨까?

"그럼 부챗살 모양으로 흩어져서 나가봅시다. 알겠소? 가운데 있는 비행기가 정동(正東) 방향으로 가고⋯⋯."

사문,[5] 고도 50미터부터는 이 바람이 우리를 진공청소기처럼 바짝 말려줄 게야⋯⋯.

이보게, 자네가 그토록 찾아 헤매던 보물이 바로 여기였단 말인가?

---

5) samun. 북아프리카와 아랍 사막지역의 열풍(熱風) 이름. 시문(simoon), 시뭄(simoom)이라고도 함.

어젯밤 이 모래언덕 위에 두 팔을 벌린 채, 얼굴은 저 검푸른 하늘의 물굽이를 향하고, 두 눈은 저 별들의 마을에 고정시켜 누운 자네는 너무나도 가벼웠지……

남쪽으로 내려가면서 자네가 얼마나 많은 인연의 끈들을 끊어버렸는지 아는가? 베르니스, 공기처럼 가벼워진 공중의 그대는 친구 하나 말고는 더 이상 가진 게 없었지. 오직 한 가닥의 거미줄이 간신히 이 세상과 자네를 이어주고 있었네……

그날 밤 자네의 몸은 더 가벼워졌지. 자네는 현기증에 사로잡혔네. 머리 위 가장 높은 곳에 있던 별 속에 자네의 보물이 들어 있었지. 이 얼마나 순식간의 일이던가!

내 우정의 거미줄이 간신히 이 세상과 자네를 이어주고 있었건만, 충직하지 못한 양치기였던 나는 그만 잠이 들고 말았네.

무전 : 여기는 세네갈 생루이. 툴루즈에 알림. 프랑스발 남아메리카행 우편기 티메리스 동쪽에서 발견됨. 부근에 비적 떼가 있는 것으로 추정됨. 조종사는 피살되었고 기체 파손됨. 우편물은 무사함. 우편물 다카르로 공수했음.

어머니에게 드리는 편지

1992년에 새로 발행된 50프랑 지폐. 앞면 왼쪽 아래에는 특수잉크로 양 그림이 인쇄되어 있으며, 왼쪽 여백에는 생텍쥐페리의 얼굴이 그려져 있다. 이 지폐가 처음 나왔을 때 색채가 너무 풍부하고 아름다워서 장난감 지폐로 오해를 받기도 했다. 이 지폐를 받지 않으려는 가게가 있을 정도였다.

르 망에서
1910년 6월 11일

사랑하는 엄마,

만년필을 하나 샀어요. 그걸로 이 편지를 쓰는 중이에요. 아주 잘 써져요.

내일은 제 본명 축일입니다(세례명인 안토니오 성인의 축일). 엠마뉘엘 삼촌이 제 본명 축일에 회중시계를 주겠다고 약속하셨어요. 그러니 내일이 제 본명 축일이라고 삼촌한테 편지해 주시겠어요?

목요일에는 노트르담 뒤 센에 순례를 가는데 저도 학생 모두와 함께 갑니다. 날씨가 아주 나쁩니다. 줄곧 비가 와요. 제가 받은 선물들을 다 모아서 아주 예쁜 제단을 하나 만들었어요.

> 안녕.
> 엄마가 보고 싶어요.
> 앙투안 올림.
> 내일은 제 본명 축일입니다.

파리 생 루이 고등학교에서
1917년

사랑하는 엄마,

어머니께서는 날마다 편지를 보내겠다고 약속하셨는데! 오래전부터 아무 소식도 받지 못했습니다……

오늘은 목요일인데, 사흘 후인 일요일에는 저를 초대하신 망통 부인 댁에 가서 점심을 먹을 예정이에요. 부인을 뵈러 갔었는데, 아무도 없어서 명함을 놓고 왔어요. 운이 참 좋습니다.

날씨가 음산하고 우중충합니다.

파리 전체가 파란 칠이 되어 있습니다. ……전차의 등도 파랗고, 생 루이 고등학교의 복도의 등불도 파랗습니다. 무척 이상한 인상을 줍니다. ……그리고 제 생각에는 그렇게 한다고 독일 사람들이 어려움을 겪을 것 같지는 않습니다. 그렇지만 그렇지도 않군요.

지금 높은 창문에서 파리를 내려다보면 꼭 커다란 잉크 얼룩 같습니다.

빛이 하나도 없고, 달무리도 없습니다. 불빛 없이 캄캄한 정도는 놀랄 만합니다! 거리 쪽으로 난 창에 빛이 새어 나오는 사람은 모두 벌금을 물어요! 굉장한 커튼이 필요합니다!

방금 성경을 조금 읽었습니다. 얼마나 경탄할 만하고, 얼마나 간절하면서 힘찬 문체이며, 또 훌륭한 시인 경우가 얼마나 많은지요! 스물다섯 쪽이나 되는 계명들은 입법과 양식의 걸작품입니다. 어디에서나 도덕률이 그 이로움과 아름다움 가운데에서 빛납니다. 찬란합니다.

솔로몬의 잠언을 읽으셨나요? 그리고 아가(雅歌)는 얼마나 아름다운지요! 이 책에는 무엇이든지 다 있습니다. 멋으로 그 분야를 채택한 작가들의 염세주의보다 훨씬 더 심각하고 더 진실한 염세주의를 거기서 발견하는 일도 자주 있습니다. 전도서는 읽으셨어요?

어머니께 작별 인사를 드립니다. 저는 육체적으로 정신적으로 또 수학적으로 말해서 잘 있습니다.

어머니를 꼭 껴안으며 사랑하는 아들
앙투안 올림.

파리 생 루이 고등학교에서
1917년

사랑하는 엄마,

마침 시간이 조금 있어서 편지를 드립니다. 방금 수학 예비시험을 치렀는데

10점을 받았습니다. 저로서는 괜찮은 편이에요.

시네티 사촌들이 파리에 와 있습니다. 일요일에 초대를 받았지만 저는 외출이 금지되었습니다. 외출금지는 그저 바깥에만 나가지 못할 뿐이지, 그 밖에는 시간을 마음대로 쓸 수 있어요. 저는 공부할 게 굉장히 많기 때문에 외출금지로 곤란한 것은 별로 없습니다.

생 루이 고등학교는 아주 기분 좋은 곳이에요. 하지만 여기서 열두 시간 외출이 금지되는 것은 유치장에 5분 동안 갇히는 것과 맞먹습니다.

피할 수 없는 것으로 받아들이면 걱정하지 않게 돼요.

저는 늘 기쁘고 만족하고 무척 즐겁습니다. 그리고 어머니께서 제 곁에 계시면 저는 천국에 가 있을 것입니다.

자주 편지 보내 주세요. 어머니의 편지는 어머니를 뵙는 것과 같으니까요.

저희는 교실과 자습실을 온갖 군함과 대형 여객선을 그린 아주 큰 그림으로 꾸몄습니다. 그리고 그것들을 발판을 놓고 몰래 자습실에 빈대못으로 고정시키다가 들켰기 때문에 열두 시간 외출 금지를 당한 거예요.

자습시간 말고는 그 방에 가는 것이 금지되어 있거든요.

도덕면에 대해서 제 정확한 느낌을 말씀드리겠습니다.

1. 공동 침실의 부도덕에 대한 이야기는 모두 새빨간 거짓말입니다. 제가 공동 침실에서 잠을 잔 지 한 달이 되는데 모든 것이 하나같이 나무랄 데가 없습니다.

2. 종교적인 관점에서는, 물론 신을 믿는 이가 종교계 학교보다는 적지만, 인간에 대한 존중은 더 많으니 이상한 일입니다.

공부할 때 제 옆에 있는 친구는 어쩌다 미사책에 있는 묵상을 읽지만, 신을 믿지 않는 그 옆의 친구는 그걸 비웃을 생각조차 하지 않습니다. 그리고 저도 마음이 내키면 살래가 보내준 훌륭한 성경을 읽지만 누구도 거기에 주의를 기울이지 않습니다. 신앙을 갖지 않은 아이들도 다른 아이들의 신앙을 완전히 정중하게 존중합니다.

다른 학교에서 듣는 "너, 그 엉터리를 다 믿는 거야?" 따위의 말은 절대로 들리지 않습니다. 그저 이렇게 말할 뿐입니다. "넌 가톨릭이냐?—그래, 너는?—난 아니야." 그저 그뿐이지요. 난 아니야, 하는 아이 편에서 빙그레 웃는다든지 하는 일도 없습니다. 멋있는 일입니다.

여기서는 믿지 않는 아이들이 믿는 아이들을 존경하고 존중하는 것 같습니다.

3. 밖으로 드러나는 도덕. 그야 물론 시내에 가서 흥청거리는 학생들이 있기는 합니다. 그렇지만 그들도 다른 사람들의 도덕을 존중하고, 오히려 흥청거리지 않는 학생들을 존경합니다.

요컨대 종교계 학교보다 '믿는 사람'과 흥청거리지 않는 사람이 적기는 하지만, 믿고 얌전하게 구는 학생들이 대부분 습관적으로 때로는 가정의 전통으로, 기타 등등으로 그렇게 하는 학교들보다는 모두가 오히려 더 확실한 정신을 갖고 있습니다. 하긴 제 반은 대부분 종교를 가지고 있습니다.

저는 수학 성적이 오르기 시작했어요. 잘 될 걸로 생각합니다.

참, 저는 규율부의 반장이 되었습니다. 열두 명에서 열다섯 명까지를 이끄는데 특히 벌주는 것을 지휘하고 감독할 책임을 맡았습니다. 그러나 제가 이끄는 동안 그런 일은 아직 없었습니다. 대장이 "이러이러한 학생은 벌을 주어야 한다"고 말하면, 반장이 벌주는 날짜와 시간과 상황을, 그리고 벌 받을 학생을 어떻게 정할지 등등을 정합니다.

이공계 입시 준비생들은 비열해요. 그런 사람들과는 정말 어울릴 수가 없습니다. 그들은 트집 잡기 좋아하고, 편협한 정신을 가진 데다, 운동 경기에서도 정정당당하지 못합니다. 성미가 꽤 까다롭고, 함께 놀기에는 너무 견딜 수 없고 기분 나빠서 이제 다시는 그들과 말을 하지 않으려고요. ……요컨대 그들은 사람잡기 놀이에서 저희를 이겼습니다.

저는 보병뿐 아니라 포병으로서 군대 준비를 할 생각이에요. 포병이 훨씬 더 흥미가 있어요. 학술적인 포술 강의를 듣고 실습은 뱅센 요새에 가서 합니다. 거기서는 대령 등의 지도 아래 포사격을 합니다. 그곳에 매주 갑니다.

규율부장이 사임했는데, 큰 사건입니다. 그를 갑자기 회계로 임명했고, 회계를 그 대신 규율부장으로 임명했지요.

이제 어머니와 작별을 해야겠습니다. 마음으로부터 어머니께 입맞춤을 보내

드리고 다시 수학을 공부하러 가겠습니다.

설날에 라몰에 가고 싶습니다. 그렇지 않으면 부활절까지는 어머니를 뵐 수 없을 테니까요!

사랑하는 어머니, 안녕히 계셔요,
어머니께 진심에서 나오는 입맞춤을 보내드립니다.
어머니를 존경하는 아들 올림.

해사, 잘했다!!!
이공대, 목 잘려라!!!
국립고공, 목 잘려라!!!

저희 칠판마다 이렇게 쓰여 있습니다. 하긴 다른 자습실에는 반대로 쓰여 있지요.

여기에 대해서 말씀드리자면, 저희 학교는 국립고등공업학교로서 입시를 준비하는 스물여덟인가 서른인가 된 학생감이 있습니다. 그렇기 때문에 저희 칠판에서는 특히 국립고공이 욕을 먹습니다. 그중에는 이런 것도 있습니다.

"국립고공 입시 준비생들을 위한 수학 문제." "미지수 셋이 있는 1차 방정식." 이것은 어렵기로 말하면 "쥘이 구슬 세 개를 가졌는데, 그에게서 두 개를 빼앗으면 그에게는 몇 개가 남았느냐?" 또는 "둘과 둘을 합치면 몇이 되느냐?" 하는 것과 똑같습니다.

이것이 제 마지막 우표입니다.

파리 생 루이 고등학교에서
1918년

사랑하는 엄마,

이제 생 루이에 도착했습니다. 다섯 시간이나 늦게 도착했어요. 무척 울적합니다만 좋아질 거예요.

주일에는 외출해서 죠르당 부인 댁에 가고, 오후에는 시네티네에 가서 간식을 먹기로 했습니다. 로즈 이모님 댁을 방문했으면 좋겠는데 주소 좀 보내 주세요.

어머니께서는 남쪽 지방에 계시니 정말 운이 좋으세요. 그렇지만 저는 거기에 갈 수가 없습니다. 얼마나 늦게 도착하셨어요?

날씨가 우중충하고 고약한 데다가 몹시 춥습니다. 저는 발에 얼음이 박혔습니다. ……그리고 마음에도 얼음이 박혔어요.

저는 수학의 관점에서 마비되었기 때문입니다. 수학이 지긋지긋하다는 말이에요. 쌍곡형 포물선 방정식의 결산에서 헤매고, 무한대 안에서 떠돌고 허수라는 수를 가지고 몇 시간씩 머리를 쥐어짜—허수는 존재하지 않으니까요. 실수는 그것의 개별적인 경우에 지나지 않습니다. 2차 미분을 적분하고 등등 이런 일은 무척 재미있는 일이지요! 빌어먹을!

이렇게 힘찬 감탄사를 쓰니까 진흙탕에서 좀 빠져나온 것 같고 머리도 다시 맑아집니다. 저는 어떤 분, 즉 파제스 선생님과 이야기를 나누었습니다. 그분께 돈을 드렸어요. 어머니는 그분께 405프랑을 드릴 게 있었지요.

넘치는 금액은 그분이 아마 다음 학기 계산서에 넣으실 거예요. 선생님은 제가 희망이 있다고 말씀하셨습니다. 그래서 수학에 대해서 위로가 됩니다.

제가 좀 울적하다고 걱정하지 마세요. 괜찮아질 테니까요! 다행스럽게도 어머니께서는 아름다운 고장에 계시지요! 상냥한 어머니 노래의 위로인 디슈와 함께 말입니다.

'죠르당 부인' 류의 작은 책자들이 이곳에서 읽히는 데 아이들이 깜짝 놀랍

니다. 그 책자들이 매우 큰 효과를 낼 것
같아요. 내일 여러 권을 부탁할 예정입니
다. 정신 수양에 매우 도움이 되는 것이
또 있습니다.

　'상처입은 사람들'이라는 연극(브리외의
작품인 것 같아요)입니다.

　사랑하는 어머니, 이제는 드릴 말씀이
많지 않으니 작별 인사와 함께 진심으로
입맞춤을 보내드리며, 전처럼 날마다 편지 보내주시기를 간청합니다!

어머니를 존경하고 사랑하는 아들
앙투안 올림.

브장송에서
1918년

사랑하는 엄마,

아주 슬픈 일이 생겼어요.

비달 장군께서 나이 때문에 퇴역하셨어요. 이 일은 어쩔 수 없지만 그래도 모두가 섭섭해합니다. 비달 부인도 그렇고 장군님도 모든 분이 떠나기 전에 어머니를 여기서 뵈었으면 좋겠다고 말씀하셨어요.

편지 고맙습니다. 제 급한 편지 받으셨어요?

시간이 없어요! 빨리 보내 주시면 고맙겠습니다. 정말 급한 일이에요.

화덕의 요정이 어느 겨울날 밤 눈을 녹이면서 공상에 잠겨 있습니다. ……누구를 생각하는 것일까요?

화덕의 요정

코로 선생님으로부터 매우 친절한 편지를 받았습니다. 선생님은 저를 격려해 주셨습니다. 저는 이분이 무척 좋아요.

저는 요즘 즉시 편입되도록 군에 지원할 수 없을까 생각하면서 매우 난처한 처지예요. 한편으로는 해군성의 답장을 기다리기도 합니다. 따지고 보면 있음직한 소집일인 10월 15일을 기다려 보는 것도 좋겠지요.

9월에 어머니를 뵙게 되어 정말 기뻐요.

먼저 독일어와 수학을 공부합니다. 나머지 시간에는
어머니께서 아마 여기서 보셨을 조각가 게노와 예술에
대한 이야기를 나누고 시를 짓지만, 저는 시간이 많지
않아요.

요정이 누구 생각을 하고
있는지…….
짐작이 가는 것 같습니다.

제브리외로 산책 갑시다.

제브리외에서, 믿지 못할 사람!

황량한 제브리외에서
나는 얼마나 권태를 느꼈던가!
라신(앙드로마크)

아리안 내 자매여, 그대는 어떤 사랑에 상처를 입어
그대가 버려진 물가에서 죽었는가?

라신(페드로)

일요일에는 비달 부인을 비롯해 모르는 사람과 함께 먼 곳으로 산책을 가요.
어머니께서 저더러 제 생활에 대한 자세한 소식을 보내라고 말씀하시지만,
저는 언제나 공부하고 그래서 그다지 큰 변화가 없습니다.
대수를 하러 가려고 작별 인사를 드립니다. 진심으로 입맞춤을 보내요.

어머니를 존경하는 아들
앙투안 올림.

파리에서
1919년

사랑하는 엄마,

어머니 편지 고맙습니다. 제게는 무척 반가운 소식이에요.

새 만년필 촉을 쓰는데 그게 아직 길이 들지 않아 글씨를 제대로 쓰지 못하겠어요. 예전 것은 망가졌어요. 못생긴 글씨를 용서해 주세요.

저는 잘 있어요. 다만 조금 피곤해서 르망에 가서 일주일 동안 쉴 생각이에요. 국립고공의 구두시험이 보름 정도 남았습니다. 그렇지만 걱정마세요. 헛된 기대 없이 그저 호기심으로 응시하는 것이니까요. 모두가 구두시험을 치러요. 저는 필기시험에서 평균으로 2점은 꼭 받아야 합니다.

저보다 성적이 좋았던 루이는 구두시험을 보는 것을 쓸데없는 일로 생각하고 이제는 시험에 대해서 아무 걱정도 하지 않습니다.

그래도 저는 끝까지 공부하고 싶어요. 그렇다고 가망이 없는 시험 때문에 그런 것은 아닙니다.

이 편지는 이본 이모 집에서 씁니다. 르망으로 떠나기 전에 오늘 밤은 여기서 잡니다. 본비네를 꽤 자주 만납니다(……). 루이로 말하면 매우 매력있는 친구입니다(……).

어제 오페라 대로에 엄청난 일렬 데모(바칼로레아 시험 뒤에 일렬횡대로 거리를 누비는 행렬)가 있었습니다. 저는 우리가 지나가지 못하도록 막은 자동차 45대를 세웠어요. 45대. 우리는 멋진 비결을 찾아냈지요!

1킬로미터나 되는 노끈이 일렬데모대 시작부터 끝까지 갔어요. 그러면 어떤 차도 그걸 끊을 수가 없어요. 꽤 재미있었어요.

저는 르망통 돌리와 편지를 주고받습니다. 그 사람들은 더없이 기분 좋은 사람들이에요.

쟌을 생각하면서 저는 디디(누이 동생 가브리엘)의 상투적인 말을 노래할 수 있겠지요.

눈물을 펑펑 쏟으면서 "네가 결혼한다면서……" 하고, 또 필요한 경우에는 질레트 면도날로 자살까지도 할 수 있을 거예요……아니에요. 저는 강해요. 그래서 이 가슴 찌르는 고통을 견디어 냅니다…… 그러고 보니, 쟌에게 내가 약속한 그의 결혼을 위한 시구를 보내야겠다는 생각이 나는군요. 르망에서 보낼게요.

더없이 좋은 날씨입니다. 하지만 너무 파란 하늘에 너무 하얀 작은 구름들이 떠 있습니다. 19세기 판화에서 자주 볼 수 있는 하늘입니다.

제 생각을 아시겠지요.

참 좋은 날씨라고 한 것은 오늘이 서늘하기 때문이에요! 정말 서늘해요!

그래서 치과에서 한 시간 치료 받는 일만 없었더라면 제 오후는 매력적이었을 거예요.

제과점 두 군데에 가서 아이스크림을 두 개나 먹어 치웠습니다. 정말이지 아이스크림과(노래에서 말하는 것처럼) 낙타는 조물주의 가장 훌륭한 발명이에요.

저는 방금 드 트레비스 사촌에게 시를 읽어 주었는데, 그는 아주 멋있고 흥미도 있으며 독창적이고 남다른 조언을 많이 해 주었습니다. 그는 뛰어난 사람이에요. 아시겠죠?

저는 아직도 목이 좀 아프다는 것을 느끼면 우울해집니다. 그 빌어먹을 놈의 열이 다시 나지 않았으면 좋겠는데요. 아이스크림 두 개를 먹지 말았어야 하는 건데 그랬습니다.

어머니의 기분 전환을 좀 해드리려고 긴 편지를 보내요. 그리고 제가 아플 때 사랑하는 사람들에게서 긴 편지 받기를 좋아한다고 말씀 드리고 싶어요. 어머니께서 편치 않으시리라는 것을 알고는 몹시 슬픕니다.

어머니를 좀 웃겨 드리고 싶지만, 요새 낮과 밤이 계속되는 중에서는 웃음을 크게 자아내는 일이 없네요.

방금 제 둘레를 휘 둘러보았습니다. 저는 나폴레옹의 잡동사니를 넣어두는 방에 있어요—무척 훌륭한 방으로—여기에 있는 자질구레한 실내장식품 모두가 이 위대한 인물의 수없이 다양한 모습을 보여주고, 가구 하나하나에는 아무리 작은 것이라도 골동품이 무려 50개씩은 들어 있어요.

바로 제 앞에도 자기(磁器)로 만들어진 것이 하나 있는데, 친절한 태도로 저를 바라보고 있습니다.

그는 위인으로는 좀 지나치게 살이 찐 모습입니다. 위인은 살이 쪄서는 안됩니다. 위인은 속에 불길이 타오르고 있어야 하거든요. 조금 오른쪽에는 말을 탄 모습이 하나 있는데 말이 앞발을 들고 서있고 나폴레옹은 프랑스의 상속재산에서 적어도 맛있는 포도주 네 병을 잃은 다음에 돌아오는 것 같은 쾌활한 모습이에요. 그러나 나폴레옹은 영광과 맑은 물을 먹고 살아서 이 명랑한 얼굴과는 어울리지 않았겠지요. 이 모습은 역사적 실제에 대한 제 감정을 상하게 합니다.

저는 오늘밤에 틀림없이 수없이 많은 이 나폴레옹들 때문에 환각을 갖게 되겠지요.

왼쪽에 있는 야위고 마른 나폴레옹은 지나치게 야위고 말라서 머리카락까지 곤두서게 할 거예요. 빈정거리는 나폴레옹은 세련된 태도로 제 귀를 잡아당기면서 기분 좋게 자연스러운 모습으로 익살을 부릴 테고요. 만일 꿈에 이런 것이 보이지 않으면 제 신경 계통이 든든하기 때문이겠죠.

이본 이모님은 오늘 저녁 아주 아름다웠어요. 이모님은 저를 위해 제가 좋아하는 쇼팽의 곡을 하나 연주했습니다.—쇼팽은 굉장한 천재예요!—그리고 저는 시를 읊었습니다(그렇지만 이 말은 벌써 했지요).

저는 어느 날 어머니의 전쟁 추억담을 들었으면 정말 좋겠어요.

사랑하는 어머니, 이에 대한 일을 하세요. 그렇지만 실제로 어머니께서는 그림이라는 예술적 능력을 갖고 계시니, 그것을 연습하지 않으시고 또 제게는 수

학보다도 한결 어렵게 여겨지는 기호들이 있으니, 어머니께서 굳이 기진맥진하실 필요가 어디 있겠습니까?

모노 누나는 생 모리스의 무성한 풀 가운데에서 아름다워지고 있나요? 그리고 디슈는요? 귀여운 천사, 그 애는 가족과 함께 닭들과 개, 토끼와 돼지들을 다시 볼 수 있다는 사실을 얼마나 기뻐할까요…… 모노 누나도 이탈리아인들을 다시 만나는 것이 아주 기쁘겠지요!

이탈리아 민족은 예의면에서는 뛰어납니다. 그러나 제 생각에는 그들은 유산을 갖고 살며, 무엇을 창작할 능력은 없는 것 같습니다. 예술이나 과학이라는 관점에서는 강력한 그 무엇이 그들에게서 탄생하지 않으니까요.

제 침대 커버가 연분홍빛깔이라는 사실을 발견했어요. 그걸 보니까 과자 생각이 나서 입에 군침이 돕니다. 연분홍색 침대 커버라서 저는 매우 기쁩니다.

넷째 나폴레옹은 저를 보고 호의적인 태도로 미소짓습니다.

세수를 하라고 방금 더운물을 가져왔습니다. 참 사치스럽군요!

이제 더 무슨 말씀을 드려야 할지 모르겠어요. 하긴 5분 전부터는 양심적으로 말씀드려 조리 없이 말하고 있습니다.

어머니께 작별 인사를 드리며 진심으로 입맞춤을 보내요. 어머니를 몹시 사랑합니다.

어머니를 존경하는 아들
앙투안 올림.

앞으로 본 모습

왕이며 황제

굉장한 발견을 했습니다!

제 맞은편에 있는 나폴레옹이 알고 보니 물병이네요. 게다가 등지느러미 모양으로 생긴 손잡이까지 있지 뭐예요! 나폴레옹은 물병이 되는 바람에 그의 존엄성을 꽤나 잃어버렸네요!

물병인 왕이며 황제

뒤집어서 보세요.

이제 저는 누워 있습니다. 제 앞에는 나폴레옹 무덤 위에서 울고 있는 도금한 금속제의 아주 못생긴 큐피드 신상이 있습니다.

잠이 오네요. 도금한 금속으로 만들어진 사랑의 신을 예술적으로 보면서 어머니께 작별 인사를 드립니다!

어머니에게 드리는 편지 409

스트라스부르
1921년 5월

사랑하는 엄마,

방금 드 빌리 대위님을 만나고 오는 길인데 호감 가는 분이세요. 그런데 경보가 울릴 때 여기서 하는 모든 준비 때문에 몹시 바빠서 저더러 대신 회답을 드리라고 합니다.

대위님은 민간 면허장에 대한 제 생각이 좋다고 하세요. 그러나 그전에 제게 다음 사항들을 말씀하셨어요.

1. 내일 진찰과 재진(再診)을 받을 것.

2. 민간 회사에 대한 자료를 얻기 위해 소령님께 그 말씀을 드릴 것.

저는 모든 것이 잘 되리라고 믿어요. 그렇게 되면 어머니께 꼭 말씀드리겠습니다.

저는 완전히 뒤죽박죽이 된 상태로 스파드 에르브몽에서 내려옵니다. 공중에서는 공간과 거리, 방향에 대한 제 관념이 완전히 부조화를 이룹니다. 땅을 찾을 때 때로는 제 아래를 내려다보고, 때로는 위나 오른쪽이나 왼쪽을 바라보곤 하지요.

저는 매우 높이 있다고 생각했는데, 갑자기 수직 선회강하로 땅으로 곤두박질 치고 있었습니다. 아주 낮게 비행한다고 생각했는데, 5백 마력 엔진으로 2분 만에 천 미터까지 올라가기도 했지요. 그놈은 춤을 추고, 키질을 하고, 옆질을 하는 것이었습니다……아이구!

내일은 같은 조종사와 함께 구름보다 훨씬 더 높은 고도 5천 미터까지 올라갑니다. 다른 친구가 조종하는 또 다른 비행기와 공중전을 시작합니다. 그러면 선회강하, 공중회전, 선회 따위로 말미암아 일 년 동안 먹은 점심을 모두 위에서 쏟아내겠지요.

전 아직 기관총 사수는 아니에요. 그래서 제가 배운 지식 덕택으로 비행기를 타게 된 거죠. 어제는 폭풍이 불고 사나운 비가 내려서 시속 280킬로미터와 3백 킬로미터로 얼굴을 때렸습니다.

민간 면허증과는 상관없이 9일에는 기관총 사수로서의 훈련을 시작할 생각이에요.

어제는 전투기 대열병식이 있었습니다. 윤을 잘 낸 조그마한 1인승 비행기 스파드기들 꽁무니 아래 예쁜 소기관총을 장착하고—사흘 전부터는 기관총을 실으니까요—격납고 앞에 죽 정렬한 배뚱뚱이 유성(流星)인 앙리오기들과 현재의 왕인 스파드 에르브몽기들이 있는데, 찌푸린 눈썹 같은 날개의 옆모습을 가진 심술궂은 형상의 이 비행기들 곁에는 어떤 비행기도 얼씬하지 못합니다.

어머니는 스파드 에르브몽 비행기가 얼마나 험상궂고 흉포한 모습을 하고 있는지 상상도 못 하실 거예요. 무서운 비행기입니다. 제가 열정을 갖고 조종했으면 하는 것이지요.

이 비행기는 물속에 상어가 있듯이 공중에 떠 있습니다. 그리고 공중에서는 정말이지 상어와 비슷합니다! 매끈매끈한 몸을 가졌고, 상어처럼 나긋나긋하고 재빠르게 전개동작을 하지요. 날개를 수직으로 하고도 공기에 대한 저항력이 있습니다.

요컨대 저는 커다란 열광 가운데 살고 있어요. 그래서 내일 만약 신체검사에서 떨어진다면 쓰라린 환멸에 빠지고 말 거예요.

소박한 예술작품인 이 그림은 내일 있을 공중전을 표현해 봤어요.

이렇게 비행기들이 정렬해 있는 것을 보면서, 조정해 놓는 엔진이 윙윙거리는 소리를 듣고, 그 좋은 휘발유 냄새를 맡으면서 우리들은 "독일×들 혼 좀 날 거다" 이렇게 서로 말합니다.

사랑하는 어머니, 안녕히 계셔요. 진심으로 입맞춤을 합니다.

어머니를 존경하는 아들
앙투안 올림.

스트라스부르
1921년 5월

사랑하는 엄마,

파일럿 훈련생을 끝마치고 나서 제가 교수 노릇을 해야 한다는 사실을 생각해 보세요. 5월 26일부터 저는 내연 기관차와 항공역학 이론 강의를 맡게 되었습니다. 아마 한 반을 책임지게 될 것 같아요. 칠판도 있고 학생도 많은 그런 반이냐고요? 저는 분명히 파일럿 훈련생 과정을 통과할 거예요.

현재 다른 사람들이 퍼뜨린 나쁜 소문과는 달리 저는 연대를 무척 매력적인 곳으로 여기고 있습니다.

무엇보다도 저희는 스포츠를 즐겨요. 예컨대 이 연대는 거대한 하나의 축구 클럽이라 해도 과언이 아니에요. 또한 저희들은 중학 시절의 여러 가지 놀이들 —공을 던져서 상대를 쫓아내는 놀이, 양 뛰어넘기 놀이(한 사람이 허리를 구부려 그 위를 뛰어넘는 놀이) 등을 즐깁니다. 단지 학창 시절과 다른 점은 이러한 훈련에 벌칙이 존재한다는 것이지요.

이를테면 놀이에서 진 쪽은 독방의 축축한 짚더미 위에서 잠을 자야 하는 벌칙 따위가 그렇답니다. 이와는 또 다른 고등학교 때의 벌칙과 비슷한 것도 있습니다. '똑같은 것을 백 번이나 되풀이하고 있단 말이야. 또 비슷한 실수를 저지르는 사람은 대장님의 왼쪽으로 올 것.' 그렇게 해서 받는 벌칙 말입니다.

오늘 저녁에 장티푸스 예방주사를 맞았습니다. 한방을 쓰는 동료들 가운데 인정 많은 사람들이 있습니다. 저희들은 기다란 베개를 집어던지면서 커다란 전투를 벌입니다. 그럴 때면 많은 친구들이 저를 응원합니다. 제가 베개로 얻어맞는 것보다 상대를 때리는 경우가 더 많아요.

저는 교수라는 직책에서 되돌아옵니다…… 어찌 되었든, 저는 완전히 웃기는 사람이 되지요. 어머니가 보시기에 제가 교수같나요?

저는 제 동료들과 군 식당에서 점심과 저녁을 먹었습니다. 그들 중에서 한둘은 무척 매력적입니다. 저녁 여섯 시에 빠져나와 집에 도착한 뒤에 저는 샤워를 하고 나서 차를 끓여 마십니다.

강의 준비를 위해 사야 할 값비싼 책들이 너무 많네요. 어머니께서 편지를 받는 즉시 제게 돈을 조금 보내 주실 수는 없을까요?

혹, 어머니께서 제게 매달 오백 프랑씩 보내 주실 수 있을는지요? 대략 이 돈이 제가 한 달 사는 데 필요한 비용입니다.

저희들의 대장은 빌리 대위입니다. 어머니께서 혹시 이분을 알고 계신지요? 만약 아니라면, 저를 추천해 주십시오.

지금 파리에 계세요? 어머니께서 이번에 아담한 도시 스트라스부르에 오셔야 합니다. 그렇지 않으면, 다음에라도 오셔야 해요. 그리고 얼마 뒤면 저는 곧 휴가예요. 교수인 제가 말이에요……

자, 이제 작별의 시간입니다.

어머니를 사랑하며, 인사를 드립니다.

당신의 사랑스러운 아들
앙투안 올림

돈은 늘 병영으로 보내주세요(일반우편이나 군사우편으로). S.O.A. 비행 제2연대, 스트라스부르 상트랄, 바–랭.

1912년 7월 말, 가브리엘 우로브레우스키 살베즈가 조종하는 비행기(70마력 엔진이 달린 베르토 우로브레우스키 단엽기)를 타고 생텍쥐페리는 '하늘의 세례'를 받았다.

어머니에게 드리는 편지 **413**

스트라스부르에서
1921년 5월

사랑하는 엄마,

어머니의 전보를 어제 받았어요—어떻게 모든 것이 대위님에 의해서 공식적으로 타결되었는지 말씀드렸습니다.

진찰 두 번을 받았는데 조종사 자격으로 근무해도 좋다는 허가가 나왔습니다. 1천5백 프랑을 제게 가져다주시기 위해서 목요일 말고 내일 저녁에 떠나실 수 있어요? 그중 1천 프랑은 은행에 예금해 주십시오.

어머니, 제가 얼마나 비행기 조종을 하고 싶어 하는지 어머니는 모르실 거예요. —그런데 그 욕망이 갈수록 더해 갑니다. 만일 이 일에 성공하지 못하면 저는 매우 불행할 거예요. 하지만 성공할 거예요.

세 가지 해결 방안
1. 1년 또는 그 이상의 지원받기.
2. 모로코로 가기.
3. 민간 조종사 면허증 따기,

저는 이 세 가지 방안 중의 하나를 선택하겠습니다. 저는 이제 증명서가 있기 때문에 조종을 할 테니까요.

다만 처음 두 가지 방안에는 불리한 점들이 있어요. 그래서 저는 대위님과 함께 셋째 방안이 가장 좋겠다고 결론 내렸어요. 민간 면허증이 있으면 저는 지원하지 않고서도 군 면허증을 자동적으로 받게 됩니다.

그런데 어머니 전보를 받고 당황했어요. —민간 면허증 따는 데 들어가는 비용 때문에요. 물론 최종적으로는 어머니께 달린 것이지요—돈을 꾸면 모를까. 하지만 그러기는 싫어요. 어머니께서는 반대하시는 것처럼 여겨지는데 물론 그렇게는 안 하시겠지요, 네? 모든 것이 정리되었습니다. 소령님도 이 사정을 알고 계세요. 어머니의 편지를 받고서, 만일 이 일이 터무니없다면 대위님이 승인을 했겠습니까? 어머니, 그렇지요?

만약 이 일이 이루어지지 않으면 저는 지원을 계약하려고요. 이 따분한 생활을 3년이라도 하겠습니다.

그러나 곧 해결이 될 테니 이런 생각은 이치에 맞지 않겠지요.

어머니, 오늘 우편환을 보내시거나 금요일 말고 내일 떠나시기를 간절히 부탁드립니다.

어머니를 다시 뵙는 일은 무척 기쁠 거예요. 정말입니다, 어머니.

다만 저를 많은 슬픔에 잠기게 하려고 오셔서는 안 됩니다. 이 모든 일은 매우 급해요. 아시겠죠? 저는 벌써 많은 시간을 허비했습니다. 그 전보에도 불구하고 저는 믿습니다. 그렇지요?

어머니를 진심으로 껴안습니다.

어머니를 존경하는 아들
앙투안 올림.

스트라스부르에서
1921년 6월

사랑하는 엄마,

편지 대단히 고맙습니다. 받았다는 통지를 보내 드렸어요. 파리로 보내 드렸고, 바로 같은 날 호텔 리용으로 보내 드렸습니다. 호텔에 어머니 주소를 남겨 놓으셨나요?

결국 어머니께서 그 사람들을 모두 만나보시기를 잘하셨어요…… 모성의 본능이지요!

저는 민간 조종사 강의와 함께 앙리오기를 타고 기관총 사수로서의 군강의도 듣습니다. 제가 기관총 사수 겸 정찰자 면허장을 받게 되면 하사가 됩니다. 저는 콘스탄티노플로 떠날 뻔했습니다. 내일까지로 지원자를 구했습니다. 그러나 저는 기관사로 가는 것은 제 꿈이 아니라서 제 두 가지 면허증을 기다리겠다고 생각했어요…… 콘스탄티노플, 그것도 거저! 정말 훌륭한 일이에요. 우리 연대가 어쩌면 리옹으로 옮겨갈지도 모른다는 말 때문에 저를 억누를 수 있었어요. 그렇게 되면 생 모리스에서 비행기로 10분 거리에 있게 됩니다.

　신부님, 장화에 광을 내시고 비행기를 타세요.
　만일 그렇다면 신부님은 춤출 준비를 할 수도 있겠지요. 그러면 모두 웃을 거예요. 그렇지 않으면 이렇게 왕녀가 주는 돈으로 시적인 여행을 하도록 힘쓰겠습니다.
　요새 저는 지하감방의 축축한 짚 위에서 잡니다. 영창이 지하실에 있거든요. 어슴푸레한 달과 창백한 연락병이 환기창으로 저를 감시합니다.
　몇 주째 갇혀 있는 이상한 사람들이 변두리와 공장에서나 들을 수 있는 노래를 부릅니다. 몹시 음산한 노래여서 꼭 뱃고동이 울리는 소리를 듣는 것 같아요. 촛불로 방을 밝히지만 바스락 소리만 나도 훅 불어 끕니다. 하긴 저는 밤과 쉬는 시간에만 그곳으로 들어갑니다. 감자 껍질 벗기는 일을 하다가 제가 1분 동안 자리를 비우자 꽤 부드럽게 벌합니다.
　훈련이 끝난 뒤 특무상사와 중사, 하사가 바뀌었습니다. 지금 사람들은 더할 나위 없이 잔인해서 그저 재미로 혐오감을 주는 시간을 보내게 하고, 끊임없이 고함을 지릅니다.
　보름 뒤에는 스트라스부르와 프랑스를 다시 보게 되겠지요. 자주 편지 주세요!
　밈마 누나와 생 모리스와 모든 것이 어떤가요? 어머니께서 쉬두르 신부님을 만나보신 것을 저는 기쁘게 생각합니다. 어머니께서 제 신원증명서를 신부님께 보내 주셨으면 합니다(들랑브르로 22번지). 진심으로 감사드립니다.
　아게이의 피에르가 제가 찾아가 보아야 할 어떤 분의 주소를 보내 주었습니다. 제 외출금지와 영창이 끝나면 가겠습니다.
　어머니의 전보에 답장을 보내드릴 수가 없어요. 그뿐 아니라 외출할 때도 시간이 너무 늦고 우체국이 이미 닫혔기 때문에 그렇지 않아도 어려워요.
　사랑하는 어머니, 안녕히 계셔요.

작별 인사를 드리면서 어머니를 사랑하는 만큼 진심으로 입맞춤을 보냅니다.

어머니를 존경하는 아들 앙투안 올림.

1930년 6월, 기요메가 탄 포테즈 15는 안데스 산중에 추락. 기요메는 극적으로 살아났다. 생텍쥐페리는 그 광경을 '인간의 대지'에 묘사.

스트라스부르에서
1921년 6월

사랑하는 엄마,

육군성에서 이런 통지서가 왔습니다.

"생텍쥐페리 사병이 면허증을 끝마칠 수 있도록 그의 탑승을 15일 동안 연기하는 조치를 취함."

제게 시간이 좀 있으면 생 모리스 쪽으로 방향을 잡겠습니다. 그러나 감히 약속드리지는 못하겠습니다. 고도 2천에서 프로펠러를 멈추기 전에는 어떤 경험이 필요하거든요. 어느 집 지붕 위에 내려앉는 일은 언제나 불쾌하니까요……. 몽탕동 씨네는 저를 상냥하게 대했습니다. 몽탕동 씨는 말할 수 없이 호감이 가는 분입니다. 저는 그런 부류의 사람들을 아주 좋아해요. 그는 자신 있게 낚시질을 하지요…… 하마터면 그분의 긴 산책길에 함께 따라나설 뻔했습니다. 그가 아니었더라면 저는 어머니의 수표를 아직 현금으로 바꾸지 못했을 거예요(……)

보철네는─저와 우리 가족도(기껏 마드 이모나 아는 정도) 직접 알지 못하는데─저를 어떻게나 소박하고 애정을 갖고 맞아 주었던지 저는 그들에게 진심으로 애정 어린 감사의 정을 가질 정도입니다. 안타깝게도 그들은 부인과 '아가씨들'이 모두 떠났어요─그들은 남쪽 지방에서 따뜻한 날씨를 즐길 예정이에요.

새로운 소식은 없습니다. 겔레르만 강변로를 산책했는데 어떻게나 더운지 그 초록빛 물이 점점 더 납덩어리처럼 보입니다.

에르브몽기를 타고 선회강하와 공중회전을 하면 어김없이 멀미가 뒤따릅니다(그러나 저는 그 어려운 재주넘기에 익숙해지기 시작했어요.)─나뭇잎 하나 까딱하지 않고 말이에요, 그래도 엔진이 돌아가 줄 때는 파르만기를 타고 '기장'처럼 점잖게 조종합니다.

신중하고 장중하게 선회합니다─선회강하도 공중회전도 하지 않습니다.─

노련한 조종사였던 기요메는 햇병아리 같은 생텍쥐페리에게 큰 힘이 되어 주었다.

그러나 그 비행기—에르브몽—의 영원한 승객 노릇을 하지 않고 그것을 제가 조종하는 모습을 기다려 보세요…… 아! 기막힌 비행기입니다! 파르만기로 말하면, 거의 잘되어갑니다. 이 비행기는 잘 다룰 수 있습니다.

저는 체스를 좀 두고 맥주를 여러 컵 마십니다. 저는 배뚱뚱이 부르주아가 되어가겠지요. 아마 뚱뚱한 알자스 사람이 되어서 어머니께로 돌아갈 것입니다. 저는 벌써 이곳 사투리를 써요. 어머니를 기쁘게 해 드리기 위해서 이곳 방언을 배웁니다.

미술관에서 어떤 예술적 감흥을 찾아서 무엇을 합니까? 저는 온화한 고집을 가지고 사물을 열이 발생하는 관점에서—판단합니다—18세기의 장밋빛이 도는, 인물들이 포동포동한 그림은 딱 질색입니다.

저는 이렇게 중얼거립니다. "저 사람들 모두 무척 더워 보여."

빙하를 그린 석판화들만이 조금 감동스러울 뿐이에요—러시아의 평야 풍경하고요. 오, 모로코…….

더욱이 저는 몹시 권태를 느낍니다. 제 체스 상대는 더위로 정신이 멍해졌는데도, 제가 속임수를 쓰는 것을 모르면서도 언제나 저를 이깁니다. 그래서 기분이 상합니다.

목욕을 하고 쉬려고 작별 인사를 드립니다. 어머니의 우편환을 받은 길입니다. 저는 아직 열여드레 동안은 여기서 지내야 합니다. 그래서—떠나건 머물러 있건—이달 방세를 내야 해요. 또 빨래할 것도 몇 가지 있고요.

조종사 자격으로 라바트에 가게 되어 무척 기쁩니다. 비행기에서 내려다본 사막은 장엄하겠지요.

작별 인사를 드리며 어머니와 로르 고모님과 사촌누이들과 여동생에게 모두 입맞춤을 보냅니다.

어머니를 존경하는 아들
앙투안 올림.

카사블랑카에서
1921년

사랑하는 엄마,

어머니께서 보내주신 양말과 부드러운 스웨터가 들어 있는 소포를 받았습니다. 스웨터는 아침바람을 부드럽게 해 주고 2천 미터의 고도를 온화하게 해 주겠지요. 이 스웨터는 어머니께서 손수 만드신 만큼 어머니의 사랑으로 저를 따뜻하게 해 줄 거예요. 제가 무슨 증세가 났는지 모르겠습니다. 하루 종일 그림을 그립니다. 그래서 시간이 짧게 느껴져요.

제가 어쩌다 이렇게 되었는지 그 까닭을 알아냈습니다. 흑연으로 된 콩테 연필 때문입니다. 스케치북을 여러 권 샀어요. 거기에 그날그날의 활동과 동료들의 미소와 제 개 검둥이의 조심성 없는 짓들을 될 수 있는 대로 표현해 놓았습니다. 검둥이는 제가 연필로 무엇을 그리는지 보려고 뒷발로 섭니다.

이 녀석 검둥이, 가만 있지 못해? 제 첫 번째 스케치북이 꽉 차면 보내드릴게요. 하지만—오, 어머니—그것을 제게 다시 보내주신다는 조건입니다…….

비가 내려요. 아! 정말 퍼붓듯이 쏟아졌어요! 급류가 흘러가는 소리가 났습니다.

그뿐 아니라 물은 곧 매우 오래된 제 길을 지붕 틈에서 찾아내, 경리부에서 정성껏 이어 주지 않기로 작정한 널빤지들을 통해서 교묘하게 스며들었어요. 그래서 우리 잠은 찬란한 꿈으로 가득 찼습니다. 물이 꿈나라의 포도주처럼 우리 입속으로 흘러 들어왔으니까요. 어머니의 스웨터는 정말로 기분 좋게 따뜻합니다. 그 스웨터 덕택으로 저는 편안해서 명랑한 모습을 보일 수 있고, 자존심과 강한 태도를 갖출 수가 있습니다.

어제는 카사블랑카에 갔습니다. 처음에는 아랍인들의 거리를 제 고독과 함께 돌아다녔는데, 길이 좁아 한 번에 한 사람씩밖에는 지나갈 수 없기 때문에 저의 고독이 덜 짐스럽게 느껴지더군요.

저는 수염이 하얗게 자란 유대인들과 그들의 보물을 흥정했습니다. 그들은 도금한 신발과 은으로 만든 허리띠를 늘어놓고 책상다리를 하고 앉아서는 얼룩덜룩한 옷을 입은 손님들로부터 지나치게 정중한 인사를 받으며 늙어갑니다. 얼마나 눈부신 운명입니까!

살인자를 이 거리로 끌고 다니는 광경도 보았어요. 사람들은 그를 때리면서 자신의 죄를 점잖은 유대인 장사꾼과 얼굴을 가린 작은 이슬람교 여자들에게 큰 소리로 외치게 했습니다.

그 사람의 어깨는 어그러지고 두개골은 푹 꺼져 있었지요. 그 광경은 사람을 바람직하게 이끌고 교훈적이었습니다.

그는 시뻘건 피로 범벅이 되어 있었고, 그 사람을 둘러싼 채 형리들이 고함을 치고 있었습니다.

그들이 입은 옷이 휘날리고 옷감 하나하나의 빛깔이 선명하게 드러났습니다. 야만스럽기도 하고 찬란하기도 했지요. 도금한 작은 신발은 그 때문에 흥분하지 않았고, 은으로 만든 허리띠도 마찬가지였습니다.

신발 중에는 무척 작아서 신데렐라를 오래 기다려야 할 법한 것도 있고, 아주 호화로워서 어떤 선녀에게나 어울릴 만한 것도 있었습니다……그 선녀는 얼마나 작고 예쁜 발을 갖고 있어야 할까요! 그런데 작은 신발이 자신의 꿈을 제게 이야기하는 동안에 어떤 베일 쓴 여자가 흥정을 하더니 그 신발을 사 갔습니다.

저는 매우 큰 두 눈밖에 보지 못했지요. 오, 금빛 신발아, 나는 그녀가 공주들 중에서 가장 젊은 공주이고 예쁜 분수로 가득 찬 정원에서 살기를 바란다. 하지만 겁이 납니다. 매력 있는 어린 처녀들이 인색한 아저씨들의 잘못으로 어리석고 추하며 소름 끼치는 남자에게 시집갈 뻔한 꿈을 꿉니다.

검둥이 녀석, 짖지 마라. 넌 이런 일은 도무지 이해하지 못하는구나.

사랑하는 어머니, 프랑스에는 지금 사과나무가 꽃을 피운다고 하니, 사과나무 아래 가서 앉으세요. 그리고 제 대신 주위를 휘 둘러보세요.

푸르고 매력적이겠지요. 그리고 풀도 있고요……푸른 빛깔이 저에게는 없습니다. 푸른 빛깔은 정신적인 양식이고, 부드러운 태도와 영혼의 평온을 유지해 줍니다. 삶에서 이 빛깔을 없애면 우리는 곧 무뚝뚝하고 나쁘게 될 것입니다.

야수들의 성격이 까다로운 것은 순전히 그놈들이 개자리 속에 배를 깔고 살지 않는 데서 오는 거예요.

저는 작은 나무 한 그루를 만나면 잎을 몇 개 따서 주머니 속에 넣습니다.

그러고는 내무반에서 그것들을 사랑스러운 마음으로 들여다보며 천천히 뒤집어보곤 합니다. 제 건강에 도움이 되지요. 모든 것이 푸른, 어머니가 계신 고장에 다시 가 보고 싶습니다.

사랑하는 어머니, 그저 아무것도 아닌 풀밭이 얼마나 저를 감동시키는지 어머니는 알지 못하실 테고, 축음기가 또 얼마나 가슴을 울리는지는 더구나 모르시겠지요.

그래요. 지금 그 축음기가 돌아가고 있습니다. 그런데 정말이지 저 옛 곡들이 모두 가슴을 아프게 합니다. 그 노래는 무척 감미롭고 다정합니다. 우리는 그 음악을 그곳에서 정말 많이 들었었지요. 그것이 고정관념처럼 다시 떠오릅니다.

명랑한 곡들에는 잔인한 빈정거림이 있습니다. 이 음악의 단편들은 저를 감동시킵니다. 저도 모르게 눈을 감습니다.—통속적인 춤, 브레스지방의 궤와 반들반들하게 윤을 낸 마루가 떠오릅니다……또는, 마농……이상한 일입니다. 이 곡들을 듣고 있노라면 부유한 사람이 지나가는 광경을 바라보는 부랑자처럼 증오를 품게 됩니다. 이 모든 음악은 행복에 대한 기억을 새롭게 만들어요.

그리고 위로해주는 곡도 있습니다.

이 녀석, 검둥아, 짖지 말아라, 도무지 음악 소리가 들리지 않는구나.

어머니께서는 이런 상태가 어떤지 알지 못하시겠지요.

사랑하는 어머니, 온갖 애정을 기울여 입맞춤을 합니다. 사랑하는 어머니, 빨리 자주 편지해 주세요.

어머니를 존경하는 아들
앙투안 올림

카사블랑카에서
1921년

사랑하는 엄마,

어떻게 이렇게 오랫동안 소식을 주시지 않고 저를 내버려 둘 수가 있으세요? 그게 저에게 얼마나 큰 고통인지 잘 아시는 어머니께서요?

편지 한 장 받지 못한 지가 벌써 보름이 됩니다. 어머니!

저는 불길한 일들을 생각하며 시간을 보냅니다. 그래서 괴롭습니다. 어머니 편지가 제게는 전부예요! 디디도 그 누구도 이제는 편지를 보내지 않는군요. 어머니와 여러 사람을 생각할 시간이 더 많은 저는 이 고독 때문에 더 괴롭습니다. 저는 지금 돈이 한 푼도 없어요.

저는 E.P.R. 시험 때문에 라바트(모로코의 수도)에 가서 일주일을 지내야 했습니다. 꼭 합격하기를 바라지는 않아요. 비행중대 생활이 저를 즐겁게 하니까요. 군사 이론을 배우는 음산한 학교에서 일 년 동안 바보가 되기를 열망하지 않습니다. 저는 특무상사 정신은 없습니다. 저는 그 기계적이고 따분한 일을 잘 이해하지 못해요.

카사블랑카밖에 알지 못했다면 난처할 거예요. 모로코에 온 보람이 없겠지요. 만일 합격하면 사직할 생각입니다. 다시 건축 등을 배우려고요. 학교에서 끝장이 날 거예요. 하지만 저는 한 달 휴가를 얻도록 힘쓰겠습니다. 어머니와 사람들 모두를 보고 싶은 갈망을 느끼니까요—얼마나 보고 싶은지!

라바트에서 지낸 일주일은 매력적이었습니다. 물론 사브랑을 다시 만났고요. 생 루이 학교 친구 한 사람도 만났습니다. 끝으로 역시 E.O.R. 시험을 치르러 온 더없이 기분 좋은 두 젊은이를 알게 됐어요. 그들은 의사의 아들인데 교양 있고 가정교육을 잘 받은 젊은이들이었습니다. 또 전에 리옹에서 살았다는 대위 한 분도 알게 되었습니다. 이분이 사브랑, 생 루이의 동창생, 그 두 젊은이, 저, 이렇게 다섯 사람을 저녁식사에 초대했어요. 더없이 매력 있는 분이었습니다. 진짜 친구이고, 게다가 음악가이고 예술가입니다…… 그분은 라바트의 흰 집들 가운데 작은 집 한 채를 갖고 있습니다. 아랍의 이 도시가 달빛에 감싸여 얼마나 아름다운지 북극의 눈을 맞으며 거니는 것 같습니다. 정말 더없이 기분 좋은 저녁시간이었지요.

라바트는 그 무렵 지상에서 가장 기분 좋은 곳이었습니다. 저는 거기에서 모로코를 이해하기 시작했습니다. 빛이 넘치는 거리에서 끝없이 이어지는 산책—오, 제가 수채화를 그릴 줄 알았더라면, 빛깔이, 색채가 얼마나 풍부했을까요. 제대로 바라보면 정말 신비로운 풍경입니다.—아름다운 마을에서 끝없이 이어지는 산책, 좁은 통로에 수수께끼 같은 무거운 문들이 열립니다. 창문은 없고…… 이따금 분수가 하나 있고 풀 뜯는 작은 당나귀들이 보입니다.

돌아온 뒤로 저는 권태를 느끼지 않습니다. 제 첫 번째 공중여행을 하는 것입니다. 오늘 아침에는 3백 킬로미터를 날았습니다. 베르~레쉬드~라바트~카사블랑카를 잇는 비행입니다. 그러니까 저는 저 높은 곳에서 사랑하는 제 도시를 내려다보았습니다…… 그 도시는 놀라우리 만큼 희고 조용합니다. 베르~레쉬드는 조금 남쪽에 있는 무척 작은 마을입니다.

내일 아침에도 또 3백 킬로미터를 비행합니다. 피곤하기 때문에 오후에는 잠으로 시간을 보냅니다.

모레는 남쪽으로 큰 여행을 떠납니다. 카스바~타들라에 갑니다. 거기까지

거의 세 시간을 조종해야 합니다(상당히 먼 거리가 됩니다. 돌아오는 데에도 물론 그만큼 걸리지요. 굉장한 정적일 거예요)…… 저는 초조하게 기다립니다.

오늘 저녁에는 조용한 전등 불빛 아래에서 나침반으로 방향을 잡는 법을 배웠습니다. 탁자 위에 지도를 펼쳐 놓고 브왈른 중사가 설명합니다…….

"여기 도착하면(그리고 우리 학구적인 이마들은 얼기설기한 줄들을 가까이 들여다봅니다), 서쪽을 향해 45도로 가게…… 여기 한 마을이 있는데, 그것을 왼쪽에 놔두고, 나침반 위의 움직이는 지침을 가지고 바람에 따른 편류를 고치는 걸 잊지 말게……" 저는 꿈을 꿉니다…… 중사가 저를 깨웁니다. "그러니까 주의를 더 하게…… 이제는 서쪽으로 180도, 이쯤에서 중단하는 편을 더 좋아하면 몰라도 말이야…… 하지만 여기는 지표가 분명치 않단 말이야. 자, 이 길은 잘 보이지……"

브왈른 중사는 제게 홍차를 내줍니다. 저는 홍차를 조금씩 마십니다. 만일 길을 잃으면 돌아오지 못한 이들의 지역에 착륙한다는 생각을 합니다. 저는 이런 말을 얼마나 많이 들었는지 모릅니다. "만일 자네가 비행기에서 뛰어내리면서 어떤 여자 앞에 있게 돼서 그 여자를 꼭 껴안으면 자네는 신성한 사람이 되네. 그 여자는 자신을 자네의 어머니로 생각해서 자네에게 소 여러 마리와 낙타 한 마리를 주고 장가를 들이려고 할걸세. 이것이 목숨을 보전하는 유일한 방법일세."

제 여행은 아직 너무 단순해서 이런 뜻밖의 일을 바랄 수는 없습니다. 그렇다 해도 오늘 저녁에는 꿈을 꿉니다. 저는 사막에서 멀리 가는 파견단의 한 사람이 되고 싶습니다.

어머니를 비행기로 모시고 다니는 게 얼마나 제 소원인지 모르실 거예요.

사랑하는 어머니, 작별 인사를 드립니다. 부디 편지하세요. 또 이번 달만 될 수 있으면 5백 프랑을 전신환으로 보내주실 수 있을까요? 여행 때문이요. 제 마지막 동전이 우표로 바뀝니다. 내일과 모레 쓸 돈은 될 수 있으면 빌려서 쓰겠습니다.

어머니! 작고 푸른 의자를 끌고 다니던, 아무것도 아닌 어린 사내아이였을 적 제가 하던 것과 마찬가지로 다정스럽게 어머니를 껴안습니다…….

추신 : 마지막 시간. 방금 카스바~타들라 여행에서 돌아왔습니다. 엔진 고장

하나 없었고, 아무런 이상도 없었습니다. 이번 여행은 아주 즐거웠습니다. 그 이야기를 자세히 들려드릴게요.

앙투안 올림.

다보르 막사
1922년

저의 사랑스러운 어머니,

무척 부드럽게 쓰셨던 어머니의 예전 편지를 방금 다시 또 읽었습니다. 사랑스러운 어머니, 어머니와 진심으로 함께 있고 싶습니다. 제가 날마다 어머니를 얼마나 사랑하게 되는지를 아시기나 하는지요. 최근에 와서 저는 편지를 쓰지 못했습니다. 지금 일이 너무 많거든요!

오늘 저녁 날씨는 온화하고 참 맑습니다. 그런데 저는 조금 슬퍼요. 더욱이 그 이유를 잘 알지 못합니다. 다보르의 이 실습은 시간이 지남에 따라 몹시 피곤합니다. 저는 생 모리스에서의 긴 휴식이 필요하며 또한 제 곁에 어머니가 있어 주시기를 간절히 바랍니다.

어머니, 지금 무엇을 하고 계세요? 머리를 빗고 계신가요? 어머니의 전람회에 대해 왜 저에게 아무런 말씀도 하시지 않았어요? 레핀의 평가에 대해서도 한 말씀도 건네지 않으셨고요.

제게 편지 써 주세요. 어머니의 편지는 큰 도움이 되며, 저에겐 싱그러움 그 자체입니다. 사랑스러운 어머니, 어머니의 말씀처럼 그토록 감미로운 것들을 찾기 위해 어머니는 어떻게 하시나요? 저희는 하루 종일 기분이 들떠서 보냈습니다.

아주 어렸을 때 그랬던 것만큼이나 저는 어머니가 필요합니다. 특무상사들, 군사 과목, 전술 강의 같은 것들은 매우 무미건조하고 거칠어요. 저는 거실에서 꽃을 손질하고 계시는 어머니를 상상해 봅니다. 저는 그들을 증오합니다.

생텍쥐페리 집안의 어린이들. 왼쪽에서 두 번째가 생텍쥐페리. '태양왕'이라는 별명이 있었다.

어떻게 제가 어머니를 가끔씩 울게 만들었는지 모르겠어요. 그렇게 행동했던 일을 떠올릴 때마다 저는 몹시 불행해집니다. 저는 제 심성을 어머니께서 의심하도록 만들었습니다. 하지만 어머니께서는 저의 부드러운 심성을 익히 알고 계시지요.

어머니는 제 인생에서 가장 좋은 그 무엇입니다. 오늘 저녁 저는 어린아이처럼 고향을 그리워하는 병에 걸렸어요! 어머니께서 걸어 다니고 말씀하시는 그곳, 우리가 함께할 수 있는 그곳, 제가 어머니의 연약함을 악용하지 않으며, 더는 제가 어머니에게 의지가 되지 못한다는 사실이 떠오릅니다.

오늘 저녁은 울고 싶을 정도로 슬픕니다. 이처럼 제가 슬픔에 잠겼을 때, 어머니가 저의 유일한 위안입니다. 어린아이였을 때, 학교에서 벌받은 뒤 줄줄 눈물을 흘리며 등에는 큼지막한 가방을 둘러메고 집으로 돌아오곤 했지요. 르망에서의 일들을 한 번 떠올려 보세요. 그럴 때면 어머니께서는 저를 꼬옥 끌어안아주시는 걸로 모든 것을 잊게 해주셨지요. 어머니는 훈육 담당 선생님과 학생 감독 선생님에 맞설 전능한 의지였습니다. 집으로 돌아와서는 안도감을 느꼈으며, 실제로 집이 매우 편했습니다. 저는 오직 어머니에게 속해 있을 뿐이었으며, 그것은 얼마나 좋은 일이었습니까?

지금도 마찬가지입니다. 제 유일한 피난처는 바로 어머니이며, 모든 것을 알고 있고 또 모든 것을 잊게 만드는 분 또한 어머니입니다. 제가 원하든 그렇지 않든 간에 아주 어리고 작은 아이가 되는 느낌입니다.

어머니, 이제 헤어져야 할 시간입니다. 수없이 많은 일거리가 잔뜩 밀려 있거든요. 마지막으로 저 창문을 통해 들어오는 한 줄기 산들바람을 깊이 들이마시려 합니다. 밖에는 생 모리스에서처럼 두꺼비 여러 마리가 울어댑니다. 그렇지만 아무래도 생 모리스에서보다 잘 울지는 못하는군요.

어머니를 몹시 그리워하며,
당신의 아들 앙투안

추신 : 저는 내일 비행기로 어머니가 계시는 방향으로 최소한 50킬로미터는 날아가 제가 그곳으로 가고 있다는 사실을 상상하려 합니다.

**파리에서
1924년 6월**

사랑하는 어머니,

선거에 꼭 갈 생각이었습니다. 그런데 마침 지난 일요일에 제 회사를 위해서 항공사진을 찍을 유일한 기회가 있었습니다. 그래서 그 일을 해야만 했어요. 저는 공장을 위한 작은 항공사진 회사를 만들어서 제가 그 회사의 주인이 되기를 바랍니다. 그래서 약삭빠른 지표를 세워 놓은 거예요. 저는 그 지표를 놓칠 수 없었습니다.

지금은 파리 품평회에서 시간을 보내고 있습니다. 그곳에서 저는 작은 임시

생텍쥐페리가 항공우편회사에서 함께 일한 로제 보케르를 그리워하며 그린 그림.
두 사람은 뒷날 뉴욕에서 다시 만난다.

건물 하나를 맡아보고 있습니다. 제 친구들은 그곳으로 저를 만나러 오고, 저는 점잖고 의젓한 태도로 수백 명이나 되는 손님들과 상담을 합니다.

어머니께서 제가 거기 있는 모습을 보면 웃으시겠지요.[……]

쟈크 외삼촌네는 그분의 종마(種馬)를 배에 실어 보내셨습니다. 삼촌은 별로 달가워하지 않으면서 떠났지만, 그건 좋은 일이 될 거예요. 저는 저 이등병의 군대 생활과 수리공들과 정비사들과의 호감이 가는 우정보다 더 좋아하는 것이 없었습니다. 저는 음울한 노랫소리가 들려오는 저 영창까지도 좋아했습니다.

제 소설은 한 장씩 한 장씩 성숙해 갑니다. 다음 달 초에 가서 어머니께 보여드릴 생각이에요. 저는 그것을 아주 새롭다고 생각합니다. 지금도 가장 잘됐다고 생각되는 몇 장을 썼습니다.

사랑하는 어머니, 제 친구들을 말할 수 없이 기분 좋게 대접해 주셔서 저는 몹시 감격했습니다. 그에 대한 감사를 더 잘 표현하지 못한 것을 용서해 주세요.[……]

저는 건강하고, 친구들은 호감이 갑니다. 그런 친구들을 알게 되다니 저는 정말 하늘의 축복을 받았습니다. 그들을 초대하고 제 집이라는 느낌을 갖고 기분 좋은 친근한 분위기를 만들 수 있게 아파트가 하나 있었으면 정말 좋겠습니다. 어머니, 제 집이라는 느낌을 도무지 가질 수 없는 이 곰팡내 나는 방에서는 살 수가 없습니다.

너무 덥습니다. 이 또한 하나의 불행입니다. 어머니께서는 어떻게 태양을 사랑하실 수 있지요? 어머니, 모두가 땀을 흘립니다. 아주아주 지긋지긋합니다.

포동포동한 낙천가이신 아나이스 고모님은 수요일마다 저와 함께 점심을 드세요.

우리는 파리의 식당을 일주합니다. 저는 고모님을 작은 식당으로 모시고 가는데, 고모님은 거기서 기뻐하시며, 우리는 정치니 문학이니 사교계 행사에 대한 이야기를 합니다. 우리는 마치 두 연인처럼 보입니다.[……]

사랑하는 어머니, 저는 이렇게 지냅니다. 어머니, 저는 생 모리스를 더없이 기분 좋게 여겼고 빨리 다시 가고 싶다는 말씀도 드리려고 했어요.

제 휴가를 디디와 동시에 얻도록 해보겠습니다. 또 체리 한 상자만 보내주세요. 그렇게 하실 수 있죠? 그러면 매우 기쁘겠습니다!

어머니, 제 친구들이 어머니께 그렇게 환대받은 일에 대해서 매우 감격하고 있습니다.

어머니를 아주 다정스럽게 껴안습니다.

어머니를 많이 사랑합니다.

앙투안 올림.

파리, 오르나노 대로 70-2
  1924년

사랑하는 어머니,

저는 매우 만족합니다. 저는 아주 훌륭한 직장을 눈앞에 두고 있어요. 제게 할당된 세 지역(알레에, 셰르, 크뢰즈)의 서류를 열람했는데 훌륭하고, 소레회사

아게의 대저택에서, 결혼식 날 생텍쥐페리와 콘수엘로

가 그곳에서는 좋은 평가를 받고 있습니다. 이 또한 제게 매우 유리합니다.

싫증은 나지 않지만 힘들고 골치 아픈 제 수습생활이 드디어 끝나갑니다. 내 일부터는 마지막 부서—수리와 영업부—로 옮겨가는데, 저는 온 회사 사람들과 아주 잘 지낼 뿐만 아니라, 외무사원 동료들은 호감이 가고 서글서글한 사람들입니다. 사회 생활의 어려운 고비를 넘겼습니다.

저는 결혼하고 싶은 조그마한, 아주 조그마한 소망을 갖고 있어요. 그러나 어떤 사람과 결혼할지는 알지 못합니다. 하지만 늘 임시적인 이 생활은 아주 질렸어요! 또 그리고 저는 부성애를 쌓고 있습니다. 저는 작은 앙투안을 많이 갖고 싶습니다…….

어찌 되었든 제가 그럴 만한 가치가 있는 아가씨를 만나면, 이제는 그에게 청혼할 수 있을 만한 직업을 갖춘 셈입니다.

저는 아주 건강해요. 이렇게 보자면 제 수습생활이 건강에는 도움이 되었습니다. 저는 2제곱미터 사무실에서 일할 수 있는 체질이 아니거든요.

어머니, 저는 생활의 기쁨도 있습니다. 어머니께서 상상하실 수 없을 만큼 제게 아주 친절한 친구들이 있기 때문이에요. 그들은 지금 모두 호의의 열병에 걸려 있습니다.

본비는 줄곧 제게 신호를 보내고, 살래는 깊은 우정이 담긴 편지를 보내주어 저를 감격하게 만듭니다. 세교뉴는 천사와 같고, 쏘쏀네는 단편을 제 수습이 끝나기를 기다려 타자기로 찍어줄 거예요. 저로서는 하루에 열세 시간을 일하면 넉넉하니까요. 그렇지만 누나에게는 곧 된다고 말씀해 주세요.

사랑하는 어머니, 작별 인사를 드립니다.

지금은 자정인데 저는 여섯 시에 일어나야 하거든요. 어머니께 아주 다정스럽게 입맞춤을 보내드립니다.

앙투안 올림.

콘수엘로와 생텍쥐페리

파리에서
1925년 또는 1926년

사랑하는 어머니,

차를 운전했더니 손가락이 얼었습니다. 지금은 자정입니다. 저는 모자를 침대 위에 집어던지고, 고독을 흠뻑 느끼고 있습니다.

돌아오니 어머니의 편지가 와 있네요. 어머니, 혹 제가 편지를 드리지 않는 못된 녀석일지라도 어머니의 애정만 한 것은 아무것도 없다고 생각하고 있어요. 하지만 이것은 제가 결코 말할 수 없는 일들입니다. 그러나 마음속으로는 수없이 느끼며, 몹시 확실하고 끊임없습니다. 저는 어머니를 사랑하는 만큼 어떤 사람도 그렇게 사랑하지 않았습니다.

에스코와 함께 영화관에 갔어요. 그다지 좋지 못한 영화였고, 은밀한 연속성 없이 그저 사람의 눈을 현혹시키려는 촬영들이었습니다. 그래서 혐오감을 일더군요. 또 그 저녁에 군중의 기운을 북돋는 것도 혐오감을 일으킵니다. 그러나 이 모든 것은 제가 혼자이기 때문이겠지요.

차가 고장 나서 파리에 잠시 머물고 있어요. 아프리카에서 오는 배에서 내린 탐험가처럼 파리에 도착해서 여기저기 전화를 걸어 저의 우정을 시험합니다. 어떤 친구는 약속이 있고 또 어떤 친구는 이미 외출했습니다. 그들의 생활은 계속되는데, 저는 배에서 내리는 길입니다. 그래서 저는 쓸쓸하게 지내는 에스코를 불러내서 영화관에 간 것이지요.

어머니, 제가 한 여자에게 바라는 것은 이 불안을 가라앉혀 달라는 것입니다. 그렇기 때문에 그토록 사랑할만한 사람이 필요하다고 느끼는 것입니다. 사람이 얼마나 어리석고 또 얼마나 자기의 젊음이 무익하다는 것을 느끼는지 어머니께서는 아시는지요. 한 여인이 줄 수 있고 또 줄 수 있을 것이 무엇인지 어머니께서는 아실 수가 없겠지요. 저는 이 방에서 무척 고독합니다.

어머니, 그렇다고 제가 억누를 수 없는 우울증을 갖고 있다고는 생각하지 마세요.

제가 방문을 열고 모자를 집어던지며, 손가락 사이로 빠져 나간 하루가 끝났다는 것을 느낄 때는 언제나 이렇습니다.

제가 날마다 글을 쓰면 거기에는 무언가가 남을 테니까 저는 행복할 거예요. "자네는 참 젊군" 이런 말을 듣는 것보다 더 저를 기분 좋게 하는 일은 없어요. 저는 젊어야 할 필요를 몹시 느끼기 때문입니다.

다만 저는 S—와 같이 행복으로 만족해서 더는 발전하지 못하는 사람들을 좋아하지 않습니다. 자신의 주위를 제대로 보기 위해서는 얼마쯤은 불안할 필요가 있습니다.

그래서 저는 결혼이 두렵습니다. 결혼은 여자에 달렸어요.

활달하고 즐거운 사람들은 그래도 가망성이 많습니다. 그러나 가망성은 빠져나가 버리고 우리에게 필요한 가망성은 스무 명이나 되는 여자로 이루어집니다. 저는 곧바로 질식하지 않으려고 너무나 많은 것을 요구합니다.

밖은 몹시 춥습니다. 진열장의 불빛이 눈에 거슬리네요. 저는 이러한 거리의 인상으로 매우 훌륭한 영화 한 편을 만들 수 있을 것 같아요.

영화를 만드는 사람들은 바보들입니다. 그들은 볼 줄을 모릅니다. 그들의 수단을 깨닫지도 못합니다. 강렬한 인상을 주기 위해서는 열 개의 얼굴과 열 가지 움직임을 기록하기만 하면 될 것이라고 저는 생각하는데 말입니다. 그러나 그들은 이것을 종합할 능력이 없어 그저 사진을 찍고 말지요.

어머니, 저는 일할 용기가 있었으면 좋겠습니다. 저는 이야기할 것이 많습니다. 다만 저녁에는 그날의 무거운 짐을 내리고 잠을 잡니다.

곧 다시 떠납니다. 언제일지는 몰라요. 어쩌면 차를 바꾸게 될지도 모르겠습니다.

온 애정을 기울여 어머니를 껴안습니다. 차가 고장 났다고 해서 몹시 나쁜 상황은 아니에요. 그래도 어머니께서는 제게 축복해 주실 수 있겠지요.

앙투안 올림.

다카르에서
1927년 10월

사랑하는 어머니,

어머니는 남쪽에 가 계신 듯한데, 아주 잘하셨어요.

저는 이 나라에서 무척 행복합니다. 작은 사진 한 장을 보내 드려요. 그 사진에서 저는 상냥하고 수줍으면서도 매력 있는 모습을 하고 있습니다. 마치 젊은 동정녀와 같은 모습이네요.

다카르는 시골입니다. 그래서 이곳의 모든 사람들이 오늘 저녁 제가…… 약혼했다고 제게 말해주네요.

저만이 그 사실을 알지 못했습니다. 그러나 어떤 사람의 애인이 아니고는 그와 함께 나갈 수 없고, 어떤 아가씨의 약혼자가 아니고는 그와 외출할 수도 없습니다. 좀 약이 오르는 일이지요.

어머니로부터 소포가 왔다는 통지를 받았는데 내일 찾으러 갈게요.

어머니는 더없이 좋은 분이십니다. 우편기가 내일 떠나기 때문에 그 소포를 풀기 전에 편지를 드리는 거예요.

어머니를 사랑하는 만큼 아주 정답게 꼭 껴안습니다.

앙투안 올림.

추신. 아무도 제게 편지를 하지 않는군요!

콘수엘로

쥐비곶에서
1927년 12월 24일

사랑하는 어머니,

저는 잘 있어요. 생활이 그리 복잡하지 않아서 이야깃거리도 없습니다. 그러나 이곳 무어인들은 다른 부족의 공격을 두려워해서 전쟁 준비를 하고 있기 때문에 좀 활기를 띱니다.

보루에서는 양순한 사자만큼이나 흥분하지 않습니다. 그러나 밤에는 5분마다 조명탄을 쏘아 올리는데, 그 조명탄이 오페라 조명처럼 막을 멋지게 비춥니다. 이것도 무어인들의 다른 큰 시위운동과 마찬가지로 낙타 네 마리와 여자 셋을 훔쳐가는 것으로 끝나겠지요.

우리는 막일꾼으로 무어인과 노예 한 사람을 쓰고 있습니다. 이 불행한 사람은 4년 전에 마라케시에서 잡혀왔는데 그곳에 아내와 자식들이 있답니다. 이 곳에서는 노예제도가 용인되기 때문에 이 사람은 그를 산 무어인을 위해서 일하고 자기 급료를 매주 그에게 줍니다.

그가 일할 수 없을 만큼 너무 지쳐버리면 그를 죽게 내버려두겠지요. 이곳 풍습이 그렇습니다. 이곳은 문명화를 거부한 땅이기 때문에 에스파냐 사람들도 어쩔 수가 없습니다. 저는 그를 몰래 비행기에 태워서 아게로 보낼 수는 있으나 그러면 우리는 모두 학살당할 거예요.

그의 몸값은 2천 프랑입니다. 이 상황에 격분해서 제게 그 돈을 보내줄 사람을 어머니께서 아신다면, 그 사람을 풀어주어 그의 아내와 자식들에게 보내주겠습니다. 그는 몹시 불행하고 선량한 사람입니다.

어머니와 함께 성탄을 아게에서 지냈으면 좋겠습니다. 아게가 제게는 행복의 상징입니다. 거기서는 때때로 좀 심심하기도 하지만, 그것은 지나친 행복 속에 계속 있는 것과 마찬가지입니다. 다음 주에 카사블랑카에 가면—그럴 수 있을 것 같습니다—저 어린아이들을 위해 최고급 자이암 양탄자를 골라 사겠습니다. 그들에게 필요한 모양이에요.

오늘은 날씨가 음산해요. 바다와 하늘과 모래가 한 덩어리가 되었습니다. 이것은 처음 보는 사막 풍경입니다. 어떤 때 바다새가 날카로운 소리를 내면 우리는 이 생명의 흔적에 놀랍니다.

어제는 목욕을 했습니다. 또 하역 인부 노릇도 했지요. 저희 배마다 2천 킬로씩 수하물을 받았습니다. 그 수하물을 바닷가에 일어나는 거친 물결을 넘어와서 해변에 내리는 일은 하나의 작은 원정과 같았습니다.

저는 세탁선만큼 크고 날씬한 화물운반선을 지휘했는데, 예전 해군사관학교 지망생다운 확신을 가지고 했습니다. 조금 멀미를 했어요. 거의 공중회전 같은 것을 했거든요.

저는 아무것도 필요치 않습니다. 정말 수도자와 같은 마음가짐이에요. 무어인들에게 차를 대접하고 그들의 천막에 갑니다. 저는 글을 좀 쓰고 있습니다. 소설을 하나 시작했는데 겨우 여섯 줄을 썼습니다. 그래도 안 쓴 것보다야 낫지요.

오늘 저녁은 크리스마스이브입니다. 모래에는 이것이 아무 자국도 안 남기네요.

여기서는 세월이 표적 없이 흘러갑니다. 이 세상에서 일생을 보내는 이상야릇한 방식입니다.

어머니를 다정스럽게 껴안습니다.

어머니를 존경하는 아들
앙투안 올림.

생텍쥐페리와 아내 콘수엘로

생텍쥐페리의 친구 베르나르 라모트가 그린 「전투 조종사」

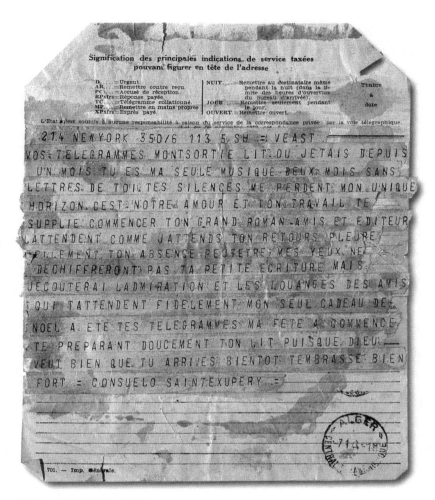

콘수엘로가 앙투안에게 보낸 전보.

"당신 전보를 받고 겨우 침대에서 일어났어. 벌써 한 달이나 누워 있었지. 당신은 내 하나뿐인 음악이야. 당신 편지를 두 달이나 받지 못했어. 아무 소식이 없으니 어찌할 바를 모르겠군. 내 유일한 희망은 우리의 사랑과 당신의 일이야."

생텍쥐페리가 콘수엘로에게 보낸 편지
"사랑하는 여보, 내가 노스포트에서 얼마나 행복했는지 말해 주고 싶어. 오늘 그 사실을 알게 됐어. 아마 그곳이 내 인생의 마지막 천국이었을 거야."

쥐비곶에서
1928년

사랑하는 디디야,

우리는 사막에서 길 잃은 두 우편기를 찾느라고 꽤 훌륭한 일들을 했어.

나는 닷새 동안 사하라사막 위로 8천 킬로미터를 날았단다. 3백 명의 비적들에게서 토끼처럼 사격을 받았다. 나는 무시무시한 시간들을 보냈고, 불귀순지구에 네 번 착륙했으며, 거기서 비행기 고장으로 하룻밤을 지냈다.

이럴 때 우리는 매우 너그럽게 생명의 위험을 무릅쓴단다.

지금으로서는 첫 번째 우편기의 승무원이 포로가 되었다는 사실을 알고 있어. 그러나 무어인들은 이 승무원들을 돌려주는 대가로 소총 백만 자루, 백만 페세타, 낙타 백만 마리를 요구한단다. (아무것도 아닌 것이지!) 그런데 심상치 않은 일은, 부족들이 서로 이것들을 가지려고 싸우기 때문이야.

두 번째 우편기의 승무원은 아마 남쪽 어딘가에서 죽은 모양이다. 그들에게서는 아무 소식도 없으니까 말이야.

9월에는 프랑스에 돌아가려고 해. 내겐 대단히 필요한 일이지. 휴가를 위해서 돈이 좀 있어야 하는데 넉넉하지는 않아서 더 일찍 돌아가고 싶지는 않구나.

나는 페넥여우(또는 사막여우) 한 마리를 기른단다.

고양이보다 작은데 귀가 엄청나게 커. 아주 귀엽단다.

안타깝게도 이놈은 맹수처럼 거칠고 사자처럼 울부짖는단다.

170쪽짜리 소설을 하나 썼는데 어찌해야 할지 모르겠다.

9월에 보여주마.

나는 문명인 생활, 인간적인 생활을 빨리 다시 하고 싶다. 너희들은 내 생활을 도무지 이해하지 못할 테고, 너희들의 생활은 내게는 몹시 멀리 있는 것으로 여겨진단다. 행복이 내게는 몹시 멀리 있는 것으로 생각된다.

오빠 앙투안.

추신 : 네가 하라면 결혼하마…….

쥐비곶에서
1928년

사랑하는 어머니,

거의 두 달째 포로로 있는 동료들이 우리에게 돌아오면 바로 제가 프랑스로 돌아가기로 결정됐어요.

그런데 당장은 그들에 대해서 아무것도, 그들이 살아 있는지조차도 알지 못합니다. 그뿐 아니라 모든 유목민 부족이 서로 악착스럽게 싸우고 있는 사하라는 지금 커다란 혼란 상태입니다.

물론 이런 풍경은 생 모리스와는 거의 비슷하지 않지요.

저는 그럭저럭 건강해요. 그러나 빨리 돌아가서 엑스레뱅이나 닥스(이 두 곳에는 온천이 있음)에서 원기를 회복하고 싶습니다—그리고 무엇보다 먼저 어머니와 식구들을 다시 만나고 싶고요. 고독하게 지낸 지가 열한 달이 됩니다. 저는 완전한 미개인이 되어 갑니다.

모두에게 진심으로 입맞춤을 보내며 작별 인사를 드립니다. 어쩌면 9월 초에 정말 가게 될지도 모르겠습니다.

어머니를 존경하는 아들
앙투안 올림.

추신 : 시몬 누나와 디디가 제게 편지를 해야 될 텐데요.

브레스트에서
  1929년

사랑하는 어머니,

어머니께서는 너무 겸손하십니다. 정기간행물 관리자가 어머니에 대한 기사가 실린 신문을 모두 제게 보내 주는데, 리옹시가 어머니의 그림을 사들인 소식을 보고 제가 얼마나 기뻐했는지 모르실 거예요.
유명해지신 사랑하는 우리 어머니!
우리는 어떤 집안이 될까요!
사랑하는 어머니, 어머니께서는 아들과 어머니 자신에 대해서 조금 만족하시리라고 생각합니다. 3주 뒤에는 어머니를 다시 뵐게요. 제게 큰 기쁨이 될 거예요.
가장 유명한 비평가인 엣몽 쟐루의 기사를 읽으셨습니까?
어머니께서 다른 의견을 가지고 계시면 말씀해 주세요.
어머니를 사랑하는 만큼 진심으로 입맞춤을 보내드립니다.

어머니를 존경하는 아들
앙투안 올림

브레스트
1929년

사랑하는 어머니,

어머니의 전보를 받고 무척 감동했습니다. 더 이상 글을 쓰지 못하는 제 자신에 화가 납니다.

그렇지만 저의 보잘것없는 책에 대한 어머니의 편지는 진정 저를 감동시킬 그런 글이었습니다. 어머니를 진실로 다시 뵙고 싶습니다. 만일 한 달 이내에 제 책이 시중에 나오게 된다면, 우리 둘 다 닥스에 갈 예정이요. 저는 지금 너무 슬프고 지쳐서, 정말로 어머니를 뵈러 갈 필요가 있기 때문이지요. 제가 쓰기 시작한 책을 어머니께 보여 드리겠습니다.

브레스트는 그다지 재미있는 도시는 아니에요. 만일 제가 4, 5천 프랑을 갖고 있다면, 브레스트로 저를 보러 오시도록 어머니께 그 돈을 보내드릴 텐데요. 하지만 지금 저는 빚을 지고 있기 때문에 오히려 돈을 좀 빌릴까 생각 중입니다. 제 책이 나오면 확실히 수중에 돈이 들어올 테니까요. 그런데 누구에게 빌려야 할까요?

어쨌든 한 달 뒤에 저는 떠납니다. 또 저는 생 모리스를 한 번 더 보고자 합니다. 오래된 집과 제 보물상자를요. 사실 제 책에는 이런 것들에 대한 많은 생각이 담겨 있습니다.

사랑하는 어머니, 어떻게 어머니께서는 어머니의 편지들이 저를 지루하게 할까봐 걱정하실 수 있으세요? 어머니의 편지들만이 진정으로 제 가슴을 설레게 하는 유일한 것입니다.

사람들이 제 책을 어떻게 이야기하는지 제게 편지로 좀 알려 주지 않으시겠어요? 하지만 제발 제 책을 X……와 Y……, 그리고 다른 멍청이들에게는 보여주지 마세요. 제 책을 이해하기 위해서는 최소한 장 지로두(프랑스의 극작가·소설가)는 이해해야 하니까요.

어머니께 다정한 입맞춤을 보냅니다.

앙투안 올림.

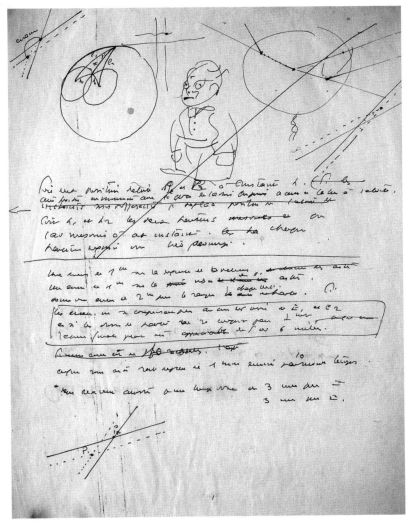

생텍쥐페리의 자필 초고

추신 : 어머니께서 제게 보내 주셨던 비평은 좀 유치했으며, 이보다 좀 더 나은 비평이 있었습니다. 게다가 제대로 된 비평을 받으려면 적어도 3개월 정도는 필요합니다.

어린 생텍쥐페리가 손으로 만든 그림책. 이 그림책을 토대로 연극을 만들어 형제자매와 함께 어른들 앞에서 공연했다.

합동해운 선상에서
1929년

사랑하는 어머니,

저는 배를 탔어요. 매력적인 여행이 될 거예요. 떠난 뒤로 이제껏 도무지 시간이 없었고, 몹시 피곤해서 조금은 쉬고 싶었습니다. 결국 잘 됐지요. 갈리마르출판사는 제 책을 매우 만족스럽게 생각해서 교정쇄를 항공편으로 보내겠답니다. 그리고 바로 다른 책을 하나 쓰라고 합니다.

이본 이모님이 저를 배웅하려고 쉬트레에서 여기까지 오셨는데, 문학계에서 모두가 제 책 이야기를 한다고 말씀하셨습니다.

어머니께서는 에스파냐의 빌바오 기항지에서 보내드린 아주 긴 편지를(3, 4일 뒤에) 받으실 거예요. 〔……〕

어머니를 아주 다정스럽게 껴안습니다. 하지만 작별 인사 편지가 아니라, 사랑하는 어머니를 향한 제 모든 애정을, 어머니께서 잘 아시는 그토록 깊은 애정을 말씀드리려고 빌바오에 닿기 전에 간단하게 몇 마디 적는 것입니다.

마드 아주머니와 외할머니께 입맞춤해 주세요.

디디에게도 입맞춤해 주시고요.

앙투안 올림.

부에노스 아이레스, 마제스틱 호텔
1929년 10월 25일

사랑하는 어머니,

제가 앞으로 무슨 일을 할지 이제 막 알게 되었습니다.

저는 우편항공회사의 자회사인 '아르헨티나 우편항공'의 영업부장으로 임명되었습니다(연봉 22만 5천 프랑). 어머니께서도 기뻐하시겠지요. 그런데 저는 좀 울적합니다. 제 예전 생활을 매우 좋아했거든요. 이 일은 저를 늙게 만드는 것 같아요. 물론 전 아직 조종도 합니다. 하지만 주로 시찰이나 새 항공로 답사를 위해서겠지요.

제 운명을 오늘 저녁에야 비로소 알게 되었는데, 그전에는 어머니께 어떤 편지도 보내드리고 싶지 않았어요. 그래서 시간이 없습니다. 우편물을 30분 전에 붙여야 하니까요.

편지는 회사로 보내지 말고 제 편지에 있는 주소(호텔 마제스틱)로 보내주세요. 제가 아파트를 갖게 되면 거기로 편지를 보내주시고요.

부에노스 아이레스는 별다른 매력도 없고 자원도 없으며 아무것도 없는 지긋지긋한 도시입니다.

브라스리 리프에서. 콘수엘로 옆은 친구 레옹 폴 파르그. 생텍쥐페리 옆은 마리우스 라리크, 앞은 폴 브랭기에. 두 사람 모두 저널리스트다.

미국판 《야간 비행》의 표지. 《야간 비행》은 미국에서도 성공하여 영화 제작까지 준비하게 된다.

월요일에는 칠레의 산티아고에 가서 며칠 지내고, 토요일에는 파타고니아의 코모도로 리바다비아에 갑니다.

내일은 배편으로 긴 편지를 보내드릴게요.

여러분 모두를 사랑하는 것처럼 껴안습니다.

앙투안 올림.

부에노스 아이레스
1930년 1월

사랑하는 어머니,

저는 지금 〈먼지〉를 읽는 중입니다.

우리가 우리 자신을 알아보기 때문에 이 모든 것을 〈마음이 성실한 님프〉처럼 좋아하는 게 아닐까요. 거기서 우리 자신을 알아보기 때문입니다. 우리도 하나의 부족을 이루고 있습니다. 그리고 어린 시절의 추억, 우리가 생각하던 말과 놀이의 세상이 제게는 언제나 다른 세상보다 한결 더 나은 세상으로 생각됩니다.

저는 왜 오늘 저녁 생 모리스의 추운 현관이 떠오르는지 모르겠습니다.

저녁을 먹은 다음에는 궤나 가죽으로 된 안락의자에 앉아서 자러 갈 시간을 기다리곤 했지요. 삼촌들은 복도에서 왔다 갔다 하고요. 방은 조명이 흐릿했고, 이따금 말소리 몇 마디가 들려오곤 합니다. 신비스러웠습니다.

아프리카의 내부처럼 신비스러웠지요. 다음에는 거실에서 브리지가 벌어지곤 했어요. 브리지의 신비였지요. 그제야 저희들은 자러 가는 것이었습니다.

르망에서 저희가 잠자리에 들었을 때 어머니께서 때때로 아래층에서 노래를 부르셨지요. 그것이 저희에게는 굉장히 큰 축제의 메아리처럼 들려왔습니다.

제게는 그렇게 여겨졌어요.

제가 알게 된 것 가운데 가장 좋고, 가장 조용하며, 가장 가까운 것은 생 모

생텍쥐페리의 자화상

1930년대, 보방 광장에서 콘수엘로

리스의 집 2층방의 작은 난로였습니다. 일찍이 제 인생에서 그것만큼 저를 안심시켜 준 것은 아무것도 없었습니다.

밤에 문득 잠이 깨면 그 작은 난로는 팽이처럼 윙윙거리면서 벽에 기분 좋은 그림자를 만들어놓고 있었지요. 저는 왠지 모르게 삽살개를 떠올렸습니다. 그 작은 난로가 저희들을 모든 것으로부터 보호해 주고 있었습니다.

이따금 어머니께서 올라오셔서 문을 열고는 저희가 따뜻한 온기에 둘러싸여 있는 것을 보곤 했습니다. 어머니께서는 코 고는 소리를 재빨리 듣고는 다시 내려가셨지요.

저는 그런 친구를 가져본 적이 한 번도 없었습니다.

제게 무한히 넓음을 가르쳐준 것은 은하수도 아니고 비행기도 아니고 바다도 아니며, 어머니 침실의 둘째 침대입니다. 병이 나는 것은 기가 막힌 행운이었습니다. 우리는 저마다 앓기를 바랐습니다. 감기는 한없는 바다를 누리는 권리를 주었지요. 그리고 또 살아있는 벽난로도 있었고요.

제게 영원을 가르쳐준 사람은 마르그리트 양이었습니다.

저는 어린 시절 이후로 정말 생활다운 생활을 했는지 자신이 없습니다.

지금 저는 야간 비행에 대한 책을 쓰고 있습니다. 그러나 이 책은 내면적인 의미로는 밤에 대한 책입니다(저는 저녁 아홉 시 이후에야 비로소 생활다운 생활을 할 수 있어요).

그 시작은 밤에 대한 첫 추억들입니다.

"밤이 되면 우리는 현관에서 꿈을 꾸고 있었다. 우리는 등불이 지나가기를 기다렸다. 등불을 한 무더기 꽃처럼 갖고 오면 등불 하나하나는 벽에 종려나무 가지 같은 아름다운 그림자를 움직이게 하곤 했다. 그런 다음 신기루가 돌아가고, 그러고는 그 빛다발과 어두운 종려나무 가지들을 객실에 가둔다."

"그러면 우리에게는 그날이 끝났고, 다음 날을 향해 우리를 우리들의 어린이 침대에 태워 보내는 것이었다."

"어머니, 어머니께서는 우리들 위로, 그 천사들이 출발하는 위로 몸을 굽히시고, 그 어떤 것도 우리의 꿈을 어지럽게 하지 않도록 홑이불에서 그 주름, 그림자, 쭈글쭈글한 것들을 지워주시곤 했지요……"

"하느님의 손가락이 바다를 가라앉히듯이 침대를 가라앉히니까요."

그다음으로 보호를 덜 받는 밤을 건너가는 것이 있으니, 즉 비행기입니다.

어머니께서는 제가 어머니께 얼마나 한없이 감사하는지 아실 수 없고, 어머니께서 또 얼마나 많은 추억이 깃든 집을 제게 만들어 주셨는지도 잘 알지 못하십니다. 저는 이렇게 아무것도 느끼지 못하는 듯이 보입니다. 그저 무섭게 저를 방어하는 것이라고 생각합니다.

제가 편지를 자주 쓰지 못하는 것은 제 탓이 아니에요. 저는 대부분의 시간을 침묵하며 지냅니다. 늘 그렇게 할 수밖에 없었습니다.

저는 하루에 2천5백 킬로미터라는 엄청난 장거리 비행을 한 길이에요. 밤 열 시에야 해가 지는 최남단, 마젤란해협 근처에서 돌아오느라고 비행한 것이지요. 아주 푸른 빛깔입니다. 잔디밭 위에 세워진 도시들이에요.

마치 골함석으로 된 것 같은 이상한 소도시들입니다. 추위 때문에 모닥불 주위에 모이는 것이 습관이 되어 서로 몹시 호의적인 사람들입니다. 해가 바다에서 빛깔이 엷어져 갔습니다. 멋진 광경이었어요.

이달에는 3천 프랑을 보내드릴게요. 괜찮으리라고 생각합니다. 10일이나 15일 무렵에 받으실 거예요.〔……〕 모두 1만 프랑을 보내드렸습니다(그러니까 1만 3천 프랑이 됩니다). 하지만 어머니께서 받으셨는지, 또 그것이 어머니를 기쁘게 해드렸는지 도무지 알 수가 없네요. 알았으면 좋겠는데요.

어머니를 정말 다정스럽게 껴안습니다.

앙투안 올림.

콘수엘로의 수첩. 손수 만든 꽃누르미책에 네 잎 클로버를 붙였다.

부에노스 아이레스
1930년

사랑하는 어머니,

어머니께 걱정을 끼쳐서 죄송해요. 하지만 저도 그 때문에 무척 걱정했습니다. 아시죠? 저는 가족 모두에 대해서 제가 보호자인 것처럼 생각하는 게 습관이 됐어요. 어머니를 도와드리고, 시몬 누나는 나중에 도와주겠다고 마음먹었고, 돌아가서 가족 모두를 만나기를 바랐습니다. 〔……〕

제가 가족 사이에서 제 중요성을 깨닫지 못하고 헤매던 상태에서 조금 깨어났다 하더라도 그건 제 애정과는 아무런 상관도 없습니다.

제 애정은 더없이 크고 그로 말미암아 우울증을 앓기도 해요. 그래서 제가 살던 그곳을 떠올리면 거기 가고자 하는 간절한 바람을 느끼지 않을 수가 없습니다.

생 모리스의 보리수와 장롱 냄새, 어머니의 목소리, 아게의 석유 등불을 생각하면 이 많은 사람들 가운데에서 주먹을 불끈 쥐고 꾹 참지 않을 수가 없습니다. 그리고 점점 더 그 모든 것들이 저의 밑바탕이 되었음을 깨닫게 돼요.

돈은 이토록 큰 희생을 치를 만큼 가치 있는 대상이 아니에요. 그런데 모노 누나가 그 신기루를 좇아서 떠나고, 그것도 직업과 빵에서 훨씬 덜 위로받으며 떠난다는 것을 생각하면 저는 좀 슬퍼져요. '돌아올 것이다, 임시적인 일이다' 이런 말들은 모두 거짓입니다. 사람이 얼마나 일의 포로가 되는지 누나는 알게 될 거예요. 습관과 필요의 포로가 되기만 해도 말이에요.

또한 삶이 얼마나 빠져나오기 어려운 상황의 연속인지, 특히 외국이 우리를 얼마나 영구히 붙잡아두는지 알게 될 거예요.

모든 행위가 결정적인 것이라고 생각하시고, 흥미나 경험이라는 구름 같은 생각은 억만장자들에게나 남겨두세요. 인도차이나로 떠나는 것은 거기에 머물러 있기 위해서입니다. 그곳에서 실망으로 죽을 지경이 되더라도 말입니다. 그리고 어느 날 프랑스로 휴가를 온다 해도 달라지는 것은 아니에요. 휴가가 끝나면 언제나 다시 떠나야 하니까요. 우리가 겪는 가장 고약한 병이지요.

생텍쥐페리와 콘수엘로의 행복한 한때

우리가 아쉬워하는 어떤 즐거움을 향해서 다시 떠나는 게 아니라, 곧잘 매우 쓰라린 시간의 강한 인력에 끌려 다시 떠나가는 거예요. 인생이 이 언덕에 접어드는 것입니다. 저절로 가게 되는 거지요.

어머니를 모시려고 했습니다. 그러다가 이런저런 생각과 싸워야 했습니다. 어머니께서 이곳에 오셨을 때 제가 그대로 있을지조차 확신이 없었습니다. 시간이 지나면 좀 더 확실하게 될지도 모르지요. 그때는 꼭 오세요.

저는 요즘 글을 잘 쓰지 못합니다. 시간이 없거든요. 하지만 제가 그토록 천천히 구상하는 책은 훌륭한 책일 거예요.

어머니께 입맞춤합니다. 모든 애정 중에서 어머니의 애정이 가장 값지고, 그래서 어려운 순간에는 늘 어머니께로 돌아간다는 것을 잊지 마세요. 그리고 우리는 어린아이처럼 어머니가 필요할 때가 많다는 것도 기억하세요. 또한 어머니께서는 평화의 큰 저장고이시고, 어머니의 모습은 어머니께서 갓난아기에게 젖을 주실 때와 마찬가지로 안심시킨다고.

저는 생 모리스의 제 상자와 보리수들을 떠올립니다. 그리고 제 모든 친구에게 어렸을 적의 우리 놀이를 이야기합니다. 비 오는 날에는 아클랭 기사와 마녀 이야기 같은 잃어버린 동화에 빠지곤 했던 일을 말이에요.

어린 시절에 귀양살이를 떠나는 것은 참으로 이상한 일이에요.

어머니께 다시 입맞춤합니다.

앙투안 올림.

카이로에서
1936년 1월 3일

사랑하는 어머니,

어머니의 지혜와 이해심 가득한 짧은 편지를 읽으면서 울었습니다. 사막에서 저는 어머니를 불렀으니까요. 모든 사람이 떠나간 일과 침묵에 대해 저는 화가 몹시 났습니다. 그래서 어머니를 불렀습니다.

콘수엘로처럼 제가 필요한 사람을 뒤에 내버려 둔다는 것은 무서운 일입니다. 돌아가서 보호하고 의지가 되어줄 큰 필요를 느끼고, 저의 의무를 하지 못하게 방해하는 저 모래를 파느라 손톱이 다 빠지고, 기분 같아서는 산이라도 옮길 듯했습니다. 그러나 그때 제게 필요한 사람은 어머님이셨습니다. 저를 보호해 주고 의지가 되어 주실 어머니. 그래서 저는 어린 염소와 같은 이기적인 마음으로 어머니를 불렀습니다.

제가 돌아온 것은 조금은 콘수엘로를 위해서입니다. 그러나 우리는 어머니를 통해서 돌아옵니다. 그렇게도 약한 어머니께서 이토록 강하고 지혜로운 수호천사가 되신다는 것을, 가득한 축복을 지닌 수호천사가 되셔서 우리가 밤에 홀로 있을 때 어머니께 기도를 드린다는 사실을 알고 계시나요?

〔……〕

앙투안 올림.

오르콩트
1940년

사랑하는 어머니께,

어머니께 정말로 편지를 보냈음에도 제 편지들이 분실되어 참으로 슬픕니다. 확실한 원인도 모른 채 열이 매우 높아서 몹시 아팠었는데, 이제는 괜찮아져서 저는 다시 제 동료들과 합류할 수 있었습니다.

제게서 소식이 없었다고 제게 화내지 마세요. 저는 어머니께 편지를 썼었고, 더구나 몸이 아파서 무척 괴로웠으므로 제가 진짜로 침묵했던 것은 아니니까요. 게다가 제가 얼마나 어머니를 사랑하는지, 또 마음속으로 어머니를 얼마나 생각하는지, 그리고 사랑하는 어머니를 위해 제가 얼마나 많은 걱정을 하는지 아시지요? 무엇보다도 제가 아는 사람들이 편하게 지내기를 바랍니다.

어머니, 전쟁이나 위험, 그리고 미래에 대한 위협들이 점차 누그러질수록, 저의 내부에서는 제가 책임지고 있는 사람들에 대한 걱정이 더욱 커져 갑니다. 완전히 내동댕이쳐진 불쌍한 저의 콘수엘로는(……) 제게 끊임없는 동정을 불러일으킵니다. 만일 그녀가 어느 날 어머니께서 계신 남쪽 지방으로 피신하게 된다면, 저에 대한 사랑을 생각하셔서 그녀를 어머니의 딸처럼 받아들여 주세요.

사랑하는 어머니, 저를 나무라시는 말로 가득 찼던 어머니의 편지는 제게 많은 고통을 안겨 주었습니다. 제가 어머니로부터 한없이 부드러운 소식들만을 기대했기 때문이겠지요.

그곳에서 편안히 지내고 계신지요? 혹시 부족한 것은 없으세요? 제가 할 수 있는 것이면 무엇이건 어머니께 기꺼이 해드리고 싶습니다. 어머니, 한없이 어머니를 사랑하며, 어머니께 안부를 전합니다.

어머니의 앙투안

1935년 12월, 파리-사이공 간 장거리 테스트 비행 중, 리비아 사막에서 발생한 추락사고 직후. 항공기의 잔해에 기대어.

1920년대 말에 찍은 사진. 콘수엘로는 이 사진을 생텍쥐페리에게 보냈다.

보방 광장에서 그린 그림첩. 생텍쥐페리와 콘수엘로는 이 그림첩에 함께 그림을 그렸다.

1943년

사랑하는 어머니,

디디, 피에르. 제 마음속 깊이 정말로 사랑하는 모든 사람들이 어떻게 변했고, 어떻게 지내며, 무엇을 생각하고 있는지 궁금합니다. 이 기나긴 겨울은 정말 슬프군요.

하지만 몇 달 뒤 사랑하는 어머니, 늙으신 어머니, 온화하신 어머니의 품으로 돌아갈 수 있기를 간절히 희망합니다. 어머니의 벽난로 불가에, 제가 생각하는 모든 것을 어머니께 말씀드리기 위해서, 어머니의 말씀에 최대한 반대하지 않으면서 이야기를 나누러…… 제게 하시는 어머니 말씀을 듣기 위해서, 어머니 곁으로 돌아가고 싶어요…… 인생의 모든 것에서 언제나 옳으셨던 당신에게 돌아가고 싶어요…….

어머니, 정말 사랑합니다.

앙투안 올림.

 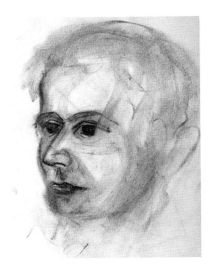

콘수엘로의 그림

**라 마르샤,
1943년**

사랑하는 어머니,

방금 비행기가 프랑스로 떠난다는 사실을 알았어요. 첫 번째 비행기이자 유일한 비행기입니다. 디디, 피에르와 더불어 짤막하게나마 어머니께 사랑한다고 전하고 싶어요.

틀림없이 빠른 시간 안에 어머니를 뵐 수 있을 것입니다.

당신의 앙투안

시승기(機)에 탑승한 생텍쥐페리. 1935년 12월.

보르고
1944년 7월

사랑하는 어머니,

저의 안부에 대해 어머니께 안심시켜 드리고자 하며, 또한 어머니께서 제 편지를 받으시기를 원합니다. 저는 아주 잘 지냅니다. 정말로 잘 지냅니다. 그렇지만 벌써 오랫동안 어머니를 뵙지 못한 것이 정말로 슬프답니다. 이제는 늙으신 사랑하는 어머니에 대한 걱정이 참으로 많아졌습니다. 아! 이 시대는 얼마나 불행한지요.

디디가 집을 잃었다는 소식은 저에게 커다란 상처를 남겼습니다. 아! 어머니, 그녀를 제가 도울 수 있다면 얼마나 좋을까요! 게다가 자신의 미래에 대해 얼마나 저를 굳게 믿고 있는지요! 제가 좋아하는 사람들에게 좋아한다고 말할 수 있는 것은 언제쯤이면 가능할까요?

어머니, 제가 마음속 깊이 어머니를 생각하는 것처럼 저를 안아 주세요.

앙투안 올림.

※코르시카섬 보르고 기지에서 쓴 앙투안의 마지막 편지

생텍쥐페리의 생애와 작품에 대하여

생텍쥐페리의 생애와 작품에 대하여

학생 시절

앙투안 드 생텍쥐페리는 1900년 6월 29일 프랑스 제3의 도시 리옹에서 태어났다. 유년 시절을 리옹 근처의 생 모리스 드 레망에서 보낸 다음 1909년에 파리 서쪽 2백 킬로미터 되는 곳에 있는 르망으로 이사하여 그곳 생크르와 학교에서 공부했다.

1914년 10월에는 빌프랑슈 쉬르 손의 몽그레 중학교에 들어갔으나 석 달 뒤 다시 학교를 옮겨 스위스의 프리부르에 있는 마리아니스트 수도회에서 경영하는 성 요하네 학원의 기숙생으로 1917년까지 공부했다. 생텍쥐페리는 이 학교 교사들에 대해서 오랜 세월이 흐른 뒤에도 사모의 정을 간직하여 그들과 관련한 이야기를 작품에도 쓰게 된다.

1917년에 대학입학 자격시험에 합격, 1919년까지 보쉬에 고등학교와 생루이 고등학교에서 해군사관학교 입학시험 준비를 했으나 구술시험에서 낙방하여 미술학교 건축과에 들어가 15개월 동안을 공부한다. 이로써 그가 《어린 왕자》에 삽화를 직접 그린 것도 충분히 설명이 된다.

문학체험으로 승화된 비행체험

1921년 생텍쥐페리는 공군에 입대하여 스트라스부르의 제2전투기연대 항공정비부대에 배속되어 조종사 훈련을 받았다. 그 뒤 모로코 라바트 37비행연대에 전속되었을 때 조종사 면허를 땄다. 이렇게 하여 어려서부터 가졌던 조종사의 꿈을 이루었다. 그뒤 카사블랑카에 파견되어 1922년까지 머물렀다.

1923년에는 부르제에 있는 제33비행연대의 전투비행단에서 복무했다. 그 무렵 바레스 장군이 생텍쥐페리를 공군에 조종사로 배속시키려고 했으나, 그의

생 모리스 드 레망 성
생텍쥐페리는 이곳에서 어린 시절을 보냈다. 그의 어머니는 큰고모에게서 이 건물을 물려받아 리옹시에 팔았다. 지금은 리옹 당국이 관리하고 있다.

생텍쥐페리 형제들
왼쪽부터 큰누나 마리 마들렌, 여동생 가브리엘, 남동생 프랑수아, 생텍쥐페리 (일곱 살 무렵), 작은 누나 시몬.

약혼녀 집안에서 반대하는 바람에 결국 제대했다. 그러나 그의 앞길을 가로막았던 이 약혼녀와는 마침내 파혼하게 된다.

제대한 뒤 그는 회사원이 되었으나, 기회 있을 때마다 비행 조종간을 잡았다. 또한 그는 문학에 대한 꿈을 버리지 않고 늘 습작에 힘썼다.

그리하여 1926년엔 〈르 나뷔르 다르장〉지에 중편소설 《비행사》를 발표한다. 그해 10월 11일에 툴루즈의 아에로포스탈(라테코에르) 항공사(뒤에 에어 프랑스)에 입사하여 《야간 비행》의 소설 속 주인공 리뷔에르로 알려진 디디에 도라를 알게 된다.

1927년 봄에는 바셰르·메르모즈·에스티엔·기요메·레크리뱅 등, 그의 작품에 자주 나오는 동료들과 함께 툴루즈~카사블랑카 그리고 다카르~카사블랑카를 통과하는 항공우편 항로를 개척했다.

이때부터 생텍쥐페리의 생애는 그
의 여러 작품에 단편적으로 소개된
다. 먼저 사하라 사막, 타르파야 중계
기지의 간이비행장 책임자로 가서 아
직 불안정한 지구에서 있을 수 있는
불순세력의 도발 위협을 받으며 1년
반 동안 근무한 것이 그 좋은 예이
다. 그곳에서 그는 틈틈이 《남방 우
편기》를 집필, 탈고하여 프랑스에 귀
국한 이듬해인 1929년에 출판했다.

곧 이어서 브레스트의 해군 고등
항공반 강의를 듣고, 9월에는 남아
메리카의 근무지로 떠났는데, 부에
노스아이레스에서 함께 고락을 같이

생텍쥐페리(1900~1944)

하며 항공로 개척에 힘써 온 동료들을 다시 만나게 된다. 1929년 5월엔 아르헨
티나 우편항공회사 영업주임으로 임명되었다. 이듬해, 즉 1930년 6월 13일에 그
의 동료 기요메가 22회째 안데스산맥 횡단비행을 하다가 눈 폭풍에 휘말려 소
식이 끊겼다. 생텍쥐페리와 델레가 5일 동안 수색활동을 벌였으나 끝내 그를
발견하지 못했는데, 기요메가 혼자 힘으로 닷새 낮과 나흘 밤을 걸어 살아 돌
아온, 기적과 같은 사건이 있었다. 이 이야기는 《인간의 대지》(1939)에 자세히 소
개된다.

이 무렵에 《야간 비행》을 집필했는데 그중 가장 중요한 인물은 리뷔에르, 즉
디디에 도라였다. 1931년 우편항공회사의 복잡한 사내 사정으로 도라가 영업
부장 자리를 그만두자 생텍쥐페리의 몇몇 동료들이 그와 행동을 같이했다. 그
해 파리로 돌아온 생텍쥐페리는 몇 주일 뒤 아게에서 콘수엘로와 결혼한다. 우
편항공회사에 다시 들어가, 프랑스~남아메리카 항공로의 하나인 카사블랑카~
포르에티엔(서아프리카 모리타니의 누아디브) 구간을 담당했다.

그해에 그의 제2작품 《야간 비행》(1931)을 발표하여 12월에 페미나 문학상을
받았다. 이리하여 작가로서 공인받은 셈이다.

콘수엘로와 함께 생텍쥐페리는 남아메리카에서 항로 개발 및 영업 주임으로 일하던 서른 살 무렵, 중앙아메리카 출신인 젊은 여인 콘수엘로와 사랑에 빠졌다. 1931년에 두 사람은 결혼했다. 그는 까다로운 아내에게서 착상을 얻어 《어린 왕자》에서 왕자를 괴롭히는 장미꽃을 묘사했다.

그 뒤 라테코에르사의 시험비행사를 거쳐 1934년 에어 프랑스 항공회사에 입사, 홍보담당으로 프랑스 국내는 물론 외국 출장을 자주 다녔으며, 그해 7월에는 사이공에 파견되었다.

1935년 5월에는 〈파리 수아르〉지의 특파원으로 모스크바에 다녀왔고, 같은 해에 에어 프랑스사의 주최로 열린 강연회에 동료 두 사람과 함께 '시문기'를 몰고 지중해를 일주하며 강연여행을 했다. 같은 해 12월 31일 이전에 파리~사이공 간 연락비행을 시도하여 자신의 기록을 깨뜨리기로 결심하고, 이집트를 향하여 29일 출발한다. 그러나 카이로에서 약 2백 킬로미터 떨어진 사막에 추락하는 사고가 일어났다. 기관사 플레보와 함께 닷새 동안을 걸어 죽음의 문턱 직전에 다행히 베두인 대상에게 발견되어 구조되었다. 이 사건 또한 《인간의 대지》에 자세히 기록되어 기요메의 안데스 산중의 조난과 더불어 인간의 의지력이 얼마나 굳세며, 그들의 책임감이 얼마나 투철한가를 보여주었다.

생텍쥐페리는 이런 죽을 고비를 넘기고 나서도 조금도 굽히지 않고 1937년에는 카사블랑카(모로코)~통북투(말리) 간을 '시문기'로 직접 연결하는 항로를 개척했다. 같은 해 3월에 파리에 돌아와, 4월에는 〈파리 수아르〉지의 특파원으로 내란이 한창인 에스파냐의 카라바셀과 마드리드 전선에 가서 르포 기사를 보냈다. 9월에는 자기의 '시문기'로 뉴욕~테르드퓌(남아메리카 남단의 섬) 간 장거리 비행에 대한 공군성의 허가를 받고 뉴욕으로 건너갔다.

이듬해인 1938년 2월 15일 그는 뉴욕을 출발하여 과테말라에 도착했다가 이륙 도중 추락하는 사고를 당하여 중상을 입었다.

다시 뉴욕으로 돌아가 요양한 뒤 프랑스로 귀국할 때, 그는 몇 해 동안 조종사로 일하는 틈틈이 써 놓은 《인간의 대지》 원고를 가지고 왔다.

이 원고는 1939년 2월에 출판되었다. 같은 해 6월에는 이 작품이 《바람과 모래와 별들》이라는 제목으로 미국에서 출판, '이달의 우량도서'로 선정되었고, 프랑스에서는 1939년

그랑 발콘 그 시대 항공우편 비행장은 프랑스 남부 도시 툴루즈에 있었다. 그랑 발콘은 그곳 직원들이 자주 묵었던 호텔로, 지금도 여전히 운영하고 있다. 생텍쥐페리가 묵었던 방도 그대로 남아 있다.

도의 아카데미 프랑세즈의 소설 대상을 받았다.

생텍쥐페리는 그해 2월 독일을 다녀왔고, 대서양 연안의 수상비행기 근거지인 비스카로스(프랑스 서부 아키텐 지방)에 가서 북대서양 횡단 기록을 깨뜨리려고 하는 기요메를 만났다. 그리고 제2차 세계대전이 일어나기 바로 며칠 전인 8월 26일에 프랑스로 돌아왔다. 전쟁이 나자 동원 명령이 떨어져 대위로 임관, 기술교관을 담당하다가 2–33 정찰비행단에 전속되었다.

1940년 6월 17일 프랑스의 단독 휴전 조인이 있자, 2–33 오르콩트 정찰비행단 장교 전원을 알제로 이동시킨다는 결정이 내려져, 생텍쥐페리는 동원 해제를 기다리며 그곳에 남아 있었다.

그뒤 동원 해제로 프랑스로 돌아와 지내다가, 11월에는 모로코를 거쳐 리스본으로 떠났다. 그곳에서 기요메가 추락 전사했다는 소식을 듣는다. 다시 대서양을 건너가 뉴욕에서 프랑스를 위한 미국의 원조를 호소하는 운동을 펼치며 작품 집필을 계속한다.

1942년 2월, 《전투조종사》의 영문판인 《아라스 전선 비행》을 출판했다. 이 작품은 같은 해에 프랑스에서도 나왔으나 1943년에 점령 당국에 의하여 발매 금지 처분을 받았다.

역시 같은 해 뉴욕에서 《어느 인질에게 보내는 편지》와 유명한 동화체의 작품 《어린 왕자》를 내놓았다. 1942년 11월 6일 연합군의 북아프리카 상륙작전이

성공하자, 1943년 5월에 생텍쥐페리는 알제에 있는 2-33 정찰비행단에 재편입 교섭하여 우선 미국인 지휘관 휘하의 우즈다 비행대에 편입되었다. 그해 8월에는 알제로 돌아가 조그만 방에서 지내며 제트기 원리를 연구함과 동시에 《성채(城砦)》 원고를 정리한다.

그러는 중에 사르데냐섬의 빌라체드로에서 제31중형폭격기를 지휘하던 샤생 대령이 생텍쥐페리의 배속을 승인했다. 생텍쥐페리는 2-33 정찰비행단에 복귀할 희망을 품고 그 기지로 가서 훈련비행을 했으며, 나폴리로 가서 지중해 지구 공군사령관 이커 장군을 만나려 했다. 그러나 이커 장군이 그를 피하는 바람에 뜻을 이루지 못하다가, 나중에 알제에서 만나게 되었다. 생텍쥐페리의 간청으로 이커 장군은 할 수 없이 5회만 출격한다는 조건 아래 그의 2-33 정찰비행단 복귀를 승낙했다.

이리하여 그는 1944년 5월에 사르데냐섬으로 돌아갔는데, 그해 7월에 이 비행단은 코르시카섬의 보르고 기지로 이동했고, 생텍쥐페리는 약속받은 횟수보다 더 많은 8회 출격을 이미 마쳤다. 마침내 그해 7월 31일, 정찰기 P38을 타고 그르노블~안시 지구에 마지막 출격 허락을 받고 떠났다가 다시는 돌아오지 못했다.

코르시카의 바스티야 북쪽 1백 킬로미터쯤 되는 지역에서 독일군 정찰기에 의해 격추되었으리라는 의견이 지배적인데, 이렇게 하여 행동작가인 생텍쥐페리는 마흔네 살 이른 나이에 세상을 떠나고 말았다.

한편 2000년 5월 프랑스의 한 잠수부가 프랑스 남부 마르세유 근해에서 생텍쥐페리와 함께 실종되었던 P38항공기 잔해를 발견한 바 있으며, 2004년에는 프랑스 수중탐사팀이 P38의 잔해를 추가 발견했다.

행동문학 윤리

생텍쥐페리는 문필가이기에 앞서 행동하는 작가였다. 그날그날의 맡은 일과를 수행하는 동안 그는 사소한 부주의에서 얼마든지 중대한 결과가 일어날 수 있다는 사실을 뼈저리게 깨달았다. 너트 한 개를 잘 죄지 않았다든지, 윤활유를 치지 않았다든지, 전기 접촉이 어느 한 군데 불완전하다든지…… 하는 조그마한 소홀함이 여러 인명과 자재를 희생시키는 대형 사고를 일으킬 수 있는 것

쥐비곶 우편비행사 생텍쥐페리가 27~29세에 1년 반 동안 비행장 책임자로 일했던 사하라 사막, 타르파야 중계기지(사진 오른쪽 위, 왼쪽은 에스파냐군 요새) 쥐비곶 기지. 가혹한 임무 덕분에 그의 인간성은 단련되었다. 이 사막에서 그는 《남방 우편기》를 탈고했다.

이다. 이 때문에 비행기라는 이기를 다루는 이들의 책임이 대단히 무겁다는 것을 그는 직접 체험했다. 이와 마찬가지로 문필가로서도 무책임한 글 한 줄이 얼마나 많은 사람에게 물질적으로 정신적으로 해독을 끼칠 수 있는가 하는 것을 자기 체험으로부터 깨달았다. 때문에 그는 글을 쓰는 데도 문필가들과 인연이 멀어질 수도 있는 책임감을 느꼈다.

생텍쥐페리는 어린 시절 문필가라는 지위에 대하여 거의 종교적이라고도 할 만큼 지대한 동경과 경의를 가졌다. 또 글을 쓴다는 것이 매우 중대한 책임을 수반한다는 신념을 일평생 지니고 있었다. 그는 언제까지나 역서(曆書)와 교리 문답의 진실성을 간직하고, 조종사로서 활약하는 동안 자기의 체험으로 얻은 정신적인 양식을 글에 담아 우리에게 전해 주고 있다.

생텍쥐페리는 비행기를 하나의 '연장'으로 생각했듯이 문학도 문명의 한 '연장'으로 단정했다. 문학을 통하여 인간의 공적과 감격이, 허무와 망각의 세계를 벗어나 남의 눈에 띄는 하나의 인격적 존재를 누리게 된다. 작가의 붓으로 종이에 옮겨진 이 존재는 다르게 바꾸거나 새로이 고칠 수 없는 선언을 한 것과 마찬가지인지라, 그것을 소홀히 다룰 수 없는 것이다. 생텍쥐페리는 많은 능력과 끈기와 용기를 요구하는 어렵고 위험한 직업을 위해 일했고 또 싸웠다. 그가 대부분의 정력을 소모한 것은 예술이 아니고 행동인으로서의 실천이었다. 이러한 처지에 있는 만큼 그는 무턱대고 상상의 날개를 펼치는 것이 마음에 걸렸다. 시인이나 소설가로서 상상력의 활용을 꺼린다는 것은 일종의 이단이다. 확실성이나 진실성이 예술에서 공적이 될 수 없다는 것을 그도 잘 알고, 거기에 대한 예를 주위에서 얼마든지 발견한다. 아무리 혹독한 시련, 아무리 무모한 모험, 아무리 어려운 승리라 할지라도 그것을 이야기하는 주인공이 재간이 없으면 사람의 마음을 감동시키는 힘이 없어 생명을 잃은 빈말이 되고 만다. 그와 반대로 시련을 당하지 않고도, 고통을 겪지 않고도, 모험을 하지 않는 평범한 사람이라도 정확한 상상력만 가지고 있으면, 행동의 매개를 거치지 않은 창작으로써 얼마든지 그들의 글을 빛나게 할 수 있다. 이것이 문학의 독특한 법칙이다.

이 법칙을 생텍쥐페리도 잘 알고 있었다. 그러나 그는 이 기막힌 특권을 이용할 생각을 하지 않았다. 문학의 재질이 있는 만큼, 그도 문장을 다듬어 시적인 글쓰기를 게을리하지 않았다. 프랑스의 현대 문학 중에서 가장 아름다운 글을 쓴 작가 축에 낀다는 것을 그의 작품을 한 편이라도 읽은 사람이라면 누구나 알 수 있으리라. 그러나 이와 같이 엄밀한 의미의 문학적 천품이 절대로 그의 근본적이고 독특한 야심을 변질시키지는 않았다. 그것은 자기의 증언을 보다 건실하고 적절한 표현으로 꾸밈으로써 더 많은 독자를 얻기 위하여 몸에 지니고 최대한으로 사용하는 '연장'에 지나지 않았다. 즉 증명한다는 것이 가장 주요한 것임에는 변함이 없는 것이다.

그의 작품은 모두가 일종의 보고서라고 할 수 있다. 예컨대 《어린 왕자》나 《성채》에는 그의 초기 작품인 《남방 우편기》나 《야간 비행》에서보다도 소설적 요소가 덜하다. 그런데 이 초기 작품들도 소설이라기보다는 '르포'라고 볼 수 있으니, 다른 작품은 말할 나위조차 없지 않겠는가?

모험 속에서 발견한 진실

생텍쥐페리는 내용 없는 문학에 대하여 모멸감을 가지고 혐오를 느꼈다. 그

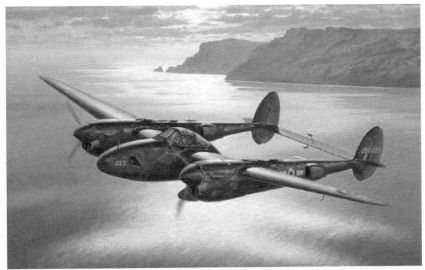

▲P38 라이트닝

쌍발 고속 전투기. 기관포와 기관총 대신
카메라용 축전지를 달아서 정찰기로 쓰기
도 했다. 1944년 7월 31일, 마흔네 살이 된
생텍쥐페리는 이 정찰기를 타고 정찰비행
에 나섰다가 영영 돌아오지 못했다. 2000년
5월 프랑스의 한 잠수부가 마르세유 근해
에서 P38정찰기 잔해를 발견했다고 한다.

정찰기 조종석에서 생텍쥐페리

는 자기 생활도 직접 체험한 것이 아니면 쓰려 들지 않았다. 그는 안이하고 허
위에 찬 문학세계를 회의에 찬 눈으로 바라봤다. 그는 몸소 체험하거나 책을
읽거나 하여 정확성을 기하는 작가 축에 든다. 이런 이들에게는 상상력이 사실
에 가미될 수는 있어도 사실을 대신할 수는 없다.

　이와 같이 사실과 체험에 중요성을 인정하는 생텍쥐페리는 자연히 용어의
쓰임에서도 지극히 엄격하다. 어떤 사실을 표현하는 가장 적절한 말은 하나밖
에 없다는 원칙에서 출발하여 소심하리만큼 용어의 선택에 유의했다.

생텍쥐페리는 또 독자의 동의를 청하는 행동규칙에 자기들은 보통 순응하지 않아도 괜찮다고 생각하는, 문필에 종사하는 이들의 또 하나의 특권을 거부했다. 문학은 시초부터 위선에 많은 봉사를 했다. 문학으로 용렬한 사람이 용기를 고취할 수도 있고, 용맹한 사람이 공포의 힘을 강조할 수도 있다. 자기는 인색하면서 다른 사람에게는 자선을 베풀 수도 있고, 방탕한 생활을 하는 사람이 순결을 강조할 수도 있다. 문학이 이런 모순을 곧잘 덮어준다는 것은 의심할 여지가 없다. 그런데 생텍쥐페리는 무엇보다 자기가 어떤 사람이라는 것을 숨기려 들지 않았다.

도학자가 아닌 생텍쥐페리는 육체의 쾌락을 알고 또 그것을 즐겼다. 그는 삶의 온갖 즐거움을 누릴 줄 안다. 또한 생명을 무한히 존중하여 인명을 단 하나라도 지키는 일만큼 중대한 일은 없다는 생각을 갖고 있다. 그런데도 그의 작품을 보면, 안일보다는 노력을, 쾌락보다는 노고를, 안전보다는 위험을 택하라고 가르치고 있다.

사람들에게 무엇을 희생하라고 강권하는 그 순간에서도 생텍쥐페리는 그들이 잃은 그것의 가치를 돋보이게 했다. 그는 결코 행복을 내려깎지 않았다. 생명이 신성하다는 것을 그는 거듭 주장했다. 생텍쥐페리는 사회에서 하나의 산 힘이었다. 이러한 위치에 서 있는 그의 작품이 이례적으로 화려한 빛을 내뿜는 것은 결코 우연이 아니다. 자기의 체험으로 인간의 존엄성과 희생의 고귀함을 깨달아, 우리에게 그것을 전해 주고, 또 우리에게 제시한 진리를 자기 목숨으로 증명함으로써 내용 없는 글에 대한 경고의 봉화를 올린 행동문학인 생텍쥐페리는, 이리하여 현대문학에 한 기원을 그어 놓았다 할 수 있다.

《야간 비행》에 대하여

이 작품은 1931년에 발행되어, 그해에 '페미나 문학상'을 받은 문제작이다. 부에노스아이레스의 하늘에는 별이 총총 박혀 있는데, 파타고니아에서 돌아오는 비행기는 폭풍우를 만나 싸우고, 리뷔에르는 부에노스아이레스에서 자기 자신과 인간의 타성과 더불어 싸운다. 가슴을 찌르는 듯한 필치로 전개되는 이 작품은 인간의 처지·행동·정력·용기·의무에 대한 묵상과 인간의 위대함을 찬양하는 이야기로 엮어진, 참으로 나무랄 것 없는 이른바 완전한 작품이다.

파라과이·칠레·파타고니아, 이렇게 세 지역에서 우편기가 부에노스아이레스 공항을 향하여 어둠을 뚫고 비행해 오고 있다. 이 세 대의 우편기가 무사히 착륙한다 하더라도 곧 이어 유럽행 우편기를 떠나보내고

리옹에 세워진 생텍쥐페리 기념상 어린 왕자와 함께 있다.

마음을 졸일 판이다. 이 싸움에 이겨도 그것은 끝이 없는 승리일 것이다. 모든 우편물을 최후로 나르는 일은 없을 터이니까.

칠레 우편기 착륙했다. 조종사 펠르랭은 도중에 폭풍우를 만나 천신만고 끝에 빠져 나왔다고 한다. 그러나 부에노스아이레스 하늘은 별이 빛난다. 어느 비행장에서고 모두 좋은 날씨라는 보고가 들어온다.

그런데 갑자기 파타고니아기가 폭풍우를 만나 난항 중이라는 보고가 들어온다. 어떤 사고가 일어날지 모른다는 불길한 예감에 사로잡혀 있으면서도, 리뷔에르는 로비노 감독의 태만과 조종사와의 개인적인 친분관계를 나무란다. 감독이 태만하면 자연 사고 발생률이 높아지고, 조종사와 가까워지면 사사로운 정에 이끌리기 쉬운 까닭이다.

리뷔에르는 이어 자기가 야간 비행의 실현을 위해 싸워야 했던 일을 이렇게 회상한다. '이것이 우리에게는 사활이 걸린 문제다. 왜냐하면 우리가 낮 동안에 기차와 기선에 대해서 이룩했던 우위(優位)를 밤에 다시 빼앗길 수도 있기 때문이다.'

이런 회상에 잠겨 있는 동안 파타고니아기는 광범위한 폭풍우 속에 갇혀 맹목적인 비행을 계속한다. 기항지 비행장들은 이미 파타고니아기와의 무전교신이 끊긴 상태이다. 리뷔에르는 그래도 행여나 이 우편기를 대피시킬 창공이 없나 하고 인근의 각 무선군에 타전해 보았으나 모든 노력은 물거품으로 돌아간다. 한편 남편의 안부를 걱정하는 파비앵 부인에게도 리뷔에르는 모든 인간적

인 감정을 억제해 가며 대한다.

한편 최후의 운명이 경각에 달린 파타고니아기도 백방으로 무선국과의 연락을 꾀했으나 허사였다.

리뷔에르는 어찌할 도리가 없다. 이것이 실패인가? 야간 비행을 중지해야 할 것인가? 그러나 그는 곧 마음을 가다듬고, 일을 다시 시작하고 명령을 내리곤 한다. 유럽행 우편기는 연발(延發)이나마 출발하라는 지시를 한 것이다.

파라과이기가 착륙했다. 이로써 실패와 성공은 1대 1이 된 셈이다. 리뷔에르는 실망하지 않고 창가로 가서 조금 뒤에는 폭음을 올릴 유럽행 우편기의 이륙을 기다린다. 유럽행 비행기가 떠나자 리뷔에르는 다시 제자리로 돌아와 일에 매달린다.

"자신의 크나큰 승리를 간직한 위대한 리뷔에르, 승리자 리뷔에르."

《인간의 대지》에 대하여

이것은 증언이다. 작가 자신의 경험과 동료들의 경험을 허구적으로 바꾸지 않고, 있는 그대로 우리들에게 말하는 생텍쥐페리의 증언이 바로 이 작품이다. 모험과 미지와 발견의 기쁨, 그는 서슴지 않고, 꾸밈없이 이러한 것을 우리에게 증언한다. 하늘의 답사자인 생텍쥐페리는 위험한 행동에다 정신적인 의의를 부여한다. 즉 인간은 안이한 안정성을 버리고, 연약한 존재로서의 자신을 탈피함으로써만이 위대해질 수 있다. 그리고 자기 자신을 초월하고 인도적인 대의를 위하여 스스로를 버릴 때 인간은 비로소 위대해지는 것이다. 그가 자신의 경험을 통하여 말하고 있는 이 작품은, 인간의 우애에 대한 경외인 동시에 영웅적 행동을 고취하는 것이며, 인간 조건에다 모든 의의를 부여하는 정신 존엄성 바로 그것이다. 그는 다음과 같이 말했다.

"어떠한 직업의 위대한 점은, 무엇보다도 먼저 사람들을 결합시키는 데 있다. 참된 사치란 인간관계의 사치뿐이다."

바람과 모래와 별들 사이에서 인간은 한없이 고독하다. 그러나 이 고독은 인간의 목소리를 그리워하게 한다. 마침내는 그 고독이 정신 존엄성에 의하여 아름다운 우애의 꽃을 피우게 된다. 여기에서 책임이라는 문제가 부각되는 것이다.

직업 비행사로서 15년 동안의 풍부한 경험에서 비롯된 추억이 이 작품 속에 들어 있다. 여기에서 되새기고 있는 그 숱한 경험의 하나하나는 어느 것이나 극적이고 흥미롭다.

생명의 희생에 의미를 부여하려는 인도적 에고이즘의 탐구, 이것이 이 작품의 근본 개념을 이룬다. 생텍쥐페리는 이 작품에서 시인이자 철학자로서 비행가의 직업을 이야기한다. 그는 이 직업을 자신을 파헤치고 또 자신을 깨닫는 수단으로 삼았다. 다시 말하면 그는 비행가로서의 자기 직업을 자신에 대한 인식의 수

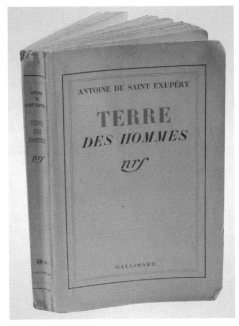

《인간의 대지》(1939)

단으로 삼았던 것이다. 그는 이 직업으로 대자연과 접촉하고, 인간의 진실을 탐구하려 애썼던 것이다. 그는 생각하기를 에고이즘이란 장난으로 생명을 가볍게 여기는 것이 아니라, 인도적 대의를 위해 자신을 희생하는 것이라 여겼다.

이 '책임 관념'이 인간에게 힘을 불어넣어 주며, 가혹한 운명조차도 불가항력이라는 것을 알면서도, 감히 맞서서 싸울 수 있도록 용기를 불러일으키는 것이다. 이처럼 이 '책임감'은 약간의 힘이나마 인간에게 남아 있는 한 투쟁을 계속하게 하는 끈기 있는 의지를 주며, '어떠한 동물도 의식할 수 없는' 그러한 막바지에서도 끊임없이 투쟁하게 했던 것이다.

안데스산맥의 눈보라 속에서 닷새 동안 헤맸던 기요메, 그리고 사하라 사막의 한가운데서 조난하여 사흘 동안 물 한 방울 없이 걸으며 추위와 갈증과 피로를 이겨내어 생텍쥐페리를 생환하게 한 그 기적이 있을 수 있었던 것도, 한마디로 말하면 이 '책임감'이 두 영웅 속에 강력하게 의식되고 있었기 때문이다.

요컨대 《인간의 대지》는 물질적 이익과 정치적 망동, 기득권의 확보에만 급

급한 현대에 거의 잊혀버린, 땅 위에서의 인간의 존엄성을 재인식한 작품이다.

《어린 왕자》에 대하여

동화 형식으로 된 이 작품은 생텍쥐페리가 프랑스 패전 뒤 미국에 건너가 있는 동안 쓴 것으로서, 발표도 미국에서 했다. 《인간의 대지》나 《야간 비행》과는 또 다른 의미로 유명한 작품인데, 이미 오래전에 20여 개 국어로 번역 소개되었다는 사실과, 어느 해 미국 학생들의 외국 서적 독서 설문에서 1위를 차지한 일이 있다는 사실로도 그 인기를 짐작할 수 있다.

생텍쥐페리는 자기 꿈의 근원을 동심 세계에서 찾으려 했고, 물질로 흐려지지 않은 어린이의 눈으로 세상을 바라보려 한 것이 아닐까? 그래서 이 어른과 어린이를 위한 동화가 많은 이의 공명을 얻는 것이 아닐까?

작자는 이 동화 첫머리에 가장 지배적인 자기의 사상을 설명한다. 즉 가장 본질적인 발견은 눈이 아니고 마음으로 이루어진다는 것이다. 그 예로는 그가 여섯 살 적에 그렸던 코끼리를 집어삼킨 보아구렁이 그림을 들 수 있다. 그 모양이 겉으로는 모자 비슷하게 보여서 어른들은 모두 "모자가 어째서 무서우냐?"고 말할 뿐이지, 누구도 그것이 코끼리를 집어삼킨 보아구렁이인 줄은 몰랐다.

그래서 어린 왕자는 이렇게 말한다.

"어른들은 혼자서는 아무것도 이해하지 못한다. 그러니 언제나 그분들에게 설명해 준다는 것은 어린이들에게 힘든 노릇이다."

어린 왕자는 작은 별 B612호에 살고 있었다. 그 별은 너무 작아서 의자만 조금 뒤로 당겨도 해가 지는 것을 구경할 수 있다. 어느 날 아침, 일찍이 본 일이 없는 아름다운 꽃이 피어나 그 오만한 태도로 어린 왕자의 마음을 괴롭힌다. 어린 왕자는 상한 마음을 위로할 생각으로 이웃 작은 별들을 여행할 계획을 세운다. 그는 떠나기 전에 자기 별을 깨끗이 청소하고 조그만 화산들도 잘 정리한 뒤 길을 나선다.

길을 떠나 처음 닿은 별에서는 임금을, 둘째 별에서는 허영쟁이를 만난다. 그리고 여섯째 별에서 만난 지리학자의 권고로 어린 왕자는 지구를 구경하러 가게 된다.

마침내 일곱째 별인 지구에 닿았으나, 사람을 하나도 만나지 못하고, 동무를 찾아가는 중에 장미꽃이 흐드러진 정원 앞을 지나게 된다. 어린 왕자는 맥이 탁 풀린다. 자기가 세상에서 단 하나밖에 없는 꽃을 가졌다고 생각했는데, 그건 수많은 장미꽃 중 하나에 지나지 않았다. 그래서 어린 왕자는 풀밭에 엎드려 슬피 운다.

그때 마침 여우가 나타나, 어떻게 하면 동무를 만들 수 있는지 그리고 그가 가진 장미꽃이 어째서 유일한 존재인지를 가르쳐 준다. 그것은 '길을 들인 것이기 때문에' '서로 관련을 맺었기 때문'이다.

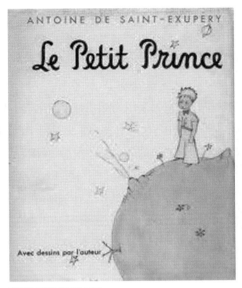

《어린 왕자》(1943) 표지
표지 그림은 《어린 왕자》 삽화 중에 가장 유명한 삽화로 저자인 생텍쥐페리가 직접 그렸다. '겨우 집 한 채 만한' 이 별에 왕자 홀로 살고 있다.

여우가 어린 왕자와 작별할 때 가르쳐 준 비밀 또한 '가장 중요한 것은 눈에는 보이지 않는다'는 것, '마음으로밖에는 잘 볼 수 없다'는 것이다.

어린 왕자와 비행사가 우물로 가서 갈증을 풀고 난 다음, 어린 왕자는 뱀에게 물려 다시 자기 별로 돌아가고, 비행사는 슬픔을 가슴 가득 안고 동료들에게 돌아간다.

비행사는 밤에 별의 노래 듣기를 좋아한다. 그것은 5억 개나 되는 방울이 울리는 것과 같은 것이기 때문이다.

끝으로 작자는 독자들에게 어린 왕자를 어디서 다시 만나거든 그를 위로해 주기 위해 자기에게 알려 달라는 부탁을 한다. 그러나 지금은 그럴 필요가 없다. 생텍쥐페리는 이미 어린 왕자의 별에 가서 그 예쁜 장미꽃을 함께 가꾸고, 양을 기르며, 화산 굴뚝을 쑤시며 재미있게 지내고 있을 것이기 때문이다.

《남방 우편기》에 대하여

《남방 우편기》는 생텍쥐페리가 1929년에 발표한 첫 작품으로, 《야간 비행》과 더불어 최고의 비행문학 고전으로 꼽히고 있다. 프랑스 툴루즈에서 모로코와 세네갈을 거쳐 남아메리카로 수많은 사람의 편지를 우송하는 남방 우편기를 조종하는 조종사들의 이야기다. 더 위대한 것을 향해 비상하려는 한 조종사의 내면을 그리고 있다. 생생하게 묘사된 비행사의 회상에 감성적인 줄거리가 더해졌으며, 사건으로 이어지는 상상력이 돋보인다.

생텍쥐페리는 항공사에 입사한 뒤 모로코의 작은 초소에서 근무하며 이 작품을 썼으며, 비행에 대한 그의 열정이 고스란히 담겨 있다. 작가 본인의 경험을 바탕으로 한 서정적이고 몽상적이며 세련되면서도 참신한 문체로, 목숨 걸고 장거리 비행에 나서는 조종사들의 용기와 두려움, 고독, 고귀함을 생생하게 그려낸다.

이 작품은 소년 시절부터 마음 깊이 사랑해 온 여인을 지상의 삶에서 차마 떼어낼 수 없어 홀로 하늘로 오르는 조종사 자크 베르니스를 주인공으로 이야기가 펼쳐진다. 특이하게도 1인칭 화자가 군데군데 나오는데 화자는 베르니스와 어릴 때부터 친구이며, 선배 조종사로서 충실한 조언을 건네기도 한다.

화자와 베르니스는 어린 시절 두 살이 더 많은, 부유한 집안의 딸인 주느비에브를 깊이 마음에 두고 있었다. 그러나 그녀는 에를랭과 결혼한다. 그런데 어느 날 주느비에브의 아이가 병에 걸린다. 그녀는 밤낮 잠도 제대로 자지 못하고 온 힘을 들여 간호하나, 남편은 아내에게 권위적으로 다그치며 그녀의 마음에 깊은 상처를 입힌다. 결국 아이는 세상을 떠나고 만다.

베르니스는 파리에서 우연히 주느비에브를 다시 만난다. 남편과의 불화와 아이의 죽음으로 자포자기한 주느비에브는 지루한 일상에서 베르니스가 구원해 주기를 바란다.

베르니스는 애처롭게 심적 고통을 겪고 있는 주느비에브와 사랑의 도피를 하지만, 이미 두 사람은 어린 시절의 그들이 아니었다. 서로 많은 것이 변했음을 깨닫고 주느비에브는 다시 평범한 삶으로 돌아가고, 베르니스는 외로움에 방황하지만 결국 자신의 자리인 우편 비행사로 돌아간다.

몇 년이 흐른 뒤 베르니스는 병든 주느비에브와 다시 만나지만, 아직도 그녀를 사랑하는 베르니스는 아무런 말도 하지 못하고, 주느비에브는 그를 보고 과거를 추억하며 서서히 죽어간다.

베르니스는 그녀를 마음에 품고 공허한 창공으로 다시 날아오른다.

생텍쥐페리의 다른 작품들과 마찬가지로, 이 작품에서도 눈에 보이지 않는 만물의 본질과 의미, 고독한 인간을 또 다른 고독한 인간에게 이어주는 관계의 끈이라는 주제가 엿보인다. 또한 골동품을 통해 이어져 내려오는 관계의 생명력을 이야기하면서, 겉모습이 아닌 그 안에 숨은 본질을 꿰뚫어 봐야 한다는 철학을 드러낸다.

생텍쥐페리의 작품치고는 보기 드물게 남녀 사이의 섬세한 애정과 심리적 갈등이 묘사되어 있다. 생명을 걸고 위험한 조종 업무에 종사하는 조종사들의 애환이 전편에 녹아 들어가 있고, 비행하면서 바라보는 하늘과 뭍의 다양한 정경이 더없이 아름답고 정겹게 그려진다.

이 작품을 읽다 보면 독자 스스로가 고독하고 용감한 조종사가 되어, 예측할 수 없는 기후 변화와 비행기 고장의 위험을 무릅쓰고 새처럼 하늘을 자유롭게 날아가는 상상에 흠뻑 빠지게 된다. 비행기로 창공을 나는 이야기를 이만큼 사실적이면서도 아름답고 능수능란하게 묘사한 작품은 찾기 어렵다.

《어머니에게 드리는 편지》

어머니에 대한 사랑이 남달랐던 생텍쥐페리는 어머니에게 편지 쓰기를 소홀히 하지 않았다. 비행기 조종사로서 외국에서 머무는 날이 많았지만, 마치 늘 곁에 앉아 들려주기라도 하듯 자신의 소소한 일상이나 심정을 정성 들여 써 보냈다.

《어머니에게 드리는 편지》는 1910년에서 1936년에 걸친 기간에 생텍쥐페리의 활동과 심경에 대한 가장 풍부하고 정확한 증언이다. 그는 1931년까지 틈나는 대로 어머니께 편지를 드렸으며, 그 이후에는 콘수엘로와 결혼해서인지 전보다는 뜸해진다. 그러나 어느 편지를 읽어봐도 어머니에 대한 절절한 사랑과 진솔한 모습이 가득 담겨 있다.

그에게 어머니는 어려운 순간의 피난처이고 위로이며 '평화의 장소'다. 이 편지에서 그가 얼마나 어머니를 믿고 의지했으며 그리워했는지 보게 된다.

또한 이 편지에서는 생텍쥐페리의 마음속 변화를 엿볼 수 있다. 청소년기의 그는 태평했으나 어른이 되어갈수록 무언가 불만을 마음속에 품게 된다. 이 불만이 거친 모험으로 그를 이끌고, 그의 인생에서 어떤 의미를 찾게 한다. 더불어 세상을 보는 눈의 깊이가 더해감도 느낄 수 있다.

생텍쥐페리 연보

1900년	6월 29일 앙투안 드 생텍쥐페리 리옹에서 태어나다.
1904년(4세)	아버지 죽다.
1909년(9세)	늦여름에 가족이 르망으로 이사하다. 10월에는 생크르와 제수이트회 학교에 입학하다.
1912년(12세)	이름난 비행가 베르린을 따라 앙베리 비행장에서 처음 비행기를 타다.
1914년(14세)	10월 동생 프랑수아와 함께 빌프랑슈 쉬르 손의 몽그레 중학교에 입학하다.
1915년(15세)	1월 스위스의 프리부르에 있는 마리아니스트 수도회가 경영하는 성 요하네 학원의 기숙생이 되다.
1917년(17세)	6월 대학입학 자격시험에 합격하다. 10월 해군사관학교 수험준비 관계로 파리의 보쉬에 고등학교에 전학하다.
1919년(19세)	6월 해군사관학교 입학시험에서 필기에는 합격했으나 구두시험에 실패하다. 10월 파리 미술학교 건축과에 적을 두다.
1921년(21세)	4월 군에 입대, 스트라스부르 제2전투기 연대에 배치되어 조종사 훈련을 받기 시작하다. 6월 모로코의 라바트 37비행연대에 전속, 민간비행 조종사면허를 따다.
1922년(22세)	1월 프랑스 남부 이스토르에서 육군항공대 조종학생이 되어 군용기 조종사 면허를 따다. 10월 예비역 중위에 임관되다.
1923년(23세)	1월 부르제 비행장에서의 사고로 머리뼈를 다치다. 이 무렵 루이즈 드 빌몰랑과 약혼했으나, 제대한 뒤 파혼하고 보알롱 타일제조회사의 제품검사원이 되다.
1924년(24세)	소레 자동차회사에 입사, 2개월간에 연수 끝에 몽뤼송 지구 판매

원이 되다.

1926년(26세)　4월 〈르 나뷔르 다르장〉지에 중편소설 《비행사》 발표. 이 무렵 사촌 여동생 이본느 드 레트랑쥬의 살롱에서 지드·페르난데스·플레보를 만나다. 10월 아에로포스탈 항공사에 입사하다.

1927년(27세)　봄 툴루즈~카사블랑카, 이어 카사블랑카~다카르의 정기우편비행에 종사하다. 11월 에스파냐령 사하라에 있는 타르파야 중계기지 쥐비곶의 비행장 책임자에 임명되다. 이 무렵 밤을 이용 《남방 우편기》 쓰기 시작하다.

1928년(28세)　브레스트에서 해군 고등항공 과정 이수하다. 9월 남아메리카로 가다.

1929년(29세)　앙드레 부크렐의 서문을 붙여 《남방 우편기》 간행. 3월에 귀국하다. 5월 아르헨티나 우편항공회사 영업주임에 임명, 부에노스아이레스~파타고니아 간의 정기우편 개설차 조사비행에 나서다. 한편 이해 10월에 부에노스아이레스에서 친구 메르모즈 및 기요메와 재회하다.

1930년(30세)　6월 기요메가 안데스산맥 22회 횡단 중 눈 폭풍에 휩쓸려 조난당하자, 5일 동안 델레와 탐색활동을 벌였으나 실패. 그러나 6월 말 그의 생환 소식을 듣고 멘도사로 데려오다. 이 무렵 《야간 비행》 쓰다. 11월 산 살바도르 태생인 콘수엘로와 알게 되다.

1931년(31세)　1월 휴가와 귀국, 3월에 콘수엘로와 결혼하다. 이즈음 남아메리카 항공회사 사임. 5월엔 카사블랑카~포르에티엔(서아프리카 모리타니의 누아디브) 경우의 야간 비행이기에 이에 따라 프랑스~남아메리카 항공로 개설하다. 12월 갈리마르사에서 《야간 비행》 간행. 이로써 페미나 문학상을 받다.

1932년(32세)　정기편을 타지 않고 그때그때 마르세유~알제 간의 수상기 연락 항로, 카사블랑카~다카르선 등을 취항하다.

1933년(33세)　아에로포스탈 항공회사의 시험비행사로서 11월 생파엘에서 사고를 일으키다.

1934년(34세)　4월 에어 프랑스에 입사, 이듬해에 걸쳐 유럽 각지, 북아프리카

중근동 지방에 선전 강연여행을 떠나다. 7월 사이공에 출장가다 메콩강 하류에 불시착하다.

1935년(35세) 5월 〈파리 수아르〉지 특파원으로 모스크바에 파견되다. 12월 파리~사이공 간의 비행기록 갱신을 세우고자 비행 도중 리비아 사막에 불시착, 기관사와 함께 5일 동안 사경을 헤매던 끝에 베두인 대상에게 구조된다. 이 일은 작품 《인간의 대지》《사막 한복판에서》에 잘 그려져 있다.

1936년(36세) 1월 기관사와 함께 알렉산드리아로 보내지다. 8월 〈횡트랑시장〉지의 특파원으로 에스파냐의 카탈루냐 전선에 파견되다.

1937년(37세) 2월 카사블랑카(모로코)~통북투(말리)~다카르(세네갈)~카사블랑카 항공로 개척. 4월 〈파리 수아르〉지 특파원으로 에스파냐 내란 취재하다. 8월 독일 시찰 여행하다.

1938년(38세) 1월 뉴욕으로 건너가 뉴욕~테르드푀(남아메리카 남단의 섬) 간의 비행을 시도, 2월에 출발했으나 과테말라에서 이륙하는 도중 추락하여 중상을 입자 3월에 뉴욕으로 돌아와 요양, 여기 머물면서 《인간의 대지》 완성하다. 여름에 귀국, 아게·스위스 등지에서 요양 생활 중 아내와 별거 시작하다.

1939년(39세) 2월 갈리마르사에서 《인간의 대지》 간행. 3월 재차 독일 여행. 4월 《인간의 대지》로 아카데미 프랑세즈에서 소설 대상을 받다. 제2차 세계대전 발발로 대위에 임관, 2-33 정찰비행대에 소속되어 알제로 파견되다. 8월 북대서양 횡단 비행에 성공하다.

1940년(40세) 3~6월 각종 작전에 출격하면서 5월엔 아라스 상공의 정찰 임무를 수행, 6월엔 승무원과 기재를 보르도에서 알제로 대피시키다. 8월에 동원 해제, 아게로 갔다가 10월 미국 망명을 결심, 도항 수속차 비시로 가다. 《성채(城砦)》 원고 쓰다.

1941년(41세) 아내 콘수엘로와 함께 도미, 뉴욕에 정주하면서 《전투조종사》 쓰다.

1942년(42세) 2월 뉴욕의 프랑스협회 출판부에서 《전투조종사》를 《아라스 전선 비행》이란 영역판으로 간행, 같은 해 프랑스에서도 나왔으나 독일 점령군 당국으로부터 발매금지되다(1943년). 5월 캐나다에 강연여행. 11월 연합군의 북아프리카 상륙작전이 성공하자 그 무렵 알제의 미군 지휘하에 있던 비행대에 복귀 신청을 하는 한편 《프랑스인에게 보내는 편지》 발표.

1943년(43세) 2월 《어느 인질에게 보내는 편지》를 뉴욕에서 간행. 4월에는 《어린 왕자》 간행. 6월 소령에 승진. 7월 P38에서 고공 사진 촬영차 느로 계곡을 비행했으나, 착륙 실수로 예비역에 편입되어 알제로 송환되다.

1944년(44세) 5월 연대 복귀가 인정되어 사르데냐섬(코르시카섬 남쪽 이탈리아령)의 알게로 기지에 있었던 2-33 정찰대에 복귀, 6~7월 전후 9회에 걸친 프랑스 본토 고공 사진 정찰비행을 수행하다. 7월 31일 코르시카섬 보르고 기지를 떠나 그르노블~안시 방면에서 실종, 끝내 돌아오지 못하다. 유고 《성채》가 갈리마르사에서 간행.

안응렬

가톨릭대학교 철학과를 졸업하고, 프랑스 소르본대학에서 불문학 연구, 서울대학교,
성균관대학교, 서강대학교, 한국외국어대학교 교수 및 명예교수를 지냈다. 프랑스 문
화훈장 수여. 지은책에 《한불사전(공저)》《최신불작문(공저)》 등과 옮긴책에 파스칼
《팡세》, 데카르트 《방법서설》, A. 생텍쥐페리 《어린왕자》《인간의 대지》《야간 비행》
《전투조종사》《생텍쥐페리의 편지》, 앙드레 지드 《전원교향악》, 에브 퀴리 《마리 퀴
리》, 사를르 달레 《한국천주교회사》, 아드리앵 로네 《한국순교자 103위전》 등이 있다.

세계문학전집094
Antoine-Marie-Roger de Saint-Exupéry
TERRE DES HOMMES/VOL DE NUIT
LE PETIT PRINCE/COURRIER-SUD
인간의 대지/야간 비행/어린 왕자/남방 우편기
생텍쥐페리/안응렬 옮김
동서문화창업60주년특별출판

1판 1쇄 발행/2017. 1. 20
1판 2쇄 발행/2024. 7. 1
발행인 고윤주
발행처 동서문화사
창업 1956. 12. 12. 등록 16-3799
서울 중구 마른내로 144 동서빌딩 3층
☎ 546-0331~2 Fax. 545-0331
www.dongsuhbook.com
잘못된 책은 구입하신 곳에서 바꾸어드립니다.
＊
이 책의 출판권은 동서문화사가 소유합니다.
의장권 제호권 편집권은 저작권법에 의해 보호를 받는 출판물이므로
무단전재와 무단복제를 금합니다.
＊
사업자등록번호 211-87-75330
ISBN 978-89-497-1559-9 04800
ISBN 978-89-497-1515-5 (세트)